HERDEIRA DO FOGO

Obras da autora publicadas pela Galera Record

***Série* Trono de Vidro**
A lâmina da assassina
Trono de vidro
Coroa da meia-noite
Herdeira do fogo
Rainha das sombras
Império de tempestades
Torre do alvorecer
Reino de cinzas

***Série* Corte de Espinhos e Rosas**
Corte de espinhos e rosas
Corte de névoa e fúria
Corte de asas e ruína
Corte de gelo e estrelas
Corte de chamas prateadas

***Série* Cidade da Lua Crescente**
Casa de terra e sangue
Casa de céu e sopro
Casa de chama e sombra

SARAH J. MAAS

HERDEIRA DO FOGO

Tradução
Mariana Kohnert

37ª edição

Galera
RIO DE JANEIRO
2025

CIP-BRASIL. CATALOGAÇÃO NA PUBLICAÇÃO
SINDICATO NACIONAL DOS EDITORES DE LIVROS, RJ

Maas, Sarah J.
M11t Herdeira do fogo / Sarah J. Maas; tradução Mariana Kohnert.
37ª ed. – 37ª ed. – Rio de Janeiro: Galera Record, 2025.
(Trono de vidro; 3)

Tradução de: Throne of glass 3: Heir of fire
Sequência de: Trono de vidro 2: Coroa da meia-noite
ISBN 978-85-01-40140-3

1. Ficção americana. I. Kohnert, Mariana. II. Título. III. Série.

15-20865 CDD: 028.5
CDU: 087.5

Título original em inglês:
Heir of Fire

Leitura sensível:
Lorena Ribeiro

Revisão:
Pedro Siqueira
Jean Marcel Montassier

Texto revisado segundo o novo Acordo Ortográfico da Língua Portuguesa.

Composição de miolo: Abreu's System

Direitos exclusivos de publicação em língua portuguesa somente para o Brasil adquiridos pela
EDITORA GALERA RECORD LTDA.
Rua Argentina, 120 – Rio de Janeiro, RJ – 20921-380 – Tel.: (21) 2585-2000,
que se reserva a propriedade literária desta tradução.

Impresso no Brasil

ISBN: 978-85-01-40140-3

Seja um leitor preferencial Record.
Cadastre-se e receba informações sobre nossos lançamentos e nossas promoções.

Atendimento e venda direta ao leitor:
sac@record.com.br

De novo, para Susan —
cuja amizade mudou minha vida para melhor
e deu alma a este livro.

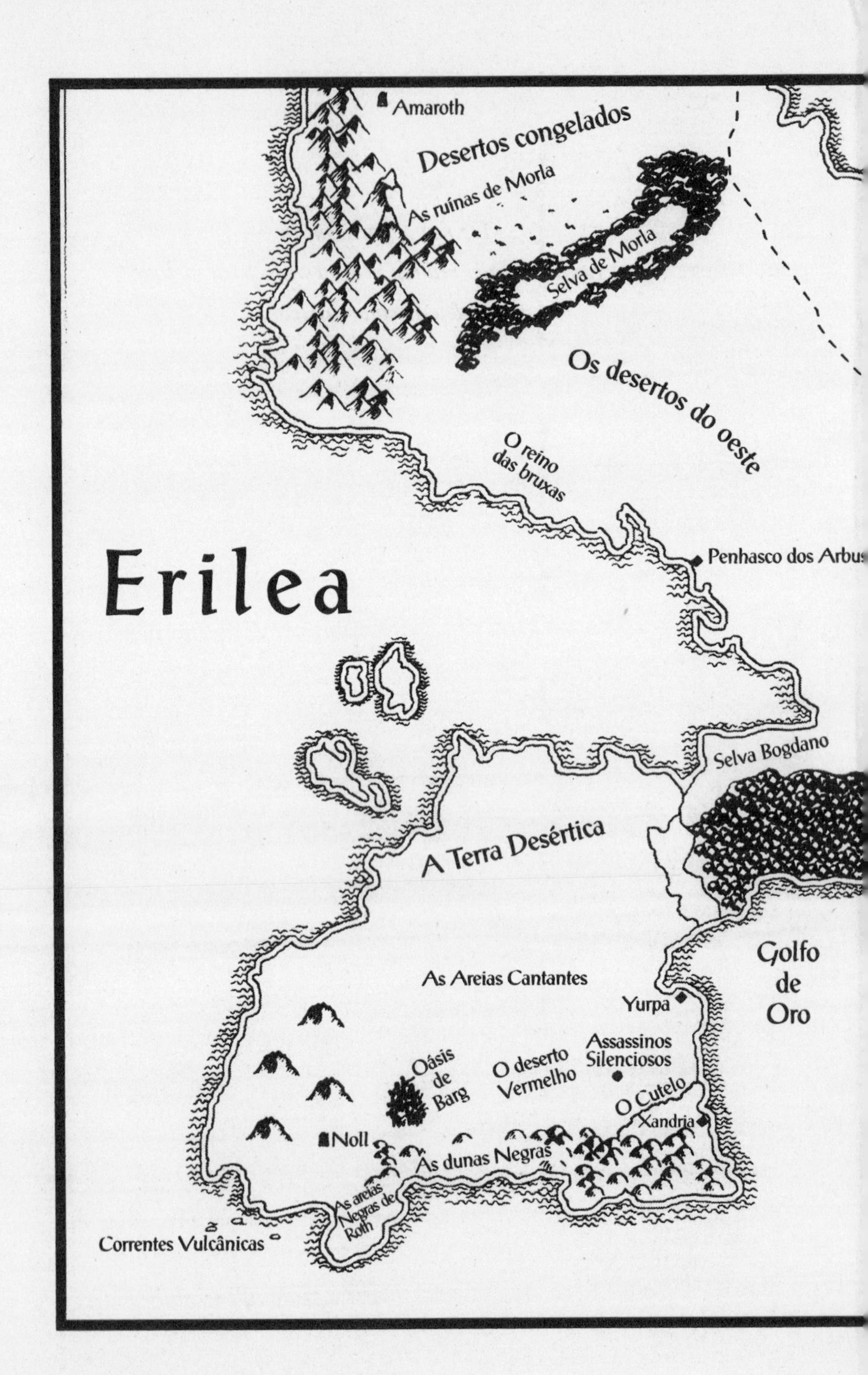

Amaroth
Desertos congelados
As ruínas de Morla
Selva de Morla
Os desertos do oeste
O reino das bruxas
Penhasco dos Arbus
Erilea
Selva Bogdano
A Terra Desértica
Golfo de Oro
As Areias Cantantes
Yurpa
Assassinos Silenciosos
Oásis de Barg
O deserto Vermelho
O Cutelo
Xandria
Noll
As dunas Negras
As areias Negras de Roth
Correntes Vulcânicas

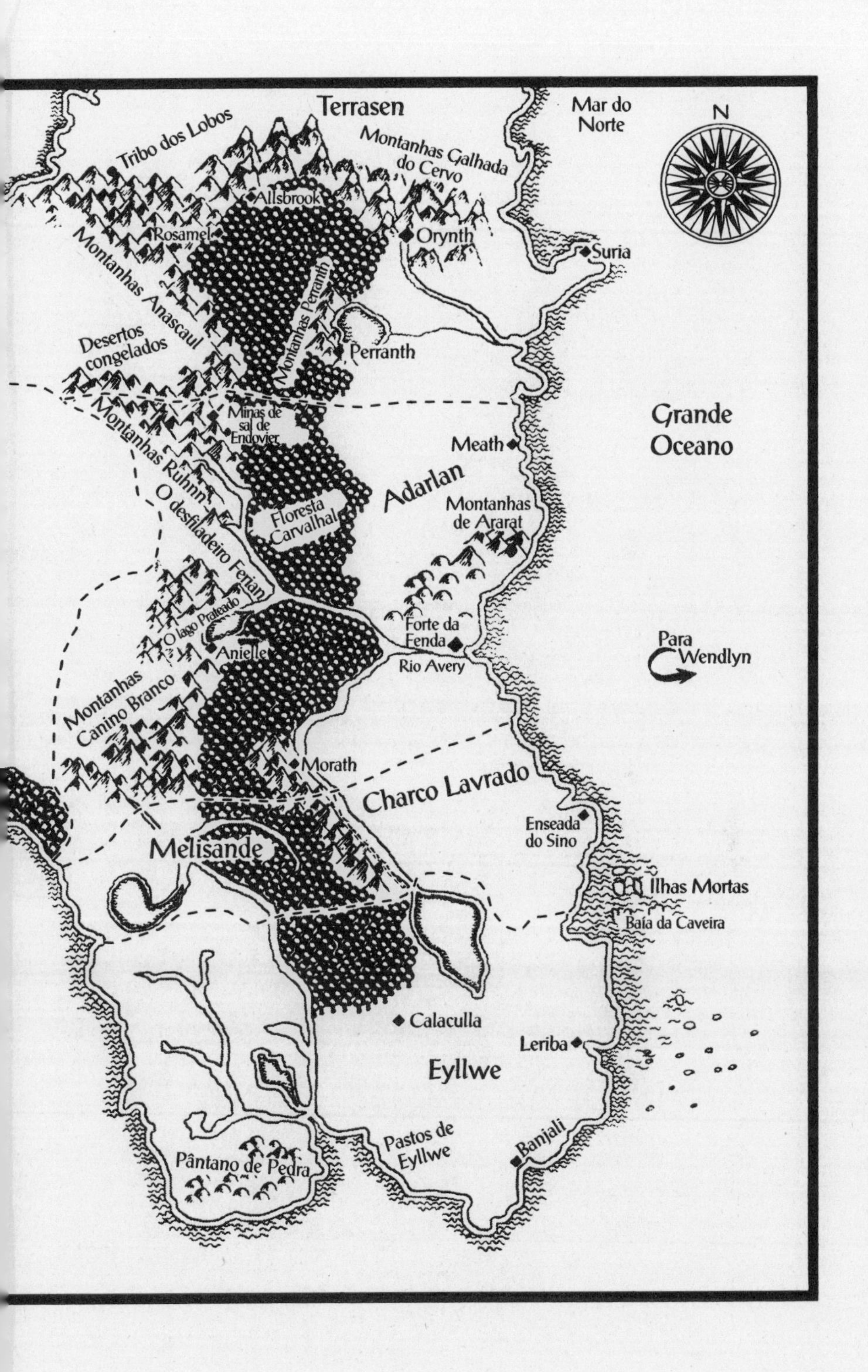

Terrasen
Mar do Norte
N
Tribo dos Lobos
Montanhas Galhada do Cervo
Allsbrook
Rosamel
Orynth
Suria
Montanhas Anascaul
Montanhas Perranth
Desertos congelados
Perranth
Minas de sal de Endovier
Grande Oceano
Meath
Montanhas Ruhnn
Adarlan
O desfiladeiro Ferian
Floresta Carvalhal
Montanhas de Ararat
O lago Prateado
Forte da Fenda
Anielle
Para Wendlyn
Rio Avery
Montanhas Canino Branco
Morath
Charco Lavrado
Enseada do Sino
Melisande
Ilhas Mortas
Baía da Caveira
Calaculla
Leriba
Eyllwe
Pastos de Eyllwe
Banjali
Pântano de Pedra

PARTE UM

Herdeira das cinzas

1

Pelos deuses, como fervia naquela desculpa esfarrapada de reino.

Ou talvez assim parecesse a Celaena Sardothien porque estava recostada desde o meio da manhã na beirada do telhado de terracota, um braço sobre os olhos, assando devagar ao sol, como os pedaços de pão chato que os mais pobres da cidade deixavam no parapeito das janelas, pois não tinham condições de comprar fornos de tijolos.

E, pelos deuses, ela estava enjoada do pão chato — *teggya*, era como chamavam. Enjoada da crocância e do gosto acebolado que nem mesmo goladas de água conseguiam tirar. Se nunca mais comesse um pedaço de teggya, ficaria agradecida.

Em grande parte porque era tudo pelo que pudera pagar quando chegou a Wendlyn, duas semanas antes, e seguiu para a capital, Varese, exatamente como lhe fora ordenado pela grande majestade imperial e mestre da terra, o rei de Adarlan.

Celaena recorrera a roubar teggya e vinho das barracas de rua quando o dinheiro acabou. Não muito tempo depois de dar uma olhada no castelo de calcário pesadamente protegido, nos guardas de elite, nas bandeiras cor de cobalto oscilando tão orgulhosamente ao vento seco e quente, decidiu *não* matar os alvos designados.

Assim, era teggya roubado... e vinho. O azedo vinho tinto das vinícolas que ladeavam a cadeia de colinas ao redor da capital protegida por uma muralha; um gosto que Celaena inicialmente odiou, mas do qual agora gostava muito, muito mesmo. Principalmente desde o dia em que decidira que não se importava com nada em particular.

A jovem estendeu a mão para as telhas de terracota inclinadas atrás de si, tateando em busca da jarra de barro com vinho que arrastara para o telhado naquela manhã. Tateando, buscando, então...

Celaena xingou. Onde estava a porcaria do vinho?

O mundo girou e ficou ofuscantemente nítido quando a assassina se apoiou sobre os cotovelos. Pássaros voavam em círculos acima, mantendo-se bem distantes do falcão de rabo branco, empoleirado a manhã inteira no alto de uma chaminé próxima, esperando para pegar a próxima refeição. Abaixo, a rua do mercado era um tear brilhante de cores e sons, cheia de asnos relinchando, mercadores agitando seus artigos, roupas, tanto estrangeiras quanto familiares, e o estalar de rodas contra paralelepípedos pálidos. Mas onde estava a porcaria do...

Ah. Ali. Enfiado sob uma das pesadas telhas vermelhas para ficar fresco. Exatamente onde Celaena o escondera horas antes, quando subira no telhado do enorme mercado coberto a fim de avaliar o perímetro da muralha do castelo, a dois quarteirões de distância. Ou o que quer que ela achasse que parecia oficial e útil antes de perceber que preferia se espreguiçar nas sombras. Sombras que tinham sido queimadas pelo sol implacável de Wendlyn havia muito tempo.

A assassina bebeu da jarra de vinho — ou tentou. Estava vazia, o que imaginou ser uma bênção, porque, *pelos deuses*, como a cabeça girava. Precisava de água e de mais teggya. E talvez algo para o lábio cortado, que doía gloriosamente, e para a bochecha arranhada, que conseguira na noite anterior em uma das tabernas da cidade.

Resmungando, Celaena se deitou de bruços e verificou a rua, doze metros abaixo. Àquela altura, já conhecia os guardas que a patrulhavam — tinha marcado os rostos e as armas deles, exatamente como fizera com os guardas no alto da enorme muralha do castelo. A jovem decorara seus turnos e o modo como abriam os três gigantescos portões que levavam à construção. Parecia que os Ashryver e os ancestrais destes levavam a segurança muito, muito a sério.

Fazia dez dias desde que Celaena chegara a Varese, depois de sair em disparada da costa. Não porque estivesse ansiosa para matar os alvos, mas porque a cidade era tão imensa que parecia a melhor chance de fugir dos oficiais da imigração, dos quais escapara em vez de se registrar no tão benevolente programa de trabalho. Correr para a capital também fornecera uma atividade bem-vinda após semanas no mar, onde Celaena não sentira vontade de fazer nada a não ser ficar deitada na cama estreita da cabine entulhada, ou afiar as armas com um zelo quase religioso.

Você não passa de uma covarde, dissera Nehemia a ela.

Cada parte das pedras de amolar ecoava aquilo. *Covarde, covarde, covarde.* A palavra perseguira a assassina em cada légua oceânica.

Ela fizera uma promessa — a promessa de libertar Eyllwe. Então, entre momentos de desespero, raiva e luto, entre pensar em Chaol e nas chaves de Wyrd e em tudo o que deixara para trás e perdera, Celaena decidira-se por um plano a ser seguido depois que chegasse ao litoral. Um plano, por mais insano e improvável, para libertar o reino escravizado: encontrar e destruir as chaves de Wyrd, que o rei de Adarlan usara para construir o terrível império. Ela se destruiria com prazer para completar a tarefa.

Apenas ela, apenas ele. Exatamente como deveria ser; nenhuma outra vida perdida além da deles, nenhuma alma maculada além da dela. Seria preciso um monstro para destruir um monstro.

Se tinha que estar ali graças às boas intenções equivocadas de Chaol, então ao menos obteria as respostas de que precisava. Havia uma pessoa em Erilea presente quando as chaves de Wyrd foram empunhadas por uma raça de demônios conquistadores, que as forjara em três ferramentas de poder tão grande que foram escondidas por milhares de anos e quase apagadas da memória. A rainha Maeve dos feéricos. Maeve sabia de tudo — como se esperaria de alguém mais antigo que a terra.

Portanto, o primeiro passo daquele plano idiota tinha sido simples: procurar Maeve, obter respostas sobre como destruir as chaves de Wyrd e depois voltar para Adarlan.

Era o mínimo que podia fazer. Por Nehemia — por... muitas outras pessoas. Nada mais restava dentro dela, não de verdade. Apenas cinzas e um abismo, e a promessa inquebrável que entalhara na carne para a amiga que a vira pelo que realmente era.

Quando aportou na enorme cidade portuária de Wendlyn, a jovem não pôde deixar de admirar o cuidado que o navio tomou ao chegar ao litoral — esperando até uma noite sem lua, em seguida enfiando-a na cozinha, com as demais refugiadas de Adarlan, enquanto navegava os canais secretos pelo recife de corais. Era compreensível: o recife era a principal defesa que mantinha as legiões de Adarlan longe daqueles mares. Era também parte da missão de Celaena como campeã do rei.

Essa era outra tarefa que pairava no fundo da mente da assassina: encontrar um modo de evitar que o rei executasse Chaol ou a família de Nehemia. Ele havia prometido fazê-lo caso ela falhasse em sua missão de tomar os planos de defesa naval de Wendlyn, além de matar o rei e o príncipe do reino no baile anual do solstício de verão. Mas Celaena afastara esses pensamentos conforme o navio aportou e as refugiadas foram levadas em multidões para o porto, a fim de serem processadas pelos oficiais.

Muitas daquelas mulheres estavam marcadas por dentro e por fora, os olhos brilhavam com ecos de quaisquer que fossem os horrores recaídos sobre elas em Adarlan. Então, mesmo depois de desaparecer do navio durante o caos do aportamento, Celaena se deteve em um telhado próximo enquanto as passageiras eram escoltadas ao interior de um prédio — para que encontrassem lares e emprego. No entanto, os oficiais de Wendlyn poderiam, mais tarde, levá-las a uma parte deserta da cidade e fazer o que quisessem. Vendê-las. Feri-las. Eram refugiadas: indesejadas e sem quaisquer direitos. Sem qualquer voz.

Mas a jovem não se deteve apenas por paranoia. Não. Nehemia teria ficado para se certificar de que as mulheres estavam a salvo. Ao perceber isso, Celaena pegou a estrada para a capital assim que teve certeza de que as refugiadas estavam bem. Aprender a se infiltrar no castelo era apenas algo para ocupar o tempo enquanto decidia como executar os primeiros passos do plano. Enquanto tentava parar de pensar em Nehemia.

Fora tudo bem. Bem e fácil. Escondendo-se no bosque e nos celeiros ao longo do caminho, Celaena passou como uma sombra pelo campo.

Wendlyn. Uma terra de mitos e monstros — de lendas e de pesadelos concretizados.

O reino em si era uma extensão de areia morna e rochosa, e uma floresta densa, crescendo cada vez mais verde conforme colinas se estendiam para o interior e se erguiam em picos pontiagudos. A costa e a terra ao redor da capital eram secas, como se o sol tivesse assado tudo, exceto a vegetação mais resistente. Muito diferente do império úmido e congelado que deixara para trás.

Uma terra de abundância, de oportunidade, na qual os homens simplesmente não tomavam tudo o que queriam, onde portas não eram trancadas e as pessoas sorriam para você na rua. Mas Celaena não se importava muito se alguém sorria ou não para ela; não, conforme os dias corriam, achou subitamente muito difícil se importar com qualquer coisa. Qualquer que fosse a determinação, qualquer que fosse a raiva, qualquer *coisa* que tivesse sentido ao deixar Adarlan tinha sumido, fora devorada pelo nada que agora a corroía.

Quatro dias se passaram até que ela visse a enorme capital construída entre os sopés das montanhas. Varese, a cidade na qual a mãe da assassina nascera; o coração vibrante do reino.

Embora Varese fosse mais limpa que Forte da Fenda, e tivesse muita riqueza distribuída entre as classes mais altas e mais baixas, era, ainda assim, uma capital, com cortiços e becos, prostitutas e jogadores — e não levara muito tempo para que Celaena encontrasse o submundo da cidade.

Na rua abaixo, três dos guardas do mercado pararam para conversar, e a jovem apoiou o queixo nas mãos. Como qualquer guarda daquele reino, cada um vestia uma armadura leve e carregava um bom número de armas. Diziam os boatos que os soldados de Wendlyn tinham sido treinados pelos feéricos para serem destemidos, precisos e ágeis. E, por uma dezena de motivos diferentes, ela não queria descobrir se aquilo era verdade. Sem dúvida pareciam bem mais observadores que as sentinelas comuns de Forte da Fenda; mesmo que não tivessem reparado ainda na assassina entre eles. Mas ultimamente Celaena sabia que a única ameaça que representava era contra si mesma.

Mesmo assando ao sol todo dia, mesmo limpando-se sempre que podia em uma das muitas fontes das praças da cidade, ainda sentia o sangue de Archer Finn ensopando a pele, entranhado no cabelo. Mesmo com o constante barulho e o ritmo de Varese, ainda conseguia ouvir o gemido do homem quando ela o estripou no túnel sob o castelo. E, mesmo com o vinho e o calor, ainda conseguia ver Chaol, o horror lhe contraindo o rosto ao descobrir a herança feérica de Celaena e o poder monstruoso que poderia facilmente destruí-la, como ela era vazia e sombria por dentro.

A assassina frequentemente se perguntava se Chaol havia desvendado a charada que ela contara no porto de Forte da Fenda. E se descobrira a verdade... Celaena jamais se deixava ir tão longe. Não era hora de pensar no capitão, ou na verdade, ou em quaisquer das coisas que tinham lhe deixado a alma tão partida e cansada.

Celaena tocou cuidadosamente o lábio cortado e franziu a testa para os guardas do mercado, o movimento fez com que a boca doesse ainda mais. Ela merecera aquela pancada durante a briga que provocara na taberna na noite anterior — chutara um homem no saco, então, quando ele recuperou o fôlego, estava enfurecido, para dizer o mínimo. Ao abaixar a mão, Celaena observou os guardas por alguns momentos. Não subornavam os mercadores, não implicavam ou os ameaçavam com multas, como os guardas e oficiais de Forte da Fenda. Cada oficial e soldado que vira até então fora igualmente... bom.

Assim como Galan Ashryver, o príncipe herdeiro de Wendlyn, era bom.

Reunindo algo semelhante a irritação, a assassina colocou a língua para fora. Mostrando-a para os guardas, para o mercado, para o falcão na chaminé próxima, para o castelo e para o príncipe vivendo ali dentro. Ela queria não ter ficado sem vinho tão cedo.

Fazia uma semana desde que descobrira como se infiltrar no castelo, três dias depois de chegar a Varese. Uma semana desde aquele dia terrível em que seus planos se deterioraram ao seu redor.

Uma brisa refrescante soprou, trazendo consigo os temperos das barracas que cobriam a rua próxima — noz-moscada, tomilho, cominho, verbena. Celaena inspirou profundamente, deixando que os aromas limpassem a cabeça aturdida pelo sol e pelo vinho. O badalar de sinos flutuava de uma das cidades montanhosas vizinhas e, em alguma praça da cidade, uma banda de trovadores tocava uma alegre canção do meio-dia. Nehemia teria adorado aquele lugar.

E, com a mesma rapidez, o mundo deslizou, foi engolido pelo abismo que agora vivia dentro de Celaena. Nehemia jamais veria Wendlyn. Jamais perambularia pelo mercado de temperos ou ouviria os sinos da montanha. Um peso morto pressionou o peito da assassina.

Parecera um plano tão perfeito quando chegou a Varese. Durante as horas que passou entendendo as defesas do castelo real, debateu como encontraria Maeve para aprender sobre as chaves. Tudo seguia suave e impecavelmente, até...

Até aquele dia amaldiçoado quando Celaena reparou que os guardas deixavam um vazio nas defesas da muralha ao sul toda tarde às duas horas, e entendeu como o mecanismo do portão operava. Até que Galan Ashryver passou cavalgando por aqueles portões, completamente visível de onde ela estava agachada no telhado da casa de um nobre.

Não fora a visão de Galan, com a pele marrom e os cabelos castanhos, que a paralisou. Nem o fato de que, mesmo de longe, conseguia ver-lhe os olhos turquesa — os olhos *dela*, o motivo pelo qual Celaena costumava usar um capuz nas ruas.

Não. Fora o modo como as pessoas deram vivas.

Davam vivas para ele, o príncipe delas. Adoravam-no, com o sorriso deslumbrante e a armadura leve reluzindo ao sol infinito, conforme Galan e os soldados que o seguiam cavalgavam na direção da costa norte para continuar furando o bloqueio comercial. *Furar o bloqueio*. O príncipe — alvo da assassina — furava a porcaria do bloqueio de Adarlan, e o povo o *amava* por isso.

Celaena acompanhou o príncipe e seus homens pela cidade, saltando de telhado em telhado, e seria preciso apenas uma flecha através daqueles olhos turquesa para que Galan estivesse morto. Mas o seguiu até a muralha da cidade, os vivas aumentando, as pessoas atirando flores, todas sorrindo com orgulho do príncipe tão perfeito.

A assassina chegou aos portões da cidade no momento em que se abriram para permitir a passagem do príncipe. E, quando Galan Ashryver cavalgou para o pôr do sol, para a guerra e a glória e para lutar pelo bem e pela liberdade, ela permaneceu naquele telhado até que o homem virasse um pontinho ao longe.

Então Celaena foi até a taberna mais próxima e se meteu na briga mais sangrenta e violenta que já havia provocado, até que a guarda da cidade foi chamada, fazendo-a sumir momentos antes de todos serem jogados na cadeia. Assim, Celaena decidiu, com o nariz sangrando na frente da camisa enquanto cuspia sangue nos paralelepípedos, que não faria *nada*.

Não havia sentido nos planos. Nehemia e Galan teriam levado o mundo para a liberdade, e sua amiga deveria estar respirando. Juntos, o príncipe e a princesa poderiam ter derrotado o rei de Adarlan. Mas ela estava morta, e a promessa de Celaena — a estúpida e miserável promessa — valia tanto quanto lama quando havia herdeiros amados como Galan para fazer muito mais. A assassina fora uma tola por fazer aquela promessa.

Até mesmo Galan; Galan mal fazia cócegas em Adarlan e tinha toda uma armada à disposição. Celaena era só uma pessoa, um desperdício total de vida. Se Nehemia não fora capaz de impedir o rei... então aquele plano de encontrar uma forma de entrar em contato com Maeve... aquele plano era completamente inútil.

Ainda bem que ainda não vira um feérico — sequer um — ou as fadas, ou mesmo um pingo de mágica. Fizera o melhor para evitar isso. Até mesmo antes de ver Galan, mantivera distância das barracas do mercado que ofereciam tudo, desde curas a amuletos e poções, pois eram áreas que também costumavam estar cheias de artistas de rua e mercenários trocando seus talentos para ganhar a vida. Celaena descobrira quais tabernas aqueles que mexiam com magia gostavam de frequentar, e jamais chegava perto. Porque às vezes sentia uma *coisa* pinicar e se contorcer e despertar dentro dela, se captasse um fiapo da energia.

Fazia uma semana desde que desistira do plano e abandonara qualquer tentativa de se importar. E suspeitava que ainda fosse levar muitas semanas mais até estar completamente cheia de teggya, ou de brigar toda noite apenas para sentir alguma coisa, ou de entornar vinho azedo enquanto ficava o dia todo deitada em telhados.

Mas Celaena estava com a garganta seca e o estômago roncava, então se afastou devagar da borda do telhado. Devagar não por causa daqueles guardas atentos, mas porque a cabeça girava bastante. Não confiava em si mesma para se importar o suficiente de modo a impedir uma queda.

A jovem olhou com raiva para a fina cicatriz que se estendia sobre a palma da mão conforme desceu o cano de escoamento até o beco no limite da rua do mercado. Não era nada além de um lembrete da promessa patética que tinha feito sobre o túmulo semicongelado de Nehemia havia mais de um mês, e de tudo e de todos com quem havia falhado. Exatamente como o anel de ametista, o qual perdia em apostas toda noite e recuperava antes do nascer do sol.

Apesar de tudo o que acontecera, e do papel de Chaol na morte de Nehemia, até mesmo depois de Celaena ter destruído o que havia entre os dois, não fora capaz de abrir mão do anel. Já o perdera três vezes em carteados, apenas para recuperá-lo — por qualquer meio necessário. Uma adaga pronta para escorregar entre as costelas costumava ser muito mais convincente que palavras verdadeiras.

A assassina achou um milagre ter conseguido descer até o beco, no qual as sombras momentaneamente ofuscavam a sua visão. Ela apoiou uma das mãos na fria parede de pedra, permitindo que os olhos se ajustassem, desejando que a cabeça parasse de girar. Uma confusão — Celaena era uma verdadeira confusão. Imaginou quando se incomodaria em deixar de ser assim.

O odor pungente e fedorento de uma mulher atingiu a assassina antes que ela a visse. Em seguida, olhos amarelados e arregalados estavam contra o rosto dela, e um par de lábios rachados e murchos se abriram para sussurrar:

— Indolente! Não me deixe surpreendê-la diante de minha porta de novo!

Celaena recuou, piscando para a mendiga — e para a porta, a qual... não passava de uma reentrância na parede, entulhada de lixo e o que só podiam ser sacolas com os pertences da mulher. A mendiga era corcunda, tinha os cabelos sujos e os dentes eram tocos em ruínas. A jovem piscou de novo, o rosto da mulher entrando em foco. Furioso, meio insano e imundo.

A assassina estendeu as mãos, recuando um passo, depois mais um.

— Desculpe.

A mendiga cuspiu um punhado de catarro nos paralelepípedos, a centímetros das botas empoeiradas de Celaena. Incapaz de reunir energia para se sentir enojada ou furiosa, a assassina teria ido embora caso não tivesse visto o próprio reflexo ao erguer o olhar inexpressivo do muco.

Roupas sujas — manchadas e empoeiradas e rasgadas. Sem falar que tinha um cheiro *deplorável*, e aquela mendiga a havia tomado por... por uma colega mendiga, competindo por espaço nas ruas.

Bem. Não era *maravilhoso*? O fundo do poço, até mesmo para ela. Talvez fosse ser engraçado algum dia, caso se incomodasse em se lembrar daquilo. Não conseguia se recordar da última vez que rira.

Pelo menos Celaena sentia conforto ao saber que não podia piorar.

Mas então uma grossa voz masculina deu uma risada nas sombras atrás dela.

2

O homem — macho — no fim do beco era feérico.

Depois de dez anos, depois de todas as execuções e as fogueiras, um macho feérico caminhava até ela. Feérico puro e concreto. Não havia como escapar conforme o homem surgia das sombras a metros de distância. A mendiga na alcova e os demais pelo beco ficaram tão quietos que Celaena conseguiu ouvir de novo aqueles sinos ecoando das montanhas distantes.

Alto, de ombros largos, com cada centímetro do corpo obviamente marcado por músculos, era um feérico com poder nas veias. Ele parou sob um feixe empoeirado de luz do sol, os cabelos prateados brilhando.

Como se as orelhas delicadamente pontiagudas e os dentes caninos levemente longos não fossem o bastante para quase matar todos de susto naquele beco, inclusive a coitada agora choramingando atrás da assassina, o feérico tinha uma tatuagem de aparência maliciosa do lado esquerdo do rosto de feições acentuadas, as espirais de tinta escura severas contra a pele.

As marcas poderiam muito bem ter sido decorativas, mas Celaena ainda se lembrava o bastante da língua feérica para reconhecê-las como palavras, até mesmo em uma representação tão artística. Começando na têmpora, a tatuagem descia pelo maxilar até o pescoço, onde desaparecia sob o sobretudo e a capa desbotados que usava. A jovem tinha a sensação de que os desenhos continuavam pelo restante dele também, escondidos com pelo menos meia dúzia de armas. Ao levar a mão à capa em busca da própria adaga oculta, ela percebeu que o feérico poderia ter sido considerado bonito, não fosse pela promessa de violência naqueles olhos verde-pinho.

Seria um erro chamá-lo de jovem — assim como seria um erro chamá-lo de qualquer outra coisa além de um guerreiro, mesmo sem a espada presa às costas e as facas perigosas na lateral do corpo. Ele se moveu com graciosidade letal e determinação, verificando o beco como se caminhasse em direção a um campo de batalha.

Com o cabo da adaga morno em sua mão, Celaena ajustou a postura, surpresa por sentir... medo. E o suficiente para que dissipasse a névoa densa que lhe atrapalhava os sentidos nas últimas semanas.

O guerreiro feérico andou pelo beco, as botas de couro na altura dos joelhos silenciosas sobre os paralelepípedos. Alguns dos vagabundos se encolheram; outros dispararam para a rua ensolarada, para portas aleatórias, qualquer lugar para escapar daquele olhar desafiador.

Antes mesmo de os olhos aguçados a encararem, Celaena soube que ele estava atrás dela e quem o enviara.

Ela levou a mão para o amuleto do Olho, ficando surpresa ao perceber que não estava mais ao redor do pescoço. A jovem o dera a Chaol — a única proteção que pôde conferir a ele ao partir. O capitão devia tê-lo jogado fora assim que descobriu a verdade. Desse modo, poderia voltar ao refúgio de ser inimigo de Celaena. Talvez também contasse a Dorian, e os dois estariam em segurança.

Antes que conseguisse ceder ao instinto de escalar novamente o cano de escoamento e subir no telhado, Celaena considerou o plano que abandonara. Será que algum deus havia se lembrado de sua existência e decidira lhe ajudar? A assassina precisava ver Maeve.

Bem, ali estava um dos guerreiros de elite de Maeve. Pronto. Esperando.

E pelo temperamento maligno que emanava do feérico, não estava muito feliz por isso.

O beco permaneceu tão silencioso quanto um cemitério enquanto o guerreiro a avaliava. As narinas se dilataram delicadamente, como se estivesse...

Ele estava sentindo o cheiro da assassina.

Celaena experimentou uma pequena satisfação ao saber que cheirava terrivelmente, mas não era esse o aroma que ele captava. Não, era o odor que a marcava como *ela* — o cheiro da linhagem e do sangue, o que e quem ela era. E se o guerreiro dissesse o nome da assassina diante daquelas pessoas... aí Celaena sabia que Galan Ashryver voltaria correndo para casa. Os guardas estariam em alerta total, e *isso* realmente não era parte do plano.

O desgraçado parecia capaz de fazer tal coisa, apenas para provar quem estava no comando. Portanto, Celaena reuniu o máximo de energia que pôde e caminhou com elegância até o feérico, tentando se lembrar do que poderia ter feito meses atrás, antes de mandar o mundo para o inferno.

— Que prazer ver você, meu amigo — ronronou ela. — Grande prazer mesmo.

A assassina ignorou os rostos assustados ao redor dos dois, concentrando-se apenas em avaliar o guerreiro, cuja imobilidade inata seria possível apenas a um imortal. Ela desejou que o coração e a respiração se acalmassem. Era bem provável que o homem fosse capaz de ouvi-los, de sentir o cheiro de cada emoção percorrendo seu corpo. Não haveria como enganá-lo fingindo coragem, nem em mil anos. Possivelmente o feérico já vivera esse tempo. Talvez não houvesse modo de derrotá-lo também. Ela era Celaena Sardothien, mas ele era um guerreiro feérico, e tudo indicava que havia bastante tempo.

A jovem parou a alguns metros. Pelos deuses, como ele era imenso.

— Que ótima surpresa! — exclamou ela, em voz alta o suficiente para todos ouvirem. Quando foi a última vez que soou tão agradável? Nem se lembrava da última vez que dissera frases completas. — Achei que nos encontraríamos nas muralhas da cidade.

Ele não fez reverência, graças aos deuses. A expressão severa nem mesmo se alterou. Que pensasse o que quisesse. Celaena tinha certeza de que ela não se parecia em nada com o que o feérico fora instruído a esperar — e ele sem dúvida riu quando aquela mulher a confundiu com uma colega mendiga.

— Vamos.

Foi tudo o que o guerreiro falou, a voz um pouco entediada parecendo ecoar nas pedras conforme se virava para deixar o beco. Celaena apostaria alto que os braçais de sua armadura ocultavam facas.

Ela poderia ter dado uma resposta desagradável, apenas para testá-lo um pouco mais, mas as pessoas ainda estavam olhando. O feérico seguiu, sem se incomodar em olhar para qualquer um dos observadores. Celaena não sabia se estava impressionada ou revoltada.

Seguiu o guerreiro feérico para a rua iluminada e pela cidade animada. Ele ignorava os humanos que paravam de trabalhar e de caminhar e de se distrair para encará-lo. O guerreiro certamente não esperou que a assassina o alcançasse ao caminhar até duas éguas comuns, amarradas a um cocho em uma praça qualquer. Se a memória não falhava a Celaena, os feéricos possuíam cavalos muito melhores. Ele provavelmente chegou de outra forma e comprou aqueles na cidade.

Todos os feéricos possuíam uma forma animal secundária. Celaena estava atualmente na dela, o corpo humano mortal, tão animal quanto os pássaros chilreando acima. Mas qual seria a dele? Poderia ser um lobo, pensou ela, com aquele sobretudo, cheio de camadas, que oscilava no meio da coxa como uma capa de pele, as passadas tão silenciosas. Ou um felino selvagem, com aquela graciosidade de predador.

O homem montou na égua maior, deixando-a com a besta malhada, que parecia mais interessada em procurar uma refeição rápida que em caminhar pelo terreno. Eram duas, então. Contudo, já tinham ido longe demais sem qualquer explicação.

Celaena enfiou a sacola em uma bolsa da sela, inclinando as mãos para que as mangas escondessem as finas cicatrizes ao redor dos pulsos, lembretes de onde estiveram as amarras. De onde *ela* estivera. Não era da conta dele. Também não era da conta de Maeve. O quanto menos soubessem sobre Celaena, menos poderiam usar contra ela.

— Conheci alguns tipos de guerreiros emburrados em minha época, mas acho que você deve ser o mais emburrado de todos. — O feérico virou a cabeça para ela, que continuou: — Ah, oi. Acho que sabe quem sou, então não vou me incomodar em me apresentar. Mas, antes que eu seja despachada para sabem os deuses onde, gostaria de saber quem *você* é.

Os lábios do guerreiro se contraíram. Ele avaliou a praça — onde as pessoas agora observavam. E todos imediatamente encontraram outro lugar para estar.

Depois que se dispersaram, o feérico retrucou:

— Você já reuniu informação o bastante sobre mim a esta altura para saber o que precisa. — Ele falou na língua comum, e o sotaque era leve, encantador se estivesse se sentindo generosa o suficiente para admitir. Um ronronar baixo e arrastado.

— Justo. Mas como devo chamá-lo? — Ela segurou a sela, mas não montou na égua.

— Rowan. — Sua tatuagem parecia absorver o sol, tão escura como se recém-feita.

— Bem, Rowan... — Ah, ele não gostou *nada* do tom de voz dela. Os olhos de Rowan se semicerraram levemente em aviso, mas Celaena prosseguiu: — Ouso perguntar: aonde vamos? — Ela só podia estar bêbada, ou isso ou caindo em um novo nível de apatia, para falar com o feérico daquela forma. Mas não conseguia parar, mesmo com os deuses, ou Wyrd, ou os fios do destino preparando-se para lançá-la de volta ao plano de ação original.

— Vou levá-la para onde foi convocada.

Contanto que pudesse ver Maeve e fazer perguntas, Celaena não se importava muito com como chegaria a Doranelle; ou com quem viajaria.

Faça o que precisa ser feito, dissera Elena. Como sempre, ela deixara de especificar *o que* precisava ser feito depois que a assassina chegasse a Wendlyn. Pelo menos era melhor que comer pão chato e beber vinho, ou ser confundida com uma mendiga. Talvez pudesse estar em um barco de volta a Adarlan em três semanas, com as respostas que resolveriam tudo.

Isso deveria tê-la revigorado. Mas, pelo contrário, ela se viu montando na égua silenciosamente, sem palavras e sem vontade de usá-las. Apenas os últimos minutos de interação a haviam exaurido por completo.

Era melhor que Rowan não quisesse conversar enquanto se dirigiam para fora da cidade. Os guardas simplesmente gesticularam para que passassem pela muralha, alguns até recuaram.

Conforme cavalgaram, o feérico não perguntou por que Celaena estava ali e o que fizera durante os últimos dez anos, enquanto o mundo se tornava um inferno. Ele puxou o capuz desbotado sobre os cabelos prateados e seguiu em frente, embora ainda fosse bem fácil distingui-lo, como um guerreiro e a lei personificados.

Se Rowan era realmente tão velho quanto Celaena suspeitava, ela devia ser pouco mais que um grão de poeira para ele, um fiapo de vida no fogo de imortalidade havia tanto aceso. Ele provavelmente poderia matá-la sem pensar duas vezes — e então seguir para a próxima tarefa, completamente inabalado por acabar com sua existência.

Isso não a irritou tanto quanto deveria.

3

Havia um mês agora, era o mesmo sonho. Toda noite, diversas vezes, até que Chaol pudesse vê-lo quando estava acordado.

Archer Finn gemendo enquanto Celaena enfiava a adaga em suas costelas até o coração. Ela abraçava o lindo cortesão como um amante, porém, quando olhava por cima dos ombros de Archer, os olhos estavam mortos. Vazios.

O sonho mudava, e Chaol não conseguia dizer nem fazer nada conforme os cabelos loiro-castanhos ficavam escuros e o rosto agonizante não era mais o de Archer, mas o de Dorian.

O príncipe herdeiro recuava, e a assassina o segurava com mais força, girando a adaga uma última vez antes de deixá-lo desabar nas pedras cinzentas do túnel. O sangue já empoçava — rápido demais. Mas Chaol ainda não se movia, não conseguia ir até o amigo ou até a mulher que amava.

Os ferimentos de Dorian se multiplicavam, e havia sangue... tanto sangue. Ele conhecia aqueles ferimentos. Embora jamais tivesse visto o corpo, lera os relatórios detalhando o que Celaena fizera com o assassino corrompido, Cova, naquele beco; o modo como o estripou por ter matado Nehemia.

Celaena abaixava a adaga, cada gota de sangue da lâmina reluzente provocava ondas na poça já formada ao redor. Ela inclinava a cabeça para trás, inspirando fundo. Inspirando a morte diante de si, absorvendo-a na própria alma, vingança e êxtase se misturando diante do massacre do inimigo. O verdadeiro inimigo. O Império Havilliard.

O sonho mudava de novo, e Chaol estava sob Celaena enquanto ela se contorcia acima dele, a cabeça ainda para trás, aquela mesma expressão de êxtase estampada no rosto manchado de sangue.

Inimiga. Amante.

Rainha.

~

A memória do sonho se dissolveu quando o capitão piscou para Dorian, que estava sentado ao seu lado na antiga mesa dos dois, no salão de baile, esperando por uma resposta para o que quer que tivesse dito. Chaol fez um gesto com os ombros como que pedindo desculpas.

O príncipe herdeiro não devolveu o meio sorriso do amigo. Em vez disso, falou baixinho:

— Você estava pensando nela.

Chaol engoliu uma porção do ensopado de cordeiro, mas não sentiu gosto de nada. Dorian era observador demais para o próprio bem. E o capitão não tinha interesse algum em falar sobre Celaena. Nem com Dorian, nem com ninguém. A verdade que sabia sobre ela poderia colocar mais vidas em perigo do que a da própria assassina.

— Estava pensando em meu pai — mentiu Chaol. — Quando ele voltar a Anielle em algumas semanas, devo acompanhá-lo. — Era o preço por enviar Celaena para a segurança de Wendlyn: o apoio do pai em troca do retorno do capitão ao lago Prateado, a fim de assumir seu título como herdeiro de Anielle. E ele estivera disposto a fazer esse sacrifício; faria qualquer sacrifício para manter Celaena e os segredos dela a salvo. Mesmo agora que sabia quem... *o que* ela era. Mesmo depois de a assassina ter contado sobre o rei e as chaves de Wyrd. Se era esse o preço a pagar, que fosse.

Dorian olhou para a grande mesa, na qual o rei e o pai de Chaol comiam. O príncipe herdeiro deveria estar sentado com eles, mas escolhera sentar-se com o amigo em vez disso. Era a primeira vez que Dorian fazia isso em muito tempo — a primeira vez que eles se falavam desde a conversa tensa após a decisão de mandar Celaena para Wendlyn.

O rapaz entenderia se soubesse a verdade. Mas não podia saber quem e o que a assassina era, ou o que o rei realmente planejava. O potencial para desastre era grande demais; e os próprios segredos do príncipe, mortais o bastante.

— Ouvi rumores de que deveria ir — falou Dorian, com cautela. — Não sabia que era verdade.

Chaol assentiu, tentando encontrar alguma coisa — qualquer coisa — para dizer ao amigo.

Ainda não haviam conversado sobre a outra coisa entre eles, o outro pedaço de verdade que surgira naquela noite nos túneis: Dorian tinha magia. O capitão não queria saber nada a respeito. Se o rei decidisse interrogá-lo... esperava que suportasse, se algum dia chegasse a isso. O rei, Chaol sabia, empregava métodos muito mais sombrios de extrair informações que a tortura. Então ele não perguntou, não disse uma palavra. E Dorian também não.

O capitão encarou o amigo. Não havia nada gentil ali. Contudo, o príncipe falou:

— Estou tentando, Chaol.

Tentando, pois Chaol não tê-lo consultado sobre o plano de mandar Celaena para longe de Adarlan fora uma quebra de confiança, e algo que o envergonhava, embora Dorian jamais pudesse saber disso também.

— Eu sei.

— E, apesar do que aconteceu, tenho quase certeza de que não somos inimigos. — A boca do príncipe se contraiu.

Você sempre será meu inimigo. Celaena gritara essas palavras para Chaol na noite em que Nehemia morreu. Gritara com dez anos de convicção e ódio, passara uma década guardando o maior segredo do mundo tão fundo dentro de si que havia se tornado uma pessoa totalmente diferente.

Porque Celaena era Aelin Ashryver Galathynius, herdeira do trono e legítima rainha de Terrasen.

Isso fazia dela inimiga mortal de Chaol. Isso a tornava inimiga de Dorian. O capitão ainda não sabia o que fazer a respeito daquilo, ou o que isso significava para eles, para a vida que havia imaginado com ela. O futuro com o qual sonhara certa vez tinha sido irreversivelmente destruído.

Chaol vira o vazio em seus olhos naquela noite nos túneis, assim como a ira e a exaustão e a tristeza. Vira Celaena perder a mente quando Nehemia morreu, e sabia o que ela fizera com Cova em retribuição. O capitão não duvidava por um segundo que Celaena pudesse perder o controle de novo. Havia uma escuridão tão reluzente dentro dela, uma fissura interminável que passava direto pelo centro da assassina.

A morte de Nehemia a havia destruído. O que *Chaol* fizera, seu papel naquela morte, a destruíra também. Ele sabia disso. Apenas esperava que Celaena conseguisse se recompor de novo. Porque uma assassina imprevisível e devastada era uma coisa. Mas uma rainha...

— Você parece prestes a vomitar — comentou Dorian, apoiando os antebraços na mesa. — Conte qual é o problema.

Chaol estivera encarando o vazio de novo. Durante um segundo, o peso de tudo o sufocou tanto que o capitão abriu a boca.

No entanto, o ressoar de espadas contra escudos em saudação ecoou do corredor, e Aedion Ashryver — o infame general do Norte e primo de Aelin Galathynius — adentrou o salão de baile.

O salão se calou, inclusive o pai de Chaol e o rei na grande mesa. Antes de Aedion chegar à metade do salão, o capitão se posicionou na base da plataforma.

Não que o jovem general fosse uma ameaça. Na verdade, era a forma como caminhava na direção da mesa do rei, os cabelos dourados na altura dos ombros brilhando à luz das tochas conforme sorria com deboche para todos.

Bonito era um jeito simples de descrever Aedion. Sobrepujante estava mais perto da realidade. Alto e muito musculoso, ele era, em cada centímetro, o guerreiro que os boatos divulgavam. Embora as roupas fossem principalmente para exercer a função, Chaol podia ver que o couro da armadura leve era de confecção requintada e elegantemente detalhado. Havia uma pele branca de lobo jogada sobre os ombros largos e um escudo redondo atado às costas — junto a uma espada de aparência antiga.

Mas o rosto dele. E os olhos... Pelos deuses.

O capitão levou a mão à espada, contendo as feições para que permanecessem neutras, desinteressadas, mesmo quando o Lobo do Norte se aproximou o suficiente para matá-lo.

Eram os olhos de Celaena. Olhos Ashryver. Um turquesa impressionante, com o núcleo dourado tão brilhante quanto os cabelos. O cabelo deles... Até o tom era o mesmo. Poderiam ser gêmeos se Aedion não tivesse 24 anos e a pele queimada de sol de anos nas montanhas branco-neve de Terrasen.

Por que o rei se incomodara em manter Aedion vivo tantos anos atrás? Por que se incomodara em torná-lo um de seus generais mais temidos? Aedion era um príncipe da linha real Ashryver e fora criado na casa Galathynius — no entanto, servia ao rei.

O sorriso do homem permaneceu quando parou diante da grande mesa e fez uma reverência tão curta que Chaol ficou momentaneamente chocado.

— Vossa Majestade — disse o general, com aqueles malditos olhos incandescentes.

O capitão virou para a grande mesa para ver se o rei, se alguém, reparou nas semelhanças que poderiam não apenas condenar Aedion, mas também ele mesmo e Dorian e todos com quem se importava. O pai de Chaol apenas lhe deu um sorriso curto e satisfeito.

Mas o rei franziu a testa.

— Eu o espero há um mês.

O general teve, de fato, a ousadia de dar de ombros.

— Peço desculpas. As montanhas Galhada do Cervo foram assoladas por uma última tempestade de inverno. Parti quando pude.

Todos no salão prenderam a respiração. O temperamento e a insolência de Aedion eram quase lendários; parte do motivo pelo qual fora designado para os confins do Norte. O capitão sempre achou inteligente mantê-lo longe de Forte da Fenda, principalmente porque Aedion parecia ser um desgraçado duas-caras, e a Devastação — a legião do general — era notória pela habilidade e pela brutalidade, mas agora... por que o rei o havia convocado à capital?

O monarca pegou o cálice, girando o vinho em seu interior.

— Não recebi notícias de que sua legião estava aqui.

— Não está.

Chaol se preparou para a ordem de execução, rezando para que não fosse o encarregado de cumpri-la. O rei falou:

— Ordenei que a trouxesse, general.

— E aqui estava eu, achando que queria o prazer de minha companhia. — Quando o soberano grunhiu, Aedion emendou: — Estarão aqui em uma semana ou mais. Eu não quis perder a diversão. — O homem mais uma vez gesticulou com aqueles enormes ombros. — Pelo menos não vim de mãos vazias. — Ele estalou os dedos atrás de si, e um pajem entrou correndo, segurando uma enorme bolsa. — Presentes do Norte, cortesia do último campo rebelde que saqueamos. Vai gostar deles.

O rei revirou os olhos e fez um sinal para o pajem.

— Mande para meus aposentos. Seus *presentes*, Aedion, costumam ofender companhias educadas.

Uma risada baixa; de Aedion, de alguns dos homens à mesa do rei. Ah, o general estava dançando sobre uma linha perigosa. Pelo menos Celaena tinha o bom senso de manter a boca fechada perto do rei.

Considerando os troféus que o monarca havia exigido da jovem como campeã, os itens naquela sacola não seriam apenas ouro e joias. Mas colecionar cabeças, braços e pernas do povo do próprio Aedion, o povo de Celaena...

— Tenho uma reunião do conselho amanhã; quero que esteja lá, general — ordenou o rei.

Aedion levou a mão ao peito.

— Sua vontade é a minha, Vossa Majestade.

Chaol precisou segurar o terror ao ver o que brilhou no dedo do homem. Um anel preto — o mesmo usado pelo rei, Perrington e a maioria daqueles sob o controle deles. *Aquilo* explicava por que o soberano permitia tal insolência: no fim das contas, sua vontade realmente era a de Aedion.

O capitão manteve o rosto inexpressivo quando o rei lhe deu um aceno curto com a cabeça; dispensado. Ele silenciosamente fez uma reverência, agora ansioso demais para voltar à mesa. Para longe do monarca, do homem que tinha o destino do mundo nas mãos sangrentas. Para longe do pai, que via demais. Para longe do general, que agora fazia sua ronda pelo salão, dando tapinhas nos ombros de homens, piscando para mulheres.

Chaol dominou o horror que se revirava no estômago antes de afundar de volta no assento e notar Dorian franzindo a testa.

— Presentes de fato — murmurou o príncipe. — Pelos deuses, ele é insuportável.

O capitão não discordou. Apesar do anel preto do rei, Aedion ainda parecia pensar por conta própria — e era tão bárbaro fora do campo de batalha quanto dentro. O general costumava fazer Dorian parecer celibatário quando se tratava de encontrar formas libertinas de se divertir. Chaol jamais passara muito tempo com Aedion, nem quisera, mas Dorian o conhecia havia algum tempo. Desde...

Eles se conheceram na infância. Quando o príncipe e o pai visitaram Terrasen nos dias que antecederam o massacre da família real. Quando Dorian conheceu Aelin — ou Celaena.

Era bom que ela não estivesse ali para ver o que Aedion havia se tornado. Não apenas pelo anel. Voltar-se contra o próprio povo...

O general deslizou para o banco diante deles, sorrindo. Um predador avaliando a presa.

— Vocês dois estavam sentados nesta mesma mesa da última vez que os vi. Bom saber que algumas coisas não mudam.

Pelos deuses, aquele rosto. Era o rosto de Celaena; o outro lado da moeda. A mesma arrogância, a mesma raiva descontrolada. Mas, enquanto aquilo crepitava na assassina, em Aedion parecia... pulsar. E havia algo mais desprezível, muito mais amargo no rosto do general.

Dorian apoiou os antebraços na mesa, dando um sorriso preguiçoso.

— Oi, Aedion.

Aedion o ignorou e estendeu a mão para uma coxa assada de cordeiro, o anel preto brilhando.

— Gosto da nova cicatriz, capitão — comentou ele, indicando com o queixo a linha branca e fina na bochecha de Chaol. A cicatriz que Celaena lhe dera na noite em que Nehemia morreu e ela tentou matá-lo, agora um lembrete constante de tudo o que perdera. Aedion continuou: — Parece que ainda não acabaram com você. E finalmente lhe deram uma espada de gente grande também.

Dorian falou:

— Fico feliz por ver que aquela tempestade não acabou com sua alegria.

— Semanas preso com nada para fazer a não ser treinar e levar mulheres para a cama? Foi um milagre eu ter me dado ao trabalho de descer das montanhas.

— Não sabia que se incomodava em fazer qualquer coisa que não servisse a seus interesses.

Uma risada baixa.

— Aí está aquela graça encantadora dos Havilliard. — O general começou a devorar a refeição, e Chaol estava prestes a exigir o porquê de este se incomodar em sentar com os dois, se apenas para torturá-los, como sempre gostava de fazer quando o rei não estava olhando, mas percebeu que Dorian encarava o homem.

Não estava observando o tamanho ou a armadura de Aedion, e sim o rosto dele, os olhos...

— Não deveria estar em uma ou outra festa? — perguntou Chaol para o general. — Fico surpreso por continuar aqui quando os prazeres usuais o esperam na cidade.

— Essa é sua forma educada de pedir um convite para minha festa amanhã, capitão? Surpreendente. Sempre deixou implícito que estava acima do meu tipo de celebração. — Aqueles olhos turquesa se semicerraram, e ele deu a Dorian um leve sorriso. — Você, no entanto; a última festa que dei foi *muito* boa para você. Gêmeas ruivas, se me lembro bem.

— Ficará desapontado ao saber que superei aquele tipo de existência — respondeu o príncipe.

Aedion voltou para a refeição.

— Mais para mim, então.

Chaol fechou os punhos sob a mesa. Celaena não fora exatamente virtuosa nos últimos dez anos, mas jamais matara um cidadão nato de Terrasen. Recusara-se, na verdade. E Aedion sempre fora um desgraçado detestável, mas agora... Será que sabia o que usava no dedo? Sabia que, apesar da arrogância, da ousadia, da insolência, o rei podia *obrigá-lo* a se curvar diante da vontade real sempre que quisesse? O capitão não podia avisar Aedion, não sem potencialmente arriscar a própria vida, assim como a vida de todos que amava, caso o general tivesse realmente se aliado ao rei.

— Como estão as coisas em Terrasen? — perguntou Chaol, porque Dorian avaliava Aedion de novo.

— O que gostaria que eu dissesse? Que estamos todos bem alimentados depois de um inverno rigoroso? Que não perdemos tantos para doenças? — Ele riu com escárnio. — Acho que caçar rebeldes é sempre divertido se você tem gosto para a coisa. Espero que Sua Majestade tenha convocado a Devastação para o sul a fim de dar um pouco de ação de verdade a ela. — Quando Aedion levou a mão à água, Chaol viu o cabo da espada do general. Metal opaco salpicado de impressões e arranhões, o punho não passava de um pedaço de chifre rachado e arredondado. Uma espada tão simples e comum para um dos maiores guerreiros de Erilea.

— A Espada de Orynth — gabou-se Aedion. — Um presente de Sua Majestade em minha primeira vitória.

Todos conheciam aquela espada. Era herança da família real de Terrasen, passada de governante a governante. Por direito, era de Celaena. Pertencera ao pai dela. Que o general a possuísse, e considerando o que a espada agora fazia, as vidas que tomava, era como um tapa na cara da assassina e de sua família.

— Fico surpreso por se importar com tanto sentimentalismo — comentou Dorian.

— Símbolos têm poder, príncipe — afirmou Aedion, fixando o olhar nele. O olhar de Celaena, inabalável e vivo com desafio. — Ficaria surpreso com o poder que isto ainda brande no Norte, o que faz para convencer as pessoas a não seguirem planos tolos.

Talvez as habilidades e a perspicácia de Celaena não fossem incomuns em sua linhagem. Mas Aedion era Ashryver, não Galathynius — o que significava que a bisavó dele tinha sido Mab, uma das três rainhas feéricas, mais recentemente coroada deusa e renomeada Deanna, Senhora da Caça. Chaol engoliu em seco.

O silêncio caiu, tenso como a corda de um arco.

— Problemas entre vocês dois? — perguntou o general, mordendo a carne. — Vou adivinhar: uma mulher. A campeã do rei, talvez? Dizem os boatos que ela é... interessante. Foi por isso que superou meu tipo de diversão, principezinho? — Aedion olhou pelo salão. — Gostaria de conhecê-la, acho.

Chaol lutou contra a vontade de pegar a espada.

— Ela viajou.

Então Aedion lançou um sorriso cruel a Dorian.

— Uma pena. Talvez pudesse ter me convencido a seguir em frente também.

— Cuidado com o que fala — grunhiu o capitão. Ele podia ter rido, caso não quisesse estrangular tanto o general. Dorian apenas tamborilou os dedos na mesa. — E mostre algum respeito.

Aedion deu um risinho, terminando o cordeiro.

— Sou o criado fiel de Sua Majestade, como sempre fui. — Aqueles olhos Ashryver mais uma vez caíram sobre Dorian. — Talvez eu seja sua cadelinha algum dia também, príncipe.

— Se ainda estiver vivo — ronronou o rapaz.

Aedion continuou comendo, mas Chaol ainda podia sentir a concentração inquieta do general sobre os dois.

— Dizem os boatos que a Matriarca de um clã de bruxas foi morta nos arredores, não faz muito tempo — falou Aedion, casualmente. — Ela desapareceu, embora o alojamento indicasse que foi uma luta e tanto.

Dorian respondeu, a língua afiada:

— Qual seu interesse nisso?

— É de meu interesse saber quando comerciantes poderosos do reino encontram seu fim.

Um calafrio desceu pela espinha de Chaol. Sabia pouco sobre bruxas. Celaena contara algumas histórias; e o capitão sempre rezou para que fossem exageradas. Mas algo como pavor percorreu o rosto do príncipe.

Chaol se aproximou.

— Não é de sua conta.

Aedion mais uma vez o ignorou e piscou um olho para o príncipe. As narinas de Dorian se dilataram, o único sinal da raiva que crescia dentro de si. Esse e o ar no salão ter mudado — ter se avivado. Magia.

O capitão apoiou a mão no ombro do amigo.

— Vamos nos atrasar — mentiu ele, mas Dorian entendeu. Chaol precisava tirá-lo dali, levá-lo para longe de Aedion, e tentar acalmar a tempestade desastrosa que se formava entre os homens. — Descanse bem, Aedion. — O príncipe não se incomodou em dizer nada, os olhos cor de safira estavam congelados.

Aedion deu um risinho.

— A festa é amanhã em Forte da Fenda, se tiver vontade de reviver os bons e velhos tempos, príncipe. — Ah, o general sabia exatamente quais botões apertar e não dava a mínima para a confusão que criasse. Isso o tornava perigoso, mortal.

Principalmente no que dizia respeito a Dorian e à magia dele. Chaol se obrigou a dar boa-noite a alguns dos homens para parecer casual e despreocupado, conforme os dois saíam do salão. Aedion Ashryver fora até Forte da Fenda, perdendo, por pouco, a chance de esbarrar com a prima havia muito perdida.

Se ele soubesse que Aelin ainda estava viva, se soubesse quem e o que havia se tornado, ou o que aprendera sobre o poder secreto do rei, será que ficaria ao lado dela, ou a destruiria? Considerando as ações, considerando o anel que usava... Chaol não queria o general perto da jovem. Tampouco perto de Terrasen.

Ele imaginou quanto sangue seria derramado quando Celaena soubesse o que o primo fizera.

Chaol e Dorian andaram em silêncio durante a maior parte do caminho até a torre do príncipe. Quando viraram em um corredor vazio e tiveram certeza de que ninguém poderia ouvir, Dorian falou:

— Eu não precisava que você se intrometesse.

— Aedion é um desgraçado — grunhiu Chaol. A conversa poderia ter terminado ali, e uma parte dele estava tentada a isso, mas o capitão se obrigou a dizer: — Fiquei preocupado que você perdesse a calma. Como fez nas passagens. — Ele expirou com alívio. — Você está... estável?

— Alguns dias são melhores que outros. Ficar com raiva ou com medo parece disparar a coisa.

Eles entraram no corredor que terminava na porta de madeira arqueada para a torre de Dorian, mas Chaol o impediu ao apoiar o braço no ombro do amigo.

— Não quero detalhes — murmurou ele, para que os guardas do lado de fora da porta não pudessem ouvir — porque não quero que meu conhecimento seja usado contra você. Sei que cometi erros, Dorian. Acredite em mim, eu sei. Mas minha prioridade sempre foi, e ainda é, proteger você.

O rapaz encarou o capitão por um bom tempo, inclinando a cabeça para o lado. Chaol devia parecer tão deprimido quanto se sentia, pois a voz do príncipe foi quase carinhosa ao perguntar:

— Por que realmente a mandou para Wendlyn?

Ansiedade tomou conta dele, crua e lancinante. Mas por mais que quisesse contar ao amigo sobre Celaena, por mais que quisesse descarregar todos os segredos para que preenchesse o vazio no fundo do corpo, não podia. Então apenas respondeu:

— Eu a enviei para fazer o que precisa ser feito. — Em seguida caminhou de volta pelo corredor. Dorian não o deteve.

4

Manon fechou a capa vermelho-sangue sobre o corpo e se encolheu nas sombras do armário, ouvindo os três homens que tinham invadido seu chalé.

Durante o dia todo, ela sentira no vento o gosto crescente de medo e raiva, e passara a tarde se preparando. Estava sentada no telhado de sapê do chalé branco quando viu as três tochas oscilando por cima do mato alto do campo. Nenhum dos aldeões tinha tentado impedi-los; embora ninguém tivesse se juntado a eles também.

Uma bruxa Crochan estava no pequeno vale verde ao norte de Charco Lavrado, disseram. Durante as semanas em que viveu ali, sobrevivendo miseravelmente, esteve à espera daquela noite. Era a mesma coisa em toda aldeia na qual vivia ou que visitava.

Manon prendeu o fôlego, mantendo-se tão imóvel quanto um cervo, quando um dos homens — um fazendeiro alto e barbudo com mãos do tamanho de pratos — entrou no quarto. Mesmo do armário, conseguia sentir o cheiro de cerveja no hálito dele; e a sede de sangue. Ah, os aldeões sabiam exatamente o que planejavam fazer com a bruxa que vendia poções e encantos nos fundos da casa e que podia prever o sexo de um bebê antes do nascimento. Ela ficou surpresa por ter levado tanto tempo para que aqueles homens reunissem a coragem de ir até ali, para atormentar e destruir aquilo que os aterrorizava.

O fazendeiro parou no meio do quarto.

— Sabemos que está aqui — grunhiu ele, mesmo ao se aproximar da cama, verificando cada centímetro do cômodo. — Só queremos conversar. Alguns dos aldeões estão assustados, entende, com mais medo de você que você deles, aposto.

Manon sabia que não deveria dar atenção, principalmente ao ver uma adaga reluzir às costas do homem enquanto ele olhava debaixo da cama. Sempre a mesma coisa, em cada cidadezinha esquecida e cada aldeia mortal conservadora.

Quando ele ficou de pé, Manon saiu de dentro do armário e foi para a escuridão atrás da porta do quarto.

Tilintares e estampidos abafados disseram a ela o bastante sobre o que os outros dois homens estavam fazendo: não apenas procuravam por ela, mas roubavam o que queriam. Não havia muito que levar; o chalé já estava mobiliado quando Manon chegou, e todos os seus pertences, devido à experiência e ao instinto, estavam em uma sacola no canto do armário que acabara de desocupar. Não levar nada consigo, não deixar nada para trás.

— Só queremos conversar, bruxa. — O homem virou de costas para a cama, finalmente reparando no armário. Sorriu, com triunfo e antecipação.

Com cuidado, Manon fechou a porta do quarto devagar, tão silenciosamente que o homem, que se dirigia ao armário, nem percebeu. Ela havia passado óleo nas dobradiças de cada porta da casa.

A enorme mão segurou a maçaneta do armário, a adaga agora inclinada na lateral do corpo.

— Saia, pequena Crochan — cantarolou ele.

Silenciosa como a morte, Manon deslizou para trás do homem. O tolo sequer a notou até ela aproximar a boca da orelha dele e sussurrar:

— Tipo errado de bruxa.

O fazendeiro se virou, chocando-se contra a porta do armário. Ele ergueu a adaga entre os dois, o peito se estufando. Manon apenas sorriu, os cabelos prateados reluzindo ao luar.

O homem reparou na porta fechada naquele momento, inspirando fundo para gritar. Mas a bruxa sorriu ainda mais, e uma fileira de dentes de ferro afiados como adagas se projetou das gengivas retraídas, fechando-se como uma armadura. O fazendeiro se assustou, batendo de novo contra a porta atrás de si, os olhos tão arregalados que a parte branca reluziu ao redor. A adaga do invasor caiu com um tilintar nas tábuas do piso.

Então, só para fazê-lo se molhar de verdade, Manon girou os pulsos no ar entre os dois. As garras de ferro dispararam das unhas com um clarão lancinante e reluzente.

O homem começou a sussurrar, implorando para seus deuses bondosos enquanto a bruxa permitiu que ele recuasse até a janela solitária. Deixou que ele pensasse que tinha alguma chance conforme caminhava na direção dele, ainda sorrindo. O invasor nem mesmo gritou antes de Manon rasgar seu pescoço.

Depois que terminou, a bruxa passou de fininho pela porta do quarto. Os outros dois ainda estavam saqueando, acreditando que tudo aquilo pertencia a ela. Era apenas uma casa abandonada; os donos anteriores estavam mortos ou tinham sido espertos o bastante para deixar aquele lugar pútrido.

O segundo homem também não teve a chance de gritar antes que Manon o estripasse com dois golpes das unhas de ferro. Contudo, o terceiro foi procurar os companheiros. E, quando viu a bruxa parada ali, com uma das mãos retorcida nas vísceras do amigo e a outra aproximando o corpo de si mesma enquanto usava os dentes de ferro para rasgar o pescoço, ele correu.

O gosto comum e aguado do homem, temperado com violência e medo, envolveu a língua de Manon, fazendo-a cuspir nas tábuas. Mas ela não se incomodou em limpar o sangue que escorria pelo queixo conforme dava ao fazendeiro restante uma vantagem no campo de grama alta de inverno, tão alta que ficava bem acima da cabeça deles.

Contou até dez, porque queria caçar, e era assim desde que Manon rasgou o útero da mãe e veio ao mundo rugindo e ensanguentada.

Porque ela era Manon Bico Negro, herdeira do clã de bruxas Bico Negro, e estava ali havia semanas, fingindo ser uma Crochan na esperança de atrair as verdadeiras.

Elas ainda estavam lá fora, as insuportáveis e presunçosas Crochan, escondendo-se como curandeiras e sábias. A primeira e gloriosa morte de Manon tinha sido uma Crochan, com não mais de 16 anos — a mesma idade da Bico Negro na época. A garota de cabelos pretos estava usando o manto vermelho-sangue que todas as Crochan recebiam quando sangravam pela primeira vez; e o único bem que aquilo fizera foi marcá-la como presa.

Depois de deixar o cadáver da Crochan naquela montanha coberta de neve, ela levou o manto como troféu; e ainda o vestia, mais de cem anos depois. Nenhuma outra bruxa do clã Dentes de Ferro teria conseguido —

porque nenhuma outra bruxa Dentes de Ferro ousaria incitar a ira das três Matriarcas ao usar a cor das eternas inimigas. Mas desde o dia em que Manon entrou na Fortaleza Bico Negro, vestindo o manto e levando o coração daquela Crochan em uma caixa — um presente para a avó —, passou a ser seu dever sagrado caçar todas elas, uma a uma, até que não restasse mais nenhuma.

Aquela era a mais recente viagem da bruxa — seis meses em Charco Lavrado enquanto o restante de sua aliança estava espalhado por Melisande e pelo norte de Eyllwe sob ordens semelhantes. Porém, nos meses em que passou de aldeia em aldeia, não descobriu uma única Crochan. Aqueles fazendeiros eram a primeira diversão que Manon tinha em semanas. E ela sem dúvida aproveitaria.

A bruxa caminhou para o campo, sugando o sangue das unhas conforme seguia. Ela deslizou pelo gramado, não mais que sombra e névoa.

Encontrou o homem perdido no meio do campo, choramingando baixinho com medo. E, quando ele se virou, aliviando a bexiga ao ver o sangue e os dentes de ferro e o sorriso supermaligno, Manon o deixou gritar o quanto quisesse.

5

Celaena e Rowan cavalgaram pela estrada de terra que percorria o campo salpicado de pedregulhos, seguindo até a encosta sul da colina. Ela havia memorizado mapas de Wendlyn o suficiente para saber que passariam pelo monte, então atravessariam as imponentes montanhas Cambrian, que delimitavam a fronteira entre a Wendlyn governada por mortais e as terras imortais da rainha Maeve.

O sol se punha conforme subiam a encosta, a estrada cada vez mais pedregosa, cercada de um lado por ravinas bastante devastadas. Durante um quilômetro e meio, Celaena considerou se perguntaria a Rowan onde planejava parar para passar a noite. Mas estava cansada. Não apenas do dia ou do vinho ou da cavalgada.

Nos ossos, no sangue, no fôlego e na alma, Celaena estava tão, tão cansada. Falar com qualquer um era extenuante demais. O que tornava Rowan o companheiro ideal: ele não dizia uma palavra.

O crepúsculo caiu enquanto a estrada os levava para dentro de uma densa floresta, que se estendia pelo meio e por cima das montanhas — as árvores passando de ciprestes para carvalhos, de estreitas a altas e imponentes —, cheia de arbustos e pedregulhos espalhados e cobertos de musgo. Mesmo na crescente escuridão, a floresta parecia respirar. O ar morno murmurava, deixando um gosto metálico na língua de Celaena. Bem atrás deles, trovões rugiam.

Seria realmente maravilhoso. Sobretudo porque Rowan descia enfim do cavalo para montar o acampamento. Pela aparência dos alforjes, o guerreiro não tinha uma tenda. Ou colchões. Ou cobertores.

Talvez agora fosse justo presumir que a visita a Maeve não seria agradável.

Nenhum dos dois falou enquanto guiavam os cavalos até as árvores, longe o bastante da estrada para que ficassem escondidos de qualquer viajante. Depois de jogar o material no local de acampamento escolhido, Rowan levou a égua até um córrego próximo, que devia ter ouvido com aquelas orelhas pontudas. Não hesitou um passo na escuridão crescente, embora os dedos dos pés de Celaena tivessem obviamente topado em algumas pedras e raízes. Excelente visão, mesmo no escuro — outro traço dos feéricos. Um que ela poderia ter se...

Não, não pensaria naquilo. Não depois do que havia acontecido do outro lado daquele portal. Tinha mudado de forma então — e fora ruim o bastante para lembrá-la de que não tinha qualquer interesse em algum dia repetir aquilo.

Depois que os cavalos beberam água, Rowan não esperou por Celaena ao levar as duas éguas de volta ao acampamento. Com a privacidade pôde atender às próprias necessidades, em seguida ajoelhou sobre a margem coberta de grama e matou a sede no córrego. Pelos deuses, a água tinha gosto... novo e antigo e poderoso e delicioso.

Celaena bebeu até entender que o vazio no estômago poderia muito bem ser de fome, então cambaleou de volta ao acampamento, encontrando-o pelo brilho dos cabelos prateados de Rowan. Ele entregou a ela, sem dizer uma palavra, pão e queijo, depois voltou a escovar os cavalos. Celaena murmurou um agradecimento, mas não se deu ao trabalho de oferecer ajuda ao se sentar recostada a um carvalho alto.

Quando a dor na barriga diminuiu e ela se deu conta do quão alto mastigava a maçã que Rowan tinha lhe jogado ao alimentar os cavalos, reuniu energia o bastante para dizer:

— Há tantas ameaças assim em Wendlyn que não podemos arriscar acender uma fogueira?

O guerreiro se sentou contra uma árvore e esticou as pernas, cruzando-as na altura dos tornozelos.

— Não de mortais.

Eram as primeiras palavras de Rowan para Celaena desde que saíram da cidade. Poderia ter sido uma tentativa de assustá-la, mas a jovem mesmo assim fez um inventário mental de todas as armas que levava. Não perguntaria. Não queria saber que tipo de coisa seria capaz de rastejar em direção a uma fogueira.

O emaranhado de madeira e musgo e pedras pairava, cheio do farfalhar de folhas pesadas, do gorgolejar do córrego inchado, do bater de asas penadas. E ali, espreitando sobre a borda de uma pedra próxima, estavam três conjuntos de olhos pequenos e reluzentes.

A adaga estava na palma da mão de Celaena um segundo depois. Mas os olhos apenas encaravam. Rowan não pareceu notar. Apenas recostou a cabeça contra o tronco do carvalho.

Eles a conheciam desde sempre, o Povo Pequenino. Mesmo quando a sombra de Adarlan cobrira o continente, ainda reconheciam o que ela era. Pequenos presentes deixados em acampamentos — um peixe fresco, uma folha cheia de amoras, uma coroa de flores. Celaena os ignorava e ficava longe da floresta de Carvalhal o máximo que podia.

Os feéricos mantinham sua vigília constante. Desejando não ter engolido a comida com tanta rapidez, Celaena os observou de volta, pronta a saltar para uma posição de defesa. Rowan não tinha se mexido.

Quaisquer juramentos antigos que os feéricos honravam em Terrasen podiam ser ignorados ali. Ao pensar nisso, mais olhos brilharam entre as árvores. Mais testemunhas silenciosas à chegada dela. Porque Celaena era feérica ou algo como uma híbrida. Sua bisavó era irmã de Maeve, proclamada deusa depois da morte. Ridículo, na verdade. Mab fora muito mortal ao entrelaçar a vida ao príncipe humano que a amou tão intensamente.

Celaena se perguntou o quanto aquelas criaturas sabiam sobre as guerras que haviam destruído a terra dela, sobre os feéricos e as fadas que tinham sido caçados, sobre florestas antigas incendiadas e sobre o massacre dos cervos sagrados de Terrasen. Questionou se as criaturas sabiam o que acontecera com os irmãos do oeste.

A assassina não sabia como ainda encontrava em si uma maneira de se importar. Mas eles pareciam tão... curiosos. Surpreendendo a si mesma, sussurrou para a noite murmurante:

— Eles ainda vivem.

Todos aqueles olhos sumiram. Quando olhou para Rowan, seus olhos estavam fechados. Mas Celaena teve a sensação de que o guerreiro estava ciente o tempo todo.

6

Dorian Havilliard estava diante da mesa de café da manhã do pai, as mãos entrelaçadas às costas. O rei chegara momentos antes, mas não mandara o filho se sentar. Antes, o príncipe poderia ter reclamado. Mas ter magia, ser arrastado para dentro das confusões de Celaena, ver aquele outro mundo nos túneis secretos... Essas coisas todas haviam mudado tudo. O melhor que podia fazer ultimamente era manter a discrição — para evitar que o pai, ou qualquer outro, voltasse a atenção por tempo demais em sua direção. Então, Dorian ficou de pé diante da mesa e esperou.

O rei de Adarlan terminou o frango assado e tomou o que quer que estivesse na taça vermelho-sangue.

— Está calado esta manhã, príncipe. — O conquistador de Erilea estendeu a mão para uma bandeja de peixe defumado.

— Estava esperando que você falasse, pai.

Olhos pretos como a noite se voltaram para ele.

— Incomum, de fato.

Dorian ficou tenso. Apenas Celaena e Chaol sabiam a verdade sobre sua magia — e o capitão se fechara tão completamente que o príncipe não sentia vontade de tentar se explicar para o amigo. Mas aquele castelo estava cheio de espiões e bajuladores que não queriam outra coisa além de usar qualquer conhecimento adquirido para subir de posição. Inclusive delatar o príncipe herdeiro. Como saber quem o tinha visto nos corredores ou na biblioteca, ou quem havia descoberto aquela pilha de livros que Dorian escondera nos aposentos de Celaena? Desde então, ele movera os livros para a tumba, para a qual ia noite sim, noite não; não em busca de respostas às perguntas que o atormentavam, mas apenas por uma hora de puro silêncio.

Seu pai voltou a comer. O príncipe visitara os aposentos particulares do rei apenas algumas vezes na vida. Por si só, podiam ser uma mansão, com biblioteca e sala de jantar e câmara do conselho. Ocupavam uma ala inteira do castelo de vidro — uma ala oposta àquela da mãe de Dorian. Os pais jamais tinham compartilhado a cama, e o filho não queria exatamente saber mais que isso.

Ele percebeu que o pai o observava; o sol da manhã penetrava a parede curva de vidro e tornava cada cicatriz e marca no rosto do rei ainda mais horrível.

— Você deve entreter Aedion Ashryver hoje.

Dorian manteve a compostura o melhor que pôde.

— Posso perguntar por quê?

— Como o general Ashryver veio sem seus homens, parece que tem algum tempo livre enquanto espera a chegada da Devastação. Seria benéfico que os dois se conhecessem melhor, principalmente quando sua escolha de amigos nos últimos tempos anda tão... comum.

A fúria gelada da magia subiu pela espinha do príncipe.

— Com todo o respeito, pai, tenho duas reuniões para as quais devo me preparar, e...

— Não está aberto a debate. — O rei continuou comendo. — O general Ashryver foi informado, e você o encontrará do lado de fora de seus aposentos ao meio-dia.

Dorian sabia que deveria ficar quieto, mas se viu perguntando:

— Por que tolera Aedion? Por que o mantém vivo, por que faz dele general? — Ele não conseguia parar de pensar nisso desde a chegada do homem.

O soberano deu um sorriso breve e astuto.

— Porque a raiva de Aedion é uma lâmina útil, e ele é capaz de manter o próprio povo sob controle. Não arriscará a aniquilação deles, não depois de perder tanto. Aedion subjugou muitas possíveis rebeliões no norte devido a esse medo, pois está ciente de que seu povo, os civis, seriam os primeiros a sofrer.

Ele tinha um laço de *sangue* com aquele homem tão cruel. Contudo, Dorian falou:

— Ainda é surpreendente que você mantenha um general praticamente como prisioneiro, como pouco mais que um escravizado. Controlá-lo apenas pelo medo parece bastante perigoso.

De fato, o príncipe se perguntava se o pai tinha contado a Aedion sobre a missão de Celaena a Wendlyn — terra natal da linhagem real do general, onde seus primos, os Ashryver, ainda governavam. Embora Aedion anunciasse as diversas vitórias sobre os rebeldes e agisse como se fosse dono, sozinho, de metade do império... Quanto ele se lembrava da própria linhagem do outro lado do mar?

O rei respondeu:

— Tenho minhas formas de conter Aedion, caso precise. Por enquanto, a irreverência cáustica do general me diverte. — O homem indicou a porta com o queixo. — Não acharei divertido, no entanto, se você perder o compromisso com ele hoje.

E com isso, o rei o jogou ao Lobo.

~

Apesar das ofertas de Dorian de mostrar a Aedion a coleção de animais selvagens, os canis, os estábulos — até a porcaria da biblioteca —, o general só queria fazer uma coisa: caminhar pelos jardins. Ele alegava se sentir inquieto e preguiçoso, devido ao excesso de comida na noite anterior, mas o sorriso que deu ao príncipe sugeria outra coisa.

Aedion não se deu ao trabalho de conversar com Dorian, pois estava preocupado demais em murmurar canções obscenas e inspecionar as diversas mulheres pelas quais passavam. Ele perdeu os modos quase civilizados apenas uma vez, quando seguiam por um caminho estreito ladeado por altas roseiras — exuberantes no verão, mas mortais no inverno — e os guardas estavam uma esquina atrás, momentaneamente alheios. Foi tempo o suficiente para que Aedion sutilmente fizesse o príncipe tropeçar em uma das cercas espinhentas enquanto o general ainda murmurava as canções lascivas.

Uma rápida manobra evitara que caísse de cara nos espinhos, mas o manto rasgou e a mão foi perfurada. Em vez de dar ao homem a satisfação de vê-lo sibilar e verificar os cortes, Dorian enfiou os dedos latejando e congelados nos bolsos, no momento em que os guardas viravam a esquina.

Eles só falaram quando Aedion parou ao lado de uma fonte e levou as mãos cheias de cicatrizes até os quadris, avaliando o jardim além, como se fosse um campo de batalha. O general deu um risinho debochado para os seis guardas que espreitavam atrás, os olhos muito, muito brilhantes e tão estranhamente familiares, pensou Dorian ao ouvi-lo comentar:

— Um príncipe precisa de escolta na própria casa? Me sinto insultado por não terem enviado mais guardas para proteger você de mim.

— Acha que consegue derrotar seis homens?

O Lobo soltou uma risada e deu de ombros, o cabo marcado da Espada de Orynth refletiu a luz do sol quase ofuscante.

— Não acho que deveria contar, caso seu pai algum dia decida que minha utilidade não vale meu temperamento.

Alguns dos guardas atrás murmuraram, mas Dorian respondeu:

— Provavelmente não.

E foi isso; tudo o que Aedion disse durante o resto da caminhada fria e insuportável. Até que o general lançou um sorriso torto a Dorian e falou:

— Melhor pedir para olharem isso. — Foi quando o rapaz percebeu que a mão direita ainda sangrava. Aedion simplesmente se virou. — Obrigado pela caminhada, príncipe — disse o general, por cima do ombro, e pareceu mais com uma ameaça que qualquer outra coisa.

Aedion não agia sem motivo. Talvez tivesse convencido o rei a ordenar aquela excursão. Mas, com qual propósito, Dorian não podia adivinhar. A não ser que o general simplesmente quisesse ter uma noção do tipo de homem que o príncipe tinha se tornado e de quão bem podia jogar. Ele não diria que estava além do guerreiro fazer aquilo apenas para avaliar um potencial aliado ou uma ameaça; Aedion, apesar de toda a arrogância, tinha a mente aguçada. Provavelmente enxergava a vida na corte como outro tipo de campo de batalha.

Dorian deixou que os guardas selecionados a dedo pelo capitão o levassem de volta ao castelo maravilhosamente aquecido, então os dispensou com um aceno de cabeça. Chaol não fora naquele dia, e o príncipe ficara grato — depois da conversa sobre sua magia, depois de o amigo se recusar a falar sobre Celaena, Dorian não tinha certeza do que restava para os dois conversarem. Ele não acreditava por um segundo que Chaol, sem relutância, sancionaria as mortes de homens inocentes, não importava se fossem amigos ou inimigos. Então o capitão tinha que saber que Celaena não assassinaria a realeza Ashryver, por quaisquer que fossem os motivos. No entanto, não havia razão para se incomodar em conversar com Chaol, não quando o amigo também guardava segredos.

Dorian ruminou as palavras enigmáticas do capitão mais uma vez, conforme seguia para as catacumbas dos curandeiros, o cheiro de alecrim e hortelã pairando no ar. Era uma ala de suprimentos e exames, mantida longe dos olhos curiosos do castelo de vidro, que ficava bem acima. *Havia* outra ala no alto do castelo para aqueles que não ousavam fazer a caminhada até embaixo, mas era ali que os melhores curandeiros de Forte da Fenda — e de Adarlan — cultivavam e praticavam sua arte havia mil anos. As pedras pálidas pareciam respirar a essência de séculos de ervas secas, dando uma sensação agradável e aberta aos corredores subterrâneos.

Dorian encontrou uma pequena sala de trabalho na qual uma jovem estava curvada sobre uma longa mesa de carvalho, uma variedade de frascos de vidro, balanças, almofarizes e pilões diante dela, além de frascos com líquido, ervas penduradas e panelas borbulhantes sobre pequenas chamas solitárias. A arte da cura era uma das poucas que o rei não tinha tornado completamente ilegal, dez anos antes — embora antigamente, Dorian ouvira falar, tivesse sido muito mais poderosa. Os curandeiros costumavam usar magia para curar e salvar. Agora, restava a eles o que quer que a natureza fornecesse.

O príncipe entrou na sala, e a jovem ergueu o rosto do livro que verificava, o dedo parando em uma das páginas. Não era linda, mas era... bonita. Limpa, de feições elegantes, com cabelos castanhos presos em trança e a pele marrom, o que sugeria pelo menos um ascendente de Eyllwe.

— Posso... — Então ela deu uma boa olhada nele e caiu em reverência. — Vossa Alteza — disse a jovem, a vermelhidão subindo pela extensão macia do pescoço.

Dorian ergueu a mão ensanguentada.

— Arbusto espinhento. — *Roseira* fazia os cortes parecerem muito mais patéticos.

A moça manteve os olhos desviados, mordendo o carnudo lábio inferior.

— É claro. — Ela indicou com a mão esguia a cadeira de madeira diante da mesa. — Por favor. A não... a não ser que prefira ir para uma sala de exames mais adequada?

Dorian odiava lidar com pessoas gaguejando e atrapalhadas, mas aquela jovem ainda estava tão corada e falava tão baixo que ele respondeu:

— Não tem problema. — Então sentou na cadeira.

O silêncio pesou sobre o príncipe enquanto a jovem percorria a sala, primeiro trocando o avental branco sujo, em seguida lavando as mãos por um longo minuto, depois reunindo todo tipo de ataduras e latas de sálvia, assim como uma vasilha com água quente e retalhos limpos, até que, enfim, levou uma cadeira até o outro lado da mesa, diante de Dorian.

Os dois tampouco se falaram enquanto a jovem cuidadosamente limpou o ferimento e, então, lhe examinou a mão. Mas Dorian se viu observando os olhos de avelã, a determinação dos dedos da moça e a vermelhidão que permanecia no pescoço, assim como no rosto.

— A mão é... muito complexa — murmurou a jovem, por fim, avaliando os cortes. — Só queria me certificar de que nada estava danificado e se ainda havia algum espinho. — A curandeira rapidamente acrescentou: — Vossa Alteza.

— Acho que parece pior do que está.

Com um toque leve como pena, a moça passou um unguento escuro na mão de Dorian, que se encolheu, como um tolo.

— Desculpe — murmurou a jovem. — É para esterilizar os cortes. Só por precaução. — Ela pareceu se encolher, como se o príncipe fosse ordenar que a enforcassem só por aquilo.

Ele teve dificuldades em encontrar as palavras, então disse:

— Já lidei com coisa pior.

Pareceu idiota em voz alta, e a menina parou por um momento antes de pegar as ataduras.

— Eu sei — respondeu ela, fitando-o.

Ah, que droga. Não eram lindos aqueles olhos? A moça rapidamente abaixou o rosto, envolvendo a mão de Dorian com cuidado.

— Estou alocada na ala sul do castelo e costumo servir no turno da noite.

Isso explicava por que parecia tão familiar. Ela havia curado não apenas Dorian naquela noite um mês antes, mas também Celaena, Chaol, Ligeirinha... estivera ali para *todos* os ferimentos durante os últimos sete meses.

— Desculpe, não lembro seu nome...

— É Sorscha — respondeu a moça, embora não houvesse raiva na voz, como deveria haver. O príncipe mimado e os amigos presunçosos, envolvidos demais com as próprias vidas para se incomodarem em aprender o nome da curandeira que tratara deles diversas vezes.

Sorscha terminou de atar a mão de Dorian, e ele falou:

— Caso não tenhamos dito o suficiente, obrigado.

Aqueles olhos castanhos salpicados de verde se ergueram de novo. Um sorriso hesitante.

— É uma honra, príncipe. — A moça começou a reunir os suprimentos.

Tomando isso como deixa para partir, ele ficou de pé e flexionou os dedos.

— Parece bom.

— São ferimentos leves, mas fique de olho. — Sorscha jogou a água ensanguentada na pia nos fundos da sala. — E não precisa vir até aqui da próxima vez. Apenas... apenas mande chamar, Vossa Alteza. Ficamos felizes em cuidar de você. — Ela fez uma curta reverência, com a graça esguia de uma dançarina.

— Você foi responsável pela ala de pedra sul esse tempo todo? — A pergunta dentro do questionamento era bem explícita: *Viu tudo? Cada ferimento inexplicável?*

— Mantemos registros de nossos pacientes — explicou Sorscha baixinho, para que ninguém passando pela porta aberta pudesse ouvir. — Mas, às vezes, esquecemos de escrever tudo.

Ela não havia contado a ninguém o que vira, as coisas que não faziam sentido. Dorian fez uma ágil reverência em agradecimento e saiu da sala. Quantos mais, imaginou ele, teriam visto mais do que deixavam transparecer? O rapaz não queria saber.

Ainda bem que os dedos de Sorscha tinham parado de tremer quando o príncipe herdeiro saiu das catacumbas. Por alguma graça de Silba, deusa dos curandeiros e mensageira da paz — e das mortes tranquilas —, a jovem conseguira evitar que tremessem enquanto costurava a mão dele também. Sorscha se recostou no balcão e soltou um longo suspiro.

Os cortes não precisavam de ataduras, mas fora egoísta e tola, e quisera manter o lindo príncipe naquela cadeira por quanto tempo pudesse.

Dorian nem mesmo sabia quem ela era.

Tinha sido designada curandeira havia um ano, e fora chamada para cuidar do príncipe, do capitão e da amiga deles inúmeras vezes. E o príncipe herdeiro ainda não fazia ideia de quem ela era.

A jovem não mentira para Dorian — sobre deixar de manter registros a respeito de tudo. Mas se lembrava de tudo. Principalmente daquela noite, havia um mês, quando os três estavam ensanguentados e imundos, e o cão da menina estava ferido também, sem qualquer explicação e sem que ninguém fizesse qualquer escândalo. E a garota, a amiga deles...

A campeã do rei. Era isso o que ela era.

Amante, parecia, tanto do príncipe quanto do capitão, em um ou outro momento. Sorscha tinha ajudado Amithy a cuidar da jovem depois do duelo violento para vencer o título. De vez em quando, ia verificar a paciente e encontrava o príncipe abraçado com ela na cama.

A curandeira fingia que não importava, porque o príncipe herdeiro era famoso no que dizia respeito às mulheres, mas... aquilo não impedira a dor lancinante em seu peito. Então as coisas mudaram: quando a garota acabou envenenada com gloriella, foi o capitão quem ficou com ela. O capitão quem agiu como uma besta enjaulada, montando guarda no quarto até que os nervos da própria Sorscha estivessem abalados. Não era de surpreender que diversas semanas depois, a criada da menina, Philippa, tivesse ido até a curandeira em busca de um tônico contraceptivo. Philippa não dissera para quem era, mas Sorscha não era idiota.

Uma semana depois, ao cuidar do capitão — quatro arranhões violentos no rosto e um olhar vazio —, a jovem entendera. E entendera de novo da última vez, ao ver o príncipe, o capitão e a garota todos ensanguentados, junto ao cão: o que quer que tivesse existido entre os três tinha se partido.

A garota principalmente. *Celaena*, Sorscha ouvira os dois dizerem acidentalmente quando achavam que já estava fora do quarto. Celaena Sardothien. A maior assassina do mundo e agora campeã do rei. Outro segredo que a curandeira guardaria sem que jamais soubessem.

Ela era invisível. E ficava feliz por isso na maioria das vezes.

Sorscha franziu a testa para a mesa de suprimentos. Tinha meia dúzia de tônicos e cataplasmas para fazer antes do jantar, todos complexos, todos impostos a ela por Amithy, que usava a posição superior sempre que podia. Acima de tudo, ainda tinha a carta semanal para escrever ao amigo, que queria cada detalhe sobre o palácio. Só em pensar nas tarefas sentia dor de cabeça.

Se fosse qualquer outra pessoa que não o príncipe, Sorscha teria dito para procurar outro curandeiro.

A moça voltou a trabalhar. Tinha certeza de que Dorian esqueceu seu nome assim que saiu. Era o herdeiro do império mais poderoso do mundo, e ela era a filha de dois imigrantes, já mortos, de uma aldeia em Charco Lavrado que tinha sido totalmente queimada; uma aldeia da qual ninguém sequer se lembraria.

Mas isso não a impedia de amá-lo, como ainda fazia, invisível e secretamente, desde que colocara os olhos em Dorian seis anos antes.

7

Nada mais se aproximou de Celaena e Rowan depois daquela primeira noite. Ele certamente não disse nada a ela a respeito, nem ofereceu a capa ou qualquer tipo de proteção contra o frio. A assassina dormiu enroscada, deitada de lado, se virando a cada poucos minutos por conta de alguma raiz ou pedrinha enterrada em suas costas, ou acordando sobressaltada com o pio de uma coruja; ou de algo pior.

Quando a luz ficou cinzenta e a névoa pairou sobre as árvores, Celaena se sentia mais exausta que na noite anterior. Depois de um café da manhã silencioso, com pão, queijo e maçãs, estava quase cochilando sobre a égua conforme os dois retomavam a cavalgada, subindo pela estrada na floresta ao sopé da colina.

Passaram por algumas pessoas — a maioria era de humanos que levavam carruagens para algum mercado, todos olhavam para Rowan e davam passagem aos dois. Alguns até murmuravam orações por piedade.

Celaena ouvira havia muito tempo que os feéricos coexistiam pacificamente com os humanos em Wendlyn, então talvez o medo que encontraram se devesse ao próprio Rowan. A tatuagem não ajudava. Ela ponderou se perguntaria a ele o que significavam as palavras, mas isso envolveria conversar, o que, por sua vez, implicaria construir algum tipo de... relacionamento. A assassina tinha amigos o suficiente. E um bom número deles também já havia morrido.

Então Celaena manteve a boca fechada o dia inteiro conforme cavalgaram pelo bosque, subindo as montanhas Cambrian. A floresta ficou mais exuberante e mais densa; quanto mais subiam, mais encoberto por névoa o lugar ficava, com grandes véus de neblina passando e acariciando o rosto, o pescoço, a coluna.

Após outra noite fria e insuportável acampada longe da estrada, os dois voltaram a cavalgar antes do alvorecer. A essa altura, a névoa tinha penetrado as roupas e a pele, acomodando-se nos ossos de Celaena.

Na terceira noite, a assassina desistiu de uma fogueira. Até mesmo acolheu o frio e as raízes insuportáveis e a fome, a qual não podia ser aplacada, não importava quanto pão e queijo comesse. As dores eram, de certa forma, apaziguadoras.

Não reconfortantes, mas... distraíam. Eram bem-vindas. Merecidas.

Celaena não queria saber o que isso dizia a respeito de si. Não podia se permitir olhar tão para dentro. Tinha chegado perto, naquele dia em que vira o príncipe Galan. E fora o bastante.

Eles desviaram da trilha nas últimas horas da tarde, cruzando a terra coberta de musgo que amortecia cada passo. Celaena não via uma cidade havia dias, e as rochas de granito estavam agora entalhadas com espirais e estampas. Ela imaginou que fossem marcadores; um aviso para que humanos ficassem bem longe.

Deviam estar a mais uma semana de Doranelle, mas Rowan seguia pelas montanhas, não por cima delas, escalando ainda mais alto, a subida interrompida por ocasionais planícies e campos de flores selvagens. Celaena não vira um ponto de observação, então não tinha ideia de onde estavam ou a que altura. Apenas a floresta interminável, e a subida incessante, e a névoa infinita.

Ela sentiu o cheiro de fumaça antes de ver as luzes. Não fogueiras de acampamentos, mas luzes de uma construção que se erguia das árvores, abraçando a extensão da encosta da montanha. As pedras eram escuras e antigas, retiradas de algo diferente do granito abundante. Semicerrando os olhos, Celaena não deixou de notar o círculo de pedras imponentes que percorria a vegetação, cercando toda a fortaleza. Foi difícil *não* reparar nelas quando os dois cavalgaram entre duas imensas pedras que se curvavam na direção uma da outra, como os chifres de uma enorme besta, e uma corrente ágil estalou contra a pele da jovem.

Defesas — defesas mágicas. O estômago de Celaena se revirou. Se não mantinham inimigos afastados, certamente serviam como alarme. O que significava que as três figuras patrulhando cada uma das três torres nas árvores, as seis na muralha externa de contenção e as três aos portões de madeira já deviam saber que os dois se aproximavam. Homens e mulheres, com armaduras de couro leve e carregando espadas, adagas e arcos, monitoravam a chegada.

— Acho melhor eu ficar no bosque — falou Celaena, as primeiras palavras que dizia em dias. Rowan a ignorou.

Ele nem mesmo ergueu um braço para cumprimentar as sentinelas. Devia conhecer aquele lugar se não precisava parar para dizer quem era. Conforme se aproximaram da antiga fortaleza — a qual consistia em pouco mais que algumas torres de vigia unidas por um grande prédio interconectado, coberto de líquen e musgo —, Celaena fez os cálculos. Devia ser algum posto externo de fronteira, um ponto intermediário entre o reino mortal e Doranelle. Talvez tivesse finalmente um lugar quente no qual dormir, mesmo que apenas por aquela noite.

Os guardas saudaram Rowan, que não lhes deu sequer um olhar rápido. Todos usavam capuzes, mascarando qualquer sinal da ascendência. Seriam feéricos? O guerreiro podia não ter falado com Celaena durante a maior parte da viagem — ele mostrou tanto interesse nela quanto em um monte de bosta na estrada —, mas, se ela fosse ficar com os feéricos... outros poderiam ter perguntas.

Celaena absorveu cada detalhe, cada saída, cada fraqueza ao entrarem no enorme pátio além da muralha; dois criados dos estábulos, de aparência bastante mortal, correram para ajudá-los a descer. Estava tão quieto. Como se tudo, até mesmo as pedras, estivesse prendendo a respiração. Como se estivesse à espera. A sensação apenas piorou quando Rowan, sem dizer uma palavra, a levou até o interior pouco iluminado do prédio principal; subiram um lance estreito de escadas de pedra e entraram no que parecia ser um pequeno escritório.

Não foi a mobília de carvalho entalhada, ou as cortinas verdes desbotadas, ou o calor da lareira que fizeram com que Celaena parasse subitamente. Foi a mulher de cabelos pretos sentada atrás da mesa. Maeve, rainha dos feéricos.

Tia dela.

E então vieram as palavras que Celaena não queria ouvir havia dez anos.

— Olá, Aelin Galathynius.

8

Celaena recuou, sabendo exatamente quantos passos levaria para chegar ao corredor, mas se chocou contra um corpo rígido e impassível assim que a porta se fechou atrás deles. As mãos estavam tão trêmulas que a assassina nem se incomodou em pegar suas armas — ou as de Rowan. Ele a cortaria assim que Maeve desse a ordem.

O sangue fugiu da cabeça de Celaena. Ela se obrigou a respirar fundo. Então de novo. Depois falou, a voz baixa demais:

— Aelin Galathynius está *morta.* — Apenas dizer o nome em voz alta... o nome amaldiçoado que detestava, odiava e tentava esquecer...

Maeve sorriu, revelando pequenos e afiados caninos.

— Não vamos nos dar o trabalho de mentir.

Não era mentira. Aquela garota, aquela princesa, tinha morrido em um rio uma década antes. Celaena não era Aelin Galathynius, não mais do que era qualquer outra pessoa.

A sala ficou quente demais, pequena demais; Rowan era uma sombria força da natureza atrás dela.

Celaena não teria tempo de se recompor, de inventar desculpas e meias-verdades, como deveria ter feito naqueles últimos dias em vez de se jogar em queda livre para o silêncio e o frio nebuloso. Deveria enfrentar a rainha dos feéricos como Maeve queria ser enfrentada. E em uma fortaleza, que parecia muito, muito inferior à beleza de cabelos de corvo que a observava com olhos pretos e infinitos.

Pelos deuses. Pelos *deuses*.

Maeve era temível na própria perfeição, completamente imóvel, etérea e tranquila, irradiando graça antiga. A irmã de cabelos pretos de Mab, a de cabelos loiros.

Celaena se enganara ao pensar que aquilo seria fácil. Ainda estava encostada em Rowan como se ele fosse uma parede. Uma parede impenetrável, tão antiga quanto as pedras de defesa que cercavam a fortaleza. O guerreiro se afastou dela com a típica tranquilidade poderosa e predatória, então se recostou à porta. Celaena não sairia até que Maeve permitisse.

A rainha dos feéricos permaneceu em silêncio, os dedos longos eram brancos como a lua e estavam dobrados no colo do vestido violeta, uma coruja branca empoleirada no encosto da cadeira. Maeve não se incomodava em usar uma coroa, e Celaena imaginou que não precisava mesmo. Cada criatura na terra saberia quem ela era — o que era — mesmo que não enxergasse nem ouvisse nada. Maeve, o rosto de mil lendas... e pesadelos. Epopeias e poemas e canções tinham sido escritos sobre a rainha feérica, tantos que alguns até mesmo acreditavam que ela era apenas um mito. Mas ali estava o sonho — o pesadelo — em carne e osso.

Isso pode funcionar a seu favor. Pode obter as respostas de que precisa bem aqui, agora mesmo. Voltar para Adarlan em alguns dias. Apenas... respire.

Respirar, pelo visto, era difícil quando a rainha, conhecida por levar homens ao frenesi por diversão, observava cada movimento do pescoço de Celaena. Aquela coruja empoleirada na cadeira de Maeve — *feérica ou fera de verdade?* — a observava também. As garras estavam dobradas no encosto da cadeira, cravadas na madeira.

De certa forma, era absurdo, no entanto; Maeve fazendo a corte naquele escritório semipútrido, uma mesa manchada com sabia Wyrd o quê. Pelos deuses, o fato de que ela estava sentada a uma *mesa*. Deveria estar em algum vale etéreo, cercada por fogos-fátuos oscilantes e donzelas dançando ao som de alaúdes e harpas, lendo as estrelas rodopiantes como se fossem poesia. Não ali.

Celaena fez uma reverência curta. Imaginou que deveria ter se ajoelhado — mas já estava com um cheiro terrível, e o rosto ainda devia estar cortado e roxo da briga em Varese. Quando se levantou, Maeve permanecia com um leve sorriso. Uma aranha com uma mosca presa na teia.

— Acredito que com um banho decente você se pareça muito com sua mãe.

Nada de trocar cumprimentos, então. Maeve ia direto para a garganta. Celaena podia suportar. Ignoraria a dor e o terror para conseguir o que queria. Assim, sorriu tão levemente quanto a rainha e falou:

— Se eu soubesse quem iria encontrar, talvez tivesse implorado a meu acompanhante um tempo para me limpar.

Celaena não se sentiu nem um pouco mal por atirar Rowan aos leões.

Os olhos de obsidiana de Maeve se voltaram para o guerreiro, que ainda estava recostado contra a porta. Ela podia jurar que houve aprovação no sorriso da rainha dos feéricos. Como se a viagem cruel também fosse parte daquele plano. Mas por quê? Por que desestabilizar Celaena?

— Creio que a culpa pelo ritmo apressado recaia sobre mim — respondeu Maeve. — Embora eu suponha que ele pudesse ter se dado o trabalho de ao menos encontrar um lago onde você se banhasse no caminho. — A rainha do reino feérico ergueu a mão elegante, gesticulando para o guerreiro. — O príncipe Rowan...

Príncipe. Celaena engoliu a vontade de se voltar para ele.

— ... é da linhagem de minha irmã, Mora. É meu sobrinho, de certa forma, e membro de minha casa. Um parente extremamente distante seu; há uma ancestralidade antiga que liga os dois.

Outro golpe para fazê-la perder a pose.

— Não me diga.

Talvez essa não fosse a melhor réplica. Deveria estar no chão, implorando por respostas. E tinha a sensação de que provavelmente chegaria a esse ponto muito, muito em breve. Mas...

— Deve estar imaginando por que pedi ao príncipe Rowan que a trouxesse para cá — ponderou Maeve.

Por Nehemia, Celaena entraria naquele jogo. Mordeu a língua com força o bastante para manter a droga da insolente boca fechada.

A rainha apoiou as mãos brancas sobre a mesa.

— Estou esperando há muito, muito tempo para conhecer você. E como não deixo estas terras, não podia vê-la. Não com meus olhos, pelo menos. — As longas unhas refletiram a luz.

Havia lendas sussurradas ao redor de fogueiras a respeito da outra pele que Maeve vestia. Ninguém vivera para contar qualquer coisa além de *sombras e garras e escuridão que devoram sua alma.*

— Eles desrespeitaram minhas leis, sabe. Seus pais desobedeceram meus comandos quando fugiram para se casar. As linhagens eram voláteis demais para se misturar, mas sua mãe prometeu que me deixaria ver você depois que nascesse. — Maeve inclinou a cabeça, estranhamente semelhante à coruja atrás. — Parece que oito anos depois de seu nascimento, ela estava sempre ocupada demais para cumprir a promessa.

Se a mãe de Celaena havia quebrado uma promessa... se a mãe evitara que ela conhecesse a tia, devia ser por um motivo muito bom. Um motivo que surgiu como uma comichão no fundo da mente de Celaena, um borrão de lembrança.

— Mas agora está aqui — continuou Maeve, parecendo se aproximar sem se mover. — E uma mulher crescida. Meus olhos do outro lado do mar me trouxeram histórias estranhas e terríveis sobre você. Pelas cicatrizes e as lâminas, imagino se são mesmo verdade. Como o conto que ouvi há mais de um ano de que uma assassina com olhos Ashryver foi vista pelo galhudo Senhor do Norte em uma carroça, acorrentada para...

— *Basta.* — Celaena olhou para Rowan, que ouvia atentamente, como se fosse a primeira vez que escutasse aquilo. Ela não queria que ele soubesse de Endovier, não queria piedade. — Conheço minha história. — A assassina lançou a Rowan um olhar, mandando-o cuidar da própria vida. O príncipe apenas virou o rosto, entediado de novo. Típica arrogância imortal. Celaena encarou Maeve, enfiando as mãos nos bolsos. — Sou uma assassina, sim.

Houve um riso de deboche atrás, mas a jovem não ousou tirar os olhos da tia.

— E seus outros talentos? — As narinas de Maeve se dilataram, sentindo o cheiro. — O que aconteceu com eles?

— Como todos em meu continente, não consigo acessá-los.

Os olhos da rainha brilharam, e Celaena sabia, sabia que ela conseguia sentir o cheiro da meia-verdade.

— Não está mais em seu continente — ronronou Maeve.

Corra. Cada instinto rugia com a palavra. A assassina tinha a sensação de que o Olho de Elena não teria ajudado, mas desejava tê-lo mesmo assim.

Desejava que a rainha morta estivesse ali, na verdade. Rowan ainda estava à porta, mas, se fosse rápida, se fosse mais esperta que ele...

Um lampejo de memória a arrebatou, ofuscante e incontrolável, libertado pelo instinto de fugir. A mãe de Celaena raramente deixava que feéricos entrassem na casa deles, mesmo com a própria ascendência. Poucos, de confiança, tinham permissão de viver com eles, mas qualquer visitante feérico era monitorado de perto, e, pela duração da estada, Celaena ficava reclusa nos aposentos particulares da família. Ela sempre achou que fosse superproteção, mas agora...

— Mostre para mim — sussurrou Maeve, com um sorriso de aranha.

Corra. Corra.

Celaena ainda sentia o ardor do selvagem fogo azul explodindo para fora dela naquele reino demoníaco, ainda via o rosto de Chaol quando ela perdeu o controle. Um movimento errado, um *fôlego* errado, e poderia tê-lo matado, assim como Ligeirinha.

A coruja farfalhou as asas, a madeira rangendo sob as garras, e a escuridão nos olhos de Maeve aumentou, estendendo-se. Havia uma leve pulsação no ar, latejante contra o sangue de Celaena. Batidas, então um corte lancinante contra sua mente — como se Maeve tentasse partir o crânio da assassina para abri-lo e olhar dentro. Empurrando, testando, provando...

Enquanto lutava para manter o fôlego tranquilo, a jovem posicionou as mãos ao alcance fácil das armas, fazendo força contra as garras na mente. A rainha soltou uma risada, e a pressão na cabeça se aliviou.

— Sua mãe escondeu você de mim durante anos — falou Maeve. — Ela e seu pai sempre tiveram um talento incrível para saber quando meus olhos estavam à procura. Um dom tão raro, a habilidade de conjurar e manipular chamas. Existem tão poucos que possuem mais que uma fagulha disso; menos ainda os que conseguem dominar a característica selvagem deste. No entanto, sua mãe queria que você sufocasse o poder, embora ela soubesse que eu só queria que você se entregasse a ele.

O fôlego de Celaena queimou a garganta. Outro lampejo de memória — de lições que não ensinavam a começar incêndios, mas como apagá-los.

A rainha continuou:

— Olhe como isso deu certo para eles.

O sangue da assassina congelou. Cada instinto de autopreservação fugiu à mente.

— E onde estava *você* há dez anos? — Celaena falou tão baixo, de tão fundo da alma partida, que as palavras foram pouco mais que um grunhido.

Maeve inclinou levemente a cabeça.

— Não gosto que mintam para mim.

A careta animalesca no rosto da assassina hesitou, caindo direto até o estômago. Jamais viera para Terrasen a ajuda dos feéricos. De Wendlyn. E era tudo por causa de... por causa...

— Não tenho mais tempo para dar a você — falou a tia. — Então serei breve: meus olhos me disseram que você tem perguntas. Perguntas que nenhum mortal tem o direito de perguntar... sobre as chaves.

Diziam as lendas que Maeve podia se comunicar com o mundo espiritual... será que fora Elena ou Nehemia quem dissera a ela? Celaena abriu a boca, mas a rainha estendeu a mão.

— Darei as respostas. Pode vir até mim em Doranelle para recebê-las.

— Por que não...

Rowan soltou um grunhido diante da interrupção.

— Porque são respostas que requerem tempo — respondeu Maeve, então acrescentou, devagar, como se saboreasse cada palavra —, e respostas às quais você ainda não tem direito.

— Diga o que posso fazer para ganhar o direito a elas, e farei. — Tola. A resposta de uma tola.

— Algo perigoso a oferecer sem ouvir o preço.

— Quer que eu mostre minha magia? Mostro a você. Mas não aqui... não...

— Não tenho interesse em ver você soltar a magia a meus pés como um saco de cereais. Quero ver o que pode *fazer* com ela, Aelin Galathynius... O que, atualmente, parece não ser muito. — O estômago de Celaena se apertou diante daquele nome amaldiçoado. — Quero ver o que vai se tornar sob as circunstâncias certas.

— Eu não...

— Não permito mortais ou linhagens mistas em Doranelle. Para que uma mulher dessas linhagens entre em meu reino, deve provar ser talentosa e digna. Defesa Nebulosa, esta fortaleza — com um gesto, Maeve indicou a sala ao seu redor —, é um dos diversos territórios de provação. E um lugar no qual aqueles que não forem bem-sucedidos no teste podem passar os dias.

Sob o medo crescente, um lampejo de nojo percorreu Celaena. *Linhagem mista*, dissera Maeve, com tanto desdém.

— E que tipo de teste posso esperar antes de ser considerada digna?

A rainha gesticulou para Rowan, que não tinha se movido da porta.

— Deve vir até mim depois que o príncipe Rowan decidir que você dominou seus dons. Será treinada por ele aqui. E não deve colocar os pés em Doranelle até que Rowan julgue que o treinamento está completo.

Depois de enfrentar as merdas que vira no castelo de vidro — demônios, bruxas, o rei —, treinar com o guerreiro, mesmo com magia, parecia um grande anticlímax.

Mas... mas poderia levar semanas. Meses. Anos. A névoa familiar do vazio espreitou, ameaçando sufocá-la de novo. Celaena a afastou por tempo o bastante para dizer:

— O que preciso saber não é algo que possa *esperar*...

— Quer respostas com relação às chaves, herdeira de Terrasen? Então, estarão à espera em Doranelle. O resto cabe a você.

— Sinceramente — disparou Celaena. — Vai responder sinceramente às minhas perguntas sobre as chaves.

Maeve sorriu, e não foi nada belo.

— Não se esqueceu de *todos* os nossos modos, pelo visto. — Quando a assassina não reagiu, Maeve acrescentou: — Vou responder *sinceramente* a todas as suas perguntas sobre as chaves.

Talvez fosse mais fácil virar as costas e partir. Encontrar algum outro ser antigo para incomodar em busca da verdade. Celaena inspirou e expirou, inspirou e expirou. Mas Maeve estivera lá; estivera lá no início daquele mundo durante as guerras dos valg. Ela havia *segurado* as chaves de Wyrd. Sabia como eram, qual era a sensação de tocá-las. Talvez até soubesse onde Brannon as havia escondido — principalmente a última chave, não mencionada. E, se a jovem pudesse encontrar um modo de roubar as chaves do rei, de destruí-lo, de impedir os exércitos do rei e libertar Eyllwe, mesmo que só conseguisse encontrar *uma* chave de Wyrd...

— Que tipo de treinamento...

— O príncipe Rowan explicará os detalhes. Por enquanto, vai escoltá-la até seus aposentos para que descanse.

Celaena encarou a rainha diretamente nos olhos que negociavam a morte.

— Jura que me contará o que preciso saber?

— Não quebro minhas promessas. E algo me diz que você não é como sua mãe nesse sentido também.

Vadia. *Vadia*, Celaena queria sussurrar. Mas então os olhos de Maeve se voltaram para a palma da mão direita da assassina. Ela sabia de tudo. Por meio de quaisquer que fossem os espiões ou o poder ou a adivinhação, Maeve sabia de tudo a respeito dela e da promessa a Nehemia.

— Com qual finalidade? — perguntou Celaena, baixinho, a raiva e o medo a puxando para baixo em uma exaustão incontornável. — Quer me treinar só para fazer de meus talentos um espetáculo?

Maeve passou um dedo branco como a lua sobre a cabeça da coruja.

— Desejo que se torne quem nasceu para ser. Que se torne rainha.

Que se torne rainha.

As palavras assombraram Celaena naquela noite; fizeram com que perdesse o sono, embora estivesse tão exausta que poderia ter chorado para que a Silba de olhos pretos acabasse com sua agonia. *Rainha*. A palavra latejava, junto ao lábio recém-cortado que *também* tornava o sono muito desconfortável.

Celaena tinha Rowan a agradecer por aquilo.

Depois da ordem de Maeve, a jovem não se incomodou com despedidas antes de sair. Rowan só liberou o caminho porque Maeve acenou com a cabeça, e o guerreiro saiu com a assassina em direção a um corredor estreito, que tinha cheiro de carne assada e alho. O estômago de Celaena roncou, mas provavelmente vomitaria assim que comesse alguma coisa. Então seguiu Rowan pelo corredor e desceu as escadas, alternando entre um controle inabalável e uma raiva crescente a cada passo.

Esquerda. *Nehemia.*

Direita. *Você fez uma promessa e a manterá a qualquer custo.*

Esquerda. *Treinamento. Rainha.*

Direita. *Vadia. Vadia manipuladora, fria, sádica.*

Adiante, os passos do próprio Rowan eram silenciosos nas pedras escuras do corredor. As tochas não tinham sido acesas ainda, e, no interior úmido, Celaena mal conseguia dizer que ele estava ali. Mas sabia, porque quase sentia a fúria irradiando dele. Que bom. Pelo menos mais uma pessoa não estava exatamente animada com aquele acordo.

Treinamento. *Treinamento.*

A vida inteira de Celaena consistira em treinamento, desde que nasceu. Rowan podia treiná-la até que estivesse com o rosto azul, contanto que isso garantisse a ela as respostas sobre as chaves de Wyrd, a assassina entraria no jogo. Mas não significava que, quando chegasse a hora, precisaria *fazer* alguma coisa. De jeito algum assumiria o trono.

Ela nem mesmo *tinha* um trono, ou uma coroa, ou uma corte. Não os queria. E podia muito bem derrotar o rei como Celaena Sardothien.

Celaena fechou as mãos em punho.

Ela e Rowan não encontraram ninguém enquanto desciam uma escada sinuosa e entravam em outro corredor. Será que os residentes daquela fortaleza — Defesa Nebulosa, como Maeve chamara — sabiam quem estava naquele escritório no andar de cima? A rainha provavelmente se divertia aterrorizando as pessoas. Talvez tivesse escravizado todos — *linhagem mista*, como chamava — com um ou outro acordo. Nojento. Era nojento mantê-los ali somente por terem uma ascendência mista da qual não eram culpados.

Celaena finalmente abriu a boca.

— Você deve ser *muito* importante para Sua Majestade Imortal se ela lhe deu a tarefa de babá.

— Considerando seu histórico, Maeve não confiaria em ninguém além do melhor para manter você na linha.

Ah, o príncipe queria confusão. Qualquer autocontrole que tivera durante a caminhada até a fortaleza estava por um fio. Bom.

— Bancar o guerreiro no bosque não parece o melhor indicador de talento.

— Lutei em campos de batalha muito antes de você, seus pais ou seu tio-avô terem nascido.

Ela ficou irritada; exatamente o que Rowan queria.

— Quem há para combater aqui, exceto pássaros e bestas?

Silêncio. Então...

— O mundo é um lugar muito maior e mais perigoso do que imagina, garota. Considere-se abençoada por receber qualquer treinamento, por ter a chance de provar a si mesma.

— Já vi muito desse mundo grande e perigoso, principezinho.

Uma risada baixa e rouca.

— Apenas espere, *Aelin*.

Outro golpe. E Celaena se permitiu cair.

— Não me chame assim.

— É seu nome. Não vou chamar você de outra maneira.

Ela se colocou diante de Rowan, se aproximando demais daqueles caninos afiadíssimos.

— Ninguém aqui pode saber quem sou. Entende?

Os olhos verdes brilharam com intensidade, como os de um animal no escuro.

— Minha tia me deu uma tarefa mais difícil do que ela imagina, creio.
— *Minha* tia. Não *nossa* tia.

Então Celaena falou uma das piores coisas que já havia proferido na vida, deleitando-se no ódio daquilo.

— Feéricos como você me fazem compreender um pouco mais as ações do rei de Adarlan, acho.

Mais rápido do que conseguiu sentir, mais rápido que qualquer coisa tinha o direito de ser, Rowan a socou.

A jovem se moveu o suficiente para evitar que o nariz fosse quebrado, mas recebeu o golpe na boca. Chocou-se contra a parede, bateu a cabeça e sentiu o gosto de sangue. *Bom.*

Rowan golpeou de novo, com aquela velocidade imortal — ou teria golpeado. Mas, com agilidade igualmente impassível, segurou o segundo golpe antes que fraturasse a mandíbula de Celaena, então rosnou no rosto dela, baixo e maligno.

A respiração da assassina ficou entrecortada ao dizer:

— Faça.

Rowan pareceu mais interessado em rasgar o pescoço de Celaena que em conversas, mas manteve o limite que fora traçado.

— Por que deveria dar a você o que quer?

— Você é tão inútil quanto seus outros irmãos.

O guerreiro soltou uma risada baixa e letal que fez parecer com que garras estivessem se enterrando na têmpora da assassina.

— Se está tão desesperada para cair de boca na pedra, vá em frente: deixo que tente acertar o próximo soco.

Celaena sabia que não deveria dar atenção. Mas sentia que o sangue fervia tanto que não era mais capaz de enxergar, pensar ou respirar direito. Então mandou as consequências ao inferno quando golpeou.

Não acertou nada além de ar; ar, em seguida o pé de Rowan foi enganchado atrás do dela em uma manobra eficiente que a mandou cambaleando para a parede mais uma vez. Impossível — ele fez com que Celaena tropeçasse como se não fosse nada além de uma novata trêmula.

Ele estava agora a poucos metros de distância, de braços cruzados. A jovem cuspiu sangue e xingou. Rowan deu um risinho. Foi o suficiente para fazê-la disparar contra ele de novo, na tentativa de derrubá-lo, golpeá-lo ou estrangulá-lo, ela não sabia qual.

Celaena percebeu a finta para a esquerda de Rowan, mas, quando disparou para a direita, ele se moveu com tanta agilidade que, apesar de uma vida de treinamento, a assassina se chocou contra um braseiro escurecido atrás dele. O clangor ecoou pelo corredor silencioso demais, conforme ela caía de cara no piso de pedra, os dentes latejando.

— Como eu disse — falou Rowan, com escárnio —, você tem muito que aprender. Sobre tudo.

O lábio já estava dolorido e inchado, mas Celaena disse a Rowan exatamente o que fazer com ele mesmo.

O guerreiro saiu caminhando pelo corredor.

— Da próxima vez que disser algo assim — retrucou Rowan, sem olhar para trás —, vou fazer com que corte lenha durante um mês.

Furiosa, com ódio e vergonha já queimando o rosto, Celaena se levantou. Rowan a jogou em um quarto muito pequeno e muito frio, que parecia pouco mais que uma cela de prisão, permitindo que ela entrasse dois passos antes de dizer:

— Me dê suas armas.

— Por quê? E não. — De maneira alguma entregaria a ele as adagas.

Com um movimento ágil, o guerreiro pegou um balde d'água ao lado da porta e jogou o conteúdo no chão do corredor antes de estender o objeto a ela.

— Me dê suas armas.

Treinar com ele seria simplesmente maravilhoso.

— Diga por quê.

— Não tenho que me explicar a você.

— Então teremos mais uma briga.

A tatuagem de Rowan parecia impossivelmente mais escura no corredor mal iluminado, e o guerreiro a encarava sob as sobrancelhas franzidas, como se dissesse: *Chama* isso *de briga?* Mas em vez disso, resmungou:

— Começando ao amanhecer, vai garantir seu lugar aqui ajudando na cozinha. A não ser que planeje assassinar todos na fortaleza, não há motivo para estar armada. Ou para estar armada enquanto treinamos. Assim, vou ficar com as adagas até que as mereça de volta.

Bem, aquilo parecia familiar.

— Na cozinha?

Rowan exibiu os dentes em um sorriso malicioso.

— Todos contribuem aqui. Inclusive princesas. Ninguém está acima do trabalho pesado, muito menos você.

E Celaena tinha as cicatrizes para provar. Não que fosse contar isso a ele. Não sabia o que faria se o guerreiro descobrisse sobre Endovier e debochasse dela por isso — ou sentisse pena.

— Então meu treinamento inclui ser uma empregada na despensa?

— Parte dele. — De novo, ela podia jurar ter entendido as palavras não ditas nos olhos dele: *E vou saborear cada porcaria de segundo de seu sofrimento.*

— Para um desgraçado velho, você sem dúvida não se deu o trabalho de aprender boas maneiras em qualquer momento de sua existência. — Não importava que ele parecesse estar no fim dos 20 anos.

— Por que deveria desperdiçar elogios com uma criança que já está apaixonada por si mesma?

— Somos parentes, sabe.

— Temos tanto sangue em comum quanto eu e o menino do chiqueiro da fortaleza.

Celaena sentiu as narinas se dilatarem, e Rowan estendeu o balde no rosto dela. A assassina quase o empurrou de volta, mas decidiu que não queria um nariz quebrado, então começou a se desarmar.

Ele contou cada arma que colocava no balde, como se já soubesse quantas Celaena carregava, até as ocultas. Depois segurou o recipiente na lateral do corpo e bateu a porta sem dizer nada mais do que:

— Esteja pronta ao alvorecer.

— Desgraçado. Desgraçado velho e fedorento — murmurou Celaena, avaliando o quarto.

Uma cama, uma latrina e uma bacia para se lavar com água gelada. Ela considerou tomar banho, mas preferiu usar a água para limpar a boca e cuidar do lábio. Estava faminta, mas encontrar comida envolvia conhecer pessoas. Então, depois de tratar o machucado o melhor que pôde com os suprimentos na sacola, Celaena desabou na cama, com as roupas fedidas da viagem e tudo, e ficou deitada ali por várias horas.

Havia apenas uma pequena janela sem cortinas no quarto. A assassina se virou na cama para olhar pela janela o aglomerado de estrelas acima das árvores que cercavam a fortaleza.

Atacar Rowan daquela forma, dizer as coisas que dissera, tentar *lutar* com ele... Celaena merecera o soco. E como. Para ser sincera consigo mesma, mal passava por um ser humano ultimamente. A jovem levou o dedo ao lábio cortado e se encolheu.

Ela verificou o céu noturno até localizar o Cervo, o Senhor do Norte. A estrela imóvel no alto da cabeça do cervo — a coroa eterna — apontava o caminho para Terrasen. Celaena ouvira que os grandes governantes de Terrasen se transformavam naquelas estrelas para que seu povo jamais estivesse sozinho; e sempre soubesse o caminho de casa. Não colocava os pés lá havia dez anos. Enquanto fora mestre de Celaena, Arobynn não permitira, e, depois, ela não ousara.

Ela sussurrara a verdade naquele dia no túmulo de Nehemia. Fugia havia tanto tempo que não sabia o que era ficar e lutar. Ela expirou e esfregou os olhos.

O que Maeve não entendia, o que jamais poderia entender, era quanto aquela princesinha de Terrasen os tinha condenado uma década atrás, ainda mais que a própria Maeve. Ela condenara a todos, então deixara o mundo para que queimasse em cinzas e poeira.

Assim, Celaena afastou o olhar das estrelas, aninhando-se sob o cobertor em frangalhos contra o frio insuportável, e fechou os olhos, tentando sonhar com um mundo diferente.

Um mundo em que ela não era ninguém.

9

Manon Bico Negro estava de pé em um penhasco ao lado do rio cheio de neve, os olhos fechados, conforme o vento úmido açoitava seu rosto. Havia poucos sons de que gostasse mais que os gemidos de homens morrendo, mas o vento era um deles.

Inclinar o corpo à brisa era o mais próximo que chegava de voar ultimamente — exceto em raros sonhos, quando estava de novo nas nuvens, a vassoura de pau-ferro ainda funcionando, não o monte de madeira inútil que era agora, enfiada no armário do quarto, na Fortaleza Bico Negro.

Fazia dez anos desde que sentira o gosto da névoa e das nuvens e pegara carona na cauda do vento. Aquele dia teria sido perfeito para voar, o vento travesso e rápido. Naquele dia, Manon teria disparado.

Atrás dela, Mãe Bico Negro ainda falava com o enorme homem da caravana chamado de duque. Fora mais que uma coincidência, supunha Manon, que logo após deixar aquele campo encharcado de sangue em Charco Lavrado ela tivesse sido convocada pela avó. E mais que coincidência que estivesse a menos de 65 quilômetros do ponto de encontro, logo depois da fronteira em Adarlan.

Manon vigiava enquanto a avó, a Grã-Bruxa do clã Bico Negro, falava com o duque ao lado do feroz rio Acanthus. O restante da aliança tinha assumido suas posições ao redor do pequeno acampamento — outras doze bruxas, quase da idade de Manon, criadas e treinadas juntas. Como ela, não tinham armas, mas parecia que o duque sabia o bastante para entender que bruxas Bico Negro não precisavam de armas para ser mortais.

Não era preciso ter uma arma quando se nascia uma arma.

E quando se era uma das Treze de Manon, com as quais ela havia lutado e voado durante os últimos cem anos... Em geral apenas o nome da aliança bastava para fazer os inimigos fugirem. As Treze não tinham reputação de ser misericordiosas — ou de cometer erros.

Manon olhou para os guardas com armaduras ao redor do acampamento. Metade deles observava as bruxas Bico Negro, os outros monitoravam o duque e sua avó. Era uma honra que a Grã-Bruxa tivesse escolhido as Treze para que a vigiassem — nenhuma outra aliança tinha sido convocada. Nenhuma outra aliança era necessária se as Treze estavam presentes.

Manon desviou a atenção para o guarda mais próximo. O suor, o leve gosto de medo e o odor pesado de exaustão flutuaram até ela. Pelo olhar e pelo cheiro, estavam viajando fazia semanas. Havia duas carruagens-prisão com a caravana. Uma emitia um odor masculino bastante distinto — e talvez um resquício de colônia. A outra exalava um odor feminino. Ambos tinham um cheiro errado.

Manon nascera sem alma, dissera a avó dela. Sem alma e sem coração, como uma Bico Negro deve ser. Era maligna até os ossos. Mas as pessoas naquelas carruagens, e o duque, tinham um cheiro *errado*. Diferente. Estrangeiro.

O guarda mais próximo alternou o peso do corpo entre os pés. A bruxa sorriu para ele. A mão do homem segurou firme na espada.

Porque podia, porque estava ficando entediada, Manon projetou a mandíbula, fazendo com que os dentes de ferro se fechassem. A sentinela recuou um passo, o fôlego ficando mais ágil, o sabor ácido do medo aumentando.

Com os cabelos brancos como a lua, pele branca e olhos de ouro queimado, Manon ouvira de homens condenados que parecia uma rainha feérica. Mas o que aqueles homens percebiam tarde demais era que a beleza não passava de uma arma em seu arsenal natural. E isso tornava as coisas tão, tão divertidas.

Pés esmagaram a neve e pedaços de grama morta, fazendo com que a bruxa desse as costas ao guarda trêmulo e ao rio Acanthus, rugindo e marrom, para ver que a avó se aproximava.

Durante os dez anos desde que a magia sumira, o processo de envelhecimento delas tinha acelerado. A própria Manon tinha bem mais de um século, mas até dez anos antes, não parecia mais velha que 16 anos. Agora, parecia estar no meio dos 20 anos. Estavam envelhecendo como mortais, perceberam as bruxas rapidamente, com bastante pânico. E a avó dela...

A rica e volumosa túnica cor da meia-noite de Mãe Bico Negro flutuava como água à brisa fria. O rosto da avó de Manon agora estava marcado com o início de rugas, os cabelos cor de ébano salpicados de prata. A Grã-Bruxa do clã Bico Negro não era apenas linda — era atraente. Até mesmo agora, com anos mortais recaindo sobre a pele branca como osso, havia algo hipnotizante a respeito da Matriarca.

— Partiremos agora — anunciou ela, caminhando para o norte ao longo do rio.

Atrás delas, os homens do duque entraram em formação ao redor do acampamento. Era astuto dos mortais serem tão cautelosos quando as Treze estavam presentes... e entediadas.

Um aceno de queixo de Manon era o necessário para que as Treze entrassem em formação. As outras doze sentinelas mantinham a distância requerida atrás da jovem bruxa e de sua avó, passos quase silenciosos na grama do inverno. Nenhuma delas tinha conseguido encontrar uma única Crochan nos meses em que vinham se infiltrando em cidade após cidade. E Manon estava totalmente preparada para alguma forma de punição mais tarde. Açoitamento, talvez alguns dedos quebrados — nada muito permanente, mas seria público. Era o método preferido de punição da avó: não o *modo*, mas a humilhação.

No entanto, os olhos pretos salpicados de dourado da Matriarca, a herança da linhagem mais pura do clã Bico Negro, estavam fixos no horizonte norte, em direção à floresta de Carvalhal e às imponentes montanhas Canino Branco ainda mais distantes. Os olhos salpicados de dourado eram o traço mais celebrado no clã, por um motivo que Manon jamais se incomodou em aprender; e, quando a avó viu que os olhos da neta eram inteiramente de puro dourado-escuro, ela a carregou para longe do cadáver ainda quente da própria filha e a declarou sua única herdeira.

A avó continuou andando, e Manon não a forçou a falar. Não a menos que quisesse a língua arrancada da boca.

— Devemos viajar para o norte — disse a Matriarca, depois do acampamento ser engolfado pelo sopé da montanha. — Quero que mande três de suas Treze para o sul, o oeste e o leste. Devem procurar nossas iguais e informá-las de que nos reuniremos no desfiladeiro Ferian. Todas as Bico Negro, nenhuma bruxa ou sentinela será deixada para trás.

Naqueles dias não havia diferença; toda bruxa pertencia a uma aliança e era, portanto, uma sentinela. Desde a queda de seu reino ocidental, desde que tinham começado a lutar para sobreviver, cada Bico Negro, Pernas Amarelas e Sangue Azul precisava estar pronta para lutar — pronta a qualquer hora para reclamar as terras ou morrer pelo próprio povo. A própria Manon jamais pisara no antigo Reino das Bruxas, jamais vira as ruínas ou a planície verde que se abria até o mar ocidental. Nenhuma das Treze tinha visto também, todas eram errantes e exiladas graças a uma maldição da última rainha Crochan enquanto sangrava naquele lendário campo de batalha.

A Matriarca continuou, ainda encarando as montanhas:

— E, se suas sentinelas virem integrantes de outros clãs, devem informá-las para que se reúnam no desfiladeiro também. Nada de lutar, nada de provocar, apenas divulguem a notícia. — Os dentes de ferro da avó brilharam ao sol da tarde. Como a maioria das bruxas anciãs, aquelas que tinham nascido no Reino das Bruxas e lutado na Aliança Dentes de Ferro para destruir os grilhões das rainhas Crochan, Mãe Bico Negro exibia permanentemente os dentes de ferro. A neta jamais os vira retraídos.

Manon segurou as perguntas. O desfiladeiro Ferian — a extensão de terra mortal e destruída entre as montanhas Canino Branco e Ruhnn, e uma das poucas passagens entre as terras férteis do leste e os desertos do oeste.

A jovem bruxa percorrera o caminho entre o labirinto de cavernas coberto de neve e ravinas a pé — apenas uma vez, com as Treze e duas outras alianças, logo depois de a magia ter desaparecido, quando estavam todas desorientadas devido à agonia de subitamente estarem presas ao chão. Metade das outras bruxas não conseguira cruzar o desfiladeiro. As Treze mal sobreviveram, e Manon quase perdera um braço no deslizamento de uma caverna de gelo. Quase o perdeu, mas foi salva graças à mente ágil de Asterin, sua imediata, e à força bruta de Sorrel, a terceira na hierarquia. O desfiladeiro Ferian; Manon não voltara lá desde então. Havia meses que ouvia boatos sobre coisas bem mais sombrias que bruxas habitando o lugar.

— Baba Pernas Amarelas está morta. — Manon virou a cabeça para a avó, que sorria levemente. — Morta em Forte da Fenda. O duque recebeu a notícia. Ninguém sabe quem ou por quê.

— Crochan?

— Talvez. — O sorriso de Mãe Bico Negro aumentou, revelando dentes de ferro manchados de ferrugem. — O rei de Adarlan nos convidou para nos reunirmos no desfiladeiro Ferian. Diz ter um presente para nós lá.

Manon considerou o que sabia sobre o maligno e mortal rei, determinado a conquistar o mundo. A responsabilidade dela tanto como líder da aliança quanto herdeira era manter a avó viva; era um instinto antecipar cada armadilha, cada potencial ameaça.

— Pode ser uma cilada. Nos reunir em um lugar, então nos destruir. Ele pode estar trabalhando com as Crochan. Ou talvez com as Sangue Azul, que sempre quiseram se tornar Grã-Bruxas de todos os clãs Dentes de Ferro.

— Ah, acho que não — ronronou Mãe Bico Negro, os infinitos olhos de ébano se enrugando. — Porque o rei nos fez uma oferta. Fez uma oferta a todos os clãs Dentes de Ferro.

Manon esperou, embora pudesse ter cortado uma cabeça só para tranquilizar a insuportável impaciência.

— O rei precisa de cavaleiros — falou a avó, ainda encarando o horizonte. — Cavaleiros para suas serpentes aladas, precisa de uma cavalaria aérea. Ele as esteve criando no desfiladeiro durante todos esses anos.

Fazia um tempo — tempo demais —, mas Manon conseguia sentir as linhas do destino tecendo ao redor delas, apertando-se.

— E, quando terminarmos, depois de servirmos a ele, nos deixará ficar com as criaturas. Para levarmos conosco e reclamarmos os desertos dos porcos mortais que agora moram ali.

Uma agitação feroz e selvagem perfurou o peito da jovem bruxa, afiada como faca. Seguindo o olhar da Matriarca, Manon olhou para o horizonte, onde as montanhas ainda estavam cobertas pelo manto do inverno. Voar de novo, disparar pelos vales das montanhas, caçar presas do modo como tinham nascido para fazer...

Não eram vassouras de pau-ferro encantadas.

Mas serpentes aladas serviriam muito bem.

10

Depois de um dia sofrível de treinamento com os novos recrutas, de evitar Dorian e de se manter bem longe dos olhos vigilantes do rei, Chaol estava quase nos aposentos, mais que pronto para dormir, quando percebeu que dois de seus homens não estavam no posto do lado de fora do salão. Os dois que restavam se encolheram conforme o capitão parou subitamente.

Não era incomum que os guardas, de vez em quando, perdessem um turno. Se alguém estivesse doente, se tivesse alguma tragédia familiar, Chaol sempre encontrava um substituto. Mas dois guardas *faltando*, sem substitutos à vista...

— É melhor alguém começar a falar — exigiu ele, rispidamente.

Um dos guardas pigarreou; um mais jovem, que acabara de terminar o treinamento três meses antes. O outro era relativamente novo também, e por isso Chaol os designara para o turno da noite, do lado de fora do salão. Mas o capitão os colocara sob os olhos supostamente responsáveis e vigilantes de *outros* dois guardas, ambos ali havia três anos.

O guarda que pigarreou ficou vermelho.

— Hã, eles disseram... Ah, capitão, disseram que ninguém iria reparar se tivessem saído, pois é o salão, e está vazio, e hã...

— Use palavras — disparou Chaol. Ele *assassinaria* os dois desertores.

— A festa do general, senhor — respondeu o outro. — O general Ashryver passou por aqui a caminho de Forte da Fenda e os convidou. Disse que não seria problema para você, então foram com ele.

Um músculo se contraiu no maxilar de Chaol. É claro que Aedion disse isso.

— E vocês dois — grunhiu o capitão — não acharam que seria útil relatar isso a alguém?

— Com todo o respeito, senhor — falou o segundo —, nós estávamos... nós não queríamos que pensassem que éramos delatores. E é apenas o salão...

— Resposta errada — resmungou Chaol. — Os dois farão turno duplo durante um mês... nos jardins. — Onde ainda estava congelando. — Seu tempo de lazer agora é inexistente. E, se *algum dia* deixarem de reportar mais uma vez que outro guarda abandonou o posto, estarão fora daqui. Entendido?

Ao receber murmúrios de confirmação, ele saiu pisando duro em direção à frente do castelo. De jeito nenhum iria dormir agora. Tinha dois guardas para caçar em Forte da Fenda... e um general com quem trocar algumas palavras.

~

Aedion alugara a taberna inteira. Homens estavam à porta para manter a ralé do lado de fora, mas um olhar irritado de Chaol, um lampejo do cabo da espada em formato de águia fez com que os dois saíssem da frente. O lugar estava abarrotado de nobres, algumas mulheres que podiam ser cortesãs ou parte da corte, além de homens — muitos homens bêbados e falando alto. Jogos de cartas, dados, cantoria lasciva ao som do pequeno quinteto ao lado do fogo crepitante, torneiras despejando cerveja livremente, garrafas de espumante... Será que Aedion pagaria por aquilo com o próprio dinheiro sujo ou era por conta do rei?

Chaol viu os dois guardas, mais meia dúzia de outros, jogando cartas com mulheres no colo, sorrindo como demônios. Até que o viram.

Ainda imploravam perdão quando o capitão os mandou embora — de volta ao castelo, onde lidaria com o grupo no dia seguinte. Não conseguia decidir se mereciam perder as posições, pois Aedion havia mentido e Chaol não gostava de fazer isso, a não ser que tivesse pensado bem a respeito primeiro. Então lá se foram os guardas para a noite gélida. Depois o capitão começou o processo de caçar o general.

No entanto, ninguém sabia onde ele estava. Primeiro, alguém mandou Chaol ao andar de cima, para um dos quartos da taberna. Lá, de fato, encontrou as duas mulheres com as quais alguém dissera que Aedion tinha sumido, mas outro homem estava entre elas. Chaol apenas exigiu saber para onde fora o general. As mulheres disseram que o tinham visto jogando dados na adega com alguns membros mascarados da alta nobreza. Então o capitão desceu furioso. E, realmente, havia membros mascarados da alta nobreza. Fingiram ser apenas festejadores, mas Chaol os reconheceu mesmo assim, ainda que não os tivesse chamado pelo nome. Os nobres insistiram que Aedion fora visto pela última vez tocando violino no salão principal.

Assim, Chaol subiu de novo. O general certamente não estava tocando o violino. Ou o tambor, ou o alaúde, ou a gaita. Na verdade, parecia que Aedion Ashryver sequer estava na própria festa.

Uma cortesã o chamou para oferecer seus atributos, e teria ido embora depois do grunhido do capitão, caso uma moeda de prata não tivesse sido oferecida por informação sobre o general. Ela o vira sair uma hora antes — de braços dados com uma de suas rivais. Seguiam para um lugar mais *privado*, mas a mulher não sabia onde. Se Aedion não estava mais ali, então... Chaol voltou para o castelo.

Mas ele recebeu mais uma informação. A Devastação chegaria em breve, disseram as pessoas, e, quando a legião descesse para a cidade, planejava mostrar a Forte da Fenda outro nível de imoralidade. Todos os guardas reais estavam convidados, pelo visto.

Era a última coisa que queria, ou de que precisava — uma legião inteira de guerreiros mortais causando estragos em Forte da Fenda, distraindo seus homens. Se isso acontecesse, o rei poderia prestar atenção demais a Chaol; ou perguntar para onde ia quando desaparecia de vez em quando.

Então, o capitão precisava de mais que apenas trocar uma palavra com Aedion. Precisava encontrar algo para usar contra o general, para que concordasse em *não* dar aquelas festas e jurasse manter a Devastação sob controle. Na noite seguinte, Chaol iria a qualquer que fosse a festa que o general promovesse.

E veria que vantagem poderia encontrar.

11

Congelando e dolorida por tremer a noite inteira, Celaena acordou antes do alvorecer, no quartinho sofrível, e encontrou uma lata de cor marfim do lado de fora da porta. Estava cheia de uma pomada com cheiro de hortelã e alecrim, e sob a lata havia um bilhete escrito com letras pequenas e concisas.

Você mereceu. Maeve manda votos por uma recuperação rápida.

Rindo com deboche do sermão que Rowan devia ter levado e de como devia tê-lo enervado trazer o presente até ali, ela passou a pomada no lábio ainda inchado. Um olhar para o caco manchado de espelho acima da cômoda revelou que a assassina tivera melhores dias. E jamais beberia vinho ou comeria teggya de novo. Ou passaria mais de um dia sem um banho.

Aparentemente Rowan concordava, pois também havia deixado algumas jarras de água, sabonete e um novo conjunto de roupas: roupas íntimas brancas, uma camisa larga, além de um sobretudo e uma manta cinza-claros, semelhantes aos que o guerreiro vestia no dia anterior. Embora simples, o tecido era espesso e de boa qualidade.

Celaena se lavou o melhor que pôde, estremecendo com o frio que entrava da floresta nebulosa além da fortaleza. Subitamente com saudades da enorme banheira do palácio, ela se secou rápido e vestiu as roupas, grata pelas camadas.

Os dentes não paravam de bater. Não tinham parado a noite toda, na verdade. Estar com os cabelos molhados não ajudava, mesmo depois de tê-los trançado para trás. Celaena enfiou os pés nas botas de couro na altura dos joelhos e amarrou a grossa faixa vermelha na cintura com o máximo de força que conseguiu, sem perder a habilidade de se mover, esperando que lhe desse *alguma* silhueta, mas...

Celaena fez uma careta para o espelho. Tinha perdido peso — tanto que o rosto parecia tão vazio quanto a assassina se sentia. Mesmo os cabelos tinham ficado bastante opacos e sem vida. A pomada já diminuíra o inchaço no lábio, mas não a cor. Pelo menos estava limpa de novo. Ainda que congelada até as entranhas. E... bem-vestida demais para trabalhar na cozinha. Suspirando, ela desatou a faixa e tirou o sobretudo, atirando-os à cama. Pelos deuses, estava com as mãos tão frias que o anel deslizava no dedo. Celaena sabia que era um erro, mas olhou para o anel mesmo assim, a ametista escura à luz do alvorecer.

O que Chaol pensaria daquilo tudo? Ela estava ali, afinal de contas, por causa dele. Não apenas ali, naquele lugar físico, mas ali, naquela exaustão interminável, a dor quase constante no peito. Não fora o culpado pela morte de Nehemia, não quando a princesa havia armado tudo. Mas ele escondera informações de Celaena. Havia escolhido o *rei*. Embora alegasse que a amava, o capitão ainda servia lealmente àquele monstro. Talvez ela tivesse sido uma tola por permitir que ele entrasse, por sonhar com um mundo no qual podia ignorar o fato de que Chaol era capitão do homem que lhe destruíra a vida diversas vezes.

A dor no peito aumentou tanto que ficou difícil respirar. Celaena ficou parada ali por um momento, afastando a dor, deixando-a afundar na névoa que sufocava sua alma, então saiu pela porta, arrastando os pés.

O único benefício de trabalhar na despensa era a cozinha ser quente. Até demais. O grande forno de tijolos e a lareira estavam incandescentes, afastando a névoa da manhã, que crepitava pelas árvores do lado de fora das janelas acima das pias de cobre. Havia apenas outras duas pessoas na cozinha — um homem corcunda, que cuidava das panelas fervendo na lareira, e um jovem à mesa de madeira que dividia a cozinha ao meio, picando cebolas e monitorando algo que cheirava a pão. Por Wyrd, Celaena estava faminta. Aquele pão tinha um cheiro divino. E o que havia naquelas panelas?

Apesar de ser absurdamente cedo, o cantarolar alegre do jovem ecoava pelas pedras da escada, mas ele ficou em silêncio, e os dois homens pararam de trabalhar ao ver Rowan descendo os degraus até a cozinha. O príncipe feérico estivera esperando por Celaena no corredor, braços cruzados, já entediado. Mas os olhos brilhantes como os de um animal se semicerraram levemente, como se esperasse que a assassina dormisse demais e desse a ele uma desculpa para puni-la. Como imortal, Rowan provavelmente tinha paciência e criatividade infinitas quando se tratava de pensar em punições insuportáveis.

Ele se dirigiu ao idoso perto da lareira — tão imóvel que Celaena se perguntou se o príncipe tinha aprendido aquilo ou nascera daquele jeito.

— Sua nova criada da despensa para o turno matinal. Depois do café da manhã, eu a terei pelo resto do dia. — Pelo visto a ausência de cumprimento não era pessoal. O guerreiro a fitou com as sobrancelhas erguidas, e ela podia ver as palavras nos olhos dele com tanta clareza quanto se as tivesse falado: *Queria permanecer anônima, então, vá em frente, princesa. Apresente-se com o nome que quiser.*

Pelo menos Rowan dera atenção a ela na noite anterior.

— Elentiya — disse Celaena, engasgando. — Meu nome é Elentiya. — O estômago embrulhou.

Graças aos deuses, Rowan não debochou do nome. Ela poderia tê-lo estripado — ou tentado, pelo menos —, caso tivesse zombado do nome que Nehemia dera a ela.

O idoso inclinou o corpo adiante, limpando as mãos rugosas em um avental branco. As roupas de lã marrons eram simples e gastas — um pouco desfiadas em alguns lugares —, ele parecia ter algum problema com o joelho esquerdo e mantinha os cabelos brancos bem presos longe do rosto. O idoso fez uma reverência rígida.

— Tão bom de sua parte encontrar mais ajuda para nós, príncipe. — O homem virou os olhos castanhos como avelã para Celaena e a olhou de cima a baixo, com seriedade. — Já trabalhou em uma cozinha?

Apesar de todas as coisas que tinha feito, de todos os lugares e coisas e pessoas que vira, ela precisou responder que não.

— Bem, espero que aprenda rápido e seja ágil — falou o idoso.

— Farei o meu melhor. — Aparentemente era tudo que Rowan precisava ouvir antes de sair, os passos silenciosos, cada movimento suave e envolto em poder. Apenas por observá-lo, Celaena soube que Rowan se segurara na noite anterior quando a socou. Se quisesse, poderia ter destruído seu maxilar.

— Sou Emrys — anunciou o homem, então correu até o fogão, pegando uma pá longa e chata de madeira presa à parede para puxar um pedaço de pão marrom de dentro do forno. Fim das apresentações. Bom. Nada de bobagens sentimentais, sorrisos nem nada disso. Mas as orelhas do homem...

Linhagem mista. Despontando dos cabelos brancos de Emrys estavam os indícios da ascendência feérica.

— E este é Luca — avisou o idoso, apontando para o jovem à mesa de trabalho. Embora uma prateleira de panelas e frigideiras de ferro pendesse do teto e bloqueasse parcialmente a visão de Celaena, ele deu um largo sorriso, o emaranhado de cachos castanhos despontando para um lado ou outro. O rapaz devia ser poucos anos mais jovem que a assassina, pelo menos, e ainda não havia crescido para exibir toda a sua altura e os ombros largos. Ele também não possuía roupas adequadas, considerando o quanto as mangas da túnica marrom comum eram curtas. — Você e ele compartilharão muito do trabalho na despensa, creio.

— Ah, é totalmente infernal — intrometeu-se Luca, fungando alto devido ao fedor das cebolas que picava —, mas vai se acostumar. Embora talvez não com a parte de acordar antes do alvorecer. — Emrys lançou ao jovem um olhar de irritação, e Luca acrescentou: — Pelo menos a companhia é boa.

Celaena deu a ele a melhor tentativa de um aceno de cabeça civilizado e, de novo, avaliou a disposição do lugar. Atrás de Luca, uma segunda escada de pedras espiralava para cima e para fora do campo de visão, e os dois armários altos de cada lado da escadaria estavam abarrotados de louças e talheres gastos ou até rachados. A metade superior de uma porta de madeira perto das janelas estava escancarada, uma parede de árvores e névoa rodopiava além de uma pequena clareira de grama. Mais adiante, o círculo de enormes pedras se erguia como guardiões eternos.

Celaena percebeu que Emrys avaliava suas mãos e as estendeu, com cicatrizes e tudo.

— Já estão laceradas e destruídas, então não vai me ver chorando por unhas quebradas.

— Pela minha mãe. O que aconteceu? — Mas já ao falar, Celaena percebeu que ele montava o quebra-cabeça, decifrando o sotaque, avaliando o lábio inchado e as sombras sob os olhos da assassina.

— Adarlan faz isso com as pessoas. — A faca de Luca acertou a mesa, mas a jovem manteve os olhos no idoso. — Me dê o trabalho que quiser. Qualquer um.

Que Rowan pensasse que ela era mimada e egoísta. Celaena era, mas queria músculos doloridos e mãos cheias de bolhas, e queria cair na cama tão exausta que não sonharia, não pensaria, não sentiria nada.

Emrys estalou a língua. Havia tanta pena nos seus olhos que, por um segundo, Celaena considerou arrancar-lhe a cabeça a mordidas. Então o idoso disse:

— Apenas termine as cebolas. Luca, cuide do pão. Preciso começar os ensopados.

Ela ocupou o lugar que Luca já havia liberado na ponta da mesa, passando no caminho pela enorme lareira, um monumento de pedra antiga, entalhada com símbolos e rostos estranhos. Até o suporte do braseiro tinha sido feito no formato de figuras de pé, e, sob a estreita borda da lareira, havia um conjunto de nove miniaturas de ferro. Deuses e deusas.

Celaena rapidamente virou o rosto da imagem das duas mulheres no centro — uma coroada com uma estrela e armada com um arco e uma aljava, a outra segurando um disco de bronze polido entre as mãos erguidas. A assassina podia jurar que as sentia observando.

O café da manhã parecia um pandemônio.

Quando o alvorecer preencheu as janelas de luz dourada, o caos desceu sobre a cozinha, as pessoas corriam para dentro e para fora. Não havia criados, apenas pessoas cansadas fazendo suas tarefas ou mesmo ajudando porque sentiam vontade. Enormes bacias de ovos e batatas e vegetais sumiam assim que eram colocadas à mesa, levadas pelas escadas para o que só podia ser o salão de refeições. Jarras de água, de leite, de sabiam os deuses o que eram levadas para cima. Celaena foi apresentada a algumas das pessoas, mas a maioria não olhou em sua direção.

E isso era uma mudança bem-vinda dos habituais olhares e o terror e os sussurros que tinham marcado os últimos dez anos de sua vida. Celaena tinha a sensação de que Rowan ficaria calado quanto à identidade da assassina, ainda que apenas por parecer odiar conversar com outros tanto quanto ela. Na cozinha, cortando vegetais e lavando panelas, a jovem era completa e maravilhosamente ninguém.

A faca sem fio era um pesadelo quando se tratava de picar cogumelos, cebolinha e uma avalanche interminável de batatas. Ninguém, exceto talvez Emrys, com olhos que tudo viam, pareceu notar os cortes perfeitos de Celaena. Alguém simplesmente pegava a comida e a atirava em uma panela, então a mandava cortar outra coisa.

Depois... nada. Todos, exceto os dois colegas de Celaena, sumiram para o andar de cima, e risadas sonolentas, resmungos e o tilintar de talheres ecoavam pela escada. Faminta, a assassina olhou desejosa para a comida que restara na mesa de trabalho, no momento em que pegou Luca encarando-a.

— Vá em frente — disse ele, com um sorriso, antes de seguir para ajudar Emrys a empurrar um enorme caldeirão de ferro até a pia. Mesmo com a confusão da última hora, Luca tinha conseguido conversar com quase todos que entraram na cozinha, a voz e a risada flutuando por cima dos ruídos das panelas e das ordens disparadas. — Vai levar um bom tempo lavando aquela louça, é melhor comer agora.

De fato, já havia uma *torre* de louças e panelas nas pias. O caldeirão sozinho levaria uma eternidade. Então Celaena se sentou à mesa, se serviu de ovos e batatas, uma xícara de chá e começou a comer.

Devorar era uma palavra melhor para o que fez. Pelos deuses, estava delicioso. Em minutos, engoliu dois pedaços de torrada cobertos de ovos, depois começou com a batata frita, tão absurdamente boa quanto os ovos. Celaena esqueceu o chá em favor de um copo cheio do leite mais saboroso que já havia provado. Não que costumasse beber leite, pois tinha uma oferta de sucos diferentes em Forte da Fenda, mas... ela ergueu o rosto do prato, percebendo que Emrys e Luca a encaravam da lareira.

— Pelos deuses! — exclamou o idoso, sentando-se à mesa. — Quando foi a última vez que comeu?

Comida boa como aquela? Fazia um tempo. E, se Rowan voltaria em algum momento, Celaena não queria estar fraca de fome. Precisava da força para o treinamento. Treinamento em magia. O qual sem dúvida seria terrível, mas ela o faria — para cumprir o acordo com Maeve e honrar o voto a Nehemia. Subitamente sem tanta fome, a assassina apoiou o garfo.

— Desculpe — disse ela.

— Ah, coma o quanto quiser — respondeu Emrys. — Não há nada mais satisfatório para um cozinheiro que ver alguém se deliciar com a comida dele. — O homem falou com tanto bom humor e tanta bondade que chegou a ser irritante.

Como reagiriam se soubessem das coisas que Celaena fizera? Ou se soubessem do sangue que havia derramado, de como havia torturado Cova e o despedaçado, membro a membro? Do modo como estripara Archer naquele esgoto? Do modo como falhara com a amiga. Com muita gente.

Os dois ficaram visivelmente mais calados quando se sentaram. Não fizeram nenhuma pergunta, o que era perfeito, pois ela não queria mesmo começar uma conversa. Não continuaria ali por muito tempo, de toda forma. Emrys e Luca ficaram na deles, conversando sobre o treinamento que Luca faria com algumas das sentinelas nas muralhas naquele dia, sobre as tortas de carne que Emrys cozinharia para o almoço, sobre as chuvas de primavera próximas que poderiam destruir o festival Beltane, como no ano anterior. Coisas tão comuns sobre as quais falar, se preocupar. E eram tão tranquilos um com o outro — uma família, do jeito deles.

Não corrompidos por um império maligno, por anos de brutalidade e escravidão e derramamento de sangue. Celaena quase podia ver as três almas alinhadas na cozinha: a deles, brilhante e reluzente; a dela, uma chama sombria crepitante.

Não deixe essa luz se apagar. Foram as últimas palavras de Nehemia para Celaena naquela noite, nos túneis. A assassina empurrou a comida no prato. Jamais conhecera alguém cuja vida não tivesse sido marcada por Adarlan. Mal conseguia se lembrar dos breves anos antes de o continente ter sido escravizado, quando Terrasen ainda era livre.

Ela não conseguia lembrar como era ser livre.

Um poço se abria diante dos pés de Celaena, tão profundo que era necessário se mover para evitar que a engolisse inteira.

A jovem estava prestes a lavar a louça quando Luca falou, do outro lado da mesa:

— Então, ou você é muito importante, ou é muito azarada para que Rowan a treine para entrar em Doranelle. — *Amaldiçoada* seria melhor, mas ela continuou calada. Emrys olhava com interesse cauteloso. — É para *isso* que está treinando, certo?

— Não é por isso que todos vocês estão aqui? — As palavras saíram mais inexpressivas do que Celaena esperava.

Luca respondeu:

— Sim, mas tenho anos até descobrir se atendo às qualificações.

Anos. *Anos?* Maeve não podia querer que ela ficasse por tanto tempo. Olhando para Emrys, perguntou:

— Há quanto tempo está treinando?

O idoso deu uma risada de escárnio.

— Ah, eu tinha uns 15 anos quando vim para cá e trabalhei por uns... dez anos, mas jamais fui digno. Medíocre demais. Então decidi que preferia ter um lar e minha própria cozinha aqui a ser visto com humilhação em Doranelle até o fim da vida. O fato de meu parceiro sentir o mesmo ajudou. Vai conhecê-lo em breve. Sempre aparece para roubar comida para si e para seus homens. — O idoso gargalhou, e Luca sorriu.

Parceiro — não marido. Os feéricos tinham parceiros: um laço indestrutível, mais profundo que o casamento, que perdurava além da morte. Celaena questionou:

— Então, vocês são todos... de linhagem mista?

Luca enrijeceu o corpo, mas estampou um sorriso ao dizer:

— Apenas os feéricos de sangue puro nos chamam assim. Preferimos semifeéricos. Mas, sim, quase todos aqui nasceram de mães mortais, com os pais alheios ao fato de que nos haviam gerado. Aqueles com dons costumam ser levados para Doranelle, mas para nós, crias *comuns*, os humanos ainda não estão à vontade conosco, então... seguimos para cá, para Defesa Nebulosa. Ou para os postos da outra fronteira. Pouquíssimos conseguem permissão para ir a Doranelle, então a maioria só vem aqui para viver entre os iguais. — Os olhos de Luca se semicerraram para a direção das orelhas de Celaena. — Parece que você tem mais de humano que de feérico.

— Porque não sou misturada. — A assassina não queria compartilhar mais detalhes.

— Pode mudar de forma? — perguntou o rapaz. Emrys lançou um olhar de aviso para ele.

— *Você* pode? — perguntou Celaena.

— Ah, não. Nenhum de nós consegue. Se conseguíssemos, provavelmente estaríamos em Doranelle com as outras crias "talentosas" que Maeve gosta de colecionar.

Emrys grunhiu.

— Cuidado, Luca.

— Maeve não nega, então por que eu deveria? É o que Bas e os outros estão dizendo também. De toda forma, há poucas sentinelas aqui que têm formas secundárias, como Malakai, o parceiro de Emrys. E estão aqui porque querem.

Celaena não ficou nada surpresa por Maeve se interessar pelos talentosos; ou por deixar presos do lado de fora os inúteis.

— E algum de vocês tem... talentos?

— Está falando de magia? — indagou Luca, a lateral da boca se erguendo. — Ah, não... nenhum de nós tem um pingo. Soube que seu continente sempre teve mais possuidores que o nosso, de toda forma, e mais variedade. Diga, é verdade que acabou tudo por lá?

Celaena assentiu. Luca soltou um assobio baixo, abrindo a boca para fazer mais perguntas, mas ela não estava com vontade de falar sobre o assunto, então disse:

— Alguém nesta fortaleza tem magia? — Talvez assim pudesse se informar sobre o que esperar de Rowan... e de Maeve.

Luca deu de ombros.

— Alguns. Só têm um toque de coisas chatas, como encorajar plantas a crescer, ou encontrar água, ou convencer a chuva a vir. Não que precisemos disso aqui.

Portanto, não seriam ajuda alguma com Rowan ou Maeve. Maravilhoso.

— Ninguém aqui — continuou ele — tem qualquer habilidade rara e interessante. Como mudar de forma para o que quer que queira, ou controlar o fogo — o estômago de Celaena revirou ao ouvir aquilo —, ou visão oracular. *Teve* uma mulher que apareceu aqui com magia pura há dois anos; podia fazer o que quisesse, conjurar qualquer elemento, e ficou aqui uma semana antes que Maeve a chamasse para Doranelle, então nunca mais ouvimos falar dela. Uma pena... era tão bonita. Mas é o mesmo aqui que em qualquer lugar: algumas poucas pessoas com um traço patético de poderes elementares que só divertem fazendeiros.

Emrys estalou a língua.

— Deveria rezar para que os deuses não acertem você com raios por falar dessa forma.

Luca resmungou e revirou os olhos, mas o idoso continuou o sermão, gesticulando com a xícara de chá:

— Esses poderes foram dons com que eles nos presentearam há muito tempo, talentos dos quais precisávamos para sobreviver, e foram passados de geração em geração. É claro que estariam alinhados aos elementos, e é claro que teriam se dissipado depois de tanto tempo.

Celaena olhou na direção das miniaturas de ferro sobre a lareira. Pensou em mencionar que alguns acreditavam que os deuses também haviam se relacionado com os humanos antigos e dado magia a eles dessa forma, mas... isso envolveria mais conversa que o necessário. Ela inclinou a cabeça para o lado.

— O que sabe sobre Rowan? Quantos anos ele tem? — Quanto mais soubesse, melhor.

Emrys envolveu a xícara de chá com as mãos enrugadas.

— Ele é um dos poucos feéricos que vemos em Defesa Nebulosa, aparece de vez em quando para relatar coisas a Maeve, mas fica na dele. Jamais passa a noite. Às vezes vem com os outros como ele... há seis guerreiros que servem de perto a rainha, como líderes de guerra ou espiões, entende. Nunca falam conosco, e só ouvimos boatos sobre aonde vão e o que fazem. Mas conheço Rowan desde que cheguei aqui. Não que eu o conheça de verdade, veja bem. Por vezes ele desaparece durante anos, servindo Sua Majestade. E não acho que alguém saiba quantos anos tem. Quando eu tinha 15 anos, as pessoas mais velhas que viviam aqui o conheciam desde que eram pequenas, então... eu diria que Rowan é bem velho.

— E mau como uma víbora — murmurou Luca.

Emrys o olhou com censura.

— É melhor tomar cuidado com a língua. — O idoso olhou na direção das portas, como se o guerreiro pudesse estar à espreita ali. Quando o olhar recaiu novamente sobre Celaena, estava cauteloso. — Admito que você deve passar por maus bocados.

— Ele é um assassino frio e calculista, além de sádico, é o que Emrys quer dizer — acrescentou Luca. — O mais cruel da cabala pessoal de guerreiros de Maeve, é o que comentam.

Bem, isso também não era surpreendente. Mas havia cinco outros como ele; *esse* era um fato desagradável. Celaena falou, baixinho:

— Posso lidar com ele.

— Não temos permissão de aprender o velho idioma até entrarmos em Doranelle — explicou Luca —, mas ouvi falar que a tatuagem de Rowan é uma lista de todas as pessoas que matou.

— Shh — falou Emrys.

— Não é como se ele não agisse dessa forma. — Luca franziu a testa novamente para Celaena. — Talvez você devesse considerar se Doranelle vale a pena, entende? Não é tão ruim viver aqui.

A assassina já estava cheia daquela interação.

— Posso lidar com ele — repetiu Celaena. Maeve não podia querer mantê-la ali durante anos. Se isso começasse a parecer provável, partiria. E encontraria outra forma de impedir o rei.

Luca abriu a boca, mas Emrys fez com que ele se calasse de novo, o olhar recaindo sobre as mãos marcadas de Celaena.

— Deixe que ela siga o próprio caminho.

Luca começou a jogar conversa fora sobre o tempo, e a assassina seguiu para a pilha de louça. Enquanto lavava, entrou em um ritmo, como tinha feito quando limpou as armas a bordo daquele navio.

Os sons da cozinha ficaram abafados quando Celaena voltou-se para si, contemplando aquela percepção terrível diversas vezes: não conseguia se lembrar de qual era a sensação de ser livre.

12

O clã Bico Negro foi o último a se reunir por completo no desfiladeiro Ferian.

Como resultado, receberam os menores e mais distantes quartos na ala de corredores escavada na Ômega, a última das montanhas Ruhnn e a mais ao norte entre os picos gêmeos que flanqueavam a passagem coberta de neve.

Do outro lado do desfiladeiro estava o Canino do Norte, o último pico das montanhas Canino Branco, que era ocupado pelos homens do rei — brutamontes enormes que ainda não sabiam muito bem o que pensar das bruxas que haviam surgido de todas as direções.

Estavam ali havia um dia, e Manon ainda não tivera um vislumbre das serpentes aladas que o rei prometera. Ouvira as bestas, embora estivessem abrigadas do outro lado da passagem, no Canino do Norte. Não importava o quão profundamente se fosse para dentro dos corredores de pedra da Ômega, os gritos e os rugidos vibravam na pedra, o ar pulsava com o ecoar de asas encouraçadas, e os chãos chiavam com o raspar de garras na rocha.

Fazia quinhentos anos desde que todos os três clãs se reuniram. Havia mais de vinte mil em certo momento. Agora, apenas três mil permaneciam, e era uma estimativa generosa. Tudo o que restava de um reino que fora um dia poderoso.

Mesmo assim, os corredores da Ômega eram perigosos. Manon já precisara separar Asterin e uma vadia do clã Pernas Amarelas, que ainda não entendera que as sentinelas Bico Negro — principalmente os membros das Treze — não aceitavam muito bem ser chamadas de boazinhas.

Havia sangue azul sujando o rosto delas, e, embora tivesse ficado mais que contente ao ver que Asterin, a linda e impetuosa Asterin, tivesse causado a maior parte dos danos, Manon ainda precisaria punir sua imediata.

Três golpes sem defesa. Um no estômago, para que sentisse a própria impotência; um nas costelas, para que considerasse as ações sempre que tomasse fôlego; um no rosto, para que o nariz quebrado a lembrasse de que a punição poderia ter sido muito pior.

Asterin aceitara todos sem gritar, reclamar ou implorar, exatamente como qualquer das Treze teria feito.

E naquela manhã a imediata, de nariz inchado e roxo no meio, dera à líder um sorriso destemido enquanto comiam o café da manhã horrível de mingau de aveia. Se tivesse sido outra bruxa, Manon a teria arrastado pelo pescoço até a frente da sala para fazê-la se arrepender da insolência, mas Asterin...

Embora ela fosse prima de Manon, não era uma amiga. Manon não tinha amigas. Nenhuma das bruxas, principalmente as Treze, tinha amigos. Mas Asterin tomava conta da líder havia um século, e o sorriso era um sinal de que não colocaria uma adaga na coluna dela da próxima vez que as duas estivessem ocupadas em batalha.

Não, Asterin era orgulhosa o bastante para exibir o nariz quebrado como um distintivo de honra, e amaria o nariz torto pelo restante da vida não tão imortal.

A herdeira das Pernas Amarelas, uma bruxa arrogante e grosseira de nome Iskra, mal avisara à sentinela ofensora que ficasse calada, e a enviara para a enfermaria no coração da montanha. Tola.

Todas as líderes de alianças tinham recebido ordens para manter as sentinelas na linha — para suprimir as brigas entre clãs. Caso contrário, as três Matriarcas as atacariam como martelos. Sem punição, sem Iskra ter feito da bruxa um exemplo, a ofensora continuaria fazendo aquilo até ser pendurada pelos dedos dos pés pela nova Grã-Bruxa do clã das Pernas Amarelas.

O grupo montou um memorial improvisado para Baba Pernas Amarelas na noite anterior, no cavernoso salão de refeições; elas acenderam velas antigas no lugar das tradicionais velas pretas, vestiram as túnicas que puderam encontrar e recitaram as Palavras Sagradas para a Deusa de Três Rostos, como se lessem uma receita.

Manon não conheceu Baba Pernas Amarelas e não se importava com aquela morte. Estava mais interessada em *quem* a havia matado e por quê. Todas estavam, e essas eram as perguntas feitas entre as palavras de perda e luto esperadas. Asterin e Vesta tinham puxado as conversas, como costumavam fazer, trocando palavras com as outras bruxas enquanto Manon ouvia de perto. Ninguém sabia de nada, no entanto. Mesmo suas duas Sombras, ocultas nos bolsões escuros do salão de refeições, como tinham sido treinadas a fazer, não tinham ouvido nada.

Não saber era o que enrijecia os ombros de Manon conforme subia o corredor inclinado até onde as Matriarcas e todas as líderes de alianças deveriam se reunir, bruxas Bico Negro e Pernas Amarelas abrindo caminho para deixá-la passar. Manon se ressentia por não saber de nada que pudesse ser útil, que pudesse dar às Treze ou às bruxas Bico Negro alguma vantagem. É claro que as Sangue Azul estavam longe de todos. As bruxas reclusas tinham chegado primeiro e reclamaram os quartos mais altos na Ômega, dizendo que precisavam da brisa da montanha para seus rituais diários.

Fanáticas religiosas com narizes empinados era como Mãe Bico Negro sempre as chamara. Mas fora a devoção insana das Sangue Azul à Deusa de Três Rostos, assim como a visão que tiveram do Reino das Bruxas sob governo das Dentes de Ferro, que reunira os clãs cinco séculos atrás; mesmo que tivessem sido as sentinelas Bico Negro vencendo as batalhas por elas.

Manon tomava conta do corpo, como fazia com qualquer arma: mantinha-o limpo e bem cuidado, e de prontidão para defender e destruir. Mas mesmo o treinamento não a impedia de ficar sem fôlego quando chegava ao átrio ao lado da ponte escura que conectava a Ômega ao pico Canino do Norte. Manon odiava a extensão de pedra sem sequer tocá-la. Tinha um cheiro errado.

Tinha o cheiro daqueles dois prisioneiros que vira com o duque. Na verdade, aquele lugar inteiro fedia da mesma forma. O odor não era natural; não pertencia àquele mundo.

Cerca de cinquenta bruxas — as líderes das alianças de maior hierarquia de cada clã — estavam reunidas no enorme buraco na lateral da montanha. Manon viu a avó imediatamente, parada à entrada da ponte, com o que só podiam ser as Matriarcas das Sangue Azul e das Pernas Amarelas.

A nova Matriarca das Pernas Amarelas devia ser alguma meia-irmã de Baba e sem dúvida era o que aparentava: coberta por túnicas marrons, os tornozelos cor de açafrão despontando, os cabelos brancos trançados para trás, revelando um rosto enrugado e cruel, marcado pela idade. Como regra, todas as Pernas Amarelas exibiam os dentes de ferro e as unhas permanentemente, e os da nova Grã-Bruxa brilhavam à luz fraca da manhã.

Não era de surpreender que a Matriarca Sangue Azul fosse alta e esguia, mais sacerdotisa que guerreira. Usava a túnica azul-escura tradicional, e um arco de estrelas de ferro circundava sua testa. Ao se aproximar da multidão, Manon viu que as estrelas tinham espinhos. O que também não era nenhuma surpresa.

De acordo com as lendas, todas as bruxas tinham recebido da Deusa de Três Rostos o dom dos dentes e das unhas de ferro, para que ficassem ancoradas ao mundo quando a magia ameaçasse levá-las. A coroa de ferro, supostamente, era prova de que a magia na linhagem Sangue Azul era tão forte que a líder precisava de *mais* — precisava de ferro e dor — para se manter presa ao mundo.

Besteira. Ainda mais quando a magia tinha desaparecido nos últimos dez anos. Mas Manon ouvira boatos sobre os rituais que as Sangue Azul faziam nas florestas e nas cavernas, rituais nos quais a dor era o portal para a magia, para abrir os sentidos. Oráculos, místicas, fanáticas.

A jovem bruxa passou pelas fileiras de líderes de alianças das Bico Negro. Eram as mais numerosas — vinte líderes, as quais ela governava com suas Treze. Cada uma levou dois dedos à testa de Manon em reverência. A herdeira as ignorou e ocupou um lugar diante da multidão, de onde a avó lhe lançou um olhar de reconhecimento.

Era uma honra que uma Grã-Bruxa reconhecesse um indivíduo. Manon inclinou a cabeça, levando dois dedos à testa da avó. Obediência, disciplina e brutalidade eram as palavras mais adoradas no clã Bico Negro. Todo o resto deveria ser extinto sem pensar duas vezes.

O queixo ainda estava erguido, as mãos às costas, quando viu as outras duas herdeiras observando-a.

A herdeira Sangue Azul, Petrah, estava mais perto das Grã-Bruxas, o grupo dela ocupava o centro da multidão. Manon enrijeceu o corpo, mas manteve o olhar fixo.

A pele coberta de sardas era tão pálida quanto a de Manon, e os cabelos trançados, tão dourados quanto os de Asterin — de uma cor profunda e metálica que refletia a luz cinzenta. A mulher era linda, como tantas delas, mas séria. Acima dos olhos azuis, um arco de couro desgastado estava apoiado na testa, no lugar da coroa de estrelas de ferro. Não havia como saber quantos anos tinha, mas não devia ser muito mais velha que Manon se mantinha aquela aparência depois do sumiço da magia. Não havia agressividade, mas também não havia sorriso. Sorrisos eram raros entre bruxas — a não ser que estivessem caçando ou no campo de batalha.

Já a herdeira das Pernas Amarelas... Iskra sorria para ela, entusiasmada com um desafio explícito que Manon se flagrou ansiando para aceitar. Iskra não esquecera a briga da véspera, entre as sentinelas no corredor. Na verdade, a julgar pelos olhos castanhos da bruxa parecia que a briga tinha sido um convite. Manon se viu debatendo se arrumaria muitos problemas caso lhe dilacerasse a garganta. Aquilo colocaria um fim a qualquer briga entre sentinelas.

Também poria um fim à vida de Manon se o ataque não tivesse sido provocado. A justiça das bruxas era ágil. Batalhas por domínio podiam terminar em morte, mas a alegação precisava ser feita de antemão. Sem uma provocação formal de Iskra, ela estava de mãos atadas.

— Agora que estamos reunidas — falou a Matriarca Sangue Azul, Cresseida, desviando a atenção de Manon —, que tal mostrarmos o que fomos convocadas a fazer aqui?

Mãe Bico Negro gesticulou com a mão para a ponte, a túnica preta oscilando ao vento gélido.

— Andemos no céu, bruxas.

Cruzar a ponte escura foi mais perturbador do que Manon gostaria de admitir. Primeiro, havia a terrível pedra, que estremecia sob os pés, emanando aquele fedor que ninguém mais parecia perceber. Então havia o vento guinchando, que as açoitava de todos os lados, tentando empurrá-las para fora da trilha escavada.

Nem mesmo conseguiam ver o fundo do desfiladeiro. Névoa cobria tudo abaixo da ponte — uma névoa que não tinha sumido ao longo do dia em que estavam ali ou dos que gastaram subindo até lá. Era algum truque do rei, pensou Manon. Refletir sobre isso só levava a mais perguntas, nenhuma das quais se incomodou em proferir, ou com as quais se preocupava tanto.

Quando chegaram ao átrio cavernoso do Canino do Norte, as orelhas de Manon estavam congeladas, e o rosto, vermelho. Tinha voado em grandes altitudes, em todo tipo de clima, mas não por muito tempo. Não sem a barriga cheia de carne, para mantê-la aquecida.

Ela limpou o nariz que escorria no ombro da túnica vermelha. Vira as outras líderes de alianças olhando para o tecido carmesim — como sempre faziam, com desejo e escárnio e inveja. Iskra fora quem olhara por mais tempo, debochando. Seria bom — muito bom — arrancar a pele do rosto da herdeira das Pernas Amarelas algum dia.

Elas chegaram à enorme entrada na extensão superior do Canino do Norte. Ali, a pedra estava arranhada e sulcada, borrifada com sabia a Deusa de Três Rostos o quê. Pelo odor, era sangue. Sangue humano.

Cinco homens — todos parecendo escavados da mesma pedra arranhada — encontraram as três Matriarcas com acenos de cabeça sombrios. Manon colocou-se atrás da avó, um olho nos homens, o outro nos arredores. As outras duas herdeiras fizeram o mesmo. Pelo menos nisso concordavam.

Como herdeiras, sua maior prioridade era proteger as Grã-Bruxas, mesmo que isso significasse sacrificar a própria vida. Manon olhou para a Matriarca das Pernas Amarelas, que caminhava tão orgulhosamente quanto as duas Anciãs conforme seguiam para dentro das sombras da montanha. Contudo, Manon não tirou a mão da espada, Ceifadora do Vento, nem por um segundo.

Os gritos e as asas batendo e o tilintar de metal eram muito mais altos ali.

— É aqui que as criamos e treinamos até poderem fazer a Travessia para a Ômega — dizia um dos homens, indicando as muitas aberturas subterrâneas pelas quais passavam ao caminhar pelo corredor cavernoso. — As incubadoras ficam no centro da montanha, um nível acima das forjas para as armaduras, a fim de manter os ovos aquecidos, entendem. Os covis ficam um nível acima. Nós as mantemos separadas por gênero e tipo. Deixamos os reprodutores nas próprias baias, a não ser que queiramos cruzá-los. Eles matam qualquer um nas jaulas. Aprendemos isso do jeito mais difícil. — Os homens riram, mas as bruxas, não. Ele continuou falando dos diferentes tipos, os reprodutores eram os melhores, mas uma fêmea podia ser tão feroz quanto e duas vezes mais esperta. As menores eram boas para a espreita e tinham sido criadas para se camuflar com o céu — pretas para a noite ou azul-pálido para as patrulhas diurnas. Eles não se importavam tanto com as cores das serpentes aladas comuns, pois queriam que os inimigos caíssem mortos de terror, alegava o homem.

Desceram degraus escavados na própria pedra, e, se o fedor de sangue e excrementos não tomou conta de cada sentido, então o estardalhaço das serpentes aladas — rugidos, guinchos e o reverberar de asas e carne sobre pedra — quase abafou as palavras do homem. Mas Manon permaneceu concentrada na posição da avó, na posição dos outros ao redor de si. E sabia que Asterin, um passo atrás, fazia o mesmo por ela.

O sujeito as levou até uma plataforma de observação em uma enorme caverna. O piso ficava pelo menos 12 metros abaixo; um dos lados da câmara estava totalmente aberto para a frente do penhasco, o outro, selado com uma grade de ferro — não, uma porta.

— Este é um dos poços de treinamento — explicou o homem. — É fácil separar as assassinas natas, mas descobrimos que muitas mostram a violência nos poços. Antes de vocês... damas — disse ele, tentando disfarçar o encolher do corpo ao dizer a palavra —, sequer colocarem os olhos nelas, elas estarão aqui, lutando.

— E quando — falou Mãe Bico Negro, fixando o olhar no homem — selecionaremos nossas montarias?

Ele engoliu em seco.

— Treinamos um grupo das mais mansas para ensinar a vocês o básico.

Um grunhido de Iskra. Manon também podia ter grunhido ao insulto implícito, mas a Matriarca Sangue Azul falou:

— Não se aprende a cavalgar subindo em um cavalo de guerra, não é?

O homem quase expirou de alívio.

— Depois que estiverem confortáveis com o voo...

— Nascemos na cauda do vento — retrucou uma das líderes de aliança nos fundos.

Alguns resmungos de aprovação. Manon permaneceu em silêncio, como fizeram as líderes de alianças do clã Bico Negro. Obediência. Disciplina. Brutalidade. Não se rebaixavam à bravata.

O sujeito se mexeu desconfortável e manteve o foco em Cresseida, como se fosse a única inofensiva no recinto, mesmo com a coroa espinhosa de estrelas. Idiota. Manon às vezes achava que as Sangue Azul eram as mais mortais de todas.

— Assim que estiverem prontas — disse ele —, podemos começar o processo de seleção. Vamos colocá-las em montarias próprias para começarem o treinamento.

Manon arriscou tirar os olhos da avó para verificar o poço. Havia correntes gigantes ancoradas a uma das paredes, e borrões enormes de sangue escuro manchavam as pedras, como se uma daquelas bestas tivesse sido empurrada contra elas. Uma rachadura enorme espraiava do centro. O que quer que tivesse atingido a parede fora atirado com força.

— Para que servem as correntes? — a jovem bruxa se viu perguntando. A avó deu a ela um olhar de aviso, mas a neta se concentrou no homem. Previsivelmente, os olhos dele se arregalaram diante da beleza dela, então permaneceram arregalados ao ver a morte à espreita sob sua aparência.

— As correntes são para as bestas usadas como isca — informou o homem. — São as serpentes aladas destinadas a mostrar às outras como lutar, como transformar a agressividade em arma. Recebemos ordens de não abatermos nenhuma delas, mesmo as franzinas e defeituosas, portanto, damos uma utilidade às mais fracas.

Exatamente como rinha de cães. Manon olhou de novo para o borrão e para a rachadura na parede. A isca provavelmente fora atirada por uma das maiores. E, se as serpentes aladas conseguiam se lançar daquela forma, então o dano causado a humanos... O peito da bruxa se apertou com ansiedade, principalmente quando o homem falou:

— Querem ver um reprodutor?

Um brilho de unhas de ferro surgiu quando Cresseida fez um gesto elegante para que continuasse. Ele soltou um assobio agudo. Ninguém falou nada quando as correntes chacoalharam, um chicote estalou e o portão de ferro que dava para o poço rangeu ao ser erguido. Então, guiada por homens com chicotes e lanças, a serpente alada surgiu.

Um suspiro coletivo, até mesmo de Manon.

— Titus é um de nossos melhores — afirmou o homem, com orgulho na voz.

A bruxa não conseguia tirar os olhos da incrível besta: o corpo cinza malhado coberto pela pele encouraçada; as enormes pernas pretas, armadas com garras tão grandes quanto o antebraço de Manon; e as enormes asas, encimadas por uma garra usada para impulsionar a criatura para a frente, como um conjunto dianteiro de membros.

A cabeça triangular oscilava de um lado para outro, e o maxilar aberto revelava dentes amarelados e curvos.

— A cauda está armada com um ferrão venenoso — falou o homem, quando a criatura emergiu por completo do poço, grunhindo para aqueles que estavam com ela. O som reverberou pela pedra, para dentro das botas e para cima das pernas de Manon, até seu coração oco.

Uma corrente prendia a perna traseira do animal, sem dúvida para evitar que voasse para fora do poço. A cauda, tão longa quanto o corpo e com dois espinhos curvos na extremidade, se agitava para trás e para a frente, como a de um gato.

— Eles podem voar centenas de quilômetros em um dia e ainda estarão prontos para a batalha ao chegar — explicou o homem, e as bruxas expiraram, sibilando. Aquele tipo de velocidade e resistência...

— O que comem? — perguntou Petrah, o rosto sardento ainda calmo e sério.

O sujeito esfregou o pescoço.

— Comem qualquer coisa. Mas gostam que seja fresco.

— Nós também — falou Iskra, sorrindo.

Se qualquer uma além da herdeira das Pernas Amarelas tivesse dito aquilo, Manon teria se juntado aos demais sorrisos ao redor.

Titus avançou subitamente, atacando o homem mais próximo enquanto usava a cauda magnífica para derrubar as lanças erguidas atrás dele. Um chicote estalou, mas foi tarde demais.

Sangue e gritos e o esmagar de ossos. As pernas, assim como a cabeça da vítima, caíram no chão. O torso foi engolido em uma só mordida. O cheiro de sangue encheu o ar, e cada uma das Dentes de Ferro inspirou profundamente. O homem diante delas deu um passo para trás.

O reprodutor no poço agora erguia o rosto para elas, a cauda ainda golpeando o chão.

A magia sumira, mas aquilo ainda era possível — aquela criação de bestas magníficas. A magia sumira, mas Manon sentiu a certeza do momento recair sobre seus ossos. Fazia *sentido* que estivesse ali. Ela teria Titus ou nenhuma outra serpente alada.

Porque não suportaria que outra criatura fosse sua montaria, exceto a mais destemida, aquela cuja escuridão chamava a dela. Quando os olhos da bruxa encontraram o escuro infinito dos de Titus, Manon sorriu para a criatura.

Ela podia ter jurado que Titus sorrira de volta.

13

Celaena não percebeu o quanto estava exausta até que tivessem parado todos os ruídos — a cantoria baixa de Emrys à mesa, o socar da massa enquanto ele a sovava, os cortes da faca de Luca e a conversa incessante deste sobre tudo e qualquer coisa. E ela sabia o que encontraria ao se virar para as escadas. As mãos pareciam enrugadas, os dedos doíam, as costas e o pescoço latejavam, mas... Rowan estava recostado contra o arco da escada, de braços cruzados e com violência emanando dos olhos sem vida.

— Vamos.

Embora as feições do guerreiro permanecessem frias, Celaena teve a nítida impressão de que ele se irritara por ela não estar encolhida a um canto, choramingando devido ao estado das unhas. Quando a assassina saiu, Luca passou o dedo horizontalmente diante do pescoço e falou, sem emitir som, *boa sorte*.

Rowan a levou por um pequeno pátio, no qual sentinelas tentavam fingir que não estavam observando cada movimento dos dois, depois seguiram para a floresta. A magia de defesa tecida entre o círculo de pedras mais uma vez beliscou a pele de Celaena ao passarem ali, deixando-a nauseada. Sem o calor constante da cozinha, ela quase congelava ao caminhar entre as árvores cobertas de musgo, mas mesmo isso era apenas uma vaga sensação.

Rowan subiu um monte rochoso em direção às extensões mais altas da floresta, ainda envoltas em névoa. Ela mal parou para observar a vista da encosta abaixo, as planícies diante deles, tudo verde e fresco e seguro de Adarlan. O guerreiro não proferiu uma palavra até que tivessem chegado ao que pareciam ser as ruínas de um templo.

Agora não passava de uma plataforma de blocos de pedra e colunas cujos entalhes tinham sido apagados pelo vento e pela chuva. À esquerda de Celaena, ficava Wendlyn, encostas e planícies e paz. À direita, erguia-se a muralha das montanhas Cambrian, bloqueando qualquer vista das terras imortais além dela. Atrás de si, bem abaixo, era possível distinguir a fortaleza serpenteando ao longo do dorso da montanha.

Rowan atravessou as pedras rachadas, os cabelos prateados embaraçados pelo vento gélido e úmido. Celaena manteve os braços relaxados na lateral do corpo, mais por reflexo do que qualquer outra coisa. O guerreiro estava armado até os dentes, o rosto dele era uma máscara de brutalidade irrefreável.

A assassina se obrigou a sorrir de leve, a melhor tentativa de uma expressão dedicada e ansiosa.

— Faça seu pior.

Rowan a olhou de cima a baixo: a camisa úmida pela névoa, agora gelada contra a pele enrugada, a calça igualmente manchada e encharcada, a posição dos pés...

— Tire esse sorrisinho falso e mentiroso do rosto. — A voz dele estava tão morta quanto os olhos, mas tinha um tom afiado como uma lâmina.

Celaena manteve o sorrisinho falso e mentiroso.

— Não sei do que está falando.

Rowan deu um passo na direção dela, os caninos expostos agora.

— Eis a primeira lição, garota: pare de merda. Não estou com vontade de lidar com isso, e provavelmente sou o único que não dá a mínima para o quanto você é revoltada, má e terrível por dentro.

— Não acho que você queira exatamente ver o quanto sou revoltada, má e terrível por dentro.

— Vá em frente e seja quão detestável quiser, princesa, porque já fui dez vezes pior, por dez vezes mais tempo do que você está viva.

Celaena não revelou nada — não, Rowan não entendia verdadeiramente nada do que espreitava sob sua pele e cravava as garras em suas entranhas —, mas desistiu de qualquer tentativa de controlar as feições. Os lábios se retraíram, exibindo os dentes.

— Melhor. Agora mude de forma.

Celaena não se incomodou em parecer agradável ao dizer:

— Não é algo que sei controlar.

— Se eu quisesse desculpas, pediria. *Mude*.

Ela não sabia como. Jamais dominara a habilidade na infância e certamente não tivera nenhuma oportunidade de aprender na última década.

— Espero que tenha trazido um lanchinho, porque vamos ficar aqui por muito, muito tempo se a lição de hoje depende de eu mudar de forma.

— Vai *mesmo* me fazer gostar de treinar você. — Celaena teve a sensação de que Rowan poderia ter trocado as palavras *treinar você* por *esfolar você viva*.

— Já participei de inúmeras versões da saga de treinamento mestre-discípulo, então por que não deixa de merda também?

O sorriso dele ficou mais sutil, mais letal.

— Cale essa boca espertinha e mude de forma.

Um estremecimento percorreu o corpo de Celaena — uma lança de relâmpago no abismo.

— *Não*.

Então Rowan atacou.

A jovem tinha pensado nos golpes dele a manhã inteira, no modo como se movia, na agilidade e na inclinação. Assim, desviou do primeiro golpe, esquivando-se do punho, as mechas do cabelo de Celaena chicotearam ao vento.

Ela até girou longe o suficiente na direção oposta de modo a evitar o segundo golpe. Contudo, Rowan era tão irritantemente rápido que a assassina mal percebia os movimentos — tão rápido que não teve chance de desviar, bloquear ou antecipar o terceiro golpe. Não contra o rosto, mas contra as pernas, exatamente como ele fizera na noite anterior.

Com um arrastão de pé, Celaena caiu, girando o corpo para se segurar, mas não rápido o bastante para evitar chocar a testa contra uma pedra polida pela erosão. Ela rolou, o céu cinzento pairando acima, e tentou se lembrar de como respirar quando o impacto ecoou pelo crânio. Rowan saltou com uma facilidade fluida, as coxas poderosas enterrando-se nas costelas de Celaena ao se pôr em cima dela. Sem fôlego, com a cabeça girando e os músculos exaustos de uma manhã na cozinha e semanas quase sem comer, ela não conseguia girar para jogar o príncipe longe — não conseguia fazer nada. Fora derrotada pelo peso, pelos músculos e, pela primeira vez na vida, a assassina percebeu que não era, de modo algum, páreo para o adversário.

— *Mude* — sibilou Rowan.

Ela gargalhou, um som morto e degradante até para os próprios ouvidos.

— Boa tentativa. — Pelos deuses, a cabeça latejava, um filete quente de sangue escorria da lateral direita da testa, e Rowan estava agora *sentado* no peito de Celaena. Ela riu de novo, esmagada pelo peso. — Acha que pode me fazer mudar de forma ao me deixar irritada?

Ele grunhiu, o rosto salpicado das estrelas que pairavam na visão da jovem. Cada piscada lançava pontadas de dor pelo corpo. Provavelmente seria o pior olho roxo de sua vida.

— Eis uma sugestão: sou podre de rica — falou Celaena, por cima do latejar na cabeça. — Que tal se fingirmos fazer esse treinamento por uma semana mais ou menos, então você diz a Maeve que estou pronta para entrar no território dela, e dou a você toda a porcaria de ouro que quiser?

Rowan aproximou tanto os caninos do pescoço da assassina que um movimento poderia fazê-lo dilacerar sua garganta.

— Eis uma sugestão — resmungou ele. — Não sei que droga você andou fazendo nos últimos dez anos, a não ser perambular por aí e se chamar de assassina. Mas acho que está acostumada a conseguir o que quer. Acho que não tem controle sobre si mesma. Nenhum controle e nenhuma disciplina, não do tipo que conta de verdade. Você é uma *criança*, e mimada ainda por cima. E — concluiu o guerreiro, aqueles olhos verdes exibindo nada além de desgosto — é uma covarde.

Se não estivesse com os braços presos ao chão, ela teria rasgado o rosto dele bem ali. Celaena lutou, tentando todas as técnicas que já havia aprendido para tirá-lo de cima dela, mas ele não se moveu um centímetro.

Uma risada baixa e insuportável.

— Não gosta da palavra? — Rowan se aproximou ainda mais, aquela tatuagem nadando no campo visual embaçado de Celaena. — *Covarde*. É uma covarde que fugiu durante dez anos enquanto pessoas inocentes eram queimadas e massacradas e...

Ela parou de ouvir.

Simplesmente... parou.

Era como estar debaixo d'água de novo. Como irromper no quarto de Nehemia e encontrar aquele lindo corpo mutilado na cama. Como ver Galan Ashryver, amado e corajoso, cavalgando para o pôr do sol enquanto seu povo o saudava.

Celaena ficou parada, observando as nuvens que se agitavam acima. Esperando que Rowan terminasse as palavras que não podia ouvir, esperando por um golpe que estava quase certa de que não sentiria.

— Levante-se — falou Rowan, subitamente, e o mundo se tornou nítido e amplo quando ele ficou de pé. — *Levante-se.*

Levante-se. Chaol dissera isso para ela uma vez, quando a dor e o medo e o luto a haviam levado além do limite. Mas o limite que atravessara na noite em que Nehemia morreu, na noite em que estripou Archer, no dia em que contou a Chaol a terrível verdade... o capitão havia ajudado a empurrá-la além do limite. Celaena ainda estava em queda livre. Não tinha como se levantar, porque não havia fundo.

Mãos poderosas e ásperas a seguravam pelos ombros, o mundo se inclinava e girava, então aquele rosto tatuado e contraído estava diante do dela. Que o guerreiro pegasse a cabeça de Celaena entre aquelas mãos imensas e partisse o pescoço dela.

— Patética — disparou Rowan, soltando-a. — Fraca e patética.

Por Nehemia, precisava tentar, precisava *tentar*...

Mas ao buscar dentro de si, voltando-se para o lugar no peito em que aquele monstro vivia, Celaena só encontrou teias de aranha e cinzas.

A cabeça de Celaena ainda estava zonza, e havia sangue seco colado à lateral do rosto. A assassina não se deu o trabalho de limpar ou de se preocupar com o olho roxo que certamente aparecera durante os quilômetros que haviam caminhado desde as ruínas do templo até a encosta da floresta. Mas não de volta a Defesa Nebulosa.

Celaena oscilava de pé quando Rowan sacou uma espada e uma adaga, parando à beira de uma planície gramada, salpicada de pequenos montes. Não montes — sepulturas, os antigos túmulos dos senhores e príncipes havia muito mortos, que se estendiam até o outro limite das árvores. Havia dúzias, cada um marcado com uma soleira de pedra e selado com uma porta de ferro. E, apesar da visão embaçada e da dor de cabeça latejante, os pelos da nuca de Celaena se arrepiaram.

Os montes de grama pareciam... respirar. Dormir. Portas de ferro — para manter as criaturas tumulares do lado de dentro, trancafiadas com o tesouro que haviam roubado. Elas se infiltravam nas tumbas e espreitavam ali durante eras, alimentando-se de qualquer que fosse o tolo infeliz que ousasse procurar o ouro do lado de dentro.

Rowan inclinou a cabeça na direção dos túmulos.

— Eu tinha planejado esperar até que você tivesse algum controle sobre seu poder... planejava fazer com que viesse à noite, quando as criaturas dos túmulos são *realmente* dignas de contemplação, mas considere isto um favor, pois há poucas que ousam sair durante o dia. Caminhe entre as sepulturas, enfrente as criaturas e chegue ao outro lado do campo, Aelin, e poderemos ir para Doranelle quando quiser.

Era uma armadilha. Celaena sabia bem disso. Rowan tinha o dom do tempo infinito e podia fazer joguetes que durassem séculos. A impaciência, a mortalidade, o fato de que cada batida do coração a aproximava da morte estavam sendo usados contra ela. Enfrentar as criaturas...

As armas do guerreiro reluziram, próximas o suficiente para que Celaena as pegasse. Ele gesticulou com os ombros fortes ao dizer:

— Pode esperar até merecer as armas de novo ou pode entrar como está agora.

O lampejo de irritação a afetou por tempo o suficiente para que respondesse:

— Minhas mãos livres bastam como armas. — Rowan apenas deu um sorriso debochado e saiu caminhando para o labirinto de colinas.

Celaena o seguiu de perto entre cada montinho, sabendo que, se ficasse muito para trás, ele a deixaria ali por desprezo.

A respiração tranquila e os bocejos de coisas despertando se ergueram além daquelas portas de ferro. Não eram adornadas, estavam presas às soleiras com lanças e pregos tão antigos que provavelmente datavam a uma época anterior à própria Wendlyn.

Os passos de Celaena esmagavam a grama. Nem mesmo os pássaros e os insetos emitiam um ruído mais alto ali. As colinas se afastavam, revelando um círculo interno de grama morta ao redor do túmulo mais decrépito de todos. Enquanto os outros eram arredondados, aquele parecia ter sido pisado por algum deus antigo. O topo achatado tinha sido coberto de raízes de arbustos retorcidas, as três enormes pedras da soleira estavam destruídas, manchadas e tortas. A porta de ferro tinha sumido.

Havia apenas escuridão do lado de dentro. Uma escuridão infinita que respirava.

O coração de Celaena se acelerou nos ouvidos conforme a escuridão a chamou.

— Eu a deixo aqui — falou Rowan. Ele não havia pisado no círculo, as botas estavam a apenas um centímetro da grama morta. O sorriso do guerreiro se tornou feral. — Vou encontrá-la do outro lado do campo.

Rowan esperava que Celaena fugisse como uma lebre. E ela queria. Pelos deuses, aquele lugar, aquele túmulo amaldiçoado tão perto, fazia com que a assassina quisesse correr e correr e não parar até encontrar um lugar onde o sol brilhasse dia *e* noite. Mas, se encarasse aquilo, então poderia partir para Doranelle no dia seguinte. E aquelas criaturas esperando na outra metade do campo... não poderiam ser piores que o que Celaena já vira e enfrentara e encontrara vivendo no mundo e dentro de si.

Assim, ela inclinou a cabeça para Rowan e caminhou para o campo morto.

14

Cada passo na direção do monte central fazia o sangue de Celaena rugir. A escuridão entre as antigas pedras manchadas crescia, rodopiando. Estava mais frio também. Frio e seco.

Ela não pararia, não com Rowan ainda observando, não quando tinha tanto a fazer. A assassina não ousou olhar por tempo demais para o portal aberto e para a coisa que espreitava além dele. Um pingo remanescente de orgulho — orgulho estúpido e mortal — a impediu de sair correndo pelo restante do campo. Correr, lembrou-se Celaena, apenas atraía alguns predadores. Então manteve os passos lentos e usou cada fragmento de treinamento que tivera, mesmo quando a criatura se aproximou da soleira, nada além de um amontoado de fome voraz vestido em frangalhos.

Mas a criatura permanecia dentro do monte — mesmo Celaena estando perto o bastante para ser arrastada ao interior do túmulo —, como se... hesitasse.

Ao passar pela sepultura, um fragmento de ar pulsante e antigo foi impulsionado contra as orelhas da assassina. Talvez correr fosse uma boa ideia. Se magia era a única arma contra as criaturas, então usar as mãos seria inútil. Ainda assim, a criatura permanecia além da soleira.

A assassina sentiu novamente o ar estranho e morto sendo impulsionado contra as orelhas, um badalar agudo entrando em sua cabeça. Apressou--se, esmagando a grama conforme absorvia cada detalhe que podia para usar contra qualquer agressor que a espreitasse. As copas das árvores do outro lado do campo oscilaram à brisa nebulosa. Não estava longe.

Celaena passou pelo monte central, estalando o maxilar para afastar o badalar nos ouvidos, que piorava a cada passo. Até a criatura se encolheu para longe. Não estava hesitando por causa dela ou de Rowan.

O círculo de grama morta acabava em poucos passos — apenas mais alguns. Apenas mais alguns, depois Celaena poderia fugir do que quer que fizesse uma criatura tumular tremer de medo.

E então ela o viu. O homem de pé atrás do túmulo.

Não era uma criatura. Celaena teve apenas um lampejo de pele pálida, cabelos pretos como a noite, beleza enigmática e um colar ônix ao redor do pescoço forte e...

Trevas. Uma onda de trevas, chocando-se contra ela.

Não era inconsciência, mas uma escuridão de fato, como se ele tivesse jogado um cobertor sobre os dois.

A assassina *sentia* o gramado do chão, mas não conseguia enxergá-lo. Não conseguia enxergar *nada*. Nada adiante, nem na lateral, nem atrás. Havia apenas ela e a escuridão rodopiante.

Celaena se agachou, mordendo o lábio para não xingar enquanto avaliava a escuridão. O que quer que ele fosse, apesar da forma, não era mortal. Em sua perfeição, naqueles olhos infinitos, não havia nada humano.

Sangue fez cócegas em seu lábio superior — um sangramento nasal. O latejar nos ouvidos começou a abafar os pensamentos, qualquer plano, como se o corpo de Celaena sentisse repulsa pela própria essência do que quer que fosse aquilo. A escuridão permanecia, impenetrável, interminável.

Pare. Respire.

Mas alguém respirava atrás dela. Era o homem ou outra coisa?

A respiração estava mais alta, mais próxima; um ar frio roçou o nariz e os lábios da jovem, percorrendo sua pele. Correr — correr era mais inteligente que apenas esperar. Ela saltou diversos passos que *deveriam* tê-la levado na direção do limite do campo, mas...

Nada. Apenas o escuro infinito e a *coisa* que respirava mais próxima agora, fedendo a poeira e carniça e outro cheiro, algo que Celaena não sentia havia uma vida, mas que jamais poderia esquecer, não quando cobria aquele quarto como se fosse tinta.

Ai, *deuses*. O hálito estava no pescoço dela, subindo para a orelha.

A assassina se virou, inspirando o que poderia muito bem ser seu último fôlego, e o mundo brilhou forte. Não com nuvens nem grama morta. Não com um príncipe feérico esperando por perto. O quarto...

Aquele quarto...

A criada gritava. Berrava como uma chaleira. Ainda havia poças do lado de dentro das janelas fechadas — janelas que a própria Celaena selara na noite anterior, porque batiam com a tempestade súbita e passageira.

Ela achara que a cama estivera molhada por causa da chuva. Havia deitado porque a tempestade a fizera ouvir coisas muito terríveis, fizera sentir como se houvesse algo *errado*, como se algo estivesse no canto do quarto. Não era chuva encharcando a cama naquele aposento elegantemente decorado na mansão de campo.

Não era chuva que havia secado sobre Celaena, nas mãos e na pele e na camisola. E aquele cheiro — não apenas sangue, mas outra coisa...

— Isso não é real — falou ela, em voz alta, recuando da cama na qual estava parada como um fantasma. — *Isso não é real.*

Mas ali estavam os pais dela, jogados na cama, as gargantas cortadas de orelha a orelha.

Ali estava seu pai, bonito e de ombros largos, a pele já cinzenta.

Ali estava sua mãe, os cabelos dourados sujos de sangue, o rosto... o rosto...

Abatidos como animais. Os ferimentos eram tão vulgares, tão abertos e profundos, e os pais pareciam tão... tão...

Celaena vomitou. Caiu de joelhos, esvaziando a bexiga logo antes de vomitar uma segunda vez.

— Isso não é real, isso não é real — repetiu ela, arquejando, quando a urina morna encharcou a calça. Ela não conseguia respirar, não conseguia respirar, não conseguia...

E, então, estava se levantando, disparando para longe daquele quarto, na direção das paredes com painéis de madeira, atravessando-as como uma alma penada, até...

Outro quarto, outro corpo.

Nehemia. Rasgada, mutilada, violada e quebrada.

A coisa espreitando atrás a envolveu pela cintura com a mão, percorrendo o abdômen e puxando-a contra si com o carinho de um amante. O pânico cresceu dentro de Celaena, tão forte que a fez golpear para trás e para cima com o cotovelo, acertando o que pareceu ser carne e osso. A coisa sibilou, libertando-a. Era tudo de que precisava. Ela correu, passando pela ilusão do sangue e dos órgãos da amiga, então...

Luz do sol aguada e grama morta, e um guerreiro de cabelos prateados fortemente armado para quem Celaena disparou, sem se importar com o vômito nas roupas, com a calça urinada, com um grito ofegante que saía da garganta. A assassina correu até alcançar o guerreiro, e caiu na grama verde, agarrando-a, arrancando-a, vomitando, embora não tivesse mais nada dentro de si além de um filete de bile. Ela gritava ou chorava ou não emitia qualquer som.

Então sentiu a mudança e a corrente, um poço se abrindo sob o estômago, enchendo-se de fogo crepitante e inexorável.

Não. Não.

A angústia partiu Celaena com um pulsar, a visão oscilava entre a claridade cristalina e a visão deficiente dos mortais, os dentes doíam conforme as presas despontavam e se retraíam, o vai e vem, imortal e mortal, mortal e imortal, mudando tão rápido quanto um beija-flor bate as asas...

A cada transformação, o poço ficava mais profundo, aquele fogo selvagem subia e caía, chegando cada vez mais ao topo...

Celaena gritou de verdade então, porque a garganta queimava, ou talvez fosse a magia saindo, por fim libertada.

Magia...

~

Celaena acordou sob o dossel da floresta. Ainda era dia, e, pela terra na camisa e na calça e nas botas, parecia que Rowan a havia arrastado até ali desde os túmulos.

Havia vômito nas roupas. E também... Celaena tinha se mijado. O rosto ficou corado, mas a assassina afastou os pensamentos sobre *por que* se mijara, por que vomitara as entranhas. E aquele último pensamento sobre magia...

— Sem disciplina, sem controle e sem coragem — resmungou uma voz.

Com a cabeça latejando, ela encontrou Rowan sentado em uma pedra, os braços musculosos abraçando os joelhos. Uma adaga pendia da mão esquerda, como se estivesse distraidamente atirando aquela porcaria no ar enquanto Celaena estava deitada ali, na própria imundície.

— Você falhou — disse ele, simplesmente. — Chegou ao outro lado do campo, mas eu disse que enfrentasse as criaturas, não que desse um chilique mágico.

— Vou *matar* você — retorquiu ela, as palavras ásperas e sem fôlego. — Como *ousa*...

— Aquilo não era uma criatura, princesa. — Rowan voltou a atenção para as árvores além de Celaena.

Ela podia ter berrado, dizendo como ele estava usando detalhes para fugir do acordo de levá-la até Doranelle, mas, quando os olhos do guerreiro a encararam de novo, ele parecia dizer: *Aquela coisa não deveria estar lá.*

Então que droga era aquilo, seu idiota desgraçado?, disparou a assassina de volta, em silêncio.

Rowan trincou o maxilar antes de responder em voz alta:

— Não sei. Temos *skinwalkers* à espreita há semanas, descendo as colinas a fim de procurar pele humana para vestir, mas isso... isso era algo diferente. Jamais encontrei nada igual, não nestas terras ou em qualquer outra. Como precisei arrastar você para fora, acho que não vou descobrir tão cedo. — Ele olhou com determinação para o estado de Celaena. — A coisa tinha sumido quando voltei. Conte o que aconteceu. Eu só vi escuridão, e, ao surgir, você estava... diferente. — A jovem ousou olhar para si novamente. A pele estava branca como osso, como se a pouca cor que tivesse recebido deitada naqueles telhados de Varese tivesse sido sugada, e não apenas pelo medo e pelo enjoo.

— Não — respondeu ela. — E pode ir para o inferno.

— Outras vidas podem depender disso.

— Quero voltar à fortaleza — inspirou Celaena. Não queria saber das criaturas ou dos *skinwalkers* ou nada daquilo. Cada palavra era um esforço. — Agora mesmo.

— Você só termina quando eu disser.

— Pode me matar ou me torturar ou me atirar de um penhasco, mas *já deu* por hoje. Naquela escuridão, vi coisas que ninguém deveria ver. Aquilo me arrastou por minhas lembranças... e não as boas. É o suficiente para você?

Rowan cuspiu algum ruído, mas ficou de pé e começou a andar. Celaena cambaleou e tropeçou, os joelhos trêmulos, então continuou se movendo atrás dele até os corredores de Defesa Nebulosa, onde curvou o corpo para que nenhuma das sentinelas que passassem vissem as calças mijadas, assim como o vômito. Não havia como esconder o rosto, no entanto. A assassina manteve a atenção no príncipe, até que ele abriu uma porta de madeira e uma parede de vapor a atingiu.

— Estes são os banhos femininos. Seu quarto é no andar de cima. Esteja na cozinha ao alvorecer amanhã. — Em seguida o guerreiro saiu de novo.

Celaena arrastou os pés para dentro da câmara cheia de vapor, sem se importar com quem estava ali conforme tirou as roupas, desabou em uma das banheiras de pedra abaixo do nível do chão e não se mexeu por muito, muito tempo.

15

Chaol não ficou nada surpreso por seu pai estar vinte minutos atrasado para a reunião. E também não se surpreendeu quando o pai entrou no escritório, sentou na cadeira diante da mesa e não ofereceu qualquer explicação pela demora. Com frieza e desprezo calculados, ele avaliou a sala: nenhuma janela, um tapete desgastado, um baú aberto com armas jogadas, as quais o capitão nunca encontrara tempo de polir ou mandar para conserto.

Pelo menos parecia organizado. Os poucos papéis na mesa estavam empilhados; as penas de vidro ocupavam os suportes adequados; a armadura, que Chaol raramente tinha a oportunidade de vestir, reluzia sobre o manequim no canto. Seu pai disse, por fim:

— É isto que nosso ilustre rei dá ao capitão da Guarda?

Chaol deu de ombros enquanto o pai avaliava a pesada mesa de carvalho. Uma mesa herdada do predecessor, na qual ele e Celaena tinham...

O capitão afastou a lembrança antes que fizesse seu sangue ferver, e, em vez disso, sorriu para o pai.

— Havia um escritório maior disponível na extensão de vidro, mas eu quis ficar acessível a meus homens. — Era verdade. Chaol também não queria estar perto da ala administrativa do castelo, compartilhando o corredor com os membros da corte e os conselheiros.

— Decisão sábia. — O homem se recostou na velha poltrona de madeira. — Os instintos de um líder.

O capitão o encarou durante um longo tempo.

— Vou voltar para Anielle com você... fico surpreso por desperdiçar o fôlego com elogios.

— É mesmo? Pelo que vi, não está fazendo nada a fim de se preparar para esse suposto retorno. Nem está procurando um substituto.

— Apesar de sua opinião negativa sobre minha posição, eu a levo a sério. Não vou colocar qualquer um para cuidar deste palácio.

— Você sequer contou a Sua Majestade que vai partir. — Aquele sorriso de prazer, mortal, permaneceu no rosto do pai de Chaol. — Quando requisitei minha partida na semana que vem, o rei não fez menção alguma de que você me acompanharia. Em vez de deixar você em maus lençóis, garoto, segurei a língua.

Chaol manteve o rosto inexpressivo, neutro.

— Mais uma vez, não vou partir até que encontre um substituto adequado. Foi por isso que pedi que me encontrasse. Preciso de tempo. — Era verdade... em parte, ao menos.

Exatamente como nas últimas noites, ele fora à festa de Aedion — outra taberna, ainda mais cara, ainda mais lotada. De novo, Aedion não estava. De alguma forma, todos *achavam* que o general se encontrava no local, e até a cortesã que o acompanhara na primeira noite dissera que ele lhe dera uma moeda de ouro — sem utilizar seus serviços — e fora pegar mais espumante.

Chaol ficara na esquina em que a mulher dissera ter deixado o general, mas não achou nada. E não era fascinante que ninguém de fato parecia saber exatamente quando a Devastação chegaria, ou onde estava acampada no momento — apenas sabiam que estava a caminho. O capitão ficava ocupado demais durante o dia para seguir Aedion, e durante as diversas reuniões e os almoços do rei, confrontá-lo era impossível. Mas naquela noite planejava chegar cedo à festa para ver se o general sequer apareceria e para onde sumiria. Quanto mais cedo conseguisse informação contra ele, mais cedo poderia acabar com toda aquela confusão e evitar que o rei olhasse por tempo demais em sua direção antes de entregar a demissão.

Chaol só havia convocado a reunião por causa de um pensamento que o acordara no meio da noite — um plano um pouco insano, altamente perigoso, que provavelmente o mataria antes de sequer conseguir fazer qualquer coisa. Ele lera todos aqueles livros sobre magia que Celaena tinha encontrado, e não achara nada sobre como poderia ajudar Dorian — e Celaena — ao libertá-la. Mas a assassina certa vez dissera que o grupo de rebeldes liderado por Archer e Nehemia alegava duas coisas: uma, que sabia onde estava Aelin Galathynius; e duas, que estava perto de descobrir um modo de destruir o poder misterioso do rei de Adarlan sobre o continente. A primeira era mentira, é claro, mas, se havia a mínima chance de aqueles rebeldes saberem como libertar a magia... Chaol precisava se ater a ela. Ele já sairia para seguir Aedion, e vira todas as anotações de Celaena sobre os esconderijos dos rebeldes, então tinha uma ideia de onde poderiam ser encontrados. Aquilo teria que ser tratado com cuidado, e o capitão ainda precisava do máximo de tempo que pudesse conseguir.

O sorriso morto do pai sumiu, e verdadeiro aço, cultivado por décadas de governo sobre Anielle, brilhou.

— Dizem os boatos que você se considera um homem de honra. Mas questiono que tipo de homem é de verdade se não honra seus acordos. Me pergunto... — O homem fez uma pausa significativa enquanto mordia o lábio inferior. — Me pergunto qual era seu motivo, então, quando enviou sua mulher para Wendlyn. — Chaol lutou contra a vontade de enrijecer o corpo. — Para o nobre capitão Westfall, não haveria dúvida de que queria que a campeã de Sua Majestade matasse os inimigos estrangeiros. Mas para o quebrador de juramentos, o mentiroso...

— Não vou quebrar meu juramento a você — falou ele, com sinceridade em cada palavra. — Pretendo ir a Anielle, jurarei isso em qualquer templo, diante de qualquer deus. Mas apenas quando tiver encontrado um substituto.

— Jurou faz um mês — grunhiu seu pai.

— Você vai me ter pelo resto da porcaria de minha vida. Que diferença faz esperar um mês ou dois?

As narinas do homem se dilataram. Qual propósito, então, tinha ao querer que o filho voltasse tão rapidamente? Chaol estava prestes a perguntar, ansioso para fazer o pai se contorcer um pouco, quando um envelope pousou sobre a mesa.

Fazia anos — anos e anos, mas o capitão ainda se lembrava da letra da mãe, ainda se lembrava do modo elegante com que escrevia o nome do filho.

— O que é isso?

— Sua mãe mandou uma carta a você. Imagino que esteja expressando a alegria por seu esperado retorno. — Chaol não tocou o envelope. — Não vai ler?

— Não tenho nada a dizer, e nenhum interesse no que ela tem a dizer a mim — mentiu ele. Outra armadilha, outro modo de deixá-lo irritado. Mas tinha tanto a fazer ali, tantas coisas a aprender e descobrir. Honraria o juramento em breve.

O pai pegou a carta de volta, enfiando-a na túnica.

— Ela ficará muito triste ao ouvir isso. — E o capitão sabia que o pai, muito ciente de que aquilo era uma mentira, diria à mãe exatamente o que o filho falara. Por um segundo, o sangue zumbiu nos seus ouvidos, do modo como sempre fazia quando via o pai diminuir a mãe, reprimi-la, ignorá-la.

O capitão respirou para se acalmar.

— Quatro meses, então vou. Marque a data, e será feito.

— Dois meses.

— Três.

Um sorriso lento.

— Eu poderia ir até o rei agora mesmo e pedir sua dispensa em vez de esperar três meses.

Chaol trincou o maxilar.

— Diga seu preço, então.

— Ah, não há um preço. Mas acho que gosto da ideia de você me dever um favor. — O sorriso morto retornou. — Gosto muito dessa ideia. Dois meses, garoto.

Não fizeram questão de se despedir.

Sorscha foi chamada aos aposentos do príncipe herdeiro no momento em que se preparava para ferver um tônico calmante para uma estressada criada da cozinha. Embora tivesse tentado não parecer ansiosa e patética demais, encontrou uma forma de muito, muito rapidamente passar a tarefa para um dos aprendizes de nível inferior e fazer a caminhada até a torre.

Jamais estivera lá, mas sabia onde ficava; todos os curandeiros sabiam, só por precaução. Os guardas a deixaram passar com pouco mais que um aceno, e, quando chegou ao topo da escada em espiral, a porta para os aposentos já estava aberta.

Uma bagunça. Os aposentos eram uma bagunça de livros e papéis e armas jogadas. E ali, sentado à mesa com pouco mais do que trinta centímetros de espaço livre para si, estava Dorian, parecendo bastante envergonhado — ou com a bagunça, ou com o lábio cortado.

Sorscha conseguiu fazer uma reverência, embora aquele calor traiçoeiro a tivesse inundado de novo, o pescoço e o rosto.

— Vossa Alteza me convocou?

Um pigarreio.

— Eu... hã, acho que pode ver o que precisa ser consertado.

Outro ferimento na mão. Aquele parecia ser de treinamento de luta, mas o lábio... chegar tão perto de Dorian seria um esforço de autocontrole. Primeiro a mão, então. Que aquilo a distraísse, a tranquilizasse.

Sorscha apoiou o cesto de suprimentos, perdendo-se no trabalho de preparar unguentos e ataduras. O sabonete aromático do príncipe parecia acariciar o nariz dela, forte o bastante para sugerir que Dorian tinha acabado de tomar banho. O que era algo terrível de se pensar enquanto estava ao lado da cadeira dele, porque Sorscha era uma curandeira profissional, e imaginar os pacientes nus não era...

— Não vai perguntar o que aconteceu? — indagou o príncipe, fitando-a.

— Não cabe a mim, e, a não ser que seja relevante para o ferimento, não é nada que eu precise saber. — Saiu mais frio e mais ríspido que pretendia. Mas era verdade.

Eficientemente, ela atou a mão dele. O silêncio não a incomodava; Sorscha às vezes passava dias nas catacumbas sem falar com ninguém. Fora uma criança calada antes de os pais morrerem, e, depois do massacre na praça da cidade, tinha se tornado ainda mais quieta. Somente quando chegou ao castelo e encontrou amigos descobriu que às vezes *gostava* de falar. Mas no momento, com ele... bem, parecia que o príncipe não apreciava o silêncio, porque ergueu o rosto para ela de novo, dizendo:

— De onde você é?

Uma pergunta tão capciosa de se responder, pois o como e o porquê da jornada até o castelo tinham sido maculados pelas ações do pai de Dorian.

— Charco Lavrado — respondeu Sorscha, rezando para que fosse o fim das perguntas.

— Onde em Charco Lavrado?

Ela quase se encolheu, mas tinha mais autocontrole que isso depois de cinco anos cuidando de ferimentos terríveis e sabendo que um lampejo de desprezo ou medo no rosto poderia destruir o controle de um paciente.

— Uma cidadezinha no sul. A maioria das pessoas nunca ouviu falar dela.

— Charco Lavrado é linda — disse Dorian. — Toda aquela terra livre, estendendo-se infinitamente.

Sorscha não se lembrava o bastante para saber se amara a extensão plana de campo, limitada ao oeste por montanhas e ao leste pelo mar.

— Sempre quis ser curandeira?

— Sim — respondeu ela, porque tinha sido confiado a Sorscha que curasse o herdeiro do império e só poderia demonstrar certeza absoluta.

Um lampejo de sorriso.

— Mentirosa.

A jovem não quis, mas o encarou — aqueles olhos cor de safira tão brilhantes ao sol do fim da tarde que espreitava pela pequena janela.

— Não quis ofender, Vossa...

— Estou me intrometendo. — Dorian testou as ataduras. — Estava tentando me distrair.

Ela assentiu, porque não tinha nada a dizer e jamais podia pensar em nada inteligente, de toda forma. Sorscha pegou a lata de pomada antisséptica.

— Para o lábio, se não se importa, Vossa Alteza, quero me certificar de que não há sujeira nem nada no ferimento, para que...

— Sorscha. — A curandeira tentou não demonstrar como a afetava o fato de Dorian se lembrar do nome dela. Ou de ouvir o príncipe dizê-lo. — Faça o que precisar fazer.

Sorscha mordeu o lábio, um hábito idiota e nervoso, assentindo quando ele ergueu o queixo para que a curandeira visse melhor a boca. A pele dele estava tão morna. Ao tocar o ferimento, Dorian chiou, o hálito acariciando os dedos dela, mas o príncipe não recuou, não a reprimiu ou golpeou como alguns dos outros membros da corte faziam.

A moça aplicou a pomada no lábio dele o mais rápido que pôde. Pelos deuses, como seus lábios eram macios.

Ela não sabia que Dorian era o príncipe no primeiro dia que o viu, caminhando pelos jardins, com o capitão ao lado. Os dois mal haviam chegado à adolescência, e Sorscha era aprendiz, usando roupas de segunda mão, mas por um momento, ele a encarou e sorriu. O príncipe a *viu* quando ninguém mais tinha visto havia anos, então a menina passou a encontrar desculpas para estar nos níveis superiores do castelo. Mas chorou no mês seguinte ao espioná-lo de novo enquanto duas aprendizes cochichavam sobre como o príncipe era lindo — Dorian, herdeiro do trono.

Fora secreta e estúpida aquela quedinha por ele. Porque, quando Sorscha finalmente o encontrou de novo, anos depois, conforme ajudava Amithy com um paciente, Dorian sequer olhou para ela. A jovem tinha se tornado invisível, como muitos dos curandeiros — invisível, exatamente como queria.

— Sorscha?

O horror dela atingiu novas profundidades ao perceber que encarava a boca do príncipe, os dedos ainda na lata de pomada.

— Desculpe — disse Sorscha, imaginando se deveria se atirar da torre e acabar com a humilhação. — Foi um longo dia. — Isso não era mentira.

Ela estava agindo como uma tola. Estivera com um homem antes — um dos guardas, apenas uma vez e por tempo o bastante para saber que não estava exatamente interessada em deixar que outro a tocasse tão cedo. Mas de pé ali tão perto, as pernas dele roçando a saia do vestido marrom simples...

— Por que não contou a ninguém? — perguntou Dorian, baixinho. — Sobre meus amigos e eu.

Ela recuou um passo, mas continuou encarando-o, embora treinamento e instinto dissessem que desviasse o olhar.

— Vocês jamais foram cruéis com os curandeiros... com ninguém. Gosto de pensar que o mundo precisa... — Falar aquilo seria demais. Porque o mundo era o mundo do pai de Dorian.

— Precisa de pessoas melhores. — O príncipe terminou por ela ao se levantar. — E acha que meu pai teria usado o conhecimento de nossas... aventuras contra nós.

Então Dorian sabia que Amithy reportava qualquer coisa fora do comum. A outra curandeira dissera a Sorscha que fizesse o mesmo se soubesse o que era bom para ela.

— Não quero dizer que Sua Majestade...

— Sua cidade ainda existe? Seus pais ainda estão vivos?

Mesmo anos depois, a jovem não conseguiu impedir que a dor chegasse à voz quando disse:

— Não. Foi queimada. E não: eles me trouxeram para Forte da Fenda e foram mortos no expurgo de imigrantes da cidade.

Havia uma sombra de luto e horror nos olhos de Dorian.

— Então por que sequer viria para cá... trabalhar aqui?

Sorscha reuniu os suprimentos.

— Porque eu não tinha para onde ir. — Dor lampejou no rosto dele. — Vossa Alteza, eu...

Mas Dorian a fitava como se entendesse, como se a visse.

— Sinto muito.

— Não foi decisão sua. Nem foram seus soldados que cercaram meus pais.

O príncipe apenas a olhou por um longo momento antes de agradecer. Uma dispensa educada. E Sorscha desejou, conforme deixou aquela torre entulhada, que jamais tivesse aberto a boca — porque talvez ele jamais a chamasse de novo, pela simples estranheza da situação. Não perderia o emprego, pois Dorian não era tão cruel assim, mas, se tivesse seus serviços recusados, aquilo poderia levar a perguntas. Ela resolveu, então, ao se deitar naquela noite na pequena cama, encontrar um modo de pedir desculpas — ou talvez pretextos para evitar que o príncipe a visse de novo. No dia seguinte, pensaria naquilo no dia seguinte.

Ao iniciar o dia, Sorscha não estava esperando o mensageiro que chegou depois do café da manhã, perguntando o nome de sua cidade. E, quando hesitou, o homem disse que o príncipe herdeiro queria saber.

Queria saber para que pudesse acrescentá-la a seu mapa pessoal do continente.

16

De todos os lugares na Ômega, o salão de refeições era, de longe, o mais perigoso.

Os três clãs Dentes de Ferro tinham sido divididos em turnos, que os mantinham na maioria das vezes separados — treinando com as serpentes aladas, treinando na sala de armas e treinando arte da guerra dos mortais. Fora inteligente separá-las, acreditava Manon, pois as tensões andavam altas, e continuariam assim até que as criaturas fossem selecionadas. Todas queriam um reprodutor. Embora Manon tivesse grandes esperanças de receber um, talvez até Titus, isso não a impedia de querer socar os dentes de qualquer uma que sequer sussurrasse algo sobre desejar um para si.

Havia poucos minutos para encontros entre os turnos, e as líderes de alianças faziam o melhor para evitar que as bruxas se chocassem. Pelo menos Manon fazia. O temperamento dela andava no limite ultimamente, e mais um deboche da herdeira das Pernas Amarelas provavelmente terminaria em derramamento de sangue. O mesmo podia ser dito das Treze, duas das quais — as gêmeas de olhos verdes Faline e Fallon, mais demônios que bruxas — tinham se metido em brigas com algumas idiotas das Pernas Amarelas, o que não era surpresa. A líder as punira da mesma forma que fizera Asterin: três golpes em cada, públicos e humilhantes. Mas, como esperado, brigas ainda irrompiam entre outras alianças sempre que estavam próximas.

E era isso que tornava o salão de refeições tão mortal. As duas refeições diárias eram o único momento que todas compartilhavam, e, embora ficassem nas próprias mesas, a tensão era tão espessa que Manon conseguiria cortá-la com a espada.

A jovem bruxa estava na fila para pegar sua tigela de gororoba — era o melhor nome que poderia dar à maçaroca empapada que o salão de refeições servia —, com Asterin ao lado e as últimas bruxas Sangue Azul na fila diante dela. De alguma forma, as Sangue Azul eram sempre as primeiras; primeiras na fila da comida, primeiras a montar as serpentes aladas (as Treze ainda não tinham levantado voo) e provavelmente seriam as primeiras a escolher as bestas. Um ronco subiu do fundo da garganta, mas Manon empurrou a bandeja pela mesa, observando o criado de rosto pálido jogar uma bolota branca-acinzentada de comida dentro da tigela da Sangue Azul em frente.

Manon não se incomodou em reparar nos detalhes das feições conforme a veia espessa na garganta do homem pulsava. As bruxas não precisavam de sangue para sobreviver, mas os humanos também não precisavam de vinho. As Sangue Azul eram exigentes em relação ao sangue que bebiam — virgens, rapazes, garotas bonitas —, mas as Bico Negro não se importavam muito.

A concha do homem começou a tremer, raspando a lateral do caldeirão.

— Regras são regras — falou uma voz arrastada à esquerda. Asterin soltou um grunhido de aviso, e Manon não precisava olhar para saber que a herdeira das Pernas Amarelas, Iskra, estava à espreita ali. — Nada de comer a ralé — acrescentou a bruxa de cabelos pretos, enfiando a tigela na frente do homem e furando a fila. Manon observou as unhas e os dentes de ferro, a mão calejada tão obviamente tentando demonstrar domínio.

— Ah. Estava me perguntando por que ninguém tentou comer você — retrucou a líder das Bico Negro.

Iskra abriu caminho com os ombros diante de Manon. Era possível sentir os olhares no salão se voltando para elas, mas a bruxa dominou o temperamento, permitindo o desrespeito. Exibições no refeitório não significavam nada.

— Soube que suas Treze vão para o ar hoje — comentou a herdeira das Pernas Amarelas quando Manon recebeu a própria ração.

— O que você tem com isso?

Iskra gesticulou com os ombros musculosos.

— Dizem que antigamente você era a melhor voadora de todos os três clãs. Seria uma pena se fosse mais fofoca.

Era verdade; Manon merecera o posto como líder da aliança tanto quanto o herdara.

Iskra continuou, deslizando o prato para o próximo criado, que jogou uma colher de uma raiz pálida sobre a gororoba.

— Estão falando em faltarmos ao treino para podermos ver as lendárias Treze levantarem voo pela primeira vez em uma década.

A bruxa Bico Negro estalou a língua, fingindo pensar.

— Também ouvi uma conversa sobre as Pernas Amarelas precisarem de muita ajuda na sala de treinamento de luta. Mas imagino que qualquer exército precise de motoristas para os suprimentos.

Asterin deu uma risada baixa, e os olhos castanhos de Iskra reluziram. Haviam chegado ao fim do balcão de serviço, onde a rival ficou de frente para Manon. Com as bandejas na mão, nenhuma das duas conseguia pegar as espadas na lateral do corpo. O salão tinha ficado silencioso, mesmo a mesa alta, na qual estavam as três Matriarcas.

As gengivas de Manon doeram quando os dentes de ferro irromperam e dispararam para baixo. Ela falou calmamente, mas alto o suficiente para que todas ouvissem:

— Sempre que precisar de uma lição de combate, Iskra, é só me avisar. Ficarei feliz em ensinar algumas coisas sobre como ser um soldado.

Antes que a adversária pudesse responder, Manon saiu caminhando pelo salão. Asterin fez um aceno debochado com a cabeça, seguida por gestos idênticos do restante das Treze, mas Iskra continuou encarando a líder, nitidamente irritada.

Manon se sentou à mesa e encontrou a avó sorrindo levemente. Quando todas as doze sentinelas estavam ao redor — Treze desde agora até que a Escuridão as envolvesse —, a herdeira também se permitiu sorrir.

Elas voariam naquele dia.

Como se a face ampla do penhasco não bastasse para deixar inquietas as duas alianças das Bico Negro, as vinte e seis serpentes aladas acorrentadas em um espaço apertado, nenhuma das quais *tão* dócil, deixavam até Manon ansiosa.

Mas ela não demonstrou medo ao se aproximar da criatura no centro. Duas fileiras de treze estavam acorrentadas e prontas. As Treze pegaram a primeira, e a outra aliança ficou com a fileira de trás. O novo equipamento de voo de Manon era pesado e estranho — couro e pele, cobertos por ombreiras de aço e punhos de couro. Mais do que estava habituada a vestir, principalmente com a capa vermelha.

Já haviam praticado selar as montarias durante dois dias, embora normalmente tivessem os criadores por perto para fazer aquilo. A montaria de Manon naquele dia — uma fêmea pequena — estava deitada de barriga no chão, baixa o suficiente para que a bruxa subisse com facilidade na pata traseira e se impulsionasse para a sela, até o ponto em que o longo pescoço se unia aos enormes ombros. Um homem se aproximou para ajustar os estribos, mas Manon se abaixou para fazer isso por conta própria. O café da manhã fora ruim o bastante. Ficar perto de uma garganta humana agora só a deixaria mais tentada.

A serpente alada se mexeu, o corpo quente contra as pernas frias de Manon, e a bruxa segurou as rédeas com mais força nas mãos enluvadas. Ao longo da fileira, as outras sentinelas montavam suas bestas. Asterin estava pronta, é claro, os cabelos dourados da prima presos em uma trança firme às costas, o colarinho de pele farfalhava ao vento ríspido da queda livre adiante. A menina sorriu para Manon, os olhos pretos salpicados de dourado brilhavam. Nenhum traço de medo — apenas de empolgação.

As bestas sabiam o que fazer, disseram os criadores. Sabiam como fazer a Travessia por puro instinto. Era assim que os homens chamavam o mergulho entre os dois picos das montanhas, o teste final para um montador e para a montaria. Se as serpentes aladas não conseguissem, iriam se estatelar nas rochas abaixo. Com as montadoras.

Houve uma movimentação nas plataformas de observação dos dois lados, e a aliança da herdeira das Pernas Amarelas apareceu, todas sorrindo, porém nenhuma com um sorriso mais largo que Iskra.

— Vadia — murmurou Asterin. Como se não fosse ruim o bastante que a Mãe Bico Negro estivesse na plataforma oposta, acompanhada das outras duas Grã-Bruxas. Manon ergueu o queixo, olhando para a queda adiante.

— Exatamente como treinamos — falou o capataz, passando do poço aberto para a plataforma na qual estavam as três Matriarcas. — Um chute forte na lateral as faz disparar. Deixem que elas naveguem pela Travessia.

O melhor conselho é se segurar com força e aproveitar o passeio. — A aliança atrás soltou algumas risadas nervosas, mas as Treze permaneceram em silêncio. Esperando. Exatamente como teriam feito diante de qualquer exército, antes de qualquer batalha.

Manon piscou, os músculos atrás dos olhos dourados puxaram para baixo o filme transparente que protegeria do vento a visão da bruxa. Ela se permitiu um momento para se acostumar à espessura da pálpebra extra. Sem ela, as bruxas voariam como mortais, semicerrando os olhos e com lágrimas escorrendo por todo canto.

— A seu comando, dama — gritou o homem.

A jovem bruxa avaliou a abertura adiante, a ponte quase invisível acima, o céu cinzento e a névoa. Manon olhou para o final da fileira, para cada um dos seis rostos de cada lado. Então se voltou para a frente, para a queda e para o mundo que esperava além dela.

— Somos as Treze, desde agora até que a Escuridão nos leve — disse ela em voz baixa, mas sabia que todas tinham ouvido. — Vamos lembrá-las por quê.

Manon chutou a montaria para que entrasse em ação. Três passos galopantes, estrondosos abaixo de si, impulsionando-se para a frente, adiante, adiante, um salto para o ar congelante, as nuvens, a ponte e a neve ao redor, então a queda.

O estômago de Manon disparou para a garganta quando a serpente alada arqueou o corpo e se inclinou para baixo, as asas fechadas nas laterais. Como tinha sido instruída, a bruxa se agachou no pescoço da criatura, mantendo o rosto perto da pele encouraçada, o vento gritando na face.

O ar ondulava atrás dela, suas Treze estavam apenas alguns centímetros distantes, caindo, como se fossem uma, por pedras e neve, disparando para a terra.

Manon trincou os dentes. O borrão de pedras, o beijo da névoa, os cabelos se soltando da trança, oscilando como uma faixa branca acima dela.

A névoa se abriu, e que a Escuridão a envolvesse, ali estava o fundo do desfiladeiro, tão perto e...

A herdeira se segurou à sela, às rédeas, aos pensamentos enquanto asas enormes se abriam, o mundo se inclinava, e o corpo abaixo dela girava para cima, para cima, cavalgando na corrente do vento em uma simples escalada pela lateral do Canino do Norte.

Gritos de triunfo vinham de baixo, de cima, e a serpente alada continuava subindo, mais ágil do que Manon jamais voara na vassoura, além da ponte e para cima, rumo ao céu aberto.

Rápido assim, a bruxa estava de volta ao céu.

O céu limpo, infinito, eterno as tomou quando Asterin, então Sorrel, depois Vesta acompanharam a líder, sendo seguidas pelo restante das Treze, e Manon estampou no rosto uma expressão fria de vitória.

À direita, Asterin sorria, os dentes de ferro brilhando como prata. À esquerda, Vesta, de cabelos ruivos, apenas balançava a cabeça, olhando boquiaberta as montanhas abaixo. Sorrel estava com o rosto tão impassível quanto o de Manon, mas os olhos pretos dançavam. As Treze estavam no ar de novo.

O mundo se abria abaixo, e adiante, a oeste, estava o lar que as bruxas um dia retomariam. Mas agora, agora...

O vento acariciava e cantava para Manon, mostrando a ela suas correntes, o que era mais um instinto que um dom mágico. Um instinto que a tornava a melhor voadora de todos os três clãs.

— E agora? — gritou Asterin. E embora jamais tivesse visto nenhuma das Treze chorar, Manon podia jurar que havia lágrimas brilhando nos cantos dos olhos da prima.

— Sugiro que as testemos — respondeu a líder, mantendo aquela exuberância selvagem presa no peito, então guiando a montaria na direção de onde a primeira corrida no abismo as esperava. A torcida e os gritos das Treze conforme cavalgavam na corrente eram melhores que qualquer música dos mortais.

Manon ficou em posição de sentido no pequeno quarto da avó, encarando a parede de pedra ao longe até que lhe fosse dirigida a palavra. Mãe Bico Negro estava sentada à mesa de madeira, de costas para a jovem, enquanto se inclinava sobre algum documento ou carta.

— Você se saiu bem hoje, Manon — falou a avó, por fim.

A neta levou dois dedos à testa, embora a Matriarca ainda estudasse os papéis.

Manon não precisava que o capataz dissesse a ela que fora a melhor Travessia que já havia testemunhado até aquele dia. A bruxa olhara uma vez a plataforma vazia na qual estivera a aliança das Pernas Amarelas, e soube que as bruxas tinham ido embora assim que ela não se estatelou no chão.

— Suas Treze e todas as alianças Bico Negro se saíram bem — continuou a avó. — Seu trabalho em mantê-las disciplinadas ao longo dos anos é digno de reconhecimento.

O peito se inflou, mas a neta respondeu:

— É minha honra servir você, avó.

A Matriarca anotou alguma coisa.

— Quero que você e as Treze sejam Líderes Aladas, quero que liderem todos os clãs. — A bruxa se virou para Manon, o rosto indecifrável. — Haverá Jogos de Guerra em alguns meses para decidir os postos. Como o fará não me interessa, mas espero dar a você a coroa da vitória.

A herdeira não precisava perguntar por quê.

Os olhos da avó recaíram sobre a capa vermelha de Manon, e ela deu um leve sorriso.

— Ainda não sabemos quem serão nossos inimigos, mas depois que terminarmos com a guerra do rei e retomarmos os desertos, não será uma Sangue Azul ou uma Pernas Amarelas sentada no trono das Dentes de Ferro. Entendeu?

Tornar-se Líder Alada, comandar os exércitos das Dentes de Ferro e manter controle sobre eles depois que as Matriarcas, por fim, se voltassem umas contra as outras. Manon assentiu. Seria feito.

— Suspeito que as outras Matriarcas darão ordens semelhantes às herdeiras delas. Certifique-se de que sua imediata fique por perto.

Asterin já estava do lado de fora, vigiando a porta, mas a jovem falou:

— Posso cuidar de mim mesma.

A avó sibilou.

— Baba Pernas Amarelas tinha setecentos anos. Ela destruiu as muralhas da capital Crochan com as próprias mãos. Mesmo assim, alguém entrou na carroça dela e a assassinou. Ainda que viva até os mil anos, terá sorte se for metade da bruxa que ela foi. — Manon manteve o queixo alto. — Tome cuidado. Não ficarei feliz se precisar encontrar outra herdeira.

A neta fez uma reverência com a cabeça.

— Como quiser, avó.

17

Celaena acordou, congelando e resmungando com uma enxaqueca persistente. Ela sabia que isso se devia a ter batido a cabeça nas pedras do templo. A assassina chiou ao se sentar, e cada centímetro do corpo, desde as orelhas até os dedos dos pés e os dentes, sentiu um rompante coletivo de dor. Parecia que tinha sido golpeada por mil punhos de ferro e deixada para apodrecer no frio. *Isso* se devia à transformação descontrolada que fizera no dia anterior. Só os deuses sabiam quantas vezes Celaena hesitara entre uma forma e outra. Pelos músculos doloridos, deviam ter sido dezenas.

Contudo, ela não perdera o controle sobre a magia, lembrou-se ao se levantar, segurando a cabeceira descascada da cama. Celaena fechou mais o roupão pálido ao redor do corpo conforme seguiu para a cômoda e a bacia. Depois do banho, se deu conta de que não tinha mais roupas, então roubou um dos muitos roupões, deixando suas vestes fétidas empilhadas à porta. Mal conseguira chegar ao quarto antes de desabar na cama, puxar um retalho de cobertor sobre si e dormir.

E dormir. E dormir. Celaena não tinha vontade de falar com ninguém. E ninguém foi procurar por ela, mesmo.

A assassina apoiou as mãos na cômoda, fazendo uma careta para o próprio reflexo. Estava com uma aparência de merda e se sentia uma merda também. Ainda mais sombria e macilenta que no dia anterior. Ela pegou a lata de pomada que Rowan lhe dera, mas então decidiu que o príncipe deveria ver o que tinha feito. E já parecera pior — dois anos antes, quando Arobynn a espancou severamente por ter desobedecido a suas ordens. Aquilo não era nada comparado com o quanto Celaena tinha ficado destruída naquela ocasião.

Abriu a porta e viu que alguém deixara roupas, as mesmas do dia anterior, mas limpas. As botas estavam livres de lama e de terra. Ou Rowan as tinha deixado ali, ou outra pessoa reparara nas roupas imundas dela. Pelos deuses, Celaena tinha se *urinado* na frente dele.

A assassina não se permitiu ser tomada pela humilhação ao se vestir e ir até a cozinha; os corredores estavam escuros nos momentos antes do alvorecer. Luca já tagarelava a respeito da faca de luta que uma sentinela emprestara a ele para o treinamento, e seguia falando, e falando, e falando.

Pelo visto, Celaena tinha subestimado o quanto seu rosto estava horroroso, porque o jovem parou o falatório no meio de uma frase para xingar. Virando-se, Emrys deu uma olhada nela e deixou cair a tigela de barro diante da lareira.

— Pela Grande Mãe e todos os filhos dela.

Celaena foi até a pilha de dentes de alho na mesa de trabalho e pegou uma faca.

— Parece pior do que é. — Uma mentira. A cabeça ainda latejava devido ao corte na testa, e o olho estava muito machucado por dentro.

— Tenho um pouco de pomada no quarto... — começou Luca, de onde estava, já lavando louça, mas Celaena o fitou demoradamente.

Ela começou a descascar o alho, os dedos ficando grudentos na mesma hora. Os dois ainda a encaravam, então a assassina disse, inexpressiva:

— Não é da conta de vocês.

Emrys deixou a tigela quebrada ao pé da lareira e andou com dificuldade até Celaena, a raiva reluzindo naqueles olhos brilhantes e inteligentes.

— É de minha conta quando entra em minha cozinha.

— Já passei por coisa pior — respondeu ela.

— O que quer dizer? — questionou Luca, observando as mãos destruídas, o olho roxo e as cicatrizes ao redor do pescoço de Celaena, cortesia de Baba Pernas Amarelas. A assassina silenciosamente convidou o rapaz a juntar as peças: uma vida em Adarlan com sangue feérico, uma vida em Adarlan como mulher... O rosto dele ficou pálido.

Depois de um longo momento, Emrys falou:

— Deixe para lá, Luca. — E parou para catar os pedaços da tigela.

Celaena voltou para o alho. Luca estava obviamente mais quieto conforme trabalhava. O café da manhã foi feito e enviado para cima, com a mesma pressa caótica do dia anterior, porém mais alguns semifeéricos repararam nela naquele dia. Ela os ignorava ou os encarava, decorando os rostos. Muitos tinham orelhas pontudas, mas a maioria parecia humana. Alguns usavam roupas de civis — túnicas e vestidos simples —, enquanto as sentinelas usavam a armadura de couro leve e as túnicas cinza pesadas com uma diversidade de armas (muitas desgastadas pelo uso). Os guerreiros eram os que mais olhavam em sua direção, tanto homens quanto mulheres, um misto de cautela e curiosidade.

A assassina estava ocupada limpando uma panela de cobre quando alguém soltou um assobio baixo de reconhecimento em sua direção.

— Agora, esse é um dos olhos roxos mais notáveis que já vi. — Um homem idoso, alto e belo, apesar de ter mais ou menos a idade de Emrys, caminhou pela cozinha, o prato vazio nas mãos.

— Deixe-a em paz também, Malakai — falou Emrys, da lareira, para o marido, seu parceiro. O idoso deu um sorriso deslumbrante, apoiando o prato no balcão perto de Celaena.

— Rowan não segura os socos, não é? — O cabelo grisalho estava curto o bastante para revelar as orelhas pontudas, mas o rosto de Malakai era enrugado como o de um humano. — E parece que você não se dá o trabalho de usar uma pomada cicatrizante. — Ela o encarou, mas não respondeu. O sorriso do homem sumiu. — Meu parceiro já trabalha demais. Não acrescente a esse fardo, entendeu?

Emrys grunhiu o nome de Malakai, mas Celaena deu de ombros.

— Não quero me incomodar com nenhum de vocês.

Malakai entendeu o aviso não dito naquelas palavras — *então não procure se incomodar comigo* — e deu um breve aceno de cabeça. Ela ouviu, mais que viu, o homem caminhar até Emrys para beijá-lo, então o ruído de algumas palavras ríspidas murmuradas, depois passos firmes conforme saía de novo.

— Mesmo os guerreiros machos semifeéricos levam a superproteção a um nível de exagero totalmente novo — falou Emrys, as palavras envoltas em uma leveza forçada.

— Está em nosso sangue — comentou Luca, erguendo o queixo. — É nosso dever, honra e missão de vida nos certificarmos de que nossa família esteja bem. Principalmente os parceiros.

— E faz dos outros um espinho em nosso dedo — acrescentou Emrys. — Bestas possessivas e territoriais. — O idoso caminhou até a pia, apoiando a chaleira fria para que Celaena lavasse. — Meu parceiro tem boa intenção, garota. Mas você é uma estranha... e de Adarlan. E está treinando com... alguém que nenhum de nós entende muito bem.

A assassina colocou a chaleira na pia.

— Não me importo — respondeu ela. E foi sincera.

O treinamento foi horrível naquele dia. Não apenas porque Rowan perguntou se Celaena vomitaria ou se mijaria de novo, mas também porque durante horas — *horas* — ele a obrigou a ficar sentada no topo entre as ruínas do templo, sendo açoitada pelo vento nebuloso. Ele queria que Celaena se transformasse; foi sua única ordem.

A assassina exigiu saber por que ele não podia ensiná-la a usar magia sem se transformar, e Rowan deu a mesma resposta diversas vezes: nada de transformação, nada de lições de magia. Mas, depois do dia anterior, a não ser que o guerreiro sacasse a longa adaga para cortar as orelhas de Celaena em formato pontiagudo, nada a faria mudar de forma. Ela tentou uma vez — quando Rowan foi para o bosque para ter privacidade. Cutucou e mexeu e puxou o que quer que estivesse bem no fundo, mas não conseguiu nada. Nenhum clarão de luz ou dor lancinante.

Então os dois ficaram sentados à encosta da montanha, Celaena congelada até os ossos. Pelo menos não perdeu o controle de novo, independentemente dos insultos lançados, em voz alta ou por meio das desagradáveis conversas silenciosas. Ela perguntou por que Rowan não estava perseguindo o ser que surgira no campo das criaturas dos túmulos, e ele apenas disse que estava investigando e que o resto não era da conta da assassina.

Nuvens de chuva se aglomeraram durante o fim da tarde. Rowan a obrigou a permanecer sentada na tempestade até que seus dentes estivessem batendo e o sangue parecesse espesso como gelo, então os dois finalmente fizeram a caminhada até a fortaleza. O guerreiro a deixou nos banhos de novo, os olhos brilhando com a promessa não dita de que o dia seguinte seria pior.

Quando finalmente saiu dos banhos, havia roupas limpas no quarto, dobradas com tanto cuidado que ela começava a questionar se não tinha algum criado invisível seguindo-a. De modo algum um imortal como Rowan teria se incomodado em fazer aquilo para uma humana.

Celaena pensou em ficar nos aposentos durante o resto da noite, principalmente porque a chuva açoitava a janela enquanto os raios iluminavam as árvores ao longe. Mas seu estômago estava roncando. Ela sentia-se zonza de novo e sabia que andava comendo mal. Com o olho roxo, a melhor coisa a fazer seria se alimentar — mesmo que isso significasse ir até a cozinha.

A jovem esperou até achar que todos tivessem subido. Havia sempre sobras depois do café da manhã; devia ter algumas também no jantar. Pelos deuses, estava cansada até os ossos. E ainda mais dolorida que naquela manhã.

Ouviu as vozes muito antes de entrar na cozinha, e quase deu meia-volta, mas... ninguém falara com ela no café da manhã, exceto Malakai. Certamente todos a ignorariam agora também.

Celaena estimou que haveria um bom número de pessoas na cozinha, mas ficou um pouco surpresa ao ver como estava lotada. Cadeiras e almofadas tinham sido arrastadas para dentro, todas de frente para a lareira, diante da qual Emrys e Malakai estavam sentados, conversando com aqueles reunidos. Havia comida em todas as superfícies, como se o jantar tivesse acontecido ali. Mantendo-se às sombras no alto das escadas, a jovem os observou. O salão de jantar era amplo, ainda que um pouco frio — por que se reuniam ao redor da lareira da cozinha?

Ela não se importava de verdade — não depois de ver a comida. Passou pela multidão com destreza e facilidade treinadas, enchendo um prato com frango assado, batatas (pelos deuses, já estava cansada de batatas) e pão quente. Todos ainda conversavam; aqueles que não tinham assento estavam de pé contra balcões ou paredes, rindo e bebendo das canecas de cerveja.

A metade superior da porta da cozinha estava aberta para permitir a saída do calor de tantos corpos, e o som de chuva preenchia o cômodo, como um tambor. Celaena viu um movimento do lado de fora, mas ao olhar, não havia nada lá.

Estava prestes a voltar para cima quando Malakai bateu palmas e todos pararam de falar. Ela parou de novo à sombra das escadas. Sorrisos se abriram enquanto as pessoas se acomodaram. Sentado no chão diante da cadeira de Emrys estava Luca, abraçado a uma jovem bonita, o braço casualmente sobre os ombros dela — casualmente, mas segurando de forma a dizer a todos os outros homens da sala que a moça era dele. Celaena revirou os olhos, nada surpresa.

Mesmo assim, viu o olhar que Luca deu à menina, e a malícia nos olhos fez com que uma pontada de inveja percorresse o corpo de Celaena. Tinha olhado para Chaol com aquela mesma expressão. Mas o relacionamento dos dois jamais fora livre de fardos, e, mesmo se ela não tivesse terminado as coisas, jamais teria sido daquela forma. Sentiu o peso do anel no dedo.

Um relâmpago brilhou, revelando a grama e a floresta ao longe. Segundos depois, o trovão sacudiu as pedras, causando alguns gritinhos e risadas.

Emrys pigarreou, e todos os olhos se voltaram para o rosto enrugado. A velha lareira iluminava os cabelos prateados, projetando sombras pela sala.

— Há muito tempo — começou ele, a voz entrecortando a chuva retumbante, o rugido dos trovões e o crepitar do fogo —, quando não havia rei mortal no trono de Wendlyn, as fadas ainda caminhavam entre nós. Algumas eram boas e justas, algumas tinham tendência a pregar peças, e outras eram mais malignas e sombrias que a noite mais escura.

Celaena engoliu em seco. Aquelas eram palavras ditas diante de lareiras havia milhares de anos — faladas em cozinhas como aquela. Tradição.

— Era com essas fadas más — continuou Emrys, as palavras ressoando em cada rachadura e sulco — que era preciso se preocupar nas antigas estradas ou nos bosques ou em noites como esta, quando se pode ouvir o vento gemendo seu nome.

— Ah, essa não — resmungou Luca, mas não era sincero.

Alguns dos outros riram, um pouco nervosos até. Outra pessoa protestou:

— Não vou dormir durante uma semana.

Celaena se recostou contra a parede de pedra, enfiando comida goela abaixo conforme o idoso elaborava o conto. Os pelos no pescoço ficaram arrepiados o tempo todo, e ela conseguia ver cada momento terrível da história como se o tivesse vivido.

Quando Emrys terminou, um trovão ecoou e até mesmo a assassina se encolheu, quase derrubando o prato vazio. Algumas risadas cautelosas, provocações e leves empurrões foram ouvidos. Celaena franziu a testa. Se tivesse ouvido aquela história — com as criaturas perversas que sentiam prazer em costurar peles, esmagar ossos e partir relâmpagos — antes de viajar até ali com Rowan, jamais o teria seguido. Nem em um milhão de anos.

O guerreiro não tinha acendido uma só fogueira na viagem; não quisera atrair atenção. Seria daquele tipo de criatura? Ele não sabia o que era a coisa no dia anterior, nos túmulos. E se um imortal não sabia... Celaena fez exercícios de respiração para acalmar o coração acelerado. Mesmo assim, teria sorte se dormisse naquela noite.

Embora todos os outros parecessem esperar pela próxima história, a jovem ficou de pé. Quando se virou para ir embora, olhou de novo para aquela porta da cozinha entreaberta, apenas para se certificar de que não havia nada à espreita do lado de fora. Contudo, não era uma criatura maligna que esperava na chuva. Era um enorme falcão de rabo branco, empoleirado nas sombras.

Estava completamente imóvel. Mas os olhos da ave — havia algo estranho a respeito deles... Celaena vira aquele falcão antes. Ele a observara durante dias enquanto a assassina aproveitara o ócio naquele telhado em Varese, vendo-a beber e roubar e cochilar e brigar.

Pelo menos agora sabia qual era a forma animal de Rowan. O que não sabia era por que ele se dava o trabalho de ouvir aquelas histórias.

— Elentiya. — Emrys estendia a mão do lugar onde estava sentado, diante da lareira. — Gostaria de compartilhar uma história sobre sua terra natal? Adoraríamos ouvir uma se nos desse a honra.

Celaena manteve os olhos no idoso enquanto todos se viraram para o lugar onde estava, às sombras. Nenhuma das pessoas ofereceu uma palavra encorajadora, exceto Luca:

— Conte!

Mas a jovem não tinha direito de contar aquelas histórias como se fossem suas. E não conseguia se lembrar muito bem delas, não como tinham sido contadas à cabeceira de sua cama.

Ela empurrou o pensamento para longe com o máximo de força, afastando-o por tempo o bastante para responder, calmamente:

— Não, obrigada. — Então se foi. Ninguém a seguiu. Celaena não estava nem aí para o que Rowan acharia daquilo.

Os sussurros morriam a cada passo, e somente quando fechou a porta do quarto congelado e deitou na cama, ela suspirou. A chuva parara, as nuvens tinham sumido com um vento forte, e um cobertor de estrelas brilhava acima do dossel das árvores pela janela.

Celaena não tinha histórias para contar. Todas as lendas de Terrasen haviam se perdido na mente dela, e apenas fragmentos se espalhavam pelas lembranças como escombros.

Ela puxou o retalho de cobertor mais para cima e apoiou o braço sobre os olhos, apagando as estrelas sempre vigilantes.

18

Ainda bem que Dorian não foi forçado a entreter Aedion de novo e o via pouco fora dos jantares de Estado e das reuniões, nos quais o general fingia que o príncipe não existia. Também via pouco Chaol, o que era um alívio, considerando como as conversas deles andavam esquisitas. Ademais, Dorian tinha começado a treinar com os guardas pela manhã. Era quase tão divertido quanto deitar em uma cama de pregos quentes, mas pelo menos dava a ele algo para fazer com a energia inquieta e ansiosa que o tomava dia e noite.

Sem falar todos aqueles cortes, arranhões e torções, que davam ao rapaz uma desculpa para ir até as catacumbas dos curandeiros. Sorscha, ao que parecia, tinha aprendido o horário de treinamento de Dorian, e a porta estava sempre aberta quando o príncipe chegava.

Ele não tinha conseguido parar de pensar no que a curandeira dissera nos aposentos dele, nem de imaginar por que alguém que havia perdido tudo dedicaria a vida a ajudar a família do homem que tirara tudo dela. E quando a moça respondeu: *Porque eu não tinha para onde ir...* por um segundo, não era Sorscha, mas Celaena, dilacerada por luto, perda e raiva, indo até o quarto de Dorian porque não tinha ninguém mais. Ele jamais soubera qual era a sensação daquela perda, mas a bondade de Sorscha com o príncipe, à qual retribuíra tão miseravelmente até então, o atingiu como uma pedrada na cabeça.

Dorian entrou na sala de trabalho da curandeira, e Sorscha ergueu o rosto da mesa, sorrindo, um sorriso amplo, lindo e... Bem, não era exatamente esse o motivo pelo qual encontrava desculpas para ir até ali todos os dias?

O príncipe ergueu o punho, já enrijecido e latejando.

— Caí sobre ele de mau jeito — falou Dorian, à guisa de cumprimento.

A jovem deu a volta na mesa, dando a ele tempo o suficiente para admirar a silhueta longilínea no vestido simples. A curandeira se movia como água, pensou o príncipe, e ele costumava se flagrar maravilhando-se com o modo de Sorscha usar as mãos.

— Não há muito que eu possa fazer — respondeu ela, depois de examinar o pulso. — Mas tenho um tônico para dor, apenas para diminuí-la, e posso colocar o braço em uma tipoia se...

— Pelos deuses, não. Nada de tipoia. Vou ouvir dos guardas pelo resto da vida.

Os olhos dela se enrugaram, somente um pouco; daquele modo que faziam quando Sorscha achava algo divertido e tentava não achar.

Mas, se não haveria tipoia, então Dorian não tinha desculpa para estar ali, e embora tivesse uma reunião fútil do conselho em uma hora e ainda precisasse tomar banho... ele ficou.

— Em que está trabalhando?

Sorscha recuou com cautela. Sempre fazia isso, para manter uma parede entre os dois.

— Bem, tenho que fazer alguns tônicos e pomadas para alguns criados e guardas, a fim de reabastecer os estoques. — Dorian sabia que não deveria, mas se aproximou para olhar por cima dos ombros estreitos da moça, para a mesa de trabalho, para as tigelas, os frascos e os béqueres. Sorscha fez um ruído baixo com a garganta, e o príncipe engoliu o sorriso ao se aproximar um pouco mais. — Isso costuma ser uma tarefa para os aprendizes, mas estavam tão ocupados hoje que me ofereci para aliviar um pouco da carga de trabalho deles. — A jovem costumava falar daquele jeito quando estava nervosa. O que, Dorian reparara com alguma satisfação, acontecia quando ele chegava mais perto. E não de um jeito ruim; se sentisse que a curandeira estava realmente desconfortável, teria mantido distância. Era mais como se estivesse... desconcertada. Dorian gostava daquilo.

— Mas — continuou Sorscha, tentando sair do caminho — vou fazer seu tônico agora mesmo, Vossa Alteza.

O príncipe deu a ela o espaço de que precisava conforme a mulher corria pela mesa com eficiência graciosa, medindo pós e esmagando folhas secas, tão determinada e autoconfiante... Dorian se deu conta de que a estava encarando quando a curandeira tornou a falar.

— Sua... amiga. A campeã do rei. Ela está bem?

A missão de Celaena em Wendlyn era relativamente secreta, mas ele poderia contornar isso.

— Ficará fora, em missão para meu pai, durante os próximos meses. Certamente espero que esteja bem, embora não tenha dúvida de que pode se cuidar.

— E a cadela... está bem?

— Ligeirinha? Ah, está bem. As pernas cicatrizaram perfeitamente. — A cadela agora dormia na cama de *Dorian*, é claro, e o incomodava sem descanso por sobras e mimos, mas... era bom ter um pouco da amiga enquanto ela estava fora. — Graças a você.

Um aceno de cabeça, então o silêncio recaiu enquanto Sorscha media e depois versava algum líquido esverdeado. O príncipe esperava sinceramente que não precisasse beber aquilo.

— Disseram... — Ela manteve os olhos espetaculares abaixados. — Disseram que havia um animal selvagem perambulando pelos corredores faz alguns meses, foi isso que matou todas aquelas pessoas antes do Yulemas. Jamais ouvi se pegaram a criatura, mas aí... a cadela de sua amiga parecia ter sido atacada.

Dorian se obrigou a ficar imóvel. Ela realmente havia juntado algumas peças, então. E não contara a ninguém.

— Pergunte, Sorscha.

A curandeira engoliu em seco, e as mãos tremeram um pouco, o bastante para que ele quisesse alcançá-las e cobri-las com as suas. Mas não conseguia se mover, não até que ela falasse.

— O que era aquilo? — sussurrou Sorscha.

— Quer a resposta que permitirá que você durma à noite, ou aquela que pode assegurar que jamais durma de novo? — A jovem ergueu o olhar, e ele entendeu que ela queria a verdade. Assim, expirou e falou: — Foram duas... criaturas diferentes. A campeã de meu pai matou a primeira. Nem mesmo contou ao capitão e a mim até enfrentarmos a segunda. — Dorian ainda conseguia ouvir o rugido daquela criatura no túnel, vê-la disparando contra Chaol. Ainda tinha pesadelos com a coisa toda. — O resto é meio misterioso. — Não era mentira. Havia tanto que o príncipe não sabia. E não queria saber.

— Sua Majestade poderia punir você por isso? — Uma pergunta murmurada, perigosa.

— Sim. — O sangue de Dorian gelou ao pensar nisso. Porque, se o pai dele soubesse, se descobrisse que Celaena tinha, de alguma forma, aberto um portal... O príncipe não conseguia impedir que o gelo se espalhasse pelo corpo.

A curandeira esfregou os braços e olhou para a lareira. Ainda queimava alto, mas... Merda. Dorian precisava ir. Agora. Sorscha falou:

— Ele a mataria, não é? Por isso você não disse nada.

O príncipe começou a recuar devagar, lutando contra a *coisa* em pânico e selvagem dentro dele. Não conseguia impedir o gelo que subia, nem mesmo sabia de onde vinha, mas continuava vendo a criatura nos túneis, ouvindo o latido angustiado de Ligeirinha, vendo Chaol escolher se sacrificar para que os dois pudessem fugir...

Sorscha acariciou a própria trança castanha.

— E... e ele provavelmente mataria o capitão também.

A magia de Dorian irrompeu.

~

Depois de Sorscha ser forçada a esperar no escritório abarrotado durante vinte minutos, Amithy finalmente entrou, o coque apertado tornando o rosto ríspido ainda mais severo.

— Sorscha — falou a mulher, sentando-se à mesa e franzindo a testa. — O que vou fazer com você? Que exemplo dá aos aprendizes?

A jovem manteve a cabeça baixa. Sabia que tinha sido obrigada a esperar para pensar sobre o que fizera: derrubado acidentalmente uma mesa de trabalho inteira e destruído não apenas incontáveis horas e dias de trabalho, mas também um bom número de ferramentas e recipientes caros.

— Eu escorreguei... derramei óleo e esqueci de limpar.

Amithy estalou a língua.

— Limpeza, Sorscha, é uma de nossas habilidades mais importantes. Se não pode manter a própria sala de trabalho limpa, como posso confiar que vai cuidar dos pacientes? De Sua Alteza, que estava lá e presenciou seu mais recente rompante de falta de profissionalismo? Tomei a liberdade de me desculpar por você pessoalmente, oferecendo-me para supervisionar os cuidados futuros dele, mas... — Os olhos de Amithy se semicerraram. — Ele disse que pagaria pelos custos do conserto e que ainda gostaria que você o servisse.

O rosto de Sorscha ficou quente. Tinha acontecido tão rápido.

Quando a explosão de gelo e vento e *outra* coisa disparou em sua direção, o grito da curandeira foi interrompido pela porta batendo. Isso provavelmente tinha salvado a vida deles, mas ela só conseguia pensar em sair do caminho. Então agachou sob a mesa, com as mãos sobre a cabeça, e rezou.

Poderia ter pensado que era só uma corrente de ar, poderia ter se sentido tola, caso os olhos do príncipe não parecessem *brilhar* naquele momento, antes do vento e do frio, caso todos os vidros na mesa não tivessem se estilhaçado, caso o gelo não tivesse coberto o chão, caso o príncipe não tivesse permanecido ali, intocado.

Não era possível. O príncipe... Ela ouviu um ruído terrível, um engasgo, então Dorian ficou de joelhos, olhando sob a mesa de trabalho.

— Sorscha. *Sorscha.*

Ela o fitou boquiaberta, incapaz de encontrar as palavras.

Amithy tamborilava os longos e ossudos dedos sobre a mesa de madeira.

— Perdoe-me por ser indelicada — falou a mulher, mas Sorscha sabia que ela não se importava nada com boas maneiras. — Mas também devo lembrar que interagir com os pacientes fora do turno é proibido.

Não poderia haver outro motivo para o príncipe Dorian preferir os serviços de Sorscha aos de Amithy, é claro. A jovem manteve os olhos nas mãos fechadas no colo, ainda marcadas com cortes de alguns dos cacos de vidro menores.

— Não precisa se preocupar com isso, Amithy.

— Que bom. Detestaria ver seu cargo comprometido. Sua Alteza tem uma reputação com mulheres. — Um sorrisinho presunçoso. — E há muitas damas lindas nesta corte. — *E você não é uma delas.*

Sorscha assentiu e aceitou o insulto, como sempre fazia e sempre fizera. Era assim que sobrevivia, como tinha permanecido invisível durante tantos anos.

Fora o que prometera ao príncipe nos minutos seguintes à explosão, quando a tremedeira passou e ela o *viu*. Não a magia, mas o pânico nos olhos dele, o medo e a dor. Dorian não era um inimigo usando poderes proibidos, mas... um jovem que precisava de ajuda. Da ajuda dela.

Sorscha não podia dar as costas àquilo, a ele, não podia contar a ninguém o que havia testemunhado. Era o que teria feito por qualquer outro.

Com a voz fria e tranquila que reservava para os pacientes com ferimentos mais graves, falou para o príncipe:

— Não vou contar a ninguém. Mas agora você vai me ajudar a derrubar esta mesa, depois vai me ajudar a limpar tudo.

Ele apenas a encarou. Sorscha ficou parada, reparando nos cortes finos como fios de cabelo nas mãos, que já começavam a arder.

— Não vou contar a ninguém — prometeu ela de novo, segurando-se a uma das quinas da mesa.

Sem palavras, Dorian foi até a outra ponta e ajudou a jovem a deitar a mesa, o vidro e a cerâmica restantes caindo no chão. Para o mundo inteiro, parecia um acidente, e Sorscha foi até o canto para pegar a vassoura.

— Quando eu abrir esta porta — disse ela, ainda em voz baixa e tranquila, ainda um pouco fora de si —, vamos fingir. Mas depois de hoje, depois disso... — Dorian ficou parado, imóvel como se estivesse esperando o golpe que o atingiria. — Depois disso — prosseguiu Sorscha —, se não for um problema para você, vamos tentar encontrar formas de evitar que isso aconteça. Talvez haja algum tônico que possa suprimir.

O rosto do príncipe ainda estava pálido.

— Desculpe — sussurrou ele, e Sorscha sabia que estava sendo sincero. Ela foi até a porta e deu um sorriso triste para Dorian.

— Vou começar a pesquisar esta noite. Se encontrar alguma coisa, aviso. E talvez... não agora, mas depois... se Vossa Alteza estiver disposto, pode me contar *como* isso é possível. Pode ajudar de alguma forma. — A curandeira não lhe deu tempo para responder, abriu a porta, voltou até a bagunça e falou, um pouco mais alto que o normal: — Sinto muito *mesmo*, Vossa Alteza... havia algo no chão, e eu escorreguei e...

Daí em diante, fora fácil. Os curandeiros enxeridos chegaram para ver o porquê da comoção, depois um deles saiu a fim de buscar Amithy. O príncipe se foi, e Sorscha recebera ordens de permanecer ali.

Amithy apoiou os antebraços sobre a mesa.

— Sua Alteza foi extremamente generoso, Sorscha. Que sirva de lição para você. Tem sorte por não ter se ferido mais.

— Farei uma oferenda a Silba hoje — mentiu ela, em voz baixa e humilde, então saiu.

~

Chaol pressionou o corpo contra a reentrância escura de um prédio, prendendo o fôlego conforme Aedion se aproximava da figura encapuzada no beco. De todos os lugares onde esperava encontrar o general quando este fugisse da própria festa na taberna, os cortiços eram o menos provável.

Aedion tinha feito um espetáculo incrível ao bancar o anfitrião generoso e selvagem: comprava bebidas, cumprimentava os convidados, certificava-se de que todos o vissem fazendo alguma coisa. Então, quando ninguém estava olhando, saía pela porta da frente, como se fosse preguiçoso demais para sair pela porta reservada nos fundos. Um bêbado cambaleante, arrogante, descuidado e presunçoso.

Chaol quase caiu nessa. Quase. Contudo, o general se afastou um quarteirão, jogou o capuz sobre a cabeça e caminhou noite adentro, sóbrio como uma pedra.

O capitão seguiu pelas sombras conforme Aedion deixou o distrito mais rico e seguiu para os cortiços, tomando becos e ruas tortas. Poderia ter se passado por um homem rico em busca de outro tipo de mulher. Até que parou do lado de fora daquele prédio e a figura encapuzada com as duas adagas se aproximou.

Não era possível ouvir as palavras entre Aedion e o estranho, mas dava para interpretar a tensão nos corpos muito bem. Depois de um momento, o general seguiu o recém-chegado, embora não antes de verificar completamente o beco, os telhados, as sombras.

Chaol se manteve distante. Se o pegasse comprando substâncias ilícitas, poderia ser o bastante para que Aedion se acalmasse — para que mantivesse as festas em um nível mais calmo e controlasse a Devastação quando chegasse.

O capitão seguiu os dois, atento aos olhos que passavam, cada bêbado e órfão e mendigo. Em uma rua esquecida ao lado das docas do Avery, Aedion e a figura encapuzada entraram em um prédio em ruínas. Não era um prédio qualquer, não quando tinha sentinelas a postos no canto, à porta, no telhado, até perambulando pelas ruas, tentando se misturar. Não eram guardas reais nem soldados.

Não era um lugar para comprar opiáceos, tampouco carne. Chaol tinha memorizado a informação que Celaena havia reunido sobre os rebeldes, e os seguira com a mesma frequência com que fora atrás de Aedion, em grande parte sem sucesso. A assassina alegara que os rebeldes procuravam uma forma de derrotar o poder do rei. Deixando de lado as implicações maiores, se o capitão conseguisse descobrir não apenas como o rei tinha extinguido a magia, mas também como libertá-la antes de ser arrastado de volta a Anielle, então o segredo de Dorian poderia ser menos explosivo. Poderia ajudá-lo, de alguma forma. E ele sempre o ajudaria, seu amigo, seu príncipe.

Ele não conseguiu segurar um estremecimento pela coluna ao tocar o Olho de Elena e perceber que o prédio decrépito, com a formação da guarda, fedia aos hábitos dos rebeldes. Talvez não fosse mera coincidência que o havia levado até ali.

Chaol estava tão concentrado no coração acelerado que não teve a chance de se virar quando uma adaga encostou na lateral de seu corpo.

19

Chaol não ofereceu qualquer resistência, embora soubesse que era tão provável receber a morte quanto receber respostas. Ele reconheceu as sentinelas pelas armas desgastadas, assim como pelos movimentos fluidos e precisos. Jamais se esqueceria daqueles detalhes, não depois de ter passado o dia como prisioneiro deles em um armazém — e de ter testemunhado Celaena cortar todos como se fossem talos de trigo. Jamais souberam que fora a rainha perdida deles a massacrá-los.

As sentinelas o forçaram a ficar de joelhos em uma sala vazia, com cheiro de feno velho. Chaol viu Aedion e um senhor familiar encarando-o. Era a pessoa que tinha implorado a Celaena que parasse, naquela noite no armazém. Não havia nada notável a respeito do homem; as roupas gastas eram comuns, o corpo era magro, mas ainda não envelhecido. Ao lado do senhor estava um jovem que o capitão reconheceu pela risada baixa e maligna: o guarda que o provocara quando fora mantido prisioneiro. Cabelos pretos na altura dos ombros emolduravam um rosto mais cruel que bonito, principalmente com a feia cicatriz que cortava a sobrancelha e descia pela bochecha. O homem dispensou as sentinelas com um gesto do queixo.

— Ora, ora — falou Aedion, circundando Chaol. A espada estava à mostra, reluzindo à luz fraca. — Capitão da Guarda, herdeiro de Anielle *e* espião? Ou será que sua amante está ensinando a você alguns truques do ramo?

— Quando dá festas e convence meus homens a deixarem os postos, quando *não* está nessas festas porque sai às escondidas pelas ruas, é meu dever saber por quê, Aedion.

O jovem com a cicatriz e as espadas gêmeas se aproximou, circundando-o também, como o general. Dois predadores, avaliando a presa. Provavelmente brigariam pela carcaça.

— Uma pena sua campeã não estar aqui para salvá-lo desta vez — provocou o sujeito com a cicatriz, em voz baixa.

— Uma pena que você não estava lá para salvar Archer Finn — retrucou Chaol.

As narinas se dilataram, então um lampejo de fúria percorreu os espertos olhos castanhos, mas o jovem ficou em silêncio quando o senhor estendeu a mão.

— Foi o rei que mandou você?

— Vim por causa *dele*. — Chaol indicou o general com o queixo. — Mas estou procurando por vocês dois e seu grupinho, também. Ambos estão em perigo. O que quer que pensem que Aedion quer, o que quer que ele ofereça, o rei o mantém em rédeas curtas. — Talvez um pouco de honestidade garantisse o que ele precisava: confiança e informação.

Mas Aedion disparou uma risada.

— O quê? — Os companheiros se viraram para o general, as sobrancelhas erguidas. Chaol olhou para o anel no dedo do homem. Não estava enganado. Era idêntico àqueles que o rei, Perrington e os demais usavam.

Aedion viu o olhar do capitão e parou de circundar.

Por um momento, o general o encarou, um brilho de surpresa e de diversão passando pelo rosto. Então murmurou:

— Você se revelou um homem muito mais interessante do que pensei, capitão.

— Explique, Aedion — ordenou o idoso, em voz baixa, mas não com fraqueza.

O general abriu um largo sorriso e tirou o anel preto do dedo.

— No dia em que o rei me presenteou com a Espada de Orynth, também me ofereceu um anel. Graças a minha herança, meus sentidos são... mais aguçados. Achei que o anel tinha um cheiro estranho, e percebi que apenas um tolo aceitaria esse tipo de presente. Então mandei fazer uma réplica. Atirei ao mar o verdadeiro. Mas sempre me perguntei o que o objeto podia fazer — ponderou o general, lançando o anel para o alto com uma das mãos e o pegando depois. — Parece que o capitão sabe. E reprova.

O homem com as espadas gêmeas parou de andar, e o sorriso que deu a Chaol era feral.

— Está certo, Aedion — disse o sujeito, sem tirar os olhos do capitão. — Ele é mais interessante do que parece.

O general colocou o anel no bolso como se fosse... como se fosse, de fato, falso. E Chaol percebeu que havia revelado muito mais do que pretendia.

Aedion começou a circundar Chaol de novo, o jovem com a cicatriz imitando os movimentos graciosos.

— Uma coleira mágica, embora não exista mais magia — comentou o general. — E mesmo assim você me seguiu, acreditando que eu estava sob o feitiço do rei. Achando que poderia me usar para cair nas graças dos rebeldes? Fascinante.

Chaol ficou de boca fechada. Já tinha dito coisas demais que o condenavam.

O homem continuou:

— Esses dois disseram que sua amiga assassina era simpatizante dos rebeldes. Que entregou informações para Archer Finn sem pensar duas vezes, que permitiu que os rebeldes saíssem da cidade ao receber ordens de matá-los. Foi ela quem contou a você sobre os anéis do rei, ou descobriu essa informação sozinho? O que, exatamente, acontece naquele palácio de vidro quando o rei não está olhando?

Chaol conteve a resposta. Ao ficar evidente que ele não falaria, Aedion balançou a cabeça.

— Sabe como isso precisa terminar — advertiu o general, e não havia qualquer deboche na fala. Apenas frieza. A verdadeira face do Lobo do Norte. — Do modo como vejo, você assinou a própria sentença de morte ao decidir me seguir, e agora que sabe tanto... Tem duas opções, capitão: podemos torturá-lo até nos dar informações, então matamos você, ou pode nos dizer o que sabe e tornaremos as coisas mais rápidas. O menos dolorosas possível, dou minha palavra.

Eles pararam de andar.

Chaol tinha encarado a morte algumas vezes nos últimos meses. Encarara e lidara com ela. Mas *aquela* morte, na qual Celaena e Dorian e a mãe dele jamais saberiam o que tinha acontecido... Aquilo o enojava, de alguma forma. Deixava-o revoltado.

Aedion se aproximou de onde o capitão estava ajoelhado.

Poderia matar o cara da cicatriz, então ter esperanças de enfrentar Aedion; ou pelo menos fugir. Chaol *lutaria*, porque era o único modo de aceitar aquele tipo de morte.

A espada de Aedion estava empunhada — a espada que pertencia a Celaena por sangue e direito. O capitão presumira que o homem era um açougueiro duas-caras. Aedion *era* um traidor. Mas não de Terrasen. O general fazia um jogo muito perigoso desde que chegara a Adarlan, desde que o reino dele caíra dez anos antes. E enganar o rei para que pensasse que usava o anel presenteado durante todo esse tempo... aquilo era, de fato, informação pela qual Aedion estaria disposto a matar para manter em segredo. No entanto, havia outra informação que talvez Chaol pudesse usar para sair daquilo com vida.

Independentemente do quanto estivesse arrasada quando partiu, Celaena estava a salvo agora. Estava longe de Adarlan. Mas Dorian, com magia, com a ameaça que secretamente representava, não estava. Aedion inspirou, se preparando para matar o capitão. Manter o príncipe protegido era tudo o que restava a Chaol, tudo o que sempre tinha importado de verdade. Se aqueles rebeldes realmente sabiam de alguma coisa — *qualquer coisa* — sobre magia que pudesse ajudar a libertá-la, se o capitão pudesse usar Aedion para conseguir aquela informação...

Era uma aposta; a maior aposta que já fizera. O general ergueu a espada.

Com uma oração silenciosa por perdão, Chaol olhou diretamente para Aedion.

— Aelin está viva.

~

Aedion Ashryver havia sido chamado de Lobo, general, príncipe, traidor e assassino. E era todas essas coisas, e mais. Mentiroso, enganador e ardiloso eram seus preferidos — os títulos que apenas os mais próximos conheciam.

A Puta de Adarlan, era assim que aqueles que não o conheciam o chamavam. Era verdade; de tantas formas, era verdade, e ele jamais dera a mínima, na realidade. Isso permitira que mantivesse controle no norte, que mantivesse o derramamento de sangue em um nível mínimo e que continuasse uma mentira. Metade da Devastação era de rebeldes, e a outra metade, de simpatizantes, então muitas das "batalhas" no norte tinham sido fingidas, a contagem de corpos era uma enganação e um exagero — uma vez que, no final, os cadáveres se levantavam do campo de batalha sob o manto da escuridão e iam para casa, para suas famílias. A Puta de Adarlan. Aedion não se importara. Até agora.

Primo. Esse era o título mais querido. Primo, parente, protetor. Aqueles eram nomes secretos que Aedion cultivava bem fundo, os nomes que sussurrava para si mesmo quando o vento norte gritava através das montanhas Galhada do Cervo. Às vezes aquele vento soava como os gritos de seu povo sendo levado para os pavilhões de abate. E às vezes soava como Aelin — Aelin, que ele amara, que deveria ter sido sua rainha e para quem, um dia, Aedion teria feito o juramento de sangue.

O general estava de pé sobre as tábuas decrépitas de uma doca vazia nos cortiços, encarando o Avery. O capitão estava ao lado e cuspia sangue na água graças à surra que levara de Ren Allsbrook, o mais novo conspirador de Aedion e também outro morto que se erguia do túmulo.

Ren, herdeiro e Lorde de Allsbrook, treinara com Aedion quando criança — e um dia fora seu rival. Dez anos antes, Ren e o avô, Murtaugh, tinham escapado dos pavilhões de abate graças a uma distração iniciada pelos pais de Ren, que custara a vida dos dois e dera a Ren a horrível cicatriz no rosto. Mas Aedion não sabia; achou que estivessem mortos, e ficara chocado ao descobrir que *eles* eram o grupo de rebeldes secreto que fora procurar ao chegar a Forte da Fenda. Ouvira alegações de que Aelin estava viva, levantando um exército, então o general se arrastara do norte para chegar ao fundo da questão e destruir os mentirosos, de preferência cortando-os, pedaço por pedaço.

A convocação do rei fora uma desculpa conveniente. Ren e Murtaugh tinham imediatamente admitido que os boatos foram espalhados por um antigo membro do grupo rebelde. Jamais haviam tido qualquer contato com a rainha morta nem escutaram qualquer história assim. Contudo, ao ver Ren e Murtaugh, Aedion passou a questionar quem mais poderia ter sobrevivido. Jamais se permitira esperar que Aelin...

O general apoiou a espada no parapeito de madeira e percorreu os dedos cheios de cicatrizes pela lâmina, observando os sulcos e os arranhões, cada marca um conto sobre lendárias batalhas, sobre grandes reis havia muito mortos. A arma era a última prova de que um reino grandioso existira no norte algum dia.

A espada não era dele, na realidade. Naqueles dias iniciais de sangue e conquista, o rei de Adarlan a arrancara do corpo ainda quente de Rhoe Galathynius, levando-a para Forte da Fenda. E lá permanecera, a espada que deveria ter sido de Aelin.

Então Aedion lutou durante anos naqueles campos de batalha, lutou para provar seu valor inestimável ao rei, e tinha aceitado tudo o que fora feito contra ele, diversas vezes. Quando o general e a Devastação venceram aquela primeira batalha, o rei o proclamou o Lobo do Norte, oferecendo uma recompensa. Aedion pediu a espada.

O rei atribuiu o pedido ao romantismo de um rapaz de dezoito anos, e Aedion se gabou da própria glória até que todos acreditassem que era um desgraçado traidor e assassino, que tornava a espada uma piada ao tocá-la. Mas ganhar a arma de volta não apagou o fracasso do general.

Embora na época tivesse treze anos e estivesse a sessenta e cinco quilômetros de distância, em Orynth, quando Aelin fora morta na mansão de campo, deveria ter impedido aquilo. Tinha sido enviado para a terra de Aelin quando a mãe morreu, para que se tornasse a espada e o escudo da prima, para servir na corte que era para ela ter governado, aquela filha de reis. Então, Aedion deveria ter partido quando o castelo irrompeu com as notícias de que Orlon Galathynius tinha sido assassinado. No momento em que os outros começaram a partir, Rhoe, Evalin e Aelin já estavam mortos.

Era esse lembrete que Aedion carregava nas costas, o lembrete de a quem pertencia a espada e a quem finalmente a entregaria quando desse seu último suspiro e fosse para o Outro Mundo.

Mas agora a arma, aquele peso que o general aceitara durante anos, parecia... mais leve e mais afiada, muito mais frágil. Infinitamente preciosa. O mundo tinha deslizado debaixo de seus pés.

Ninguém falou por um momento após o capitão da Guarda ter feito sua alegação. *Aelin está viva*. Então Chaol disse que só falaria a respeito com Aedion.

Apenas para mostrar que não estavam blefando quando disseram que o torturariam, Ren deixara o prisioneiro ensanguentado, com uma precisão fria que Aedion, relutantemente, admirava, mas o capitão aceitara os golpes.

E sempre que Ren parava, Murtaugh olhando com reprovação, Chaol dizia a mesma coisa. Depois que ficou óbvio que o capitão só contaria a Aedion ou morreria, o general fez Ren parar. O herdeiro de Allsbrook fechou a cara, mas Aedion lidara com muitos jovens como ele nos campos de batalha. Jamais era preciso muito esforço para fazer com que entrassem na linha. Ele olhou para Ren com severidade por um longo momento, então o rapaz recuou.

E foi assim que terminaram ali, Chaol limpando o rosto com um retalho da própria camisa. Durante os últimos poucos minutos, Aedion escutara a história mais improvável que já ouvira. A história de Celaena Sardothien, a infame assassina, treinada por Arobynn Hamel, a história de sua queda e do ano em Endovier, e de como acabou na ridícula competição para se tornar campeã do rei. A história de Aelin, rainha de Aedion, em um campo de morte e, então, servindo à casa do inimigo.

O general apoiou as mãos no parapeito. Não podia ser verdade. Não depois de dez anos. Dez anos sem esperança, sem provas.

— Ela tem seus olhos — falou Chaol, mexendo a mandíbula. Se aquela assassina, uma *assassina*, pelos deuses, fosse realmente Aelin, então ela era a campeã do rei. Então ela e o capitão eram...

— Você a mandou para Wendlyn — disse Aedion, a voz falhando. As lágrimas viriam mais tarde. Agora, estava vazio. Como se estripado. Cada mentira, cada boato e farsa e festa que tinha arquitetado, cada batalha, real ou fingida, cada vida que tirara para que mais sobrevivessem... Como poderia explicar isso a ela? A Puta de Adarlan.

— Eu não sabia quem ela era. Só pensei que estaria mais segura lá, por causa do que é.

— Entende que só me deu um motivo maior para matar você? — Aedion trincou o maxilar. — Tem alguma ideia do tipo de risco que correu ao me contar? Eu poderia estar trabalhando para o rei, você *achou* que eu servisse ao rei, e tudo o que teve como prova foi uma breve história. Você mesmo poderia muito bem tê-la matado. — Tolo, tolo burro e inconsequente. Mas o capitão ainda tinha a vantagem ali, o nobre capitão do rei, que agora estava no limite da traição. Ele suspeitara da lealdade do capitão quando Ren contou sobre o envolvimento da campeã do rei com os rebeldes, mas... droga. Aelin. *Aelin* era a campeã do rei, *Aelin* tinha ajudado os rebeldes, estripado Archer Finn. Os joelhos ameaçavam falhar, mas Aedion engoliu o choque, a surpresa e o terror e um lampejo de alegria.

— Sei que foi um risco — disse Chaol. — Mas os homens que têm aqueles anéis... alguma coisa muda nos olhos deles, um tipo de abatimento que às vezes se manifesta fisicamente. Não vi isso em você desde que chegou aqui. E nunca vi alguém dar tantas festas, mas só participar por alguns minutos. Você não teria tanto trabalho para esconder as reuniões com os rebeldes se estivesse escravizado pelo rei, principalmente quando, durante esse tempo todo, a Devastação ainda não chegou, apesar de você assegurar que estará aqui em breve. Não faz sentido. — O capitão encarou Aedion de volta. Talvez não fosse tão tolo assim, então. — Acho que ela iria querer que você soubesse.

O capitão olhou para o rio, na direção do mar. Aquele lugar fedia. Aedion tinha cheirado e visto pior em campos de batalha, mas os cortiços de Forte da Fenda certamente eram páreo para os outros lugares. E a capital de Terrasen, Orynth, com a torre um dia reluzente agora uma ruína de pedra branca imunda, estava a caminho de cair naquele nível de pobreza e de miséria. Mas talvez, algum dia próximo...

Aelin estava *viva*. Viva, e era uma assassina tanto quanto ele, e trabalhava para o mesmo homem.

— O príncipe sabe? — Aedion jamais conseguira falar com Dorian sem se lembrar dos dias que precederam a queda de Terrasen; jamais conseguira esconder aquele ódio.

— Não. Nem mesmo sabe por que a enviei a Wendlyn. Ou que ela é... que vocês dois são... feéricos.

Aedion jamais tivera uma fração do poder que queimava nas veias de Aelin, o qual incendiara bibliotecas e causara tanta preocupação que chegaram a falar — naqueles meses antes de o mundo ir para o inferno — sobre mandar a menina a algum lugar para que pudesse aprender a controlar a magia. Aedion ouvira debates sobre enviá-la para diversas academias ou tutores em terras distantes, mas nunca para a tia deles, Maeve, esperando como uma aranha em uma teia para ver o que acontecia com a sobrinha. E ainda assim, Aelin acabara em Wendlyn, à porta da tia.

Maeve nunca soubera ou nunca se importara com os dons herdados por Aedion. Não, ele só tinha alguns traços físicos dos parentes imortais: força, destreza, audição aguçada, olfato apurado. Isso fizera dele um adversário formidável no campo de batalha — e salvara a vida de Aedion mais de uma vez. Salvara até a alma dele se Chaol estivesse certo a respeito dos anéis.

— Ela vai voltar? — perguntou Aedion, baixinho. A primeira de muitas, muitas perguntas que tinha para o capitão, agora que provara ser mais que um criado inútil do rei.

Havia dor o suficiente nos olhos de Chaol para que Aedion percebesse que ele amava Aelin. Percebesse e sentisse uma pontada de ciúmes, ao menos porque o capitão a conhecia tão bem.

— Não sei — admitiu Chaol. Se não fosse inimigo dele, Aedion teria respeitado o homem pelo sacrifício implícito. Mas Aelin precisava voltar. Ela *voltaria*. A não ser que esse retorno apenas lhe garantisse uma passagem para o pavilhão de abate.

Aedion organizaria cada pensamento descontrolado quando estivesse sozinho. Agarrou-se com mais força ao parapeito úmido, lutando contra a vontade de perguntar mais.

Mas então o capitão o olhou com ponderação, como se pudesse ver através de cada máscara que o general já tivesse usado. Por um segundo, Aedion considerou enfiar a espada no corpo do homem e atirá-lo no Avery, apesar da informação que Chaol possuía. O capitão olhou para a espada também, e Aedion se perguntou se pensava o mesmo — arrependendo-se da decisão de confiar nele. *Deveria* se arrepender, deveria se punir por ser um tolo.

Aedion perguntou:

— Por que seguia os rebeldes?

— Porque achei que pudessem ter informações valiosas. — Teria que ser realmente valiosa, então, se arriscaria se revelar um traidor para obtê-la.

O general estivera disposto a torturar o capitão — a matá-lo também. Tinha feito pior antes. Mas torturar e matar o amante de sua rainha não cairia bem se... *quando* ela voltasse. E o capitão era agora sua maior fonte de informação. Queria saber mais sobre Aelin, sobre os planos dela, sobre como era e como poderia encontrá-la. Aedion queria saber tudo. Qualquer coisa. Principalmente qual era a posição do capitão agora no tabuleiro — e o que o homem sabia sobre o rei. Então disse:

— Fale mais sobre os anéis.

Mas o capitão balançou a cabeça.

— Quero fazer um acordo com você.

20

O olho roxo ainda estava horrível, mas melhorou durante a semana seguinte conforme Celaena trabalhava na cozinha, tentava e fracassava mudar de forma com Rowan e, em geral, evitava todos. As chuvas de primavera tinham vindo para ficar, e a cozinha estava lotada toda noite, então a assassina passou a jantar nos degraus escuros, chegando logo antes de o Contador de Histórias começar.

Contador de Histórias — era o que Emrys era, um título de honra tanto entre feéricos quanto humanos em Wendlyn. Isso significava que, quando começava a contar uma história, as pessoas se sentavam e se calavam. Também significava que ele era uma biblioteca ambulante das lendas e dos mitos do reino.

Àquela altura, Celaena conhecia a maioria dos residentes da fortaleza, pelo menos ao ponto de dar nome aos rostos. Ela os observava por instinto, para entender os arredores, os potenciais inimigos e as ameaças. Sabia que a observavam também, quando achavam que não estava prestando atenção. E qualquer pingo de arrependimento que sentia por não se aproximar deles era dissipado pelo fato de que ninguém se incomodava em se aproximar dela também.

A única pessoa que fazia um esforço era Luca, que ainda a enchia de perguntas enquanto trabalhavam, ainda tagarelava interminavelmente sobre o treinamento dele, as fofocas da fortaleza, o tempo. O rapaz só falou com ela uma vez sobre outra coisa — em uma manhã na qual Celaena fizera um esforço monumental para sair da cama, e apenas a cicatriz na palma da mão a fizera colocar os pés no piso gelado. A jovem lavava a louça do café da manhã, olhando pela janela sem ver nada, com os ossos pesados demais, quando Luca colocou uma panela na pia, dizendo baixinho:

— Por muito tempo, eu não conseguia falar sobre o que aconteceu comigo antes de vir para cá. Em alguns dias, não falava nada. Não conseguia sair da cama também. Mas se... Quando precisar falar...

Celaena o calou com um olhar demorado. E Luca não dissera nada do tipo desde então.

Ainda bem que Emrys dava espaço a ela. Muito espaço, principalmente quando Malakai chegava durante o café da manhã para se certificar de que Celaena não causara nenhum problema. Costumava evitar olhar para os outros casais da fortaleza, mas ali, onde não podia dar as costas... A assassina odiava a proximidade dos dois, o modo como os olhos de Malakai brilhavam sempre que via o parceiro. Odiava tanto que a fazia engasgar.

Celaena jamais perguntou a Rowan por que ele também ia ouvir as histórias de Emrys. Até onde os dois se importavam, o outro não existia fora do horário de treinamento.

Treinamento era um modo generoso de descrever o que faziam, pois Celaena não tinha realizado *nada*. Não mudou de forma uma vez. Rowan grunhia e debochava e chiava, mas ela não conseguia. Todo dia, sempre quando o guerreiro desaparecia por alguns minutos, Celaena tentava, mas... nada. Rowan ameaçou arrastá-la de volta aos túmulos, pois aquela parecia ser a única coisa que desencadeara alguma resposta, mas desistiu — para a surpresa de Celaena — quando ela disse que cortaria a própria garganta antes de entrar naquele lugar de novo. Então os dois se xingavam, se sentavam em silêncio e emburrados nas ruínas do templo e, de vez em quando, tinham aquelas brigas não faladas. Se a assassina estava com um humor particularmente ruim, Rowan a obrigava a cortar madeira; lenha após lenha, até que mal conseguisse erguer o machado e estivesse com as mãos cheias de bolhas. Se era para ficar revoltada com a droga do mundo todo, dissera Rowan, se era para desperdiçar o tempo dele ao não se transformar, então podia muito bem ser útil de alguma forma.

Toda aquela espera — por ela. Pela mudança de forma que a fazia estremecer somente ao pensar.

Foi no oitavo dia depois de sua chegada, depois de esfregar panelas e frigideiras até que as costas latejassem, que Celaena parou no meio da subida ao cume agora familiar.

— Tenho um pedido. — Jamais falava com Rowan a não ser que precisasse, e na maioria das vezes para xingá-lo. E agora, Celaena dizia: — Quero ver *você* mudar de forma.

Um piscar, aqueles olhos verdes inexpressivos.

— Não tem o privilégio de dar ordens.

— Mostre como faz. — As lembranças de Celaena dos feéricos em Terrasen eram confusas, como se alguém tivesse passado óleo sobre elas. Não conseguia se lembrar de ver um deles mudar de forma, para onde iam as roupas, o quão rápido tinha sido... Rowan a encarou, parecendo dizer: *Apenas desta vez*, então...

Um clarão tênue, um lampejo de cor e um falcão estava batendo as asas no ar, seguindo para o galho mais próximo. Empoleirou-se, emitindo um estalo com o bico. Celaena verificou a terra coberta de musgo. Não havia sinal das roupas, das armas. Levara pouco mais que alguns segundos.

Rowan deu um grito de guerra, então se lançou em um rasante, as garras na direção dos olhos da jovem. Ela se escondeu atrás das árvores no momento em que outro clarão e um estremecimento de cor surgiram, então ele estava vestido e armado e rosnando para ela:

— *Sua vez.*

A assassina não daria a ele a satisfação de vê-la tremendo. Era... incrível. Incrível ver a mudança.

— Para onde vão suas roupas?

— Entre mundos, algum lugar. Não me importo. — Aqueles olhos mortos e sem alegria. Celaena tinha a sensação de que estava com aquela mesma aparência ultimamente. *Sabia* que tivera aquela aparência na noite em que Chaol a surpreendeu estripando Archer no túnel. O que deixara Rowan tão desalmado?

Ele exibiu os dentes, mas a assassina não abaixou o rosto. Estivera observando os guerreiros semifeéricos do gênero masculino na fortaleza, como grunhiam e mostravam os dentes por *qualquer coisa*. Não eram o povo etéreo e tranquilo que as lendas pintavam, dos quais Celaena se lembrava vagamente de Terrasen. Não andavam de mãos dadas dançando ao redor do mastro do solstício, com flores nos cabelos. Eram predadores, todos eles.

Algumas das fêmeas dominantes eram tão agressivas quanto, inclinadas a grunhir quando desafiadas ou irritadas ou até mesmo famintas. Ela imaginou que poderia se encaixar bem caso se incomodasse em tentar.

Ainda encarando Rowan, Celaena acalmou a respiração. Visualizou dedos fantasmas se estendendo para dentro, puxando para fora a forma feérica. Imaginou uma descarga de cor e de luz. A assassina se *impulsionou* contra a carne mortal. Mas... nada.

— Às vezes me pergunto se isso não é uma punição para *você* — disse ela, com os dentes trincados. — Mas o que poderia ter feito para irritar Sua Majestade Imortal?

— Não use esse tom de voz ao falar dela.

— Ah, posso usar o tom que quiser. E você pode me provocar e grunhir e me fazer cortar lenha o dia todo, mas se não arrancar minha língua, não pode...

Mais rápido que um relâmpago, a mão do guerreiro disparou, e Celaena arquejou, caindo para a frente quando ele lhe agarrou a língua entre os dedos. A assassina mordeu, *com força*, mas Rowan não soltou.

— Diga isso de novo — murmurou ele.

Celaena engasgou enquanto Rowan continuava beliscando sua língua, então ela levou a mão para as adagas do príncipe ao mesmo tempo que impulsionou o joelho entre suas pernas, mas ele atirou o próprio corpo contra o de Celaena, uma parede de músculos fortes e várias centenas de anos de treinamento letal prendendo-a contra uma árvore. A assassina era uma piada em comparação com aquilo — uma *piada* —, e a *língua* dela...

Rowan soltou a língua, e ela tentou tomar fôlego. Celaena o xingou, uma palavra imunda e horrorosa, cuspindo aos pés do príncipe. Então Rowan a mordeu.

Celaena gritou ao sentir aqueles caninos perfurarem o local entre o pescoço e o ombro, um ato primitivo de agressão — a mordida foi tão forte e territorial que Celaena ficou espantada demais para se mover. Rowan a mantinha presa contra a árvore e mordia com mais força, os caninos se enterrando fundo, o sangue dela escorrendo pela camisa. Presa, como uma fraca. Mas era aquilo que havia se tornado, não era? Inútil, patética.

A jovem grunhiu, parecendo um ser mais animal que racional. E *empurrou*.

Rowan cambaleou um passo para trás, rasgando a pele de Celaena com os dentes ao ser golpeado no peito. Ela não sentiu a dor, não se importava com o sangue ou com o clarão de luz.

Não, queria arrancar a garganta dele — arrancá-la com os caninos longos que exibiu depois que terminou de se transformar e rugiu.

21

Rowan sorriu.

— Aí está. — Sangue, o sangue dela, estava nos dentes, na boca e no queixo do guerreiro. E aqueles olhos mortos brilhavam ao cuspir o sangue na terra. Ela devia ter gosto de esgoto para ele.

Um grito estridente ecoava nos ouvidos de Celaena conforme atacou Rowan. Atacou, então parou ao observar o mundo com clareza surpreendente, cheirou, provou e inspirou como o mais refinado dos vinhos. Pelos deuses, aquele lugar, aquele reino, tinha um cheiro *divino*, tinha cheiro de...

Celaena tinha se transformado.

Arquejava, embora os pulmões lhe dissessem que não estava mais sem fôlego e não precisava de tanto ar naquele corpo. Havia uma comichão no pescoço — a pele começou a se curar devagar. Ela se curava mais rápido naquela forma. Por causa da magia... *Respire. Respire.*

Mas ali estava, subindo, o fogo selvagem estalando nas veias, na ponta dos dedos, a floresta ao redor com tanto combustível, e então...

Celaena o empurrou de volta. Absorveu o medo e o usou como um aríete dentro de si mesma, contra o poder, afastando-o para dentro, para dentro.

Rowan se aproximou.

— Deixe sair. Não lute contra ele.

Havia uma pulsação contra ela, beliscando-a, com cheiro de neve e pinho. O poder de Rowan provocava o dela. Não como seu fogo, mas na forma de gelo e vento. Uma corrente gélida em direção ao cotovelo de Celaena a fez cair contra a árvore de novo. A magia mordiscava sua bochecha agora. Magia... atacando-a.

O fogo selvagem explodiu em uma parede de chamas azuis, disparando para Rowan, envolvendo as árvores, o mundo, Celaena, até que...

Sumiu, foi sugado para o nada, junto ao ar que ela respirava.

A jovem caiu de joelhos. Enquanto segurava o pescoço como se pudesse abrir com as garras uma passagem de ar, as botas de Rowan apareceram no campo de visão. Ele sugara o ar, sufocara o fogo dela. Tanto poder, tanto controle. Maeve não tinha dado a Celaena um instrutor com habilidades semelhantes; em vez disso, enviara alguém com o poder capaz de apagar o fogo, alguém que não se importaria em fazer aquilo, caso ela se tornasse uma ameaça.

O ar desceu pela garganta em uma lufada. Celaena o absorveu em goladas generosas, mal registrando a dor ao mudar de volta para a forma mortal, o mundo ficando silencioso e entediante de novo.

— Seu amante sabe o que é? — Uma pergunta fria.

Celaena ergueu o rosto, sem se importar como Rowan havia descoberto.

— Ele sabe de tudo. — Não era totalmente verdade.

Os olhos do guerreiro brilharam — com qual emoção, Celaena não sabia dizer.

— Não vou mordê-la de novo — disse ele, fazendo-a questionar que gosto tinha sentido no sangue dela.

Ela grunhiu, mas o som foi abafado. Sem as presas.

— Mesmo que seja o único modo de me fazer mudar de forma?

Rowan caminhou colina acima, até o cume.

— Não se deve morder a mulher de outro homem.

Celaena ouviu, mais do que sentiu, algo morrer na voz dela ao dizer:

— Não estamos... juntos. Não mais. Eu o deixei antes de vir para cá.

O guerreiro olhou por cima do ombro.

— Por quê? — Inexpressivo, entediado. Mas ainda assim, um pouco curioso.

O que importava se ele soubesse? Celaena fechou a mão em punho no colo, os nós dos dedos esbranquiçados. Sempre que olhava para o anel, sempre que o esfregava, o via reluzir, aquilo a perfurava.

Devia tirar aquela porcaria. Mas sabia que não tiraria, mesmo se apenas porque aquela angústia quase constante parecesse merecida.

— Porque ele está mais seguro se sentir tanta repulsa por mim quanto você.

— Pelo menos já aprendeu uma lição. — Quando Celaena inclinou a cabeça, Rowan falou: — As pessoas que ama são apenas armas que serão usadas contra você.

Celaena não queria se lembrar de como Nehemia tinha sido usada, tinha *se* usado, contra ela, para obrigá-la a agir. Queria fingir que não começava a esquecer a aparência da amiga.

— Mude de novo — ordenou Rowan, apontando o queixo para ela. — Desta vez, tente fazer...

Celaena estava esquecendo a aparência de Nehemia. A cor dos olhos, a curva dos lábios, o cheiro da princesa. Sua risada. O rugido na cabeça da assassina ficou quieto, silenciado por aquele vazio familiar.

Não deixe essa luz se apagar.

No entanto, Celaena não sabia como impedir. A única pessoa para quem poderia ter contado, que poderia ter entendido... estava enterrada em um túmulo sem adornos, tão longe do solo aquecido pelo sol que tanto amara.

Rowan a pegou pelos ombros.

— *Está ouvindo?*

A jovem olhou entediada, embora os dedos de Rowan se enterrassem na pele dela.

— Por que não me morde de novo?

— Por que não dou a você a chicotada que merece?

Ele pareceu tão determinado a fazer aquilo que Celaena piscou.

— Se *algum dia* me açoitar, vou esfolar você vivo.

Rowan a soltou e saiu andando pela clareira, um predador avaliando a presa.

— Se não mudar de forma de novo, fará turnos dobrados na cozinha durante a próxima semana.

— Tudo bem. — Pelo menos aquele trabalho tinha resultados mensuráveis. Pelo menos na cozinha sabia a diferença entre as coisas e o que estava fazendo. Mas aquilo... aquela promessa que fizera, o acordo que fechara com Maeve... Tinha sido uma tola.

Rowan parou de andar.

— Você é inútil.

— Diga algo que não sei.

Ele continuou:

— Provavelmente teria sido mais útil para o mundo se tivesse morrido de verdade há dez anos.

Celaena apenas o encarou, dizendo:

— Vou embora.

Rowan não a impediu de voltar para a fortaleza e fazer as malas. Só precisou de um minuto, pois sequer havia esvaziado a sacola e não tinha mais armas. Celaena imaginou que poderia ter virado a fortaleza de ponta-cabeça até descobrir onde Rowan escondera suas armas, ou roubado as dos semifeéricos, mas as duas coisas levariam tempo e chamariam mais atenção do que desejava. Não queria falar com ninguém quando fosse embora.

Celaena encontraria outra forma de aprender sobre as chaves de Wyrd e destruir o rei de Adarlan e libertar Eyllwe. Se continuasse daquela forma, não lhe restaria mais nada no corpo com que lutar.

Tinha memorizado as trilhas que eles haviam tomado no caminho, mas, ao entrar nas encostas cobertas de árvores, se fiou mais na posição do sol coberto pelas nuvens para navegar. Faria a viagem de volta, encontraria comida pelo caminho e pensaria em alguma outra coisa. Aquela tinha sido uma tarefa tola desde o início. Pelo menos não tinha se atrasado tanto — porém agora talvez precisasse se apressar para descobrir as respostas de que precisava e...

— É isso que você faz? Foge quando as coisas ficam difíceis? — Rowan estava de pé entre duas árvores, diretamente na frente de Celaena, tendo sem dúvida voado até ali.

Ela passou direto, as pernas queimando devido à caminhada montanha abaixo.

— Está livre da obrigação de me treinar, então não tenho mais nada a dizer a você, assim como você não tem mais nada a dizer a mim. Faça um favor a nós dois e vá para o inferno.

Um grunhido.

— Já precisou lutar por qualquer coisa na vida?

Celaena soltou uma risada baixa e amarga, então caminhou mais rápido, seguindo para o oeste, importando-se mais em se afastar dele do que com a direção. Mas Rowan acompanhou com facilidade, as pernas longas e muito musculosas devorando o chão coberto de musgo.

— Está provando que estou certo a cada passo que dá.

— Não me importo.

— Não sei o que quer de Maeve... que respostas está procurando, mas você...

— Não sabe o que quero dela? — Foi mais um grito que uma pergunta. — Que tal salvar o mundo do rei de Adarlan?

— Por que se incomodar? Talvez não valha a pena salvar o mundo. — Celaena sabia que Rowan falava a sério. Aqueles olhos sem vida diziam muito.

— Porque fiz uma *promessa*. Uma promessa a minha amiga que libertaria seu reino. — Ela empurrou a palma da mão cheia de cicatrizes contra o rosto do guerreiro. — Fiz uma promessa inquebrável. E você e Maeve... todos vocês, desgraçados, estão atrapalhando. — Ela continuou colina abaixo. Rowan a seguiu.

— E quanto a seu povo? E quanto a seu reino?

— Estão melhores sem mim, como você disse.

A tatuagem se moveu conforme ele grunhiu.

— Então salvaria outra terra, mas não a sua. Por que sua amiga não pode salvar o próprio reino?

— Porque ela está *morta*! — Celaena gritou a última palavra tão alto que queimou na garganta dela. — Porque está morta e eu fiquei com minha vida *inútil*!

Rowan apenas a encarou, imóvel como um animal. Quando ela saiu andando, o guerreiro não a seguiu.

~

Celaena perdeu a noção de quanto tinha caminhado e em que direção viajara. Não se importava muito. Não dissera as palavras — *ela está morta* — desde o dia seguinte a Nehemia ser tirada dela. Mas Nehemia *estava* morta. E Celaena sentia falta da princesa.

A noite desceu mais cedo devido à cobertura de nuvens, a temperatura desabou conforme trovões ecoavam ao longe. A assassina fez armas enquanto seguia, encontrando uma pedra afiada para entalhar galhos em lanças rudimentares: usou a mais longa como cajado e, embora fossem pouco mais que estacas, Celaena disse a si mesma que as duas mais curtas eram adagas. Melhor que nada.

Cada passo era mais pesado que o anterior, e ela teve senso de autopreservação o suficiente para começar a procurar um lugar onde passar a noite. Estava quase escuro quando encontrou um local decente: uma caverna pequena na lateral de uma rocha de granito.

Agilmente reuniu lenha o suficiente para fazer uma fogueira. A ironia desse ato não passou despercebida. Se tivesse algum controle sobre a própria magia... Celaena abafou o pensamento antes de completá-lo. Não fazia uma fogueira havia anos, então precisou de algumas tentativas, mas deu certo. Exatamente no momento em que um trovão estalou acima da pequena caverna e os céus se abriram.

Celaena estava com fome e, ainda bem, encontrara algumas maçãs no fundo da sacola, junto ao teggya velho de Varese, que ainda estava comestível, mas difícil de mastigar. Depois de comer o máximo que aguentou, fechou o manto sobre si e se aninhou na lateral da caverna.

Não deixou de reparar nos pequenos olhos brilhantes que se reuniam, olhando pelos arbustos ou por cima de pedras ou de trás de árvores. Nenhum deles a havia incomodado desde aquela primeira noite e não se aproximaram. Os instintos de Celaena, aguçados como estavam naquelas últimas semanas, não levantaram qualquer alarme também. Então ela não afastou as criaturas nem se importou muito com elas.

Com a fogueira e a chuva estrondosa, estava quase aconchegante — não como o quarto gélido. Embora estivesse exausta, sentiu a mente um pouco mais clara. Quase como se fosse ela mesma novamente, com as armas improvisadas. Celaena fizera uma escolha inteligente ao partir. *Faça o que precisa ser feito*, dissera Elena. Bem, precisava partir antes que Rowan a despedaçasse tanto que jamais teria a chance de se remendar outra vez.

No dia seguinte, a jovem começaria de novo. Vira o que parecera uma estrada abandonada, aos pedaços, que poderia seguir montanha abaixo. Contanto que continuasse na direção das planícies, poderia encontrar o caminho de volta à costa. E pensaria em um novo plano conforme seguisse.

Fora bom ter partido.

A exaustão a tomou tão completamente que ela caiu no sono momentos depois de se deitar ao lado do fogo, uma das mãos segurando a lança. Celaena provavelmente teria cochilado até o amanhecer caso um silêncio súbito não a tivesse acordado.

22

A fogueira de Celaena ainda crepitava, a chuva ainda caía além da abertura da caverna. Mas a floresta ficara silenciosa. Aqueles pequenos olhos tinham sumido.

A assassina se esticou, levantando-se, com a lança em uma das mãos, a estaca na outra, e saiu pé ante pé até a entrada estreita da caverna. Com a chuva e a fogueira, não conseguia discernir nada. Mas cada pelo do corpo estava arrepiado, e um fedor crescente fluía da floresta adiante. Como couro e carniça. Diferente do que sentira nos túmulos. Mais antigo e mais terreno e... mais faminto.

De repente, a fogueira pareceu a coisa mais estúpida que já fizera.

Nada de fogueiras. Tinha sido a única regra de Rowan ao caminharem até a fortaleza. E mantiveram-se fora das estradas, desviando completamente das trilhas abandonadas e já cobertas de mato. Aquelas iguais ao trajeto que Celaena vira por perto.

O silêncio ficou mais intenso.

A jovem entrou na floresta encharcada, topando com os dedos dos pés em rochas e raízes enquanto os olhos se ajustavam à escuridão. Mas ela continuava seguindo em frente — virando para baixo e para longe da antiga trilha.

Celaena foi bem longe, até a caverna se tornar pouco mais que um brilho na colina acima, um lampejo de luz iluminando as árvores. Um farol amaldiçoado. Ela inclinou a estaca e a lança para posições melhores, prestes a continuar, quando um relâmpago acendeu.

Três silhuetas altas e esguias espreitavam diante da caverna.

Embora ficassem de pé como humanos, a assassina sabia, bem no fundo, por alguma memória mortal coletiva, que não o eram. Também não eram feéricos.

Com um silêncio experiente, Celaena deu outro passo, então outro. Ainda vasculhavam a entrada da caverna, mais altos que homens, nem machos, nem fêmeas.

Skinwalkers estão à espreita, avisara Rowan, naquele primeiro dia de treinamento, *em busca de pele humana para levar de volta às suas cavernas*. Celaena estava zonza demais para perguntar ou se importar. Mas agora... agora aquela inconsequência, aquele abatimento a matariam. Esfolada.

Wendlyn. Terra de pesadelos que se tornam realidade, na qual lendas perambulavam pela região. Apesar de anos de treinamento para se tornar furtiva, cada passo parecia um estalo, a respiração parecia alta demais.

Um trovão ressoou, e ela usou o acobertamento do som para saltar alguns passos. Celaena parou atrás de outra árvore, respirando o mais silenciosamente possível, então olhou pelo outro lado para avaliar a encosta da colina atrás de si. Mais um relâmpago.

As três formas tinham sumido. Contudo, o cheiro encouraçado e rançoso estava por todo lado agora. *Peles humanas*.

Ela olhou para a árvore atrás da qual tinha se abaixado. O tronco estava escorregadio demais com musgo e chuva para escalar, os galhos eram muito altos. As outras árvores não eram melhores. E que bem faria estar presa em uma árvore durante uma tempestade de raios?

Celaena lançou-se para a próxima árvore, com o cuidado de evitar qualquer galho ou folha, xingando em silêncio a lentidão dos passos e... *Dane-se essa merda toda*. Disparou em uma corrida, a terra cheia de musgo era traiçoeira sob os pés. A assassina conseguia discernir a vegetação, algumas pedras maiores, mas a encosta era íngreme. Manteve os pés no chão, mesmo quando arbustos estalaram atrás, seguindo mais e mais rápido.

Celaena não ousou perder de foco as árvores e as rochas conforme disparou pela encosta, desesperada por qualquer terreno plano. Talvez o território de caça deles terminasse em algum lugar — talvez conseguisse ser mais rápida que eles até o alvorecer. Ela desviou para o leste, ainda descendo a encosta, e se segurou a um tronco a fim de se impulsionar para o outro lado, quase perdendo o equilíbrio ao se chocar contra alguma coisa dura e imóvel.

Celaena golpeou com a estaca — apenas para ser agarrada por duas mãos enormes.

Os pulsos gritaram de dor quando os dedos apertaram com tanta força que a assassina não conseguiu enfiar qualquer das armas no captor. Ela se debateu, erguendo o pé para acertá-lo, então viu um lampejo de presas diante... Não eram presas. Eram dentes.

E não havia o brilho de peles humanas. Apenas cabelos prateados, reluzindo com a chuva.

Rowan a puxou contra si, espremendo-se no que parecia ser uma árvore de tronco oco.

Ela manteve a respiração ofegante baixa, mas não ficou mais fácil respirar quando Rowan a segurou pelos ombros e levou a boca à orelha de Celaena. Os passos estalados tinham parado.

— Você vai ouvir cada palavra que eu disser. — A voz do guerreiro era mais baixa que a chuva lá fora. — Ou vai morrer esta noite. Entendeu? — Celaena assentiu. Ele a soltou, apenas para sacar a espada e um machado de aparência maligna. — Sua sobrevivência depende unicamente de você. — O cheiro ficava mais forte de novo. — Precisa mudar de forma *agora*. Ou sua lentidão mortal vai matá-la.

A assassina enrijeceu o corpo, mas buscou dentro de si, tateando atrás de algum fio de poder. Não havia nada. Precisava haver algum gatilho, algum *lugar* dentro dela onde pudesse ordenar a coisa... Um ruído baixo e agudo de pedra contra metal soou pela chuva. Então outro. E outro. Estavam afiando as lâminas.

— Sua magia...

— Eles não respiram, então não têm vias aéreas para serem obstruídas. O gelo os deixaria mais lentos, mas não os impediria. Meu vento já está soprando nosso cheiro para longe, mas não por muito tempo. *Mude*, Aelin.

Aelin. Não era um teste, não era um truque elaborado. Os *skinwalkers* não precisavam de ar.

A tatuagem de Rowan brilhou quando um raio iluminou o esconderijo.

— Vamos precisar correr em um segundo. A forma que você tomar vai determinar nosso destino. Então *respire* e *mude*.

Embora todos os instintos dissessem o contrário, Celaena fechou os olhos. Respirou fundo. Depois de novo. Os pulmões se abriram, cheios de ar frio e tranquilizante, e ela se perguntou se o guerreiro estava ajudando com aquilo também.

Ele estava ajudando. E estava disposto a ir ao encontro de um destino terrível para mantê-la viva. Rowan não a deixara sozinha. A jovem não estivera sozinha.

Um xingamento abafado, então o guerreiro chocou o corpo contra o de Celaena, como se pudesse, de alguma forma, protegê-la. Não, não protegê-la. Escondê-la, o clarão de luz.

Celaena mal sentiu a dor — apenas porque, assim que os sentidos feéricos entraram em ação, precisou levar a mão à boca para evitar vomitar. Pelos deuses, aquele *cheiro* pútrido, pior que qualquer cadáver com o qual já tivesse lidado.

Com as orelhas pontiagudas delicadas, ela conseguia ouvi-los agora, cada passo que davam conforme os três abriam caminho metodicamente colina abaixo. Falavam em vozes baixas e estranhas; ao mesmo tempo de macho e de fêmea, todas vorazes.

— Há dois deles agora — chiou uma das criaturas. Celaena não queria saber qual poder a coisa possuía que a permitia falar mesmo sem vias aéreas. — Um macho feérico se juntou à fêmea. Quero ele... tem cheiro de ventos de tempestade e aço. — A assassina quase vomitou quando o odor desceu pela garganta. — Levaremos a fêmea conosco... o alvorecer está próximo demais. Assim, poderemos arrancar a pele dela devagar.

Rowan se afastou lentamente e falou, baixinho, sem precisar estar perto para ela ouvir enquanto ele avaliava a floresta adiante:

— Há um rio ligeiro a quase quinhentos metros a leste, na base de um amplo penhasco. — O príncipe não olhou para Celaena ao entregar duas longas adagas, e ela não assentiu em agradecimento ao descartar silenciosamente as armas improvisadas, segurando os cabos de marfim. — Quando eu disser *corra*, corra como nunca. Pise onde eu pisar, e não se vire por motivo algum. Se nos separarmos, corra em linha reta, vai ouvir o rio. — Ordem depois de ordem, um comandante no campo de batalha, determinado e letal. Rowan olhou pelo canto da árvore. O cheiro era quase sobrepujante agora, emanando de todos os cantos. — Se a pegarem, não pode matá-los, não com uma arma mortal. A melhor opção é lutar até que consiga se libertar e correr. Entendeu?

Celaena assentiu de novo. Respirar parecia difícil novamente, e a chuva agora estava torrencial.

— Ao meu sinal — falou Rowan, sentindo cheiros e ouvindo coisas imperceptíveis até para os sentidos aguçados dela. — Preparar... — Celaena se agachou quando o guerreiro fez o mesmo.

— Venham, venham — chiou um deles, tão próximo que poderia estar dentro da árvore.

Um farfalhar súbito soou no arbusto a oeste, quase como se duas pessoas estivessem correndo. Imediatamente, o fedor dos *skinwalkers* diminuiu quando dispararam atrás dos galhos estalando e das folhas que o vento de Rowan levou na direção oposta.

— Agora — sussurrou o feérico, saindo com rapidez da árvore.

Celaena correu — ou tentou. Mesmo com a visão aguçada, os arbustos, as pedras e as árvores se revelaram obstáculos. Rowan ia na direção do rugido crescente do rio, cujo volume havia aumentado devido às chuvas de primavera, o ritmo dele era mais lento do que Celaena esperava, mas... mas ele estava indo devagar por causa dela. Porque aquele corpo feérico era diferente, e a assassina estava se ajustando de forma errada, e...

Celaena escorregou, mas a mão de alguém a segurou pelo cotovelo, mantendo-a de pé.

— Mais rápido — foi tudo o que Rowan disse e disparou de novo assim que ela se equilibrou, correndo pelas árvores como um felino selvagem.

Só foi preciso um minuto para que a força daquele cheiro a alcançasse e o estalar da vegetação se aproximasse. Mas Celaena não tiraria os olhos de Rowan e da claridade adiante: o fim do limite das árvores. Não faltava muito até que pudessem saltar, e...

Um quarto *skinwalker* pulou de onde, de alguma forma, estivera espreitando, imperceptível, na folhagem. Lançou-se para Rowan em um lampejo de braços e pernas encouraçados, cobertos de inúmeras cicatrizes. Não, não eram cicatrizes... eram *costuras*. As costuras que uniam suas diversas peles.

Celaena gritou quando o *skinwalker* atacou, mas Rowan não hesitou um passo ao se abaixar e girar com velocidade sobre-humana, golpeando-o com a espada e cruelmente partindo-o com o machado.

O braço do *skinwalker* foi cortado no mesmo momento em que a cabeça rolou de cima do pescoço.

Celaena poderia ter se admirado com a forma como ele se moveu, o modo como matou, mas o guerreiro não parou de correr, então ela partiu atrás dele, olhando uma vez para o corpo deixado em pedaços.

Pedaços flácidos de couro sobre as folhas molhadas, como roupas jogadas. Mas ainda se contorcendo e farfalhando — como se esperasse que alguém o costurasse de novo.

Celaena correu mais rápido, Rowan ainda saltando adiante.

Os *skinwalkers* se aproximaram por trás, gritando de raiva. Então ficaram em silêncio, até...

— Acham que o rio pode salvá-los? — disse um deles, sibilando, soltando uma gargalhada que percorreu os ossos da assassina. — Acham que, se ficarmos molhados, vamos perder nossa forma? Já vesti a pele de peixes quando mortais eram escassos, fêmea.

Então ela teve uma visão do caos à espera naquele rio — a tontura de debater-se e quase se afogar — e algo a puxando mais e mais para baixo, até o fundo silencioso.

— *Rowan* — sussurrou Celaena, mas ele já havia desaparecido, o corpo imenso disparando para a borda do penhasco em um salto poderoso.

Não havia como parar a perseguição. Os *skinwalkers* saltariam com eles. E não haveria nada a fazer para matá-los, nenhuma arma mortal que pudessem usar.

Um poço se rasgou dentro de Celaena, amplo e irrefreável e terrível. Rowan alegara que nenhuma arma mortal poderia matá-los. Mas e quanto às imortais?

Ela cruzou o limite das árvores, correndo para a beira do abismo que se projetava, granito puro abaixo dela conforme concentrava a força nas pernas, nos pulmões, nos braços e *saltava.*

Ao mergulhar, virou-se para o penhasco, para encarar as criaturas. Não passavam de três corpos esguios pulando para a noite chuvosa, gritando com prazer primitivo, triunfante e ansioso.

— *Mude de forma!* — Foi o único aviso que Celaena deu a Rowan. Um clarão de luz sinalizou que ele obedecera.

Então ela puxou tudo de dentro daquele poço interno, puxou com as duas mãos e com todo o coração revoltado e perdido.

Ao cair, os cabelos açoitando o rosto, Celaena projetou as mãos na direção dos *skinwalkers*.

— Surpresa — sussurrou ela. O mundo irrompeu em fogo azul.

~

Celaena estremeceu na margem do rio, de frio e exaustão e terror. Terror dos *skinwalkers* — e terror pelo que tinha feito.

As roupas de Rowan estavam secas, graças à mudança de forma, e ele estava a poucos metros de distância, monitorando os penhascos incandescentes rio acima. A assassina havia incinerado os *skinwalkers*. Eles nem tiveram tempo de gritar.

Ela curvou-se sobre os joelhos, os braços envoltos no corpo. A floresta queimava de cada um dos lados do rio — um raio que Celaena sequer tivera coragem de medir. Aquilo era uma arma, o poder dela. Um tipo de arma diferente de lâminas ou flechas ou das próprias mãos. Uma maldição.

Precisou de várias tentativas, mas, por fim, indagou:

— Você consegue apagar?

— Você poderia se tentasse. — Quando Celaena não respondeu, Rowan falou: — Estou quase terminando. — Em um segundo, as chamas mais próximas dos penhascos se apagaram. Quanto tempo ele trabalhara para sufocá-las? — Não precisamos que outra coisa seja atraída por seus incêndios.

A jovem nem se deu ao trabalho de responder à provocação, pois estava cansada e com frio demais para isso. A chuva preenchia o mundo, e, por um tempo, o silêncio reinou.

— Por que minha mudança de forma é tão vital? — perguntou ela, enfim.

— Porque isso deixa você apavorada — respondeu Rowan. — Dominá-la é o primeiro passo para aprender a controlar seu poder. Sem esse controle, com uma explosão como aquela, poderia facilmente ter se queimado.

— Como assim?

Outro olhar furioso.

— Quando acessa seu poder, como se sente?

Celaena pensou a respeito da pergunta.

— Como um poço — respondeu ela. — A magia parece um poço.

— Já sentiu o fundo dele?

— Existe um fundo? — A assassina rezava para que houvesse.

— Toda magia tem um fundo, um ponto em que se parte. Para aqueles com dons mais fracos, é facilmente esvaziado e facilmente reabastecido. Conseguem acessar a maior parte do poder de uma só vez. No entanto, para aqueles com dons mais fortes, pode levar horas para chegar ao fundo, para conjurar os poderes com força total.

— Quanto tempo você leva?

— Um dia inteiro. — A resposta a surpreendeu. — Antes da batalha, nós nos demoramos para que estejamos com força total ao entrarmos no campo. É possível fazer outras coisas ao mesmo tempo, mas alguma parte está lá embaixo, puxando mais e mais, até que chegue ao fundo.

— E ao puxar tudo para fora, ela apenas... solta-se em alguma onda gigante?

— Se eu quiser. Posso libertar a magia em rompantes menores, continuando por mais tempo. Mas pode ser difícil segurar. As pessoas às vezes não conseguem discernir os aliados dos inimigos ao lidar com tanta magia.

Quando Celaena usou o poder do outro lado do portal, meses antes, sentira aquela falta de controle, percebera que era tão provável que ferisse Chaol quanto o demônio que ele enfrentava.

— Quanto tempo leva para se recuperar?

— Dias. Uma semana, dependendo de como usei o poder e se o drenei até a última gota. Alguns cometem o erro de tentar usar mais antes de estar renovado ou de segurar o poder por tempo demais, assim queimam a mente ou a si mesmos. Sua tremedeira não é somente por causa do rio, sabe. É o modo de o corpo dizer para não fazer aquilo de novo.

— Por causa do ferro em nosso sangue que luta contra a magia?

— É assim que nossos inimigos às vezes tentam nos enfrentar se não têm magia; usam ferro em tudo. — Rowan devia ter visto as sobrancelhas dela se erguerem, porque acrescentou: — Fui capturado uma vez. Enquanto estava em uma campanha no leste, em um reino que não existe mais. Eles me acorrentaram da cabeça aos pés para evitar que eu sugasse o ar de seus pulmões.

Celaena soltou um assobio baixo.

— Foi torturado?

— Duas semanas nas mesas deles antes de meus homens me resgatarem. — Rowan abriu o punho da armadura e puxou para trás a manga da camisa no braço direito, revelando uma cicatriz espessa e horrorosa, que se curvava pelo antebraço e pelo cotovelo. — Me cortaram pedaço por pedaço, então tiraram os ossos aqui e...

— Posso ver muito bem o que aconteceu e sei exatamente como é feito — falou Celaena, com o estômago apertado. Não devido ao ferimento, mas... Sam. Sam tinha sido amarrado em uma mesa, cortado e quebrado por um dos assassinos mais sádicos que ela já conhecera.

— Foi com você — falou Rowan, baixinho, mas não delicadamente — ou com outra pessoa?

— Era tarde demais. Ele não sobreviveu. — De novo, o silêncio caiu, e a assassina se amaldiçoou por ter contado a ele. Mas então falou, com a voz rouca: — Obrigada por me salvar.

Um dar de ombros leve, quase imperceptível. Como se a gratidão fosse mais difícil de suportar que o ódio e a reserva dela.

— Estou comprometido com um juramento inquebrável com minha rainha, então não tive escolha a não ser me certificar de que você não morresse. — Um pouco daquele peso inicial tomou as veias de Celaena de novo. — Mas — continuou Rowan — eu jamais deixaria o destino de alguém nas mãos dos *skinwalkers*.

— Um aviso teria sido bom.

— Eu disse que estavam à solta... há semanas. Mas, mesmo se tivesse avisado hoje, você não teria ouvido.

Era verdade. Celaena estremeceu de novo, dessa vez tão violentamente que o corpo se transformou de volta, um clarão de luz e de dor. Se achou que estava com frio no corpo feérico, não era nada comparado ao frio de voltar a ser humana.

— Qual foi o gatilho quando mudou mais cedo? — perguntou Rowan, como se aquele momento fosse uma suspensão do mundo real, no qual a tempestade gélida e o rio barulhento pudessem abafar suas palavras dos deuses. Celaena esfregou os braços, desesperada por qualquer calor.

— Não foi nada. — O silêncio de Rowan exigia o compartilhamento de informações, uma troca justa. Celaena suspirou. — Digamos que foi medo e necessidade e instintos de sobrevivência espantosamente arraigados.

— Não perdeu o controle assim que mudou de forma. Quando finalmente usou sua magia, as roupas não queimaram; nem os cabelos. E as adagas não derreteram. — Como se apenas naquele momento se lembrasse de que Celaena ainda as tinha, ele pegou de volta as armas.

Rowan estava certo. A magia não tinha tomado conta assim que mudou de forma, e, mesmo durante a explosão que se espalhava em todas as direções, ela possuíra controle o suficiente para se preservar. Nem um fio de cabelo havia queimado.

— Por que foi diferente desta vez? — insistiu ele.

— Porque eu não queria que você morresse tentando me salvar — admitiu Celaena.

— Teria se transformado para se salvar?

— A opinião que você tem de mim é praticamente idêntica à que eu tenho, então sabe a resposta.

Ele ficou em silêncio por tanto tempo que Celaena se perguntou se Rowan estava juntando as peças para compreendê-la.

— Você não vai embora — falou o guerreiro, por fim, com os braços cruzados. — Não vou livrá-la dos turnos duplos na cozinha, mas não vai partir.

— Por quê?

Rowan abriu o manto.

— Porque eu mandei, por isso. — E Celaena poderia ter dito a ele que era a pior razão que já ouvira e que o guerreiro era um porco arrogante, caso não tivesse entregado a ela o próprio manto, seco e quente. Em seguida ele colocou o casaco no colo dela também.

Quando Rowan se virou para voltar à fortaleza, ela o seguiu.

23

Durante a semana que passara, quase nada mudara para Manon e o clã Bico Negro. Ainda voavam diariamente até dominar as serpentes aladas e ainda conseguiam evitar a guerra no salão de refeições, duas vezes por dia. A herdeira das Pernas Amarelas tentava provocar Manon sempre que podia, mas a bruxa não dava mais atenção a ela do que teria dado a um mosquito zunindo na cabeça.

Tudo isso mudou no dia da seleção, quando as herdeiras e as alianças escolheram as montarias.

Com três alianças, mais as três matriarcas, havia quarenta e duas bruxas reunidas no poço de treinamento no Canino do Norte. Os tratadores corriam sob a plataforma, preparando-se. As serpentes aladas seriam levadas uma a uma e usariam as bestas que serviam de isca para exibir suas qualidades. Como as outras bruxas, Manon espreitava perto das cavernas todo dia, pois ainda queria Titus.

Queria era uma palavra para os mortais. Titus era *dela*. E, se fosse preciso, estriparia qualquer bruxa que a desafiasse. Afiara as unhas naquela manhã, ansiosa. Todas as Treze tinham feito o mesmo.

As reivindicações seriam resolvidas de modo civilizado, no entanto. As três Matriarcas decidiriam nos palitinhos se mais de uma bruxa reivindicasse a mesma montaria. Quando se tratava de Titus, Manon sabia exatamente quem o reclamaria: Iskra e Petrah, as herdeiras das Pernas Amarelas e das Sangue Azul. Ela flagrara as duas observando-o com olhos famintos. Se fosse do jeito de Manon, teriam lutado pela criatura no ringue. Até sugerira isso à avó, que respondeu que não precisavam brigar entre si mais que o necessário. A sorte decidiria.

Isso não foi bem aceito pela líder, que estava de pé na beirada aberta da plataforma, Asterin ao lado. A ansiedade só aumentou quando a grade pesada foi erguida no fundo do poço. A isca já estava acorrentada à parede manchada de sangue, uma serpente alada ferida e cheia de cicatrizes, metade do tamanho dos reprodutores, com as asas fechadas. Da plataforma, Manon conseguia ver que os espinhos venenosos na cauda do animal tinham sido serrados, para evitar que se defendesse das valiosas montarias.

A isca abaixou a cabeça quando o portão foi aberto com um rugido, e a primeira serpente alada foi levada para dentro com correntes esticadas, seguradas por homens de rosto pálido. Eles dispararam para trás assim que a besta atravessou o portão, desviando daquela cauda mortal, e a grade se fechou.

Manon expirou. Não era Titus, mas um dos reprodutores de tamanho médio.

Três sentinelas se aproximaram para reclamar a criatura, mas a Matriarca das Sangue Azul, Cresseida, estendeu a mão.

— Vamos vê-lo em ação primeiro.

Um dos homens assobiou alto. A criatura se voltou para a isca.

Dentes e escamas e garras, tão rápida e cruel que até Manon prendeu o fôlego. Acorrentada, a isca não tinha chance e foi presa em um segundo, uma enorme mandíbula segurou seu pescoço. Com um comando, um assobio, a serpente alada podia parti-lo.

Mas o homem soltou um assobio em tom mais grave, e o reprodutor recuou. Outro assobio fez a criatura se sentar. Mais duas sentinelas se adiantaram. Cinco concorriam. Cresseida estendeu um punhado de gravetos para as concorrentes.

A criatura foi para a sentinela Sangue Azul, que sorriu para as outras, então para a serpente alada, que era levada de volta para o túnel. A isca, sangrando na lateral do corpo, se escondeu nas sombras da muralha, esperando o próximo ataque.

Uma após a outra, as serpentes aladas foram levadas para fora, atacando com força e destreza malignas. E uma a uma, as sentinelas as reivindicaram.

Nada de Titus, por enquanto. Manon tinha a sensação de que as Matriarcas estavam fazendo aquilo como algum tipo de teste, para ver como as herdeiras se controlavam enquanto esperavam pelas melhores montarias, para ver quem aguentava mais tempo. A jovem bruxa manteve um olho nas criaturas e outro nas herdeiras, que a observavam também conforme cada montaria era exibida.

No entanto, a primeira fêmea realmente enorme fez com que Petrah, a herdeira das Sangue Azul, desse um passo à frente. A criatura era quase do tamanho de Titus e acabou tirando um pedaço do flanco da isca, antes que os treinadores pudessem impedi-la. Selvagem, imprevisível, letal. Magnífica.

Ninguém desafiou a herdeira Sangue Azul. A mãe de Petrah apenas assentiu para ela, como se já soubesse que montaria a filha desejava.

Asterin pegou a serpente alada furtiva mais feroz que apareceu, uma fêmea de olhos atentos. Sua prima sempre fora a melhor em reconhecimento de território, e depois de uma conversa de noite inteira com Manon e as outras sentinelas, ficou decidido que continuaria com essa tarefa nos novos deveres das Treze.

Então, ao apresentarem a fêmea azul-pálido, Asterin a reivindicou, os olhos prometendo tanta brutalidade a quem entrasse no caminho que praticamente brilhavam. Ninguém ousou desafiá-la.

Manon observava a entrada do túnel quando sentiu o cheiro de mirra e alecrim da Sangue Azul ao lado dela. Asterin grunhiu em um aviso baixo.

— Esperando por Titus, é? — murmurou Petrah, também com os olhos no túnel.

— E se estiver? — perguntou Manon.

— Eu preferiria que você o tivesse a Iskra.

O rosto sereno da bruxa era indecifrável.

— Eu também. — A líder das Bico Negro não tinha certeza de quê, exatamente, mas a conversa *significava* alguma coisa.

Obviamente, ver as duas conversando baixinho também significava algo para todas as outras. Principalmente para Iskra, que caminhou até o outro lado de Manon.

— Já estão de tramoia?

A herdeira das Sangue Azul ergueu o queixo.

— Acho que Titus daria uma boa montaria para Manon.

Um limite desenhado na areia, pensou Manon. O que a Matriarca das Sangue Azul tinha dito a Petrah a respeito dela? Que artimanhas estava tramando?

A boca de Iskra se contorceu em um meio sorriso.

— Veremos o que a Deusa de Três Rostos tem a dizer.

Manon poderia ter dito algo em resposta, mas então Titus surgiu.

Como em todas as outras vezes, o fôlego dela se extinguiu diante do puro tamanho e da ferocidade da criatura. Os homens mal conseguiram voltar pelo portão antes que Titus se virasse, tentando abocanhá-los. Tinham feito apenas algumas viagens bem-sucedidas com a criatura, ouvira Manon. Mas com a montadora certa, Titus se revelaria por completo.

O animal não esperou pelo assobio antes de atacar a isca, golpeando com a cauda espinhosa. A besta acorrentada se abaixou com agilidade surpreendente, como se sentisse o ataque do reprodutor, e a cauda se enterrou na pedra.

Destroços caíram sobre a isca, que se encolheu enquanto Titus atacou de novo. E de novo.

Acorrentada à muralha, a isca não podia fazer nada. O homem assobiou, mas o animal continuou atacando. Movia-se com a graciosidade fluida de uma besta selvagem.

A isca gritou, e Manon poderia ter jurado que a herdeira das Sangue Azul se encolheu. Jamais ouvira um grito de dor de nenhuma das serpentes aladas, mas, quando Titus recuou, ela viu onde o animal a agredira — logo acima do ferimento anterior, no flanco da besta.

Como se Titus soubesse onde acertar para infligir mais dor. Manon sabia que as criaturas eram inteligentes, mas *quanto*? O homem assobiou de novo, e um chicote soou. Titus apenas continuou caminhando diante da isca, contemplando como atacaria. Não por estratégia. Não, queria saborear aquilo. Queria provocar.

Um estremecimento de prazer percorreu a coluna de Manon. Montar uma besta como Titus, destroçar os inimigos com ele...

— Se o quer tanto assim — sussurrou Iskra, e Manon percebeu que a herdeira ainda estava ao lado dela, agora a apenas um passo de distância —, por que não vai pegar?

E antes que pudesse se mover — antes que qualquer uma pudesse, porque estavam todas hipnotizadas por aquela besta magnífica —, garras de ferro se enterraram nas costas de Manon.

O grito de Asterin ecoou, mas a bruxa já caía, mergulhando doze metros para dentro do poço de pedra. Ela se virou, colidindo com uma saliência pequena e gasta que se projetava da muralha. Aquilo amortizou a queda e salvou sua vida, mas continuou caindo, até que...

Manon se chocou contra o chão, torcendo o tornozelo. Gritos irromperam de cima, mas ela não ergueu o rosto. Se tivesse, poderia ter visto Asterin derrubar Iskra, garras e presas à mostra. Poderia ter visto a avó dar a ordem para que ninguém pulasse no poço.

Mas Manon não olhava para elas.

Titus se virou para a bruxa.

A serpente alada estava entre a bruxa e o portão, no qual homens corriam de um lado para outro, como se tentassem decidir se deveriam arriscar salvá-la ou esperar até que Manon se tornasse carniça.

A cauda de Titus se agitou para a frente e para trás, os olhos pretos fixos em Manon, que sacou a Ceifadora do Vento. Era uma adaga em comparação ao tamanho de Titus. A bruxa precisava chegar àquele portão.

Ela encarou a criatura. Titus se apoiou nas ancas, preparando-se para atacar. Ele também sabia onde estava o portão e o que isso significava para Manon. Sua presa.

Não montadora ou mestra, mas *presa*.

As bruxas tinham ficado em silêncio. Os homens no portão e nas plataformas superiores também se aquietaram.

Manon girou a espada. Titus atacou.

Ela precisou rolar para evitar a boca da criatura, e se levantou em um segundo, correndo como nunca em direção ao portão. O tornozelo latejava, e Manon andava com dificuldade, engolindo o grito de dor. Titus se virou, rápido como um córrego de primavera descendo uma montanha, e, enquanto a bruxa seguia para o portão, a criatura golpeou com a cauda.

Manon foi racional o suficiente para se virar, evitando os espinhos venenosos, mas foi atingida na lateral do corpo pela parte superior da cauda e saiu voando. A Ceifadora do Vento foi lançada da mão da bruxa, que atingiu a terra perto da muralha oposta e escorregou, o rosto arranhando nas rochas. As costelas latejavam de dor quando ela se sentou com dificuldade, medindo a distância entre si e a espada e Titus.

Mas Titus hesitava, os olhos se ergueram para trás de Manon, para cima dela, para...

Que a Escuridão a envolvesse. Manon tinha se esquecido da isca. A criatura acorrentada atrás dela, tão perto que conseguia sentir o cheiro de carniça no hálito.

O olhar de Titus era um comando para que a isca recuasse. Para que o deixasse devorar Manon.

A bruxa ousou olhar por cima do ombro, para a espada às sombras, tão perto da âncora da corrente da isca. Poderia ter arriscado se a besta não estivesse ali, se não olhasse para ela como se fosse...

Não presa.

Titus soltou um grunhido territorial para o outro animal de novo, tão alto que Manon o sentiu nos ossos. Em vez disso, a isca, pequena como era, a olhava com algo como raiva e determinação. Afetos, a bruxa poderia ter chamado. Fome, mas não por ela.

Não, percebeu Manon quando a besta ergueu o olhar para Titus, soltando um grunhido baixo em resposta. Um som nada submisso. Uma ameaça... uma promessa. A isca queria uma chance de atacar Titus.

Aliadas. Pelo menos por aquele momento.

De novo, Manon sentiu aquele fluxo de maré no mundo, aquela corrente invisível que alguns chamavam de Destino e que outros chamavam do vulto da Deusa de Três Rostos. Titus rugiu sua ameaça final.

Manon se colocou de pé com um giro e correu.

Cada passo lhe causava dor lancinante; o chão tremia conforme Titus disparava atrás dela, desejando destroçar a isca para matar Manon se fosse preciso.

A bruxa pegou a espada e girou, golpeando com a arma a corrente espessa e enferrujada com cada pingo de força que lhe restava.

Ceifadora do Vento, era como chamavam sua lâmina. Agora, chamariam de Ceifadora do Ferro. A corrente se partiu quando Titus saltou contra Manon.

A serpente alada não previu nada, e algo como choque percorreu os olhos dele ao ser derrubado pela isca, fazendo-os rolar.

Titus tinha duas vezes o tamanho da criatura e não estava ferido. Manon não esperou para ver o resultado antes de disparar para o túnel, no qual os homens desesperadamente erguiam a grade.

Mas então um *bum* e um murmúrio de choque ecoaram, levando a bruxa a ousar um único olhar para ver as serpentes aladas se separarem, então a isca atacar novamente.

O golpe daquela cauda cheia de cicatrizes e inútil foi tão forte que a cabeça de Titus se chocou contra a terra.

Quando o animal se colocou de pé, a isca fez uma finta com a cauda, golpeando com garras pontiagudas, o que fez a criatura maior urrar de dor.

Manon congelou, a quase cinco metros do portão.

As serpentes aladas se encaravam em um círculo, as asas raspando contra o chão. Devia ter sido uma piada. No entanto, a isca não desistia, apesar de andar com dificuldade, apesar das cicatrizes e do sangue.

Titus se lançou diretamente ao pescoço da isca, sem grunhido de aviso.

A cauda da isca acertou a cabeça de Titus, fazendo-o recuar para depois atacar, as presas e a cauda emitindo um estalo. Assim que aqueles espinhos acertassem a pele da criatura, estaria acabado. A isca desviou da cauda ao acertar a própria sobre a de Titus, mas não conseguiu escapar das presas que se cravaram no pescoço dela.

Fim. Deveria ser o fim.

A serpente alada se debateu, mas não conseguiu se libertar. Manon sabia que precisava correr. As outras gritavam. A bruxa tinha nascido sem compaixão ou piedade ou bondade. Não se importava com qual das criaturas sobrevivesse ou morresse contanto que ela escapasse. Contudo, aquela corrente ainda fluía, fluía na direção da luta, não para longe dela. E Manon tinha uma dívida de vida com a isca.

Então fez a coisa mais tola que já fizera durante toda a vida longa e cruel.

Correu até Titus e desceu a Ceifadora do Vento sobre sua cauda. Com um corte reto que atravessou carne e ossos, Titus rugiu, soltando a presa. O cotoco da cauda a atacou, atingindo-a bem no estômago, o ar foi sugado de dentro dela antes que sequer chegasse ao chão. Quando se levantou, viu o ataque final que acabou com tudo.

Com a garganta exposta pelo grito de dor, Titus não teve chance conforme a isca disparou e fechou as presas ao redor daquele pescoço monumental.

Ele se debateu uma última vez, em uma última tentativa de se libertar. A isca segurou firme, como se estivesse esperando havia semanas ou meses ou anos. Fechou a boca e torceu a cabeça de Titus, levando também o pescoço do adversário.

O silêncio recaiu. Como se o próprio mundo tivesse parado quando aquele corpo caiu no chão, sangue escuro se espalhando por toda parte.

Manon ficou completamente imóvel. Devagar, a isca ergueu a cabeça da carcaça, o sangue de Titus escorrendo da mandíbula. Os olhares da bruxa e da criatura se encontraram.

As pessoas gritavam para que Manon corresse, e o portão rangeu ao se abrir, mas a bruxa encarou aqueles olhos pretos, um deles com uma cicatriz terrível, mas intacto. A criatura deu um passo, depois outro na direção dela.

Manon se manteve no lugar. Era impossível. *Impossível.* Titus tinha duas vezes o tamanho da isca, duas vezes o peso dela e tinha anos de treinamento.

A isca o havia destruído — não por ser maior ou mais forte, mas porque queria isso mais. Titus era um brutamontes e um assassino, mas aquela serpente alada ali... era um *guerreiro.*

Os homens corriam para dentro com lanças e espadas e chicotes, levando a isca a rosnar.

Manon estendeu a mão. E, de novo, o mundo parou.

Ainda com os olhos na besta, falou:

— Ele é meu.

A criatura salvara a vida dela. Não por coincidência, mas por escolha. Também sentira a corrente que fluía entre as duas.

— O quê? — disparou a avó de cima.

Manon se viu andando na direção da besta e parou a menos de um metro e meio.

— Ele é meu — afirmou a jovem bruxa, observando as cicatrizes, o claudicar e a vida incandescente naqueles olhos.

A bruxa e a serpente alada se fitaram por um momento que durou um segundo, que durou uma eternidade.

— Você é meu — disse Manon para ele.

A serpente alada piscou, o sangue de Titus ainda pingava dos dentes rachados e quebrados, e Manon teve a sensação de que ele tinha chegado à mesma decisão. Talvez soubesse muito antes daquela noite, e aquela luta com Titus não tivesse sido tanto por sobrevivência, mas um desafio para reivindicá-la.

Como montadora dele. Como mestra dele. Como *dele*.

~

Manon chamou sua besta de Abraxos, em homenagem à antiga serpente enroscada na qual o mundo se apoiava, às ordens da Deusa de Três Rostos. E essa foi a única coisa agradável que aconteceu naquela noite.

Ao retornar às outras, Abraxos tendo sido levado para ser limpo e cuidado, e a carcaça de Titus tendo sido puxada por trinta homens, Manon encarou cada uma das bruxas que ousou fitá-la nos olhos.

A herdeira das Pernas Amarelas era segurada por Asterin diante das Matriarcas. Manon olhou para Iskra por um bom tempo, então simplesmente disse:

— Parece que perdi o equilíbrio.

A inimiga fechou a cara, mas a bruxa deu de ombros, limpando a terra e o sangue do rosto antes de voltar andando com dificuldade para a Ômega. Não daria a Iskra a satisfação de alegar que quase a matara. E Manon não estava em condições de resolver aquilo em uma luta decente.

Independentemente de ataque ou desequilíbrio, Asterin foi punida por Mãe Bico Negro naquela noite por permitir que a herdeira caísse no poço. Manon tinha pedido para ser a pessoa que a açoitaria, mas a avó a ignorou. Em vez disso, fez com que a herdeira das Pernas Amarelas castigasse a sentinela. Como a falha de Asterin ocorrera à vista das outras Matriarcas e das herdeiras delas, o mesmo aconteceria com a punição.

De pé no salão de refeições, Manon observou cada chicotada cruel, todas as dez com força total, enquanto Iskra estampava um hematoma no maxilar, cortesia de Asterin.

Para total crédito da imediata, Asterin não gritou. Nenhuma vez. Mesmo assim, Manon precisou de todo o autocontrole para não pegar o chicote e usá-lo para estrangular Iskra.

Então veio a conversa com a avó. Na verdade, a conversa foi mais um tapa na cara, seguido de uma surra verbal que — um dia depois — ainda deixava os ouvidos de Manon zunindo.

Ela havia humilhado a avó e todas as Bico Negro da história ao escolher aquele "pedaço de carne raquítico", independentemente da vitória. Fora um golpe de sorte ele ter matado Titus, vociferava a avó. Abraxos era o menor entre todas as montarias e, além disso, por causa do tamanho, não tinha voado um dia na vida. Jamais o haviam deixado sair das jaulas.

Nem mesmo sabiam se a serpente alada *podia* voar depois de as asas terem sido fustigadas por tanto tempo, e os criadores acreditavam que, se Abraxos tentasse fazer a Travessia, iria se estatelar com Manon no fundo do desfiladeiro. Alegavam que nenhuma outra criatura jamais aceitaria o domínio dele, não como Líder Alado. Manon tinha arruinado todos os planos da Mãe Bico Negro.

Todos esses fatos foram berrados diversas vezes. Manon sabia que mesmo se quisesse mudar de montaria, a avó a obrigaria a ficar com Abraxos, apenas para humilhá-la quando falhasse. Mesmo se isso a matasse no processo.

A Matriarca não estivera no poço, no entanto. Não encarara Abraxos e vira o coração de guerreiro batendo dentro dele. Não tinha notado que o animal lutara com mais astúcia e ferocidade que qualquer um dos outros. Então Manon se manteve firme, recebendo tanto o tapa na cara quanto o sermão, e, em seguida, veio o segundo tapa, que a deixou com a bochecha latejando.

O rosto ainda doía quando chegou à baia na qual Abraxos agora montava seu lar. Ele estava enroscado na parede mais afastada, silencioso e parado enquanto tantas criaturas estavam inquietas ou gritando ou rosnando.

O acompanhante de Manon, o capataz, olhou pelas barras. Asterin permaneceu nas sombras. Depois das açoitadas na noite anterior, a imediata não a perderia de vista tão cedo.

A líder não pedira desculpas pelas chicotadas. Regras eram regras, e a prima havia fracassado. Asterin merecera a surra, assim como Manon merecera o hematoma na bochecha.

— Por que ele está enroscado assim? — perguntou a jovem bruxa ao homem.

— Acho que é porque nunca teve uma baia só para si. Não desse tamanho.

Manon observou a caverna transformada em baia.

— Onde o mantinham antes?

O sujeito apontou para o chão.

— Com as outras iscas no chiqueiro. É o mais velho das iscas, sabe. Sobreviveu aos poços e aos chiqueiros. Mas isso não quer dizer que seja adequado para você.

— Se eu quisesse sua opinião, teria pedido — retrucou Manon, os olhos ainda em Abraxos conforme se aproximava das barras. — Quanto tempo até levá-lo aos céus?

O homem coçou a cabeça.

— Podem ser dias ou semanas ou meses. Pode ser nunca.

— Começamos o treinamento com as montarias esta tarde.

— Não vai acontecer. — Ao escutar a resposta, Manon ergueu as sobrancelhas. — Este aqui precisa ser treinado sozinho primeiro. Vou colocar os melhores treinadores na tarefa, e pode usar outra serpente alada enquanto isso para...

— Antes de tudo, humano — interrompeu a bruxa —, não me dê ordens. — Os dentes de ferro se projetaram, e o capataz se encolheu. — Segundo, não treinarei com outra criatura. Vou treinar com ele.

O homem, pálido como a morte, respondeu:

— Todas as montarias de suas sentinelas o atacarão. E o primeiro voo vai assustá-lo tanto que ele vai resistir. Então, a não ser que queira que seus soldados e as montarias deles se despedacem, sugiro que treine sozinha. — O homem tremia ao acrescentar: — Milady.

A serpente alada os observava. Esperando.

— Elas conseguem nos entender?

— Não. Alguns comandos e assobios, mas não mais que um cão.

Manon não acreditou naquilo nem por um segundo. Não que o sujeito estivesse mentindo para ela. Simplesmente não sabia de nada. Ou talvez Abraxos fosse diferente.

A bruxa usaria cada segundo até os Jogos de Guerra para treiná-lo. Quando ela e as Treze fossem coroadas vencedoras, faria com que todas as bruxas que haviam duvidado dela, inclusive a avó, se amaldiçoassem por terem sido tolas. Porque ela era Manon Bico Negro e jamais fracassara em nada. Além disso, não haveria nada melhor que observar Abraxos arrancar a cabeça de Iskra no campo de batalha.

24

Foi fácil demais mentir para os homens a respeito dos hematomas e dos cortes em seu rosto quando Chaol voltou ao castelo — um acidente infeliz com um bêbado errante em Forte da Fenda. Suportar as mentiras e os ferimentos era melhor que virar carniça. O acordo com Aedion e os rebeldes fora simples: informações por informações.

Ele prometera mais informações sobre a rainha deles, assim como sobre os anéis pretos, em troca do que sabiam a respeito do poder do rei. Aquilo o mantivera vivo naquela noite, assim como em todas as noites desde então, enquanto esperava que os rebeldes mudassem de ideia. Mas jamais foram atrás dele e, naquela noite, o capitão e Aedion aguardaram até bem depois da meia-noite antes de entrar nos antigos aposentos da assassina.

Era a primeira vez que Chaol ousava retornar à tumba desde a noite com Celaena e Dorian; a aldraba de bronze em formato de caveira, Mort, não se moveu ou falou. Embora o capitão usasse o Olho de Elena no pescoço, a aldraba permaneceu congelada. Talvez só respondesse àqueles com o sangue de Brannon Galathynius nas veias.

Então, ambos vasculharam a tumba, os corredores empoeirados, verificando cada centímetro em busca de sinais de espiões ou de modos de serem descobertos. Quando, por fim, se convenceram de que ninguém os ouviria, Aedion falou:

— Diga o que estou fazendo aqui embaixo, capitão.

O general não mostrou espanto ou surpresa quando Chaol o levou para o local de descanso de Elena e Gavin, embora tivesse arregalado os olhos levemente ao ver Damaris. Contudo, se Aedion sabia ou não o que era, não falou. Apesar de toda a presunção e a arrogância, Chaol tinha a sensação de que o homem tinha muitos, muitos segredos — e era muito bom em escondê-los.

Foi o outro motivo pelo qual oferecera o acordo a Aedion e aos companheiros: se os dons do príncipe fossem descobertos, Dorian precisaria de algum lugar para se esconder, e de alguém para levá-lo a um local seguro se o capitão ficasse incapacitado. Ele demandou:

— Está pronto para compartilhar qualquer informação que tenha recolhido com seus aliados?

Aedion deu um sorriso preguiçoso.

— Contanto que compartilhe também.

Chaol rezou a qualquer deus que pudesse ouvir para que não estivesse tomando a decisão errada ao puxar o Olho de Elena da túnica.

— Sua rainha me deu este colar quando partiu para Wendlyn. Pertenceu à ancestral dela, que a convocou até aqui para lhe dar a joia. — Os olhos de Aedion se semicerraram enquanto observava o amuleto, a pedra azul reluzindo ao luar. — O que estou prestes a contar a você — disse o capitão — muda tudo.

~

Dorian estava às sombras da escada, ouvindo. Ouvindo e não querendo exatamente aceitar que Chaol estava na tumba com Aedion Ashryver.

Aquele tinha sido o primeiro choque. Durante a última semana, descia até ali em busca de respostas depois da explosão com Sorscha. Principalmente agora que ela havia mentido descaradamente, arriscando tudo para guardar o segredo dele — e para ajudá-lo a encontrar uma forma de controlar aquilo.

Naquela noite, o príncipe ficara horrorizado ao encontrar a porta secreta entreaberta. Não deveria ter descido, mas fora mesmo assim, inventando uma lista de mentiras fáceis caso encontrasse um rosto hostil ali embaixo. Então se aproximou o bastante para ouvir as duas vozes masculinas e quase fugiu.. Quase, até perceber quem falava.

Era impossível, porque eles se odiavam. No entanto, ali estavam, na tumba de Elena. Aliados. Era o bastante, era demais. Mas então Dorian ouviu — ouviu o que Chaol falou para o general, tão baixo que foi quase inaudível.

— Sua rainha me deu este colar quando partiu para Wendlyn.

Era um erro. Só podia ser um erro, porque... O peito de Dorian ficou apertado demais, pequeno demais.

Você sempre será meu inimigo. Foi o que Celaena gritou para Chaol na noite em que Nehemia morreu. E tinha dito — tinha dito que perdera familiares havia dez anos, mas...

Mas.

Dorian não conseguiu se mover quando o capitão começou outra história, outra verdade. Sobre o próprio pai do príncipe. Sobre o poder que o rei empunhava. Celaena o havia descoberto e tentava encontrar uma forma de destruí-lo.

O pai dele criara aquela coisa que eles encontraram nas catacumbas da biblioteca — aquela coisa monstruosa que parecera humana. Chaves de Wyrd. Portões de Wyrd. Pedra de Wyrd.

Tinham mentido para ele também. Decidiram que Dorian não era confiável. Celaena e Chaol — tinham decidido contra ele. O capitão soubera quem e o que a campeã era de verdade.

Por isso a enviara a Wendlyn. Por isso a tirara do castelo. O príncipe ainda estava congelado nas escadas quando Aedion saiu da tumba, a espada empunhada, parecendo pronto para atacar qualquer inimigo que detectasse.

Ao ver Dorian, o general xingou, baixo e cruelmente, os olhos brilhantes com a luz da tocha.

Os olhos de Celaena. Os olhos de Aelin Ashryver — *Ashryver* — Galathynius.

Aedion era primo dela. E ainda era leal a Celaena, mentindo descaradamente, a cada ação, sobre de qual lado estava.

Chaol correu para o corredor, com a mão erguida em súplica.

— Dorian.

Por um momento, o príncipe apenas encarou o amigo, então conseguiu perguntar:

— Por quê?

O capitão suspirou.

— Porque quanto menos pessoas souberem, mais seguro... para ela, para todos. Para você. Eles têm informações que podem ajudá-lo.

— Acha que eu sairia correndo para contar a meu pai? — As palavras saíram como pouco mais que um sussurro estrangulado conforme a temperatura desabou.

Chaol deu um passo à frente, colocando-se entre Aedion e Dorian, as palmas das mãos expostas. Apaziguador.

— Não posso arriscar presumir que não... Ter esperanças disso. Mesmo com você.

— Quanto tempo? — O gelo cobriu os dentes e a língua de Dorian.

— Ela me contou sobre seu pai antes de partir. Descobri quem ela era logo depois.

— E está se mancomunando com *ele* agora.

A respiração do capitão se condensava diante de si.

— Se conseguirmos descobrir uma forma de libertar a magia, poderia salvar você. Eles acham que podem ter algumas respostas sobre o que aconteceu e como reverter isso. Mas, se Aedion e os aliados forem pegos, se ela for pega... morrerão. Seu pai vai acabar com todos, começando com ela. E nesse momento, Dorian, precisamos deles.

O príncipe se virou para Aedion.

— Vai matar meu pai?

— Ele não merece morrer? — Foi a resposta do general.

Dorian conseguia ver o capitão encolhendo o corpo, não às palavras do general, mas pelo frio.

— Contou a ele... sobre mim? — disparou o rapaz.

— Não — respondeu Aedion por Chaol. — Mas, se não aprender a se controlar, em breve não vai haver uma alma no reino que não saiba que você tem magia. — Aedion desviou aqueles olhos herdados para o capitão. — Então era por isso que estava tão desesperado para trocar segredos, capitão. Queria a informação para o bem dele. — Um aceno de cabeça de Chaol. O general deu um risinho para Dorian quando gelo cobriu a escada. — Então sua magia se manifesta como gelo e neve, principezinho? — perguntou ele.

— Chegue mais perto para descobrir — retrucou Dorian, com um leve sorriso. Talvez conseguisse jogar o homem pelo corredor, exatamente como fizera com aquela criatura.

— Pode confiar em Aedion, Dorian — disse o capitão.

— Ele é tão falso quanto se pode ser. Não acredito por um segundo que não nos entregaria para benefício próprio.

— Ele não vai — disparou Chaol, interrompendo a resposta de Aedion. Os lábios do capitão ficaram azuis de frio.

Dorian sabia que feria o amigo — sabia e não se importava.

— Porque quer ser o rei de Aedion algum dia?

O rosto de Chaol ficou lívido, de frio ou de medo, e Aedion soltou uma risada.

— Minha rainha preferiria morrer sem herdeiros a se casar com um homem de Adarlan.

O capitão tentou esconder o lampejo de dor, mas Dorian o conhecia bem o suficiente para identificá-lo. Por um segundo perguntou-se o que Celaena pensaria a respeito da alegação do general. Celaena, que havia mentido — Celaena, que era *Aelin*, quem Dorian conhecera dez anos antes, com quem havia brincado no lindo castelo dela. E naquele dia em Endovier... naquele primeiro dia, o príncipe sentira que havia algo de familiar a seu respeito... Ah, pelos deuses.

Celaena era Aelin Galathynius. Dorian dançara com ela, beijara-a, dormira ao lado dela, sua inimiga mortal. *Voltarei por você*, dissera Celaena no último dia ali. Mesmo então, Dorian percebeu que havia algo mais por trás da fala. Voltaria, mas talvez não como Celaena. Seria para ajudá-lo ou para matá-lo? Aelin Galathynius sabia sobre a magia do rapaz — e queria destruir o pai dele, o reino dele. Tudo que Celaena jamais dissera ou fizera... Ele achara que tinha sido uma atuação para ser a favorita como sua campeã, mas e se tivesse sido porque era a herdeira de Terrasen? Seria por isso que ela era amiga de Nehemia? E se, depois de um ano em Endovier...

Aelin Galathynius tinha passado um ano naquele campo de trabalhos forçados. Uma rainha do continente deles tinha sido escravizada e levaria aquelas cicatrizes para sempre. Talvez aquilo desse a ela, a Aedion e até mesmo a Chaol, que amava Celaena, o direito de conspirar para enganar e trair o rei de Adarlan.

— Dorian, por favor — disse o capitão. — Estou fazendo isso por você... Juro.

— Não me importo — respondeu o príncipe, encarando os dois com raiva conforme recuava. — Levarei seus segredos para o túmulo, mas não quero tomar parte neles.

Dorian arrancou a magia fria do ar e a voltou para dentro, envolvendo o próprio coração com ela.

~

Aedion pegou a saída subterrânea secreta para fora do castelo. Dissera ao capitão que era para evitar suspeitas, para despistar *qualquer* um que os estivesse seguindo conforme voltavam aos aposentos. Um olhar disse ao general que Chaol sabia exatamente para onde ia.

Aedion pensou no que ouvira; qualquer outro homem teria ficado horrorizado, e, embora ele *devesse* ter ficado horrorizado... não ficou surpreso. Suspeitara que o rei estivesse usando algum tipo de poder mortal a partir do momento em que o presenteara com aquele anel, tantos anos antes, e aquilo parecia condizente com as informações que os espiões vinham reunindo havia muito tempo.

A Matriarca das Pernas Amarelas fora até lá por um motivo. Aedion estava disposto a apostar alto que veriam em breve quaisquer monstruosidades ou armas que o rei estivesse criando, talvez com as bruxas no encalço. Homens não montavam mais exércitos e forjavam mais armas sem ter planos de usá-las. E certamente não entregavam peças de joias que controlavam a mente a não ser que quisessem domínio absoluto. Contudo, o general enfrentaria o que estivesse vindo da mesma forma que enfrentara qualquer outra provação na vida: com precisão, sem ceder e com eficiência letal.

Aedion viu as duas figuras esperando às sombras de um prédio em ruínas ao lado do cais, a névoa do Avery os tornava pouco mais que fiapos de escuridão.

— Bem? — exigiu Ren, quando Aedion se recostou contra uma parede de tijolos úmida. As espadas gêmeas do rapaz estavam empunhadas. Feitas do aço bom de Adarlan, sulcadas e arranhadas o suficiente para mostrar que tinham sido usadas, além de bem lubrificadas para provar que ele sabia como cuidar delas. Pareciam ser as únicas coisas com as quais se importava, pois os cabelos estavam despenteados e as roupas pareciam ainda piores.

— Já falei: podemos confiar no capitão. — Aedion olhou para Murtaugh. — Olá, velho.

Ele não conseguia ver o rosto do homem sob o capuz, mas a voz estava baixa demais quando falou:

— Espero que a informação valha os riscos que está correndo.

Aedion grunhiu. Não contaria a eles a verdade sobre Aelin, não até que a princesa estivesse de volta ao seu lado e pudesse contar aos dois ela mesma.

Ren se aproximou. Movia-se com a segurança de alguém que estava habituado a lutar. E a vencer. Mesmo assim, Aedion era pelo menos sete centímetros mais alto e tinha dez quilos de músculos a mais que o homem. Se Ren atacasse, acabaria de bunda no chão em um segundo.

— Não sei de que modo está jogando, Aedion — disse ele —, mas, se não nos contar onde ela está, como poderemos confiar em você? E como o capitão sabe? O rei a tem?

— Não — respondeu o general. Não era uma mentira, mas parecia uma. Como Celaena, Aelin entregara a alma ao rei. — Do modo como vejo, Ren, você e seu avô têm pouco a me oferecer, ou a Aelin. Não têm um exército, nem terras, e o capitão me contou tudo sobre sua aliança com aquele bosta do Archer Finn. Preciso lembrá-los do que aconteceu com Nehemia Ytger sob seus cuidados? Então não vou contar a vocês; receberão as informações conforme for necessário.

Ren se adiantou. Murtaugh colocou um braço entre os dois.

— É melhor não sabermos, só por precaução.

O rapaz não recuava, e o sangue de Aedion acelerou com o desafio.

— O que diremos à corte, então? — Ren exigiu saber. — Que ela não é uma impostora, como nos levaram a crer, mas está viva na verdade, embora você não nos diga onde?

Silêncio. Murtaugh falou:

— Sabemos que Ravi e Sol ainda estão vivos e em Suria.

Aedion conhecia a história. O negócio gerenciado pela família deles tinha sido importante demais para que o rei executasse ambos os pais, então o pai tinha escolhido o pavilhão de execução enquanto a mãe fora deixada para manter Suria funcionando como um vital porto de comércio. Os dois meninos de Suria teriam vinte e vinte e dois anos àquela altura, e, desde a morte da mãe, Sol se tornara o Lorde de Suria. Durante os anos que liderava a Devastação, Aedion jamais colocara os pés na cidade litorânea, pois não queria saber se o condenariam. A Puta de Adarlan.

— Eles lutarão — perguntou o general — ou decidirão que gostam muito do ouro que têm?

Murtaugh suspirou.

— Ouvi dizer que Ravi é o mais selvagem, então pode ser o melhor para convencermos.

— Não quero ninguém que precisemos *convencer* a se juntar a nós — disse Aedion.

— Vai querer pessoas que não têm medo de Aelin ou de *você* — disparou Murtaugh. — Vai querer pessoas racionais que não hesitarão em fazer as perguntas difíceis. Lealdade é algo conquistado, não dado.

— Ela não precisa fazer nada para conquistar nossa lealdade.

Murtaugh balançou a cabeça, o olhar de raiva oscilando.

— Para alguns de nós, sim. Mas outros podem não se convencer tão facilmente. Ela tem dez anos para explicar, e um reino em ruínas.

— Ela era uma *criança*.

— É uma mulher agora, há alguns anos já. Talvez ofereça uma explicação. Mas até então, Aedion, você *precisa* entender que outros podem não compartilhar seu fervor. E outros podem precisar ser convencidos de sua índole também, de sua verdadeira lealdade e como a tem demonstrado ao longo dos anos.

Ele queria esmagar os dentes de Murtaugh garganta abaixo, mesmo porque o idoso estava certo.

— Quem mais do círculo íntimo de Orlon ainda está vivo?

Murtaugh disse quatro nomes. Ren acrescentou rapidamente:

— Ouvimos que estão escondidos há anos, sempre em movimento, como nós. Podem não ser fáceis de encontrar.

Quatro. O estômago de Aedion se apertou.

— É só? — Ele estivera em Terrasen, mas jamais procurara uma contagem exata dos corpos, jamais quisera saber quem sobrevivera ao derramamento de sangue e ao massacre, ou quem tinha sacrificado tudo para tirar de lá um filho, um amigo, um familiar. É claro que sabia bem no fundo, mas sempre houvera uma esperança tola de que a maioria ainda estivesse viva, esperando para retornar.

— Sinto muito, Aedion — respondeu Murtaugh, baixinho. — Alguns senhores menos importantes escaparam, conseguindo até manter as terras e fazer com que prosperassem. — O general conhecia e odiava a maioria deles, porcos egoístas. Murtaugh continuou: — Vernon Lochan sobreviveu, mas apenas porque já era marionete do rei, e, após a execução de Cal,

Vernon tomou o título do irmão como Lorde de Perranth. Você sabe o que aconteceu com Lady Marion, mas jamais descobrimos o que houve com Elide. — Elide... a filha e herdeira de Lorde Cal e Lady Marion, quase um ano mais jovem que Aelin. Se estivesse viva, teria pelo menos dezessete anos àquela altura. — Muitas crianças sumiram nas semanas iniciais — concluiu o senhor. Aedion não queria pensar naqueles túmulos pequenos demais.

Ele precisou virar o rosto por um momento, e até mesmo Ren ficou em silêncio. Por fim, Aedion ordenou:

— Mande batedores até Ravi e Sol, mas aguarde um pouco quanto aos demais. Ignore os lordes menos importantes por enquanto. Passos pequenos.

Para sua surpresa, Ren falou:

— Concordo. — Por um segundo, os olhos deles se encontraram, e Aedion percebeu que ambos sentiam o mesmo, o que tentavam manter enterrado. Eles haviam sobrevivido quando tantos não haviam. E ninguém mais podia entender como era suportar isso, a não ser que tivessem perdido tanto quanto eles.

Ren escapara ao custo da vida dos pais — e perdera o lar, o título, os amigos e o reino. Escondera-se e treinara e jamais perdera a causa de vista.

Não eram amigos agora; jamais o foram, na verdade. O pai de Ren não gostara muito do fato de Aedion, e não seu filho, ter sido o favorito para fazer o juramento de sangue a Aelin. O juramento de pura submissão — o juramento que teria selado Aedion como protetor dela para o resto da vida, a única pessoa na qual Aelin poderia confiar completamente. Tudo que possuía, tudo que era, deveria ter pertencido à princesa.

Mas o preço agora não era apenas um juramento de sangue, mas um reino; uma chance de vingança e de reconstruir o mundo deles. O general fez menção de ir embora, mas olhou para trás. Apenas duas figuras encapuzadas: uma encurvada, outra alta e armada. O primeiro pedaço da corte de Aelin. A corte que Aedion erguia para que ela destruísse as correntes de Adarlan. Podia continuar no jogo... por mais um tempinho.

— Quando ela voltar — disse ele, baixinho —, o que fará com o rei de Adarlan vai tornar o massacre de dez anos misericordioso até. — E, de coração, esperava que as palavras fossem verdadeiras.

25

Uma semana se passou sem qualquer outra tentativa de esfolar Celaena viva, então, embora não tivesse feito qualquer progresso com Rowan, considerou isso um sucesso. Ele cumpriu com a palavra de fazê-la trabalhar turnos dobrados na cozinha — a única vantagem era que estava tão exausta quando caía na cama que nem se lembrava de sonhar. Outro benefício, acreditava ela, era que, enquanto esfregava as louças da noite, podia ouvir as histórias de Emrys — pelas quais Luca implorava sempre, independentemente de estar chovendo.

Apesar do que acontecera com os *skinwalkers*, Celaena não parecia nada perto de dominar a mudança de forma. Embora Rowan tivesse oferecido o manto naquela noite ao lado do rio, a manhã seguinte os levara de volta às aversões habituais e repetitivas. *Ódio* parecia uma palavra forte, pois não podia odiar alguém que a salvara, mas *aversão* se encaixava muito bem. Para ela, não importava muito se Rowan estava mais para o ódio ou para a aversão, mas ganhar a aprovação dele para entrar em Doranelle estava, sem dúvida, muito, muito longe.

Todo dia, o guerreiro levava Celaena às ruínas do templo; longe o suficiente para que não incinerasse ninguém caso conseguisse se transformar e perdesse o controle da magia no processo. Tudo — *tudo* — dependia daquele comando: mude. Mas a lembrança da sensação da magia saindo de dentro dela, ameaçando engolir Celaena e o mundo inteiro, a assombrava, tanto acordada como dormindo. Era quase tão ruim quanto ficar eternamente sentada.

Agora, depois de duas horas insuportáveis daquilo, a assassina resmungou e ficou de pé, caminhando entre as ruínas. Estava incomumente ensolarado naquele dia, fazendo com que as pedras pálidas parecessem brilhar. Na verdade, ela podia jurar que as orações sussurradas por adoradores havia muito falecidos ainda ressoavam. Sua magia faiscava curiosamente em resposta àquilo — o que era estranho na forma humana, na qual a magia costumava ficar trancafiada bem no fundo.

Enquanto estudava as ruínas, Celaena apoiou as mãos nos quadris: qualquer coisa para impedi-la de arrancar os cabelos.

— O que era este lugar? — Apenas lascas de pedras quebradas permaneciam, para mostrar onde o templo ficara. Algumas pedras oblongas, os pilares, estavam jogadas, como se alguém as tivesse espalhado, e diversas pedras se agrupavam, indicando o que fora uma estrada um dia.

Rowan seguiu seus passos, uma nuvem de tempestade se fechando ao redor de Celaena enquanto esta avaliava um aglomerado de pedras brancas.

— O templo da Deusa do Sol.

Mala, Senhora da Luz, do Aprendizado e do Fogo.

— Tem me trazido para cá porque acha que pode me ajudar a controlar meus poderes, minha transformação?

Um aceno leve de cabeça. Ela levou a mão a uma das enormes pedras. Se estivesse disposta a admitir, quase sentia os ecos do poder que habitaram o lugar havia muito tempo, um calor delicioso beijando seu pescoço, descendo pela coluna, como se algum pedaço daquela deusa ainda estivesse enroscado no canto. Isso explicava por que, naquele dia, ao sol, o templo parecia diferente. Por que a magia de Celaena estava inquieta. Mala, Deusa do Sol e Portadora da Luz, era irmã e eterna rival de Deanna, Protetora da Lua.

— Mab foi imortalizada deusa graças a Maeve — ponderou Celaena, conforme corria uma das mãos pelo bloco de pedras afiadas. — Mas isso foi há mais de quinhentos anos. Mala tinha uma irmã na lua muito antes de Mab assumir seu lugar.

— Deanna *era* o nome original da irmã. Mas vocês, humanos, deram a ela alguns dos traços de Mab. A caça, os cães.

— Talvez Deanna e Mala não tenham sido sempre rivais.

— Aonde quer chegar?

Celaena deu de ombros e continuou passando as mãos pela pedra, sentindo, inspirando, cheirando.

— Você conheceu Mab?

Rowan ficou em silêncio por muito tempo, contemplando a utilidade de contar aquilo a ela, sem dúvida.

— Não — respondeu ele por fim. — Sou velho, mas não tão velho.

Tudo bem, se não quisesse dar o número exato...

— Você se *sente* velho?

Rowan olhou para longe.

— Ainda sou considerado jovem pelos padrões de meu povo.

Não era uma resposta.

— Disse que certa vez saiu em campanha em um reino que não existe mais. Já foi para a guerra várias vezes, ao que parece, e viu o mundo. Isso deixaria uma marca. Deixaria você mais velho por dentro.

— *Você* se sente velha? — O olhar do guerreiro não hesitou. Uma criança, uma garota, era como a chamara.

Celaena era uma menina para ele. Mesmo quando se tornasse uma velha — se vivesse tanto tempo — ainda seria uma criança em comparação com o tempo de vida de Rowan. A missão dela dependia do guerreiro não a enxergar daquela forma, mas, mesmo assim, a assassina respondeu:

— Ultimamente, fico muito feliz por ser mortal e por só precisar suportar esta vida uma vez. Ultimamente, não o invejo em nada.

— E antes?

Foi a vez da jovem olhar para o horizonte.

— Eu costumava desejar ter a oportunidade de ver tudo, e odiava o fato de que jamais veria.

Ela conseguia sentir que Rowan formulava uma pergunta, mas começou a se mover de novo, examinando as pedras. Ao tirar poeira de cima do bloco de pedras, uma imagem surgiu, de um cervo com uma estrela reluzente entre a galhada, tão parecido com o de Terrasen. Celaena ouvira Emrys contar a história dos cervos do sol, que tinham uma chama imortal entre a galhada imensa e que, um dia, tinham sido roubados de um templo naquela terra...

— Era aqui que mantinham os cervos, antes de o lugar ser destruído?

— Não sei. Este templo não foi destruído; foi abandonado quando os feéricos se mudaram para Doranelle, então ruiu com o tempo e a erosão.

— As histórias de Emrys diziam destruído, não abandonado.

— De novo, aonde quer chegar?

Mas Celaena não sabia, ainda não, então apenas balançou a cabeça e disse:

— Os feéricos em meu continente, em Terrasen... não eram como vocês. Pelo menos não lembro de serem assim. Não havia muitos, mas... — Ela engoliu em seco. — O rei de Adarlan os caçou e matou tão facilmente. Mas, quando olho para você, não entendo como ele conseguiu. — Mesmo com as chaves de Wyrd, os feéricos eram mais fortes, mais rápidos. Mais deveriam ter sobrevivido, mesmo que alguns tivessem ficado presos na forma animal quando a magia sumiu.

Ela olhou por cima do ombro para Rowan, uma das mãos ainda sobre o entalhe morno na pedra. Um músculo se contraiu no maxilar antes de o guerreiro responder:

— Jamais fui a seu continente, mas ouvi dizer que os feéricos de lá eram mais gentis... menos agressivos, muito poucos eram treinados em combate, e dependiam muito da magia. Depois que a magia sumiu de suas terras, muitos talvez não soubessem o que fazer contra soldados treinados.

— E, mesmo assim, Maeve não enviou ajuda.

— Os feéricos de seu continente tinham cortado laços com Maeve muito tempo antes. — Rowan parou de novo. — Mas havia alguns em Doranelle que argumentaram a favor de ajudar. Minha rainha acabou oferecendo abrigo a qualquer um que conseguisse chegar até aqui.

Celaena não queria saber mais — não queria saber quantos tinham conseguido chegar nem se Rowan fora um dos poucos que argumentou a favor de salvar os irmãos do oeste. Então se afastou do entalhe do cervo mitológico, sentindo frio instantaneamente após cortar a ligação com o calor agradável que morava dentro da pedra. Parte dela podia ter jurado que aquele poder estranho e antigo ficou triste ao vê-la partir.

No dia seguinte, a assassina terminou o turno do café da manhã na cozinha dolorida e mais exausta que o habitual, pois Luca não fora ajudar, o que significava que ela havia passado a manhã cortando, lavando, depois levando a comida para cima.

Celaena passou por uma sentinela que sabia ser amigo de Luca e um ouvinte frequente das histórias de Emrys — jovem, musculoso e esguio, sem qualquer evidência de orelhas ou graciosidade feéricas. Bas, o líder dos batedores da fortaleza. Luca não parava de falar sobre ele. Ela deu ao homem um breve sorriso e um aceno de cabeça. Bas piscou algumas vezes, deu um sorriso hesitante de volta e seguiu em frente, provavelmente a caminho do turno na muralha. Celaena franziu a testa. Trocara cumprimentos civilizados com muitos deles àquela altura, mas... ainda estava encucada com a reação de Bas quando chegou aos aposentos e tirou o casaco.

— Já está atrasada — falou Rowan da porta.

— Havia louças a mais esta manhã — respondeu ela, trançando os cabelos novamente ao se virar para onde ele estava parado à porta. — Posso esperar fazer algo de útil com você hoje ou ficaremos de novo sentados, resmungando e trocando olhares raivosos? Ou vou apenas acabar cortando lenha durante horas intermináveis?

Rowan apenas foi para o corredor, e Celaena o seguiu, ainda trançando os cabelos. Passaram por mais duas sentinelas. Dessa vez, ela os encarou e sorriu em cumprimento. De novo, aquele piscar e uma troca de olhares entre eles, então o sorriso fraco em resposta. Será que tinha realmente se tornado tão desagradável que um mero sorriso era uma surpresa? Pelos deuses, quando *fora* a última vez que sorrira para alguém ou alguma coisa?

Estavam bem longe da fortaleza, seguindo para o sul, subindo as montanhas, quando Rowan falou:

— Eles têm mantido distância por causa do cheiro que você exala.

— Como é? — Celaena não queria saber de que modo ele tinha lido seus pensamentos.

Rowan saiu caminhando entre as árvores, sem perder o fôlego ao dizer:

— Há mais machos que fêmeas aqui, e estão relativamente isolados do mundo. Não se perguntou por que não se aproximam de você?

— Ficaram longe porque eu... estou fedendo? — Ela não achou que teria se importado tanto para ficar envergonhada, mas o rosto estava corado.

— Seu cheiro diz que não quer ser abordada. Os machos sentem mais que as fêmeas, por isso têm mantido bastante distância. Não querem ter o rosto dilacerado.

Celaena tinha se esquecido de como os feéricos eram primitivos, com os cheiros e os parceiros e a natureza territorial. Um contraste tão estranho com o mundo civilizado além da muralha de montanhas.

— Que bom — disse ela, por fim, embora a ideia de ter as emoções tão facilmente identificadas fosse desconfortável. Aquilo tornava mentir e fingir quase inútil. — Não estou interessada em homens... machos.

A tatuagem de Rowan estava vívida à luz do sol matizada que penetrava pelo dossel de árvores, enquanto ele olhava com determinação para o anel de Celaena.

— O que acontecerá se você se tornar rainha? Vai recusar uma potencial aliança pelo casamento?

Aquela mão invisível pareceu se fechar ao redor da garganta da assassina. Não tinha se permitido considerar tal possibilidade, porque o peso de uma coroa e de um trono bastava para fazer com que sentisse como se estivesse em um caixão. Ao pensar em se casar daquela forma, de ter o corpo de outra pessoa contra o dela, alguém que *não* fosse Chaol... Celaena afastou o pensamento.

Rowan estava provocando, como sempre fazia. E Celaena ainda não tinha planos de assumir o trono do tio. O único plano era fazer o que prometera a Nehemia.

— Boa tentativa — elogiou ela.

Os caninos do guerreiro reluziram quando ele sorriu.

— Está aprendendo.

— Você também cai nas minhas provocações de vez em quando, sabia?

Rowan deu a Celaena um olhar que dizia: *Eu me* deixo *cair nas suas provocações, caso não tenha notado. Não sou um tolo mortal.*

A assassina queria perguntar por quê, mas ser cordial com ele — com qualquer um — já era bem estranho.

— Para que droga de lugar vamos hoje? Jamais seguimos para oeste.

O sorriso sumiu.

— Você quer fazer algo útil. Eis a chance.

~

Celaena estava na forma humana, e os sinos de alguma cidade próxima avisavam que eram quinze horas quando eles chegaram à floresta de pinheiros.

Ela não perguntou o que faziam ali. Rowan contaria se quisesse. Reduzindo a velocidade, o guerreiro seguiu as marcas deixadas em árvores e pedras, então Celaena o seguiu em silêncio, com sede e com fome e um pouco zonza.

O terreno tinha mudado: pinhas eram esmagadas sob as botas, e gaivotas, em vez de aves canoras, gritavam acima. O mar devia estar próximo. Celaena suspirou ao sentir no rosto o beijo de uma brisa fria, com cheiro de sal e peixe e rochas quentes, devido ao sol. Somente quando Rowan parou ao lado de um rio, reparou no fedor — e no silêncio.

O chão estava revirado na margem oposta, a vegetação, partida e pisoteada. Contudo, a atenção de Rowan fixou-se no próprio rio, no que estava preso entre as rochas.

Celaena xingou. Um corpo. Uma mulher, pelo formato do que restava, e...

Uma casca.

Como se a vida e o conteúdo da mulher tivessem sido drenados. Não havia ferimentos, lacerações ou machucados, exceto por um filete de sangue seco no nariz e nos ouvidos. A pele não tinha mais cor, estava enrugada e seca, o rosto vazio ainda congelado em uma expressão de horror... e de tristeza. E o cheiro; não apenas do corpo em decomposição, mas ao redor dele... o cheiro...

— O que fez isso? — perguntou Celaena, avaliando a floresta remexida além do córrego. Rowan se ajoelhou enquanto examinava os restos mortais. — Por que simplesmente não a atirar ao mar? Deixá-la em um rio parece estúpido. Também deixaram marcas... a não ser que sejam de quem a tenha encontrado.

— Malakai relatou a mim esta manhã, e ele e seus homens foram treinados para não deixar marcas. Mas esse cheiro... Admito que é diferente. — Rowan caminhou para a água. Celaena queria pedir que parasse, porém ele continuou estudando os restos mortais de cima, então de baixo, circundando-os. Os olhos do guerreiro se voltaram para ela. Estavam furiosos. — Então conte, assassina. Queria ser útil.

Celaena ficou irritada com o tom, mas... era uma mulher caída ali, quebrada como uma boneca.

Ela não queria exatamente sentir o cheiro de *nada* nos restos mortais, mas fungou. E desejou não ter feito aquilo. Era um odor que havia sentido duas vezes agora — uma vez naquele aposento de sangue, havia uma década, e então recentemente...

— Você alegou não saber o que era a coisa no campo dos túmulos. — Celaena conseguiu dizer. A boca da mulher estava aberta em um grito, os dentes, marrons e quebrados sob o nariz com sangue seco. A assassina tocou o próprio nariz e encolheu o corpo. — Acho que é isso o que aquela coisa faz.

Rowan apoiou as mãos nos quadris, cheirando de novo e se virando para o rio. Avaliou Celaena, então o corpo.

— Você saiu daquela escuridão com a aparência de que alguém tinha sugado sua vida. Sua pele parecia mais pálida, as sardas tinham sumido.

— Fui obrigada a reviver... lembranças. Do pior tipo. — O rosto horrorizado e triste da vítima encarava o dossel das árvores. — Já ouviu falar de uma criatura que se alimenta disso? Quando olhei para a coisa, vi um homem, um homem lindo, de pele pálida e cabelos pretos, com olhos pretos. Ele não era humano. Quero dizer, parecia, mas os olhos... não eram nada humanos.

Os pais de Celaena tinham sido assassinados. Ela vira os ferimentos. Contudo, o cheiro no quarto era tão semelhante... A assassina sacudiu a cabeça, como que para esvaziá-la, afastar a sensação assustadora que subia pela espinha.

— Nem minha rainha conhece todas as criaturas cruéis que perambulam por estas terras. Se os *skinwalkers* estão se aventurando para baixo das montanhas, talvez outras coisas também estejam.

— O povo da cidade pode saber de alguma coisa. Talvez tenham visto ou ouvido boatos.

Rowan parecia pensar o mesmo, porque balançou a cabeça, enojado... e triste, para a surpresa de Celaena.

— Não temos tempo; você desperdiçou luz do dia ao vir até aqui em sua forma humana. — Não tinham levado suprimentos para passar a noite também. — Temos uma hora antes de voltarmos. Aproveite ao máximo.

~

O caminho não levava a lugar algum. Seguia para um penhasco à beira-mar, sem passagem para a estreita faixa de praia abaixo, sem qualquer sinal de alguém morando nos arredores. Rowan ficou parado à beira do penhasco, os braços cruzados conforme olhava para o mar cor de jade.

— Não faz sentido — disse ele, mais para si mesmo que para Celaena. — É o quarto corpo nas últimas semanas, nenhum deles foi dado como desaparecido. — O guerreiro se agachou no chão arenoso e desenhou, com o dedo tatuado, uma linha irregular na terra. O formato da costa de Wendlyn. — Foram encontrados aqui. — Pequenos pontos, aparentemente aleatórios, exceto pela proximidade com a água. — Nós estamos aqui — disse ele, fazendo outra marca. Rowan continuou sentado nos calcanhares enquanto ela olhava para o mapa improvisado. — No entanto, você e eu encontramos a criatura espreitando entre os seres dos túmulos aqui — acrescentou ele, desenhando um X onde Celaena presumia estarem as colinas, bem no interior. — Não vi nenhum outro sinal de que a criatura permanece próxima aos túmulos, e os seres retornaram aos hábitos de sempre.

— Os outros corpos estavam iguais?

— Todos drenados como esse, com expressões de terror no rosto... sem qualquer ferimento, além de sangue seco no nariz e nas orelhas. — Pelo modo como a pele de Rowan ficou pálida sob a tatuagem, o modo como trincou os dentes, Celaena percebeu que feria seu orgulho imortal não saber o que era essa coisa.

— Todas atiradas na floresta, não no mar? — Um aceno positivo. — Mas todas à distância de uma caminhada da água. — Outro aceno. — Se fosse um assassino habilidoso e racional, teria escondido os corpos melhor. Ou, de novo, usado o mar. — A jovem olhou para a água ofuscante, o sol começando a descida da tarde. — Ou talvez ele não se importe. Talvez queira que saibamos o que está fazendo. Houve... houve época em que eu deixava corpos para que fossem descobertos por uma pessoa em particular ou para mandar algum tipo de mensagem. — Cova fora o último deles. — O que as vítimas têm em comum?

— Não sei — admitiu Rowan. — Nem mesmo sabemos o nome delas ou de onde vieram. — Ele se levantou e limpou as mãos. — Precisamos voltar para a fortaleza.

Celaena segurou-lhe o cotovelo.

— Espere. Viu o suficiente do corpo?

Um aceno lento de cabeça. Bom. Ela também, e sentira o cheiro por tempo suficiente. Tinha guardado na memória, reparando em tudo que pôde.

— Então precisamos enterrá-la.

— O chão é muito duro aqui.

A assassina saiu caminhando pelas árvores, deixando-o para trás.

— Então faremos do modo antigo — gritou ela. Ao inferno que deixaria o corpo daquela mulher se decompondo em um rio, ao inferno que o deixaria ali por toda a eternidade, molhado e no frio.

Celaena puxou o corpo leve demais de dentro da água, apoiando-o nas pinhas marrons. Rowan não disse nada quando ela recolheu vegetação e galhos, então se ajoelhou, tentando não olhar para a pele enrugada ou a expressão de horror permanente.

Ele também não debochou das tentativas para começar uma fogueira com a mão nem fez qualquer comentário engraçadinho depois que as pinhas finalmente murcharam e pegaram fogo, o incenso antigo de uma pira rudimentar. Em vez disso, quando Celaena saiu das chamas altas, sentiu Rowan se colocar atrás dela, sentiu a determinação e a quase selvageria do guerreiro a envolver como um corpo fantasma. Uma brisa morna tocou os cabelos, assim como o rosto da assassina. Ar para ajudar o fogo; vento que ajudava a consumir o cadáver.

O desprezo que Celaena sentiu não tinha nada a ver com o juramento que fizera, ou com Nehemia. Ela tocou o poço antigo bem no fundo — apenas uma vez — para ver se conseguia puxar qualquer que fosse o gatilho que ocasionava a mudança, para que pudesse ajudar a fogueira triste e pequena a queimar mais igualmente, com mais orgulho.

Mas permaneceu sem graça e vazia, presa ao corpo mortal.

Mesmo assim, Rowan não disse nada a respeito, e o vento dele alimentou as chamas o suficiente para consumir rapidamente o corpo, queimando muito mais rápido que uma pira mortal. Os dois observaram em silêncio, até que não restasse nada além de cinzas — até que mesmo essas fossem carregadas para cima e para longe, por cima das árvores e na direção do mar aberto.

26

Chaol não vira nem tivera notícias do general ou do príncipe desde aquela noite na tumba. De acordo com seus homens, Dorian passava o tempo nas catacumbas dos curandeiros, cortejando uma das jovens ali embaixo. O capitão se odiou, mas alguma parte dele ficou aliviada ao ouvir aquilo; pelo menos o rapaz estava falando com *alguém*.

A distância dos dois valia a pena. Por Dorian, mesmo que o amigo jamais o perdoasse; por Celaena, mesmo que ela jamais voltasse; mesmo que Chaol ainda desejasse que ela fosse Celaena, não Aelin... valia a pena.

Levou uma semana até que o capitão tivesse tempo de se encontrar com Aedion de novo; para obter a informação que não tinha recebido, graças à interrupção de Dorian. Se o príncipe os surpreendera tão facilmente, então a tumba não era o melhor lugar para se encontrarem. Havia um lugar, no entanto, no qual poderiam se reunir com riscos mínimos. Celaena o deixara para Chaol no testamento dela, junto ao endereço.

O apartamento secreto acima do armazém estava intocado, embora alguém tivesse se dado o trabalho de cobrir a mobília ornamentada. Puxar cada lençol era como descobrir um pouco mais sobre quem fora Celaena antes de Endovier — prova de que o gosto luxuoso vinha de longe. Comprara o imóvel, dissera ela a Chaol certa vez, a fim de ter um lugar para chamar de seu, um lugar além da Fortaleza dos Assassinos, na qual fora criada. Havia usado quase todo o dinheiro que tinha no apartamento, mas fora necessário, contara Celaena, pelo pouco de liberdade que lhe garantiu. O capitão poderia ter deixado os lençóis, provavelmente deveria, mas... estava curioso.

A residência consistia em dois quartos com os próprios banheiros, uma cozinha e um salão, onde um sofá macio se estendia diante da lareira de mármore entalhado, acompanhado por duas poltronas de veludo enormes. A outra metade da sala era ocupada por uma mesa de jantar de carvalho, capaz de acomodar oito, e ainda posta: pratos de porcelana e prata, talheres havia muito opacos. Era a única evidência de que aquele local estava intocado desde que quem quer que fosse — provavelmente Arobynn Hamel — ordenara que fosse selado.

Arobynn Hamel, o rei dos assassinos. Chaol trincou os dentes quando terminou de guardar o último dos lençóis brancos no armário do corredor. Andava pensando muito no antigo mestre de Celaena ultimamente. Arobynn era esperto o suficiente para ter juntado as peças ao encontrar uma órfã carregada pelo rio logo depois de a princesa de Terrasen ter sumido, o corpo desaparecido no rio Florine, quase congelado.

Se o homem sabia e tinha feito aquelas coisas com ela... A cicatriz no pulso de Celaena surgiu na mente do capitão. Ele fizera com que a assassina quebrasse a própria mão. Devia haver inúmeras outras brutalidades que ela sequer contou a Chaol. E a pior delas, a pior de todas...

O capitão jamais perguntou a Celaena por que, depois de ser nomeada campeã, sua prioridade não foi caçar o antigo mestre e cortá-lo em pedaços pelo que tinha feito ao amante da jovem, Sam Cortland. Arobynn ordenara a tortura e o assassinato de Sam, então planejara uma armadilha para que ela fosse enviada a Endovier. O mestre devia ter esperado ter Celaena de volta algum dia se havia deixado o apartamento intocado. Devia querer deixá-la apodrecer em Endovier — até decidir libertá-la para que a assassina voltasse rastejando, a criada eternamente leal.

Era o direito dela, disse o capitão a si mesmo. O direito de Celaena decidir quando e como matar Arobynn. Também era o direito de Aedion. Até mesmo os dois senhores de Terrasen tinham mais direito à cabeça do rei dos assassinos que Chaol. Mas, se o visse, não tinha certeza se conseguiria se conter.

A escada de madeira decrépita além da porta de entrada rangeu, fazendo-o sacar a espada em um segundo. Então ouviu um assobio em tom grave e relaxou, apenas um pouco, assobiando de volta. Chaol manteve a espada em riste até que Aedion caminhasse pela porta, a arma em punho.

— Fiquei me perguntando se estaria aqui sozinho ou com uma equipe de homens esperando às sombras — falou Aedion, como cumprimento, embainhando a espada.

Chaol o olhou com raiva.

— Igualmente.

Aedion se moveu mais para o interior do apartamento, a determinação no rosto se transformando de cautela para espanto, então tristeza. E ocorreu ao capitão que o general via pela primeira vez um pedaço da prima perdida naquele apartamento. Aquelas eram as coisas dela. Celaena havia escolhido tudo, desde as miniaturas sobre a lareira até os guardanapos verdes na antiga mesa de campo na cozinha, arranhada e sulcada, ao que parecia, por inúmeras facas.

Aedion parou no centro da sala, avaliando tudo. Talvez para ver se havia, de fato, alguma força secreta à espera, mas... Chaol resmungou alguma coisa sobre usar o banheiro e deu ao homem a privacidade de que precisava.

~

Aquele era o imóvel dela. Aceitando ou não o passado, havia decorado a mesa de jantar com as cores reais de Terrasen — verde e prateado. A mesa e a miniatura do cervo sobre a lareira eram os únicos resquícios de prova de que poderia se lembrar. Com que poderia se importar.

Todo o resto era confortável, de bom gosto, como se a residência servisse para receber pessoas e passar as noites à lareira. E havia tantos livros — nas prateleiras, nas mesas ao lado do sofá, empilhados ao lado da enorme poltrona diante das janelas acortinadas que iam do chão ao teto e se estendiam por todo o salão.

Inteligente. Educada. Culta, se os enfeites eram algum indicativo. Havia coisas de todos os reinos, como se tivesse trazido algo de todos os lugares que visitou. A sala era um mapa de suas aventuras, um mapa de uma pessoa completamente diferente. Aelin sobrevivera. Sobrevivera e vira e fizera coisas.

A cozinha era pequena, mas aconchegante, e... Pelos deuses. Tinha uma caixa refrigeradora. O capitão mencionara que ela era famosa como assassina, mas não mencionara que era rica. Todo aquele dinheiro de sangue; todas aquelas coisas eram apenas prova do que perdera. Do que Aedion fracassara em tentar proteger.

Havia se tornado uma assassina. E uma muito boa se aquele apartamento era algum indicativo. O quarto era ainda mais escandaloso. Tinha uma enorme cama com dossel e um colchão que parecia uma nuvem; anexo, um banheiro de ladrilhos de mármore com o próprio encanamento.

Bem, o guarda-roupa não tinha mudado. A prima de Aedion sempre amara roupas bonitas. Ele pegou uma túnica azul-marinho, com bordado dourado ao redor das lapelas e botões reluzentes à luz das arandelas. Aquelas eram roupas para o corpo de uma mulher. E o cheiro ainda remanescente no apartamento pertencia a uma mulher — tão semelhante àquele de que Aedion se lembrava da infância, mas envolto em mistério e sorrisos secretos. Era impossível os sentidos feéricos não repararem, não reagirem.

Ele se recostou à parede do cômodo, encarando os vestidos e as joias, agora cobertos de poeira. O general não se permitiu se importar com o que tinha sido feito com ele no passado, com as pessoas que destruíra, com os campos de batalha por onde andara, coberto de sangue e restos mortais que não eram dele. A seu ver, tinha perdido tudo no dia em que Aelin morreu. Merecera a punição pelo grande fracasso. Mas Aelin...

Aedion passou as mãos pelos cabelos antes de sair para o salão. Aelin voltaria de Wendlyn, não importava em que acreditasse o capitão. Ela voltaria e, quando retornasse... Com cada suspiro, o general sentia aquele cheiro permanente se enroscar com mais força no coração e na alma. Quando voltasse, Aedion jamais a deixaria.

O general se sentou em uma das poltronas diante da lareira enquanto Chaol dizia:

— Bem, acho que esperei bastante para ouvir o que você tem a dizer sobre a magia. Espero que valha a pena.

— Independentemente do que sei, a magia não deveria ser seu principal plano de defesa, ou de ação.

— Vi sua rainha abrir a terra em duas com o poder dela — retrucou Chaol. — Diga que isso não mudaria o rumo em um campo de batalha, diga que não precisaria disso e de outros como ela.

— Ela não estará nem perto desses campos de batalha — grunhiu Aedion, baixinho.

O capitão duvidava muito que isso fosse verdade, mas desejou que fosse. O general provavelmente precisaria amarrar Celaena ao trono para impedi-la de lutar nas linhas de frente com o povo.

— Apenas diga.

Aedion suspirou e olhou para o fogo, como se contemplasse um horizonte distante.

— As fogueiras e as execuções já haviam começado quando a magia sumiu, então no dia em que aconteceu, achei que os pássaros estivessem apenas fugindo dos soldados ou procurando por carniça. Fui trancado em uma das salas da torre por ordens do rei. Na maioria das vezes, não ousava olhar pela janela, porque não queria ver o que ocorria na cidade abaixo, mas havia tanto barulho dos pássaros naquele dia que olhei. E... — Aedion balançou a cabeça. — Alguma coisa os fez sair voando em uma direção, depois em outra. Em seguida os gritos começaram. Ouvi dizer que algumas pessoas simplesmente morreram onde estavam, como se uma artéria tivesse sido partida.

O general abriu um mapa na mesa baixa entre os dois e colocou um dedo calejado sobre Orynth.

— Houve duas revoadas de pássaros. A primeira foi para o norte e noroeste. — Ele traçou uma linha fraca. — Da torre, pude ver longe o bastante para saber que muitos vieram do sul, a maioria dos pássaros perto de nós não se movia muito. Mas, então, a segunda revoada mandou todos para o norte e para o leste, como se algo do centro da terra os tivesse empurrado para lá.

Chaol apontou para Perranth, a segunda maior cidade de Terrasen.

— Daqui?

— Mais ao sul. — Aedion tirou a mão de Chaol do caminho. — De Endovier ou ainda mais baixo.

— Não poderia ter visto tão longe assim.

— Não, mas os lordes guerreiros de minha corte me fizeram memorizar os pássaros de Carvalhal e todos os seus cantos de caça e, também, de luta. E havia pássaros voando em nossa direção que só podiam ser encontrados em seu país. Eu os contava para me distrair enquanto... — Outra pausa, como se o homem não tivesse a intenção de dizer aquilo. — Não me lembro de ouvir nenhum pássaro dos três reinos ao sul.

O capitão traçou uma linha irregular, começando em Forte da Fenda e subindo na direção das montanhas, na direção do desfiladeiro Ferian.

— Como se algo tivesse disparado nessa direção.

— Somente na segunda revoada a magia parou. — Aedion ergueu uma sobrancelha. — *Você* não se lembra desse dia?

— Eu estava aqui; se alguém sentiu dor, escondeu. A magia é ilegal em Adarlan há décadas. Então, aonde isso nos leva, Aedion?

— Bem, Murtaugh e Ren tiveram experiências semelhantes. — Então o general começou outra história: como Aedion, Ren e Murtaugh tinham visto um frenesi dos animais locais e ondas gêmeas de *alguma coisa* no dia em que a magia desapareceu. Contudo, estavam na parte sul do continente, tinham acabado de chegar à baía da Caveira.

Somente seis meses antes, quando foram atraídos para a cidade pelas mentiras de Archer Finn sobre o ressurgimento de Aelin, que começaram a considerar a magia, contemplando formas de destruir o poder do rei pela rainha deles. Depois de comparar histórias com os outros rebeldes em Forte da Fenda, perceberam que outros tinham vivenciado fenômenos semelhantes. Querendo um relato completo, encontraram um mercador da península Desértica que estava disposto a falar; um homem de Xandria que foi surpreendentemente honesto, apesar do negócio que tinha montado de itens contrabandeados.

Roubei uma égua Asterion do senhor de Xandria.

É claro que Celaena tinha ido à península Desértica. E arrumara confusão. Apesar da dor no peito, Chaol sorriu ao se lembrar disso enquanto Aedion recontava o relato de Murtaugh sobre a história do mercador.

Não foram duas ondas quando a magia desapareceu no deserto, mas três.

A primeira varrendo do norte. O mercador estava com o senhor de Xandria na fortaleza dele, bem acima da cidade, e vira um leve tremor que fez a areia vermelha dançar. A segunda veio do sudoeste, rolando na direção deles como uma tempestade de areia. O pulso final veio da mesma fonte continental da qual Aedion se lembrava. Segundos depois, a magia havia sumido, e as pessoas gritavam nas ruas, e o senhor de Xandria recebeu a ordem, uma semana depois, para matar todos os possuidores de poderes conhecidos ou registrados na cidade. Então os gritos se tornaram diferentes.

Aedion deu um sorriso malicioso ao terminar:

— Mas Murtaugh descobriu mais. Nós vamos nos reunir em três dias. Ele poderá contar as teorias, então.

Chaol se levantou da cadeira.

— É isso? É tudo que sabe, o que vem ostentando sobre mim durante as últimas semanas?

— Ainda há mais para você me contar, portanto por que eu deveria contar tudo?

— Dei a você informações vitais, que mudariam o mundo — respondeu o capitão, entredentes. — Você só me contou histórias.

Os olhos de Aedion estamparam um brilho letal.

— Vai querer ouvir o que Ren e Murtaugh têm a dizer. — Chaol não estava com vontade de esperar tanto tempo, mas havia dois almoços de Estado, além de um jantar formal antes disso, e ele deveria comparecer a todos. Também precisava apresentar ao rei os planos de defesa para os eventos.

Depois de um momento, o general perguntou:

— Como suporta trabalhar para ele? Como finge não saber o que aquele desgraçado está fazendo, o que fez com pessoas inocentes, com a mulher que você diz amar?

— Estou fazendo o que preciso. — Chaol não achou que Aedion entenderia, de toda forma.

— Diga por que o capitão da Guarda, um Lorde de Adarlan, está ajudando o inimigo dele. É toda a informação que quero hoje.

Chaol queria dizer que, considerando o quanto já havia compartilhado, não precisava oferecer nada. No entanto, em vez disso, falou:

— Fui criado ouvindo que estávamos levando paz e civilização ao continente. O que vi recentemente me fez perceber o quanto disso é mentira.

— Mas sabia sobre os campos de trabalhos forçados. Sobre os massacres.

— É fácil crer em mentiras quando não se conhece nenhuma dessas vítimas pessoalmente. — Mas Celaena, com as cicatrizes, e Nehemia, com o povo massacrado... — É fácil acreditar quando seu rei lhe conta que as pessoas de Endovier merecem estar lá porque são criminosas ou rebeldes que tentaram matar famílias inocentes de Adarlan.

— E quantos de seus conterrâneos enfrentariam o rei se eles também soubessem a verdade? Se parassem para considerar como seria caso tivessem a família, a cidade, escravizada ou assassinada? Quantos o enfrentariam se soubessem que tipo de poder o príncipe deles possui, se o príncipe se levantasse para lutar conosco?

Chaol não sabia e não tinha certeza se queria saber. Quanto a Dorian... não poderia pedir aquilo ao amigo. Não poderia esperar aquilo dele. O objetivo do capitão era manter o príncipe em segurança. Mesmo que custasse a amizade deles, não o queria envolvido. Jamais.

~

A semana que passara foi terrível e maravilhosa para Dorian.

Terrível porque mais duas pessoas sabiam seu segredo, e porque o príncipe caminhava em uma linha tênue em se tratando de controlar a magia, a qual parecia mais volátil a cada dia.

Maravilhosa porque toda tarde Dorian visitava a sala de trabalho esquecida que Sorscha descobrira no fundo de um nível inferior nas catacumbas, na qual ninguém os encontraria. Ela levava livros de sabiam os deuses onde, assim como ervas e plantas e sais e pós; assim, todo dia, os dois pesquisavam e treinavam e refletiam.

Não havia muitos livros sobre como conter um poder como o dele — muitos tinham sido queimados, dissera a curandeira. Mas ela via a magia como uma doença: se pudesse encontrar os canais certos, poderia contê-la. Se não conseguissem, dizia Sorscha sempre, podiam recorrer a drogar Dorian, apenas o bastante para acalmar seu humor. Ela não gostava dessa ideia, e o príncipe também não, embora fosse reconfortante saber que a opção existia.

Uma hora por dia era tudo o que conseguiam juntos. Durante aquele tempo, independentemente das leis que estivessem quebrando, Dorian se sentia normal de novo. Não contorcido e cambaleante e trôpego no escuro, mas com os pés no chão. Calmo. Não importava o que dissesse a Sorscha, ela jamais o julgava ou traía. Chaol fora essa pessoa um dia. No entanto, agora, quando se tratava da magia, o príncipe ainda via medo e um toque de desprezo nos olhos do capitão.

— Sabia — comentou Sorscha, do outro lado da mesa de trabalho — que antes de a magia sumir tinham que encontrar formas especiais de conter os prisioneiros com dons?

Dorian ergueu o rosto do livro, um volume inútil sobre remédios de jardim. Antes de a magia sumir... nas mãos do pai dele e das chaves de Wyrd. Seu estômago revirou.

— Porque poderiam usar a magia para fugir da prisão?

Ela olhou para o livro de novo.

— Por isso muitas das antigas prisões usam ferro maciço; é imune à magia.

— Eu sei — falou Dorian, e Sorscha ergueu uma sobrancelha. Ela começava a ganhar vida devagar perto dele, embora o príncipe também tivesse aprendido a interpretar um pouco melhor as expressões sutis da curandeira. — Quando meu poder apareceu pela primeira vez, tentei usá-lo em uma porta de ferro e... não deu muito certo.

— Humm. — A moça mordeu o lábio, o que era uma distração surpreendente. — Mas ferro está em nosso sangue, então como *isso* funciona?

— Acho que foi o jeito de os deuses evitarem que ficássemos poderosos demais: se mantivermos contato com a magia, se ficar fluindo por nós durante muito tempo, desmaiamos. Ou pior.

— Imagino o que aconteceria se aumentássemos o ferro em sua dieta, talvez acrescentando uma quantidade grande de melaço à comida. Nós damos aos pacientes anêmicos, mas, se déssemos a você uma dose altamente concentrada... teria um gosto horrível, e talvez fosse perigoso, mas...

— Mas talvez, se estiver em meu corpo, então quando a magia subir... — Ele fez uma careta. Poderia ter hesitado por causa da lembrança da dor sentida no dia que tentou selar aquela porta de ferro, mas... não conseguia dizer não a Sorscha. — Tem um pouco aqui? Só alguma coisa para colocar em uma bebida?

Ela não tinha, mas foi buscar. Então, quinze minutos depois, Dorian fez uma oração para Silba e engoliu, encolhendo o corpo devido à doçura absurda. Nada.

Os olhos de Sorscha dispararam dos olhos de Dorian para o relógio de bolso na mão dela. Contando. Esperando para ver se ocorreria uma reação adversa. Um minuto se passou. Em seguida, dez. Dorian precisava ir em breve, e ela também, mas após um tempo, a curandeira falou baixinho:

— Tente. Tente conjurá-la. O ferro deve estar em seu sangue agora. — Ele fechou os olhos, então Sorscha acrescentou: — Ela reage quando você está chateado, irritado ou com medo ou triste. Pense em algo que o faz se sentir dessa forma.

A jovem estava arriscando o emprego, a vida, tudo por aquilo. Por ele, o filho do homem que ordenara que o exército destruísse sua cidade, então assassinasse sua família com os outros imigrantes indesejados que moravam em casas invadidas de Forte da Fenda. Dorian não merecia aquilo.

Ele inspirou. Expirou. Sorscha também não merecia a quantidade de problemas que o príncipe levava a ela; e que continuaria levando à porta dela sempre que fosse até lá. O rapaz sabia quando as mulheres gostavam dele, e soubera assim que a vira que ela o achava atraente. Dorian esperava que essa opinião não mudasse para pior, mas agora... *Pense no que o deixa chateado.*

Tudo o deixava chateado. Ficava chateado por Sorscha arriscar a própria vida, por não ter escolha a não ser colocá-la em risco. Mesmo que desse aquele último passo em direção à curandeira, mesmo que a levasse para a cama como queria tanto, ainda era... o príncipe herdeiro. *Você sempre será meu inimigo*, dissera Celaena certa vez.

Não havia como escapar da coroa. Ou do pai, que decapitaria Sorscha, a queimaria e espalharia as cinzas ao vento se descobrisse que a moça o havia ajudado. O rei, cujos amigos agora trabalhavam para destruir. Eles tinham mentido para Dorian e o ignoraram por aquela causa. Porque ele *era* um perigo, para eles, para Sorscha e...

Uma dor lancinante lhe subiu pela garganta, e o príncipe quase vomitou. Houve outra onda, então uma brisa fria tentou beijar seu rosto, mas a brisa sumiu como névoa sob o sol quando a dor o fez estremecer. Ele inclinou o corpo para a frente, fechando os olhos com força conforme aflição, depois náusea o percorreram de novo. E de novo.

Mas então tudo ficou calmo. Dorian abriu os olhos e encontrou Sorscha, inteligente, tranquila, maravilhosa, parada ali, mordendo o lábio. Ela deu um passo — na direção dele, não para trás, pelo menos uma vez.

— Funci...

Dorian levantou-se tão rápido que a cadeira balançou atrás dele, segurando o rosto da curandeira entre as mãos um segundo depois.

— *Sim* — sussurrou ele, e a beijou. Foi rápido, mas o rosto de Sorscha estava vermelho, e os olhos, arregalados, quando o príncipe se afastou. O olhar dele estava arregalado também, pelos deuses, e Dorian ainda roçava o polegar contra a bochecha macia da jovem. Ainda contemplava beijá-la de novo, porque aquilo não chegara perto de ser o bastante.

Contudo, Sorscha se afastou, voltando ao trabalho. Como se... como se não tivesse sido nada, a não ser um momento embaraçoso.

— Amanhã? — murmurou ela, sem querer fitá-lo.

Ele mal conseguiu reunir as palavras para dizer que sim antes de sair cambaleando. A curandeira parecera tão surpresa, e, se não saísse, Dorian provavelmente a beijaria de novo.

Mas talvez ela não quisesse ser beijada.

27

No alto de uma plataforma de observação na lateral da Ômega, Manon observou a primeira aliança de Pernas Amarelas do dia fazer a Travessia. O mergulho profundo, seguido da varredura violenta, foi maravilhoso, mesmo sendo as montadoras das Pernas Amarelas cavalgando o vento.

Liderando-as pela íngreme face do Canino do Norte estava Iskra. O reprodutor dela, uma besta enorme de nome Fendir, era uma força da natureza. Embora menor que Titus, era duas vezes mais cruel.

— Eles combinam — disse Asterin, ao lado da herdeira. O restante das Treze ocupava a sala de luta, instruindo as demais alianças em combate corpo a corpo. Faline e Fallon, as gêmeas-demônio de olhos verdes, estavam sem dúvida sentindo prazer ao torturar as sentinelas mais jovens. Elas prosperavam com esse tipo de coisa.

Iskra e Fendir dispararam sobre o pico mais alto do Canino do Norte e desapareceram nas nuvens, as outras doze montadoras seguindo em formação fechada. O vento frio açoitava o rosto de Manon, chamando-a. Estava a caminho das cavernas, para ver Abraxos, mas queria monitorar a Travessia das Pernas Amarelas primeiro. Apenas para se certificar de que estariam realmente ocupadas durante as próximas três horas.

A bruxa olhou pela extensão da ponte para o Canino, sua entrada gigantesca. Gritos e rugidos ecoavam dali, reverberando pelas montanhas.

— Quero que mantenha as Treze ocupadas pelo restante do dia — disse Manon.

Como imediata, Asterin era a única das Treze com algum tipo de direito de questionar a líder, e, mesmo então, apenas em circunstâncias muito limitadas.

— Vai treinar com ele? — Manon assentiu. — Sua avó disse que me estriparia se eu a perdesse de vista de novo. — Os cabelos dourados de Asterin oscilavam ao vento, e o rosto, com o nariz agora torto, estava cauteloso.

— Você vai precisar decidir — respondeu a bruxa, sem se incomodar em exibir os dentes de ferro. — É espiã de minha avó ou minha imediata?

Nenhum lampejo de dor ou medo ou traição. Apenas um leve semicerrar de olhos.

— Sirvo você.

— Ela é sua Matriarca.

— Eu sirvo você.

Por um segundo, Manon questionou quando tinha conquistado aquele tipo de lealdade. Elas não eram amigas, pelo menos não do jeito que humanos pareciam ser amigos. Cada Bico Negro já devia a Manon lealdade e obediência, porque ela era a herdeira. Mas aquilo...

A bruxa jamais dera explicações a respeito de si, seus planos ou intenções a ninguém, exceto à avó. Contudo, se viu dizendo à imediata:

— Ainda serei Líder Alada.

Asterin sorriu, os dentes de ferro como mercúrio ao sol da manhã.

— Nós sabemos.

Manon ergueu o queixo.

— Quero que as Treze acrescentem rolamento ao treinamento corpo a corpo. E, quando você conseguir dominar sua serpente alada sozinha, quero que esteja no céu quando as Pernas Amarelas estiverem no alto. Quero saber onde voam, como voam e o que fazem.

Asterin assentiu.

— Já ordenei que as Sombras observem as Pernas Amarelas nos corredores — disse ela, um lampejo de raiva e sede de sangue naqueles olhos pretos salpicados de dourado. Quando Manon ergueu a sobrancelha, Asterin comentou: — Não achou que eu deixaria Iskra se livrar dessa tão fácil, achou?

A bruxa herdeira ainda sentia os dedos com ponta de ferro se enterrando nas costas dela, empurrando-a no poço. O tornozelo estava dolorido e rígido devido à queda, as costelas com hematomas devido à surra que levara da cauda de Titus.

— Mantenha as Sombras na linha. A não ser que queira o nariz quebrado uma segunda vez.

A imediata deu um sorriso.

— Não nos movemos sem seu comando, milady.

~

Manon não queria o capataz na baia. Ou os três tratadores, todos empunhando lanças e chicotes. Não queria nenhum deles por três motivos.

O primeiro era porque queria estar sozinha com Abraxos, que estava agachado contra a parede dos fundos, esperando e observando.

O segundo era porque o cheiro humano, o calor atraente do sangue pulsando nos pescoços, era uma distração, assim como o fedor do medo. Manon debateu por um longo minuto se valeria a pena estripar um deles, apenas para ver o que os outros fariam. Homens já estavam sumindo do Canino; rumores diziam que eles teriam cruzado a ponte para a Ômega e jamais retornado. Manon não tinha matado nenhum homem ali ainda, mas cada minuto sozinha com eles a deixava tentada a brincar.

E o terceiro motivo pelo qual não queria a presença deles era porque Abraxos os odiava, com os chicotes e as lanças e as correntes e aquela presença desajustada. A serpente alada não se movia do lugar contra a parede, não importava com quanta crueldade estalassem os chicotes. Abraxos odiava chicotes — não apenas os temia, mas odiava de verdade. Somente o som o fazia se encolher e exibir os dentes.

Eles estavam na baia havia dez minutos, tentando se aproximar para acorrentar e selar o animal. Se não acontecesse em breve, Manon precisaria voltar para a Ômega antes que as Pernas Amarelas retornassem.

— Ele jamais foi selado — disse o capataz. — Provavelmente não vai ser. — Manon ouviu as palavras não ditas. *Não vou arriscar meus homens tentando selá-lo. Você está apenas sendo orgulhosa. Seja uma boa garota e escolha outra montaria.*

A bruxa exibiu os dentes de ferro para o sujeito, o lábio superior se retraindo apenas o bastante para dar o aviso. Ele recuou um passo, deixando o chicote cair. A cauda mutilada de Abraxos acertou o chão enquanto os olhos se fixavam nos três homens que tentavam forçá-lo à submissão.

Um dos homens estalou o chicote, tão perto que Abraxos se encolheu para longe. Outro o estalou próximo à cauda da criatura; duas vezes. Então o animal avançou, com o pescoço e a cauda. Os três tratadores saíram correndo, por pouco fora do alcance dos dentes do animal. Bastava.

— Seus homens têm coração de covardes — criticou Manon, dando um olhar de reprovação ao capataz conforme saía caminhando pelo chão de terra.

O criado tentou segurá-la, mas a bruxa atacou com os dedos com pontas de ferro e abriu a mão dele. Ele xingou, mas Manon continuou andando, lambendo o sangue das unhas. Ela quase o cuspiu.

Vil. O sangue tinha gosto podre, como se tivesse coagulado ou apodrecido dentro de um cadáver durante dias. Manon olhou para o sangue no resto da mão. Era escuro demais para ser sangue humano. Se as bruxas estavam, de fato, matando aqueles homens, por que ninguém relatara aquilo? Ela abafou as perguntas. Pensaria nisso em outra hora. Talvez arrastasse o capataz para um canto esquecido e o abrisse para ver o que apodrecia dentro dele.

Mas naquele momento... Os homens tinham ficado em silêncio. Cada passo a levava para mais perto de Abraxos. Um limite fora desenhado na terra onde a segurança das correntes terminava. A bruxa deu três passos além, um para cada rosto de sua deusa: Donzela. Mãe. Idosa.

Abraxos se agachou, os músculos poderosos do corpo ficaram tensos, prontos para saltar.

— Sabe quem eu sou — falou Manon, observando aqueles olhos pretos infinitos, sem demonstrar um indício de medo ou dúvida. — Sou Manon Bico Negro, herdeira do clã Bico Negro, e você é *meu*. Entende?

Um dos homens riu com deboche, e ela poderia ter virado para arrancar a língua dele bem ali, mas Abraxos... Abraxos abaixou a cabeça levemente. Como se entendesse.

— Você é Abraxos — continuou Manon, um calafrio lhe percorrendo o pescoço. — Dei esse nome a você porque ele é a Grande Fera, a serpente que se enrosca ao redor do mundo e que o devorará no fim, quando a Deusa de Três Rostos ordenar. Você é Abraxos — repetiu ela — e é *meu*.

Um piscar de olhos, então outro. Abraxos deu um passo em sua direção. Couro rangeu quando alguém segurou um chicote enroscado com mais força. Mas Manon se manteve onde estava, erguendo uma das mãos na direção da serpente alada.

— Abraxos.

A cabeça magnífica desceu até ela, aqueles olhos eram poças de noite líquida, encarando-a. Ainda mantinha a mão estendida, com a ponta de ferro manchada de sangue. A serpente alada tocou com o focinho a palma da mão de Manon, bufando.

O couro cinzento de Abraxos era morno e surpreendentemente macio — espesso, mas maleável, como couro gasto. De perto, a variação de cores era surpreendente, não apenas cinza, mas verde-escuro, marrom, preto. Estava todo marcado por cicatrizes, tantas que poderiam ter sido as listras de um gato selvagem. Os dentes, amarelos e quebrados, reluziam à luz da tocha. Alguns estavam faltando, mas os que restavam eram tão longos quanto um dedo e duas vezes mais espessos. Seu hálito quente fedia, talvez pela dieta ou pelos dentes podres.

Cada uma das cicatrizes, os dentes lascados e as garras quebradas, a cauda mutilada — não eram marcas de uma vítima. Ah, não. Eram troféus de um sobrevivente. Abraxos era um guerreiro que não tinha qualquer chance a seu favor, mas sobrevivera. Aprendera com isso. Triunfara.

Manon não se incomodou em olhar para os homens atrás dela ao falar:

— Saiam. — Ela continuava encarando aqueles olhos escuros. — Deixem a sela e saiam. Se trouxerem um chicote para cá de novo, eu mesma o usarei em vocês.

— Mas...

— *Agora*.

Resmungando e estalando a língua, os tratadores saíram arrastando os pés, então fecharam o portão. Quando ficaram sozinhos, Manon acariciou o enorme focinho de Abraxos.

Não importava como o rei tivesse criado aquelas bestas, Abraxos de alguma forma nascera diferente. Menor, porém, mais esperto. Ou talvez os demais jamais tivessem precisado pensar. Tratados e treinados, faziam como ordenado. Mas Abraxos aprendera a sobreviver, e talvez isso tivesse aberto a mente dele, fazendo-o entender as palavras, assim como as expressões de Manon.

E, se podia compreender aquelas coisas... possivelmente conseguiria ensinar as outras montarias das Treze. Era uma vantagem pequena, mas uma que poderia torná-las Líderes Aladas — e fazê-las invencíveis contra os inimigos do rei.

— Vou colocar esta sela em você — disse ela, ainda segurando aquele focinho. Abraxos se moveu, mas a bruxa segurou com força, obrigando-o a fitá-la. — Quer sair deste buraco? Então vai me deixar colocar esta sela em suas costas para ver se cabe. E, quando tivermos terminado, vai me deixar olhar para sua cauda. Aqueles humanos desgraçados cortaram seus espinhos, então vou construir uns para você. De ferro. Como os meus — explicou Manon, mostrando as unhas de ferro para que Abraxos visse. — E presas também — acrescentou ela, exibindo os dentes de ferro. — Vai doer, e você vai querer matar os homens, mas vai permitir porque, se não o fizer, vai apodrecer aqui embaixo pelo resto da vida. Entendeu?

Uma bufada longa e quente nas mãos da bruxa.

— Quando tudo isso terminar — comentou ela, sorrindo levemente para a serpente alada —, você e eu vamos aprender a voar. E então vamos manchar este reino de vermelho.

~

Abraxos fez tudo o que Manon pediu, embora tivesse grunhido para os tratadores que o inspecionaram e cutucaram e puxaram, além de quase morder o braço do médico, que precisou arrancar os dentes podres para abrir caminho para as presas de ferro. Foram precisos cinco dias para fazer tudo.

O animal quase derrubou uma parede quando soldaram os espinhos de ferro na cauda, mas Manon ficou com ele o tempo todo, falando sobre como era cavalgar com as Treze nas vassouras de pau-ferro e caçar as bruxas Crochan. Ela contou histórias tanto para distrair Abraxos quanto para lembrar os homens que se cometessem um erro, se o ferissem, a retribuição seria um processo longo e sangrento. Nenhum deles falhou.

Durante os cinco dias em que trabalharam em Abraxos, Manon perdeu as lições de voo com as Treze. E, a cada dia que se passava, a janela de oportunidade para colocar a criatura no ar ficava menor.

A bruxa estava de pé com Asterin e Sorrel no salão de treinamento, observando o finalzinho da lição de luta do dia. Sorrel estivera trabalhando com a aliança mais jovem das Bico Negro — todas com menos de setenta anos, e poucas delas experientes.

— Muito ruim? — perguntou Manon, cruzando os braços.

Sorrel, pequena e de cabelos pretos, cruzou os braços também.

— Não tão ruim quanto temíamos. Mas ainda estão decifrando a dinâmica da aliança... e a líder delas é... — Sorrel franziu a testa para uma bruxa franzina que acabara de ser atirada ao chão por uma inferior. — Eu sugeriria que a aliança decidisse o que fazer com ela ou que escolhesse uma nova líder. Uma aliança fraca na ala e podemos perder os Jogos de Guerra.

A líder da aliança estava sem fôlego no piso de pedra dura, o nariz pingando sangue azul. Manon trincou os dentes.

— Dê dois dias a ela... vamos ver se consegue entrar na linha. — Não era preciso que a notícia de alianças instáveis corresse ali. — Mas faça com que Vesta saia com ela esta noite — acrescentou Manon, olhando para a linda mulher de cabelos ruivos que liderava outra aliança no treinamento de arco e flecha. — Para onde quer que esteja indo atormentar os homens no Canino do Norte.

Sorrel ergueu inocentemente as sobrancelhas espessas, e Manon revirou os olhos.

— Você é uma mentirosa pior que Vesta. Acha que não reparei naqueles homens sorrindo para ela o dia inteiro? Ou as marcas de mordidas neles? Apenas mantenha a taxa de mortes baixa. Já temos muito com que nos preocupar, não precisamos de um motim dos mortais.

Asterin riu com escárnio, mas, quando Manon a olhou de esguelha, a bruxa manteve o olhar à frente, com a expressão inocente demais. É claro, se Vesta estava dormindo com eles e os fazendo sangrar, então Asterin estava bem ali ao lado. Nenhuma das duas reportara qualquer coisa a respeito de os homens terem um gosto estranho.

— Como quiser, milady — falou Sorrel, um leve resquício de vermelhidão nas bochechas. Se Manon era gelo e Asterin era fogo, então Sorrel era rocha. A avó de Manon dissera à neta mais de uma vez que tornasse Sorrel a imediata, pois gelo e pedra eram às vezes bem semelhantes. Mas sem a chama de Asterin, sem que a imediata fosse capaz de causar um tumulto ou abrir o pescoço de qualquer um que desafiasse o domínio da herdeira, Manon não teria liderado as Treze tão bem. Sorrel era sensata o bastante para equilibrar as duas. Perfeita como sucessora de Asterin na hierarquia.

— As únicas se divertindo agora — comentou a imediata — são as gêmeas-demônio de olhos verdes.

De fato, Faline e Fallon, com cabelos como a meia-noite, sorriam com alegria frenética conforme lideravam as três alianças em exercícios de arremesso de facas, usando as inferiores como alvo. Manon apenas balançou a cabeça. Qualquer coisa que funcionasse; que agitasse aquelas guerreiras Bico Negro.

— E minhas Sombras? — perguntou Manon a Asterin. — Como estão se saindo?

Edda e Briar, duas primas que eram tão próximas quanto irmãs, tinham sido treinadas desde a infância para se mesclar a qualquer fiapo de escuridão e ouvir — e não estavam em lugar algum daquele salão. Exatamente como Manon ordenara.

— Terão um relatório esta noite — afirmou a imediata.

Primas distantes de Manon, as Sombras tinham o mesmo cabelo branco como o luar. Ou costumavam ter, até descobrirem, oitenta anos antes, que cabelos prateados eram tão visíveis quanto um farol, então os pintaram de preto. Elas quase nunca falavam, nunca riam e às vezes nem mesmo a própria Asterin conseguia detectá-las até que estivessem no pescoço dela. Era a única fonte de diversão das duas: surpreender as pessoas, embora jamais ousassem fazer aquilo com Manon. Não era surpreendente que tivessem escolhido duas serpentes aladas cor de ônix.

Manon olhou para Asterin e Sorrel.

— Quero as duas em meu quarto para ouvir o relatório também.

— Pedirei que Lin e Vesta fiquem de guarda — respondeu Asterin. Eram as sentinelas substitutas de Manon: Vesta devido aos sorrisos que desarmavam os outros, e Lin porque, se alguém a chamasse pelo nome completo, Linnea, dado pela mãe carinhosa logo antes de a avó arrancar o coração da própria filha, então aquela pessoa acabaria com alguns dentes a menos na melhor das hipóteses. Um rosto, na pior.

A herdeira estava prestes a se virar quando viu as duas bruxas observando-a. Sabia qual era a pergunta que não ousavam fazer, e falou:

— Estarei nos céus com Abraxos em uma semana, então voaremos como uma.

Era mentira, mas elas acreditaram mesmo assim.

28

Os dias se passaram, e nem todos foram horríveis. Do nada, Rowan decidiu levar Celaena para a comunidade de curandeiros a vinte e cinco quilômetros, na qual os melhores curandeiros do mundo aprendiam, ensinavam e trabalhavam. Na fronteira entre o mundo feérico e o mundo mortal, estavam acessíveis a qualquer um que conseguisse chegar lá. Era uma das poucas coisas *boas* que Maeve fizera.

Quando era criança, Celaena tinha implorado à mãe que a levasse. Mas a resposta sempre fora não, acompanhada de uma vaga promessa de que algum dia fariam a viagem até Torre Cesme no continente sul, onde muitos dos professores tinham sido ensinados pelos feéricos. A mãe fizera todo o possível para manter a filha longe das garras de Maeve. A ironia daquilo não passava despercebida.

Então Rowan a levou. Celaena poderia ter passado o dia todo — o mês inteiro — perambulando pela propriedade, sob os olhos inteligentes e gentis do curandeiro-chefe. No entanto, o tempo ali foi cortado pela metade graças à distância e à inabilidade da assassina em mudar de forma, pois Rowan queria estar em casa antes do anoitecer. Sinceramente, embora tivesse se divertido de verdade no complexo pacífico à margem do rio, ela se perguntou se o guerreiro a levara até lá apenas para fazer com que se sentisse mal pela vida na qual tinha terminado. Aquilo a deixou calada durante a longa caminhada de volta.

E Rowan não deu a ela um momento de paz: deveriam sair ao alvorecer seguinte para uma viagem de dois dias, mas ele não queria dizer para onde. Fantástico.

Já preparando o pão do dia, Emrys apenas pareceu vagamente entretido quando Celaena entrou apressada, encheu a boca de comida, entornou o chá, então saiu correndo de novo.

O guerreiro já esperava nos aposentos dela, com uma pequena mochila, aberta, pendurada nas mãos.

— Roupas — disse Rowan, então ela enfiou dentro da bolsa a camisa e as roupas de baixo extras que tinha separado.

Ele colocou a mochila nos ombros, o que significava, Celaena imaginou, que estava de bom humor, pois ela esperava bancar a mula a caminho de onde quer que fossem. O guerreiro não disse nada até que os dois estivessem nas árvores cobertas de névoa, seguindo de novo para oeste. Quando as muralhas da fortaleza sumiram atrás deles, as pedras de defesa zunindo contra a pele de Celaena conforme atravessavam, Rowan parou por fim, tirando o capuz pesado. Ela fez o mesmo, o ar frio fustigando as bochechas mornas.

— Mude de forma e vamos — disse Rowan. O segundo conjunto de palavras direcionado a ela naquela manhã.

— E aqui estava eu, pensando que tínhamos nos tornado amigos.

Rowan ergueu as sobrancelhas, gesticulando com a mão para que Celaena mudasse de forma.

— São trinta quilômetros — retrucou o guerreiro, como se a encorajasse, e deu um sorriso malicioso. — Vamos correndo. Ida e volta.

Os joelhos dela tremeram ao pensar naquilo. É claro que ele transformaria aquilo em algum tipo de sessão de tortura. É claro.

— E *aonde* vamos?

Rowan trincou o maxilar, a tatuagem se esticando.

— Outro corpo foi encontrado, semifeérico, de uma fortaleza vizinha. Foi jogado na mesma área, os mesmos padrões. Quero ir até a cidade próxima interrogar os cidadãos, mas... — Ele contorceu a boca para o lado, então balançou a cabeça para alguma conversa silenciosa consigo mesmo. — Mas preciso de sua ajuda. Vai ser mais fácil para os mortais falar com você.

— Isso é um elogio? — O guerreiro revirou os olhos.

Quem sabe a visita do dia anterior para o complexo dos curandeiros não tivesse sido por desprezo. Talvez Rowan... estivesse tentando fazer algo legal por ela.

— Mude, ou levaremos duas vezes mais tempo.

— Não *consigo*. Sabe que não funciona assim.

— Não quer saber o quão rápido pode correr?

— Não posso usar minha outra forma em Adarlan de qualquer modo, então qual é o propósito? — O que era o início de toda uma questão complicada que Celaena ainda não tinha se permitido contemplar.

— O propósito é que está aqui agora, e não testou seus limites adequadamente. — Era verdade. Celaena não vira de verdade o que era capaz de fazer. — O propósito é que outra casca de corpo foi descoberta, e considero isso inaceitável.

Outro corpo — daquela criatura. Uma morte horrível e cruel. *Era* inaceitável.

Rowan deu um puxão forte e doloroso na trança da assassina.

— A não ser que ainda esteja com medo.

As narinas dela se dilataram.

— A única coisa que me assusta é quanto quero *muito* estrangular você. — Mais que isso, queria encontrar a criatura e destruí-la, tanto por aqueles que assassinara como pelo que fizera *Celaena* passar. Ela a mataria... devagar. Um tipo de pressão e calor terríveis começaram a se acumular sob a pele.

Rowan murmurou:

— Atice-a... a raiva.

Foi por isso que havia contado sobre o corpo? Desgraçado... desgraçado por manipulá-la, por fazê-la trabalhar dois turnos na cozinha. Contudo, o rosto do guerreiro estava indecifrável ao falar:

— Permita que seja uma lâmina, Aelin. Se não conseguir encontrar a paz, então ao menos cultive a raiva que guia você até a mudança. Receba isso e controle... não é sua inimiga.

Arobynn fizera todo o possível para que Celaena odiasse aquela herança, para que a temesse. O que tinha feito com ela, o que a assassina tinha se permitido virar...

— Isso não vai acabar bem — sussurrou ela.

Rowan não recuou.

— Veja o que quer, Aelin, e pegue. Não peça; não deseje. *Tome.*

— Tenho certeza de que um instrutor de magia comum não recomendaria isso para a maioria das pessoas.

— Você não é a maioria das pessoas, e acho que gosta disso. Se é um conjunto de emoções mais sombrias que vai ajudá-la a se transformar quando ordenado, então é o que usaremos. Pode chegar o dia em que descobrirá que a raiva não funciona mais, ou em que se tornará uma muleta, mas por enquanto... — Um olhar de contemplação. — Foi o denominador comum nas vezes em que se transformou, raiva de diversos tipos. Então, assuma isso.

Ele estava certo; e Celaena não queria pensar mais naquilo ou se deixar ficar tão enfurecida, não quando tinha ficado com raiva por tanto tempo. Por enquanto...

Respirou fundo. Então de novo. Ela deixou que a raiva a ancorasse, uma faca cortando a hesitação habitual, a dúvida e o vazio.

Celaena tocou a parede interna familiar; não, um véu, reluzindo com uma luz tênue. Todo aquele tempo, achou que buscava o poder *no fundo*, mas era mais como se o buscasse *através*. Não um desejo, mas um comando. Ela se *transformaria* — porque havia uma criatura à espreita naquelas terras que merecia pagar. Com um grunhido silencioso, a assassina empurrou a si mesma para além do véu, a dor irradiou por cada centímetro e poro conforme mudou de forma.

Um sorriso feroz e desafiador, então Rowan se *moveu*, tão rápido que Celaena mal conseguiu acompanhar quando ele surgiu do outro lado, puxando a trança dela de novo. Ao se virar, o guerreiro já havia sumido e... Ela gritou ao ser beliscada na lateral do corpo.

— *Pare...*

Rowan estava diante de Celaena agora, um convite selvagem nos olhos. Ela estivera estudando o modo como ele se movia, os truques e as indicações, o modo como presumia que Celaena reagiria. Assim, quando cruzou os braços, fingindo o chilique com que o guerreiro contava, ela esperou. Esperou, então...

Ele disparou para a esquerda para beliscá-la ou cutucá-la ou acertá-la, e a assassina se virou, golpeando a lateral de Rowan com o cotovelo e acertando o topo da cabeça com a outra mão. Ele parou subitamente e piscou algumas vezes. Celaena sorriu maliciosamente.

Rowan exibiu os dentes em um sorriso feroz e assustador.

— Ah, é *melhor* correr agora.

Quando atacou, ela disparou pelas árvores.

~

Celaena suspeitava que Rowan a tivesse deixado ficar à frente durante os primeiros minutos, porque, embora se movesse mais rápido, mal conseguia se ajustar ao corpo transformado para saltar sobre rochas e árvores caídas. Ele dissera que estavam indo para sudoeste, e foi para lá que ela foi, desviando entre as árvores, a raiva se dissipando, tornando-se algo inteiramente diferente.

Rowan era um borrão prateado e branco ao lado e atrás de Celaena; sempre que se aproximava demais, ela desviava para o outro lado, testando os sentidos que diziam onde estavam as árvores sem que as visse — o cheiro de carvalho e musgo e coisas vivas, o frio da névoa passando entre os dois, como uma trilha que a jovem seguia.

Eles chegaram a uma planície, o chão liso sob as botas dela. Mais rápido; Celaena queria ver se conseguia ir *mais rápido*, se conseguia correr mais que o próprio vento.

Rowan surgiu à esquerda, e ela impulsionou os braços, as pernas, saboreando o fôlego nos pulmões — tranquila e calma, pronta para ver o que faria a seguir. Mais... aquele corpo queria *mais.*

Ela queria mais.

E então disparou com mais agilidade do que jamais tivera na vida, as árvores eram um borrão, o corpo imortal cantava conforme Celaena deixava que os ritmos se adequassem. Os pulmões poderosos engoliam o ar nebuloso, enchendo-se com o cheiro e o sabor do mundo, apenas instinto e reflexo a guiavam, diziam que ela poderia ir ainda mais rápido, os pés avançando pela terra argilosa passo a passo.

Deuses. *Pelos deuses.*

Celaena poderia ter voado, poderia ter disparado por causa do rompante súbito de êxtase no sangue, a mera liberdade concedida pela maravilha da criação que era o próprio corpo.

Rowan disparou até a assassina pelo lado direito, mas ela desviou de uma árvore com tanta facilidade que soltou um grito, então se atirou entre dois galhos longos pendurados, meros obstáculos que ultrapassou com habilidade felina.

O guerreiro estava ao lado dela de novo, disparando com um estalo de dentes, mas Celaena girou e saltou uma rocha, deixando que os movimentos que aprimorara como assassina se misturassem aos instintos do corpo feérico.

Ela poderia morrer de amor por aquela velocidade, aquela certeza nos ossos. Como tivera medo daquele corpo por tanto tempo? Mesmo a alma parecia mais solta. Como se tivesse sido trancafiada e enterrada, e somente agora começava a se libertar. Não era alegria, talvez nunca fosse, mas era um lampejo do que fora antes de o luto dizimá-la tão completamente.

Rowan corria ao lado, porém não fez menção de segurá-la. Não, ele estava... brincando.

O guerreiro a olhou, a respiração ofegante, mas equilibrada. E podia ter sido o sol passando pela copa das árvores, mas Celaena jurava que tinha visto os olhos dele incandescentes com um brilho daquela mesma alegria feral. Poderia jurar que Rowan estava sorrindo.

~

Foram os trinta quilômetros mais rápidos da vida dela. Na verdade, os últimos oito quilômetros foram mais lentos, e, quando Rowan os fez parar, ambos estavam ofegantes. Somente então, enquanto se encaravam entre as árvores, Celaena percebeu que a magia não tinha deflagrado uma vez sequer — não tinha sequer tentado tomar conta dela ou irromper. Ela conseguia sentir a magia esperando no estômago, morna, mas tranquila. Dormente.

Ela limpou o suor da testa, do pescoço, do rosto. Embora estivesse arfante, ainda poderia ter corrido quilômetros. Pelos deuses, se tivesse sido rápida daquele jeito na noite em que Nehemia...

Não teria feito diferença. A princesa orquestrara cada passo da própria destruição e teria encontrado outro modo. Também só fizera aquilo porque Celaena se recusara a ajudar... se recusara a agir. Ter aquele glorioso corpo feérico não mudava nada.

Ela piscou, percebendo que encarava Rowan e que qualquer satisfação vista no rosto dele tinha, de novo, se tornado gelo. Ele atirou alguma coisa para Celaena: a camisa que carregava.

— Troque de roupa.

O guerreiro se virou e tirou a própria camisa. As costas eram tão marrons e cobertas de cicatrizes quanto o restante do corpo. Mas, ao ver aquelas marcas, Celaena não teve vontade de mostrar as próprias costas destruídas, então seguiu para as árvores até ter certeza de que ele não pudesse vê-la, e trocou de blusa. Ao voltar para onde estava a mochila, Rowan atirou a ela um cantil de água, a qual Celaena bebeu. Tinha gosto... Conseguia sentir o gosto de cada camada de minerais e o gosto almiscarado do próprio cantil.

Quando chegaram à cidadezinha de telhados vermelhos, já podia respirar de novo.

Os dois logo descobriram que era quase impossível conseguir que *qualquer um* falasse, ainda mais com dois visitantes feéricos. A assassina pensou em voltar para a forma humana, mas com o sotaque e o humor cada vez pior, tinha quase certeza de que uma mulher de Adarlan não seria recebida muito melhor que uma feérica. Janelas eram fechadas conforme passavam, provavelmente por causa de Rowan, que parecia nada menos que a morte encarnada. Contudo, ele foi surpreendentemente calmo com os aldeões de quem se aproximaram. O guerreiro não ergueu a voz, não grunhiu, não ameaçou. Ele não sorriu, mas, para Rowan, estava bem alegre.

Mesmo assim, não conseguiram chegar a lugar algum. Não, não tinham ouvido falar de um semifeérico desaparecido, ou de outros corpos. Não, não tinham visto pessoas estranhas. Não, animais de criação não estavam desaparecendo, embora *houvesse* um ladrão de galinhas a algumas cidades dali. Não, estavam perfeitamente seguros e protegidos em Wendlyn, e não gostavam de feéricos nem semifeéricos se metendo nos negócios deles também.

Celaena tinha desistido de flertar com o menino do estábulo da pousada, que tinha o rosto cheio de espinhas, o qual simplesmente encarara boquiaberto as orelhas e os caninos dela como se estivesse a um segundo de ser devorado vivo.

Ela caminhou pela agradável rua principal, faminta e cansada e irritada por precisarem, de fato, dos colchonetes, porque o dono da pousada já havia informado que não tinha vagas. Rowan a alcançou, as nuvens de tempestade nos olhos diziam o bastante a respeito de como tinha sido a conversa com a senhora do bar.

— Eu poderia acreditar que era uma criatura semisselvagem se ao menos alguns deles soubessem que essas pessoas tinham desaparecido — ponderou Celaena. — Mas escolher consistentemente alguém cuja falta ninguém vai sentir ou reparar? Deve ser racional o bastante para saber quem escolher. O semifeérico só pode ser uma mensagem, mas qual? Para ficarmos longe? Então por que deixar os corpos? — Ela puxou a ponta da trança, parando diante da vitrine de uma loja de roupas. Vestidos simples, de cortes bem-feitos estavam à mostra, nada como a moda elegante e intricada de Forte da Fenda.

Celaena reparou nos olhos arregalados e na palidez da menina da loja um segundo antes que fechasse as cortinas. Bem...

Rowan riu com deboche, e a assassina se virou para ele.

— Está acostumado com isso, presumo?

— Muitos dos feéricos que se aventuram em terras mortais conquistaram a reputação de... tomarem o que quiserem. Isso ficou sem controle durante muitos anos, então embora nossas leis estejam mais rigorosas agora, o medo permanece. — Seria uma crítica a Maeve?

— Quem aplica essas leis?

Um sorriso sombrio.

— Eu. Quando não estou em campanha, minha tia me faz caçar os desobedientes.

— E matá-los?

O sorriso permaneceu.

— Se a situação pedir. Ou apenas arrastá-los de volta a Doranelle e deixar que Maeve decida o que fazer.

— Acho que prefiro morrer pelas suas mãos a morrer pelas dela.

— Essa pode ser a primeira coisa sábia que já falou para mim.

— Os semifeéricos disseram que você tem outros cinco amigos guerreiros. Eles caçam com você? Com que frequência os vê?

— Eu os vejo sempre que a situação exige. Maeve os obriga a servi-la conforme acha necessário, como faz comigo. — Cada palavra foi mensurada. — É uma honra ser um guerreiro servindo ao círculo íntimo dela. — Celaena não sugerira o contrário, mas perguntou-se por que Rowan sentiu necessidade de acrescentar aquilo.

A rua ao redor estava vazia; até as barraquinhas de comida tinham sido abandonadas. Ela respirou fundo, farejando e... aquilo era chocolate?

— Você trouxe dinheiro?

Ele ergueu as sobrancelhas, hesitante.

— Sim. Mas não vão aceitar suborno.

— Que bom. Mais para mim, então. — Celaena apontou para a placa bonita que oscilava à brisa do mar. *Confeitaria*. — Se não podemos conquistá-los com charme, podemos muito bem conquistá-los com nossos negócios.

— Por acaso *não* ouviu o que acabei... — Mas ela já havia chegado à loja, que tinha um cheiro divino e estava cheia de chocolates e doces e, *pelos deuses*, trufas de avelã. Embora a confeiteira tivesse ficado pálida ao ver os dois tomarem conta do espaço, Celaena deu seu melhor sorriso.

Por cima do cadáver dela que deixaria aquelas pessoas saírem impunes depois de fecharem a cortina em sua cara — ou deixaria pensarem que estava lá para saquear. Nehemia jamais permitira que os idiotas arrogantes e preconceituosos de Forte da Fenda a enxotassem de qualquer loja, restaurante ou casa.

E Celaena teve a sensação de que a amiga sentiria orgulho do modo como entrou de loja em loja naquela tarde, com a cabeça erguida, conquistando profundamente os aldeões com seu charme.

~

Uma vez que se espalhou a notícia de que os dois forasteiros feéricos gastavam prata em chocolate, depois em alguns livros e em pão e carne frescos, as ruas se encheram de novo. Os vendedores, carregando tudo, desde maçãs até temperos e relógios de bolso, estavam subitamente ansiosos por conversar, contanto que vendessem alguma coisa. Quando Celaena entrou na guilda de mensageiros abarrotada para mandar uma carta, conseguiu perguntar a alguns dos novatos se tinham sido contratados por alguém suspeito. Não tinham, mas ela deu gorjetas generosas ainda assim.

Rowan carregou prestativamente cada bolsa e caixa que a jovem comprou, exceto pelos chocolates, os quais a própria comeu conforme caminhava, um após o outro. Quando ofereceu um ao guerreiro, ele alegou não comer doces. *Nunca*. Não era surpreendente.

No fim das contas, os aldeões não sabiam de nada, o que Celaena supôs ser bom, porque significava que não tinham mentido antes, mas o vendedor de caranguejos disse, *sim*, que encontrara algumas facas jogadas — pequenas, mortalmente afiadas — nas redes recentemente. Ele as lançou de volta na água como um presente para o Deus do Mar. A criatura sugara aquelas pessoas até que secassem, não as cortara. Então os soldados de Wendlyn deviam ter perdido um baú de facas em alguma tempestade.

Ao pôr do sol, o dono da pousada até se aproximou subitamente dos dois com uma suíte vaga. A melhor da cidade, alegava o homem, mas Celaena começava a achar que poderiam atrair o tipo de atenção errada e não estava com humor para ver Rowan estripar um potencial ladrão. Então educadamente recusou, e ambos saíram pela rua, a luz logo se tornando densa e dourada conforme entraram na floresta mais uma vez.

Não foi um dia ruim, percebeu a assassina, ao cochilar sob o dossel da floresta. Nada mau mesmo.

~

A mãe a chamava de Coração de Fogo.

Mas para a corte dela, para seu povo, ela um dia seria rainha. Para eles, era a herdeira de duas linhagens magníficas e de um poder imenso que os manteria em segurança, assim como elevaria o reino ainda mais. Um poder que era um dom — ou uma arma.

Esse fora o debate quase constante durante os primeiros oito anos da vida dela. Conforme ficou mais velha, tornou-se evidente que, embora tivesse herdado a maior parte da aparência da mãe, recebera o temperamento volátil e a inconsequência do pai; as perguntas cautelosas ficaram mais frequentes, feitas por governantes em reinos distantes.

E, em dias como aquele, ela sabia que todos ouviriam falar do evento, para o bem ou para o mal.

Ela deveria estar dormindo, estava vestindo a camisola preferida, e os pais a haviam colocado na cama minutos antes. Por mais que tivessem negado, sabia que estavam exaustos e frustrados. Vira como a corte agia e como o tio tinha colocado a mão gentil no ombro do pai dela, dizendo que levasse a filha para a cama.

Contudo, não conseguia dormir, não quando a porta estava entreaberta e era possível ouvir os pais no quarto, na suíte que compartilhavam nos níveis mais altos do castelo branco. Eles achavam que estavam falando baixinho, mas foi com ouvidos imortais que ela ouviu na quase escuridão.

— Não sei o que espera que eu faça, Evalin — disse seu pai. Ela quase o ouvia caminhando diante da enorme cama na qual tinha nascido. — O que está feito, está feito.

— Diga a eles que foi um exagero, diga que os bibliotecários estavam fazendo escândalo por nada — sussurrou a esposa. — Comece um boato de que outra pessoa fez isso, tentando colocar a culpa nela...

— Tudo isso é por causa de Maeve?

— Isso é porque ela vai ser caçada, *Rhoe. Durante a vida toda, Maeve e outros vão caçá-la pelo poder que tem...*

— E acha que concordar em deixar aqueles desgraçados a banirem da biblioteca vai evitar isso? Diga: por que nossa filha gosta tanto de ler?

— Isso não tem nada a ver.

— Diga. — *Quando a mãe não respondeu, o pai resmungou. — Ela tem oito anos... e me disse que seus amigos mais queridos são os personagens dos livros.*

— Ela tem Aedion.

— Ela tem Aedion porque ele é a única criança neste castelo que não morre de medo de nossa filha, que não foi afastado dela porque a treinamos de forma relapsa. Ela precisa de treinamento, Ev... Treinamento e amigos. Se não tiver qualquer um dos dois, então *vai se tornar aquilo que eles temem.*

Silêncio e, em seguida, um bufar ao lado da cama dela.

— Não sou criança — sussurrou Aedion de onde estava sentado, em uma cadeira, os braços cruzados. Ele entrara ali de fininho depois que os pais foram embora... para conversar calmamente com a amiga, como sempre fazia quando ela estava chateada. — E não vejo por que é uma coisa ruim eu ser seu único amigo.

— Silêncio — murmurou ela de volta. Embora Aedion não pudesse mudar de forma, o sangue misturado permitia que ouvisse a um alcance incrível e com precisão, melhor até que ela. E, embora fosse cinco anos mais velho, era seu único amigo. *Ela amava a corte, sim, amava os adultos que a mimavam e paparicavam. No entanto, as poucas crianças que viviam no castelo se mantinham longe, apesar das súplicas dos pais delas. Como cães, ela pensava às vezes. As outras conseguiam sentir o cheiro das diferenças.*

— Ela precisa de amigos da idade dela — continuou o pai. — Talvez devêssemos mandá-la para a escola. Cal e Marion estão falando em mandar Elide no ano que vem...

— Nada de escola. E certamente não aquela suposta escola de magia, quando está tão perto da fronteira e não sabemos o que Adarlan está planejando.

Aedion suspirou, as pernas apoiadas no colchão. O rosto estava inclinado na direção da porta entreaberta, os cabelos dourados brilhavam levemente, mas havia uma ruga na testa do menino. Nenhum dos dois aceitava muito bem ser separado do outro, e, na última vez que um dos garotos do castelo o provocou por conta disso, Aedion passou um mês recolhendo bosta de cavalo por tê-lo espancado.

O pai dela suspirou.

— Ev, não me mate por isso, mas... não está tornando isso fácil. Para nós, ou para ela. — A mulher ficou em silêncio, e a menina ouviu um farfalhar de roupas, depois um murmúrio de "Eu sei, eu sei". Então os pais começaram a falar baixo demais até para ouvidos feéricos.

Aedion resmungou de novo, os olhos — olhos iguais aos dela — reluzindo no escuro.

— Não entendo essa confusão. E daí que você queimou alguns livros? Aqueles bibliotecários mereceram. Quando formos mais velhos, talvez a gente queime tudo até desabar, juntos.

Ela sabia que o amigo falava sério. Queimaria a biblioteca, a cidade ou o mundo inteiro até virar cinzas se ela pedisse. Era o laço que tinham, marcado por sangue e cheiro, e outra coisa que a menina não conseguia entender. Uma ligação tão forte quanto aquela que a unia aos pais. Mais forte, em alguns sentidos.

Ela não respondeu, não porque não tivesse uma resposta, mas porque a porta rangeu e, antes que Aedion pudesse se esconder, o quarto se inundou com a luz do corredor.

A mãe cruzou os braços. O pai, no entanto, soltou uma risada baixa, os cabelos castanhos iluminados pela luz do corredor, o rosto nas sombras.

— Típico — disse ele, abrindo espaço para que Aedion saísse. — Não precisa estar acordado ao alvorecer para treinar com Quinn? Você se atrasou cinco minutos esta manhã. Dois dias seguidos lhe garantirão as tarefas do estábulo. De novo.

Em um lampejo, o menino ficou de pé e saiu. Sozinha com os pais, ela desejou que pudesse fingir dormir, mas falou:

— Não quero ir embora para a escola.

O pai a levou para a cama, cada centímetro do homem era o guerreiro que Aedion desejava ser. Um príncipe-guerreiro, era como ouvira as pessoas o chamarem — que um dia se tornaria um rei poderoso. Ela às vezes achava que o pai não tinha interesse em ser rei, principalmente nos dias em que a levava para as montanhas Galhada do Cervo e a deixava perambular pela floresta de Carva-

lhal em busca do Senhor da Floresta. Ele jamais parecia mais feliz que naqueles momentos e sempre parecia um pouco triste em voltar a Orynth.

— Você não vai embora para a escola — disse o pai, olhando por cima dos ombros largos para a esposa, que permaneceu à porta, o rosto ainda nas sombras. — Mas entende por que os bibliotecários agiram daquela forma hoje?

É claro que entendia. Ela se sentia terrível por ter queimado os livros. Fora um acidente, e sabia que o pai acreditava nela. A menina assentiu, falando:

— Desculpe.

— Não tem nada *por que se desculpar — falou o pai, um grunhido na voz.*

— Eu queria ser como os outros — respondeu ela.

A mãe permaneceu em silêncio, imóvel, mas o pai segurou sua mão.

— Eu sei, meu amor. Mas, mesmo que não tivesse um dom, ainda seria nossa filha... ainda seria uma Galathynius e a rainha deles, um dia.

— Não quero ser rainha.

O pai suspirou. Aquela *era uma conversa que haviam tido antes. Ele acariciou o cabelo dela.*

— Eu sei — disse o pai, de novo. — Durma agora, conversaremos sobre isso de manhã.

Não conversariam, no entanto. A menina sabia que não, porque sabia que não havia como escapar do destino, embora, às vezes, rezasse para os deuses que houvesse. Ela se deitou de novo, mesmo assim, deixando que o pai lhe beijasse a cabeça e murmurasse boa-noite.

A mãe ainda não dissera nada, mas, quando o pai saiu, Evalin permaneceu, observando-a por um bom tempo. Enquanto caía no sono, a mãe saiu — e, quando se virou, a menina podia jurar que lágrimas reluziram no rosto pálido dela.

Celaena acordou sobressaltada, quase incapaz de se mover, de pensar. Devia ser o cheiro — o cheiro daquele corpo maldito, na véspera, que desencadeara o sonho. Foi doloroso ver o rosto dos pais, ver Aedion. Ela piscou, concentrando-se na respiração, até não estar mais naquele quarto lindo como uma caixa de joias, até o cheiro de pinho e neve no vento norte ter sumido e ela conseguir ver a névoa da manhã permeando o dossel de folhas acima. O musgo frio e úmido passava por suas roupas; o cheiro salgado do mar próximo permanecia espesso no ar. A assassina ergueu a mão para examinar a longa cicatriz sulcada em sua palma.

— Quer café da manhã? — perguntou Rowan, de onde estava agachado próximo à lenha apagada, a primeira fogueira que o vira montar. Ela assentiu, então esfregou os olhos com o dorso das mãos. — Então faça a fogueira — disse ele.

— Não pode estar falando sério. — O guerreiro não ousou responder. Resmungando, Celaena se virou no colchonete até se sentar de pernas cruzadas, diante da lenha, estendendo a mão para a madeira.

— Apontar é uma muleta. Sua mente pode direcionar as chamas perfeitamente.

— Talvez eu goste de fazer cena.

Rowan lançou um olhar que a assassina interpretou como: *Acenda o fogo. Agora.*

Ela esfregou os olhos de novo e se concentrou na lenha.

— Calma — disse ele, e Celaena se perguntou se seria aprovação na voz dele quando a madeira começou a fumegar. — Uma faca, lembre. Você está no controle.

Uma faca, cortando um pedacinho de magia. Poderia dominar aquilo. Acender uma única fogueira.

Pelos deuses, ela estava tão pesada de novo. O sonho idiota — a lembrança, o que quer que fosse. Aquele dia seria difícil.

Um poço se escancarou dentro dela, a magia irrompeu antes que conseguisse gritar um aviso.

Ela incinerou toda a área ao redor.

Quando a fumaça e as chamas se apagaram graças ao vento de Rowan, ele apenas suspirou.

— Pelo menos não entrou em pânico e mudou de volta para a forma humana.

Celaena imaginou que fosse um elogio. A magia parecia uma libertação — um soco bem dado. A pressão sob a pele tinha diminuído.

Então ela apenas assentiu. Contudo, mudar de forma, ao que parecia, era o menor dos problemas.

29

Fora apenas um beijo, Sorscha dizia a si mesma desde aquele dia. Um beijo rápido e sem fôlego que fez o mundo girar. O ferro no melaço funcionou, embora tivesse incomodado Dorian o bastante para começarem a testar a dosagem... e modos de escondê-la. Se ele fosse pego ingerindo algum pó a todas as horas do dia, levantaria suspeitas.

Então virou um tônico contraceptivo diário. Porque ninguém acharia aquilo estranho; não com a reputação do rapaz. Sorscha ainda se reassegurava de que o beijo não significara nada além de um agradecimento ao chegar à porta da torre do príncipe, carregando a dose diária para ele.

Ela bateu, e Dorian pediu que entrasse. O cão da assassina estava jogado na cama, enquanto o próprio príncipe estava deitado no sofá surrado. Ele se sentou, no entanto, sorrindo para Sorscha daquele jeito dele.

— Acho que encontrei uma combinação melhor, hortelã pode descer mais fácil que sálvia — explicou Sorscha, erguendo um frasco de líquido avermelhado. Dorian seguiu em sua direção, mas havia algo no andar dele... movia-se meio sorrateiro, o que a fez enrijecer o corpo. Principalmente quando o príncipe apoiou o frasco e a encarou profundamente por um longo tempo.

— O que foi? — sussurrou a curandeira, recuando um passo.

Dorian segurou a mão dela, não com força o bastante para doer, mas o suficiente para que a impedisse de recuar.

— Você entende os riscos, mas mesmo assim me ajuda — disse o príncipe. — Por quê?

— É a coisa certa.

— A lei de meu pai diz o contrário.

O rosto de Sorscha corou.

— Não sei o que quer que eu diga.

As mãos do rapaz estavam frias quando tocaram as bochechas dela, os calos arranhando com leveza.

— Só quero agradecer — murmurou ele, aproximando o corpo. — Por me ver e não sair correndo.

— Eu... — Ela queimava de dentro para fora e se afastou, com força o bastante para fazê-lo soltar. Amithy estava certa, mesmo que fosse uma pessoa cruel. *Havia* muitas mulheres lindas por ali, e qualquer coisa além de um flerte poderia terminar mal. Dorian era o príncipe herdeiro, enquanto Sorscha não era ninguém. Ela indicou o cálice. — Se não for muito incômodo, Vossa Alteza — Dorian se encolheu ao ouvir o título —, mande notícias sobre como esse funciona para você.

Sorscha não ousou pedir dispensa ou se despedir ou qualquer coisa que pudesse mantê-la naquele quarto por mais um minuto. E Dorian não tentou impedi-la conforme a curandeira saiu, fechando a porta.

A jovem se recostou contra a parede de pedra da estreita plataforma das escadas, a mão no coração acelerado. Era a coisa inteligente a fazer, a coisa certa a fazer. Sorscha tinha sobrevivido tanto tempo e só sobreviveria ao caminho adiante se continuasse a passar despercebida, confiável, silenciosa.

Mas não queria passar despercebida, não por Dorian, não para sempre.

Ele a fazia querer rir e cantar e agitar o mundo com a própria voz.

A porta se abriu, e a curandeira o viu na soleira, solene e cauteloso.

Talvez não pudesse haver futuro, nenhuma esperança de algo mais, porém olhando para o rapaz parado ali, naquele momento, Sorscha quis ser egoísta e burra e impulsiva.

Tudo poderia dar errado no dia seguinte, mas precisava saber como seria, apenas por um tempo, pertencer a alguém, ser querida e adorada.

Dorian não se moveu, não fez nada a não ser encarar — vendo-a exatamente como ela o via — quando a curandeira o agarrou pelas lapelas do manto, puxou o rosto do príncipe e o beijou ferozmente.

Chaol mal conseguira se concentrar durante os últimos dias, graças à reunião que estava a alguns minutos de acontecer. Levara mais tempo do que ele antecipara até que Ren e Murtaugh estivessem, por fim, prontos para encontrá-lo; o primeiro encontro dos três desde a noite nos cortiços. O capitão precisou esperar pela próxima noite de folga, Aedion precisou encontrar um local seguro, então eles precisaram coordenar com os dois senhores de Terrasen. Chaol e o general deixaram o castelo separadamente; o capitão se odiou ao mentir para os homens a respeito de aonde ia — odiou que tivessem desejado que ele se divertisse, odiou que confiassem nele, o homem que iria se encontrar com seus inimigos mortais.

Chaol afastou esses pensamentos ao se aproximar do beco escuro a alguns quarteirões da pensão decrépita onde se encontrariam. Sob o manto de capuz pesado, estava mais armado que o habitual. Cada fôlego que tomava parecia curto demais. Um assobio de duas notas soou pela ruela, e Chaol o imitou. Aedion saiu caminhando pela névoa baixa vinda do Avery, o rosto escondido no capuz do próprio manto.

O general não trazia a Espada de Orynth. Em vez disso, uma diversidade de lâminas e facas de luta estava presa ao corpo — um homem capaz de entrar no inferno e sair sorrindo.

— Onde estão os outros? — disse Chaol, baixinho. Os cortiços estavam silenciosos naquela noite, até demais para o gosto dele. Vestido como estava, poucos ousariam se aproximar, mas a caminhada pelas ruas tortas e escuras tinha sido perturbadora. Tanta pobreza e falta de esperança... e desespero. Isso tornava as pessoas perigosas, dispostas a arriscar qualquer coisa para conseguir mais um dia de vida.

Aedion se recostou contra a parede de tijolos em ruínas atrás deles.

— Não arranque a calça pela cabeça. Chegarão em breve.

— Já esperei tempo o suficiente por essa informação.

— Qual é a pressa? — perguntou Aedion, preguiçoso, avaliando o beco.

— Vou embora de Forte da Fenda em algumas semanas para retornar a Anielle. — O general não o encarou diretamente, mas Chaol sentiu seu olhar por baixo do capuz escuro.

— Então dê um jeito de não ir... diga que está ocupado.

— Fiz uma promessa — respondeu o capitão. — Já negociei tempo, mas quero ter... *feito* alguma coisa pelo príncipe antes de partir.

O general se virou para ele então.

— Ouvi falar que não se entendia com seu pai; por que a mudança súbita?

Teria sido mais fácil mentir, mas Chaol falou:

— Meu pai é um homem poderoso, tem a atenção de muitos membros influentes da corte e está no conselho do rei.

Aedion soltou uma risada baixa.

— Já bati boca com ele em mais de um conselho de guerra.

Chaol teria dado tudo para ver *aquilo*, mas não sorriu ao dizer:

— Foi a única forma de conseguir mandá-la a Wendlyn. — Ele explicou rapidamente o trato que fizera, e, quando terminou, Aedion soltou um longo suspiro.

— Nossa — falou o general, então balançou a cabeça. — Não achei que esse tipo de honra ainda existisse em Adarlan.

Chaol imaginou que fosse um elogio — e um grande elogio, vindo de Aedion.

— E quanto a seu pai? — disse o capitão, apenas para afastar a conversa do vazio no peito. — Sei que sua mãe era parente de... *dela*, mas e quanto à linhagem de seu pai?

— Minha mãe jamais admitiu quem era meu pai, mesmo quando estava perecendo no leito de morte — contou Aedion, simplesmente. — Não sei se por vergonha, ou porque não conseguia se lembrar, ou para me proteger de alguma forma. Depois que fui trazido para cá, não me importei de verdade. Mas prefiro não ter pai a ter seu pai.

Chaol deu um risinho e poderia ter feito outra pergunta caso não tivesse ouvido o ruído de botas raspando na pedra na outra ponta do beco, seguido por uma respiração ofegante.

Com rapidez, Aedion levou duas facas às mãos, e o capitão sacou a própria espada — uma lâmina comum, sem marcas, que havia levado do arsenal — quando um homem cambaleou para o campo de visão deles.

O homem trazia um braço em volta do tronco, o outro apoiado contra a parede de tijolos de um prédio abandonado. Aedion se moveu instantaneamente, facas embainhadas de novo. Apenas ao ouvir o general dizer o nome de Ren foi que Chaol correu na direção do jovem.

Ao luar, o sangue no manto de Ren era uma mancha reluzente e profunda.

— Onde está Murtaugh? — Aedion exigiu saber, passando o braço por baixo dos ombros do rapaz.

— Em segurança. — Ren ofegava, o rosto pálido como a morte. Chaol avaliou os dois lados do beco. — Fomos... seguidos. Então tentamos despistá-los. — O capitão ouviu, mais que viu, o jovem encolher o corpo. — Eles me encurralaram.

— Quantos? — perguntou Aedion, baixinho, embora Chaol quase pudesse ouvir a violência implícita na voz.

— Oito — disse Ren, sibilando de dor. — Matei dois, então fugi. Estão me seguindo.

Restavam seis. Se não estivessem feridos, provavelmente estavam por perto. Chaol avaliou as pedras além de Ren. O ferimento no abdômen não devia ser profundo se tinha conseguido evitar que o fluxo de sangue deixasse um rastro. Mas, mesmo assim, devia ser doloroso, potencialmente fatal, caso tivesse perfurado o lugar errado.

Aedion enrijeceu o corpo, ouvindo algo que o capitão não podia ouvir. Silenciosamente e com cuidado, passou o ferido para os braços de Chaol.

— Há três barris a dez passos daqui — falou o general, com calma letal conforme encarava a entrada do beco. — Escondam-se atrás deles e fiquem de boca fechada.

Era tudo o que Chaol precisava ouvir quando pegou o peso de Ren e o arrastou até os enormes barris, colocando-o no chão. O rapaz segurou um gemido de dor, mas continuou imóvel. Havia uma pequena fenda entre dois dos barris pela qual dava para ver o beco, assim como os seis homens que entraram nele, quase em formação. Não conseguia distinguir mais que mantos escuros e capuzes.

Os homens pararam ao dar com Aedion de pé diante deles, ainda encapuzado. O general sacou as facas e murmurou:

— Nenhum de vocês vai deixar este beco vivo.

~

Eles não deixaram.

Chaol ficou maravilhado com as habilidades de Aedion — a velocidade e a destreza e a total confiança que faziam aquilo parecer uma dança brutal e impiedosa.

Acabou antes mesmo de realmente começar. Os seis agressores pareciam confortáveis com armas, mas, contra um homem com sangue feérico correndo nas veias, eram inúteis.

Não era surpreendente que o general tivesse sido promovido tão rápido de patente. Chaol jamais vira outro homem lutar daquele jeito. Apenas... apenas Celaena se aproximara daquilo. Não sabia dizer qual dos dois venceria se algum dia se enfrentassem, mas juntos... o coração de Chaol gelou ao pensar nisso. Seis homens mortos em questão de minutos... seis.

Aedion não estava sorrindo quando voltou para o capitão e soltou um pedaço de tecido no chão diante deles. Até Ren, sem fôlego entre os dentes trincados, olhou.

Era um material preto, pesado — e estampado nele em linha escura, quase invisível, exceto pelo brilho da lua, estava uma serpente alada. A insígnia real.

— Não conheço esses homens — afirmou Chaol, mais para si mesmo que para alegar inocência. — Nunca vi esse uniforme.

— Ao que parece — disse o general, aquela raiva ainda presente na voz enquanto inclinava a cabeça na direção de barulhos que o capitão não conseguia discernir com os ouvidos humanos —, há mais deles por aí, e estão vasculhando o bairro de porta em porta em busca de Ren. Precisamos de um lugar para nos esconder.

O rapaz ferido se segurou à consciência por tempo o bastante para responder:

— Sei onde.

30

Chaol prendeu a respiração durante a caminhada toda enquanto segurava um semiconsciente Ren com a ajuda de Aedion. Os três oscilavam e cambaleavam, parecendo, para todo mundo, bêbados em uma noite de aventuras nos cortiços. As ruas ainda estavam cheias, apesar da hora, e uma das mulheres por quem passaram se esticou para agarrar o manto de Aedion, soltando uma fileira de palavras indecentes. Contudo, o general cuidadosamente se desvencilhou com a mão e falou:

— Não pago pelo que consigo de graça.

De alguma forma, pareceu uma mentira, pois Chaol não vira ou ouvira falar de Aedion compartilhar a cama com ninguém durante todas aquelas semanas. Mas talvez descobrir que Aelin estava viva tivesse mudado as prioridades dele.

O grupo chegou à casa de ópio que Ren citara entre lampejos de consciência, no momento em que os gritos dos soldados invadindo pensões e tabernas ecoaram pela rua. Sem esperar para ver quem eram, o capitão entrou pela porta de madeira entalhada. O fedor de corpos sujos, lixo e fumaça adocicada invadiu as narinas de Chaol. Até mesmo Aedion tossiu e deu ao rapaz ferido, quase um peso morto nos braços deles, um olhar de reprovação.

No entanto, a madame idosa se adiantou para cumprimentá-los, o longo manto e a sobrecapa oscilando com algum vento fantasma, levando-os às pressas pelo corredor com painéis de madeira, os pés leves sobre os tapetes gastos e coloridos. A mulher começou a recitar os preços, assim como os especiais da noite, mas Chaol precisou olhar apenas uma vez para os olhos verdes e inteligentes para entender que a mulher conhecia Ren — alguém que provavelmente construíra o próprio império ali em Forte da Fenda.

Ela os acomodou em uma alcova coberta com véu, cheia de almofadas de seda surradas, que fediam a fumaça adocicada e suor; depois de erguer as sobrancelhas para Chaol, o capitão entregou a ela três moedas de ouro. Ren gemeu de onde se esparramava nas almofadas, entre Aedion e Chaol, mas antes que o capitão conseguisse dizer uma palavra, a madame voltou com uma trouxa nos braços.

— Eles estão no estabelecimento ao lado — disse ela, o sotaque lindo e estranho. — Rápido.

A mulher levara uma túnica. Aedion foi rápido em despir Ren, cujo rosto estava mortalmente pálido, os lábios sem sangue. O general xingou quando viram o ferimento — um corte na parte de baixo da barriga.

— Se fosse mais profundo, a porcaria do intestino estaria pendurado para fora — disse Aedion, pegando uma faixa de tecido limpo com a madame e envolvendo-a ao redor do abdômen definido de Ren. Havia cicatrizes por todo o corpo do homem. Se sobrevivesse, aquela provavelmente não seria a pior.

A senhora se ajoelhou diante de Chaol e abriu a caixa que tinha nas mãos. Três cachimbos agora estavam na mesa baixa diante deles.

— Precisam fingir — sussurrou ela, olhando por cima do ombro pelo véu preto e espesso, sem dúvida calculando quanto tempo tinham.

Chaol nem tentou protestar quando a mulher usou blush para avermelhar a pele ao redor dos olhos dele, aplicou creme e pó para retirar a cor do rosto, abriu alguns botões do manto e umedeceu seus cabelos.

— Deite, indolente e relaxado, mantendo o cachimbo na mão. Fume se precisar se acalmar. — Foi tudo o que ela disse antes de começar a trabalhar em Aedion, que tinha terminado de enfiar Ren nas roupas limpas. Em momentos, os três estavam recostados nas almofadas fétidas, e a madame tinha saído com o manto ensanguentado.

A respiração de Ren estava complicada e irregular, e Chaol lutou contra a tremedeira nas próprias mãos quando a porta da frente se escancarou. Os pés leves da senhora passaram apressados para cumprimentar os homens.

Embora o capitão fizesse um esforço para ouvir, Aedion parecia escutar sem problemas.

— Cinco de vocês, então? — cantarolou ela em voz alta, para que o grupo ouvisse.

— Estamos procurando um fugitivo. — Foi a resposta grunhida. — Saia do caminho.

— Certamente gostariam de descansar. Temos salas particulares para grupos, e são todos homens tão grandes. — Cada palavra foi ronronada, um banquete sensual. — É mais caro se trouxerem espadas e adagas, um risco, entende, quando a droga toma conta...

— Mulher, *basta* — disparou um homem. Tecido se rasgou ao inspecionarem cada alcova coberta por véu. O coração estava acelerado, mas Chaol manteve o corpo inerte, mesmo quando estava aflito para pegar a espada.

— Então vou deixar que trabalhem — disse ela, tímida.

Entre os três, Ren parecia tão zonzo que era fácil acreditar que estava de fato completamente drogado. Chaol apenas esperava que a própria atuação fosse convincente quando a cortina se abriu.

— É o vinho? — disse Aedion, arrastando a voz, semicerrando os olhos para os homens, o rosto lívido e os lábios abertos em um sorriso largo. Mal dava para reconhecê-lo. — Estamos esperando há vinte minutos, sabia?

Chaol deu um sorriso exausto para os seis homens que olhavam para dentro da alcova. Todos naqueles uniformes escuros, todos desconhecidos. Quem diabo eram eles? Por que Ren se tornara um alvo?

— Vinho — disparou Aedion, o filho mimado de um mercador, talvez. — Agora.

Os homens apenas xingaram o grupo e continuaram. Cinco minutos depois, tinham sumido.

A casa devia ser um ponto de encontro, pois Murtaugh os encontrou lá uma hora depois. A madame os levou ao escritório particular, onde foram forçados a amarrar Ren ao sofá surrado enquanto ela — com habilidade surpreendente — desinfetava, costurava e atava o ferimento horrível. O jovem sobreviveria, disse a mulher, mas a perda de sangue e a lesão o manteriam incapacitado por um tempo. Murtaugh caminhou de um lado para outro o tempo todo, até que Ren caísse em um sono profundo, cortesia de algum tônico que a senhora o fez tomar.

Chaol e Aedion estavam sentados na pequena mesa, apertados entre caixas e mais caixas de ópio empilhadas contra a parede. Ele não queria saber o que havia no tônico que Ren tinha ingerido.

Aedion observava a porta trancada, a cabeça inclinada como se ouvisse os sons da casa de ópio, enquanto dizia a Murtaugh:

— Por que estavam sendo seguidos e quem eram aqueles homens?

O idoso continuava caminhando.

— Não sei. Mas sabiam onde nós dois estaríamos. Ren tem uma rede de informantes pela cidade. Qualquer um deles poderia ter nos traído.

A atenção do general permaneceu à porta, uma das mãos nas facas.

— Vestiam uniformes com a insígnia real, nem o capitão os reconheceu. Precisam ficar escondidos por um tempo.

O silêncio de Murtaugh era pesado demais. Chaol perguntou, baixinho:

— Para onde o levamos quando puder ser movido?

O idoso parou de andar, os olhos cheios de tristeza.

— Não há um lugar. Não temos casa.

Aedion olhou com determinação para ele.

— Em que droga de lugar têm ficado durante esse tempo todo?

— Aqui e ali, invadindo prédios abandonados. Quando conseguimos trabalho, ficamos em pensões, mas ultimamente...

Não teriam acesso aos cofres dos Allsbrook, percebeu Chaol. Não se estavam se escondendo havia tantos anos. Mas sem-teto...

O rosto do general era uma máscara de desinteresse.

— E não tem um lugar em Forte da Fenda seguro o bastante para mantê-lo, para que se cure.

Não foi uma pergunta, mas Murtaugh assentiu mesmo assim. Aedion examinou o jovem, jogado no sofá escuro contra a parede mais afastada. A garganta se moveu uma vez, mas então o general disse:

— Conte ao capitão sua teoria sobre a magia.

Nas longas horas que se passaram enquanto Ren recuperava força o suficiente para ser movido, Murtaugh explicou tudo o que sabia. Contou sua história inteira, quase sussurrando às vezes — sobre os horrores dos quais tinham escapado e sobre como Ren ganhara cada uma das cicatrizes. Chaol entendeu por que o jovem ficara tão calado até então. A discrição o mantivera vivo.

Murtaugh e Ren tinham descoberto que as diversas ondas do dia em que a magia sumiu formavam juntas um tipo de triângulo pelo continente. A primeira linha seguiu direto de Forte da Fenda para os desertos Congelados. A segunda desceu dos desertos Congelados até o limite da península Desértica. A terceira linha partiu de volta para Forte da Fenda. Um feitiço, acreditavam eles, fora a causa.

De pé em volta do mapa que tinha aberto, o general traçou com o dedo as linhas, diversas vezes, como se pensando em uma estratégia de batalha.

— Um feitiço enviado de pontos específicos, como um farol.

Chaol tamborilou a junta dos dedos na mesa.

— Existe alguma forma de desfazê-lo?

Murtaugh suspirou.

— Nosso trabalho foi interrompido pela perturbação com Archer, e nossas fontes sumiram da cidade por temerem pela própria vida. Mas tem que haver um jeito.

— Então, onde começamos a procurar? — perguntou Aedion. — De modo algum o rei deixaria pistas por aí.

O idoso assentiu.

— Precisamos de testemunhas para confirmar o que suspeitamos, mas os lugares de onde achamos que se originou o feitiço estão ocupados pelas forças do rei. Estávamos esperando por um tipo de entrada.

Aedion deu um sorriso preguiçoso para Murtaugh.

— Não é à toa que ficava dizendo a Ren que fosse legal comigo.

Como se em resposta, o jovem lorde resmungou, lutando para recobrar a consciência. Será que tinha algum dia se sentido seguro ou em paz nos últimos dez anos? Isso explicaria aquela raiva, aquela raiva inconsequente que corria nas veias de todos os corações jovens e partidos de Terrasen, inclusive Celaena.

Chaol falou:

— Há um apartamento escondido em um armazém nos cortiços. É seguro e tem tudo de que precisa. São bem-vindos para ficar ali por quanto tempo for necessário.

O capitão sentiu que Aedion o observava com cautela. No entanto, Murtaugh franziu a testa.

— Por mais generoso que seja, não posso aceitar a oferta de ficar em sua casa.

— Não é minha casa — respondeu Chaol. — E acredite em mim, a dona não vai se importar nem um pouco.

31

— Coma — disse Manon, estendendo a perna de cordeiro crua para Abraxos. O dia estava claro, mas o vento nos picos nevados das montanhas Canino ainda carregava um frio cruel. Eles saíam para pequenas caminhadas para que Abraxos esticasse as pernas, usando a porta dos fundos, que se abria para uma estrada estreita dando nas montanhas. Manon guiou a criatura pela corrente gigante — como se aquilo fosse impedi-lo de fugir — por uma inclinação íngreme, então para o campo no alto de um planalto.

— Coma — ordenou ela, sacudindo a carne gelada para Abraxos, que agora estava deitado de barriga para baixo no campo, bufando para as primeiras gramas e flores que despontavam do gelo que derretia. — É sua recompensa — explicou a bruxa, por entre os dentes. — Você mereceu.

O animal fungou para um aglomerado de flores roxas, depois voltou os olhos para Manon. *Nada de carne*, era o que parecia dizer.

— Faz bem para você — disse ela, e a serpente alada voltou a cheirar as violetas, ou o que quer que fossem. Se uma planta não servisse para envenenar nem curar nem a manter viva quando passava fome, Manon não se incomodava em aprender o nome, principalmente flores selvagens.

Ela atirou a carne diante da imensa boca do animal e colocou as mãos nas dobras do manto vermelho. Abraxos farejou o alimento, os novos dentes de ferro reluzindo à luz radiante, em seguida estendeu uma asa enorme, com garras na ponta, e...

Jogou a carne longe.

Manon esfregou os olhos.

— Não está fresca o bastante?

Abraxos se moveu para cheirar umas flores brancas e amarelas.

Um pesadelo. Aquilo era um pesadelo.

— Não pode gostar de flores de verdade.

De novo, aqueles olhos escuros se voltaram para a bruxa. Piscaram uma vez. *Mas eu gosto*, era o que pareciam dizer.

Manon estendeu os braços.

— Nunca nem sentiu o cheiro de uma flor até ontem. Qual é o problema com a carne? — Abraxos tinha que comer toneladas e toneladas de carne para ganhar músculos.

Quando a criatura voltou a aspirar as flores tão delicadamente — o verme insuportável e inútil —, Manon saiu andando até a perna do cordeiro e a ergueu.

— Já que não vai comer — grunhiu ela, levando a carne com as duas mãos até a própria boca e descendo os dentes de ferro —, eu vou.

Abraxos a observou com aqueles olhos escuros interessados enquanto a bruxa mordia a carne gelada e crua. E a cuspia por todo lado.

— O que em nome da sombra da Mãe... — Manon cheirou a carne. Não estava rançosa, mas, como os homens ali, tinha um gosto estranho. Os cordeiros eram criados dentro da montanha, então talvez fosse algo na água. Assim que voltasse, daria às Treze a ordem de não tocar nos humanos, não até que ela soubesse que porcaria os fazia ter aquele gosto e cheiro.

Independentemente disso, Abraxos precisava comer, porque precisava ficar forte — para que Manon pudesse se tornar a Líder Alada, para poder ver o olhar no rosto de Iskra quando a destroçasse nos Jogos de Guerra. E se aquele era o único modo de fazer com que o verme comesse...

— Tudo bem — respondeu a bruxa, jogando a perna longe. — Quer carne fresca? — Ela avaliou as montanhas que se erguiam ao redor, olhando para as pedras cinza. — Então vamos caçar.

~

— Está com cheiro de bosta e sangue. — A avó não se virou da mesa, e Manon não se moveu diante do insulto. Estava coberta de ambos, na verdade.

Era graças a Abraxos, o verme amante de flores, que simplesmente observara enquanto a bruxa escalava um dos penhascos próximos para derrubar uma cabra-montês aos berros para ele. "Derrubar" era um termo mais elegante que o que acontecera de fato: Manon quase congelara ao esperar algumas cabras passarem durante a subida traiçoeira, então, finalmente encurralando uma delas, não apenas rolou na bosta do animal ao se atracar com ele, mas a cabra também soltou um monte fresco de bosta nela, logo antes de sair rolando dos braços da bruxa e quebrar o crânio nas rochas abaixo.

O animal quase a levara consigo, mas ela conseguiu se segurar a uma raiz morta. Abraxos ainda estava deitado de barriga no chão, cheirando as flores selvagens, quando Manon voltou com a cabra morta nos braços, o sangue agora congelado na capa e na túnica.

Abraxos devorou a cabra em duas mordidas, então voltou a aproveitar as flores selvagens. Pelo menos tinha comido. Levar a serpente alada de volta ao Canino do Norte, no entanto, foi outra provação. Ele não a machucou, não fugiu, mas puxou as correntes, sacudindo a cabeça diversas vezes conforme se aproximavam da porta dos fundos cavernosa da qual o som das criaturas e dos homens chegavam até eles. Contudo, Abraxos entrara. Embora tivesse mordido e grunhido para os tratadores que correram para pegá-lo. Por algum motivo, Manon não conseguira parar de pensar na relutância dele — no modo como olhou para ela com uma súplica silenciosa. A bruxa não sentiu pena do animal, porque não sentia pena de nada, mas não conseguia parar de pensar naquilo.

— Mandou me chamar — disse Manon, a cabeça erguida. — Não queria deixá-la esperando.

— Você *está* me deixando à espera, Manon. — A bruxa se virou, os olhos cheios de morte e promessas de dor interminável. — Faz semanas agora, e não está no ar com suas Treze. As Pernas Amarelas têm voado em bando há três dias. Três dias, Manon. E você está paparicando sua besta.

A herdeira não mostrou um lampejo de sentimento. Tentar se justificar tornaria as coisas piores, assim como dar desculpas esfarrapadas.

— Me dê as ordens, e serão cumpridas.

— Quero você no céu amanhã à noite. Não se dê ao trabalho de voltar se não conseguir.

~

— Odeio você — disse Manon, entre dentes de ferro e sem fôlego conforme terminava a caminhada cruel para o alto do pico da montanha com Abraxos. Fora preciso meio dia para chegarem lá, e, se aquilo não funcionasse, levaria até a noite para voltar para a Ômega. Para fazer as malas.

A criatura estava enroscada como um gato na extensão estreita de rocha lisa no alto da montanha.

— Verme teimoso e preguiçoso. — Ele nem piscou para Manon.

O capataz dissera que pegassem o lado leste quando a ajudou a selar e sair pela porta dos fundos do Canino do Norte antes do alvorecer. Aquele pico era usado para treinar as serpentes aladas recém-nascidas, assim como os voadores relutantes. O lado leste, viu Manon, ao olhar por cima da encosta que acabara de subir, era uma inclinação suave depois de uma queda de seis metros. Abraxos poderia correr para tomar impulso na beirada, tentar deslizar e, se caísse... Bem, seriam apenas seis metros, depois deslizaria por uma pedra alisada pelo vento por um tempo. Pouca chance de morte.

Não, a morte estava do lado oeste. Depois de franzir a testa para Abraxos, que lambia as novas garras de ferro, Manon atravessou o planalto e, apesar de não querer, encolheu o corpo diante do vento violento que disparou para cima.

A oeste havia uma queda interminável para o nada, até as rochas pontiagudas e imperdoáveis abaixo. Seria preciso uma equipe de homens para raspar seus restos mortais de lá. Iria para o lado leste, então.

A bruxa checou a trança justa e colocou a pálpebra interna transparente em ação.

— Vamos.

Abraxos ergueu a cabeça imensa como se dissesse: *Acabamos de chegar*.

Manon apontou para a ponta leste.

— Voar. Agora.

A criatura bufou, curvando as costas para ela, a sela de couro reluzindo.

— Ah, acho que não — disparou a líder, caminhando para o outro lado para chegar ao rosto dele. A bruxa apontou para a beira de novo. — Vamos voar, seu covarde acomodado.

O animal aninhou a cabeça na direção da barriga, a cauda se enroscando ao redor do corpo. Ele fingia não ouvir.

Manon sabia que poderia lhe custar a vida, mas agarrou as narinas dele — com tanta força que fez os olhos da serpente alada se arregalarem.

— Suas asas funcionam. Os humanos disseram. Então pode voar, e *vai* voar, porque eu mandei. Estou trazendo carcaças inúteis de cabras-monteses para você aos montes e, se me humilhar, vou usar sua pele para um novo casaco de couro. — A bruxa mexeu no manto carmesim rasgado e manchado. — Este está destruído graças a suas cabras.

Abraxos virou a cabeça, e ela soltou — porque era soltar ou ser atirada pelos ares. A criatura abaixou a cabeça, fechando os olhos.

Aquilo era uma punição, de alguma forma. Manon só não sabia pelo quê. Talvez pela própria estupidez ao escolher uma isca como montaria.

A bruxa sibilou para si mesma, olhando para a sela nas costas da serpente alada. Mesmo correndo antes do salto, ela não conseguiria. No entanto, precisava estar na sela e no ar, ou... ou as Treze seriam destruídas pela avó de Manon.

Abraxos continuava deitado ao sol, vaidoso e indulgente como um gato.

— Coração de guerreiro mesmo.

A líder olhou para a beira leste, a sela e as rédeas oscilantes. O animal tinha saltado e se debatido na primeira vez em que lhe enfiaram as rédeas na boca, mas já havia se acostumado; pelo menos o bastante para ter tentado arrancar a cabeça apenas de um capataz naquele dia.

O sol ainda estava nascendo, mas logo começaria a descida, então Manon estaria totalmente arruinada. Não estaria droga nenhuma.

— Você merece. — Foi todo o aviso que deu a Abraxos antes de correr, saltar e aterrissar no dorso dele, ajustando-se. Fora tão rápido que a criatura mal tivera tempo de levantar a cabeça e Manon já havia se arrastado pelas costas cheias de escamas até a sela.

Abraxos se levantou, rígido como uma tábua quando Manon enfiou os pés, calçados em botas, nos estribos e segurou as rédeas.

— Vamos voar, *agora*. — A bruxa cravou as esporas na lateral do corpo da criatura.

Talvez as esporas doessem ou o tivessem surpreendido, porque ele saltou; saltou e rugiu. Manon puxou as rédeas com o máximo de força que pôde.

— *Basta* — grunhiu ela, puxando com um dos braços para guiar o animal até a beirada leste. — Basta, Abraxos.

Ele ainda se debatia, e a líder prendeu as coxas o mais forte que conseguiu para permanecer na sela, inclinando-se a cada movimento. Quando os saltos não a deslocaram, Abraxos ergueu as asas, como se fosse jogá-la para fora.

— Não ouse — vociferou Manon, mas o animal ainda se agitava, gritando. — *Pare.* — O cérebro da bruxa chacoalhava no crânio, e os dentes estalavam com tanta força que ela precisou retrair as presas para que não perfurassem sua pele.

Contudo, Abraxos continuava saltando, selvagem e frenético. Não na direção da beira leste, mas para longe — na direção oeste.

— Abraxos, *pare.* — Ele ia descer direto. Então se estatelariam nas pedras.

A besta estava com tanto pânico, tão enfurecida, que a voz de Manon não passava de uma folha estalando ao vento. A queda oeste surgia à direita, em seguida à esquerda, passando em um lampejo sob as asas de couro desajeitadas conforme batiam e estalavam. Sob as enormes garras, pedras chiavam e caíam enquanto a criatura se aproximava da beirada.

— *Abraxos...* — Mas então a perna dele escorregou para fora do penhasco, e o mundo de Manon inclinou-se para baixo... para baixo e para baixo conforme o animal perdia o apoio e eles mergulhavam para o céu aberto.

32

Manon não teve tempo de pensar na morte iminente.

Estava ocupada demais se segurando à sela, o mundo virando e girando, o vento gritando, ou talvez fosse Abraxos, conforme os dois mergulhavam pela face do penhasco.

Os músculos da bruxa se retesaram e tremeram, mas ela manteve os braços enroscados nas rédeas, a única coisa que a impedia de morrer, mesmo com a morte se aproximando agilmente a cada rotação do corpo arruinado de Abraxos.

As árvores abaixo tomaram forma, assim como, entre elas, as pedras pontiagudas, entalhadas pelo vento. Mais e mais rápido, a parede do penhasco um borrão de cinza e branco.

Talvez o corpo de Abraxos absorvesse o impacto e Manon conseguisse sobreviver.

Talvez todas aquelas pedras atravessassem os dois.

Talvez Abraxos virasse e Manon aterrissasse nas pedras primeiro.

Esperava que acontecesse rápido, para não reconhecer como estava morrendo, para não saber qual parte do corpo tinha quebrado primeiro. Ambos dispararam para baixo. Havia um pequeno rio correndo pelas pedras pontiagudas.

O vento se chocou contra os dois, vindo de baixo, uma corrente que balançou a serpente alada, colocando-a em posição vertical, mas ainda giravam, ainda mergulhavam.

— Abra suas asas! — gritou Manon, por cima do vento, por cima do coração retumbante. Elas permaneceram fechadas. — Abra e suba! — berrou a bruxa, assim que as correntezas do rio começaram a aparecer, assim que entendeu que odiava o abraço iminente da Escuridão e que não havia nada para impedir aquela queda, aquela fatalidade de...

Manon podia ver as pinhas nas árvores.

— *Abra as asas!* — Um último e apressado grito de guerra contra a Escuridão.

Um grito de guerra que foi respondido por um grito lancinante quando Abraxos abriu as asas, pegando a corrente de ar ascendente, e os levou, planando, para longe do chão.

O estômago de Manon saiu da garganta e foi parar na bunda, mas os dois estavam voando para cima, e as asas de Abraxos batiam, cada estrondo era o som mais lindo que a bruxa já ouvira na longa e infeliz vida.

E ele subia cada vez mais, as pernas encolhidas atrás do corpo. Manon estava agachada na sela, agarrada à pele morna conforme a serpente alada os levava para o topo da face da montanha vizinha. Os picos surgiram para recebê-los como mãos erguidas, mas o animal passou direto, batendo as asas com força. Manon subiu e caiu com ele, sem respirar, quando passaram pelo cume mais alto coberto de branco e Abraxos, feliz ou por raiva ou apenas pela diversão, segurou punhados de neve e gelo nas garras, lançando-os para trás, com a luz do sol iluminando o rastro como uma fileira de estrelas.

O sol estava ofuscante conforme chegaram ao céu aberto, e não havia nada ao redor, exceto nuvens tão imensas quanto as montanhas abaixo, castelos e templos de branco e púrpura e azul.

E o grito que Abraxos soltou ao entrarem naquele corredor de nuvens, enquanto ele se colocou na horizontal e pegou uma corrente rápida como relâmpago, abrindo caminho por ela...

Manon não tinha entendido como fora para ele passar a vida inteira no subterrâneo, acorrentado e espancado e lesionado seriamente; até então. Até ouvir o barulho de alegria pura e irrefreável.

Até a bruxa imitá-lo, jogando a cabeça para trás, nas nuvens ao redor.

Os dois navegaram por um mar de nuvens, e Abraxos mergulhou as garras nelas antes de virar para correr para cima de uma coluna de nuvens formada pelo vento. Mais e mais alto, até chegarem ao pico, então Abraxos estendeu as asas no céu gélido e rarefeito, parando completamente o mundo por um segundo.

E Manon, porque ninguém estava observando, porque não se importava, estendeu os braços também e aproveitou a queda livre, o vento agora uma canção nos ouvidos, em seu coração insensível.

~

O céu cinzento começava a se encher de luz conforme o sol descia no horizonte às costas deles. Coberta pelo manto, Manon estava sentada sobre Abraxos, a visão um pouco embaçada devido à pálpebra interna, que já havia colocado de volta com um piscar. Mesmo assim, avaliou as Treze, montadas nas serpentes aladas à boca da descida do cânion.

Estavam reunidas em duas fileiras de seis: Asterin e a montaria azul-pálido diretamente atrás de Manon, liderando a primeira fileira; Sorrel tomando o centro na segunda. Estavam todas despertas e alertas — e levemente confusas. As asas danificadas de Abraxos não estavam prontas para fazer a Travessia estreita, ainda não. Então elas se encontraram na porta dos fundos, onde andaram com as criaturas pelos três quilômetros até a primeira descida do cânion; caminharam como uma unidade militar adequada, em hierarquia e em silêncio.

A abertura do cânion era ampla o bastante para que Abraxos saltasse, planando com facilidade. Decolagens eram um problema graças ao músculo danificado e aos pontos fracos nas asas — áreas que tinham levado surras demais e talvez jamais recuperassem força total.

Mas Manon não explicou isso às Treze, porque não era da conta delas e não as afetava.

— Toda manhã, de hoje até os Jogos de Guerra — falou a líder, encarando o labirinto de ravinas e arcos que compunha o cânion entalhado pelo vento —, vamos nos encontrar aqui e treinar até o café da manhã. Depois teremos o treino da tarde com as outras alianças. Não contem a ninguém. — Ela só precisaria sair cedo para colocar Abraxos no ar enquanto as outras faziam a Travessia.

— Quero que façamos formação fechada. Não me importa o que os homens dizem sobre manter as montarias separadas. Deixem que as serpentes aladas escolham seu domínio, deixem que briguem, mas vão voar, unidas como uma armadura. Não haverá aberturas e nenhum espaço para atitudes ou besteiras territoriais. Nós voaremos por este cânion juntas, ou não voaremos.

Ela olhou para cada uma das bruxas e das montarias nos olhos. Abraxos, para a surpresa de Manon, fez o mesmo. O que faltava a ele em tamanho, o animal compensava em pura vontade, velocidade e destreza. Ele sentia as correntes antes mesmo de Manon.

— Quando terminarmos, se sobrevivermos, nos encontraremos do outro lado e iremos de novo. Até que esteja perfeito. Suas bestas aprenderão a confiar umas nas outras e a seguir ordens. — O vento beijou o rosto da bruxa. — Não fiquem para trás — disse ela, e Abraxos mergulhou no cânion.

33

Na semana que se seguiu, não houve mais cadáveres e certamente nenhum indício da criatura que sugara aquelas pessoas, embora Celaena se flagrasse pensando nos detalhes com frequência enquanto Rowan a obrigava a acender vela após vela nas ruínas do templo da Deusa do Sol. Agora que conseguia mudar de forma quando era ordenado, aquela era a nova tarefa: acender uma vela sem destruir tudo à vista. Ela fracassou todas as vezes, queimando o manto, rachando as ruínas, incinerando árvores conforme a magia irrompia de dentro do corpo. Contudo, Rowan tinha um estoque infinito de velas, então Celaena passava os dias encarando-as até ficar vesga. Podia suar durante horas e se concentrar em canalizar a raiva e toda aquela besteira, mas não conseguia sequer um fiapo de fumaça. A única coisa que saía daquilo era um apetite interminável: comia qualquer coisa sempre que podia, graças à energia que a magia sugava.

A chuva voltou, fazendo com que o grupo de ouvintes para as histórias de Emrys também retornasse. Celaena sempre escutava enquanto lavava a louça da noite; eram contos de donzelas escudeiras e animais encantados e feiticeiros espertos, todas as lendas de Wendlyn. Rowan ainda aparecia em forma de falcão — e, em algumas noites, a assassina até se sentava ao lado da porta dos fundos, então o guerreiro se aproximava um pouco também.

Ela estava de pé diante da pia, as costas latejando e a fome roendo as entranhas enquanto esfregava a última das panelas de cobre e Emrys terminava de narrar a história de um lobo esperto e um pássaro de fogo mágico. Houve uma pausa, então vieram os pedidos de sempre pelas mesmas histórias antigas. Celaena não olhou para as cabeças que se voltaram para ela quando perguntou da pia:

— Conhece alguma história sobre a rainha Maeve?

Silêncio. Mortal. Os olhos se arregalaram antes que Emrys desse um leve sorriso e dissesse:

— Muitas. Qual quer ouvir?

— As mais antigas que conhecer. Todas elas. — Como enfrentaria a tia de novo, talvez devesse começar a aprender o máximo possível. O idoso podia saber histórias que não chegaram ao litoral de sua própria terra. Se as histórias sobre os *skinwalkers* eram verdade, se os cervos imortais eram reais... talvez ela pudesse aprender alguma coisa vital ali.

Trocaram-se alguns olhares de nervosismo, mas por fim Emrys falou:

— Então, vou começar do início.

Celaena assentiu e se moveu para se sentar na cadeira de sempre, apoiada contra a porta dos fundos, perto do falcão de olhos atentos. Rowan estalou o bico, mas ela não ousou olhar por cima do ombro em sua direção. Em vez disso, começou a devorar um pão inteiro.

— Há muito tempo, quando não havia rei mortal no trono de Wendlyn, as fadas ainda caminhavam entre nós. Algumas eram boas e justas, algumas tinham uma tendência a pregar peças, e outras eram mais malignas e sombrias que a noite mais escura. Mas eram todas governadas por Maeve e as duas irmãs, a quem chamavam Mora e Mab. A inteligente Mora, que tinha o formato de um magnífico falcão. — Era a linhagem de Rowan. — Mab, de cabelos loiros, que tinha o formato de um cisne. E a sombria Maeve, cuja ferocidade não podia ser contida por qualquer forma única.

Emrys recitou a história, muito da qual Celaena conhecia: Mora e Mab tinham se apaixonado por homens humanos, assim abriram mão da imortalidade. Alguns diziam que Maeve as obrigara a desistir do dom da vida eterna como punição. Alguns diziam que elas quiseram, talvez para escapar da irmã.

E quando Celaena perguntou, a sala caindo em silêncio mortal de novo, se a própria Maeve tinha acasalado algum dia, Emrys respondeu que não — embora tivesse chegado perto no início dos tempos. Um guerreiro, diziam os rumores, roubara o coração dela com mente inteligente e alma pura. No entanto, ele morrera em alguma guerra antiga e perdera o anel que pretendia dar a ela, e, desde então, Maeve admirava seus guerreiros acima de tudo. Eles a amavam por isso, fazendo-a uma rainha poderosa que ninguém ousava desafiar. Celaena esperava que Rowan batesse as asas ao ouvir aquilo, mas ele permaneceu imóvel e silencioso no poleiro.

Emrys contou histórias sobre a rainha dos feéricos noite adentro, pintando o retrato de uma governante implacável e inteligente, que podia conquistar o mundo se quisesse, mas, em vez disso, mantinha-se no reino florestal de Doranelle, plantando sua cidade de pedra no coração de uma enorme bacia hidrográfica.

Celaena prestou atenção aos detalhes e os guardou na memória, tentando não pensar no príncipe empoleirado alguns metros acima, que voluntariamente fizera um juramento de sangue ao monstro imortal que vivia além das montanhas. Ela estava prestes a pedir outra história quando viu o movimento nas árvores.

A jovem engasgou com o pedaço de torta de amora que devorava quando um enorme felino selvagem trotou da floresta e atravessou a grama ensopada de chuva, seguindo direto para a porta deles. A chuva tinha escurecido a pelagem dourada do animal, e os olhos brilhavam à luz das tochas. Será que os guardas não o tinham visto? Malakai ouvia o parceiro com atenção intensa. Celaena abriu a boca para gritar um aviso, então parou.

Os guardas tinham visto tudo. E não estavam atirando. Porque não era um felino selvagem, mas...

Em um clarão que poderia ter sido um relâmpago distante, o animal se tornou um macho alto, de ombros largos, que vinha na direção da porta aberta. Rowan levantou voo, então mudou de forma, aterrissando tranquilamente no meio do caminho e andando pela chuva.

Os dois se cumprimentaram com os antebraços e deram tapinhas nas costas um do outro; um cumprimento rápido e eficiente. Com a chuva e a narrativa de Emrys, era difícil ouvir, e Celaena xingou baixinho as orelhas mortais conforme se esforçava para escutar.

— Estou procurando por você há seis semanas — disse o estranho de cabelos dourados, a voz determinada, mas vazia. Não urgente, mas cansado e frustrado. — Vaughan disse que você estava na fronteira leste, mas Lorcan falou que estava na costa, inspecionando a frota. Depois os gêmeos me disseram que a rainha o acompanhara até aqui e voltou sozinha, então vim por um palpite... — Ele estava tagarelando, a falta de controle não combinava com os músculos rígidos e as armas presas ao corpo. Um guerreiro, como Rowan, embora o rosto surpreendentemente encantador não exibisse nada da severidade do príncipe.

Rowan apoiou a mão no ombro do macho feérico.

— Soube do que aconteceu, Gavriel. — Seria aquele um dos amigos misteriosos de Rowan? Celaena queria que Emrys estivesse livre para identificá-lo. O príncipe contara tão pouco sobre os cinco companheiros, mas estava evidente que Rowan e Gavriel eram mais que conhecidos. Ela às vezes se esquecia de que o guerreiro tinha uma vida além daquela fortaleza. Não a incomodara antes, e a jovem não tinha certeza de por que lembrar daquilo naquele momento subitamente fazia o estômago cair como peso morto, ou por que de repente fazia diferença que Rowan pelo menos reconhecesse que ela estava ali. Que Celaena existia.

Gavriel coçou o rosto, as costas muito musculosas se expandindo com a respiração.

— Sei que provavelmente não quer...

— Apenas diga o que quer e será feito.

Gavriel pareceu esvaziar, e Rowan o levou para outra porta. Ambos se moveram com graciosidade extraterrena e poderosa — como se a própria chuva se abrisse para deixar que passassem. Rowan nem mesmo olhou para trás, para Celaena, antes de desaparecer.

O guerreiro não voltou durante o resto da noite, então Celaena, mais por curiosidade que bondade, percebeu que o amigo dele não devia ter jantado. Pelo menos ninguém tinha levado algo da cozinha, e Rowan não pedira comida. Portanto, por que não subir com uma bandeja de ensopado e pão?

Apoiando a bandeja pesada no quadril, Celaena bateu à porta. Os murmúrios do lado de dentro cessaram, e por um segundo ela teve o pensamento embaraçoso de que talvez o macho feérico estivesse ali por um motivo muito mais íntimo. Então alguém disparou:

— O quê?

E a assassina entreabriu a porta o suficiente para olhar o interior.

— Achei que pudesse querer um pouco de ensopado e...

Bem, o estranho *estava* seminu. E deitado de costas sobre a mesa de trabalho de Rowan. Mas Rowan estava totalmente vestido, sentado diante do homem, e parecia muito irritado. Sim, Celaena certamente tinha atrapalhado algo particular.

Precisou de um segundo para reparar nas agulhas chatas, no pequeno recipiente em formato de caldeirão cheio de pigmento preto, no retalho ensopado de tinta e sangue, assim como nos traços de uma tatuagem que serpenteava do peitoral esquerdo até as costelas do sujeito, chegando ao quadril.

— Saia — ordenou Rowan, inexpressivo, abaixando a agulha. Gavriel ergueu a cabeça, velas fortes mostraram olhos amarelo-escuros cheios de dor, e não necessariamente por causa das marcas feitas sobre o coração e as costelas. Palavras no velho idioma, exatamente como em Rowan. Já havia tantas, a maioria envelhecida e interrompida por diversas cicatrizes.

— Quer o ensopado? — perguntou ela, ainda olhando para a tatuagem, o sangue, o pequeno pote de ferro com tinta e para o modo como Rowan parecia tão confortável com as ferramentas nas mãos quanto com as armas. Será que tinha feito a própria tatuagem?

— Deixe — respondeu ele, e Celaena sabia, apenas sabia, que Rowan arrancaria a cabeça dela mais tarde. Obrigando a expressão do rosto a ficar neutra, ela apoiou a bandeja na cama e caminhou até a porta.

— Desculpe interromper. — Qualquer que fosse o motivo das tatuagens ou a forma como os dois se conheciam, a assassina não tinha o direito de estar ali. A dor nos olhos do estranho dizia o bastante. Ela a vira no próprio reflexo muitas vezes. A atenção de Gavriel disparava de Celaena para Rowan, as narinas se dilatando... estava sentindo o cheiro dela.

Era definitivamente hora de dar o fora dali.

— Desculpe — falou a jovem de novo, fechando a porta.

Celaena deu dois passos no corredor antes de parar e se encostar na parede de pedra, esfregando o rosto. Idiota. Idiota por sequer se importar com o que ele fazia fora dos treinos, por pensar que ele poderia compartilhar informações pessoais, mesmo que fosse apenas a de que estava indo dormir mais cedo. Mas aquilo doía; mais do que ela queria admitir.

Estava prestes a se arrastar para o quarto quando a porta se abriu no fim do corredor e Rowan irrompeu, praticamente exalando raiva. Contudo, apenas ver o transtorno estampado nele fez com que Celaena se colocasse naquele limite idiota e inconsequente de novo; agarrar-se à raiva era mais fácil que abraçar a escuridão silenciosa que queria puxá-la mais e mais para baixo. Antes que o guerreiro pudesse começar a gritar, ela perguntou:

— Faz isso pelo dinheiro?

Um lampejo de dentes.

— Um, não é da sua conta. E dois, eu jamais desceria tanto. — O olhar que Rowan lançou dizia exatamente o que pensava da profissão *dela*.

— Sabe, talvez seja melhor você me bater em vez disso.

— Em vez disso o quê?

— Em vez de me lembrar diversas vezes como sou inútil e horrível e covarde. Acredite, posso fazer esse trabalho sozinha muito bem. Então, apenas me bata, porque estou de saco cheio de trocar insultos. E quer saber? Nem se incomodou em me dizer que não estaria disponível. Se tivesse dito alguma coisa, eu jamais teria vindo. Desculpe por isso. Mas simplesmente me *deixou* lá embaixo.

Dizer aquelas últimas palavras fez um pânico determinado e ágil subir por dentro de Celaena, uma dor forte que fechou sua garganta.

— Você me deixou — repetiu ela. Talvez fosse apenas por puro terror diante do abismo que se abria de novo ao redor, mas a assassina sussurrou: — Não tenho mais ninguém. Ninguém.

Ela não percebera o quanto tinha sido sincera, o quanto precisava que aquilo não fosse verdade, até então.

As feições de Rowan permaneceram impassíveis, tornando-se cruéis até, quando ele retrucou:

— Não há nada que eu possa dar a você. Nada que eu *queira* dar. Não tem o direito a uma explicação do que faço além do treino. Não me importo com o que passou ou com o que quer fazer da vida. Quanto mais rápido resolver sua choradeira e autopiedade, mais rápido me livro de você. Você não é nada para mim, e eu *não me importo*.

Um leve apito nos ouvidos de Celaena se tornou um rugido. E, por baixo dele, houve uma onda repentina de estupor, uma falta de visão, sons ou sentimentos familiares demais. Ela não sabia por que aquilo acontecera, pois estava tão determinada a odiar Rowan, mas... teria sido legal, imaginou a jovem. Teria sido legal ter uma pessoa que sabia a verdade absoluta sobre ela e não a odiava por isso.

Teria sido muito, muito legal.

Celaena saiu sem dizer outra palavra. A cada passo que dava de volta ao quarto, aquela luz intermitente dentro dela se enfraquecia.

Então se apagou.

34

Celaena não se lembrava de ter se aninhado na cama, ainda com as botas. Não se lembrou dos sonhos nem sentiu as pontadas de fome ou de sede ao acordar, e mal conseguia responder a qualquer um conforme se arrastou até a cozinha para ajudar com o café da manhã. Tudo passou em uma espiral de cores opacas e sons sussurrados. Mas a assassina estava quieta. Um pedaço de rocha em um rio.

O café da manhã terminou, e os ruídos se tornaram vozes no silêncio da cozinha. Um murmúrio — de Malakai. Uma risada — de Emrys.

— Olhe! — exclamou Emrys, se aproximando de onde Celaena estava, na pia da cozinha, ainda encarando o campo. — Olhe o que Malakai comprou para mim.

Ela viu o lampejo do cabo dourado antes de entender que Emrys estava segurando uma faca nova. Era uma piada. Os deuses só podiam estar pregando uma peça. Ou simplesmente a odiavam de verdade.

O cabo era entalhado com flores de lótus, uma faixa de lápis-lazúli percorria a base como uma onda de rio. O senhor sorria, os olhos brilhando. Contudo, aquela faca, o ouro polido e brilhante...

— Comprei de um mercador do continente sul — comentou Malakai da mesa, o tom de voz satisfeito era o suficiente para dizer a Celaena que ele estava radiante. — Veio de Eyllwe.

O torpor se partiu.

Com um estalo tão violento que ela ficou surpresa por os outros não terem ouvido.

E, no lugar dele, surgiu um grito, agudo e lamuriante, alto como uma chaleira, alto como um vento de tempestade, alto como o som que a criada emitiu na noite em que entrou no quarto dos pais de Celaena e a viu deitada entre os cadáveres.

Era tão alto que ela mal conseguiu se ouvir ao dizer:

— Não me importo. — A assassina não conseguia ouvir nada por cima daquele grito silencioso, então ergueu a voz, o fôlego saindo rápido, rápido demais, quando repetiu: — Eu. Não. Me. Importo.

Silêncio. Então Luca falou, cauteloso, do outro lado da cozinha:

— Elentiya, não seja grosseira.

Elentiya. Elentiya. *Espírito que não pode ser quebrado.*

Mentiras, mentiras, *mentiras*. Nehemia mentira sobre tudo. Sobre aquele nome idiota, sobre os planos, sobre *a droga toda*. E estava *morta*. Tudo o que restaria da amiga eram lembretes como aquele; armas semelhantes àquelas que a princesa exibia com tanto orgulho. Nehemia estava morta e não restava nada a Celaena.

Tremendo tanto que achou que o corpo se despedaçaria, ela se virou.

— Não me importo com vocês — sibilou a jovem para Emrys e Malakai e Luca. — Não me importo com sua faca. Não me importo com suas histórias ou com seu reinozinho. — Celaena fixou o olhar em Emrys. Luca e Malakai estavam do outro lado da cozinha em um instante, colocando-se diante do idoso, dentes à mostra. Que bom. Deveriam se sentir ameaçados. — Então me deixem em paz. Cuidem da vida de vocês e *me deixem em paz*.

Ela gritava agora, mas não conseguia parar de ouvir o berro, não conseguia direcionar a raiva a nada, não conseguia dizer qual lado era para cima ou para baixo, apenas que Nehemia tinha mentido sobre tudo, embora tivesse feito um juramento certa vez que não... Fizera um juramento e o quebrara, exatamente como partira o coração de Celaena no dia em que se deixou morrer.

A assassina viu as lágrimas nos olhos de Emrys naquele momento. Tristeza, pena, ou raiva, ela não se importava. Luca e Malakai ainda estavam entre os dois, grunhindo baixinho. Uma família — eram uma família e ficavam unidos. Eles a despedaçariam se Celaena ferisse qualquer um.

A jovem soltou uma risada baixa e sem alegria quando observou os três. Emrys abriu a boca para dizer o que julgava que ajudaria.

Mas Celaena soltou outra risada desanimada e saiu pela porta.

Depois de uma noite inteira tatuando os nomes dos mortos na pele de Gavriel e o ouvindo falar sobre os homens que perdera, Rowan se despediu, seguindo para a cozinha. Ele a encontrou vazia, exceto pelo idoso, que estava sentado à mesa de trabalho desocupada, as mãos envoltas em uma caneca. Emrys ergueu o rosto, os olhos brilhando e... em luto.

A garota não estava em lugar nenhum, e, por um segundo, Rowan desejou que ela tivesse partido de novo, ao menos para ele não ter que enfrentar o que tinha dito no dia anterior. A porta para o exterior estava aberta — como se alguém a tivesse escancarado. Ela devia ter saído por aquele lado.

Rowan deu um passo na direção da porta, assentindo em cumprimento, mas o idoso olhou o guerreiro de cima a baixo e falou, baixinho:

— O que você está fazendo?

— O quê?

Emrys não ergueu a voz ao dizer:

— Com aquela garota. O que está fazendo para ela entrar aqui com tanto vazio nos olhos?

— Isso não é de sua conta.

Emrys contraiu os lábios em uma linha fina.

— O que vê quando olha para ela, príncipe?

Rowan não sabia. Ultimamente não sabia de droga nenhuma.

— Isso também não é de sua conta.

O idoso passou a mão pelo rosto envelhecido.

— Eu a vejo desaparecer, pouco a pouco, porque você a empurra para baixo quando ela precisa tão desesperadamente de alguém que a ajude a se reerguer.

— Não vejo por que eu seria útil para...

— Sabia que Evalin Ashryver era minha amiga? Ela passou quase um ano trabalhando nesta cozinha, morando aqui conosco, lutando para convencer sua rainha de que os semifeéricos têm um lugar em seu reino. Ela lutou por nossos direitos até o dia em que partiu deste reino... e durante muitos anos depois disso, até que foi assassinada por aqueles monstros do outro lado do mar. Então eu soube. Soube quem era a filha dela assim que você a trouxe para esta cozinha. Todos nós que estávamos aqui há vinte e cinco anos a reconhecemos pelo que é.

Não era sempre que se surpreendia, mas... Rowan apenas encarou Emrys.

— Ela não tem esperança, príncipe. Não tem mais esperança no coração. Ajude-a. Se não pelo bem dela, então ao menos pelo que ela representa... o que poderia oferecer a todos nós, inclusive a você.

— E o que seria isso? — o guerreiro ousou perguntar.

Emrys o encarou sem hesitar ao sussurrar

— Um mundo melhor.

Celaena caminhou e caminhou, até se encontrar no limite arborizado da margem de um rio, brilhando forte ao sol do meio-dia. Imaginou que era um lugar tão bom quanto qualquer outro quando desabou na margem coberta de musgo, quando envolveu o corpo com os braços com força e se curvou sobre os joelhos.

Não havia nada que pudesse ser feito para consertá-la. E ela estava.. ela estava...

Um ruído de choro saiu de dentro de Celaena, os lábios estavam tão trêmulos que ela precisou se conter para abafar o som.

Mas o som estava na garganta e nos pulmões e na boca, e, quando a assassina respirou, o gemido libertou-se. Depois de ouvi-lo, tudo saiu, esparramando-se pelo mundo, até que o corpo doesse com aquela força.

Celaena sentiu vagamente que a luz mudava sobre o lago, assim como sentiu o vento suspirando, morno conforme roçava as bochechas úmidas. E ouviu, tão baixo que parecia ter sonhado, a voz de uma mulher sussurrando: *Por que está chorando, Coração de Fogo?*

Fazia dez anos — dez longos anos desde que ouvira a voz da mãe. No entanto, Celaena a ouviu naquele momento, por cima da força do próprio choro, tão claramente quanto se estivesse ajoelhada ao lado dela. *Coração de Fogo... por que chora?*

— Porque estou perdida — murmurou a jovem para a terra. — E não sei o caminho.

Era o que jamais conseguira dizer a Nehemia: que durante dez anos, não tivera certeza de como encontrar o caminho para casa, porque não restava mais nada de seu lar.

Ventos de tempestade e gelo estalaram contra a pele antes de Celaena se dar conta de Rowan sentado ao lado, as pernas estendidas, as palmas das mãos apoiadas atrás do corpo, sobre o musgo. Ela ergueu a cabeça, mas não se incomodou em limpar o rosto ao encarar o rio reluzente.

— Quer conversar? — perguntou ele.

— Não. — Depois de engolir em seco algumas vezes, a jovem puxou um lenço do bolso e assoou o nariz, a mente ficando mais clara a cada fôlego.

Os dois se sentaram em silêncio, nenhum som além das ondas silenciosas do lago sobre a margem coberta de musgo e o vento nas folhas. Então...

— Que bom. Porque já vamos.

Desgraçado. Celaena o xingou, em seguida perguntou:

— Vamos para *onde*?

Rowan deu um sorriso sombrio.

— Acho que comecei a entender você, Aelin Galathynius.

— O que pelos círculos incandescentes do inferno — disse Celaena, sem fôlego, olhando para a abertura da caverna aninhada na base da montanha irregular — estamos fazendo aqui?

Fora uma caminhada de oito quilômetros. Montanha acima. Com quase nada no estômago.

As árvores se projetavam contra as pedras cinzentas, subindo pela encosta por um tempo, então desaparecendo dentro da rocha coberta de líquen, que por fim se tornava o pico coberto de neve, marcando a barreira entre Wendlyn e Doranelle, além dali. Por algum motivo, a montanha, aquele gigante corpulento, fazia os pelos do pescoço de Celaena se arrepiarem. E não tinha nada a ver com o vento congelado.

Rowan entrou na caverna, a capa cinza-pálida oscilando atrás do corpo.

— Rápido.

Fechando a própria capa com mais força ao redor de si, Celaena o seguiu, cambaleando. Aquele era um mau sinal. Um sinal terrível, na verdade, porque o que quer que estivesse naquela caverna...

Ela entrou na escuridão, seguindo a luz dos cabelos de Rowan, deixando que os olhos se ajustassem. O chão era rochoso, as pedras, pequenas e lisas devido à erosão. E estava cheio de armas e armaduras enferrujadas e... roupas. Nenhum esqueleto. Pelos deuses, estava tão frio que a assassina conseguia ver a própria respiração, ver...

— Diga que estou alucinando.

O guerreiro tinha parado à beira de um enorme lago congelado, o qual se estendia pela escuridão. Sentado sobre um cobertor no centro, com correntes ao redor dos pulsos ancoradas sob o gelo, estava Luca.

As correntes tilintaram quando ele ergueu a mão em cumprimento.

— Achei que jamais viria. Estou *congelando* — gritou o jovem, enfiando a mão de volta sob os braços. O som ecoou pela câmara.

A cobertura espessa de gelo sobre o lago estava tão transparente que Celaena conseguia ver a água abaixo — pedras pálidas no fundo, o que pareciam velhas raízes de árvores havia muito mortas, e nenhum sinal de vida. Uma ou outra espada, adaga ou lança despontava das pedras.

— Que lugar é este?

— Vá buscá-lo. — Foi a resposta de Rowan.

— Por acaso perdeu o juízo?

Ele deu um sorriso que sugeria que havia, de fato, perdido o juízo. Celaena andou em direção ao gelo, mas Rowan bloqueou-lhe o caminho com o braço musculoso.

— Em sua outra forma.

A cabeça de Luca estava inclinada, como se tentasse ouvir.

— Ele não sabe o que sou — murmurou ela.

— Está morando em uma fortaleza de semifeéricos, sabia? Ele não vai se importar.

Aquela era mesmo a menor das preocupações de Celaena.

— Como ousa arrastá-lo para isso?

— Você o arrastou quando o insultou... e Emrys também. O mínimo que pode fazer é recuperá-lo. — Rowan soltou um suspiro na direção do lago, e o gelo descongelou na margem, então endureceu. Pelos deuses. Ele havia congelado toda a porcaria do lago. Era tão poderoso *assim*?

— Espero que tenha trazido um lanchinho! — disse Luca. — Estou morrendo de fome. Ande logo, Elentiya. Rowan disse que precisava fazer isso como parte de seu treinamento e... — O rapaz ficou tagarelando.

— Qual é a droga do objetivo disso? Apenas punição por eu ter agido como uma babaca?

— Você pode controlar seu poder na forma humana, mantê-lo dormente. Mas, assim que se transforma, assim que fica agitada ou com raiva ou com medo, assim que se lembra do quanto o poder a assusta, sua magia irrompe para protegê-la. Ela não entende que é *você* a fonte desses sentimentos, e não uma ameaça externa. Quando *há* uma ameaça externa, quando você se esquece de temer o poder por tempo o suficiente, consegue ter controle. Ou *algum* controle. — Rowan apontou de novo para a cobertura de gelo entre Celaena e Luca. — Então, liberte-o.

Se ela perdesse o controle, se o fogo saísse de dentro dela... bem, fogo e gelo não iam muito bem juntos, não é?

— O que acontece com Luca se eu falhar?

— Ele vai ficar com muito frio e bastante molhado. E talvez morra. — Pelo sorriso no rosto dele, Celaena sabia que Rowan era sádico o suficiente para deixar o menino afundar com ela.

— As correntes eram mesmo necessárias? Ele vai direto para o fundo. — Um tipo de pânico estúpido e desesperado começava a preencher suas veias.

Quando estendeu a mão para pegar a chave das correntes, Rowan balançou a cabeça.

— O controle é sua chave. E a concentração. Atravesse o lago, então descubra como libertá-lo sem afogar vocês dois.

— Não me dê uma aula como se fosse algum mestre místico e sem sentido! Essa é a coisa *mais idiota* que já precisei fazer...

— Rápido — falou Rowan, com um sorriso lupino, e o gelo rangeu. Como se derretesse. Embora uma vozinha na cabeça de Celaena dissesse que o guerreiro não deixaria o rapaz se afogar, ela não podia confiar nele, não depois da noite anterior.

A assassina deu um passo para o gelo.

— Você é um *desgraçado*. — Quando Luca estivesse seguro em casa, Celaena começaria a encontrar formas de tornar a vida de Rowan um inferno. Ela atravessou o véu interno, mal sentindo a dor ao mudar as feições.

— Eu estava esperando para ver sua forma feérica! — comentou Luca. — Todos estávamos apostando quando... — E por aí ele foi.

A jovem olhou com raiva para Rowan, a tatuagem ainda mais detalhada agora que via com olhos feéricos.

— Me reconforta saber que pessoas como você têm um lugarzinho reservado no inferno.

— Diga algo que não sei.

Ela fez um gesto especialmente vulgar para Rowan ao pisar no gelo.

A cada passo hesitante — curtos, a princípio —, conseguia ver o fundo do lago descendo para a escuridão, engolindo a diversidade de armas perdidas. Luca finalmente tinha se calado.

Somente quando passou pela beirada visível do leito rochoso e caminhou por cima das profundezas escuras, ela segurou o fôlego. A jovem deslizou o pé, o que fez o gelo ranger.

Ranger e *rachar*, partindo-se como uma teia de aranha sob seu pé. Celaena congelou, olhando boquiaberta como uma tola conforme as rachaduras se espalhavam mais e mais, então... A assassina continuou se movendo. Outro estalo soou sob as botas. Será que o gelo tinha se movido?

— *Pare* — sussurrou Celaena para Rowan, mas não ousou olhar para trás.

A magia dela estremeceu, despertando, e ela ficou imóvel como a morte. *Não.*

Mas lá estava, preenchendo os espaços dentro da assassina.

O gelo emitiu um gemido profundo que só podia significar que uma coisa fria e molhada viria em sua direção, e bem rápido, então Celaena deu outro passo, apenas porque o caminho de volta parecia prestes a se partir. Ela estava suando agora — a magia, o fogo a esquentavam de dentro para fora.

— Elentiya? — perguntou Luca, e a jovem estendeu a mão, fazendo um gesto silencioso para que ele calasse a boca idiota enquanto ela fechava os olhos e *respirava*, imaginando o ar frio ao redor enchendo seus pulmões, congelando o poço de poder. Magia... era *magia*. Em Adarlan, era uma armadilha mortal.

Celaena fechou as mãos em punhos. Ali *não* era uma armadilha mortal. Naquela terra, podia tê-la, podia ter a forma que quisesse.

O gelo parou de ranger, mas tinha se condensado e ficado mais fino ao redor da assassina. Celaena começou a deslizar os pés, mantendo-se o mais equilibrada e fluida quanto conseguiu, murmurando uma canção; um pedaço de sinfonia que costumava acalmá-la. Permitiu que o ritmo a ancorasse, que lhe diminuísse o pânico.

O poder fervilhou até virar brasa, pulsando a cada fôlego. *Estou segura*, disse Celaena à magia. *Relativamente segura*. Se Rowan estivesse certo e aquilo fosse apenas uma reação para protegê-la de algum inimigo...

Fogo foi o motivo pelo qual havia sido banida da biblioteca de Orynth aos oito anos, depois de acidentalmente incinerar uma estante inteira de manuscritos antigos ao se irritar com o Mestre Acadêmico, que lhe passara um sermão sobre comportamento. Fora um alívio lindo e terrível acordar um dia, poucos meses depois daquilo, e descobrir que a magia tinha sumido. Que ela poderia segurar um livro — segurar aquilo que mais amava — sem se preocupar em torná-lo cinzas se ficasse chateada ou cansada ou agitada.

Celaena Sardothien, a gloriosamente mortal Celaena, jamais precisou se preocupar com queimar sem querer um colega ou com ter um pesadelo que pudesse incinerar seu quarto. Ou com queimar toda Orynth até que nada restasse. Celaena fora tudo que Aelin não era. Tinha aceitado aquela vida, mesmo que as realizações de Celaena fossem morte e tortura e dor.

— Elentiya? — A assassina estava encarando o gelo. A magia faiscou de novo.

Queimar uma cidade até que nada restasse. Aquele foi o medo que ela ouviu o emissário de Melisande sussurrar para os pais e o tio. Disseram à menina que o homem estava lá para negociar uma aliança, mas depois entendeu que ele, na verdade, angariava informações sobre *ela*. Melisande tinha uma jovem rainha no trono, que queria avaliar a ameaça da herdeira de Terrasen, pois poderia enfrentá-la um dia. Queria saber se Aelin Galathynius se tornaria uma arma de guerra.

O gelo ficou embaçado, e um *craque* soou no ar. A magia pulsava para fora dela, mordendo a cada fôlego que Celaena tomava.

— *Você* está no controle — afirmou Rowan da margem. — *Você* é a mestre dela.

A assassina estava a meio caminho. Então deu mais um passo em direção a Luca, e o gelo rachou mais ainda. As correntes tilintaram: impaciência ou medo?

Ela jamais estivera no controle. Mesmo como Celaena, o controle tinha sido uma ilusão. Outros mestres seguravam suas rédeas.

— Você é a dona do próprio destino — falou Rowan, baixinho, da margem, como se soubesse exatamente o que passava pela cabeça dela.

Celaena murmurou mais um pouco, a música abrindo caminho pelas memórias. E de alguma forma... de alguma forma, as chamas ficaram quietas. A jovem deu um passo adiante, depois outro. O poder incandescente nas veias jamais desapareceria; teria muito mais chances de ferir alguém caso não o controlasse.

Ela olhou com raiva por cima do ombro para Rowan, que agora caminhava pela beirada, examinando algumas das lâminas caídas. Havia um toque de triunfo naqueles olhos geralmente vazios, mas o guerreiro se virou e se aproximou de uma pequena fenda na parede da caverna, tateando em busca de alguma coisa do lado de dentro. Celaena continuou andando, o abismo de água se tornando mais profundo. Ela havia dominado o corpo mortal como assassina. Dominar o poder imortal seria apenas outra tarefa.

Os olhos de Luca estavam arregalados quando Celaena, por fim, se aproximou a ponto de tocá-lo.

— Não tem nada a esconder, sabe. Todos sabíamos que podia mudar de forma mesmo — disse o jovem. — E se faz você se sentir melhor, a forma animal de Sten é um porco. Ele nem se transforma por vergonha.

Celaena teria rido; chegou a sentir as entranhas se contraírem para soltar o som que estava enterrado havia meses, mas então se lembrou das correntes ao redor dos pulsos de Luca. A magia tinha se acalmado, mas agora... derreter as correntes ou derreter o gelo em que estavam ancoradas e deixar que o rapaz arrastasse as correntes de volta? Se escolhesse o gelo, poderia facilmente mandar os dois para o fundo daquele lago antigo. E se escolhesse as correntes... Bem, poderia perder o controle e mandar os dois para o fundo, mas também poderia acabar queimando Luca. Na melhor das hipóteses, ela o marcaria onde estavam as algemas. Na pior, derreteria os ossos do menino. Era melhor arriscar o gelo.

— Hã... — continuou Luca. — Vou perdoar todas as coisas terríveis que disse mais cedo se pudermos ir comer alguma coisa agora mesmo. O cheiro aqui é horrível. — Os sentidos dele deviam ser mais aguçados que os da assassina, a caverna tinha apenas um leve odor de ferrugem, mofo e coisas apodrecendo.

— Apenas fique parado e pare de falar — retrucou Celaena, mais grosseira do que pretendia. No entanto, o menino se calou assim que ela chegou ao ponto em que Rowan tinha congelado as correntes. Com o máximo de cuidado, Celaena se ajoelhou, distribuindo igualmente o peso do corpo.

Ela deslizou uma das palmas das mãos contra o gelo, olhando para o caminho percorrido pela corrente até a extensão que oscilava na água abaixo.

Oscilando... devia haver corrente de água. O que significava que Rowan estava selando o gelo constantemente... O frio machucou a palma de sua mão, e ela olhou para Luca com o cobertor de pele antes de se voltar para a âncora. Se o gelo quebrasse, a assassina precisaria pegar o jovem. Rowan realmente havia perdido o juízo.

Celaena respirou fundo diversas vezes, deixando que a magia se acalmasse, esfriasse e fluísse. Então, pressionando a mão aberta contra o gelo, ela flexionou um dedo interno em direção ao poder, tirando um fio minúsculo e incandescente de dentro. Ele fluiu pelo braço, serpenteou pelo pulso, depois se acomodou na palma da mão, a pele ficando morna, o gelo... *brilhando* vermelho forte. Luca deu um grito quando o gelo se partiu ao redor deles.

— *Controle* — disparou Rowan da margem, pegando uma espada de onde fora descartada, enfiada na pequena fenda da parede, o cabo de ouro reluzindo. Celaena segurou a magia com tanta força que a sufocou. Um pequeno buraco tinha derretido onde a palma da mão estivera, mas não até o fim. Não era grande o bastante para soltar a corrente.

Ela conseguiria dominar aquilo. Conseguiria ter domínio sobre si de novo. O poço interno encheu, mas Celaena empurrou de volta, querendo apenas soltar aquele fio para o gelo, se enterrando como um verme, mordendo o frio... Houve um clangor metálico, então um chiado e depois...

— Ah, graças aos deuses — gemeu Luca, puxando a corrente para fora do buraco.

A assassina enrolou o fio de poder dentro de si novamente, levando-o para aquele poço, e ficou subitamente com frio.

— Por favor, diga que trouxe comida — disse o rapaz, de novo.

— Foi por isso que veio? Rowan prometeu lanchinhos?

— Estou em fase de crescimento. — Ele encolheu o corpo ao olhar para o guerreiro. — E não se diz não a ele.

Não, de fato, ninguém jamais dizia não a Rowan e, provavelmente por isso, ele achava que uma armação como aquela era aceitável. Celaena suspirou pelo nariz e olhou para o pequeno buraco que fizera. Um feito; um milagre. Quando estava prestes a se levantar e ajudar Luca a caminhar de volta à margem, ela olhou para o gelo mais uma vez. Não, não para o gelo... para a água abaixo.

Onde um olho vermelho gigante a encarava.

35

As quatro palavras que saíram da boca de Celaena a seguir foram tão chulas que Luca engasgou. No entanto, ela não se moveu quando uma imensa linha branca pontiaguda brilhou perturbadoramente longe daquele olho vermelho.

— Saia do gelo *agora* — sussurrou Celaena para o menino.

Porque aquela linha branca pontiaguda... aquilo eram dentes. Dentes grandes, do tipo que arrancam um braço fora com uma mordida. E estavam subindo das profundezas, na direção do buraco que ela fizera. Era por isso que não havia esqueletos — apenas as armas que não ajudaram os tolos que entraram naquela caverna.

— Pelos deuses — falou Luca, olhando de trás de Celaena. — O que é isso?

— Cale a boca e vá — ciciou ela. Na margem, os olhos de Rowan estavam arregalados, o rosto, contraído sob a tatuagem. O guerreiro não tinha percebido que o lago não estava vazio.

— Agora, Luca — grunhiu Rowan, com a espada em punho e a lâmina que tirara do chão ainda embainhada na outra mão.

A coisa nadava na direção deles, preguiçosamente. Curiosa. Conforme se aproximou, Celaena conseguiu discernir um corpo serpenteante, tão pálido quanto as pedras no fundo do lago. Ela jamais vira algo tão enorme, tão antigo e... e só havia uma fina camada de gelo separando-a daquilo.

Quando Luca começou a tremer, a pele empalidecendo, a assassina ficou de pé e o gelo rangeu.

— Não olhe para baixo — disse ela, pegando o cotovelo do jovem. Uma trilha de gelo mais espesso endureceu sob os pés deles e se expandiu, formando um caminho até a margem. — *Vá* — ordenou Celaena, dando um leve empurrão no rapaz, que disparou em um deslize ágil, arrastando os pés. A jovem deixou que ele se adiantasse, dando tempo para que pudesse vigiá-lo pelas costas, e olhou para baixo de novo.

Ela engoliu o grito quando uma cabeça enorme, coberta de escamas, a encarou de volta. Não era um dragão ou uma serpente alada, não era cobra ou peixe, mas algo entre um e outro. Tinha um olho faltando, a pele com cicatrizes ao redor da órbita vazia. Qual criatura dos infernos teria feito aquilo? Havia algo *pior* lá embaixo, nadando no coração das montanhas? É claro, é claro que Celaena seria deixada desarmada no centro de um lago cheio de armas.

— *Mais rápido* — disparou Rowan. Luca já estava a meio caminho da margem.

A assassina disparou no mesmo deslize de Luca, não confiando em si mesma para ficar de pé caso corresse. No momento em que deu o terceiro passo, um lampejo branco como osso disparou das profundezas, girando como uma serpente ao dar o bote.

A longa cauda chicoteou o gelo, e o mundo *quicou*.

Celaena foi jogada pelos ares, as pernas falhando quando o gelo se ergueu por baixo, fazendo seu corpo cair de quatro. Ela conteve a magia que subiu para proteger, queimar e ferir. A jovem escorregou e desviou para o lado conforme a cabeça coberta de escamas e chifres golpeou o gelo próximo aos pés dela.

A superfície deu um tranco. Mais longe, mas se aproximando, o gelo estava se partindo. Era como se toda a concentração de Rowan estivesse agora em manter uma estreita ponte de gelo congelada entre Celaena e a margem.

— Arma — disse ela, sem fôlego, sem ousar tirar a atenção da criatura.

— *Corra* — disparou Rowan, e a assassina ergueu a cabeça por tempo o bastante para ver o guerreiro jogar a lâmina que tinha encontrado no gelo, um vento forte fazendo-a girar em sua direção. Luca abandonou o cobertor, correndo com os pés patinando pelo chão, e Celaena pegou a espada de cabo dourado enquanto o seguia. Um rubi do tamanho de um ovo de galinha estava incrustado no cabo, e, apesar da idade da bainha, a lâmina reluziu quando ela desembainhou a arma, como se tivesse sido recém-polida. Alguma coisa caiu da bainha no gelo com um tilintar — um anel de ouro simples. Celaena o pegou, enfiando no bolso, e correu mais rápido enquanto...

O gelo se ergueu de novo, o *bum* daquela cauda poderosa foi tão assustador quanto a superfície que se movia sob Celaena. Ela ficou de pé dessa vez, flexionando os joelhos ao segurar a espada, uma parte de si maravilhada com o equilíbrio e a beleza da arma; mas Luca, escorregando e deslizando, caiu. A assassina chegou até o jovem em alguns segundos, levantando-o pela parte de trás do manto e segurando com força conforme o gelo subia de novo e de novo e de novo.

Eles passaram da inclinação do lago, e Celaena quase gemeu de alívio ao ver o leito de pedra pálida sob os pés. O gelo atrás explodiu, e a água congelada os encharcou, então...

Celaena não parou quando narinas bufaram. Não parou de puxar Luca até Rowan, cuja testa brilhava com suor conforme garras imensas raspavam o gelo, abrindo quatro marcas profundas.

A assassina arrastou o rapaz pelos últimos nove metros, então cinco metros, então eles estavam na margem e foram até o guerreiro, que soltou um suspiro, estremecendo. Celaena se virou a tempo de ver algo saído de um pesadelo tentando subir no gelo, com o único olho vermelho selvagem de fome, os dentes enormes prometendo uma morte cruel e fria. Quando o suspiro de Rowan terminou, o gelo derreteu e a criatura afundou.

De volta à terra firme, subitamente ciente de que o gelo era também um obstáculo, Celaena agarrou mais uma vez Luca, que parecia prestes a vomitar, e disparou da caverna. Nada impedia que a criatura voltasse a subir, e a espada era tão útil quanto um palito de dente contra ela. Quem sabia com que rapidez o animal podia se mover em terra?

Luca entoava uma corrente de orações a diversos deuses quando Celaena o puxou pela trilha rochosa em direção ao exterior, para o sol brilhante da tarde, tropeçando quase inconscientemente até que chegassem ao bosque úmido, desviando de árvores em grande parte devido à sorte, mais e mais rápidos colina abaixo, então...

Um rugido estremeceu as pedras, fazendo os pássaros levantarem voo e as folhas farfalharem. Contudo, era um rugido de raiva e fome; não de triunfo. Como se a criatura tivesse chegado à entrada da caverna e, depois de milênios na água fria, não suportasse o sol. Conforme continuavam correndo do barulho estrondoso, Celaena não quis pensar a respeito do que poderia ter acontecido caso fosse noite. O que ainda poderia acontecer quando anoitecesse.

Após um tempo, sentiu Rowan atrás deles. No entanto, a assassina só se importava com a carga mais jovem, que arfou e xingou durante o caminho todo de volta à fortaleza.

~

Quando Defesa Nebulosa estava à vista, Celaena disse apenas uma coisa a Luca antes de mandá-lo seguir em frente: que ficasse de boca calada a respeito do que tinha acontecido na caverna. Assim que os ruídos do rapaz tropeçando pelo bosque cessaram, ela se virou.

Rowan estava de pé ali, também ofegante, a espada agora embainhada. Celaena cravou a espada nova na terra, o rubi no cabo brilhando sob um raio de sol.

— Vou *matar* você — grunhiu ela, disparando contra Rowan.

Mesmo com Celaena no corpo feérico, o guerreiro era mais rápido e mais forte, então desviou com facilidade fluida. Cair de rosto na árvore era melhor que colidir com as muralhas de pedra da fortaleza, embora não muito melhor. Os dentes tiniram, mas ela se virou e o atacou de novo, agora tão perto que os dentes dele se projetaram. Rowan não conseguiu se afastar quando Celaena o segurou pela frente do casaco, prendendo-se ali.

Ah, acertá-lo no rosto era *bom*, mesmo que os dedos estivessem feridos e latejassem.

O guerreiro grunhiu e a atirou ao chão. Celaena ficou sem ar no peito, e o sangue que escorria pelo nariz voltou pela garganta. Antes que Rowan pudesse sentar sobre a assassina, ela prendeu as pernas em volta do corpo dele, empurrando com cada gota daquela força imortal. E, simples assim, Rowan ficou preso ao chão, os olhos se arregalaram com o que só poderia ser fúria e surpresa.

Celaena bateu nele mais uma vez, as juntas dos dedos urravam de dor.

— Se *algum dia* envolver mais alguém nisso... — disse ela, ofegante, golpeando a tatuagem dele, aquela tatuagem dos infernos. — Se algum dia colocar mais *alguém* em perigo como fez hoje... — O sangue de seu nariz pingava no rosto do guerreiro, misturando-se, percebeu ela com satisfação, ao sangue dos golpes que acertara nele. — Vou matar você. — Outro ataque, com o dorso da mão, então ocorreu vagamente a Celaena que Rowan tinha ficado imóvel, aceitando a surra. — Vou arrancar a porcaria de sua garganta. — A assassina exibiu os caninos. — Entendeu?

Ele se virou de lado para cuspir sangue.

O sangue de Celaena latejava, de forma tão selvagem que cada ínfima restrição trancada em si se partiu. Ela lutou contra aquilo, mas a distração lhe custou. Rowan se moveu, em seguida ela estava debaixo dele de novo. Celaena tinha mutilado o rosto dele, mas o guerreiro não pareceu se importar ao grunhir:

— Vou fazer o que eu quiser.

— Você vai manter outras pessoas fora disso! — gritou ela, tão alto que os pássaros pararam de piar. Celaena se debateu contra Rowan, segurando os pulsos dele. — Ninguém mais!

— Diga por quê, Aelin.

Aquele nome desgraçado... A jovem cravou as unhas nos pulsos dele.

— Porque estou *cheia* disso! — Ela estava engolindo ar, cada respiração a fazia estremecer conforme a percepção terrível que segurava desde a morte de Nehemia veio à tona. — Eu disse a ela que não iria ajudar, então ela orquestrou a própria morte. Porque achou... — Celaena riu, um som horrível e selvagem. — Achou que ao morrer me faria entrar em ação. Achou que eu, de alguma forma, poderia fazer mais que ela, que ela valia mais morta. E mentiu... sobre *tudo*. Mentiu para mim porque eu era uma covarde, e a odeio por isso. Eu a odeio por ter me deixado.

Rowan ainda a mantinha presa, o sangue quente pingando no rosto da jovem.

Ela havia falado. Falara as palavras com as quais estava engasgando havia semanas e semanas. A raiva saía como uma onda se afastando do litoral, e a jovem soltou os pulsos de Rowan.

— Por favor — pediu Celaena, sem fôlego, sem se importar por estar implorando —, por favor, não envolva mais ninguém nisso. Farei qualquer coisa que me pedir. Mas esse é meu limite. Qualquer coisa menos isso.

Os olhos de Rowan estavam enigmáticos quando ele finalmente soltou os braços de Celaena, que ergueu o olhar para o dossel das árvores. Não choraria na frente dele, não de novo.

O guerreiro se afastou, o espaço entre os dois agora era tangível.

— Como ela morreu?

Celaena permitiu que a umidade nas costas passasse para dentro dela, que resfriasse os ossos.

— Ela manipulou um conhecido em comum para que pensasse que precisava matá-la para seguir com os próprios planos. Ele contratou um assassino, se certificou de que eu não estaria por perto, então a assassinou.

Ah, Nehemia. A princesa tinha feito tudo por uma esperança tola, não percebeu que desperdício foi. Poderia ter se aliado ao perfeito Galan Ashryver e salvado o mundo; ter encontrado um herdeiro realmente útil para o trono.

— O que aconteceu com os dois homens? — Uma pergunta fria.

— O assassino eu cacei e deixei em pedaços em um beco. E o homem que o contratou.. — O sangue nas mãos, nas roupas, nos cabelos de Celaena, o olhar horrorizado de Chaol. — Eu o estripei e atirei o corpo em um esgoto.

Eram duas das piores coisas que tinha feito por puro ódio e vingança e revolta. Ela esperou pelo sermão, mas o guerreiro apenas disse:

— Que bom.

Celaena ficou tão surpresa que olhou para Rowan — então viu o que fizera. Não o rosto já ferido e ensanguentado, ou o casaco rasgado, agora cheio de lama. Mas bem ali onde havia segurado o antebraço dele, as roupas estavam queimadas, a pele por baixo coberta de machucados raivosos e vermelhos.

Impressões de sua mão. Celaena queimara a tatuagem do braço esquerdo do feérico. Ela levantou em um instante, perguntando a si mesma se deveria se ajoelhar e implorar por perdão em vez disso.

Devia ter doído horrores. No entanto, o guerreiro aceitara tudo — a surra, a queimadura — enquanto ela soltava aquelas palavras que tinham embaçado sua razão durante tantas semanas.

— Eu... desculpe — começou Celaena, mas ele ergueu a mão.

— Não peça desculpas — disse Rowan — por defender pessoas com quem se importa.

Ela imaginou que fosse o máximo de desculpas que jamais receberia dele. Celaena assentiu, e aquela resposta foi suficiente.

— Vou ficar com a espada — falou Celaena, arrancando-a da terra. Seria difícil encontrar uma melhor em qualquer lugar do mundo.

— Você não conquistou o direito a ela. — Rowan ficou calado, então acrescentou: — Mas considere um favor. Deixe em seus aposentos enquanto estiver treinando.

Celaena teria replicado, mas ele também estava cedendo. Ela se perguntou se Rowan cedera alguma vez no último século.

— E se aquela coisa seguir nosso rastro até a fortaleza quando a escuridão chegar?

— Mesmo que siga, não pode passar pelas defesas. — Ao vê-la erguer as sobrancelhas, Rowan disse: — As pedras ao redor da fortaleza têm um feitiço entre elas para manter inimigos do lado de fora. Até a magia é repelida ali.

— Ah. — Bem, isso explicava por que chamavam de Defesa Nebulosa. Um silêncio tranquilo, até agradável, recaiu entre os dois conforme caminharam. — Sabe — falou Celaena, com malícia —, já é a segunda vez que você estraga meu treinamento com suas tarefas. Tenho quase certeza de que isso torna você o pior instrutor que já tive.

Rowan a olhou de esguelha.

— Fico surpreso por ter levado tanto tempo para reparar nisso.

Ela riu com deboche. Então, ao se aproximarem da fortaleza, as tochas e as velas se acenderam, como que para lhes dar boas-vindas ao lar.

~

— Nunca vi algo tão deprimente — sussurrou Emrys quando Rowan e Celaena entraram na cozinha. — Tem sangue e terra e folhas em cada centímetro de vocês dois.

De fato, eram algo notável, ambos estavam com o rosto inchado e cortado, cobertos com o sangue um do outro; os cabelos, uma bagunça; e Celaena andava com um pouco de dificuldade. Os nós dos dedos estavam abertos, e o joelho latejava por um ferimento que ela não se lembrava de ter sofrido.

— Piores que gatos de beco, brigando o dia e a noite inteiros — comentou o velho, batendo com duas tigelas de ensopado na mesa de trabalho. — Comam, os dois. E então se limpem. Elentiya, está liberada da cozinha esta noite e amanhã. — Celaena abriu a boca para protestar, mas ele ergueu a mão. — Não quero que sangre em tudo. Vai dar mais trabalho do que vale. — Encolhendo o corpo, ela desabou ao lado de Rowan no banco e xingou cruelmente a dor na perna, no rosto, nos braços. Xingou o insuportável sentado ao seu lado. — Aproveite para limpar a boca também — disparou Emrys.

Luca estava encolhido perto da lareira, de olhos arregalados e fazendo um gesto preciso de corte no pescoço, como se para avisar Celaena de alguma coisa. Até mesmo Malakai, sentado do outro lado da mesa com duas sentinelas cansadas, observava a jovem com as sobrancelhas erguidas.

Rowan já estava curvado sobre a mesa, devorando o ensopado. Celaena olhou de novo para Luca, que batia freneticamente nas orelhas.

Ela não tinha voltado à forma humana. E... bem, agora todos tinham reparado, mesmo com o sangue, a terra e as folhas. Malakai a encarou, e Celaena o desafiou — apenas *desafiou* o homem a dizer alguma coisa. Mas ele deu de ombros, voltando a comer. Então não foi mesmo uma surpresa. Ela comeu um pouco do ensopado e precisou conter um gemido. Eram os sentidos feéricos ou a comida estava ainda mais deliciosa naquela noite?

Emrys observava da lareira, e Celaena deu a ele aquele olhar desafiador também. Ela abriu novamente aquele véu interno, sentindo dor ao voltar à forma mortal. No entanto, o idoso levou um pedaço de pão para Celaena e Rowan, então falou:

— Não faz diferença para mim se suas orelhas estão pontudas ou arredondadas, ou como são seus dentes. Mas — acrescentou ele, olhando para Rowan — não posso negar que fico feliz por ver que acertou alguns socos desta vez.

A cabeça do guerreiro se ergueu da tigela, e o idoso apontou uma colher para ele.

— Não acham que já basta de se surrarem? — Malakai enrijeceu o corpo, mas seu parceiro continuou: — Que bem faz, a não ser me dar uma criada emburrada cujo rosto assusta nossas sentinelas? Acham que algum de nós gosta de ouvir vocês dois xingando e gritando toda tarde? A linguagem que usam é suficiente para fazer todo o leite de Wendlyn azedar.

Rowan abaixou a cabeça, resmungando algo para o ensopado.

Pela primeira vez em muito, muito tempo, Celaena sentiu os cantos da boca se erguerem.

E foi então que ela caminhou até o senhor... e se ajoelhou. Pediu desculpas profusamente. Para Emrys, para Luca, para Malakai. Pediu desculpas porque eles mereciam. Os três aceitaram, mas Emrys ainda parecia cauteloso. Até mesmo magoado. A vergonha do que dissera para aquele homem, para todos eles, permaneceria com Celaena por um tempo.

Embora tivesse feito seu estômago revirar e as palmas das mãos suarem, embora não tivessem mencionado nomes, Celaena não ficou surpresa quando o idoso contou que os feéricos mais velhos sabiam quem ela era e que a mãe dela trabalhara para ajudá-los. Contudo, a assassina *ficou* surpresa quando Rowan tomou um lugar à pia para ajudar na limpeza depois da refeição noturna.

Trabalharam em um silêncio tranquilo. Ainda havia verdades que Celaena não confessara, manchas na alma que ainda não conseguia explorar ou expressar. Mas talvez... talvez Rowan não desse as costas quando ela encontrasse coragem para contar.

À mesa, Luca sorria com satisfação. Apenas ver aquele sorriso — aquela pequena prova de que os eventos do dia não o tinham assustado completamente — fez com que Celaena olhasse para Emrys e dissesse:

— Tivemos uma aventura hoje.

Malakai apoiou a colher, falando:

— Me deixe adivinhar: teve algo a ver com aquele rugido que causou o pandemônio entre os animais de criação.

Embora não tivesse sorrido, os olhos da assassina se enrugaram.

— O que sabe sobre uma criatura que mora no lago sob... — Celaena olhou para Rowan para que ele terminasse.

— A montanha Careca. Ele não deve conhecer essa história — disse o guerreiro. — Ninguém conhece.

— Sou um Contador de Histórias — retrucou Emrys, encarando Rowan com toda a ira de uma das miniaturas de ferro sobre a lareira. — E isso quer dizer que os contos que coleciono podem não vir de bocas feéricas ou humanas, mas os ouço mesmo assim. — Ele se sentou à mesa, apoiando as mãos diante do corpo. — Ouvi uma história, há muitos anos, de um tolo que achou que poderia atravessar as montanhas Cambrian e entrar no reino de Maeve sem convite. Ele estava voltando, quase sem vida graças aos lobos selvagens da rainha nas passagens, então nós o trouxemos até aqui enquanto chamávamos os curandeiros.

Malakai murmurou:

— Então foi por isso que não deixou o homem em paz. — Um brilho naqueles olhos velhos, e Emrys deu ao parceiro um sorriso irônico.

— Ele estava com uma infecção violenta, então, na época, achei que poderia ter sido uma alucinação, mas o homem me contou que encontrou uma caverna na base da montanha Careca. Ele acampou ali porque estava chovendo e fazia frio, mas planejava sair com a primeira luz do dia. Mesmo assim, sentiu que algo o observava do lago. O sujeito cochilou, acordando apenas porque as ondas batiam contra a margem, ondas do centro do lago. E logo além da luz da fogueira, bem nas profundezas, viu algo nadando. Maior que uma árvore ou qualquer besta que já tivesse visto.

— Ah, era horrível — interrompeu Luca.

— Você disse que estava fora com Bas e os outros batedores, patrulhando a fronteira hoje! — grunhiu Emrys, então deu a Rowan um olhar sugerindo que seria bom que o guerreiro testasse a próxima refeição para ver se tinha veneno.

O idoso pigarreou e logo encarou a mesa de novo, perdido nos pensamentos.

— O que o tolo aprendeu naquela noite foi o seguinte: a criatura era quase tão velha quanto a própria montanha. Ela alegava ter nascido em outro mundo, mas tinha entrado neste de fininho quando os deuses não estavam olhando. Tinha caçado feéricos e humanos até que um poderoso guerreiro feérico a desafiou. E, antes de o guerreiro terminar, ele arrancou um dos olhos da criatura, por desprezo ou diversão, e a amaldiçoou, de modo que, enquanto a montanha estivesse erguida, a besta seria forçada a viver sob ela.

Um monstro de outro mundo. Será que tinha conseguido entrar durante as guerras dos valg, quando demônios abriam e fechavam portais para outros mundos à vontade? Quantas das criaturas terríveis que viviam nessa terra só estavam ali por causa daquelas batalhas antigas pelas chaves de Wyrd?

— Então, ele tem morado no labirinto de cavernas submersas sob a montanha. Não tem nome, pois esqueceu como se chamava havia muito tempo, e aqueles que o encontram não voltam para casa.

A assassina esfregou os braços, encolhendo o corpo quando a pele cortada dos nós dos dedos se esticou com o movimento. Rowan encarava Emrys diretamente, a cabeça inclinada muito de leve para o lado. O guerreiro olhou para Celaena, como se para se certificar de que ela ouvia, e perguntou:

— Quem foi o guerreiro que arrancou o olho dele?

— O tolo não sabia, e a besta também não. Mas a língua que falava era feérico, uma forma arcaica do velho idioma, quase indecifrável. A criatura se lembrava do anel de ouro que ele levava, mas não de sua aparência.

Celaena precisou de cada grama de controle para não pegar do bolso o anel que tinha colocado ali, ou para não examinar a espada que havia deixado à porta, assim como o rubi que talvez nem fosse um rubi. Mas era impossível... coincidência demais.

Ela poderia não ter resistido à vontade de olhar caso Rowan não tivesse estendido a mão para pegar o copo d'água. Ele escondeu bem, e Celaena não achou que mais alguém tivesse notado, mas ao roçar na manga do casaco, ele se encolheu, muito de leve. Pelas queimaduras que ela causara. Estavam com bolhas mais cedo, a dor devia ser lancinante agora.

Emrys encarou o príncipe.

— Chega de aventuras.

Rowan olhou para Luca, que parecia prestes a explodir com indignação.

— Concordo.

O idoso não desistiu.

— E chega de brigas.

Rowan encarou Celaena sobre a mesa. Sua expressão não dizia nada.

— Tentaremos.

Até mesmo Emrys considerou aquilo uma resposta aceitável.

Apesar da exaustão que recaiu sobre ela como uma parede, Celaena não conseguiu dormir. Continuava pensando na criatura, na espada e no anel que tinha examinado por uma hora sem descobrir nada, e o controle, embora tênue, que conseguira ter no gelo. No entanto, volta e meia retornava ao que fizera a Rowan — à gravidade com que o tinha queimado.

Sua tolerância à dor deve ser imensa, pensou Celaena, quando se virou na cama, encolhida devido ao frio no quarto. Ela olhou para a lata de sálvia. *Ele deveria ter ido a um curandeiro ver as queimaduras*. Revirou-se por mais cinco minutos antes de colocar as botas, pegar a lata e sair. Provavelmente levaria uma bronca de novo, mas não conseguiria um minuto de sono se estivesse ocupada demais se sentindo culpada. Pelos deuses, como se sentia *culpada*.

Ela bateu de leve à porta, meio que esperando que Rowan não estivesse lá. Contudo, o príncipe disse, irritado:

— *O quê?* — Então Celaena se encolheu e entrou.

O quarto de Rowan era aconchegante e quente, talvez um pouco antigo e desgastado, principalmente os tapetes surrados jogados por cima da maior parte do piso de pedra cinza. Uma enorme cama com dossel ocupava muito do espaço, ainda feita... e vazia. Rowan estava sentado à escrivaninha, diante da lareira entalhada, sem camisa e examinando o que parecia ser um mapa assinalado com os locais daqueles corpos.

Os olhos dele exibiram irritação, mas Celaena o ignorou enquanto avaliava a enorme tatuagem que descia do rosto até o pescoço e os ombros dele, cobrindo todo o braço esquerdo, até a ponta dos dedos. Não olhara com atenção naquele dia no bosque, mas agora ficava maravilhada com as linhas lindas e contínuas — exceto pela queimadura em formato de algema no pulso dele. Nos dois pulsos.

— O que quer?

Celaena nunca tinha visto o corpo de Rowan de perto. O peito — queimado de sol o bastante para sugerir que passava bastante tempo sem camisa — era esculpido com músculos e coberto de cicatrizes espessas. De lutas ou batalhas ou sabiam os deuses o quê. O corpo de um guerreiro que Rowan tivera séculos para cultivar.

Celaena atirou a sálvia para ele.

— Achei que iria querer isto.

Rowan pegou a lata com uma das mãos, mas os olhos permaneceram nela.

— Eu mereci.

— Não quer dizer que eu não possa me sentir mal.

O guerreiro virou a lata diversas vezes entre os dedos. Havia uma cicatriz especialmente longa e feia do lado direito do peito — de onde seria?

— Isso é um suborno?

— Devolva, se vai me encher o saco. — Celaena estendeu a mão.

No entanto, Rowan fechou os dedos ao redor da lata, então a apoiou na escrivaninha, falando:

— Você sabe que pode se curar, não é? E me curar também. Nada que seja muito grave, mas você tem esse dom.

Ela sabia... mais ou menos. A magia de Celaena tinha curado os próprios ferimentos às vezes, sem que tivesse ciência.

— É... é a afinidade com a gota d'água que herdei da linhagem de Mab. — O fogo fora o dom da linhagem de seu pai. — Minha mãe — as palavras a deixavam enjoada, mas Celaena as disse, por algum motivo — me contou que a gota d'água em minha magia era minha salvação, e o senso de autopreservação. — Um aceno de cabeça de Rowan, e ela admitiu: — Eu queria aprender a usar como os outros curandeiros... há muito tempo, quero dizer. Mas nunca me permitiram. Disseram... bem, não seria tão útil assim, pois eu não tinha muito, e rainhas não se tornam curandeiras. — Ela devia parar de falar.

Por algum motivo, o estômago de Celaena se apertou quando Rowan respondeu:

— Vá dormir. Como está banida da cozinha amanhã, vamos treinar ao alvorecer. — Bem, certamente merecia aquela dispensa depois de tê-lo queimado daquela forma. Então a jovem se virou, talvez parecendo tão patética quanto se sentia, porque subitamente Rowan disse: — Espere. Feche a porta.

Ela obedeceu. O guerreiro não deu a Celaena licença para se sentar, então ela se recostou à porta de madeira e esperou. Ele ficou de costas, e a assassina observou os músculos poderosos se expandirem e contraírem quando ele respirou fundo. Depois de novo. Então...

— Quando minha parceira morreu, levei muito, muito tempo para retornar.

Celaena demorou para pensar no que dizer.

— Há quanto tempo?

— Duzentos e três anos e vinte e sete dias atrás. — Rowan indicou a tatuagem no rosto, no pescoço, nos braços. — Isto conta a história de como aconteceu. Da vergonha que vou carregar até meu último suspiro.

O guerreiro que aparecera no outro dia tinha olhos tão vazios...

— Outros vêm até você para que o próprio luto e a vergonha sejam tatuados neles.

— Gavriel perdeu três soldados em uma emboscada nas montanhas ao sul. Foram massacrados. Ele sobreviveu. Desde que virou guerreiro, Gavriel tatua os nomes daqueles que caíram sob seu comando. Mas onde está a culpa tem pouco a ver com o objetivo das tatuagens.

— Você foi culpado?

Devagar, Rowan se virou; não completamente, mas o bastante para olhar de esguelha para Celaena.

— Sim. Quando eu era jovem, eu era... feroz em meus esforços para conquistar bravura para mim e minha linhagem. Sempre que Maeve me mandava em campanhas, eu ia. Pelo caminho, encontrei minha parceira, uma fêmea de nossa raça. Lyria — disse Rowan, quase com reverência. — Ela vendia flores no mercado de Doranelle. Maeve reprovava, mas... quando conhecemos nosso parceiro, não é possível fazer nada para mudar isso. Ela era minha, e ninguém poderia me dizer o contrário. A parceria com ela me custou o favoritismo de Maeve, e eu ainda queria muito provar meu valor. Então, quando a guerra veio e Maeve me ofereceu a chance de me redimir, aceitei. Lyria me implorou para não ir. Mas eu era tão arrogante, estava tão desorientado, que a deixei em nossa casa na montanha e fui para a guerra. Eu a deixei sozinha — falou Rowan, olhando de novo para Celaena.

Você me deixou, dissera ela para o guerreiro. Foi quando Rowan perdeu o controle — os ferimentos de séculos se erguendo para engoli-lo tão cruelmente quanto o próprio passado de Celaena a consumia.

— Fiquei fora por meses, conquistando toda aquela glória que eu tão tolamente buscava. Então soubemos que nossos inimigos estavam secretamente tentando entrar em Doranelle pelas passagens das montanhas. — O estômago da assassina afundou até o chão. Rowan passou a mão pelo cabelo, coçou o rosto. — Voei para casa. O mais rápido que já voei. Ao chegar, descobri que... descobri que ela estava esperando um filho. E que a mataram mesmo assim, queimando nossa casa até que virasse cinzas.

"Quando você perde um parceiro, não... — Um balançar de cabeça. — Perdi todo o senso de quem era, de tempo e de espaço. Eu os cacei, todos os machos que a feriram. Me demorei bastante para matá-los. Ela estava grávida, estivera grávida desde que eu a tinha deixado. Mas eu estivera tão apaixonado por meus objetivos tolos que não tinha sentido o cheiro nela. Deixei minha parceira grávida sozinha."

Com a voz falhando, Celaena conseguiu perguntar:

— O que fez depois que os matou?

O rosto de Rowan estava determinado, e os olhos se concentravam em alguma visão longínqua.

— Durante dez anos, não fiz nada. Sumi. Perdi a cabeça. Mais que isso. Não senti nada. Apenas... parti. Perambulei pelo mundo, mudando de forma, mal me dava conta das estações, só comia quando meu falcão me dizia que eu precisava comer ou morreria. Eu *teria* me deixado morrer... mas... não consegui... — Ele parou de falar e pigarreou. — Poderia ter ficado daquele jeito para sempre, mas Maeve me encontrou. Disse que já havia passado tempo demais de luto e que eu a serviria como príncipe e comandante, trabalharia com vários outros guerreiros para proteger o reino. Foi a primeira vez que falei com alguém desde o dia em que encontrei Lyria. A primeira vez que ouvi meu nome... ou me lembrei dele.

— Então foi com ela?

— Eu não tinha nada. Ninguém. Àquela altura, esperava que servir Maeve pudesse fazer com que eu fosse morto, então poderia ver Lyria de novo. Assim, quando voltei para Doranelle, escrevi a história de minha vergonha na pele. E me comprometi com Maeve pelo juramento de sangue, servindo-a desde então.

— Como... como se recuperou desse tipo de perda?

— Não me recuperei. Por muito tempo, não consegui. Acho que ainda... não me recuperei. Talvez jamais consiga.

Ela assentiu, os lábios contraídos com força, e olhou pela janela.

— Mas talvez... — continuou Rowan, baixo o bastante para que Celaena olhasse para ele de novo. O guerreiro não sorria, mas os olhos pareciam indagadores. — Talvez possamos encontrar um modo juntos.

Rowan não pediria desculpas por aquele dia, ou pelo dia anterior, ou por nada. E ela não pediria isso dele, não agora que entendia que durante as semanas em que estivera olhando para o guerreiro era como olhar para um reflexo. Não era à toa que Celaena o odiava.

— Acho — respondeu ela, pouco mais que um sussurro — que eu gostaria muito disso.

Rowan estendeu a mão.

— Juntos, então.

A assassina avaliou a palma da mão coberta de cicatrizes e calos, depois o rosto tatuado, cheio de um tipo sombrio de esperança. Alguém que poderia... que *entendia* como era estar destruído bem no fundo, alguém que ainda estava escalando, centímetro a centímetro, para sair daquele abismo.

Talvez jamais saíssem de dentro dele, talvez jamais estivessem inteiros de novo, mas...

— Juntos — repetiu Celaena, pegando a mão estendida de Rowan.

E em algum lugar bem no fundo dela, uma brasa começou a brilhar.

PARTE DOIS

Herdeira do fogo

36

— Está tudo pronto para sua reunião esta noite com o capitão Westfall? — Aedion podia jurar que Ren Allsbrook ficou incomodado ao dizer o nome.

Sentado ao lado do jovem lorde na beira do telhado do apartamento sobre o armazém, Aedion considerou o tom de voz de Ren, decidiu que não era desafiador o suficiente para garantir uma agressão verbal, e assentiu ao voltar a limpar as unhas com uma das facas de luta.

Ren se recuperava havia dias, depois de o capitão acomodá-lo no quarto de hóspedes do apartamento. Murtaugh tinha se recusado a aceitar o quarto principal, dizendo que preferia o sofá, mas Aedion se perguntou o que exatamente o idoso observara quando chegaram ao apartamento. Se tinha suspeitas de quem era a dona — Celaena ou Aelin ou ambas —, não revelou nada.

O general não vira Ren desde a casa de ópio e não sabia ao certo por que se incomodara em visitá-lo naquela noite.

— Você conseguiu montar uma rede de miseráveis aqui. Está bem distante das torres luxuosas do castelo Allsbrook — comentou Aedion.

O maxilar do lorde se contraiu.

— Você está bem distante das torres brancas de Orynth também. Todos estamos. — Uma brisa balançou os cabelos despenteados do jovem. — Obrigado. Por... ajudar naquela noite.

— Não foi nada — respondeu o general, dando um sorriso preguiçoso.

— Matou por mim, então me escondeu. Isso é alguma coisa. Devo a você.

Aedion estava bastante acostumado a aceitar gratidão de outros homens, dos homens dele, mas aquilo...

— Deveria ter me contado — disse ele, o sorriso desaparecendo ao observar as luzes douradas brilhando pela cidade — que você e seu avô não tinham lar.

Ou dinheiro. Não era à toa que as roupas de Ren estavam tão esfrangalhadas. A vergonha que Aedion sentira naquela noite quase o sobrepujara, e o assombrara durante os últimos dias, levando o temperamento dele a um limite quase letal. Tentara extravasar aquilo com os guardas do castelo, mas lutar com os homens que protegiam o rei apenas piorou seu temperamento.

— Não vejo por que é relevante — falou Ren, a voz embargada. O general conseguia entender o que era sentir orgulho. O tipo que o jovem lorde possuía era profundo, e admitir vulnerabilidade era tão difícil para ele quanto era para Aedion aceitar sua gratidão. Ren indagou: — Se descobrir como quebrar o feitiço sobre a magia, vai fazê-lo?

— Sim. Pode fazer diferença em qualquer batalha por vir.

— Não fez diferença há dez anos. — O rosto do lorde era uma máscara de gelo, então Aedion se lembrou. O rapaz mal tinha um pingo de magia, mas as duas irmãs mais velhas de Ren... As meninas estavam fora, na escola na montanha, quando tudo foi para o inferno. Uma escola de magia.

Como se lesse aqueles pensamentos, como se estivessem a salvo da cidade abaixo, Ren falou:

— Quando os soldados nos arrastaram para o pavilhão de abate, foi com isso que provocaram meus pais. Porque mesmo com a magia que possuíam, a escola de minhas irmãs estava indefesa, não podiam fazer nada contra dez mil soldados.

— Sinto muito — respondeu Aedion. Era tudo o que podia oferecer por enquanto, até que Aelin voltasse.

O rapaz o encarou.

— Voltar para Terrasen vai ser... difícil. Para mim e para meu avô. — Ele parecia lutar com as palavras, ou apenas com a ideia de contar qualquer coisa a alguém, mas Aedion deu ao jovem o tempo de que precisava. Por fim, Ren explicou: — Não tenho certeza se ainda sou civilizado o bastante. Não sei se... se eu poderia sequer ser um lorde. Se meu povo iria me *querer* como lorde. Meu avô é mais adequado, mas é um Allsbrook por casamento e diz que não quer governar.

Ah. O general se viu parando, contemplando. A palavra errada, a reação errada poderia fazer com que Ren se calasse para sempre. Não deveria importar, mas importava. Então falou:

— Minha vida tem sido guerra e morte durante os últimos dez anos. Provavelmente será guerra e morte durante os próximos anos também. Mas, se um dia encontrarmos a paz... — Pelos deuses, aquela palavra, aquela linda palavra. — Será uma transição estranha para todos nós. Se faz alguma diferença, não vejo por que o povo de Allsbrook não aceitaria um lorde que passou anos tentando acabar com o poder de Adarlan, ou alguém que passou anos na pobreza em busca desse sonho.

— Eu... fiz coisas — retrucou Ren. — Coisas ruins. — Aedion suspeitara disso assim que soube do endereço da casa de ópio.

— Assim como todos nós — falou o general. *Assim como Aelin.* Ele queria dizer isso, mas ainda não queria que Ren ou Murtaugh ou qualquer um soubesse alguma coisa sobre ela. Aelin deveria contar a própria história.

Aedion sabia que a conversa estava prestes a ficar feia quando o jovem ficou tenso e perguntou, baixinho:

— O que planeja fazer com relação ao capitão Westfall?

— No momento, o capitão Westfall é útil para mim e útil para nossa rainha.

— Então, assim que deixar de ser útil...

— Decidirei isso quando a hora chegar: se será seguro deixar que ele viva. — Ren abriu a boca, mas o general acrescentou: — É assim que deve ser. É como eu trabalho. — Mesmo que tivesse ajudado a salvar a vida de Ren e dado a ele um lugar para ficar.

— Imagino o que nossa rainha vai pensar do modo como você trabalha.

Aedion lhe lançou um olhar que já fizera homens saírem em disparada. Contudo, sabia que Ren não o temia, não depois do que vira e sofrera. Não depois que Aedion tinha matado por ele.

O general falou:

— Se for esperta, então vai me deixar fazer o que precisa ser feito. Ela vai me usar como a arma que sou.

— E se ela quiser ser sua amiga? Negaria isso a ela também?

— Não negaria nada a ela.

— E se ela pedir que você seja o rei dela?

Aedion exibiu os dentes.

— Basta.

— Você quer ser rei?

O general puxou as pernas de volta para o telhado, ficando de pé.

— Tudo o que quero — grunhiu ele — é que meu povo seja livre e minha rainha recupere o trono.

— Eles queimaram o trono das galhadas, Aedion. Não há trono para ela.

— Então vou construir um eu mesmo, com os ossos de nossos inimigos.

Ren encolheu o corpo quando se levantou também, os ferimentos sem dúvida o incomodavam, e manteve distância. Podia não ter medo, mas não era burro.

— Responda à pergunta. Quer ser rei?

— Se ela me pedisse, eu não recusaria. — Era verdade.

— Isso não é uma resposta.

Aedion sabia por que Ren tinha perguntado. Ele mesmo sabia que *podia* ser rei — com a legião e os laços com os Ashryver, seria uma união vantajosa. Um rei guerreiro faria qualquer inimigo pensar duas vezes. Mesmo antes de o reino ser destruído, Aedion ouvira boatos...

— Meu único desejo — retrucou o general, grunhindo diante de Ren — é vê-la de novo. Apenas uma vez se for tudo o que os deuses me permitirem. Se me permitirem mais tempo que isso, então vou agradecer todo dia de minha droga de vida. Mas, por enquanto, só estou trabalhando para poder vê-la, para ter certeza de que é real, de que sobreviveu. O resto não é de sua conta.

Aedion sentiu os olhos do lorde sobre si ao sumir pela porta do apartamento.

A taberna estava lotada de soldados em rotação de turno, voltando para Adarlan, o calor e o fedor dos corpos faziam Chaol desejar que Aedion tivesse feito aquilo sozinho. Não havia como esconder agora que ele e Aedion eram *colegas de bebedeira*, como o general anunciava para qualquer um ouvir enquanto os soldados comemoravam.

— Melhor se esconder logo abaixo dos narizes de todos do que fingir, não é? — murmurou ele para Chaol, quando outra bebida grátis foi colocada na mesa manchada e encharcada, cortesia de um soldado que tinha feito reverência, *reverência* mesmo, para Aedion.

— Para o Lobo — disse o homem, com a pele cheia de cicatrizes, antes de voltar para a mesa lotada de colegas.

Aedion o saudou com a caneca, recebendo um viva em resposta, e não havia nada de falso naquele sorriso selvagem. Não levara muito tempo para que encontrasse os soldados que Murtaugh achava que eles deveriam interrogar — soldados que estavam a postos em um dos possíveis pontos de origem do feitiço. Enquanto Aedion procurava pelo grupo certo de homens, Chaol usara o tempo para cuidar dos próprios deveres — os quais agora incluíam considerar um candidato para substituí-lo — e fazer as malas para voltar a Anielle. Ele fora até Forte da Fenda naquele dia com a desculpa de encontrar uma empresa para enviar o primeiro baú de pertences, uma tarefa que, de fato, realizou. Chaol não queria pensar no que a mãe faria quando o baú de livros chegasse à Fortaleza.

O capitão não se preocupou em parecer agradável ao dizer:

— Ande logo.

Aedion ficou de pé e ergueu a caneca. Como se todos o estivessem observando, a sala ficou em silêncio.

— Soldados — disse ele, alto e baixo ao mesmo tempo, com rispidez e reverência, então se virou no mesmo lugar, a caneca ainda erguida. — Por seu sangue, por suas cicatrizes, por cada sulco em seu escudo e arranhão na espada, por cada amigo e inimigo mortos diante de vocês... — A caneca foi erguida mais alto, e o general fez uma reverência com a cabeça, os cabelos dourados reluzindo à luz. — Pelo que deram e ainda darão, eu os saúdo.

Por um segundo, quando o salão ressoou com rugidos e gritos, Chaol vislumbrou o que realmente fazia de Aedion uma ameaça — o que fazia dele um deus para aqueles homens e por que o rei tolerava sua insolência, com ou sem anel.

Ele não era um nobre em um castelo, tomando vinho. Era metal e suor, sentado naquela taberna imunda, bebendo a cerveja deles. Sendo real ou não, os soldados acreditavam que o homem se importava com eles, que os ouvia. Sorriam quando Aedion se lembrava de seus nomes, dos das esposas e das irmãs, e dormiam com a certeza de que ele os via como irmãos. O general se certificava de que os soldados acreditassem que lutaria e morreria por eles. Consequentemente, lutariam e morreriam por ele.

E Chaol teve medo, mas não por si mesmo.

Teve medo do que aconteceria quando Aedion e Aelin se reunissem. Porque o capitão vira nela aquela mesma brasa reluzente que fazia as pessoas olharem e escutarem. Chaol vira Celaena entrar pisando duro em uma reunião de conselho com a cabeça do conselheiro Mullison e sorrir para o rei de Adarlan, cada homem da sala hipnotizado e petrificado pelo redemoinho sombrio daquele espírito. Os dois juntos, ambos letais, trabalhando para construir um exército, para reacender o povo deles... O capitão teve medo do que fariam com seu reino.

Porque ainda era seu reino. Chaol trabalhava para Dorian, não para Aelin — não para Aedion. E não sabia qual era seu lugar em meio àquilo tudo.

— Uma competição! — gritou Aedion, de pé no banco.

Chaol não se moveu durante a longa, longa hora em que o general foi saudado e brindado por metade dos homens no salão, cada um se revezando para ficar de pé e contar a própria história a ele.

Ao se cansar de ser cortejado pelo próprio inimigo, os olhos Ashryver brilhando com uma força que Chaol sabia se dever exatamente ao ódio que sentia por cada um dos soldados e ao fato de estarem comendo na palma de sua mão como coelhos, Aedion gritou pela competição.

Alguns sugeriram jogos de bebedeira, mas o general ergueu a caneca de novo, e o silêncio recaiu no ambiente.

— Ao que viajou para mais longe, bebidas de graça.

Houve gritos de Banjali, Orynth, Melisande, Anielle, Endovier, mas então...

— Silêncio, todos vocês! — Um soldado mais velho, de cabelos grisalhos, ficou de pé. — Derrotei todos. — Ele ergueu o copo para o general, pegando um pergaminho do casaco. Papéis de dispensa. — Acabei de passar cinco anos em Noll.

No alvo. Aedion bateu no assento vazio à mesa.

— Então beberá conosco, amigo. — O salão comemorou de novo.

Noll. Era um pequeno ponto do mapa, na extremidade mais afastada da península Desértica.

O homem se sentou, e, antes que Aedion pudesse erguer um dedo para o atendente do bar, uma caneca foi colocada diante do estranho.

— Noll, é? — disse o general.

— Comandante Jensen, da vigésima quarta legião, senhor.

— Quantos homens sob seu comando?

— Dois mil, todos mandados de volta no mês passado. — Jensen tomou um longo gole. — Cinco anos e acabamos assim. — Ele estalou os dedos grossos e cobertos de cicatrizes.

— Imagino que Sua Majestade não os tenha avisado?

— Com todo o respeito, general... ele não disse merda nenhuma. Recebi a notícia de que deveríamos sair porque novas forças estavam chegando, portanto não éramos mais necessários.

Chaol ficou de boca calada, ouvindo, conforme Aedion dissera que fizesse.

— Por quê? Ele vai enviar você para outra legião?

— Ainda não sei. Nem mesmo nos disse quem tomaria nosso lugar.

O general sorriu.

— Pelo menos não está mais em Noll.

Jensen olhou para a bebida, mas não antes de Chaol ver a sombra nos olhos do homem.

— Como era? Extraoficialmente, é claro — disse Aedion.

O sorriso de Jensen sumiu, e, ao erguer a cabeça, não havia luz alguma nos olhos.

— Os vulcões estão ativos, então estava sempre escuro, entende, porque as cinzas cobrem tudo. E por causa da fumaça, sempre tínhamos dor de cabeça... às vezes os homens perdiam a cabeça por causa disso. Às vezes tínhamos sangramento no nariz também. Recebíamos comida uma vez por mês, de vez em quando menos que isso, dependendo da estação e de quando os navios podiam levar suprimentos. Os habitantes locais não caminhavam pelas areias, não importava o quanto os ameaçássemos ou subornássemos.

— Por quê? Preguiça?

— Noll não é muita coisa... apenas a torre e a cidade que construímos ao redor dela. Mas os vulcões eram sagrados, e há dez anos, talvez um pouco mais, parece que nós... não meus homens, porque eu não estava lá, mas dizem os boatos que o rei levou uma legião para aqueles vulcões e saqueou o templo. — Jensen balançou a cabeça. — O povo local cuspia na gente, mesmo nos homens que não estavam lá na época, por causa disso. A torre de Noll foi construída depois, então o povo a amaldiçoou também. Portanto, éramos sempre só nós.

— Uma torre? — perguntou Chaol, baixinho, e Aedion franziu a testa para ele.

Jensen tomou uma golada.

— Não que nossa entrada fosse permitida.

— Os homens que enlouqueceram — disse Aedion, um meio sorriso no rosto. — O que faziam, exatamente?

As sombras tinham voltado, e Jensen olhou em volta, não para ver quem estava ouvindo, mas quase como se quisesse encontrar um modo de escapar daquela conversa. Mas, então, o comandante olhou para Aedion, respondendo:

— Nossos relatórios dizem, general, que nós os matamos... com flechas na garganta. Rápido e limpo. Mas...

O general se aproximou.

— Nenhuma palavra sai desta mesa.

Um aceno de cabeça de leve.

— A verdade é que, quando preparamos nossos arqueiros, os homens que enlouqueceram já haviam esmagado a própria cabeça. Sempre, como se não conseguissem se livrar da dor.

Celaena tinha dito que Kaltain e Roland reclamavam de dor de cabeça. Como resultado da magia do rei sendo usada neles, aquele poder terrível. E contara que sentira uma dor de cabeça latejante ao descobrir aqueles calabouços secretos sob o castelo. Calabouços que levavam a...

— A torre... sua entrada nunca era permitida? — Chaol ignorou o irritado olhar de aviso de Aedion.

— Não havia porta. Sempre pareceu mais decorativa que qualquer coisa. Mas eu a odiava... todos odiávamos. Era apenas uma horrorosa pedra preta.

Exatamente como a torre do relógio no castelo de vidro, que fora construída por volta da mesma época, ou até alguns anos antes.

— Por que se incomodar? — comentou Aedion, a voz arrastada. — Um desperdício de recursos se quer minha opinião.

Ainda havia tanta sombra nos olhos do homem, cheios de histórias sobre as quais Chaol não ousou perguntar. O comandante esvaziou o copo e ficou de pé.

— Não sei por que se deram ao trabalho, com Noll ou com Amaroth. Às vezes mandávamos homens pelo Mar do Oeste com mensagens entre as torres, então sabíamos que eles tinham uma semelhante. Nem sabíamos de verdade que porcaria estávamos fazendo ali, na realidade. Não havia ninguém para combater.

Amaroth. O outro posto, e a outra possível origem para o feitiço, segundo Murtaugh. Ao norte de Noll. Ambos à mesma distância de Forte da Fenda. Três torres de pedra preta, todos os três pontos formando um triângulo equilátero. Só podia ser parte do feitiço, então.

Chaol percorreu o dedo pela borda do copo. Havia jurado manter Dorian fora daquilo, deixá-lo em paz...

Não tinha como testar qualquer teoria e não queria chegar nem perto daquela torre do relógio. Contudo, talvez a teoria pudesse ser testada em escala menor. Apenas para ver se estavam certos sobre o que o rei tinha feito. O que significava...

Que Chaol precisava de Dorian.

37

Foram duas semanas de treinamento para Manon e as Treze. Duas semanas acordando antes do sol para voar por cada passagem do cânion, para dominar o voo como uma unidade. Duas semanas de arranhões e membros torcidos, de quase mortes por quedas, ou por brigas entre as serpentes aladas, ou por simples erros de cálculo.

No entanto, devagar, desenvolveram instintos — não apenas como uma unidade de luta, mas como montadoras e montarias individuais. Manon não gostava da ideia de as montarias comerem a carne de sabor ruim criada dentro da montanha, então, duas vezes por dia, elas caçavam cabras-monteses, mergulhando para arrancá-las das encostas. Não demorou muito para que as bruxas começassem a comer as cabras também, fazendo fogueiras apressadas nas passagens das montanhas para cozinhar o café da manhã e o jantar. A líder não queria que nenhuma delas — montarias ou montadoras — desse mais uma mordida na comida servida pelos homens do rei, ou que provassem os próprios homens. Se tinha cheiro e gosto estranhos, as chances eram de que havia alguma coisa errada.

Manon não sabia se era a carne fresca ou as lições extras, mas as Treze estavam começando a ultrapassar todas as alianças. Ao ponto de ela ordenar que se segurassem sempre que as Pernas Amarelas se reuniam para observar as lições.

Abraxos ainda era um problema. A bruxa não ousara fazer a Travessia com ele, pois as asas, embora um pouco mais fortes, não estavam muito melhores — pelo menos não o suficiente para desbravarem o mergulho livre pelo desfiladeiro estreito. Manon remoía isso toda noite quando as Treze se reuniam no quarto dela para comparar observações sobre voar, as unhas de ferro reluzindo conforme usavam as mãos para demonstrar os modos como haviam ensinado as próprias serpentes aladas a pousar, decolar, fazer alguma manobra complicada.

Apesar de toda a agitação, estavam exaustas. Mesmo as avoadas Sangue Azul estavam com o temperamento no limite, e Manon fora chamada dezenas de vezes para separar brigas.

A herdeira Bico Negro usava o tempo livre para ver Abraxos — para verificar suas garras e presas de ferro, para levá-lo em alguns passeios a mais enquanto todas estavam desmaiadas de cansaço na cama. O animal precisava do máximo de treino que conseguisse, e a bruxa gostava da quietude silenciosa da noite, com os picos da montanha prateada e o rio de estrelas acima, mesmo que isso tornasse difícil acordar no dia seguinte.

Então, depois de enfrentar a ira da avó, Manon ganhou dois dias de folga para as Bico Negro, convencendo a Matriarca de que, se não descansassem, haveria guerra generalizada no meio do salão de refeições e não restaria uma cavalaria aérea para montar as serpentes aladas do rei para a batalha.

Elas conseguiram dois dias para dormir e comer e satisfazer quaisquer necessidades que apenas os homens do outro lado da montanha poderiam satisfazer. Isso era algo que uma boa quantidade das Treze vinha fazendo, pois Manon vira Vesta, Lin, Asterin e as gêmeas-demônio atravessarem a ponte.

Nada de dormir para Manon naquele dia ou no seguinte. Nada de comer. Ou se deitar com homens.

Não, ela levaria Abraxos para as montanhas Ruhnn.

O animal já estava selado, e Manon se certificou de que a Ceifadora do Vento estivesse presa com força às costas ao montar. As bolsas da sela eram um peso inesperado atrás de si, assim ela fez uma nota mental para começar a treinar as Treze e o resto das alianças com elas. Se era para ser um exército, então carregariam os suprimentos, como a maioria dos soldados fazia. E treinar com pesos as tornaria mais rápidas quando fossem voar sem eles.

— Tem certeza de que não posso convencê-la a não ir? — disse o capataz, conforme Manon parou nos portões dos fundos. — Conhece as histórias tão bem quanto eu... isso não virá sem um custo.

— As asas dele estão fracas, e até agora tudo o que tentei para fortalecê-las falhou — respondeu a bruxa. — Talvez seja o único material capaz de remendá-las para suportar o vento. E como não vejo mercados por perto, creio que precise ir direto à fonte.

O homem franziu a testa para o céu cinzento acima.

— É um dia ruim para voar, uma tempestade se aproxima.

— É o único dia que tenho. — Enquanto dizia isso, Manon desejou poder levar as Treze para os céus quando a tempestade chegasse, para treiná-las nessa situação também.

— Cuidado e pense bem em qualquer oferta que fizerem.

— Se eu quisesse seu conselho, pediria, mortal — retorquiu Manon, mas ele estava certo.

Mesmo assim, ela levou Abraxos pelos portões, até o ponto habitual de decolagem. Tinham um longo caminho para voar naquele dia e no seguinte, até o limite das montanhas Ruhnn.

Para encontrar Seda de Aranha. Junto às lendárias aranhas estígias, grandes como cavalos e mais mortais que veneno, que a teciam.

A tempestade chegou bem no momento em que Manon e Abraxos circundavam o afloramento mais a oeste das montanhas Ruhnn. Pela chuva gélida que açoitava o rosto e ensopava as camadas de roupas, a bruxa podia ver que a névoa estava baixa sobre as montanhas, escondendo muito do labirinto cinzento e irregular abaixo.

Com ventos altos e relâmpagos agitando-se ao redor, Manon desceu com Abraxos na única faixa de terra aberta que conseguiu ver. Ela esperaria a tempestade passar, então levantariam voo para verificar a área até encontrarem as aranhas. Ou pelo menos pistas do paradeiro delas; a maior parte em forma de ossos, imaginava Manon.

Mas a tempestade continuou, e embora ela e Abraxos estivessem abrigados à lateral de um pequeno penhasco, aquilo não os protegeu. A bruxa teria preferido neve àquela água congelante, a qual descia com tanto vento que a impedia de fazer uma fogueira.

A noite caiu rapidamente, graças à tempestade, e Manon precisou retrair os dentes de ferro para impedir que tremessem, lacerando o lábio. O capuz era inútil, estava ensopado e pingava nos olhos; até mesmo Abraxos tinha se enroscado em uma bola bem fechada para se proteger da tempestade.

Ideia idiota e terrível. Manon pegou uma perna de cabra da bolsa da sela, então a jogou para Abraxos, que se desenroscou o suficiente para engolir o alimento, depois voltou a se abrigar contra a tempestade. A bruxa se xingava de tola enquanto comia a própria refeição, pão molhado e uma maçã congelada, em seguida mordiscou um pedaço de queijo.

Valia a pena. Para garantir vitória às Treze, para ser Líder Alada, uma noite na tempestade não era nada. Manon tinha passado por coisas piores, presa em passagens montanhosas cobertas de neve com menos camadas de roupa, sem saída e sem comida. Sobrevivera a temporais dos quais algumas bruxas não acordaram na manhã seguinte. No entanto, ainda teria preferido a neve.

Ela avaliou o labirinto de rochas ao redor. Conseguia sentir olhos por lá — observando. Mas nada se aproximou, nada ousou. Então, depois de um tempo, Manon se deitou de lado, exatamente como Abraxos, a cabeça e o peito inclinados para a face do penhasco, e envolveu o corpo com os braços, segurando firme.

Ainda bem que parou de chover durante a noite, ou pelo menos o ângulo do vento mudou e parou de açoitá-los. Ela dormiu melhor depois disso, mas ainda tremia de frio, embora parecesse um pouco mais quente. Aqueles pequenos lampejos de calor e secura foram provavelmente o que a impediram de tremer até morrer ou ficar doente, percebeu a bruxa, ao cochilar, acordando com a luz cinzenta do alvorecer.

Quando abriu os olhos, estava nas sombras — sombras, mas seca e quente, graças à enorme asa que a protegia da natureza e ao calor do hálito de Abraxos, que preenchia o espaço como uma pequena fornalha. Ele ainda roncava — um sono profundo e pesado.

Manon precisou tirar cristais de gelo da asa estendida antes de Abraxos acordar.

~

A tempestade tinha acabado, e o céu estava com um tom esmaecido de azul — claro o bastante para que os dois só precisassem circundar o afloramento a oeste das montanhas Ruhnn uma vez antes de Manon achar o que procurava. Não apenas ossos, mas árvores cobertas por teias cinza e empoeiradas como viúvas de luto.

Não era Seda de Aranha, percebeu ela conforme Abraxos planou baixo, deslizando sobre as árvores. Eram apenas teias comuns.

Se é que era possível chamar de comum todo um bosque de montanha coberto por teias. Abraxos grunhia de vez em quando para algo abaixo — sombras ou sussurros que Manon não conseguia ver nem ouvir. Contudo, ela reparou no movimento nos galhos, aranhas de todos os formatos e tamanhos, como se tivessem sido convocadas até ali para viver sob a proteção das imensas irmãs.

Manon e Abraxos levaram metade da manhã para encontrar as cavernas montanhosas cinzentas que pairavam acima do bosque coberto, nas quais ossos enchiam o chão. A bruxa circundou algumas vezes, então desceu o animal em um afloramento de pedra em uma das entradas das cavernas, a face do penhasco atrás deles era um mergulho íngreme para uma ravina seca abaixo.

Abraxos caminhava de um lado para outro como um felino selvagem, a cauda se agitando conforme observava a caverna.

Manon apontou para a borda do penhasco.

— Basta. Sente e pare de se mexer. Sabe por que estamos aqui. Então não estrague tudo.

A serpente alada bufou e se sentou, lançando poeira cinzenta no ar. Esticou a longa cauda na extensão da beira do penhasco, uma barreira física entre Manon e a queda. A bruxa o encarou com irritação durante um tempo, em seguida uma risada feminina e de outro mundo saiu de dentro da caverna.

— Ora, essa besta é uma que não vemos há uma era.

Manon manteve o rosto inexpressivo. A luz estava forte o bastante para revelar diversos olhos antigos e impiedosos pairando na entrada da cavidade — e três imensas sombras espreitando atrás. Com as quelíceras estalando como um tambor acompanhando, a voz falou, agora mais perto:

— E faz uma era desde que lidamos com uma Dentes de Ferro.

Manon não ousou tocar a Ceifadora do Vento ao responder:

— O mundo está mudando, irmã.

— Irmã — ponderou a aranha. — Imagino que sejamos irmãs, você e eu. Duas faces da mesma moeda sombria, da mesma matéria escura. Irmãs em espírito, não em carne.

Então ela caminhou para a luz tênue, a névoa passando como uma peregrinação de almas fantasmas. A aranha era preta e cinza, e somente sua massa bastou para fazer a boca de Manon secar. Apesar do tamanho, tinha a constituição elegante, as pernas eram longas e lisas, o corpo aerodinâmico e reluzente. Gloriosa.

Abraxos soltou um grunhido baixo, mas a bruxa ergueu a mão para silenciá-lo.

— Entendo agora — afirmou Manon, baixinho — por que minhas irmãs Sangue Azul ainda as veneram.

— Veneram, é? — A aranha permaneceu imóvel, mas as outras três atrás se aproximaram, silenciosas enquanto observavam com os muitos olhos pretos. — Mal nos lembramos da última vez que as sacerdotisas Sangue Azul trouxeram seus sacrifícios para nossas encostas. Sentimos falta deles.

Manon deu um leve sorriso.

— Consigo pensar em alguns que gostaria de mandar para cá.

Uma risada baixa e maliciosa.

— Uma Bico Negro, sem dúvida. — Aqueles oito olhos imensos a avaliaram, absorvendo tudo. — Seu cabelo lembra nossa seda.

— Imagino que deva me sentir lisonjeada.

— Diga seu nome, Bico Negro.

— Meu nome não importa — retrucou ela. — Vim negociar.

— O que uma Bico Negro iria querer com nossa preciosa seda?

A bruxa se virou para revelar o vigilante Abraxos, com a concentração voltada para a aranha gigante e tenso desde a ponta do nariz até a cauda com espinhos de ferro.

— As asas dele precisam de reforço. Ouvi as lendas e imaginei se sua seda poderia ajudar.

— Negociamos nossa seda com mercadores e ladrões e reis para ser transformada em vestidos, véus e velas. Mas jamais para asas.

— Precisarei de dez metros, rolos de tecido, se tiverem.

A aranha pareceu ficar ainda mais imóvel.

— Homens sacrificaram a vida por um metro.

— Diga seu preço.

— Dez metros... — A aranha se voltou para as três que esperavam atrás; se eram crias ou um séquito ou guardas, Manon não sabia. — Traga o rolo. Vou inspecionar antes de dar o preço.

Que bom. Aquilo estava indo bem. O silêncio recaiu conforme as três se apressaram para a caverna, e a bruxa tentou não chutar nenhuma das minúsculas aranhas que passavam por suas botas. Nem procurar pelos olhos que sentia observando das cavernas próximas, do outro lado da ravina.

— Diga, Bico Negro — falou a aranha —, como encontrou sua montaria?

— Foi um presente do rei de Adarlan. Seremos parte do exército dele e, quando terminarmos de servi-lo, levaremos as montarias para casa... para os desertos. Para reclamar nosso reino.

— Ah. E a maldição foi quebrada?

— Ainda não. Mas quando encontrarmos a Crochan que possa fazê-lo... — Manon iria gostar da carnificina.

— Uma maldição adoravelmente terrível. Vocês ganharam a terra, apenas para que as espertas Crochan a amaldiçoassem para não ser usada. Tem visto os desertos ultimamente?

— Não — respondeu a bruxa. — Ainda não fui para nosso lar.

— Um mercador passou por aqui há alguns anos, contou que havia um alto rei mortal que se estabeleceu por lá. Mas ouvi um sussurro no vento recentemente que dizia que ele fora deposto por uma jovem com cabelos vermelhos como vinho que agora se intitula a alta rainha.

Manon fechou a cara. Alta rainha dos desertos, claro. Seria a primeira que a bruxa mataria quando voltasse para reclamar a terra, quando finalmente a visse com os próprios olhos, respirasse os cheiros e contemplasse a beleza indomável do lugar.

— Um lugar estranho, os desertos — continuou a aranha. — O próprio mercador era de lá, antigamente podia se metamorfosear. Perdeu os dons, da mesma forma que todas vocês, coisas realmente mortais. Ficou preso no corpo humano, ainda bem, mas não percebeu que, ao me vender vinte anos de vida, alguns dos dons passaram para mim. Não posso usá-los, é claro, mas imagino... Imagino como seria. Ver o mundo através de seus lindos olhos. Tocar um homem humano.

Os pelos da nuca de Manon se arrepiaram.

— Aqui está — falou a aranha, quando as três se aproximaram, um rolo de seda fluindo entre elas como um rio de luz e cor. A bruxa perdeu o fôlego. — Não é magnífico? Um dos melhores tecidos que já fiz.

— Glorioso — admitiu ela. — O preço?

A aranha a encarou por um longo tempo.

— Que preço eu poderia pedir para uma bruxa que já viveu tanto? Vinte anos de sua vida não é nada para você, mesmo com a magia a envelhecendo como uma mulher comum. E seus sonhos... que sonhos terríveis e sombrios devem ser, Bico Negro. Acho que não gostaria de comê-los, não esses sonhos. — A aranha se aproximou. — Mas e quanto a seu rosto? E se eu tomasse sua beleza?

— Acho que eu não sairia daqui viva se levasse meu rosto.

A aranha gargalhou.

— Ah, não digo o rosto literalmente. Mas a cor da pele, o tom dourado queimado dos olhos. O modo como o cabelo reflete a luz, como luar sobre neve. Eu poderia tomar essas coisas. Uma beleza assim poderia conquistar um rei. Talvez, se a magia voltar, eu a use para meu corpo de mulher. Talvez conquiste um rei só para mim.

Manon não se importava muito com a beleza, embora fosse uma arma. Contudo, não estava prestes a dizer isso, ou oferecê-la sem negociar.

— Eu gostaria de inspecionar a seda primeiro.

— Corte um retalho — ordenou a aranha às três, que cuidadosamente apoiaram os metros de seda enquanto uma cortava um quadrado perfeito. Homens tinham matado por pedaços menores, e ali estavam elas, cortando como se fosse lã comum. Manon tentou não pensar no tamanho da quelícera que estendeu o tecido a ela. A bruxa saiu andando até a margem do penhasco, pulando a cauda de Abraxos ao erguer a seda contra a luz.

Que a escuridão a envolvesse. Ela puxou o tecido. Flexível, mas forte como aço. Impossivelmente leve. Mas...

— Há uma imperfeição aqui... Posso esperar que o restante esteja igualmente danificado? — A aranha sibilou, fazendo o chão estremecer quando se aproximou. Abraxos a impediu com um grunhido de aviso que fez com que as outras três corressem para trás da primeira. Eram guardas, então. No entanto, Manon ergueu o retalho contra a luz. — Olhe — falou a bruxa, apontando para um veio de cor que percorria o tecido.

— Isso não é imperfeição — disparou a aranha. A cauda de Abraxos se enroscou ao redor de Manon, um escudo contra as aranhas, aproximando-a da muralha que era o corpo da serpente alada.

A bruxa o ergueu mais alto, inclinando na direção do sol.

— Olhe à luz melhor. Acha que vou dar minha beleza por tecido de segunda?

— Segunda! — disse a aranha, irritada. A cauda de Abraxos se fechou mais.

— Não... parece que estou enganada. — Manon abaixou os braços, sorrindo. — Parece que não estou com paciência para negociar hoje.

As aranhas, agora de pé à beira do penhasco, sequer tiveram tempo de se mover quando a cauda de Abraxos se desenroscou como um chicote e as golpeou.

Saíram voando pela ravina, gritando. Manon não desperdiçou um segundo conforme enfiava o restante da seda nas bolsas vazias da sela. A bruxa montou Abraxos, e os dois alçaram voo, o penhasco era o ponto de decolagem perfeito, exatamente como havia planejado.

A armadilha perfeita para aqueles monstros tolos e antigos.

38

Manon deu trinta centímetros de Seda de Aranha para o capataz depois que ele cuidadosamente a enxertou nas asas de Abraxos. A bruxa tinha levado a mais — muito mais, para o caso de algum dia se desgastar —, e agora a seda estava trancada no fundo falso de um baú. Ela não contou a ninguém aonde fora ou por que as asas de Abraxos agora refletiam sob certa iluminação. Asterin a teria assassinado pelo risco corrido, então a avó teria assassinado Asterin por não ter ido com Manon. E ela não tinha vontade nenhuma de substituir a imediata e encontrar um novo membro para as Treze.

Após Abraxos se curar, a bruxa o levou para a abertura do Canino do Norte para tentar a Travessia. Antes, as asas estavam fracas demais para tentar o mergulho, mas com o reforço de seda, Abraxos teria muito mais chances.

Contudo, o risco ainda existia, por isso Asterin e Sorrel esperavam atrás dela, já montadas. Se as coisas dessem errado, se o animal não conseguisse subir ou a seda falhasse, Manon deveria pular — pular para longe dele. Deixá-lo morrer enquanto uma das bruxas a pegaria nas garras de sua montaria.

Manon não era muito fã desse plano, mas era a única forma de Asterin e Sorrel concordarem em deixar que ela fizesse aquilo. Embora fosse a herdeira das Bico Negro, elas a teriam trancafiado em uma baia de serpente alada em vez de permitir que fizesse a Travessia sem as precauções adequadas. A líder poderia tê-las chamado de moles e dado as surras que mereciam, mas aquelas medidas eram inteligentes. As tensões estavam piores que nunca, e ela não desconsideraria a possibilidade de a herdeira das Pernas Amarelas assustar Abraxos durante a Travessia.

Manon assentiu para Asterin e Sorrel, avisando que estava pronta antes de se aproximar da besta. Não havia muitas reunidas, mas Iskra estava na plataforma de observação, com um leve sorriso. Manon verificou os estribos, a sela e as rédeas mais uma vez, Abraxos estava tenso e grunhindo.

— Vamos — disse ela à criatura, puxando as rédeas para levá-lo um pouco mais adiante de modo que pudesse montar. Abraxos ainda tinha muito espaço para correr, e com as novas asas, a bruxa sabia que ele ficaria bem. Tinham feito saltos íngremes e subidas difíceis antes. No entanto, Abraxos não se movia.

— Agora — disparou Manon, puxando com força.

A serpente alada virou um dos olhos para a bruxa e grunhiu. Manon deu um tapa de leve na bochecha encouraçada dele.

— *Agora*.

Aquelas pernas traseiras se flexionaram, em seguida Abraxos fechou as asas com força.

— *Abraxos*.

A criatura olhava para a Travessia, então para Manon. De olhos arregalados. Petrificado, completamente petrificado. Besta inútil, burra e covarde.

— Pare — ordenou Manon, movendo-se para subir na sela. — Suas asas estão bem agora. — A bruxa estendeu a mão para as costas de Abraxos, mas ele deu um solavanco, o chão tremeu quando desabou no chão. Atrás, Asterin e Sorrel murmuravam para as próprias montarias, que haviam recuado um pouco e tentavam atacar Abraxos, assim como uma à outra.

Uma risada baixa ecoou da plataforma de observação, fazendo os dentes de Manon descerem.

— Abraxos. *Agora*. — Ela tentou montar na sela de novo.

A serpente alada se afastou, chocando-se contra a parede e recuando.

Um dos homens trouxe um chicote, mas Manon estendeu a mão.

— Não dê mais um passo — disparou ela, as unhas de ferro projetadas. Chicotes só deixavam Abraxos mais incontrolável. Manon virou para a montaria. — Seu covarde inútil — sussurrou a bruxa para a besta, apontando para a Travessia. — Volte para a formação. — Abraxos a encarou, recusando-se a voltar. — Entre em formação, Abraxos!

— Ele não pode entendê-la — comentou Asterin, baixinho.

— Sim, ele... — Manon se calou. Não havia contado essa teoria a elas, ainda não. Manon se voltou para o animal. — Se não me deixar montar essa sela e fazer aquele salto, vou confiná-lo ao menor e mais escuro poço nesta porcaria de montanha.

Abraxos exibiu os dentes. Manon exibiu os dela.

O concurso de quem encarava por mais tempo durou um minuto inteiro. Um minuto humilhante e irritante.

— Tudo bem — disparou Manon, dando as costas à besta. Ele era uma perda de tempo. — Tranque-o onde se sentirá mais deprimido — falou a bruxa para o capataz. — Não vai sair até que esteja disposto a fazer a Travessia.

O homem a olhou boquiaberto enquanto Manon estalava os dedos para Asterin e Sorrel, sinalizando que as duas desmontassem. Ela ouviria até o fim da vida por aquilo — da avó, e das bruxas Pernas Amarelas, e de Iskra, que já descia para o piso do poço.

— Por que não fica, Manon? — gritou Iskra. — Eu poderia mostrar a sua serpente alada como se faz.

— Continue andando — murmurou Sorrel para a herdeira, mas ela não precisava de um lembrete.

— Dizem que as bestas não são o problema, mas as montadoras — continuou Iskra, alto o bastante para que todos ouvissem.

Manon não se virou. Não queria ver quando levassem Abraxos de volta para o portão, para qualquer que fosse o buraco onde o trancariam. Besta burra e inútil.

— Mas — disse Iskra, pensativa — talvez sua montaria precise de um pouco de disciplina.

— Vamos — insistiu Sorrel, bem próxima da lateral de Manon. Asterin caminhava um passo atrás, cuidando das costas da líder.

— Me dê isso — disparou Iskra para alguém. — Ele só precisa do encorajamento certo.

Um chicote estalou atrás dela, e houve um rugido — de dor e medo.

Manon parou imediatamente.

Abraxos encolhera-se contra a parede.

Iskra estava diante dele, o chicote ensanguentado do corte que havia feito no rosto do animal, errando o olho por pouco. Com os dentes de ferro brilhando intensamente, Iskra sorriu para Manon ao erguer o chicote de novo e golpear. Abraxos gritou.

Asterin e Sorrel não foram rápidas o bastante para impedir a herdeira, que disparou além das duas e derrubou Iskra.

Com dentes e unhas para fora, elas rolaram pelo chão de terra, virando e dilacerando e mordendo. Manon achou que talvez estivesse rugindo, rugindo tão alto que o salão tremeu. Pés acertaram o estômago dela, fazendo-a perder o ar quando Iskra a chutou.

Manon caiu na terra, cuspiu um punhado de sangue azul e se levantou em um segundo. A herdeira das Pernas Amarelas atacou com a mão de pontas de ferro, um golpe que poderia ter cortado carne e ossos. Manon abaixou o corpo para se proteger e atirou a adversária contra a pedra dura.

Iskra gemeu por cima dos gritos das bruxas que se reuniam, então Manon desceu o punho no rosto da Pernas Amarelas.

Os nós dos dedos rugiram de dor, mas ela só conseguia ver aquele chicote, a dor nos olhos de Abraxos, o medo. Lutando contra o peso da inimiga, Iskra acertou o rosto dela e a fez recuar, com o golpe cortando seu pescoço. Manon não chegou a sentir o arranhão e o sangue quente escorrendo. Apenas puxou o punho para trás, o joelho se enterrando com mais força no peito de Iskra, e golpeou. De novo. E de novo.

Manon ergueu o punho dolorido mais uma vez, mas havia mãos no pulso dela, sob os braços, puxando-a. A bruxa se debateu, ainda gritando, o som não tinha palavras e era infinito.

— *Manon!* — rugiu Sorrel no ouvido dela, cravando as unhas no ombro da herdeira, não com força o bastante para causar danos, mas para fazê-la parar, perceber que havia bruxas por toda parte, no poço e na plataforma de observação, olhando boquiabertas. Com a espada erguida, Asterin estava de pé entre Manon e...

E Iskra, no chão, o rosto ensanguentado e inchado, a espada de sua imediata empunhada e pronta para se cruzar com a de Asterin.

— Ele está bem — falou Sorrel, apertando a líder com mais força. — Abraxos está bem, Manon. Olhe para ele. *Olhe* para ele e veja que está bem. — Respirando pela boca, graças ao nariz cheio de sangue, Manon obedeceu, encontrando-o ajoelhado, os olhos arregalados e sobre ela. O ferimento de Abraxos já havia coagulado.

Iskra não se movera um centímetro de onde Manon a havia atirado no chão. No entanto, Asterin e a outra imediata grunhiam, prontas para se atirarem em outra briga que poderia muito bem destruir a montanha.

Bastava.

Manon se desvencilhou das mãos firmes de Sorrel. Todos ficaram em silêncio mortal quando a bruxa limpou o nariz e a boca ensanguentados no dorso da mão. Iskra grunhiu para ela do chão, com o sangue do nariz quebrado vazando para o lábio cortado.

— Se tocar nele de novo — advertiu Manon —, vou beber a medula de seus ossos.

~

A herdeira das Pernas Amarelas recebeu uma segunda surra naquela noite, da mãe dela, no salão de refeições — mais duas chicotadas pelos golpes que dera em Abraxos. A Matriarca oferecera as chicotadas a Manon, que as recusou, alegando indiferença.

Na verdade, seu braço estava enrijecido e doía demais para que usasse o chicote com alguma eficiência.

Manon tinha acabado de entrar na jaula de Abraxos no dia seguinte, com Asterin em seu encalço, quando a herdeira das Sangue Azul surgiu à entrada das escadas, a imediata de cabelos vermelhos logo atrás. Manon, com o rosto ainda inchado e o olho incrivelmente roxo, deu um curto aceno de cabeça para a bruxa. Havia outras baias ali embaixo, embora raramente esbarrasse com outras bruxas, principalmente com as duas herdeiras.

Mas Petrah parou às barras, então Manon reparou na perna de cabra no braço da imediata dela.

— Ouvi falar que foi uma briga e tanto — falou Petrah, mantendo uma distância respeitável da Bico Negro e da porta aberta para a baia. Dando um leve sorriso, comentou: — Iskra está pior.

Manon ergueu as sobrancelhas, embora o movimento fizesse seu rosto latejar.

Petrah estendeu a mão para a imediata, que entregou a ela a perna de cabra.

— Também ouvi que suas Treze e suas montarias só comem carne que caçam. Minha Keelie pegou isto em nosso voo matinal. Ela queria compartilhar com Abraxos.

— Não aceito carne de clãs rivais.

— Somos rivais? — perguntou Petrah. — Achei que o rei de Adarlan nos tivesse convencido a lutar sob um só estandarte de novo.

Manon respirou fundo.

— O que você quer? Tenho treinamento em dez minutos.

A imediata de Petrah sibilou, irritada, mas a herdeira sorriu.

— Eu disse... minha Keelie queria dar isto a ele.

— Ah? Ela contou a você? — falou Manon, com deboche.

Petrah inclinou a cabeça.

— Sua serpente alada não fala com você?

Abraxos observava, tão atento quanto as outras bruxas.

— Elas não falam.

Petrah deu de ombros, levando a mão distraidamente ao coração.

— Ah, não?

A herdeira deixou a perna de cabra antes de caminhar para a escuridão ecoante das baias.

Manon jogou a carne fora.

39

— Conte como aprendeu a tatuar.

— Não.

Curvada sobre a mesa de madeira no quarto de Rowan, uma noite após o encontro com a criatura no lago, Celaena ergueu o rosto do local no pulso do guerreiro sobre o qual segurava a agulha com cabo de osso.

— Se não responder minhas perguntas, posso muito bem cometer um erro, e... — Ela abaixou a agulha de tatuagem até o braço musculoso de Rowan para dar ênfase ao que dizia. Rowan, para surpresa dela, bufou de um modo que poderia ter sido uma risada. Celaena achou que era um bom sinal Rowan ter pedido ajuda para cobrir as partes do braço que não alcançava; o desenho ao redor do pulso precisava ser retocado agora que os ferimentos da queimadura que ela causara tinham sumido. — Aprendeu com alguém? Mestre e aprendiz e tudo isso?

Rowan a olhou com incredulidade.

— Sim, mestre e aprendiz e tudo isso. Nos campos de guerra, tínhamos um comandante que costumava tatuar o número de inimigos que matava, às vezes escrevia a história inteira de uma batalha. Todos os soldados jovens adoravam aquilo, e eu o convenci a me ensinar.

— Com esse seu charme lendário, imagino.

Isso rendeu a Celaena um meio sorriso pelo menos.

— Apenas preencha os lugares que eu... — Um chiado soou quando ela pegou a agulha e o martelinho para fazer outra marca escura e ensanguentada em Rowan. — Bom. Essa é a profundidade certa. — Por causa do corpo imortal e de rápida cicatrização, a tinta estava misturada com sal e ferro em pó para evitar que a magia no sangue limpasse qualquer traço da tatuagem.

Celaena acordara naquela manhã se sentindo... limpa. O luto e a dor ainda estavam ali, se contorcendo dentro dela, mas pela primeira vez em muito tempo, sentia como se pudesse enxergar. Como se pudesse respirar.

Concentrando-se para manter a mão firme, a assassina fez outra marquinha, depois outra.

— Conte sobre sua família.

— Conte sobre a sua e contarei sobre a minha — respondeu Rowan, entredentes, conforme Celaena continuava. Ele a instruíra com detalhes antes de permitir que tocasse a pele com agulhas.

— Tudo bem. Seus pais estão vivos? — Uma pergunta burra e perigosa de se fazer, considerando o que havia acontecido com a parceira dele, mas não havia luto no rosto de Rowan ao balançar a cabeça.

— Meus pais eram muito velhos quando me conceberam. — Não velhos no sentido humano, Celaena sabia. — Fui o único filho deles no milênio durante o qual foram parceiros. Os dois passaram para o Além-mundo antes que eu chegasse a minha segunda década.

Sem que a assassina pudesse pensar melhor naquele modo interessante e diferente de descrever a morte, Rowan falou:

— Você não teve irmãos.

A jovem se concentrou no trabalho enquanto contava um minúsculo fiapo de lembrança.

— Minha mãe, graças à herança feérica, teve dificuldades com a gravidez. Parou de respirar durante o parto. Disseram que foi a vontade de meu pai que a manteve presa a este mundo. Não sei se sequer *poderia* ter concebido de novo depois disso. Então, nada de irmãos. Mas... — Pelos deuses, Celaena deveria calar a boca. — Mas eu tinha um primo, que era cinco anos mais velho que eu, e nós brigávamos e nos amávamos como irmãos.

Aedion. Celaena não dizia aquele nome em voz alta havia dez anos. Mas o ouvira e vira em jornais. Ela precisou apoiar a agulha e o martelinho e alongar os dedos.

— Não sei o que aconteceu, mas começaram a dizer o nome dele... como um general habilidoso do exército do rei.

Celaena falhara tão imperdoavelmente com Aedion que não conseguia culpar ou odiar o primo pelo que havia se tornado. Ela evitou descobrir qualquer detalhe sobre o que, exatamente, ele tinha feito no norte durante tantos anos. Aedion fora obstinada e profundamente leal a Terrasen durante a infância. Celaena não queria saber o que ele havia sido obrigado a fazer, o que acontecera com o primo, para mudar aquilo. Foi por sorte ou destino ou outra coisa que Aedion jamais estivera no castelo enquanto a assassina morava ali. Porque não apenas a teria reconhecido, mas, se soubesse o que ela havia feito com a vida... o ódio dele faria o de Rowan parecer agradável, provavelmente.

As feições do guerreiro estavam fixas em uma máscara de contemplação conforme Celaena desabafava:

— Acho que encarar meu primo depois de tudo seria o pior... pior que enfrentar o rei. — Não havia nada que ela pudesse dizer ou fazer para se redimir pelo que tinha se tornado enquanto o reino deles caía em ruínas e o povo era massacrado ou escravizado.

— Continue trabalhando — falou Rowan, inclinando o queixo para as ferramentas no colo da jovem. Ela obedeceu, então o homem chiou de novo quando sentiu a primeira agulhada. — Acha — disse ele depois de um momento — que seu primo mataria ou ajudaria você? Um exército como o dele poderia mudar o rumo de qualquer guerra.

Um calafrio percorreu a espinha de Celaena ao ouvir aquela palavra: *guerra*.

— Não sei o que ele pensaria de mim, ou onde repousa sua lealdade. E prefiro não saber. Nunca.

Embora os olhos fossem idênticos, as linhagens eram distantes o suficiente para que Celaena tivesse ouvido criados e membros da corte ponderando sobre a utilidade de uma união Galathynius-Ashryver algum dia. A ideia era tão risível agora quanto tinha sido dez anos antes.

— *Você* tem primos? — perguntou ela.

— Até demais. A linhagem de Mora sempre foi a mais dispersa, e meus primos intrometidos e fofoqueiros tornam minhas visitas a Doranelle... asquerosas. — Celaena sorriu um pouco ao pensar naquilo. — Você provavelmente se entenderia bem com eles — falou Rowan. — Principalmente com a bisbilhotice.

Ela parou de tatuar e apertou a mão dele com força o bastante para doer em qualquer um, menos um imortal.

— Olhe quem fala, *príncipe*. Nunca me perguntaram tantas coisas na vida.

Não era bem verdade, mas também não era um exagero. Ninguém jamais tinha feito *aquelas* perguntas. E Celaena jamais respondera a ninguém.

Rowan exibiu os dentes, embora ela soubesse que era de brincadeira, e olhou com atenção para o pulso dele.

— Rápido, *princesa*. Quero ir dormir algum momento antes do amanhecer.

Celaena usou a mão livre para fazer um gesto particularmente vulgar, e o guerreiro a pegou, ainda com os dentes à mostra.

— *Isso* não é muito digno de uma rainha.

— Então é bom que eu não seja uma rainha, não é?

No entanto, Rowan não soltou a mão dela.

— Você jurou libertar o reino de sua amiga e salvar o mundo... mas sequer considera a própria terra. O que a assusta com relação a tomar o que é seu por direito? O rei? Encarar o que restou da corte? — Ele manteve o rosto tão perto que Celaena conseguia ver os pontinhos dourados nos olhos verdes. — Me dê um bom motivo por que não quer tomar de volta seu trono. Um bom motivo, e ficarei calado com relação a isso.

A jovem avaliou a sinceridade naquele olhar, a respiração de Rowan, então respondeu:

— Porque, se eu libertar Eyllwe e destruir o rei como Celaena, posso ir a qualquer lugar depois disso. A coroa... minha coroa é apenas mais um conjunto de grilhões.

Era egoísta e terrível, mas era verdade. Nehemia, havia muito tempo, dissera isso — que seu desejo mais forte e egoísta era ser normal, sem o peso da coroa. Será que a amiga soubera quanto aquelas palavras calaram fundo em Celaena?

A assassina esperou pelo sermão, vendo-o implícito nos olhos de Rowan, mas então ele perguntou, baixinho:

— Como assim *mais um* conjunto de grilhões?

O guerreiro afrouxou as mãos que a seguravam, revelando assim duas faixas finas de cicatriz ao redor dos pulsos. A boca de Rowan se contraiu, porém Celaena puxou o pulso de volta com tanta força que ele a soltou.

— Nada — respondeu ela. — Arobynn, meu mestre, gostava de usá-los para treinar de vez em quando. — Arobynn a *tinha* acorrentado para obrigá-la a aprender como se soltar. Contudo, os grilhões de Endovier tinham sido feitos com pessoas como ela em mente. Somente quando Chaol os retirou que Celaena pôde sair.

Ela não queria que Rowan soubesse daquilo — de nada daquilo. Podia aguentar raiva e ódio, mas pena... E não conseguia falar sobre Chaol, não podia explicar o quanto ele havia remendado e depois destruído o coração dela, não sem explicar Endovier. Não sem explicar como, um dia, não sabia quanto tempo demoraria, ela voltaria para lá e libertaria todos. Cada um dos escravizados, mesmo que precisasse soltar sozinha todos os grilhões.

Celaena voltou a trabalhar, e o rosto de Rowan permaneceu contraído... como se conseguisse sentir o cheiro da meia-verdade.

— Por que ficou com Arobynn?

— Eu sabia que queria duas coisas: primeiro, desaparecer do mundo e de meus inimigos, mas... ah. — Era difícil encará-lo. — Queria me esconder de mim mesma, em grande parte. Eu me convenci de que deveria desaparecer, porque a segunda coisa que queria, mesmo então, era poder, algum dia... machucar as pessoas do modo como me machucaram. E pelo visto eu era muito, muito boa nisso.

"Se ele tivesse me colocado para fora, eu teria morrido ou acabado entre os rebeldes. Se tivesse crescido com eles, provavelmente teria sido encontrada pelo rei e morta. Ou teria crescido com tanto ódio que mataria soldados de Adarlan desde pequena." As sobrancelhas de Rowan se ergueram e Celaena estalou a língua. "Achou que eu iria jogar minha história toda a seus pés assim que conheci você? Tenho certeza de que tem muito mais histórias que eu, então pare de parecer tão surpreso. Talvez devêssemos voltar a nos espancar."

Os olhos de Rowan brilharam com uma vontade quase predatória.

— Ah, sem chance, princesa. Pode me dizer o que quiser, quando quiser, mas agora não tem volta.

Celaena ergueu as ferramentas de novo.

— Tenho certeza de que seus outros amigos adoram tê-lo por perto.

Um sorriso animalesco, e Rowan a pegou pelo queixo — não com força para machucar, mas para fazer com que olhasse para ele.

— Primeiro — sussurrou o guerreiro —, não somos amigos. Ainda estou treinando você, o que significa que ainda está sob meu comando. — O lampejo de dor deve ter ficado aparente, porque ele se inclinou para mais perto, a mão apertando mais o maxilar de Celaena. — Segundo, o que quer que sejamos, o que quer que isto seja, ainda estou tentando entender também. Então, se vou dar a você o espaço que merece para se descobrir, pode muito bem dar o mesmo a mim.

Ela o avaliou por um momento, o hálito dos dois se misturava.

— Combinado — falou Celaena.

40

— Conte seu maior desejo — murmurou Dorian nos cabelos de Sorscha, enquanto entrelaçava os dedos dos dois, maravilhado com a suavidade da pele contra seus calos. Mãos tão lindas, como pombinhas.

Sorscha sorriu contra o peito do príncipe.

— Não tenho um maior desejo.

— Mentirosa. — Dorian beijou o cabelo dela. — Você é a pior mentirosa do mundo.

Sorscha se virou para a janela do quarto do príncipe, a luz da manhã fez com que os cabelos escuros brilhassem. Fazia duas semanas desde a noite em que o beijara, duas semanas desde que tinha começado a entrar de fininho nos aposentos dele depois que o castelo ia dormir. Os dois compartilhavam a cama, mas não do modo como Dorian ainda desejava. E ele odiava fazer as coisas às escondidas.

Contudo, Sorscha perderia o emprego se fossem descobertos. Sendo quem ele era... podia causar um mundo de problemas a ela apenas por se associar com o príncipe. Só a mãe de Dorian poderia encontrar modos de fazer com que a curandeira fosse mandada para outro lugar.

— Diga — falou ele de novo, inclinando-se para roubar um beijo. — Diga, e farei acontecer.

O príncipe sempre fora generoso com as amantes. Geralmente dava presentes para evitar que reclamassem quando ele perdesse o interesse, mas daquela vez, *queria* mesmo dar coisas a Sorscha. Dorian tentara dar joias e roupas à curandeira, mas ela recusara tudo. Assim, tinha começado a presenteá-la com ervas e livros raros e ferramentas especiais para a sala de trabalho. Sorscha tentara recusar esses presentes, mas ele a convencera rapidamente — em grande parte beijando-a para abafar os protestos.

— E se eu pedisse a lua em um cordão?

— Então eu começaria a rezar para Deanna.

Sorscha sorriu, mas o sorriso de Dorian sumiu. Deanna, Senhora da Caça. Ele costumava tentar não pensar em Celaena, Aelin — quem quer que fosse. Tentava não pensar em Chaol e suas mentiras, ou em Aedion e sua traição. Não queria ter nada com os dois, não agora que Sorscha estava com ele. Dorian fora um tolo uma vez, jurando que destruiria o mundo por Celaena. Um menino apaixonado por um incêndio descontrolado; ou que acreditava estar apaixonado.

— Dorian? — Sorscha se afastou para avaliar o rosto do príncipe. Ela o olhou do mesmo modo como ele certa vez vira Celaena olhando para Chaol.

Ele a beijou de novo, um beijo suave e demorado, e o corpo da jovem se derreteu no dele. Dorian aproveitou a maciez da pele conforme percorria a mão pelo braço da curandeira. Ela puxou o braço de volta.

— Preciso ir. Estou atrasada.

Dorian resmungou. Estava mesmo quase na hora do café da manhã — e reparariam se Sorscha não fosse embora. Ela se desvencilhou do abraço e se vestiu, e ele a ajudou a amarrar o laço nas costas do vestido. Sempre escondido... seria assim a vida dele? Não apenas as mulheres que amava, mas a magia, os verdadeiros pensamentos...

A curandeira o beijou e foi até a porta, colocando a mão na maçaneta.

— Meu maior desejo — disse ela, com um sorrisinho — é uma manhã na qual eu não precise correr para a porta com a primeira luz.

Antes que Dorian pudesse responder, Sorscha foi embora.

Mas ele não sabia o que poderia dizer ou fazer para tornar aquilo real. Porque Sorscha tinha as obrigações dela, e Dorian, as dele.

Se partisse para ficar com ela, se ficasse contra o pai ou se a magia dele fosse descoberta, então o irmão se tornaria o herdeiro. E ao pensar em Hollin como rei um dia... No que faria com o mundo, principalmente com o poder do pai... Não, Dorian não podia ter o luxo de escolher, porque não havia opção. Estava preso à coroa e estaria até o dia em que morresse.

Uma batida soou à porta, e ele sorriu, perguntando a si mesmo se Sorscha teria voltado. O sorriso desapareceu quando a porta se abriu.

— Precisamos conversar — decretou Chaol da entrada. Dorian não o via havia semanas, mas... o amigo parecia mais velho. Exausto.

— Não vai se incomodar com bajulação? — perguntou Dorian, sentando no sofá.

— Você veria através dela mesmo. — O capitão fechou a porta atrás de si e se recostou nela.

— Tente.

— Sinto muito, Dorian — disse Chaol, baixinho. — Mais do que imagina.

— Sente muito porque mentir lhe custou a mim... e a ela? Sentiria muito se não tivesse sido pego?

O maxilar do capitão se contraiu. E talvez o príncipe estivesse sendo injusto, mas não se importava.

— Sinto muito por tudo — falou Chaol. — Mas eu... estou trabalhando para consertar isso.

— E quanto a Celaena? Quem você realmente quer ajudar trabalhando com Aedion, ela ou eu?

— Os dois.

— Você ainda a ama? — Dorian não sabia por que se importava, por que aquilo era importante.

Chaol fechou os olhos por um momento.

— Parte de mim sempre vai amá-la. Mas precisava tirá-la deste castelo. Porque era perigoso demais, e ela estava... o que ela estava se tornando...

— Ela não estava se tornando nada diferente do que sempre foi e sempre teve a capacidade de ser. Você apenas, finalmente, enxergou tudo. E depois que viu aquela outra parte dela... — disse Dorian, baixinho. Tinha levado até aquele momento, até Sorscha, para entender o que aquilo significava. — Não pode escolher quais partes vai amar. — Dorian percebeu que sentia pena de Chaol. O coração do príncipe estava partido pelo amigo, por tudo o que o capitão certamente percebia nos últimos meses. — Assim como não pode escolher quais partes de mim aceitar.

— Eu não...

— Escolhe, sim. Mas o que está feito, está feito, Chaol. E não há retorno, não importa o quanto tente mudar as coisas. Gostando ou não, também teve um papel em trazer todos nós até aqui. Você a mandou por esse caminho, o de revelar o que e quem ela é, e o de decidir o que ela fará de agora em diante.

— Acha que eu queria que isso acontecesse? — Chaol estendeu os braços. — Se eu pudesse, faria tudo voltar ao modo como era. Se eu pudesse, ela não seria rainha e você não teria magia.

— É claro... é claro que ainda vê a magia como um problema. E é claro que deseja que ela não seja quem é. Porque, na verdade, não tem medo dessas coisas, não é? Não... é do que elas representam. A mudança. Mas vou lhe dizer — Dorian inspirou, a magia faiscou, então se acalmou com um lampejo de dor —, as coisas já mudaram. E mudaram por *sua* causa. Eu tenho magia, não há como desfazer isso, não há como me livrar disso. E quanto a Celaena... — Dorian segurou o poder que irrompia quando imaginou, pela primeira vez, como seria ser Celaena. — Quanto a Celaena — repetiu ele —, você não tem o direito de desejar que ela não seja o que é. A única coisa a qual tem direito é decidir se é seu inimigo ou seu amigo.

Dorian não conhecia toda a história da assassina, não sabia o que tinha sido verdade e o que tinha sido mentira, ou como fora em Endovier, escravizada ao lado dos conterrâneos dela, ou se curvar para o homem que assassinara sua família. Contudo, o príncipe a vira, vira lampejos da pessoa por baixo, independentemente de nome ou título.

E ele sabia, bem no fundo, que Celaena não fechara os olhos para a magia dele, pois entendia o fardo, e o medo. Ela não dera as costas e desejara que Dorian fosse outra coisa além do que era. *Voltarei por você.*

Então, ele encarou o amigo, mesmo sabendo que Chaol estava magoado e distante, e falou:

— Já tomei minha decisão com relação a ela. E, quando chegar o momento, quer você esteja aqui ou em Anielle, espero que sua escolha seja a mesma que a minha.

Aedion odiava admitir, mas o autocontrole do capitão era impressionante conforme esperavam no apartamento até que Murtaugh chegasse. Ren, que não conseguia ficar com a bunda na cadeira por mais de um minuto, mesmo com os ferimentos ainda em recuperação, caminhava de um lado para outro pelo salão. Chaol, por sua vez, estava sentado ao lado da lareira, falando pouco, mas sempre observando, sempre ouvindo.

Naquela noite, o capitão parecia diferente. Mais cauteloso, porém mais fechado. Graças a todas aquelas reuniões nas quais atentamente observara os movimentos dele, cada fôlego e piscar de olhos, Aedion instantaneamente reparou na diferença. Será que tinha surgido alguma notícia, algum progresso?

Murtaugh deveria retornar naquela noite, depois de algumas semanas perto de baía da Caveira. Ele recusara a oferta de Ren de acompanhá-lo e disse ao neto que descansasse. O que, embora tivesse tentado esconder, deixara o jovem lorde ansioso, inquieto e agressivo. Aedion estava sinceramente surpreso por o apartamento não ter sido revirado. No acampamento de guerra, Aedion poderia ter levado Ren ao ringue de disputas e o deixado lutar para esquecer. Ou o teria enviado em alguma missão própria. Ou pelo menos feito com que cortasse lenha durante horas.

— Então vamos simplesmente esperar a noite toda — falou Ren, por fim, parando diante da mesa de jantar e olhando para os dois.

O capitão deu apenas um leve aceno de cabeça, mas Aedion cruzou os braços, sorrindo preguiçosamente para ele.

— Tem algo melhor a fazer, Ren? Estamos interferindo em uma visita a uma das casas de ópio? — Um golpe baixo, mas nada que o capitão já não tivesse adivinhado com relação ao jovem. E, se mostrasse qualquer indicação daquele tipo de hábito, Aedion não o deixaria chegar a cem quilômetros de Aelin.

Ren balançou a cabeça e falou:

— Estamos sempre esperando agora. Esperando que Aelin mande algum sinal, esperando por nada. Aposto que meu avô também não terá nada. Fico surpreso por não estarmos todos mortos a essa altura, por aqueles homens não terem me encontrado. — Ren encarou a lareira, a luz fazia a cicatriz parecer ainda mais profunda. — Tenho alguém que... — Ele parou de falar, olhando para Chaol. — Poderia descobrir mais a respeito do rei.

— Não confio nada em suas fontes, principalmente depois que aqueles homens encontraram você — disse Chaol. Tinha sido um dos informantes de Ren, preso e torturado, que entregara a localização dele. E embora a informação tivesse sido obtida sob condições difíceis, ainda não cheirava bem para Aedion. Ele disse isso, e Ren ficou tenso, abrindo a boca para disparar alguma coisa, sem dúvida idiota e inconsequente, mas um assobio de três notas o interrompeu.

O capitão assobiou de volta, e o rapaz estava à porta, abrindo-a para encontrar o avô ali. Mesmo de costas, Aedion percebeu o alívio que percorreu o corpo de Ren ao apertar o braço contra o do avô, semanas de espera sem notícias finalmente terminavam. Murtaugh não era jovem, de modo algum, e, quando tirou o capuz, o rosto estava pálido e sombrio.

— Tem brandy na mesa do bufê — avisou Chaol, e Aedion, mais uma vez, precisou admirar aqueles olhos atentos, mesmo que jamais fosse contar a ele. O idoso assentiu, agradecendo, e não se incomodou em remover a capa ao tomar um copo da bebida.

— Avô. — Ren ainda estava à porta.

Murtaugh se virou para Aedion.

— Responda com sinceridade, garoto: sabe quem é o general Narrok?

Aedion ficou de pé com um movimento fluido. Ren deu alguns passos na direção deles, mas Murtaugh permaneceu onde estava enquanto o general caminhava até a mesa do bufê e, devagar, com cuidado calculado, se servia de um copo de brandy.

— Me chame de garoto de novo — retrucou Aedion, com uma calma letal, encarando o idoso — e vai voltar a morar em barracos e esgotos.

Murtaugh ergueu as mãos.

— Quando se tem minha idade, Aedion...

— Não desperdice o fôlego — falou o general, voltando para a cadeira. — Narrok está no sul; da última vez que tive notícias, ele levava a armada para as ilhas Mortas. — Território pirata. — Mas isso foi há meses. Somos informados apenas do que precisamos saber. Descobri sobre as ilhas Mortas porque alguns dos navios do lorde pirata velejaram para o norte em busca de confusão, e eles nos informaram que tinham ido até lá para evitar a frota de Narrok.

Os piratas tinham se dividido, na verdade. O lorde pirata Rolfe levara metade para o sul; alguns tinham ido para o leste; e outros cometeram o erro fatal de velejar para a costa norte de Terrasen.

Murtaugh se apoiou na mesa do bufê.

— Capitão?

— Creio que eu saiba ainda menos que Aedion — respondeu Chaol.

Murtaugh esfregou os olhos, e Ren pegou uma cadeira à mesa para o avô, que se sentou com um gemido breve. Era um milagre aquele saco de ossos ainda estar respirando. O general conteve uma pontada de arrependimento. Fora criado melhor que isso, sabia que não deveria agir como um babaca arrogante e esquentado. Rhoe teria vergonha dele por falar com um idoso daquela forma. Mas Rhoe estava morto, todos os guerreiros que Aedion amava e venerava estavam mortos havia dez anos, e o mundo estava pior por causa disso. Ele estava pior por causa disso.

Murtaugh suspirou.

— Corri para cá o mais rápido possível. Não descansei mais que algumas horas na última semana. A frota de Narrok se foi. O capitão Rolfe é, mais uma vez, o lorde pirata de baía da Caveira, mas não passa disso. Os homens dele não se aventuram até as ilhas Mortas, a leste.

Apesar da pontada de vergonha, Aedion trincou os dentes quando Murtaugh não foi direto ao ponto.

— Por quê? — Ele exigiu saber.

As rugas no rosto do homem se intensificaram à luz da lareira.

— Porque os homens que vão às ilhas a leste não voltam. E em noites de vento, até mesmo Rolfe jura que pode ouvir... rugidos, rugidos vindos das ilhas; humanos, mas não exatamente.

— A tripulação que se escondeu nas ilhas durante a ocupação de Narrok alega que aquilo se acalmou, como se tivesse levado com ele a fonte do barulho. E Rolfe... — Murtaugh esfregou o osso do nariz. — Ele me contou que na noite em que velejaram de volta às ilhas, viram algo de pé em um afloramento de rochas, logo na fronteira das ilhas leste. Parecia um homem pálido, mas... não era. Rolfe pode ser apaixonado por si mesmo, mas não é mentiroso. Ele disse que o que quer, quem quer, que fosse, parecia *errado*. Como se houvesse um buraco de silêncio ao redor da coisa, destoando dos rugidos que costumam ouvir. E que aquilo simplesmente os observou passarem velejando. No dia seguinte, quando voltaram para o mesmo local, tinha sumido.

— Sempre houve lendas de criaturas estranhas nos mares — ponderou o capitão.

— Rolfe e os homens dele juraram que não era nada das lendas. Tinha sido *feito*, eles disseram.

— Como sabiam? — perguntou Aedion, olhando para Chaol, cujo rosto ainda estava pálido como osso.

— A coisa usava um colar preto, como um bicho de estimação. Deu um passo na direção deles, como se para ir até o mar caçá-los, mas foi puxado de volta por um tipo de mão invisível, alguma coleira oculta.

Ren enrugou a testa coberta de cicatrizes.

— O lorde pirata acha que há *monstros* nas ilhas Mortas?

— Ele acha, e eu também acredito, que estão sendo criados ali. E Narrok levou alguns com ele.

Foi Chaol quem perguntou:

— Para onde Narrok foi?

— Para Wendlyn — respondeu Murtaugh. O coração de Aedion, maldito coração, parou. — Narrok levou a frota para Wendlyn, para lançar um ataque surpresa.

— Isso é impossível — comentou o capitão, ficando de pé. — Por quê? Por que agora?

— Porque *alguém* — retorquiu o idoso, em tom mais afiado do que Aedion jamais ouvira — convenceu o rei a mandar a campeã para lá a fim de matar a família real. Que hora melhor para testar esses supostos monstros do que quando o país está mergulhado em caos?

Chaol segurou o encosto da cadeira.

— Ela não vai matá-los de verdade, jamais faria isso. Era... era tudo encenação — argumentou o capitão.

Aedion imaginou que aquilo seria tudo o que contaria aos homens Allsbrook, e tudo o que precisavam saber no momento. O general ignorou o olhar cauteloso que Ren lançou a ele, sem dúvida para ver como reagiria à notícia de seus parentes Ashryver serem alvos. Mas eles já estavam mortos para Aedion havia dez anos, desde que se recusaram a mandar ajuda para Terrasen. Que os deuses os ajudassem caso o próprio general algum dia colocasse os pés naquele reino. Ele se perguntou o que Aelin pensava dos parentes, se achava que Wendlyn poderia ser convencida a formar uma aliança agora, principalmente com Adarlan lançando um ataque em maior escala nas fronteiras. Talvez ela ficasse satisfeita em permitir que todos queimassem, como o povo de Terrasen tinha queimado. Tanto fazia para ele qualquer uma das opções.

— Não faz diferença se foram assassinados ou não — disse Murtaugh. — Quando aquelas coisas chegarem, acho que o mundo em breve descobrirá o que nossa rainha vai enfrentar.

— Podemos mandar um aviso? — insistiu Ren. — Rolfe pode avisar Wendlyn?

— Rolfe não vai se envolver. Ofereci ouro, terras, quando nossa rainha voltar... nada pode convencê-lo. Ele recuperou seu território e não vai arriscar a vida dos homens de novo.

— Então deve haver alguma embarcação que fure o bloqueio, alguma mensagem que possamos mandar clandestinamente — continuou Ren.

Aedion pensou em informá-lo que Wendlyn não se incomodara em ajudar Terrasen, mas decidiu que não estava com vontade de entrar em um debate ético.

— Já mandei alguns mensageiros para lá — respondeu o homem —, mas não tenho muita confiança neles. E, quando chegarem, pode ser tarde demais.

— Então, o que fazemos? — insistiu o jovem lorde.

Murtaugh bebeu o brandy.

— Continuamos procurando formas de ajudar daqui. Porque não acredito, por um segundo, que as novas surpresas de Sua Majestade estejam apenas nas ilhas Mortas.

Essa era uma observação interessante. Aedion tomou um gole de brandy, mas apoiou o copo. Álcool não o ajudaria a organizar a variedade de planos que se formavam. Assim, o general ouviu aos demais apenas em parte conforme entrava em um ritmo constante, com o qual calculava todas as batalhas e campanhas.

Chaol observou Aedion caminhar de um lado para outro no apartamento; Murtaugh e Ren tinham saído para resolver coisas próprias. O general falou:

— Quer me contar por que parece que está prestes a vomitar?

— Você sabe tudo o que sei, então é fácil imaginar por quê — replicou Chaol da poltrona, o maxilar contraído. A briga com Dorian não o deixara com pressa de voltar ao castelo, mesmo que precisasse do príncipe para testar suas teorias sobre o feitiço. Dorian estivera certo a respeito de Celaena, a respeito de Chaol ressentir a tenebrosidade e as habilidades e a verdadeira identidade da jovem, mas... aquilo não mudara o modo como ele se sentia.

— Ainda não entendo seu papel nisso, capitão — argumentou Aedion. — Não está lutando por Aelin ou por Terrasen; pelo quê, então? O bem maior? Seu príncipe? De que lado isso o coloca? É um traidor ou um rebelde?

— Não. — O sangue de Chaol congelou ao pensar naquilo. — Não estou de lado algum. Só quero ajudar meu amigo antes de partir para Anielle.

O lábio do general se retraiu com um grunhido.

— Talvez esse seja seu problema. Talvez não escolher um lado seja o que o aflige. Talvez precise dizer a seu pai que vai quebrar a promessa.

— Não vou dar as costas a meu reino ou a meu príncipe — disparou Chaol. — Não vou lutar em seu exército e massacrar meu povo. E não vou quebrar a promessa a meu pai. — A honra dele poderia muito bem ser a única coisa que restaria no fim daquilo.

— E se seu príncipe se colocar de nosso lado?

— Eu vou lutar ao lado dele, como eu puder, mesmo que seja de Anielle.

— Então lutará ao lado do príncipe, mas não pelo que é certo. Não tem livre-arbítrio, não tem vontade própria?

— Minhas vontades não são de sua conta. — E aquelas vontades... — Independentemente do que Dorian decidir, ele jamais aprovaria o assassinato de inocentes.

Um riso de escárnio.

— Não tem gosto por sangue?

Chaol não daria a Aedion a satisfação de se afetar para igualar o temperamento ao dele. Em vez disso, cutucou a ferida certa ao dizer:

— Acho que sua rainha o condenaria se derramasse uma gota de sangue inocente. Ela cuspiria em sua cara. Há pessoas boas neste reino, que merecem ser consideradas em qualquer ação que tomem.

Os olhos do general se voltaram para a cicatriz na bochecha de Chaol.

— Exatamente como ela condenou você pela morte da amiga? — Aedion deu um sorriso lento e maligno, então, quase rápido demais para que o capitão percebesse, colocou-se diante do rosto dele, os braços apoiados na lateral da cadeira.

Chaol se perguntou se o homem o acertaria, ou mataria, conforme as feições se tornavam mais lupinas do que o capitão jamais as vira, o nariz franzido, os dentes expostos. Aedion falou:

— Quando seus homens tiverem morrido a seu redor, quando tiver visto suas mulheres imperdoavelmente feridas, quando tiver observado multidões de órfãos morrerem de fome nas ruas de sua cidade, *então* pode falar comigo sobre poupar vidas inocentes. Até lá, o fato é que você, capitão, não escolheu um lado porque ainda é um menino e ainda tem medo. Não de perder vidas inocentes, mas de perder quaisquer que sejam os sonhos aos quais se agarra. Seu príncipe seguiu em frente, minha rainha seguiu em frente. Mas *você*, não. E isso vai lhe custar no fim.

Chaol não teve nada a dizer depois disso, então rapidamente saiu do apartamento. Ele mal dormiu naquela noite, mal fez qualquer coisa além de encarar a espada, jogada na mesa. Quando o sol nasceu, o capitão foi até o rei e contou sobre os planos de voltar a Anielle.

41

As duas semanas seguintes caíram em uma rotina — tanto que Celaena começou a encontrar conforto naquilo. Não houve esbarrões ou reviravoltas ou quedas inesperadas, nenhuma morte ou traição ou pesadelo personificado. Nas manhãs e nas noites, a jovem era a criada da cozinha. Do fim da manhã até a hora do jantar, ficava com Rowan, lenta e dolorosamente explorando o poço de magia dentro dela; um poço que, para horror de Celaena, não tinha um fundo à vista.

As pequenas coisas — acender velas, apagar o fogo de lareiras, passar uma fita de chamas entre os dedos — ainda eram as mais difíceis. Contudo, Rowan insistia, arrastando-a de ruína em ruína, os únicos lugares seguros para ela perder o controle. Pelo menos o guerreiro levava comida consigo agora, pois Celaena estava sempre com fome e mal conseguia passar uma hora sem devorar alguma coisa. A magia consumia energia, então ela estava comendo o dobro ou o triplo do que costumava comer.

Às vezes eles conversavam. Bem, Celaena fazia com que Rowan falasse, porque depois de contar a ele sobre Aedion e o próprio desejo egoísta por liberdade, ela decidiu que conversar era... bom. Mesmo que não conseguisse se abrir a respeito de algumas coisas, gostava de ouvi-lo falar. A assassina conseguiu fazer com que ele contasse sobre as diversas campanhas e aventuras, cada uma mais brutal e perturbadora que a outra. Havia um mundo inteiro, imenso, a sul e a leste de Wendlyn, reinos e impérios dos quais

Celaena ouvira falar de passagem, mas jamais soubera muito a respeito. Rowan era um verdadeiro guerreiro, que entrara e saíra de campos de batalha, liderara homens por coisas infernais, velejara por mares revoltos e vira litorais distantes e estranhos.

Embora invejasse sua longa vida — e o dom de ver o mundo que a acompanhava —, Celaena ainda conseguia sentir a raiva e o luto implícitos a cada conto, a perda da parceira, que o assombrava independentemente de quão longe ele fosse ou velejasse ou voasse. Rowan falava muito pouco dos amigos, que às vezes o acompanhavam nas jornadas. Ela não o invejava pelas batalhas que havia lutado, as guerras em terras distantes ou os sangrentos anos passados sitiando cidades de areia e pedra.

Celaena não contou isso a Rowan, é claro. Só ouvia conforme ele narrava e a instruía. E, enquanto ouvia, a jovem começou a odiar Maeve — odiar a tia de verdade, do fundo do coração. Aquela raiva a levou a pedir para Emrys contar as lendas sobre a rainha todas as noites. O guerreiro jamais a repreendeu por solicitar aquelas histórias, jamais mostrou qualquer sinal de alarme.

Foi uma surpresa quando Emrys anunciou que faltavam dois dias para o Beltane e que eles começariam as preparações para o banquete, o baile e a celebração. Já era Beltane e, de acordo com Rowan, Celaena ainda estava longe de estar pronta para ir a Doranelle, apesar de ter dominado a mudança de forma. A primavera agora estaria com força total em seu continente. Mastros de solstício seriam erguidos, arbustos espinhentos decorados — o máximo que o rei permitiria. Não haveria presentinhos deixados em encruzilhadas para o Povo Pequenino. O rei só autorizava o essencial; a concentração deveria estar apenas nas mercadorias e na plantação para a colheita. Sem um pingo ou sussurro de magia.

Fogueiras seriam erguidas, e poucas almas corajosas as pulariam para ter boa sorte, para afastar o mal, para garantir uma boa colheita; o que quer que esperassem. Quando era criança, Celaena correra incontrolavelmente pelo campo diante dos portões de Orynth, os milhares de fogueiras queimando como as luzes do exército invasor, que em breve estaria acampado ao redor da cidade branca. Aquela *era* a noite dela, a mãe tinha dito; a noite quando uma menina que produzia fogo não tinha nada a temer, nenhum poder para esconder. *Aelin Coração de Fogo*, sussurravam as pessoas conforme ela passava saltitando, brasas voando do corpo como fitas, Aedion e alguns dos membros mais letais da corte seguindo como guardas indulgentes. *Aelin do Fogo Selvagem.*

Depois de dias ajudando Emrys com a comida (e devorando-a quando o cozinheiro não olhava), Celaena esperava ter a chance de relaxar no Beltane, mas Rowan a levou para um campo no planalto da montanha. Ela mordeu uma maçã que tinha tirado do bolso, e ergueu as sobrancelhas para o guerreiro, que estava de pé diante de uma enorme pilha de madeira para a fogueira, flanqueada por duas menores.

Ao redor, alguns dos semifeéricos ainda puxavam mais lenha e combustível, outros montavam mesas para servir a comida que Emrys estava fazendo sem descanso.

Dezenas de outros semifeéricos tinham chegado dos diversos postos, com pouca agitação e muitos abraços, e provocação bem-humorada. Entre ajudar Emrys e treinar com Rowan, Celaena mal teve tempo de inspecionar os que chegavam, mas uma parte detestável de si estava de certo modo feliz com os poucos olhares de admiração que percebera serem lançados em sua direção pelos homens que visitavam.

A jovem não deixou de reparar na rapidez com que viravam o rosto quando viam Rowan a seu lado. Embora ela *tivesse* flagrado algumas mulheres olhando para o guerreiro com interesse muito mais caloroso. Celaena queria arrancar o rosto delas com as unhas por isso.

Ela mastigava a maçã enquanto olhava para Rowan, que vestia o manto cinza-claro habitual e o cinto largo, o capuz jogado para trás e os punhos de couro reluzindo ao sol do fim da tarde. Pelos deuses, não tinha interesse algum no guerreiro daquela forma e tinha certeza de que ele não tinha vontade de levá-la para a cama também. Talvez fosse apenas por passar tempo demais no corpo feérico que Celaena se sentia... territorial. Territorial e ranzinza e má. Na noite anterior, tinha *rosnado* para uma mulher na cozinha, que *não* parava de encarar Rowan e chegara a dar um passo na direção dele, como se fosse dizer oi.

Celaena balançou a cabeça para afastar os instintos que começavam a fazer com que visse faíscas a qualquer hora do dia.

— Presumo que tenha me trazido aqui para que eu possa praticar? — Ela jogou o caroço da maçã para o campo e esfregou o ombro. Ficara febril na noite anterior graças a Rowan tê-la obrigado a praticar a tarde inteira, e acordara exausta naquela manhã.

— Acenda-as e mantenha as fogueiras sob controle e queimando a noite inteira.

— Todas as três. — Não foi uma pergunta.

— Mantenha as das pontas baixas para os saltos. A do meio deve queimar até as nuvens.

Celaena desejou não ter comido a maçã.

— Isso poderia facilmente se tornar letal.

Rowan ergueu a mão, e um vento soprou ao redor.

— Estarei aqui — declarou ele, simplesmente, os olhos brilhando com uma arrogância que o guerreiro mais que merecera ao longo dos séculos de vida.

— E se eu, de alguma forma, ainda assim transformar alguém em uma tocha viva?

— Então é bom que os curandeiros também estejam aqui para celebrar.

Celaena olhou com raiva para Rowan e fez um gesto de indiferença com os ombros.

— Quando quer começar?

O estômago dela revirou com a resposta:

— Agora.

~

Ela estava queimando, mas permanecia calma, mesmo conforme o sol se punha e o campo se enchia de festejadores. Músicos assumiram os lugares no limite da floresta, e o mundo se encheu de violinos e rabecas e flautas e tambores, uma música tão linda e antiga que as chamas de Celaena se moviam ao ritmo dela, exibindo tons de pedras preciosas como rubis, citrinos, olhos de tigre e as safiras mais intensas. A magia dela não se manifestava apenas como fogo azul agora; estivera mudando e crescendo devagar durante as últimas semanas. Ninguém de fato reparou em Celaena, de pé no limite da luz das fogueiras, embora alguns se maravilhassem com as chamas que queimavam, mas não consumiam a madeira.

Suor escorria por cada átomo de Celaena; em grande parte graças ao terror de pessoas saltando as fogueiras menores acesas. No entanto, Rowan permaneceu ao lado dela, murmurando, como se a jovem fosse um cavalo nervoso. Ela queria dizer ao guerreiro que fosse embora, quem sabe deveria se divertir com alguma daquelas mulheres de olhos de corça, que o convidavam silenciosamente para dançar. Mas Celaena se concentrou nas chamas e em manter aquele fio de controle, embora o sangue começasse a ferver. Um nó se apertou na lombar, e ela se moveu. Pelos deuses, estava ensopada; cada dobra do corpo, molhada.

— Calma — pediu Rowan, quando as chamas dançaram um pouco mais alto.

— Eu sei — respondeu Celaena, com os dentes trincados. A música já estava tão convidativa, a dança ao redor da fogueira tão alegre, a comida nas mesas tinha um cheiro tão gostoso... e ali estava ela, longe de tudo, apenas queimando. Seu estômago roncou. — Quando posso parar? — Celaena se moveu de novo, e a fogueira maior estremeceu, a chama ondulou com o corpo dela. Ninguém reparou.

— Quando eu disser — retrucou Rowan. A jovem sabia que ele estava usando as pessoas ao redor, o medo dela pela segurança dos demais, para fazê-la dominar o controle, mas...

— Estou ensopada de suor, faminta e quero descansar.

— Recorreu ao choro? — Uma brisa fria soprou no pescoço de Celaena, e ela fechou os olhos, gemendo. Conseguia sentir Rowan a observando, e, depois de um momento, ele falou: — Apenas mais um pouco.

Celaena quase afundou de alívio, mas abriu os olhos para se concentrar. Podia aguentar mais um pouco, então iria comer e comer e comer. Talvez dançar. Ela não dançava havia tanto tempo. Talvez devesse tentar, ali, nas sombras. Ver se o corpo conseguia encontrar alguma alegria, embora estivesse tão quente e dolorida que apostaria alto que assim que parasse, cairia no sono.

Mas a música era hipnotizante, os dançarinos eram meras sombras rodopiando. Diferentemente de Adarlan, não havia guardas monitorando as festividades, nenhum aldeão espreitando para ver quem poderia entregar por traição para ganhar uma moeda bonita. Havia apenas a música e a dança e a comida e o fogo — o fogo de Celaena.

Ela bateu com um pé no chão, inclinando a cabeça, os olhos nas três fogueiras sem fumaça e nas silhuetas que dançavam ao redor. Celaena *queria* dançar. Não por alegria, mas porque sentia o próprio fogo e a música se misturarem e pulsarem contra os ossos. A música era como uma tapeçaria cujos fios eram luz e escuridão e cores, unindo elos delicados em uma corrente que se fechava em seu coração e se espalhava pelo mundo, atando-a a ele, conectando tudo.

Ela entendeu, então. As marcas de Wyrd eram... eram um modo de prender esses fios, de tecer e unir a essência das coisas. A magia podia fazer o mesmo, e, com seu poder, com a imaginação e a vontade e a alma, Celaena podia criar e moldar.

— Calma — falou Rowan, então acrescentou, com um toque de surpresa: — Música. Naquele dia, no gelo, você estava murmurando. — A assassina sentiu outro sopro de vento no pescoço, mas a pele já pulsava com o ritmo dos tambores. — Deixe que a música tranquilize você.

Pelos deuses, ser livre daquele jeito... As chamas se enroscaram na melodia, ondulando com ela.

— *Calma*.

Celaena mal conseguia ouvir Rowan por cima da onda de som que a preenchia, fazendo com que sentisse cada corrente que a unia à terra, cada fio infinito. Durante um segundo, desejou ter o coração de um ser que mudasse de forma para que pudesse deixar a pele para trás e se tecer em outra coisa, a música ou o vento, e soprar pelo mundo. Os olhos de Celaena ardiam, quase embaçados por encarar as chamas por tanto tempo, e um músculo nas costas se contraiu.

— Devagar.

Ela não sabia do que Rowan estava falando, as chamas estavam calmas, lindas. O que aconteceria se caminhasse por elas? O latejar na cabeça parecia dizer: *vá em frente, vá em frente, vá em frente*.

— Já chega por enquanto. — Rowan pegou o braço de Celaena, mas chiou e o soltou. — *Basta*.

Lentamente, muito lentamente, a jovem olhou para ele. Os olhos do guerreiro estavam arregalados, a luz da fogueira os tornava quase incandescentes. Fogo; o fogo *dela*. Celaena se voltou para as chamas, se entregou a elas. A música e a dança continuavam, fortes e alegres.

— Olhe para mim — exigiu Rowan, mas não tocou nela. — *Olhe para mim*.

Ela mal conseguia ouvi-lo, como se estivesse submersa. Havia um latejar dentro de si agora — com um toque de dor. Era uma faca que cortava a mente e o corpo a cada pulsação. A assassina não conseguia olhar para Rowan, não ousava tirar a atenção da fogueira.

— Deixe que o fogo queime sozinho — ordenou Rowan. Celaena podia ter jurado que ouvira algo como medo na voz dele. Precisou de muito esforço, e dor percorreu os tendões de seu pescoço, mas Celaena olhou para ele. As narinas do feérico se dilataram. — Aelin, pare agora mesmo.

Ela tentou falar, mas a garganta estava em carne viva, queimando. A assassina não conseguia mover o corpo.

— *Se solte.* — Celaena tentou dizer a Rowan que não conseguia, mas doía. Ela era uma bigorna, e a dor, um martelo, acertando de novo e de novo. — Se não se soltar, vai se queimar por completo.

Será que aquele era o fim de sua magia, então? Algumas horas cultivando fogueiras? Que alívio, que alívio abençoado, se fosse verdade.

— Você está quase se assando de dentro para fora — grunhiu Rowan.

Celaena piscou, e os olhos doeram como se estivessem cheios de areia. Uma dor percorreu sua espinha, com tanta força que ela caiu na grama. Luz se projetou — não dela ou de Rowan, mas das fogueiras que queimavam. As pessoas gritaram, a música parou. A grama chiou sob as mãos de Celaena, fumegando. Ela gemeu, procurando dentro do corpo os três fios que se prendiam às fogueiras, mas internamente era uma confusão, um labirinto, os fios estavam todos emaranhados e...

— Desculpe — sussurrou Rowan, xingando de novo, e o ar sumiu.

Celaena tentou gemer, se mover, mas não tinha ar. Não tinha ar para aquela fogueira interna. A escuridão tomou conta.

Inconsciência.

Então estava arquejando, arqueando o corpo contra a grama, as fogueiras agora crepitavam naturalmente e Rowan pairava sobre ela.

— Respire. Respire.

Embora ele tivesse partido os fios que a ligavam às fogueiras, a jovem ainda queimava.

Não queimava por fora, onde até a grama tinha parado de fumegar.

Era por dentro. Cada fôlego lançava fogo pelos pulmões, pelas veias. Ela não conseguia falar ou se mover.

Tinha ultrapassado algum limite — não ouvira os avisos para que voltasse — e ardia viva sob a pele.

Celaena estremeceu com soluços sem lágrimas e em pânico. Doía; era infinito e eterno e não havia uma parte sombria para onde pudesse fugir para escapar das chamas. A morte seria uma piedade, um refúgio frio e escuro.

Ela não sabia que Rowan tinha partido até ele voltar correndo, acompanhado de duas mulheres. Uma delas falou:

— Você aguenta carregá-la? Não há ninguém que possa produzir água aqui, e precisamos levá-la para água fria. *Agora.*

Celaena não ouviu o que mais foi dito, não ouviu nada além do latejar daquela forja sob a pele. Um resmungo e um chiado soaram, então ela estava nos braços do guerreiro, quicando contra o peito dele conforme disparavam pelo bosque. Cada passo lançava farpas de dor incandescente pelo corpo dela. Embora os braços de Rowan estivessem frios como gelo, um vento gélido pressionado contra ela, Celaena parecia à deriva em um mar de fogo.

Inferno — era aquela a sensação do submundo do deus sombrio. Era aquilo que esperava por Celaena quando desse o último suspiro.

Foi o horror dessa ideia que fez com que se concentrasse no que estava a seu alcance — o cheiro de pinho e neve de Rowan. Ela sugou esse cheiro para dentro dos pulmões, bem fundo, e se agarrou a isso como se fosse um bote salva-vidas atirado a um mar tempestuoso. Não sabia quanto tempo levava, mas a força com que o segurava estava se dissipando, cada pulso de dor intensa a destruía.

Mas, em seguida, ficou mais escuro que o bosque, e os sons ecoavam mais alto, e eles seguiram por escadas, então...

— Coloque-a na água.

Desceram Celaena até a água na banheira de pedra abaixo do nível do chão, depois vapor soprou contra o rosto dela. Alguém xingou.

— Congele, príncipe — ordenou a segunda voz. — Agora.

Um momento de frio abençoado se passou, mas então o fogo emergiu e...

— *Tire-a daí!* — Mãos fortes a puxaram, e ela teve a vaga sensação de ouvir algo borbulhando.

A assassina tinha fervido a água naquela banheira. Quase se cozinhara. Estava em outra banheira um minuto depois, o gelo se formava de novo — então derretia. Derretia e...

— *Respire* — disse Rowan ao ouvido dela, ajoelhando ao lado da cabeceira da banheira. — Solte-o... deixe que saia de você.

Vapor subiu, mas Celaena respirou fundo.

— Bom — falou o guerreiro, sem fôlego. Gelo se formou de novo. Derreteu.

Celaena estava suando, o coração pulsava contra a pele como um tambor. Ela não queria morrer daquele jeito. Então tomou outro fôlego.

Como o subir e descer da maré, a banheira congelou, então derreteu, congelou, depois derreteu, mais devagar a cada vez. E cada vez, o frio entrava um pouco mais nela, deixando-a dormente, levando o corpo a relaxar.

Gelo e fogo. Geada e brasa. Presos em uma batalha, empurrando e puxando. Sob aquilo, Celaena quase sentia a vontade de aço de Rowan se chocando contra sua magia — uma vontade que se recusava a deixar que o fogo a queimasse até virar nada.

O corpo doía, mas agora a dor era mortal. As bochechas ainda estavam incandescentes, mas a água ficou fria, então fresca, depois morna e... ficou assim. Morna, não quente.

— Precisamos despi-la — afirmou uma das mulheres.

Celaena perdeu a noção do tempo quando dois pequenos pares de mãos levantaram a cabeça dela para tirar as roupas encharcadas. Sem elas, estava quase sem peso na água. Ela não se importava se Rowan a visse, não imaginava que houvesse um centímetro do corpo de uma mulher que ele já não tivesse explorado, de qualquer forma. Celaena ficou deitada ali, de olhos fechados, o rosto virado para o teto.

Depois de um tempo, Rowan falou:

— Apenas responda sim ou não. É tudo o que precisa fazer. — A jovem conseguiu dar um leve aceno de cabeça, embora tivesse se encolhido com a dor que percorreu o pescoço e os ombros. — Há risco de se incendiar de novo?

Celaena estava respirando o mais tranquilamente possível, o calor latejava nas bochechas, nas pernas, no fundo do corpo, mas estava gradualmente diminuindo.

— Não — sussurrou ela, um sopro de ar quente passando pela língua.

— Está sentindo dor? — Não foi uma pergunta com empatia, mas um comandante avaliando a condição do soldado para entender qual era o melhor plano de ação.

— Sim. — Um chiado de vapor.

Uma mulher falou:

— Vamos preparar um tônico. Apenas a mantenha fria. — Pés suaves saíram caminhando pelo piso de pedra, então ela ouviu o ruído da porta dos banhos se fechando. Houve um agitar de água em um balde, então...

Celaena suspirou, ou tentou, quando um tecido frio como gelo foi colocado sobre a testa. Mais água se agitando, então outro tecido pingou água congelante em seus cabelos e pescoço.

— O esgotamento — falou Rowan, baixinho. — Deveria ter me avisado que estava no limite.

Falar era difícil demais, mas a assassina abriu os olhos e o viu ajoelhado à cabeceira da banheira, com um balde d'água ao lado e um tecido nas mãos. O guerreiro passou o tecido mais uma vez sobre a testa, a água era tão maravilhosa que Celaena teria gemido. A banheira ficou ainda mais fria, mas ainda estava morna... morna demais.

— Se tivesse continuado, o esgotamento teria destruído você. *Precisa* aprender a reconhecer os sinais, e como recuar antes de ser tarde demais. — Não era uma afirmativa, mas um comando. — Vai destruí-la por dentro. Fazer com que isto... — Rowan balançou a cabeça de novo. — Fazer com que isto não pareça nada. Não *toque* na magia até ter descansado por um tempo. Entendeu?

Celaena inclinou a cabeça para cima, pedindo mais água fria no rosto, mas Rowan se recusou a torcer o tecido até que ela tivesse assentido em concordância. Ele a esfriou por mais alguns minutos, então pendurou o tecido na lateral do balde e ficou de pé.

— Vou verificar o tônico. Voltarei logo. — O guerreiro saiu após Celaena assentir de novo. Se não o conhecesse, teria achado que ele estava ansioso. Até preocupado.

Ela não tinha idade o suficiente em Terrasen para que alguém lhe ensinasse sobre o lado mortal do poder — e ninguém explicara, pois as lições eram tão limitadas. A jovem não *sentiu* como se estivesse se queimando. Fora tão rápido. Talvez aquela fosse a extensão da magia dela. Talvez o poço não fosse tão profundo quanto todo mundo pensara. Seria um alívio se aquilo fosse verdade.

Celaena ergueu as pernas, gemendo pelas dores nos músculos, e se inclinou para a frente o bastante para abraçar os joelhos. Acima da borda da banheira, havia algumas velas queimando nas pedras, e ela olhou com raiva para as chamas. *Odiou* as chamas. Mas sabia que precisavam de luz ali dentro.

A assassina apoiou a cabeça nos joelhos cobertos de cicatrizes, a pele quase chamuscada, e fechou os olhos, recompondo a consciência partida.

A porta se abriu. Rowan. Celaena se manteve naquela escuridão fresca, saboreando o frio crescente na água, a pulsação silenciosa sob a pele. Ele parecia estar na metade do salão quando os passos pararam.

Ele perdeu o fôlego, com tanta força que a fez olhar por cima do ombro.

No entanto, os olhos do guerreiro não estavam no rosto dela. Ou na água. Estavam nas costas nuas.

Como estava enroscada contra os joelhos, Rowan conseguia ver toda a extensão da pele destruída, cada cicatriz das chicotadas.

— Quem fez isso com você?

Teria sido fácil mentir, mas Celaena estava tão cansada, e ele tinha salvado sua vida inútil. Então a jovem respondeu:

— Muita gente. Passei um tempo nas Minas de Sal de Endovier.

Rowan ficou tão imóvel que Celaena imaginou se ele havia parado de respirar.

— Quanto tempo? — perguntou ele, depois de um minuto. Celaena se preparou para a pena, mas o rosto dele estava tão cuidadosamente inexpressivo; não, não inexpressivo. Estava calmo e com uma raiva letal.

— Um ano. Fiquei lá um ano antes de... é uma longa história. — Celaena estava exausta demais, a garganta totalmente em carne viva, para continuar a conversa. Então reparou que os braços de Rowan tinham sido enfaixados e havia mais curativos no peito largo que apareciam sob a blusa. Ela o queimara de novo. E, mesmo assim, o guerreiro a segurara, correra até ali e não a soltara uma vez.

— Você foi escravizada.

Celaena acenou devagar. Ele abriu a boca, mas fechou e engoliu em seco, aquela raiva letal se apagando. Como se tivesse se lembrado com quem estava falando e que aquilo era o mínimo de punição que ela merecia.

Rowan se virou e saiu fechando a porta. Celaena desejou que o príncipe tivesse batido a porta — desejou que a tivesse destruído. Mas ele a fechou com pouco mais que um clique e não voltou.

42

As costas dela.

Rowan disparou pelas árvores, galopando e transformando os ventos para que o empurrassem adiante, mais rápido, o rugido do ar inaudível em comparação aos gritos em sua cabeça. Observou o mundo que passava por instinto, mais que por interesse, pois os olhos estavam voltados para dentro — na direção daquela pele destruída reluzindo à luz das velas.

Os deuses sabiam que Rowan vira muitos ferimentos perturbadores. Infligira muitos a inimigos e amigos. Em uma perspectiva mais ampla, as costas de Celaena nem se comparavam com alguns daqueles machucados. Mas, quando a viu, o coração parou subitamente — e, por um momento, um silêncio sobrepujante tomou conta da mente.

Rowan sentiu a magia e os instintos de guerreiro se afiando em uma combinação letal quanto mais olhava; rugindo para destruir com as próprias mãos as pessoas que tinham feito aquilo. Então apenas saiu, mal conseguindo deixar os banhos antes de mudar de forma e voar pela noite.

Maeve mentira. Ou mentira por omissão. Mas ela sabia. Sabia o que aquela garota tinha passado — sabia que fora escravizada. Naquele dia, naquele dia logo no início, Rowan ameaçara *chicotear* a menina, pelos deuses. E ela perdeu o controle. Ele fora um tolo tão arrogante que presumira que Celaena tivesse perdido a calma porque não passava de uma criança. Deveria saber... deveria saber que quando ela *reagia* a algo daquela forma, significava que as cicatrizes eram bem profundas. E também havia as outras coisas que ele dissera...

Rowan estava quase no limite imponente das montanhas Cambrian. Celaena mal se tornara mulher quando a feriram daquela forma. Por que ela não havia contado? Por que Maeve não havia contado? O falcão soltou um grito estridente que ecoou pelas pedras cinza-escuras da parede da montanha em frente. Um coro de grunhidos sobrenaturais soou em resposta: os lobos selvagens de Maeve, guardando as passagens. Mesmo que voasse até Doranelle, chegaria à rainha e exigiria respostas e... ela não as forneceria. Com o juramento de sangue, Maeve poderia ordenar que Rowan não retornasse a Defesa Nebulosa.

Ele se agarrou ao vento com a magia, afastando a corrente. Aelin... Aelin não confiara nele; não quisera que ele soubesse.

E ela quase se queimara por completo, malditos deuses, o que a deixava, no momento, indefesa. Uma raiva primitiva revirou o estômago de Rowan, cheio de uma necessidade territorial, possessiva. Não uma necessidade de Aelin, mas de protegê-la — o dever e a honra de um macho feérico. O guerreiro não tinha lidado com a notícia como deveria.

Se ela não quisera contar sobre ser escravizada, então provavelmente o fizera presumindo o pior a respeito de Rowan — exatamente como devia presumir o pior a respeito de sua partida. A ideia não lhe caiu bem.

Então Rowan virou de volta para o norte e dominou a magia para que puxasse os ventos com ele, tornando mais fácil o voo para a fortaleza.

Obteria respostas da rainha em breve.

~

Os curandeiros deram um tônico a ela, e, quando os assegurou de que não se incineraria, Celaena permaneceu na banheira até que os dentes tremessem. Levou três vezes mais que o normal para voltar aos aposentos; estava tão congelada e exausta que não trocou de roupa antes de cair na cama.

Celaena não queria pensar no que significava Rowan ter partido daquela forma, mas pensava, com dores e cãibras devido à magia. Ela caiu em um sono inquieto e intermitente, o frio estava tão intenso que não conseguia dizer se era da temperatura ou das sequelas da magia. Em algum momento, foi acordada por risadas e cantos dos festejadores que haviam retornado.

Depois de um tempo, até o mais bêbado deles encontrou a própria cama ou a de outra pessoa. Celaena estava quase dormindo de novo, os dentes ainda batendo, quando a janela rangeu e se abriu à brisa. A jovem estava com frio e dolorida demais para se levantar. Um bater de asas soou, e um clarão de luz surgiu, então antes que ela conseguisse se virar, Rowan a pegou no colo, de cobertor e tudo.

Se Celaena tivesse alguma energia, teria protestado. Mas ele a carregou dois lances de escada acima, pelo corredor, depois...

Uma lareira crepitante, lençóis quentes, além de um colchão macio. E uma colcha pesada que foi colocada sobre ela com uma delicadeza surpreendente. O fogo diminuiu com um vento fantasma, em seguida o colchão se moveu.

À escuridão tremeluzente, Rowan disse, simplesmente:

— Vai ficar comigo de agora em diante. — Celaena o viu deitado o mais longe possível, sem cair do colchão. — A cama é para esta noite. Amanhã, receberá uma cama de acampamento. Vai limpar a sujeira que fizer, ou vai voltar para aquele quarto.

Celaena se aninhou no travesseiro.

— Tudo bem. — O fogo diminuiu, mas o quarto ainda estava aconchegante. Era a primeira cama quente que tinha em meses. Contudo, ela falou: — Não quero sua pena.

— Não é pena. Maeve decidiu não me contar o que aconteceu com você. Precisa saber que eu... eu não sabia que você tinha...

A assassina esticou o braço sobre a cama para pegar a mão dele. Ela sabia que, se quisesse, poderia infligir um ferimento tão profundo que o fraturaria.

— Eu sabia. A princípio, tive medo que debochasse de mim se eu contasse, e eu o mataria por isso. Depois, não queria que sentisse pena de mim. E mais que tudo isso, não queria que pensasse que seria algum dia uma desculpa.

— Como um bom soldado — afirmou Rowan. Celaena precisou desviar o olhar por um momento para evitar mostrar o quanto aquilo significava. Ele inspirou longamente, o que fez seu peito largo se expandir. — Conte como foi enviada para lá... e como saiu.

Celaena estava cansada até os ossos, mas reuniu energia uma última vez e contou sobre os anos em Forte da Fenda, sobre roubar cavalos Asterion e correr pelo deserto, sobre dançar até o alvorecer com cortesãos e ladrões e todas as criaturas lindas e malignas do mundo. Então contou sobre perder Sam, assim como sobre aquela primeira chicotada em Endovier, quando cuspiu sangue no rosto do chefe dos capatazes, e o que tinha visto e suportado no ano seguinte. Falou do dia em que perdeu o controle e correu em direção à própria morte. O coração de Celaena ficou pesado ao finalmente chegar à noite em que o capitão da Guarda Real entrou em sua vida, e o filho de um tirano ofereceu a ela uma chance de ser livre. A jovem contou o que pôde sobre a competição e sobre como venceu, até que as palavras ficassem arrastadas, e as pálpebras, pesadas.

Haveria mais tempo para contar a ele o que havia acontecido a seguir — sobre as chaves de Wyrd e Elena e Nehemia e como Celaena tinha ficado tão destruída e inútil. Ela bocejou, e o guerreiro esfregou os olhos, a outra mão ainda segurando a dela. Ele não a soltou. E, quando acordou antes do alvorecer, quente e segura e descansada, Rowan ainda segurava sua mão sobre o peito dele.

Algo derretido percorreu o corpo de Celaena, despejando-se sobre cada fenda e fratura ainda aberta. Não para ferir ou destruir, mas para soldar.

Para forjar.

43

Rowan não deixou Celaena sair da cama naquele dia. Ele levou bandejas de comida para ela, chegou a se certificar de que consumisse até a última gota do ensopado de carne, metade de um pão crocante, uma tigela das primeiras cerejas da primavera e uma caneca de chá de gengibre. Ele mal precisava oferecer qualquer encorajamento, pois Celaena estava faminta. No entanto, se não o conhecesse melhor, diria que Rowan estava exagerando.

Emrys e Luca a visitaram uma vez para checar se ela estava viva, olharam uma vez para o rosto frio como pedra de Rowan, ouviram o irromper de um grunhido e saíram, dizendo que a assassina estava em mãos mais que competentes e prometendo voltar quando ela estivesse se sentindo melhor.

— Sabe — falou Celaena, sentada na cama com a quarta caneca de chá do dia —, duvido muito que alguém vá me atacar *agora*, se já me aturaram por tanto tempo.

Rowan, que estava de novo debruçado sobre o mapa com a localização dos corpos, nem mesmo ergueu o rosto do assento à escrivaninha.

— Isso não é negociável.

A jovem poderia ter rido se uma descarga de dor que a fez se contorcer e lhe ofuscou a visão não tivesse percorrido o corpo. Ela aguentou, segurando a caneca com força, concentrando-se na respiração. Era por *isso* que permitia que Rowan exagerasse. Graças à crise de magia que tivera na noite anterior, cada parte de Celaena estava dolorida. O latejar e as pontadas e as torções constantes, a enxaqueca entre as sobrancelhas, a tonteira na visão... mesmo ao passar os olhos pelo quarto, sentia dor na cabeça.

— Então, quer dizer que sempre que alguém se aproxima do esgotamento, não somente passa por todo esse desespero, mas, se for fêmea, os machos ao redor entram em frenesi?

Rowan apoiou a caneta e se virou para avaliá-la.

— *Isso* dificilmente é frenesi. Pelo menos você pode se defender fisicamente quando sua magia é inútil. Para outros feéricos, mesmo que tivessem armas e treinamento em defesa, se não podem tocar na própria magia, ficam vulneráveis, ainda mais quando estão esgotados e com dor. Isso deixa as pessoas um pouco nervosas; principalmente machos, é verdade. Dizem que alguns matam sem nem pensar ou identificar uma ameaça, seja ela real ou não.

— Que tipo de ameaça? As terras de Maeve são pacíficas. — Celaena se esticou para apoiar a xícara de chá, mas Rowan já estava em movimento, tão ágil que a interceptou antes que chegasse à mesa. Tomando a caneca com um cuidado surpreendente, viu que estava vazia e serviu mais.

— Ameaças de qualquer lugar... machos, fêmeas, criaturas... Não dá para argumentar contra isso. Mesmo se não fizesse parte de nossa cultura, ainda haveria um instinto para proteger os indefesos, independentemente de serem fêmeas ou machos, jovens ou idosos. — Rowan estendeu a mão para pegar um pedaço de pão e uma tigela de ensopado de carne. — Coma isto.

— Me dói dizer, mas, se der mais uma mordida, vou vomitar por todo canto. — Ah, ele estava definitivamente exagerando e, embora comovesse o coração miserável de Celaena, já estava bem irritante.

O desgraçado apenas mergulhou o pão no ensopado, estendendo-os para ela.

— Precisa manter a energia. Provavelmente chegou tão perto do esgotamento porque não tinha comida bastante no estômago.

Tudo bem, o cheiro era bom demais para resistir, de toda forma. Celaena pegou o pão e o ensopado. Enquanto comia, Rowan verificou se o quarto passava pela inspeção: o fogo ainda estava alto (sufocantemente quente, como estivera desde a manhã, graças aos calafrios que a percorriam), apenas uma janela estava entreaberta (para permitir a entrada da mais fraca das brisas quando ela tivesse ondas de calor), a porta estava fechada (e trancada) e mais um bule de chá estava à espera (no momento fumegando na escrivaninha de Rowan). Após garantir que tudo estava em ordem e nenhuma ameaça espreitava nas sombras, ele olhou para Celaena com o mesmo escrutínio: pele (lívida e lustrosa devido aos resquícios das ondas de calor), lábios (pálidos e rachados), postura (inerte e inútil), olhos (abatidos pela dor e cada vez mais irritados). O guerreiro franziu a testa de novo.

Depois de entregar a tigela vazia para ele, Celaena esfregou o polegar e o indicador contra a dor de cabeça insistente entre as sobrancelhas.

— Então, quando a magia acaba — disse ela —, ou você para ou se esgota?

Rowan se recostou na cadeira.

— Bem, há o *carranam*. — A palavra no velho idioma era linda na língua dele, e, se Celaena tivesse um último desejo, talvez tivesse implorado para que ele só falasse na antiga língua, apenas para se deliciar com os sons incomuns. — É difícil explicar — continuou ele. — Só o vi ser usado um punhado de vezes em campos de batalha. Quando está exaurido, seu *carranam* pode transferir o poder dele a você, contanto que sejam compatíveis e compartilhem ativamente uma ligação de sangue.

Celaena inclinou a cabeça para o lado.

— Se nós fôssemos *carranam*, e eu desse a você meu poder, ainda usaria apenas vento e gelo, não meu fogo? — Ele assentiu, sério. — Como sabe se é compatível com alguém?

— Não há como dizer até tentar. E a ligação é tão rara que a maioria dos feéricos jamais conheceu alguém que fosse compatível, ou em quem confiasse o bastante para testar. Há sempre uma ameaça de tomarem poder demais, e, se a pessoa não for habilidosa, pode destruir sua mente. Ou os dois podem se esgotar por completo.

Interessante.

— É possível simplesmente roubar a magia de outra pessoa?

— Feéricos menos dignos certa vez tentaram isso, para vencer batalhas e acrescentar aos próprios poderes, mas jamais funcionou. E, se desse certo, era porque a pessoa que mantinham refém era coincidentemente compatível. Maeve tornou ilegal qualquer ligação forçada muito antes de eu nascer, mas... Fui enviado algumas vezes para caçar feéricos corruptos que mantinham seus *carranam* como escravizados. Em geral, os escravizados ficam tão destruídos que não há como reabilitá-los. Matá-los é a única piedade que podemos oferecer.

O rosto e a voz de Rowan não se alteraram, mas Celaena comentou, baixinho:

— Fazer isso deve ser mais difícil que todas as guerras e cercos que já travou.

Uma sombra percorreu o rosto sério do guerreiro.

— A imortalidade não é tanto um dom quanto os mortais acreditam. Pode gerar monstros que até você se sentiria enjoada ao saber que existem. Imagine os sádicos que já encontrou, então os imagine com milênios para cultivar suas habilidades e seus desejos deturpados.

Celaena estremeceu.

— Essa conversa se tornou ruim demais para depois da refeição — afirmou ela, recostada nos travesseiros. — Diga qual de seus soldadinhos é o mais bonito e se ele gostaria de mim.

Rowan deu um risinho.

— A ideia de você com qualquer de meus colegas faz meu sangue esfriar.

— São tão ruins assim? Aquele gatinho amigo seu parecia decente.

As sobrancelhas dele se ergueram.

— Não acho que meu amigo *gatinho* saberia o que fazer com você... nem qualquer um dos outros. Provavelmente acabaria em derramamento de sangue. — Celaena continuou sorrindo, e Rowan cruzou os braços. — Provavelmente teriam muito pouco interesse em você, pois em breve estará idosa e decrépita, portanto, não valerá o esforço que seria preciso para conquistá-la.

Ela revirou os olhos.

— Estraga-prazeres.

O silêncio recaiu de novo, então Rowan a fitou de cima a baixo mais uma vez (lúcida, ainda que exausta e mal-humorada), e Celaena não ficou muito surpresa quando o olhar dele parou nos pulsos expostos — um dos poucos pedaços de pele à mostra graças a todos os cobertores que ele havia empilhado sobre a assassina. Eles não tinham discutido isso na noite anterior, mas Celaena sabia que o guerreiro estava tentando tocar no assunto.

Não havia julgamento nos olhos dele ao falar:

— Um curandeiro habilidoso provavelmente se livraria dessas cicatrizes, com certeza as de seu pulso e a maioria em suas costas.

Celaena trincou o maxilar, mas, depois de um momento, expirou. Embora soubesse que Rowan entenderia sem muitas explicações, ela respondeu:

— Havia celas no interior das minas usadas para punir os escravizados. Celas tão escuras que você acordaria nelas acreditando que tinha perdido a visão. Eles me trancaram lá algumas vezes, uma vez por três semanas seguidas, e a única coisa que me ajudou a enfrentar isso foi me lembrar de meu nome, diversas e diversas vezes: *Eu sou Celaena Sardothien.*

O rosto de Rowan estava tenso, mas ela continuou:

— Quando me soltavam, tanto de minha mente tinha se fechado na escuridão que a única coisa da qual lembrava era que eu me chamava Celaena. Celaena Sardothien, arrogante e corajosa e habilidosa, a que não conhecia medo ou desespero, a que era uma arma afiada pela morte. — Ela passou a mão trêmula pelo cabelo. — Não costumo me permitir pensar nessa parte de Endovier — admitiu a assassina. — Depois que saí, havia noites em que eu acordava e pensava que estava de volta àquelas celas, então precisava acender todas as velas do quarto para provar a mim mesma que não estava. Eles não somente matam as pessoas nas minas, eles as destroem.

"Há milhares de escravizados em Endovier, e um bom número vem de Terrasen. Independentemente do que eu faça com meu direito de nascença, vou encontrar um modo de libertá-los algum dia. Eu *vou* libertá-los. Eles e todos os escravizados de Calaculla também. Portanto, minhas cicatrizes servem como um lembrete disso."

Celaena jamais tinha dito aquilo, mas ali estava. Se depois de lidar com o rei de Adarlan, se a destruição dele não pusesse de alguma forma um fim aos campos de trabalhos forçados, ela poria. Pedra por pedra, se necessário.

Rowan perguntou:

— O que aconteceu há dez anos, Aelin?

— Não vou falar sobre isso.

— Se aceitasse a coroa, poderia libertar Endovier muito mais facilmente do que...

— Não *posso* falar sobre isso.

— Por quê?

Havia um poço na memória dela, um poço do qual não conseguiria sair se algum dia caísse. Não era a morte de seus pais. Celaena conseguira contar a outros em termos vagos sobre os assassinatos. Aquela dor ainda era lancinante, ainda a assombrava, mas acordar entre os cadáveres não fora o momento que destruíra tudo que Aelin Galathynius era e poderia ter sido. No fundo da mente, Aelin ouviu a voz de outra mulher, linda e agitada, outra mulher que...

A assassina esfregou a testa de novo.

— Tenho essa... raiva — disse ela, rouca. — Esse desespero e ódio e *raiva* que moram e respiram dentro de mim. Não há sanidade nisso, não há bondade. É um monstro morando sob minha pele. Durante os últimos dez anos, trabalhei todos os dias, toda hora, para manter isso trancafiado. E, assim que eu falar sobre aqueles dois dias, o que aconteceu antes e depois, esse monstro vai se soltar, e não será possível saber o que farei.

"Foi assim que consegui ficar diante do rei de Adarlan, como consegui ficar amiga do filho dele e do capitão, como consegui viver naquele palácio. Porque não dei espaço àquela revolta, àquelas memórias. Agora procuro as ferramentas que podem destruir meu inimigo, e não posso soltar o monstro, pois vai me fazer usar essas ferramentas contra o rei, e não guardá-las como eu deveria; caso contrário, eu seria capaz de destruir o mundo por simples desprezo. Então é *por isso* que devo ser Celaena, não Aelin, porque ser Aelin significa encarar essas coisas e libertar esse monstro. Entende?"

— Se faz diferença, não acho que você destruiria o mundo por desprezo. — A voz de Rowan ficou severa. — Mas também acho que gosta de sofrer. Você coleciona cicatrizes porque quer provas de que está pagando por quaisquer que sejam os pecados que tenha cometido. E sei disso porque tenho feito a mesma porcaria de coisa há duzentos anos. Diga, acha que vai para algum Além-mundo abençoado ou espera um inferno em chamas? Está torcendo pelo inferno, pois como poderia enfrentar essas coisas no Além-mundo? Melhor sofrer, ser condenada pela eternidade e...

— Basta — sussurrou Celaena. Devia ter soado tão deprimida e pequena quanto se sentia, porque o guerreiro voltou para a escrivaninha. Ela fechou os olhos, mas o coração estava palpitando.

Não sabia quantas horas tinham se passado. Depois de um tempo, o colchão se moveu e rangeu, então um corpo morno tocou o dela. Não a segurando, apenas deitando ao lado. Ela não abriu os olhos, mas inspirou o cheiro dele, o pinho e a neve, e a dor se acalmou um pouco.

— Pelo menos se você for para o inferno — falou Rowan, as vibrações no peito murmuravam contra o corpo dela —, estaremos juntos.

— Já sinto pena do deus sombrio. — O guerreiro passou a enorme mão pelos cabelos dela, fazendo-a quase ronronar. Não tinha percebido quanto sentia falta de ser tocada, por qualquer um, amigo ou amante. — Quando eu voltar ao normal, posso presumir que vai gritar comigo por quase ter me esgotado?

Rowan soltou uma risada baixa, mas continuou lhe acariciando o cabelo.

— Você não faz ideia.

Celaena sorriu contra o travesseiro, e a mão dele parou por um momento, então recomeçou.

Depois de um longo tempo, ele murmurou:

— Não tenho dúvidas de que vai conseguir libertar os escravizados dos campos de trabalhos forçados algum dia. Não importa que nome use.

Os olhos de Celaena arderam por trás das pálpebras, mas ela se aproximou mais do toque, chegando a apoiar a mão no peito largo dele, aproveitando as batidas tranquilas e reconfortantes do coração.

— Obrigada por cuidar de mim — falou a jovem.

Rowan grunhiu, em aceitação ou dispensa, ela não soube dizer. O sono a chamou, e ela o seguiu para a inconsciência.

~

O guerreiro a manteve entocada no quarto por mais alguns dias, e, mesmo quando ela disse que já se sentia bem, foi obrigada a passar mais meio dia na cama. Celaena estava achando bom ter alguém, mesmo um guerreiro feérico insuportável e irritadiço, que se importasse se ela vivia ou morria.

O aniversário da assassina chegou — completar dezenove anos parecia ser um pouco sem emoção —, e o único presente foi Rowan tê-la deixado sozinha por algumas horas. Ele voltou com notícias de outro cadáver semifeérico encontrado perto da costa. Celaena pediu para vê-lo, mas o guerreiro recusou imediatamente (na verdade, foi mais como se latisse em resposta) e disse que o tinha examinado sozinho. Era o mesmo padrão: um sangramento nasal seco, um corpo drenado até restar apenas uma casca, então o descarte sem preocupação. Rowan também voltara para aquela cidade — onde tinham ficado mais que felizes ao vê-lo, pois levou ouro e prata.

E ele retornara com chocolates para Celaena, pois alegava se sentir insultado por ela considerar sua ausência um presente de aniversário. A jovem tentou abraçá-lo, mas ele não aceitou e deixou isso evidente. Mesmo assim, quando foi tomar banho mais tarde, seguiu de fininho por trás da cadeira de Rowan à escrivaninha e deu um grande e ruidoso beijo na bochecha do guerreiro. Ele gesticulou para ela sair, e limpou o rosto, emitindo um grunhido, mas Celaena suspeitava que ele a tivesse deixado ultrapassar suas defesas.

~

Foi um erro pensar que finalmente retornar ao exterior seria agradável.

Celaena estava parada do lado oposto ao de Rowan em uma clareira, os joelhos levemente dobrados, as mãos fechadas em punhos sem força. Ele não tinha dito para que fizesse aquilo, mas a jovem entrou em posição defensiva ao ver o leve brilho nos olhos dele.

O guerreiro apenas exibia aquela expressão quando estava prestes a tornar sua vida um inferno. E como não tinham ido até as ruínas do templo, Celaena presumiu que Rowan achava que pelo menos um elemento de seu poder fora dominado, apesar dos eventos do Beltane. O que significava que estavam a caminho de dominar o segundo.

— Sua magia não tem forma — falou Rowan, por fim, tão imóvel que Celaena o invejou por aquilo. — E, porque não tem forma, você tem pouco controle. Como ataque, uma bola de fogo ou uma chama são úteis, sim. Mas, se estiver enfrentando adversários habilidosos, se quiser ser capaz de *usar* seu poder, então precisa aprender a lutar com ele. — A assassina resmungou. — Mas — acrescentou ele, em tom afiado — tem uma vantagem que muitos possuidores de magia não têm: já sabe lutar com armas.

— Primeiro chocolates no meu aniversário, agora um elogio de verdade?

Os olhos do guerreiro se semicerraram, e os dois tiveram mais uma das conversas sem palavras. *Quanto mais falar, mais vou fazer com que pague por isso em um minuto.*

Celaena deu um leve sorriso. *Desculpe, mestre. Sou sua para que me instrua.*

Mimada. Rowan inclinou o queixo na direção dela.

— Seu fogo pode assumir a forma que quiser, o único limite é a imaginação. E considerando como foi criada, caso parta para uma ofensiva...

— Quer que eu faça uma espada de fogo?

— Flechas, adagas... você direciona o poder. Visualize e use como faria com uma arma mortal.

Celaena engoliu em seco.

Rowan deu um risinho. *Medo de brincar com fogo, princesa?*

Você não vai ficar feliz se eu queimar suas sobrancelhas.

Tente.

— Quando treinou para ser assassina, qual foi a primeira coisa que aprendeu?

— A me defender.

Celaena entendeu por que Rowan parecera divertir-se tanto durante os últimos minutos quando falou:

— Que bom.

~

Não era surpreendente que ter adagas atiradas contra ela fosse horrível.

Rowan atirou adaga mágica após adaga mágica em Celaena, e toda porcaria de vez, o escudo de fogo que ela tentou imaginar (e fracassou) não fez nada. Se sequer aparecesse, sempre se manifestava longe demais para a esquerda ou direita.

Rowan não queria uma parede de chamas. Não, queria um escudo pequeno e controlado. E não importava quantas vezes arranhasse as mãos, os braços ou o rosto, não importava que agora houvesse sangue seco irritando as bochechas. Um escudo — era tudo o que Celaena precisava fazer, e ele pararia.

Suada e ofegante, ela começava a perguntar a si mesma se deveria se colocar diretamente no caminho da próxima adaga para acabar com o próprio sofrimento quando Rowan grunhiu.

— Tente com mais determinação.

— Estou tentando — disparou Celaena, fazendo um rolamento para o lado conforme duas adagas reluzentes eram lançadas contra sua cabeça.

— Está agindo como se estivesse à beira do esgotamento.

— Talvez eu esteja.

— Se acredita, por um segundo, que está perto de um esgotamento depois de uma hora de treino...

— Aconteceu rápido assim no Beltane.

— Aquilo *não* foi o fim de seus poderes. — A próxima adaga de gelo pairava no ar ao lado da cabeça dele. — Você caiu no feitiço da magia e deixou que ela fizesse o que queria, deixou que a consumisse. Se tivesse mantido a concentração, poderia manter aquelas fogueiras acesas por semanas... meses.

— Não. — Celaena não tinha uma resposta melhor que aquela.

As narinas do guerreiro se dilataram levemente.

— Eu sabia. Você queria que seu poder fosse insignificante, ficou aliviada quando achou que aquilo era tudo o que tinha.

Sem aviso, Rowan lançou uma adaga, então a seguinte, depois a seguinte. Celaena ergueu o braço esquerdo como ergueria um escudo, imaginando a chama cercando o braço, bloqueando aquelas adagas, destruindo-as, mas...

A jovem xingou tão alto que os pássaros pararam de cantar. Ela segurou o antebraço enquanto o sangue escorria e encharcava a túnica.

— Pare de me *acertar*! Já entendi!

Mas outra adaga chegou. E outra.

Abaixando e desviando, erguendo o braço ensanguentado diversas vezes, Celaena trincou os dentes e o xingou. Ele lançou uma adaga, girando com eficiência mortal — e a assassina não conseguiu se mover rápido o bastante para evitar o leve arranhão na maçã do rosto. Ela sibilou.

Rowan estava certo — estava sempre certo, e Celaena *odiava* isso. Quase tanto quanto odiava o poder que a inundava, fazendo o que quisesse. Era *dela* para que comandasse, não o contrário. Celaena não era escravizada do poder. Não era mais escravizada de ninguém. E, se Rowan jogasse mais uma porcaria de adaga contra o *rosto* dela...

Ele jogou.

O cristal de gelo não passou pelo antebraço erguido de Celaena pois desapareceu em um chiado de vapor.

Ela olhou por cima do limite tremeluzente da chama vermelha e compacta que queimava diante do braço. Em formato de... escudo.

Rowan sorriu devagar.

— Terminamos por hoje. Vá comer alguma coisa.

O escudo circular não a queimou, embora as chamas rodopiassem e chiassem. Conforme Celaena ordenara. Tinha... funcionado.

Então ela ergueu o olhar para Rowan.

— Não. *De novo.*

~

Depois de uma semana fazendo escudos de vários tamanhos e temperaturas, Celaena conseguia ter diversas defesas queimando ao mesmo tempo, assim como podia envolver o vale inteiro com um breve pensamento para protegê-lo de um ataque externo. E, quando acordou certa manhã antes do alvorecer, não sabia dizer por que o fez, mas saiu do quarto que compartilhava com Rowan e desceu até as pedras protetoras.

Ao passar por elas, Celaena estremeceu não só por causa do frio da manhã, mas também devido ao poder das pedras curvas dos portais, que deu um choque em sua pele. No entanto, nenhuma das sentinelas dos postos de observação ordenou que ela parasse quando caminhou pelo limite de rochas altas e escavadas até achar um trecho de terreno liso para começar a praticar.

44

Como uma, as Treze voaram; como uma, as Treze lideraram as outras alianças Bico Negro pelos céus. Treino após treino, entre chuva e sol e vento, até estarem todas queimadas de sol e sardentas. Embora Abraxos ainda precisasse fazer a Travessia, o remendo feito de Seda de Aranha nas asas melhorou o voo significativamente.

Estava tudo indo muito bem. Abraxos tinha entrado em uma briga por domínio com o reprodutor de Lin e saíra vitorioso, então depois disso nenhuma serpente alada na própria aliança ou em outra o desafiou. Os Jogos de Guerra estavam quase chegando, e, embora Iskra não tivesse causado problemas desde a noite em que Manon quase a matou, elas estavam em alerta: no banho, ao dobrar cada esquina escura, verificando duas vezes cada rédea e correia antes de montarem.

Sim, tudo ia muito bem, até que Manon foi convocada para o aposento da avó.

— Por que — falou a avó dela, como cumprimento, caminhando de um lado para outro no quarto, os dentes sempre para fora — preciso ouvir da desgraçada da Cresseida que sua serpente alada estropiada e inútil não fez a Travessia? Por que estou no meio de uma reunião, planejando esses Jogos de Guerra para que *você* possa vencer, e as outras Matriarcas me dizem que *você* não pode participar, pois sua montaria não faz a Travessia e, por isso, não pode voar no exército?

Manon teve um relance das unhas antes de arranharem sua bochecha. Não com força o bastante para deixar uma cicatriz, mas o suficiente para sangrar.

— Você e aquela besta são uma vergonha — sibilou a avó, os dentes se fechando diante do rosto da neta. — Só quero que vença esses Jogos, assim poderemos assumir nosso lugar de direito como rainhas, não Grã-Bruxas. *Rainhas* do deserto, Manon. E você está fazendo o possível para *estragar* tudo. — A jovem bruxa manteve os olhos no chão. A avó cravou a unha no peito dela, cortando a capa vermelha e perfurando a pele logo acima do coração. — Por acaso seu coração derreteu?

— Não.

— Não — disse a idosa, com escárnio. — Não, não pode derreter porque você *não tem coração*, Manon. Não nascemos com um e somos felizes por isso. — A Matriarca apontou para o piso de pedra. — Por que fui informada *hoje* de que Iskra pegou uma maldita Crochan nos espionando? Por que sou a última a saber que ela está em nossos calabouços sendo interrogada há *dois dias*?

Manon piscou, mas foi toda a surpresa que deixou transparecer. Se as Crochan as estavam espionando... outra unhada no rosto, deformando a outra bochecha.

— Vai fazer a Travessia amanhã, Manon. Amanhã, e não me importo se você se espatifar nas rochas. Se sobreviver, é melhor rezar para a Escuridão que vença aqueles Jogos. Porque se não vencer... — A avó raspou com uma unha a garganta da neta. Um arranhão para fazer o sangue escorrer.

E uma promessa.

~

Todos foram daquela vez assistir à Travessia. Abraxos estava selado, a concentração fixa na saída da caverna que se abria para a noite. Asterin e Sorrel posicionaram-se atrás de Manon — mas ao lado das montarias, não sobre elas. A Matriarca soubera que as duas pretendiam salvá-la e as proibiu. Eram a burrice e o orgulho da própria Manon que deveriam pagar, dissera a avó.

Bruxas formavam uma fila na plataforma de observação; bem do alto, as Grã-Bruxas e as herdeiras observavam de uma pequena varanda. O barulho era quase de furar os tímpanos. Manon olhou para Asterin e Sorrel, reparando na aparência feroz e fria como pedra das duas, mas estavam tensas.

— Fiquem às paredes para que ele não assuste suas serpentes aladas — ordenou a líder. As duas assentiram sombriamente.

Desde que enxertara a Seda de Aranha nas asas de Abraxos, Manon tivera o cuidado de não forçá-lo muito até que a cicatrização estivesse totalmente completa. Mas a Travessia, com o mergulho e os ventos... as asas poderiam se rasgar em questão de segundos se a seda não resistisse.

— Estamos esperando, Manon — grunhiu a avó, do alto. Ela gesticulou para a entrada da caverna. — Mas, por favor, tome o tempo que quiser.

Risadas — das Pernas Amarelas, Bico Negro... de todas. No entanto, Petrah não estava sorrindo. E nenhuma das Treze, reunidas mais próximas na plataforma de observação, sorria também.

A jovem bruxa se virou para Abraxos, encarando-o.

— Vamos. — Ela puxou as rédeas.

Contudo, ele se recusou a se mover, não por medo ou por terror. O animal vagarosamente ergueu a cabeça, olhando para onde estava a avó de Manon, e soltou um grunhido baixo de aviso. Uma ameaça.

A herdeira sabia que deveria reprimi-lo pelo desrespeito, mas o fato de que Abraxos entendia o que ocorria naquele lugar... deveria ser impossível.

— A noite está clareando — gritou a avó de Manon, sem notar a besta que a encarava com tanta raiva nos olhos.

Sorrel e Asterin trocaram olhares, e Manon podia ter jurado que a mão da imediata se voltou para o cabo da espada. Não para ferir Abraxos, mas... Cada uma das Treze casualmente levava as mãos às armas. Para abrirem caminho à força — caso a avó desse a ordem para que matassem Manon e Abraxos. Elas ouviram o desafio no grunhido do animal, entendiam que ele tinha traçado um limite na areia.

Não nasciam com coração, dissera a Matriarca. Isso fora dito a elas. Obediência, disciplina, brutalidade. Aquelas eram as coisas que deveriam valorizar.

Os olhos de Asterin estavam brilhando — brilhando espantosamente —, e ela assentiu uma vez para Manon.

Era a mesma sensação que tivera quando Iskra chicoteara Abraxos, aquela coisa que não podia descrever, mas que a transtornava.

Manon pegou o focinho do animal, forçando-o a afastar o olhar da avó dela.

— Apenas uma vez — sussurrou a bruxa. — Só precisa realizar esse salto *uma vez*, Abraxos, aí pode *calar a boca delas para sempre*.

Então, erguendo-se das profundezas, veio uma batida constante de duas notas. A batida das bestas acorrentadas, que puxavam as enormes máquinas. Como um coração pulsando. Ou asas batendo.

A batida soou mais alto, como se as serpentes aladas no fundo do poço soubessem o que estava acontecendo. Ficou mais e mais alta, até chegar à caverna... até Asterin pegar o escudo e se juntar ao coro. Até que cada uma das Treze acompanhasse a batida.

— Está ouvindo isso? *Isso* é para você.

Por um momento, conforme o som pulsava ao redor, asas fantasmas da própria montanha, Manon pensou que não seria tão ruim morrer — se fosse com ele, se não estivesse sozinha.

— Você faz parte das Treze — falou Manon para Abraxos. — Até que a Escuridão nos separe. Você é meu, e eu sou sua. Vamos mostrar a elas o porquê.

Abraxos bufou nas palmas das mãos dela, como se para dizer que já sabia de tudo aquilo e que só estavam desperdiçando tempo. A bruxa deu um leve sorriso, mesmo quando o animal lançou outro olhar desafiador na direção da avó dela. A serpente alada se abaixou para que Manon subisse na sela.

A distância da entrada parecia muito mais curta na sela do que a pé, mas ela não se permitiu duvidar de Abraxos ao piscar para colocar a pálpebra interna no lugar e retrair os dentes. A Seda de Aranha aguentaria — Manon não consideraria outra alternativa.

— Voe, Abraxos — disse a bruxa, cravando os estribos na lateral da criatura.

Como um astro retumbante, ele disparou pela longa plataforma de decolagem, Manon seguindo junto, acompanhando cada galope do poderoso corpo, cada passo no ritmo da batida das serpentes aladas trancadas no interior da montanha. Abraxos abriu as asas, batendo-as uma vez, duas, reunindo velocidade, sem medo, indomável, pronto.

Mesmo assim, a batida não parou, fosse o som vindo dos animais, ou das Treze, ou das alianças Bico Negro, que acompanharam, batendo os pés ou as mãos. Ou da herdeira Sangue Azul, que batia a espada contra a adaga, ou das outras Sangue Azul que a imitavam. A montanha inteira chacoalhava com o ruído.

Mais e mais rápido, Abraxos correu para a queda enquanto Manon se segurava firme. A entrada da caverna se abriu. O animal fechou as asas, usando o movimento para dar ao corpo um último empurrão sobre a borda ao levar Manon consigo e mergulhar.

Rápido como relâmpago, arqueando pelo céu, Abraxos mergulhou para o fundo do desfiladeiro.

Manon subiu na sela, agarrando-o conforme a trança se soltou da capa, então se soltou das amarras, puxando dolorosamente atrás dela, fazendo seus olhos se encheram d'água apesar das pálpebras. Mais e mais para baixo caíam, asas fechadas, a cauda reta e equilibrada.

Para o inferno abaixo, para a eternidade, para aquele mundo em que, por um momento, Manon poderia ter jurado que alguma coisa se apertava no peito dela.

A bruxa não fechou os olhos, não quando as pedras iluminadas pela lua do desfiladeiro se aproximaram, ficaram mais nítidas. Manon não precisou.

Como as velas de um navio imponente, as asas de Abraxos se abriram, fixando-se em posição. Ele as virou para cima, resistindo à morte que tentava arrastá-los para baixo.

E foram aquelas asas, cobertas com retalhos reluzentes de Seda de Aranha, que permaneceram fortes e robustas, lançando-os para planar livres pela lateral da Ômega e em direção ao céu estrelado além.

45

Para seu crédito, as sentinelas não se sobressaltaram quando Rowan mudou de forma ao lado delas no alto da muralha de observação. Tinham olhos atentos o bastante para detectar a chegada dele ao voar até ali. Exalavam um leve odor de medo, mas isso era esperado, mesmo que o perturbasse mais que no passado. No entanto, moveram-se levemente conforme o guerreiro falou:

— Há quanto tempo ela está lá?

— Uma hora, príncipe — afirmou uma delas, observando as chamas ofuscantes abaixo.

— Há quantas manhãs seguidas?

— Esta é a quarta, príncipe — respondeu a mesma sentinela.

Nos primeiros três dias em que Celaena saiu da cama antes do amanhecer, Rowan presumiu que estava ajudando na cozinha. Contudo, quando treinaram no dia anterior, ela havia... *melhorado* com uma rapidez que não deveria, como se da noite para o dia. O guerreiro precisava dar crédito a ela pela criatividade.

A garota estava do lado de fora das pedras de proteção, lutando contra si mesma.

Uma adaga de chamas voou da mão dela na direção da barreira invisível entre duas pedras, então outra, como se competindo pela cabeça do oponente. Acertaram a parede mágica com um clarão de luz e quicaram de volta, refletindo no feitiço de defesa que circulava a fortaleza. E ao voltarem, Celaena as bloqueava com o escudo — ágil, forte, segura. Um guerreiro em um campo de batalha.

— Nunca vi ninguém... lutar desse jeito — comentou a sentinela.

Rowan não se deu ao trabalho de responder. Não era da conta deles, e o guerreiro não tinha certeza absoluta se a rainha ficaria satisfeita com os semifeéricos aprendendo a usar os poderes daquela forma. Embora ele planejasse contar tudo a Lorcan, seu comandante e o único que estava hierarquicamente acima dele em Doranelle, apenas para ver se poderiam usar aquilo no treinamento.

A menina passou de atirar armas para o combate corpo a corpo: um soco de poder, um chute deslizante de chamas. As chamas haviam se tornado gloriosamente variadas: douradas e vermelhas e laranjas. E a técnica... não a magia, mas o modo como se movia... O mestre dela fora um monstro, não havia dúvida disso, mas a treinara por completo. Celaena se abaixava e virava e girava, sem parar, selvagemente, e...

Ela xingou com a criatividade habitual quando a muralha mandou o soco de chama rubi de volta. A assassina conseguiu bloquear, mas ainda foi derrubada de bunda no chão. No entanto, nenhuma das sentinelas riu. Rowan não sabia se era por causa da presença dele ou por causa dela.

Ele obteve a resposta um segundo depois, enquanto esperava que Celaena berrasse, desse um grito estridente ou fosse embora, mas a princesa apenas ficou de pé devagar, sem se incomodar em limpar a terra e as folhas, e continuou praticando.

~

O próximo cadáver surgiu uma semana depois, lançando um tom bastante perturbador à manhã fria conforme Celaena e Rowan corriam para o local.

Haviam passado a semana anterior lutando e defendendo e manipulando a magia dela, interrompidos apenas pela visita bastante infeliz de alguns nobres feéricos viajando pela área — o que não deixou Celaena com pressa alguma para colocar os pés em Doranelle. Ainda bem que os convidados ficaram apenas uma noite, mal interrompendo as lições da jovem.

Eles trabalhavam apenas com o fogo, ignorando a afinidade com a gota d'água que Celaena recebera. Ela tentou diversas vezes conjurar água, quando bebia, durante o banho, enquanto chovia, mas sem sucesso. Então seria o fogo mesmo. E, embora soubesse que Rowan estava ciente do treino no início da manhã, ele jamais pegou leve no treinamento, por mais que Celaena pudesse jurar que às vezes sentia a magia dos dois... brincando juntas, a chama provocando o gelo, o vento dançando entre as brasas. Contudo, toda manhã trazia algo novo, algo mais difícil e diferente e sofrível. Pelos deuses, Rowan era genial. Esperto e malicioso e genial.

Mesmo quando a derrotava. Toda. Porcaria. De. Dia.

Não por malícia, como antes, mas para provar um ponto — os inimigos de Celaena não dariam trégua. Se precisasse descansar, se o poder hesitasse, ela morreria.

Então Rowan a jogava na lama ou no córrego ou na grama, com uma lufada de vento ou gelo. Então Celaena se levantava, lançando flechas de chamas, o escudo agora seu maior aliado. De novo e de novo, faminta e exausta e encharcada com chuva e névoa e suor. Até que a proteção do escudo fosse um instinto, até que pudesse atirar flechas e adagas de chamas juntas, até que derrubasse *Rowan* de bunda no chão. Sempre havia mais a aprender; Celaena vivia e respirava e sonhava com fogo.

Às vezes, no entanto, os sonhos eram com um homem de olhos castanhos em um império do outro lado do mar. Às vezes acordava e estendia a mão para o corpo quente e masculino ao lado, apenas para perceber que não era o capitão, que jamais se deitaria ao lado de Chaol de novo, não depois do que acontecera. E, quando se lembrava disso, às vezes doía respirar.

Não havia nada romântico a respeito de compartilhar a cama com Rowan, e cada um ficava de um lado. Certamente não houve nada romântico quando chegaram ao local do cadáver e Celaena tirou a camisa para se resfriar. Vestindo apenas as roupas de baixo, a pele dela foi tocada pela maresia com um frio delicioso, e até mesmo Rowan desabotoou o casaco pesado ao se aproximarem com calma das coordenadas.

— Bem, com certeza sinto o cheiro dele desta vez — falou Celaena ao tomar fôlego. Eles haviam chegado ali em pouco menos de três horas, estimando pelo sol. Isso fora mais rápido e mais longe do que ela jamais havia corrido, graças à forma feérica na qual treinava.

— Este corpo está apodrecendo aqui há mais tempo que o semifeérico de três dias atrás.

Celaena segurou a resposta. Outro cadáver semifeérico fora encontrado, e Rowan não permitira que ela fosse vê-lo; em vez disso, obrigou-a a treinar o dia inteiro enquanto ele voava até o local. No entanto, naquela manhã, Rowan olhou uma vez para o fogo que queimava nos olhos dela e cedeu.

Ela pisou com cuidado no chão de pinhas, procurando algum sinal de uma briga ou do agressor. O solo estava revirado, e, apesar do córrego forte, as moscas zumbiam perto do que parecia ser uma pilha de roupas despontando de trás de uma pequena pedra.

Rowan xingou, baixo e cruelmente, até mesmo erguendo o antebraço para cobrir o nariz e a boca ao examinar a casca que restava, com o rosto do macho semifeérico retorcido em horror. Celaena poderia ter feito o mesmo, exceto por... exceto por...

O segundo cheiro também estava ali. Não tão forte quanto no primeiro local, mas permanecia. Ela empurrou de volta a lembrança que queria surgir em resposta ao cheiro, a lembrança que a sobrepujara naquele dia no campo dos túmulos.

— Ele tem nossa atenção e sabe disso — disse Celaena. — Está atacando semifeéricos, ou para mandar uma mensagem, ou porque eles... têm gosto bom. Mas... — A assassina visualizou o mapa que Rowan tinha no quarto, detalhando a ampla área onde os cadáveres tinham sido encontrados, e encolheu o corpo. — E se houver mais de um? — O guerreiro virou o rosto para ela, as sobrancelhas erguidas. Celaena não disse mais nada até se aproximar dele, que estava ao lado do corpo, cuidadosamente, para não destruir nenhuma pista. O estômago dela revirou, e bile ardeu no fundo da garganta, mas Celaena conteve o horror com uma parede de gelo que nem o fogo dela poderia derreter. — Você é velho como o inferno — afirmou ela. — Deve ter considerado que estamos lidando com alguns deles, dado o quão vasto é o território. E se o que vimos nos túmulos sequer foi a criatura responsável por estes corpos?

Rowan semicerrou os olhos, mas concordou com a cabeça. A assassina avaliou o rosto vazio, as roupas rasgadas.

Roupas rasgadas, o que pareciam ser pequenos cortes nas palmas das mãos — como se tivesse enterrado as unhas. Os outros mal tinham sido tocados, mas aquele...

— Rowan. — A jovem afastou algumas moscas. — Rowan, diga se vê o que estou vendo.

Outro xingamento cruel. O guerreiro se agachou, usando a ponta de uma adaga para afastar um pedaço de tecido rasgado na altura do colarinho.

— Este macho...

— Lutou. Ele lutou contra a coisa. Nenhum dos outros fez isso, de acordo com os relatórios.

O fedor do cadáver era quase o bastante para deixá-la de joelhos. Mesmo assim, ela se agachou ao lado da mão e do antebraço em decomposição, contorcendo-se e enjoada de dentro para fora. A assassina estendeu a mão para pedir a adaga de Rowan, pois ainda não possuía uma. Ele hesitou enquanto Celaena erguia o olhar para ele.

Apenas pela tarde, foi o que pareceu grunhir ao estender a arma para a mão aberta da jovem.

Ela puxou a adaga para baixo. *Eu sei, eu sei. Ainda não mereci minhas armas de volta. Não precisa ficar com as penas eriçadas.*

Celaena se virou para a casca, interrompendo a conversa silenciosa e recebendo um rosnado como resposta. Brigar com Rowan era a menor das preocupações, mesmo tendo se tornado uma das atividades preferidas dela.

Havia algo familiar a respeito de fazer aquilo, pensou ela enquanto cuidadosamente, o mais gentil e respeitosamente possível, passou a ponta da adaga sob as unhas rachadas e imundas do cadáver, então espalhou o conteúdo no dorso da própria mão. Terra e algo preto... preto...

— Que droga é isso? — Rowan exigiu saber, ajoelhando-se ao lado e farejando a mão estendida dela. Então recuou, grunhindo. — Isso não é terra.

Não, não era. Era mais escuro que a noite e tinha um fedor tão forte quanto da primeira vez que Celaena o sentira, nas catacumbas sob a biblioteca, uma poça de sangue oleosa e de cor obsidiana. Um pouco diferente do outro cheiro horrível que permanecia ao redor daquele lugar, mas semelhante. Tão semelhante a...

— Isto não é possível! — exclamou Celaena, ficando de pé. — Isto... isto... isto... — Ela caminhou de um lado para outro, apenas para evitar os tremores. — Estou errada. Só posso estar errada.

Havia tantas celas naquele calabouço esquecido sob a biblioteca, sob a torre do relógio do rei, feita de pedra de Wyrd. A criatura que encontrara então tinha um coração humano. Fora deixada, ela suspeitara, por causa de algum defeito. E se... e se os aperfeiçoados tivessem sido movidos para outro lugar? E se agora estivessem... prontos?

— Conte — rosnou Rowan, a palavra quase ininteligível, pois ele parecia lutar para dominar o instinto mortal que se apoderou dele em resposta à ameaça espreitando em algum lugar naquele bosque.

Celaena ergueu a mão para esfregar os olhos, mas percebeu o que estava em seus dedos e foi limpá-los na camisa. Apenas para se lembrar de que não estava vestindo nada além da faixa branca e macia ao redor dos seios, e que estava com frio até os ossos. Ela correu até o rio próximo para limpar o sangue escuro seco, odiando que até vestígios dele fossem ficar na água, no mundo, então, rapidamente e em voz baixa, contou a Rowan sobre a criatura na biblioteca, as chaves de Wyrd e a informação que Maeve mantinha guardada a respeito de como destruir esse poder. Poder usado pelo rei para *fazer* coisas — e tendo como alvo pessoas com magia no sangue para serem hospedeiras.

Uma brisa morna a envolveu, aquecendo os ossos e o sangue dela, acalmando-a.

— Como isso chegou aqui? — perguntou Rowan, as feições agora calmas como gelo.

— Não sei. Espero que esteja errada. Mas esse *cheiro*... jamais vou me esquecer desse cheiro enquanto viver. Como se tivesse apodrecido de dentro para fora, destruindo a própria essência.

— Mas ele manteve algumas habilidades cognitivas. E o que quer que isso seja, deve tê-las também, se está descartando os corpos.

Ela tentou engolir — duas vezes —, mas a boca estava seca.

— Semifeéricos... eles dariam hospedeiros perfeitos, pois há tantos capazes de usar magia, porém não há ninguém em Wendlyn ou Doranelle para se importar se vivem ou morrem. Mas esses cadáveres, se quisesse sequestrá-los, por que matá-los?

— A não ser que não fossem compatíveis — falou Rowan. — E, se não eram compatíveis, então que serventia melhor que os drenar completamente?

— Mas qual é o objetivo de deixar os corpos onde conseguimos encontrá-los? Para causar medo?

O guerreiro contraiu o maxilar e caminhou pela área, examinando o chão, as árvores, as pedras.

— Queime o corpo, Aelin. — Rowan retirou a bainha e o cinto que abrigavam a adaga, ainda pendente da mão de Celaena, e os atirou para ela, que os pegou com a mão livre. — Vamos caçar.

~

Eles não acharam nada, mesmo quando Rowan mudou de forma e circulou o céu acima. Como a luz diminuía, os dois subiram na maior e mais densa árvore da área. Espremeram-se em um galho enorme, encolhendo-se juntos, pois o guerreiro não deixou Celaena conjurar sequer uma faísca.

Conforme ela reclamou das condições, Rowan salientou que não havia lua naquela noite, e coisas piores que *skinwalkers* perambulavam pelo bosque. Aquilo a calou até que ele pedisse a ela que contasse mais sobre a criatura na biblioteca, que explicasse cada detalhe, assim como as fraquezas e forças.

Ao terminar, o guerreiro pegou uma das longas facas — uma fração da maravilhosa variedade que carregava — e começou a limpá-la. Com os sentidos aguçados, a assassina conseguia ver o suficiente à luz das estrelas para enxergar o aço, as mãos e os músculos do ombro dele, que se moviam conforme limpava a lâmina. O próprio Rowan era uma linda arma, forjada por séculos de treinamento cruel e guerras.

— Acha que eu estava errada? — perguntou Celaena enquanto ele guardava a faca e estendia a mão para pegar as demais escondidas sob as roupas. Como a primeira, nenhuma estava suja, mas ela não disse nada. — Sobre a criatura, quero dizer.

O guerreiro puxou a camisa por cima da cabeça para alcançar as armas que estavam presas embaixo, revelando as costas largas, musculosas, cobertas de cicatrizes e lindas. Tudo bem; uma parte muito feminina e intrínseca a Celaena gostou *daquilo*. E ela não se incomodava com o fato de ele estar seminu. Rowan já vira cada centímetro dela. Além disso, imaginou que não havia parte do guerreiro que seria uma grande surpresa também, graças a Chaol. Mas... não, não pensaria em Chaol. Não quando se sentia equilibrada e com a mente livre e *bem*.

— Estamos lidando com um predador letal e inteligente, independentemente de onde tenha se originado e quantos existam — retrucou Rowan, limpando uma pequena adaga que estava presa ao músculo peitoral.

Celaena seguiu o caminho da tatuagem que descia pelo rosto, pescoço, ombros e braços. Uma marca tão nítida e cruel. Será que as cicatrizes no rosto de Chaol tinham se curado ou seriam um lembrete permanente do que a assassina tinha feito? — Se você estiver errada, vou considerar uma bênção.

Celaena se recostou no tronco da árvore. Agora havia pensado em Chaol duas vezes. Devia estar mesmo exausta, porque a única outra alternativa seria que queria se sentir deprimida.

Ela não queria saber o que Chaol estava fazendo naqueles meses ou o que achava dela agora. Se tivesse vendido a informação sobre o passado da assassina para o rei, talvez ele tivesse mandado uma daquelas coisas até lá para caçá-la. E Dorian... pelos deuses, estava tão perdida na própria tristeza que mal pensara nele, se havia conseguido manter a magia em segredo. Rezava para que estivesse a salvo.

Celaena sofreu com os próprios pensamentos até que Rowan terminasse com as armas, então pegasse o cantil de água e limpasse as mãos, o pescoço e o peito. A jovem o observou de esguelha, o modo como a água reluzia na pele à luz das estrelas. Era bom mesmo que Rowan não tivesse interesse nela também, porque a assassina sabia que era burra e inconsequente o bastante para considerar seguir em frente no sentido físico e ver se isso resolveria o problema de Chaol.

Ainda havia um buraco enorme no peito. Um buraco que só crescia, e que ninguém poderia consertar, nem mesmo se Celaena levasse Rowan para a cama. Em alguns dias, o anel de ametista era seu bem mais precioso — em outros, a assassina fazia um esforço enorme para não derretê-lo na própria chama. Talvez tivesse sido uma tola por amar um homem que servia ao rei, mas Chaol fora o que ela precisava depois de perder Sam, depois de sobreviver às minas.

Mas ultimamente... Celaena não sabia do que precisava. O que queria. Se fosse admitir a verdade, não tinha mais a menor ideia de quem era. Só sabia que o que quer e quem quer que saísse daquele abismo de desespero e luto não seria a mesma pessoa que havia mergulhado nele. E talvez isso fosse bom.

Rowan vestiu as roupas de novo, apoiando-se contra o tronco, o corpo estava quente e sólido contra o de Celaena. Os dois ficaram sentados no escuro por um tempo, até ela falar, baixinho:

— Você me disse uma vez que ao encontrarmos nosso parceiro, não suportamos a ideia de feri-lo fisicamente. Quando acasalamos, é preferível ferir a si mesmo.

— Sim; por quê?

— Eu tentei matá-lo. Feri o rosto dele, então segurei uma adaga sobre o coração, porque achei que fosse responsável pela morte de Nehemia. Eu teria feito aquilo se alguém não tivesse me impedido. Se Chaol, se ele tivesse sido meu parceiro de verdade, eu não teria conseguido fazer isso, teria?

Rowan ficou em silêncio por muito tempo.

— Você não tomava a forma feérica havia dez anos, então talvez seus instintos sequer conseguissem tomar conta. Às vezes parceiros podem ter relações íntimas antes que a própria ligação aconteça.

— É uma esperança inútil a que me agarrar, de qualquer forma.

— Quer a verdade?

Celaena abaixou o queixo para dentro do manto, fechando os olhos.

— Não esta noite.

46

Protegendo os olhos da luz, Celaena verificou os penhascos e a faixa de praia bem abaixo. O calor estava intenso, mal havia uma brisa, mas Rowan continuava com o casaco cinza-claro pesado e o cinto largo, os braçais presos nos antebraços. Ele concordou em dar a ela algumas das armas naquela manhã — por precaução.

Os dois voltaram para o local mais recente ao alvorecer para refazer seus passos; e foi ali que Celaena reparou em um rastro. Bem, ela viu uma gota de sangue escuro em uma rocha próxima, então Rowan seguiu o cheiro de volta aos penhascos. A assassina olhou para a praia abaixo, para os arcos de corte natural das muitas cavernas ao longo da extensão curva. Mas não havia nada ali, e o rastro, graças ao mar e ao vento e aos elementos, tinha sumido. Eles estavam no local havia meia hora, procurando por quaisquer outros sinais, mas não havia nada. Nada, exceto...

Ali. Uma depressão curva no limite do penhasco, como se muitos pares de pés tivessem desgastado a borda conforme deslizavam com cuidado pela beirada. Rowan segurou õ braço de Celaena quando ela se inclinou para olhar a escondida escada em ruínas. A jovem olhou para ele com raiva, mas o guerreiro não a soltou.

— Estou tentando não me sentir insultada — disse ela. — Olhe.

Mal havia degraus agora, apenas saliências rochosas com areia salpicada por arbustos. A água além da praia estava tão clara e calma que uma leve interrupção podia ser vista na barreira de corais que protegia aquele litoral. Era um dos poucos modos de atracar com segurança sem destruir o barco, apenas grande o bastante para uma pequena embarcação passar. Nenhum navio de guerra ou embarcação de mercadores caberia, sem dúvida um dos motivos pelos quais aquela área jamais tinha se desenvolvido. Era o lugar perfeito, no entanto, se alguém quisesse entrar no país sem ser visto... e permanecer oculto.

Celaena começou a desenhar na terra arenosa, uma linha longa e forte, então desenhou pontilhado após pontilhado.

— Os corpos foram jogados em córregos e rios — disse ela.

— O mar jamais estava longe — comentou Rowan, ajoelhado ao lado. — Eles poderiam ter jogado os corpos aqui. Mas...

— Mas então esses corpos provavelmente boiariam de volta para o litoral, o que levaria as pessoas a procurar na praia. Olhe aqui — mostrou Celaena, apontando para a extensão da costa que havia desenhado, onde os dois estavam agora sentados, bem no meio.

— Há inúmeras cavernas ao longo desta parte do litoral.

Celaena indicou onde as ondas quebravam no coral, assim como o pequeno e tranquilo espaço entre elas.

— É um ponto de acesso fácil de... — A assassina xingou. Não conseguia dizer. Não havia navios por ali, mas isso não significava que um ou dois ou mais não poderiam ter vindo de Adarlan, entrado de fininho à noite e despejado a carga maligna e violenta usando barcos menores.

Rowan ficou de pé.

— Vamos embora. Agora.

— Não acha que já teriam atacado se tivessem nos visto?

Rowan indicou o sol. Se estivesse prestes a dizer a ela que não era seguro uma rainha se colocar em perigo, então poderia...

— Se vamos explorar, é melhor o fazermos sob a cobertura da escuridão. Então, vamos voltar ao rio e encontrar alguma coisa para comer. Depois, princesa — disse o guerreiro, com um sorriso selvagem —, vamos nos divertir.

~

Algum deus devia ter decidido sentir pena deles, porque a chuva começou logo depois do pôr do sol; nuvens de trovões soprando com tal vingança que escondia qualquer som que fizessem conforme voltavam à praia para começar uma busca minuciosa pelas cavernas.

Contudo, em seguida a bondade dos deuses terminou, pois o que encontraram, enquanto estavam deitados de barriga no chão em um penhasco estreito que se elevava sobre uma praia deserta, foi pior que qualquer coisa que tivessem antecipado. Não eram apenas os monstros que o rei fazia.

Era um exército de soldados.

Alguns homens saíram da enorme abertura da caverna, camuflada entre as rochas e a areia. Talvez não os tivessem visto, não fosse pelo olfato aguçado de Rowan, que disse não ter palavras para descrever como era o cheiro. Mas ela sabia.

A boca de Celaena secou, o estômago deu um nó ao ver as figuras sombrias entrarem e saírem da caverna com movimentos disciplinados e contidos, que sugeriam um treinamento eficaz. Não eram monstros revoltados e quase selvagens como aquele na biblioteca, ou criaturas frias e perfeitas como a que Celaena vira nos túmulos, mas soldados mortais. Todos racionais, disciplinados e implacáveis.

— O pescador de caranguejo — murmurou ela. — Na aldeia. Ele disse... disse que encontrou armas nas redes. Deviam estar pegando navios e então se aproximando o suficiente para nadar pelo coral sem atrair atenção. Precisamos olhar de mais perto. — Ela ergueu a sobrancelha para Rowan, que deu um sorriso de caçador. — Eu sabia que você seria útil algum dia.

O guerreiro apenas riu com deboche e mudou de forma, um lampejo de luz que Celaena esperava ter sido ofuscado pela tempestade. Ele voou até a beira do penhasco e desceu pela água, nada mais que um predador procurando uma refeição, então circulou de volta até pousar em uma rocha logo além de onde as ondas quebravam. A jovem o observou caçar, movendo-se na direção da caverna, um animal atrás de um abrigo da chuva. Em seguida, mantendo-se próximo ao teto alto da caverna, Rowan entrou.

A assassina não respirou durante todo o tempo em que ele esteve fora de vista, contando o tempo entre o trovão e o raio, os dedos coçando para pegar o cabo da espada.

Mas, por fim, Rowan saiu voando da caverna em um planar tranquilo. Subiu até Celaena, então seguiu em frente, passando por ela e indo para o bosque. Uma mensagem para que o seguisse. Com cuidado, a jovem se arrastou pela terra, pela lama e pelas rochas, até estar longe o bastante para se esgueirar para as árvores. Ela o seguiu por um tempo; a floresta se tornava mais densa, e a chuva escondia todo tipo de som.

Celaena o viu de pé com os braços cruzados contra um pinheiro retorcido.

— Há cerca de duzentos soldados mortais e três daquelas criaturas nas cavernas. Há uma rede oculta delas por todo o litoral.

A garganta da assassina se fechou. Ela se obrigou a esperar que Rowan continuasse.

— Estão sob o comando de alguém chamado general Narrok. Os soldados parecem ser todos altamente treinados, mas ficam bem longe das três criaturas. — Ele limpou o nariz, e, com o clarão de um relâmpago, Celaena viu o sangue. — Você estava certa. As três criaturas parecem homens, mas não são. O que quer que habite a pele delas é... asqueroso não é a palavra certa. Foi como se minha magia, meu sangue, minha própria essência fosse repelida por elas. — Rowan examinou o sangue nos dedos. — Todas elas parecem estar esperando.

Três daquelas coisas. Apenas uma quase matara Celaena.

— Esperando pelo quê?

Os olhos animais de Rowan brilharam quando se fixaram nela.

— Por que não me diz?

— O rei jamais falou *nada* sobre isto. Ele... ele... — Será que alguma coisa dera errado em Adarlan? Será que Chaol, de alguma forma, contara ao rei quem e o que ela era, então o rei mandara aqueles homens ali para... Não, teria levado semanas, meses, para aquelas criaturas chegarem clandestinamente até lá. — Avise as forças de Wendlyn, avise-os agora mesmo.

— Mesmo que eu chegasse a Varese amanhã, levaria mais de uma semana para chegar aqui a pé. A maioria das unidades está alocada no norte durante a primavera.

— Ainda precisamos avisá-los que estão em risco.

— Use sua cabeça. Há inúmeras cavernas e lugares para se esconder ao longo da costa oeste. Mas eles escolheram aqui, este ponto de acesso.

Celaena visualizou o mapa da área.

— A estrada da montanha os leva além da fortaleza. — O sangue dela gelou, e mesmo a magia, faiscando em uma tentativa de acalmá-la, não conseguiu aquecê-la quando falou: — Não... não além. *Para* a fortaleza. Eles vão atrás dos semifeéricos.

Um aceno lento e sério.

— Acho que os corpos que encontramos eram experimentos. Para aprender as fraquezas e as forças dos semifeéricos, para aprender quais eram... compatíveis com o que quer que façam para deturpar os seres. Com esses números, eu arrisco que a unidade foi enviada até aqui para capturar os semifeéricos, ou para eliminar uma potencial ameaça.

Porque se não pudessem ser convertidos e escravizados em Adarlan, então os semifeéricos poderiam ser convencidos a potencialmente lutar por Wendlyn em uma guerra. Poderiam ser os guerreiros mais fortes do exército de Wendlyn e causar muitos problemas para Adarlan como resultado.

Ela levantou o queixo e disse:

— Então agora... agora, vamos descer até a praia e soltar nossa magia em todos eles. Enquanto dormem. — Celaena se transformou conforme seu espírito começou a se agitar e debater só de pensar naquilo.

Rowan a segurou pelo cotovelo.

— Se eu achasse que havia um modo de fazer isso, teria sufocado todos. Mas não podemos, não sem colocar nossa vida em perigo no processo.

— Acredite, eu posso e vou. — Eram soldados de Adarlan, tinham matado e saqueado e feito mais mal do que Celaena suportava. Ela poderia. Ela *faria* aquilo.

— Não. Fisicamente não pode feri-los, Aelin. Não agora. Sabem o suficiente sobre aquelas marcas de Wyrd para terem protegido todo o acampamento infernal de nosso tipo de magia. Feitiços de defesa, como as pedras ao redor da fortaleza, mas diferentes. Eles têm ferro em todo lugar que podem, nas armas, nas armaduras. Conhecem muito bem o inimigo. Podemos ser bons, mas não podemos derrotá-los sozinhos e sair vivos daquelas cavernas.

A assassina caminhou de um lado para outro, passando as mãos pelos cabelos molhados de chuva, então percebeu que Rowan não tinha terminado.

— Diga — ordenou ela.

— Narrok está no fundo das cavernas em uma câmara particular. É como eles, uma criatura vestindo a pele de um homem. Ele manda os três monstros pegarem os semifeéricos e os levarem de volta à caverna para que Narrok faça experimentos.

Celaena percebeu, então, por que Rowan a levou para dentro da floresta, bem longe da praia. Não por segurança, mas porque... porque havia um semifeérico lá dentro naquele momento.

— Eu tentei cortar o ar, para facilitar para ela — explicou ele. — Mas a envolveram em ferro demais, e... não vai sobreviver à noite, mesmo que entremos agora. Ela já é uma casca, mal consegue respirar. Não há remédio para o que fizeram. Alimentaram-se da vida dela, eles a aprisionaram na própria mente, fazendo com que revivesse cada horror e tristeza com que já se deparou.

Mesmo o fogo no sangue de Celaena congelou.

— Ele realmente se alimentou de mim naquele dia nos túmulos — sussurrou ela. — Se eu não tivesse conseguido escapar, teria me consumido dessa forma. — Um grunhido baixo de confirmação foi emitido por Rowan.

Enjoada, a assassina passou a mão no rosto, voltou a cabeça para trás, para a chuva que descia do dossel acima, então finalmente respirou fundo e encarou o guerreiro.

— Não podemos matá-los com nossa magia enquanto estão acampados. As forças de Wendlyn estão longe demais, e Narrok está indo atrás dos semifeéricos com aqueles monstros e mais duzentos soldados. — Celaena pensava em voz alta, mas Rowan assentiu mesmo assim. — Quantas das sentinelas de Defesa Nebulosa já viram uma batalha de verdade?

— Trinta ou menos. E algumas, como Malakai, estão velhas demais, mas lutarão mesmo assim... e morrerão.

Rowan entrou mais no bosque. Celaena o seguiu, apenas porque sabia que, se desse um passo para perto da praia, iria atrás daquela fêmea. Pela tensão nos ombros do guerreiro, ela sabia que ele sentia o mesmo.

A chuva parou, e a jovem puxou o capuz para trás a fim de deixar que o ar nebuloso cobrisse o rosto, quente demais. Aquela área estava cheia de pastores, fazendeiros e pescadores. Além dos semifeéricos, não havia mais ninguém para combater as criaturas. Eles não tinham vantagem alguma, a não ser conhecerem o território melhor que o inimigo. Mandariam notícia para Wendlyn, é claro, e talvez, talvez a ajuda chegasse na próxima semana.

Rowan ergueu o punho, e Celaena parou enquanto ele avaliava as árvores à frente e atrás. Com silêncio treinado, o guerreiro desembainhou uma das lâminas dos braçais. O cheiro a atingiu um segundo depois, o fedor do que quer que fossem aquelas criaturas sob a carne mortal.

— Apenas uma. — Ele falou tão baixo que a assassina mal conseguiu ouvir, mesmo com os ouvidos feéricos.

— Isso não é reconfortante — respondeu ela, em igual tom, puxando a própria adaga.

Rowan apontou.

— Está vindo direto para nós. Você segue vinte metros para a direita, eu vou para a esquerda. Quando ele estiver entre nós, espere por meu sinal, então ataque. Nada de magia, pode atrair atenção demais se outros estiverem por perto. Seja ágil, silenciosa e rápida.

— Rowan, essa coisa...

— Ágil, silenciosa e rápida.

Os olhos verdes brilharam, mas Celaena continuou encarando-o. *A criatura se alimentou de mim e teria me transformado em uma casca*, falou ela, silenciosamente. *Esse poderia facilmente ser nosso destino agora.*

Você não estava preparada, foi o que Rowan pareceu dizer. *E eu não estava lá.*

Isso é absurdo. Também enfrentei uma das defeituosas, e aquilo quase me matou.

Com medo, princesa?

Sim, e sabiamente.

Contudo, Rowan estava certo. Aqueles eram os bosques deles, e eram guerreiros. Dessa vez, seria diferente. Então Celaena assentiu, como um soldado aceitando ordens, e não se incomodou com despedidas antes de deslizar para as árvores. Ela tornou as passadas leves, contando a distância, ouvindo a floresta ao redor, mantendo a respiração equilibrada.

Abaixou-se atrás de uma árvore coberta de musgo e sacou a outra lâmina. O cheiro se intensificou em um fedor constante, que fez a cabeça de Celaena latejar. Conforme as nuvens acima se dissipavam, a luz das estrelas iluminava fracamente a névoa baixa na terra argilosa. Nada.

A assassina começava a se perguntar se Rowan tinha se confundido quando a criatura surgiu entre as árvores adiante — mais perto do que ela havia previsto. Muito, muito mais perto.

Ela o sentiu primeiro: o borrão de escuridão, o silêncio que o envolvia como um manto a mais. Até a névoa parecia se afastar do monstro.

Sob o capuz dele, Celaena só conseguia ver pele pálida e lábios sensuais. Ele não se incomodou em pegar armas. Mas foram as unhas da criatura que a fizeram perder o fôlego. Longas e afiadas, unhas das quais se lembrava muito bem; da sensação quando a rasgaram na biblioteca.

Ao contrário daquelas unhas, essas não estavam quebradas, as curvas pretas e polidas reluziam. A pele nos dedos era branca como osso e impecável, lisa demais para ser natural. De fato, Celaena poderia ter jurado que vira veias escuras e reluzentes, uma zombaria do sangue que um dia fluíra ali.

Ela não ousou piscar quando a coisa virou a cabeça encapuzada em sua direção. Rowan ainda não dera o sinal. Será que percebia o quanto aquilo estava próximo?

Um filete úmido e quente escorreu de uma das narinas até os lábios de Celaena. Ela ficou tensa, preparando-se, e imaginou com que rapidez a criatura se moveria e o quão profundamente precisaria cortar com as longas facas. A espada seria um último recurso, pois era mais pesada. Mesmo que usar facas significasse se aproximar.

O homem avaliou as árvores, e Celaena pressionou o corpo contra aquela em que estava. A criatura sob a biblioteca tinha rasgado portas de metal como se fossem cortinas. E sabia usar as marcas de Wyrd...

A assassina olhou a tempo de ver o monstro dar um passo na direção de sua árvore, o movimento era mortal e elegante, prometendo um fim demorado e dolorido. Ele não tivera a mente destruída; ainda mantinha a habilidade de pensar, de calcular. Aquelas coisas eram tão boas no que faziam que parecia ao rei serem necessárias apenas três ali. Quantas outras permaneciam escondidas no continente dela?

A floresta tinha ficado tão silenciosa que Celaena conseguia ouvir um farejar. A criatura estava sentindo o cheiro dela. A magia se acendeu, e a jovem a conteve. Não queria que o poder tocasse aquela coisa, com ou sem o comando de Rowan. A coisa farejou de novo — e deu outro passo na direção da assassina. Exatamente como naquele dia nos túmulos, o ar começou a ficar oco, pulsando contra as orelhas. A outra narina de Celaena começou a sangrar. *Merda.*

A ideia a atingiu então, fazendo o mundo girar. E se o monstro tivesse chegado a Rowan primeiro? Celaena ousou olhar mais uma vez do outro lado da árvore.

A criatura tinha sumido.

47

Celaena xingou baixinho, verificando as árvores. Onde estava a droga da criatura? A chuva começou de novo, mas o cheiro morto ainda se agarrava a tudo. A assassina ergueu a longa adaga para inclina-la na direção de Rowan — para sinalizar que indicasse se estava respirando. Tinha que estar; ela não aceitaria outra alternativa. A lâmina estava tão limpa que podia ver o próprio rosto nela, ver as árvores e o céu e...

E a criatura que estava agora de pé atrás dela.

Celaena virou, posicionando-se para atingir o lado exposto do monstro, uma lâmina inclinada para afundar direto nas costelas, a outra posicionada para cortar a garganta. Um movimento que praticara durante vários e vários anos, fácil como respirar.

Contudo, os olhos pretos e infinitos encararam os dela, e a jovem congelou. No corpo, na mente, na alma. A magia tremeluziu, apagando-se.

Celaena mal ouviu o estampido úmido das lâminas atingindo a terra. A chuva no rosto se enfraqueceu e virou uma sensação distante.

A escuridão ao redor se espalhou, aconchegante, envolvente. Reconfortante. A criatura puxou o capuz do manto para trás.

O rosto era jovem e masculino — perfeição sobrenatural. Ao redor do pescoço havia um colar de pedra escura, Celaena lembrou vagamente que era a pedra de Wyrd, reluzindo à chuva. Aquele era o deus da morte encarnado. Não foi com qualquer expressão de um homem mortal que ele sorriu ao dizer:

— Você.

Ela não conseguia virar o rosto. Havia gritos na escuridão, gritos que abafara por tantos anos. Mas agora a chamavam.

O sorriso daquela coisa se alargou, revelando dentes brancos demais, e ele levou a mão em direção à garganta de Celaena.

Tão delicados, aqueles dedos gelados, quando o polegar roçou o pescoço dela, quando ele ergueu o rosto para ver melhor os olhos da assassina.

— Sua dor tinha gosto de vinho — murmurou o homem, olhando para seu interior.

O vento açoitava a face, os braços, a barriga, rugia o nome dela. No entanto, havia eternidade e calma nos olhos da coisa, uma promessa de escuridão tão doce, e Celaena não conseguia virar o rosto. Seria um alívio divino deixar-se ir. Só precisava se render à escuridão, como pediu ele. *Tome*, Celaena queria dizer, tentava dizer. *Tome tudo.*

Um clarão de prata e aço perfurou o véu de nanquim, e outra criatura — um monstro feito de presas, raiva e vento — estava lá, puxando-a para longe. Celaena o arranhou, mas ele era gelo... era... Rowan.

Rowan a arrastava, afastando-a, chamando-a, mas ela não conseguia alcançá-lo, não conseguia impedir aquela atração na direção da outra criatura.

Dentes perfuraram o local entre o pescoço e o ombro de Celaena, então ela recuou, agarrando-se à dor como se fosse uma corda que a puxava para fora daquele mar de estupor, para cima, para cima, até que...

Rowan a apertou contra o corpo com um braço, a espada em punho, o sangue da assassina pingando do queixo dele conforme o guerreiro se afastava da criatura que permanecia à árvore. Dor — era por isso que o corpo daquela manhã estava marcado. O semifeérico tinha tentado usar dor física para se libertar daquelas coisas, lembrar o corpo do que era real e do que não era.

A coisa soltou uma risada abafada. Pelos deuses. Aquilo tinha colocado Celaena em transe. Tão agilmente, tão facilmente. Ela não tinha a menor chance, e Rowan não estava atacando porque...

Porque no escuro, com armas limitadas contra um inimigo que não precisava de lâminas para matá-los, até mesmo ele não era páreo. Um verdadeiro guerreiro sabia quando dar as costas a uma briga. Rowan sussurrou:

— Precisamos correr.

Outra risada baixa saiu da criatura, que se aproximou. O guerreiro os puxou mais para trás.

— Podem tentar — falou o monstro, em uma voz que não vinha daquele mundo.

Era tudo o que Celaena precisava ouvir. Ela disparou a magia.

Uma parede de chamas se ergueu quando ela e Rowan saíram correndo, um escudo no qual a jovem despejou cada grama de vontade e horror e vergonha, mandando as consequências ao inferno. A criatura sibilou, mas a assassina não sabia se era por causa da luz que lhe feria os olhos ou se apenas por frustração.

Não importava. Aquilo deu tempo a eles, um minuto inteiro disparando colina acima pelas árvores. Então uma comoção veio de trás, aquele fedor horrível de escuridão se espalhando como uma teia.

Rowan conhecia o bosque, sabia como esconder os rastros. Aquilo lhes garantiu mais tempo e distância. A criatura os perseguia, embora o guerreiro usasse o vento para soprar o cheiro deles para longe.

Correram quilômetro após quilômetro, até Celaena sentir como se tivesse cacos de vidro nos pulmões ao respirar, e até Rowan parecer se cansar. Não estavam indo para a fortaleza — não, jamais levariam aquela coisa sequer a quinze quilômetros dali. Em vez disso, seguiram para as montanhas Cambrian, o ar ficando mais frio, as colinas, mais íngremes. Mesmo assim, o monstro os seguia.

— Ele não vai parar — disse Celaena, ofegante, conforme subiam com dificuldade uma encosta desgraçada de tão íngreme, quase de quatro. Ela conteve a vontade de cair de joelhos e vomitar. — É como um cão que fareja um rastro. — O rastro *dela*. Bem abaixo, a coisa disparava atrás.

Rowan exibiu os dentes, a chuva escorrendo pelo rosto.

— Então vou fazer com que corra até cair morto.

Um relâmpago iluminou uma trilha de cervos no alto da montanha.

— Rowan — falou a assassina, sem fôlego. — Rowan, tenho uma ideia.

Celaena se perguntava se ainda tinha alguma pulsão de morte.

Ou talvez o deus da morte apenas gostasse de brincar muito com ela.

Mais uma caminhada colina acima para as árvores cujas cascas tinham sido arrancadas. Então ela fez uma fogueira agradável e queimou uma tocha ao lado de uma estrada esquecida, a luz brilhando por aquelas árvores sem pele.

Lá embaixo, Celaena rezava para que Rowan estivesse mantendo a criatura ocupada do modo como fora instruído — levando-a em círculos com o cheiro do manto da jovem.

Scriii foi o barulho que a pedra de afiar fez contra a adaga enquanto Celaena se agachava em uma grande rocha. Apesar da tremedeira incessante, ela murmurava ao afiar, uma sinfonia que vira ser apresentada em Forte da Fenda todos os anos até ser escravizada. A assassina controlava a respiração e se concentrava em contar os minutos, imaginando quanto tempo poderia ficar ali até precisar encontrar outro caminho. *Scriii.*

Um cheiro pútrido entrou no nariz dela, e a floresta já silenciosa ficou imóvel.

Scriii. Não era sua lâmina sendo afiada, mas outra, quase em resposta à dela.

Celaena respirou aliviada e passou a pedra de afiar pela adaga mais uma vez antes de ficar de pé, desejando que a força descesse aos joelhos. Ela não se permitiu hesitar ao ver as cinco presenças de pé além das árvores sem casca, altos e esguios e segurando as ferramentas cruéis.

Corra, gritou o corpo, mas Celaena ficou onde estava, erguendo o queixo e sorrindo para o escuro.

— Fico feliz por terem recebido meu convite. — Não havia um indício de som ou movimento. — Seus quatro amigos decidiram aparecer sem ser convidados para minha última fogueira, o que não acabou muito bem para eles. Mas tenho certeza de que já sabem disso.

Outro deles afiou as lâminas, a luz do fogo estremecendo no metal pontiagudo.

— Vadia feérica. Vamos nos demorar muito com você.

Celaena fez uma reverência, embora o estômago estivesse revirado com o fedor de carniça, e agitou a tocha como se fosse um bastão para o que esperava abaixo.

— Ah, espero que se demorem mesmo — respondeu ela.

Antes que pudessem cercá-la, a assassina disparou em uma corrida.

~

Celaena sabia que estavam por perto, não por causa do estalo dos arbustos ou do barulho das lâminas pelo ar, mas pelo fedor que fazia os sentidos se revirarem. Agarrando a tocha com uma das mãos, ela usou a outra para se manter elevada enquanto saltava pela estrada íngreme, desviando de rochas e arbustos e pedras soltas.

Faltava um quilômetro e meio para onde tinha dito a Rowan que levasse a criatura, uma corrida insana pela escuridão. Com os tornozelos e os joelhos latejando em protesto, ela saltou e correu, os *skinwalkers* se aproximando como lobos de um cervo.

O segredo era não entrar em pânico, pois pânico a tornava idiota. Pânico a mataria. Um grito estridente soou — o grito de um falcão. Rowan estava exatamente onde haviam planejado, a criatura do rei talvez um minuto atrás e disparando pela vegetação. Bem ao lado do rio, onde Celaena soltara a tocha. Bem onde a estrada se curvava ao redor de uma rocha.

A antiga estrada seguia para uma direção, mas a assassina pegou a oposta. Um vento soprou por ela, indo na direção da estrada. A jovem se atirou atrás de uma árvore, cobrindo a boca com uma das mãos para prender a respiração ofegante enquanto o vento afastava o cheiro dela para longe.

Um segundo depois, um corpo rígido a envolveu, protegendo e abrigando Celaena. Em seguida cinco pares de pés descalços deslizaram pela estrada atrás do cheiro que agora desviava e seguia para baixo, na direção da criatura que corria direto até eles.

A jovem escondeu o rosto no peito de Rowan. Os braços dele eram sólidos como paredes, e a variedade de armas era tão reconfortante quanto sua presença.

Por fim, o guerreiro puxou a manga da camisa de Celaena, indicando que ela subisse. Com alguns movimentos habilidosos, a assassina se impulsionou em direção a um galho amplo perto do topo da árvore. Um momento depois, Rowan sentava atrás dela, contra o tronco. Ele a puxou para si, as costas dela tocaram o peito do guerreiro quando ele a abraçou para esconder seu cheiro dos monstros revoltados abaixo.

Um minuto se passou antes que os gritos começassem — lamúrias e berros e rugidos de dois tipos de monstros diferentes que sabiam que a morte os havia encontrado, e o rosto que exibia não era bondoso.

Durante boa parte da próxima meia hora, as criaturas lutaram na escuridão chuvosa, até que aqueles gritos perturbadores se tornassem vitoriosos, e os rugidos sobrenaturais não ressoassem mais.

Celaena e Rowan se abraçaram com força e não ousaram fechar os olhos durante a noite inteira.

48

Não houve confusão nem desespero quando contaram na fortaleza o que haviam descoberto. Malakai imediatamente mandou mensageiros para o rei de Wendlyn, para implorar por ajuda; aos outros assentamentos de semifeéricos, para ordenar que aqueles que não pudessem lutar fugissem; e para o complexo dos curandeiros, para que ajudassem cada paciente que não precisava ficar de cama a fugir.

Mensageiros voltaram do rei, prometendo quantos homens pudessem ser emprestados. Era um alívio, pensou Celaena, mas um pouco aterrorizante também. Se Galan aparecesse, se qualquer um dos parentes da mãe dela chegasse ali... Ela não se importaria, disse a si mesma. Havia assuntos mais importantes a tratar. Então rezou para que chegassem rápido, e se preparou com o restante dos residentes da fortaleza. Eles enfrentariam a ameaça diretamente, começando por derrubar os duzentos soldados mortais que acompanhavam Narrok e as três criaturas assim que tivessem deixado a proteção das cavernas.

Rowan tomou o controle da fortaleza sem provocar alarde — apenas gratidão dos demais, na verdade. Até mesmo Malakai agradeceu conforme o príncipe organizava rotações, delegava tarefas e planejava a sobrevivência deles. Tinham alguns dias até que os reforços viessem e pudessem lançar o ataque, mas, se o inimigo marchasse antes, Rowan queria que fossem contidos e incapacitados o máximo possível até que a ajuda chegasse. Os semifeéricos não eram um exército e não tinham os recursos de uma fortaleza totalmente abastecida, então Rowan declarou que usassem o que tinham: a inteligência, a determinação e o conhecimento do território. Ao que parecia, os *skinwalkers* tinham destruído de alguma forma uma das criaturas, então não eram realmente invencíveis; mas sem um corpo na manhã seguinte, não descobriram como ela foi morta.

Rowan e Celaena saíram com os pequenos grupos que preparavam a floresta para o ataque. Se as forças de Narrok tomassem a trilha de cervos para saquear a fortaleza, então a tomariam em meio a um terreno cheio de obstáculos: depressões com criaturas venenosas, buracos ocultos cheios de lanças e armadilhas a cada curva. Talvez não as matassem, mas reduziriam a velocidade o bastante para garantir mais tempo até a ajuda chegar. E, se acabassem cercados, havia um túnel secreto que dava para fora da fortaleza, tão antigo e esquecido que a maioria dos residentes não sabia que existia até que Malakai o mencionou. Era melhor que nada.

Alguns dias depois, Rowan reuniu um pequeno grupo de capitães em volta de uma mesa no salão de jantar.

— A equipe de reconhecimento de Bas relatou que as criaturas parecem se preparar para avançar em alguns dias — disse ele, apontando para um mapa. — O primeiro e o segundo quilômetros de armadilhas estão quase prontos? — Os capitães confirmaram. — Bom. Amanhã quero seus homens preparando os quilômetros seguintes também.

Ao lado do guerreiro, Celaena observava conforme ele conduzia os homens na reunião, acompanhando os diversos aspectos do plano; sem falar que Rowan se lembrava do nome de todos os capitães, dos soldados e das coisas pelas quais eram responsáveis. O príncipe permanecia calmo e tranquilo, até mesmo destemido, apesar do inferno que poderia em breve descer sobre eles.

Ao olhar para os semifeéricos reunidos, a atenção deles totalmente voltada para Rowan, Celaena viu que se atinham àquele equilíbrio, àquela determinação fria e à mente aguçada — e aos séculos de experiência. Ela o invejou por aquilo. E por baixo disso, com um pesar crescente que não conseguia controlar, a jovem desejou que, quando fosse embora daquele continente... não estivesse sozinha.

— Vá dormir. Você não tem serventia totalmente zonza.

Celaena piscou. Estivera encarando Rowan. A reunião tinha acabado, os capitães já partiam para cuidar das diversas tarefas.

— Desculpe. — Celaena esfregou os olhos. Eles estavam de pé desde antes do amanhecer, preparando os poucos quilômetros restantes da trilha, verificando se todas as armadilhas estavam prontas. Trabalhar com Rowan era tão fácil. Não havia julgamento, nenhuma necessidade de se explicar. A assassina sabia que ninguém jamais substituiria Nehemia, e não queria que alguém o fizesse, mas o guerreiro fazia com que ela se sentisse... melhor. Como se finalmente conseguisse respirar depois de meses sufocando. Mas agora...

Rowan ainda a observava, franzindo a testa.

— Apenas diga.

Celaena avaliou o mapa sobre a mesa entre eles.

— Podemos cuidar dos soldados mortais, mas aquelas criaturas e Narrok... se tivéssemos guerreiros feéricos, como seu companheiro que veio fazer a tatuagem — ela não achou que chamar o guerreiro de *amigo gatinho* ajudaria dessa vez —, ou até todos os cinco de sua equipe, isso poderia mudar o rumo das coisas. — A assassina traçou o dedo pela linha de montanhas que separava aquelas terras das imortais além. — Mas não mandou buscá-los. Por quê?

— Você sabe por quê.

— Maeve mandaria que voltasse para casa por desprezo aos semifeéricos?

O maxilar de Rowan se contraiu.

— Por alguns motivos, acho.

— E essa foi a pessoa que você escolheu servir.

— Eu sabia o que estava fazendo quando bebi o sangue dela e selei o juramento.

— Então vamos torcer para que os reforços de Wendlyn cheguem logo. — Celaena contraiu os lábios e se virou para ir ao quarto. Rowan a segurou pelo pulso.

— Não faça isso. — Um músculo se contraiu no maxilar dele. — Não me olhe assim.

— Assim como?

— Com esse... desgosto.

— Não estou... — Mas o guerreiro lançou um olhar afiado para Celaena, que suspirou. — Isso... tudo isso, Rowan... — A jovem gesticulou para o mapa, para as portas pelas quais os semifeéricos tinham passado, para o som das pessoas preparando os suprimentos e as defesas no pátio. — Se faz alguma diferença, tudo isso apenas prova que ela não merece você. Acho que também sabe disso.

O príncipe virou o rosto.

— Isso não é de sua conta.

— Eu sei. Mas achei que você deveria ouvir isso mesmo assim.

Rowan não respondeu, sequer a encarou, então ela foi embora. Celaena olhou por cima do ombro uma vez e o viu ainda curvado sobre a mesa, as mãos apoiadas na superfície, os músculos poderosos das costas visíveis pela camisa. E ela sabia que Rowan não estava realmente olhando para o mapa.

Mas dizer que desejava que ele pudesse acompanhá-la a Adarlan, a Terrasen, seria inútil. Não havia como quebrar o juramento feito a Maeve, e Celaena não tinha nada que o atraísse, mesmo que houvesse. Não era uma rainha. Não tinha planos de se tornar uma, e, mesmo que tivesse um reino para oferecer caso ele fosse livre... Dizer isso tudo a Rowan seria inútil.

Então a jovem o deixou no corredor. Contudo, isso não a impediu de desejar que pudesse continuar com ele.

~

Na tarde seguinte, depois de lavar o rosto e fazer um curativo em uma queimadura em seu antebraço, no quarto de Rowan, Celaena estava prestes a descer para ajudar com os preparativos do jantar quando sentiu, em vez de ouvir, a onda de silêncio pela fortaleza, mais profunda e mais pesada que a quietude nervosa que pairava sobre o complexo durante os últimos dias.

A construção não ficara tão tensa desde aquela primeira noite em que Maeve estivera ali.

Era cedo demais para que a tia fosse verificar Celaena. Não tinha muito a mostrar até então, além de alguns truques úteis e os diversos escudos.

Ela desceu as escadas dois degraus por vez até chegar à cozinha. Se Maeve tivesse descoberto sobre a invasão e ordenado que Rowan fosse embora... Respirar, pensar; aquelas eram as ferramentas principais para enfrentar aquele encontro.

O calor e o cheiro de fermento a atingiram assim que saltou os últimos degraus, diminuindo o passo, erguendo o queixo, embora duvidasse que a tia fosse se dignar a encontrá-la na cozinha. A não ser que quisesse desequilibrar a assassina. Mas...

Mas Maeve não estava na cozinha.

Rowan sim; e suas costas estavam viradas para Celaena enquanto o guerreiro, parado na outra ponta com Emrys, Malakai e Luca, falava baixo.

Ela estacou ao ver o rosto pálido demais de Emrys, a mão agarrada ao braço do parceiro.

Quando Rowan se virou, os lábios finos e os olhos arregalados de... de choque e espanto e luto, o mundo parou subitamente também.

Os braços do guerreiro estavam abaixados, inertes nas laterais do corpo, os dedos se abriam e fechavam. Por um segundo, Celaena imaginou se, caso voltasse para cima, o que quer que ele tivesse a dizer não seria mais verdade.

Rowan deu um passo em sua direção — um passo, e foi o necessário para que ela começasse a sacudir a cabeça, para que erguesse as mãos diante do corpo, como que para afastá-lo.

— Por favor — pediu Celaena, e a voz falhou. — Por favor.

Ele continuava se aproximando, o portador de algum destino inexorável. E a jovem sabia que não poderia correr para fugir daquilo, assim como não poderia cair de joelhos e implorar para que aquilo fosse desfeito.

O guerreiro parou ao alcance de Celaena, mas não a tocou, as feições estavam mais severas de novo; não por crueldade, mas porque ele sabia, percebeu a assassina, que um dos dois precisaria ser forte. Rowan precisava ficar calmo, precisava se manter racional.

Ele engoliu em seco uma vez. Duas.

— Houve... houve uma rebelião no campo de trabalhos forçados de Calaculla — informou o guerreiro.

O coração de Celaena bateu mais forte.

— Depois do assassinato da princesa Nehemia, disseram que uma escravizada matou o capataz e começou uma rebelião. Os escravizados tomaram o campo. — Rowan respirou rapidamente. — O rei de Adarlan enviou duas legiões para controlá-los. E mataram todos.

— Os escravizados mataram as legiões? — Uma exalação. Havia milhares de escravizados em Calaculla, todos juntos dariam uma força magnífica, mesmo para duas legiões de Adarlan.

Com incrível delicadeza, Rowan segurou a mão de Celaena.

— Não. Os soldados mataram todos os escravizados de Calaculla.

Uma rachadura no mundo, pela qual um choro agudo passou como uma onda.

— Há milhares de pessoas escravizadas em Calaculla.

A determinação da compostura de Rowan falhou quando ele assentiu. E conforme o guerreiro abriu e fechou a boca, Celaena percebeu que não tinha acabado. A única palavra que conseguiu exalar foi:

— Endovier? — Era uma súplica tola.

Devagar, tão devagar, o príncipe balançou a cabeça.

— Depois que soube da rebelião em Eyllwe, o rei de Adarlan mandou outras legiões para o norte. Ninguém foi poupado em Endovier.

Celaena não viu o rosto de Rowan quando ele lhe segurou os braços, como se pudesse evitar que a jovem caísse no abismo. Não, tudo o que podia ver eram os escravizados que tinha deixado para trás, as montanhas cinzentas e aqueles túmulos enormes cavados todo dia, o rosto de seu povo, que tinha trabalhado ao seu lado — o povo de Celaena, que ela deixara para trás. Que se permitira esquecer, que permitira que sofresse; que havia rezado por salvação, atendo-se à esperança de que alguém, qualquer um, se lembraria deles.

Celaena os havia abandonado... e era tarde demais.

O povo de Nehemia, o povo de outros reinos e... e o povo dela. O povo de Terrasen. O povo que o pai e a mãe de Celaena, assim como a corte deles, amara tanto. Havia rebeldes em Endovier — rebeldes que lutaram pelo reino dela enquanto Celaena... quando ela estava...

Havia crianças em Endovier. Em Calaculla.

Celaena não as protegera.

As paredes e o teto da cozinha a esmagaram, o ar estava rarefeito demais, quente demais. O rosto de Rowan girava enquanto ela ofegava, ofegava, mais e mais rápido...

O guerreiro murmurou o nome dela baixo demais para que os outros ouvissem.

Ao ouvi-lo, aquele nome que um dia fora uma promessa para o mundo, o nome no qual havia cuspido, que havia desonrado, o nome que não merecia...

A jovem se desvencilhou de Rowan, então saiu pela porta da cozinha, atravessou o pátio, passou pelas pedras de defesa e pela barreira invisível — até encontrar um lugar fora do campo de visão da fortaleza.

O mundo estava coberto de gritos e lamentações, tão altos que ela se afogava.

Celaena não emitiu um som ao descarregar a magia na barreira, uma explosão que estremeceu as árvores e fez a terra tremer. Ela alimentou a parede invisível com seu poder, implorando que as antigas pedras o levassem, que o usassem. Os feitiços de defesa, como que sentindo a intenção de Celaena, devoraram o poder por completo, absorvendo cada última brasa até se apagar, famintos por mais.

Então ela queimou e queimou e queimou.

49

Durante semanas, Chaol não tivera contato algum com qualquer dos amigos, aliados ou o que quer que tivessem sido. Então, uma última vez, voltou ao ritmo das antigas tarefas. Embora fosse mais difícil que nunca supervisionar os almoços do rei, embora fazer os relatórios fosse um esforço de vontade, ele o fez. Não tivera notícias de Aedion ou Ren nem pedira ainda a Dorian que usasse a magia para testar as teorias deles sobre o feitiço. Chaol começava a se perguntar se sua participação tinha acabado na rebelião crescente de Aelin.

Ele reunira informação o bastante, ultrapassara limites o bastante. Talvez fosse hora de descobrir o que poderia ser feito de Anielle. Estaria mais perto de Morath e talvez pudesse descobrir o que o rei preparava ao sul. O monarca tinha aceitado os planos de Chaol para assumir a posição de herdeiro de Anielle com quase nenhuma objeção. Logo, ele deveria apresentar opções para a substituição.

O capitão estava, no momento, de guarda em um almoço de Estado no salão principal, do qual tanto Aedion quanto Dorian participavam. As portas tinham sido escancaradas para receber o ar da primavera, e os homens da Guarda estavam parados a cada uma delas, com as armas em punho.

Tudo estava normal, tudo ia bem, até que o rei levantou, o anel preto parecendo engolir o sol do meio-dia que entrava pelas janelas imponentes. O monarca ergueu uma taça, e o salão ficou em silêncio. Não do modo como ocorria quando Aedion falava. Chaol não conseguira parar de pensar no que o general tinha dito sobre escolher um lado ou no que Dorian dissera sobre a recusa dele em aceitar Celaena e o príncipe pelo que eram de verdade. Diversas e diversas vezes, pensara a respeito daquilo.

Mas nada poderia preparar Chaol, ou ninguém naquele salão silencioso, quando o rei sorriu para as mesas abaixo da plataforma e falou:

— Boas notícias chegaram esta manhã de Eyllwe e do norte. A rebelião de escravizados de Calaculla foi sufocada.

Ninguém soubera nada a respeito, e o capitão desejou poder cobrir as orelhas conforme o rei prosseguiu:

— Teremos que trabalhar para povoar as minas de novo, lá e em Endovier, mas a mácula rebelde foi expurgada.

Chaol ficou aliviado por estar recostado a uma pilastra. Foi Dorian quem questionou, o rosto branco como osso:

— Do que está falando?

O pai sorriu para ele.

— Perdoe-me. Parece que os escravizados de Calaculla colocaram na cabeça que deveriam começar uma rebelião depois da morte infeliz da princesa Nehemia. Nós colocamos na cabeça que não deveríamos permitir isso. Ou qualquer outra potencial rebelião. E, como não tínhamos recursos para interrogar cada um dos revoltosos e descobrir os traidores...

O capitão entendeu a força que foi precisa para que Dorian não sacudisse a cabeça, horrorizado, ao juntar as peças e entender exatamente quantas pessoas tinham sido massacradas.

— General Ashryver — falou o rei. Aedion estava sentado, imóvel. — Você e sua Devastação vão ficar felizes em saber que, desde o expurgo em Endovier, muitos dos rebeldes em seu território interromperam os... ataques. Parece que não queriam um destino semelhante àquele dos amigos nas minas.

Chaol não soube de onde Aedion tirou a coragem e a força de vontade, mas o general sorriu e fez uma reverência com a cabeça.

— Obrigado, Majestade.

Dorian irrompeu na sala de Sorscha, que se sobressaltou à mesa, com a mão no peito.

— Você soube? — perguntou ele, ao fechar a porta atrás de si.

Os olhos da curandeira estavam vermelhos o bastante para sugerir que ouvira. Dorian segurou o rosto dela, apoiando a testa contra a de Sorscha, precisando daquela força tranquila. O príncipe não sabia como evitara chorar, vomitar ou matar o pai na mesma hora. Contudo, ao olhar para a jovem, ao inspirar seu cheiro de alecrim e hortelã, soube por quê.

— Quero que saia deste castelo — falou Dorian. — Vou lhe dar fundos, mas quero que saia daqui assim que encontrar um modo de partir sem levantar suspeitas.

Sorscha se desvencilhou dele.

— Você está bêbado ou algo assim?

Não, jamais estivera tão sóbrio.

— Se ficar, se formos pegos... Darei o dinheiro que precisar...

— Nenhum dinheiro que possa oferecer me convenceria a partir.

— Vou amarrar você a um cavalo se for preciso. Vou tirar você...

— E quem vai cuidar de você? Quem vai fazer seus tônicos? Você nem mesmo fala mais com o capitão. Como posso partir agora?

Dorian a segurou pelos ombros. Ela precisava entender, ele precisava fazer com que entendesse. A lealdade de Sorscha era uma das coisas que amava, mas agora... apenas faria com que fosse morta.

— Ele assassinou *milhares* de pessoas de uma só vez. Imagine o que fará se descobrir que você tem me ajudado. Há coisas piores que a morte, Sorscha. Por favor, *por favor*, apenas vá.

Os dedos dela encontraram os do príncipe, entrelaçando-se neles.

— Venha comigo.

— Não posso. Será pior se eu for, se meu irmão se tornar o herdeiro. E acho... sei de algumas pessoas que podem estar tentando impedi-lo. Se eu estiver aqui, talvez possa ajudar de alguma forma.

Ah, Chaol. Agora entendia totalmente por que o capitão mandara Celaena para Wendlyn, entendia que o retorno dele para Anielle... Chaol tinha se vendido para levá-la a um local seguro.

— Se você vai ficar, eu também vou — disse Sorscha. — Não pode me convencer do contrário.

— Por favor — pediu Dorian, porque não tinha forças para gritar, não com a morte daquelas pessoas pairando sobre ele. — Por favor...

Mas ela lhe acariciou a bochecha com o polegar.

— Juntos. Vamos enfrentar isso juntos.

E era egoísta e terrível da parte do príncipe, mas ele não discutiu mais.

~

Chaol foi até o túmulo para obter privacidade, para chorar, para gritar. No entanto, não estava sozinho.

Aedion estava sentado nos degraus da escada espiralada, os antebraços envolvendo os joelhos. O general não se virou quando Chaol apoiou a vela, sentando-se ao lado dele.

— O que acha — sussurrou Aedion, encarando a escuridão — que as pessoas nos outros continentes, do outro lado de todos aqueles mares, pensam de nós? Acha que nos odeiam ou têm pena de nós pelo que fazemos uns contra os outros? Talvez seja tão ruim lá quanto é aqui. Talvez seja pior. Mas para fazer o que preciso, para enfrentar isso... preciso acreditar que seja melhor. Em algum lugar, é melhor que isto.

Chaol não tinha resposta.

— Eu fui... — Os dentes do general refletiram a luz. — Eu fui forçado a fazer muitas, muitas coisas. Coisas perturbadoras, horríveis. Mas nada me fez sentir tão sujo como hoje, ao agradecer àquele homem por ter assassinado meu povo.

Não havia nada que pudesse dizer para consolá-lo, nada que pudesse prometer. Então Chaol o deixou olhando para a escuridão.

~

Não havia um assento vazio no Teatro Real naquela noite. Todo camarote e fileira estavam lotados de nobres, mercadores, quem quer que pudesse pagar a entrada. Joias e seda reluziam à luz dos lustres de vidro, as riquezas de um império conquistador.

As notícias sobre o massacre dos escravizados tinham chegado naquela tarde, espalhando-se pela cidade em uma onda de murmúrios, deixando apenas silêncio ao passar. As fileiras superiores do teatro estavam incomumente quietas, como se o público tivesse ido até ali para ser tranquilizado, para deixar que a música varresse para longe a mancha das notícias.

Apenas nos camarotes havia conversa. Sobre o que aquilo significava para a fortuna daqueles sentados nas cadeiras de veludo carmesim, debates sobre de onde viriam os novos escravizados para garantir que não houvesse interrupção no trabalho e sobre como deveriam tratar os próprios escravizados depois daquilo. Apesar dos sinos tocando, e dos lustres se acendendo e apagando, foi preciso muito mais tempo que o normal para que os camarotes ficassem em silêncio.

Ainda falavam conforme as cortinas vermelhas se abriram, revelando a orquestra sentada, e foi um milagre terem se dado ao trabalho de aplaudir enquanto o maestro caminhava pelo palco.

Foi quando repararam que cada músico no palco estava de preto, em luto. Então se calaram. E quando o maestro ergueu os braços, não foi uma sinfonia que preencheu o espaço cavernoso.

Foi a canção de Eyllwe.

Então a canção de Charco Lavrado. E Melisande. E Terrasen. Cada nação que tinha pessoas naqueles campos de trabalhos.

E, por fim, não por pompa ou triunfo, mas em luto pelo que haviam se tornado, tocaram a canção de Adarlan.

Ao tocar a nota final, o maestro se voltou para o público, os músicos de pé com ele. Como um, olharam para os camarotes, para todas aquelas joias compradas com o sangue do continente. Então, sem dizer palavra, sem reverência ou outro gesto, saíram do palco.

Na manhã seguinte, por decreto real, o teatro foi fechado.

Ninguém viu aqueles músicos ou o maestro de novo.

50

Uma brisa fria beijou o pescoço de Celaena. A floresta tinha ficado em silêncio, como se os pássaros e os insetos tivessem sido calados pela agressão à parede invisível. A barreira engolira cada faísca de magia lançada, e agora parecia murmurar com poder revigorado.

O cheiro de pinho e neve a envolveu, então Celaena se virou e viu Rowan de pé contra uma árvore próxima. Ele estava ali havia algum tempo, dando à assassina espaço para que se exaurisse.

Mas ela não estava cansada. E não havia terminado. Ainda havia fogo em sua mente, contorcendo-se, infinito, amaldiçoado. Ela deixou que diminuísse até virar brasa, deixou que o luto e o horror se calassem também.

Rowan falou:

— Acabamos de receber notícias de Wendlyn. Reforços não virão.

— Eles não vieram dez anos atrás — respondeu Celaena, a garganta arranhada, embora não falasse havia horas. Uma calma fria e resplandecente fluía agora pelas veias. — Por que se incomodariam em ajudar agora?

Os olhos do guerreiro brilharam.

— Aelin. — Quando Celaena simplesmente olhou para a floresta que escurecia, Rowan disse, subitamente: — Não precisa ficar, podemos ir para Doranelle esta noite, pode obter o conhecimento que precisa com Maeve. Tem minha bênção.

— Não me insulte pedindo que eu parta. Vou lutar. Nehemia teria ficado. Meus pais teriam ficado.

— Eles também tinham o luxo de saber que a linhagem não acabaria neles.

Celaena trincou os dentes.

— Você tem experiência, precisam de *você* aqui. É a única pessoa que pode dar aos semifeéricos uma chance de sobreviver; confiam em você e o respeitam. Então vou ficar. Porque você é necessário, e porque o seguirei para qualquer fim. — Se as criaturas devorassem o corpo e a alma dela, então não se importaria. Tinha merecido aquele destino.

Por um longo tempo, Rowan não disse nada. Contudo, as sobrancelhas dele se uniram levemente.

— Para qualquer fim?

Celaena assentiu. Ele não precisara mencionar o massacre, não precisara tentar consolá-la, pois sabia — sem que ela precisasse dizer uma palavra — como era.

A magia dela estremeceu no sangue, querendo sair, querendo *mais*. Mas esperaria, precisaria esperar até que chegasse a hora. Até que Celaena tivesse Narrok e as criaturas dele à vista.

A assassina percebeu que Rowan viu cada um desses pensamentos e mais conforme levou a mão ao manto para tirar de dentro uma adaga. A adaga de Celaena. Ele a estendeu para ela, a longa lâmina reluzindo como se o guerreiro estivesse secretamente polindo e cuidando da arma todos aqueles meses.

E quando Celaena pegou a adaga, o peso mais leve do que se lembrava, Rowan a encarou, olhou bem para dentro dela, e falou:

— Coração de Fogo.

Reforços de Wendlyn não viriam; não por desprezo, mas porque uma legião de Adarlan investira contra a fronteira norte. Três mil homens em navios tinham iniciado um ataque completo. Wendlyn mandara até o último soldado para a costa norte, e lá eles ficariam. Os semifeéricos deveriam enfrentar Narrok e suas forças sozinhos. Rowan tranquilamente encorajava os não lutadores na fortaleza a fugirem.

No entanto, ninguém fugiu. Até mesmo Emrys se recusou, e Malakai apenas disse que iria aonde seu parceiro fosse.

Durante horas, ajustaram os planos para adequá-los à ausência do reforço. No fim, não precisaram mudar muito, ainda bem. Celaena contribuiu com o que pôde para o planejamento, deixando que Rowan desse ordens a todos e ajustasse a formidável estratégia naquela cabeça genial. Ela tentava não pensar em Endovier e em Calaculla, mas aqueles acontecimentos ainda se remoíam dentro dela, presentes durante as longas horas em que debatiam.

Eles planejaram até Emrys sair com uma panela da cozinha e começar a bater nela com uma colher, ordenando que se fossem porque o alvorecer chegaria em breve.

Um minuto depois de voltarem para o quarto, Celaena se despiu e caiu na cama. Rowan se demorou, no entanto, tirando a camisa e seguindo para a pia.

— Você se saiu bem ao me ajudar a planejar esta noite.

Ela o observou lavar o rosto, então o pescoço.

— Parece surpreso.

O guerreiro secou o rosto com uma toalha, então se encostou na cômoda, apoiando as mãos em cada ponta. A madeira rangeu, mas o rosto dele permaneceu imóvel.

Coração de Fogo, Rowan a chamara. Será que sabia o que aquele nome significava para ela? Celaena queria perguntar, ainda tinha tantas perguntas a fazer, mas naquele momento, depois de todas as notícias do dia, precisava dormir.

— Mandei notícias — falou Rowan, saindo da cômoda e se aproximando da cama. Ela deixara a espada encontrada na caverna da montanha na cabeceira da cama, e o rubi incandescente agora brilhava à meia-luz conforme Rowan passava o dedo pelo cabo dourado. — Para minha... *equipe*, como gosta de chamá-los.

Celaena se apoiou nos cotovelos.

— Quando?

— Há alguns dias. Não sei onde estão todos ou se vão chegar a tempo. Maeve pode não deixar que venham, ou alguns deles talvez nem peçam. Podem ser... imprevisíveis. E é possível que eu apenas receba a ordem de voltar para Doranelle, e...

— Realmente pediu ajuda?

Os olhos de Rowan se semicerraram. *Acabei de dizer que sim.*

Celaena ficou de pé, e ele recuou um passo. *O que fez você mudar de ideia?*

Algumas coisas valem o risco.

O guerreiro não recuou de novo quando ela se aproximou e disse, com cada faísca que lhe restava no coração destruído:

— Eu reivindico você, Rowan Whitethorn. Não me importo com o que diga ou o quanto proteste. Eu reivindico você como meu amigo.

Ele apenas se voltou para a pia de novo, mas Celaena viu as palavras não ditas que Rowan tentara evitar que ela lesse em seu rosto.

Não importa. Mesmo que sobrevivamos, quando formos para Doranelle, vai sair sozinha do reino de Maeve.

~

Emrys se juntou a eles — assim como todos os semifeéricos de Defesa Nebulosa que não tinham saído para mandar mensagens — na viagem até o complexo dos curandeiros na manhã seguinte, para ajudar a levar os pacientes a um local seguro. Qualquer um que não pudesse lutar permaneceu para ajudar os doentes e os feridos, e o idoso declarou que ficaria até o fim. Então o deixaram, junto a um pequeno contingente de sentinelas para o caso de as coisas darem muito, muito errado. Quando Celaena seguiu para as árvores com Rowan, não se incomodou com despedidas. Muitos dos outros não deram adeus também — parecia um convite à morte, e ela tinha quase certeza de que não estava nas graças dos deuses.

Celaena foi acordada naquela noite pela mão enorme e calejada de alguém, sacudindo-a pelo ombro para que despertasse. Parecia que a morte já esperava por eles.

51

— Pegue sua espada e suas armas e *se apresse* — disse Rowan para Celaena, quando ela se levantou imediatamente, levando a mão para a adaga ao lado da cama.

Ele já estava no meio do quarto, vestindo as roupas e as armas com eficiência letal. Celaena não se incomodou com perguntas; o guerreiro contaria o que fosse necessário. Ela vestiu a calça e calçou as botas.

— Acho que fomos traídos — revelou Rowan, e os dedos da assassina ficaram presos em uma das presilhas do cinto da espada conforme se virava para a janela aberta. Silêncio. Silêncio absoluto na floresta.

E no horizonte, um borrão crescente de escuridão.

— Eles vêm esta noite — sussurrou ela.

— Verifiquei o perímetro. — Rowan enfiou uma faca na bota. — É como se alguém tivesse contado a eles onde cada armadilha, cada sino de aviso está localizado. Estarão aqui em uma hora.

— As pedras de proteção ainda estão funcionando? — Celaena terminou de trançar o cabelo e prendeu a espada nas costas.

— Sim... estão intactas. Soei o alarme, e Malakai e os demais estão preparando nossas defesas nas muralhas. — Uma pequena parte da jovem sorriu ao pensar em como devia ter sido para o idoso encontrar um Rowan seminu dando ordens no quarto.

Ela perguntou:

— Quem nos teria traído?

— Não sei e, quando a encontrar, vou esmagar a pessoa nas paredes. Mas, por enquanto, temos problemas maiores com que nos preocupar.

A escuridão no horizonte tinha se espalhado, devorando as estrelas, as árvores, a luz.

— O que é aquilo?

A boca de Rowan se contraiu em uma linha fina.

— Problemas maiores.

~

As pedras de proteção eram a última linha de defesa antes da própria fortaleza. Se Narrok planejava montar um cerco ao redor de Defesa Nebulosa, não poderiam contê-lo para sempre, mas esperavam que a barreira cansasse as criaturas e seu poder um pouco. Os semifeéricos estavam na muralha, no pátio e no alto das torres. Arqueiros matariam o máximo de homens possível depois que a barreira caísse, e usariam as portas de carvalho da fortaleza como gargalo para o pátio.

Mas ainda havia as criaturas e Narrok, junto à escuridão que carregavam. Pássaros e animais sobrevoavam a floresta em ondas ao fugirem; um êxodo de asas batendo, patas galopando, garras arranhando pedra. Liderando os animais para a segurança estava o Povo Pequenino, pouco mais que um brilho de olhos noturnos. Qualquer que fosse a tenebrosidade que Narrok e as criaturas levavam... uma vez que entravam, não havia saída.

Celaena estava parada com Rowan logo além dos portões do grande pátio, na extensão gramada de terra entre a fortaleza e as pedras de proteção, sentindo-se pequena demais. Os animais e o Povo Pequenino tinham parado de surgir momentos antes, e até mesmo o vento morrera.

— Assim que a barreira cair, quero que enterre flechas entre os olhos deles — disse o guerreiro, o arco frouxo na mão. — Não dê a eles a chance de hipnotizarem você, ou qualquer um. Deixe os soldados com os outros.

Eles não tinham ouvido ou visto os duzentos homens, mas Celaena assentiu, segurando o próprio arco.

— E quanto à magia?

— Use aos poucos, mas, se achar que pode destruí-los com ela, não hesite. E não elabore demais. Acabe com elas por quaisquer meios possíveis.

— Cálculos tão frios. Um guerreiro puro, autêntico. Celaena quase sentia a agressividade transbordar de Rowan.

Um fedor subia além da barreira, e algumas das sentinelas no pátio começaram a murmurar. Um cheiro de outro mundo, de qualquer que fosse a criatura infernal que caminhava sob pele mortal. Alguns animais desgarrados dispararam para fora do bosque, com a boca espumando, a escuridão atrás se tornava mais espessa.

— Rowan — disse Celaena, sentindo, e não realmente os vendo. — Estão aqui.

No limite das árvores, a menos de cinco metros das pedras de proteção, as criaturas emergiram.

A assassina se sobressaltou. Três.

Três, não duas.

— Mas os *skinwalkers*... — Ela não conseguiu terminar de dizer conforme os três homens avaliavam a fortaleza. Estavam vestindo roupas de um preto intenso, os mantos abertos, revelando os colares de pedras de Wyrd no pescoço. Os *skinwalkers* não o mataram, não, porque ali estava aquele mesmo macho perfeito, olhando diretamente para Celaena. Sorrindo para ela. Como se já conseguisse sentir seu gosto.

Um coelho disparou para fora dos arbustos, correndo para as pedras de proteção. Como a pata de uma besta imensa, a escuridão atrás das criaturas atacou, varrendo o animal em fuga.

O coelho caiu no meio de um salto, o pelo se tornou minguado e opaco, os ossos se destacaram enquanto a vida era sugada dele. As sentinelas nas muralhas e nas torres se agitaram, algumas xingaram. Celaena teve a chance de escapar das garras de apenas uma daquelas criaturas. Contudo, as três juntas se tornavam outra coisa, algo infinitamente poderoso.

— Não podemos permitir que a barreira caia — disse Rowan. — Aquela escuridão vai matar qualquer coisa que tocar. — Enquanto falava, a escuridão já começava a se estender ao redor da fortaleza. Cercando-os. A barreira murmurou, e as reverberações zuniram contra a sola das botas de Celaena.

Ela mudou para a forma feérica, encolhendo o corpo para afastar a dor. Precisava da audição mais aguçada, da força e da cura. Mesmo assim, as três criaturas permaneciam no limite da floresta, a escuridão se espalhando. Nenhum sinal dos duzentos soldados.

Como uma, as três deram meia-volta para as sombras atrás e abriram o caminho, fazendo uma reverência com a cabeça. Então, caminhando para fora das árvores, Narrok surgiu.

Ao contrário das outras criaturas, ele não era belo. Era coberto de cicatrizes, tinha a compleição poderosa e estava armado até os dentes. No entanto, também trazia a pele entalhada com aquelas veias pretas reluzentes, e usava o colar de obsidiana. Mesmo de longe, Celaena podia ver o vazio faminto nos olhos, que vazava na direção deles como sangue em um rio.

Ela esperou que Narrok dissesse alguma coisa, que negociasse e oferecesse uma escolha entre cederem ao poder do rei ou a morte, que desse algum discurso para acabar com a moral deles. Mas o homem olhou para Defesa Nebulosa com um movimento lento e quase prazeroso da cabeça, sacou a espada de ferro e apontou para os portões curvos das pedras de proteção.

Não havia nada que Celaena ou Rowan pudessem ter feito quando um chicote de escuridão estalou e atingiu a barreira invisível. O ar estremeceu; as pedras gemeram.

Rowan já se movia para as portas de carvalho, gritando ordens para os arqueiros a fim de que se preparassem e usassem qualquer magia que tivessem para se proteger contra a escuridão que se aproximava. Celaena permaneceu onde estava. Outro golpe, e a barreira ondulou.

— Aelin — disparou o guerreiro, e ela olhou por cima do ombro em sua direção. — Vá para dentro dos portões.

Mas Celaena puxou o arco pelas costas, e ao erguer a mão, estava coberta de fogo.

— No bosque, naquela noite, ele recuou da chama.

— Para usá-lo, precisará ir para fora da barreira, ou ele vai simplesmente ricochetear contra a muralha.

— Eu sei — respondeu ela, baixinho.

— Da última vez, bastou uma espiada e você caiu no feitiço dela.

A escuridão disparou de novo.

— Não vai ser como da última vez — respondeu Celaena, os olhos em Narrok, nas três criaturas. Não quando tinha uma dívida a acertar. O sangue esquentou, mas ela disse: — Não sei mais o que fazer.

Porque, se aquela escuridão chegasse até lá, então todas as lâminas e as flechas seriam inúteis. Não teriam chance de atacar.

Um grito soou, seguido por outros, então o som de metal contra metal. Alguém gritou:

— O túnel! Deram passagem a eles pelo túnel!

Por um momento, a assassina apenas ficou parada ali, piscando. O túnel de fuga. Eles *tinham* sido traídos. E agora sabiam onde estavam os soldados: entrando de fininho pela rede subterrânea, talvez a entrada tivesse sido permitida porque as pedras de proteção, com aquela estranha sensibilidade, estavam concentradas demais na ameaça acima para poder conter a de baixo.

Gritos e o som de luta ficaram mais altos. Rowan tinha posicionado os lutadores mais fracos do lado de dentro para que ficassem em segurança, bem no caminho da entrada do túnel. Seria um massacre.

— Rowan...

Outro golpe na barreira dado pela escuridão, então outro. Celaena começou a caminhar para as pedras, e o guerreiro grunhiu.

— Não dê mais um passo...

Ela continuou. Dentro da fortaleza, os gritos tinham começado, dor e morte e terror. Cada passo para longe a dilacerava, mas Celaena seguiu para as pedras, na direção dos portões imensos. Rowan a segurou pelo cotovelo.

— Isso foi uma *ordem*.

A assassina afastou a mão dele.

— Precisam de você do lado de dentro. Deixe a barreira comigo.

— Você não sabe se vai funcionar...

— Vai funcionar — disparou Celaena. — Sou dispensável, Rowan.

— Você é a herdeira do trono de...

— Agora, sou uma mulher que tem um poder que pode salvar vidas. Me deixe fazer isso. Ajude os outros.

Ele olhou para as pedras de defesa, para a fortaleza e as sentinelas que corriam para ajudar abaixo. Sopesando, calculando. Por fim, disse:

— Não lute com eles. Concentre-se naquela escuridão e em mantê-la longe, e só. Preserve a barreira, Aelin.

Mas ela não queria preservar a barreira, não quando o inimigo estava tão perto. Não quando o peso das almas de Calaculla e de Endovier a pressionava, gritando tão alto quanto os soldados do lado de dentro da fortaleza. Celaena falhara com eles. Chegara tarde demais. E *bastava*. Contudo, ela assentiu, como o bom soldado que Rowan acreditava que era, e respondeu:

— Entendido.

— Vão atacá-la assim que colocar os pés fora da barreira — avisou ele, soltando o braço de Celaena. A magia dela começou a ferver nas veias. — Mantenha um escudo preparado.

— Eu sei. — Foi sua única resposta ao se aproximar da barreira e da escuridão rodopiante além dela. As sombras das pedras curvas do portão pairavam, e Celaena sacou a espada das costas com a mão direita, a esquerda envolta em chamas.

O povo de Nehemia massacrado. O povo dela massacrado. O povo *dela*.

A assassina se colocou sob o arco das pedras, a magia zuniu e beijou sua pele. Apenas alguns passos a levariam para fora da barreira. Celaena podia sentir Rowan se demorando, esperando para ver se ela sobreviveria os primeiros segundos. Mas ela sobreviveria; queimaria aquelas coisas até virarem cinza e poeira.

Aquilo era o mínimo que devia às vítimas em Endovier e em Calaculla; o mínimo que poderia fazer, depois de tanto tempo. Um monstro para destruir monstros.

As chamas na mão esquerda queimaram mais forte quando ela deu um passo para além do arco, em direção ao abismo que a chamava.

52

A escuridão açoitou Celaena assim que a assassina passou a barreira invisível.

Uma parede de chamas atravessou a lança da escuridão, queimando-a, e exatamente como ela apostara, a escuridão recuou. Apenas para atacar de novo, ágil como uma serpente.

Celaena a enfrentou, golpe a golpe, ordenando que o fogo se espalhasse, uma parede vermelha e dourada englobou a barreira atrás dela. A assassina ignorou o fedor dos monstros, o ar oco próximo às orelhas, o latejar na cabeça, que se tornara muito pior além da proteção dos feitiços, principalmente agora que todas as três criaturas estavam reunidas. Contudo, não cedeu, mesmo quando sangue começou a lhe escorrer do nariz.

A escuridão a atacou, investindo ao mesmo tempo contra a muralha, abrindo buracos entre as chamas. Ela as remendou por reflexo, permitindo que o poder fizesse como queria, mas com a ordem de proteger, de manter aquela barreira segura. Celaena deu outro passo para além do portal de pedras.

Narrok não estava à vista, mas as três criaturas esperavam por ela.

Ao contrário da outra noite no bosque, estavam armadas com espadas longas e finas, que empunhavam com uma graça sobrenatural. Então atacaram.

Que bom.

A jovem não as encarou, nem deu atenção ao sangramento no nariz e à pressão nos ouvidos. Apenas conjurou um escudo de fogo ao redor do antebraço esquerdo e começou a agitar aquela espada antiga.

Se Rowan tinha ficado para vê-la contrariar sua primeira ordem, depois a segunda, ela não sabia.

As três criaturas continuaram se aproximando, ágeis e controladas, como se tivessem tido eras de treinamento com espada, como se fossem uma só mente, um só corpo. Quando Celaena desviava de uma, a outra já estava lá; conforme socava uma com chamas e aço, outra se abaixava para segurá-la. A assassina não podia permitir que os monstros a tocassem, não podia se permitir encará-las.

O escudo ao redor da barreira queimava forte às costas de Celaena, a escuridão das criaturas o ferroava e perfurava, mas ela o mantinha firme. Não mentira para Rowan a respeito daquilo — sobre proteger a muralha.

Um dos monstros desceu a lâmina em direção a ela... não para matar. Para incapacitar.

Como uma segunda natureza, de alguma forma, as chamas desceram pela lâmina de Celaena ao contra-atacar, ordenando que o fogo cobrisse a própria espada. Quando tocou o ferro preto da criatura, faíscas azuis dançaram, tão fortes que a jovem ousou olhar no rosto do inimigo para ver... surpresa. Horror. Raiva.

O cabo da espada estava quente — reconfortante — na mão dela, e a pedra vermelha brilhava como se com um fogo próprio.

As três criaturas pararam em uníssono, as bocas sensuais exibindo dentes muito brancos em um grunhido. Aquela do centro, que tinha sentido o gosto de Celaena antes, sibilou para a espada:

— Goldryn.

A escuridão pausou, e a assassina usou essa distração para remendar os escudos, um calafrio desceu pela espinha mesmo com as chamas a mantendo aquecida. Ela ergueu a arma mais alto e avançou.

— Mas você não é Athril, amado da rainha sombria — disse uma delas.

— E você não é Brannon, do Fogo Selvagem — falou outra.

— Como você... — Mas as palavras ficaram presas na garganta de Celaena conforme uma lembrança surgiu, de meses antes, uma vida atrás. De um reino que estava entre os mundos, da coisa que vivia dentro de Cain falando. Com ela, e... Elena. Elena, filha de Brannon. *Você foi trazida de volta*, disse a coisa. *Todos os jogadores do jogo inacabado.*

Um jogo que havia começado no início dos tempos, quando uma raça de demônios forjou as chaves de Wyrd e as usou para invadir este mundo, então Maeve usara o poder deles para bani-los. No entanto, alguns demônios permaneceram presos em Erilea e travaram uma segunda guerra séculos depois, quando Elena lutou contra eles. E quanto aos outros, que tinham sido enviados de volta ao reino deles? E se o rei de Adarlan, ao descobrir sobre as chaves, também descobrira onde encontrá-los? Como... domá-los?

Pelos deuses.

— Vocês são os valg — sussurrou Celaena.

As três coisas dentro daqueles corpos mortais sorriram.

— Somos príncipes em nosso reino.

— E que reino é esse? — Ela despejou a magia no escudo atrás de si.

O príncipe valg no centro pareceu estender a mão para Celaena sem se mover. Ela lançou um soco de chamas contra ele, a criatura se encolheu de volta.

— Um reino de escuridão, gelo e vento eternos — respondeu ele. — E estamos esperando há muito, muito tempo para sentir sua luz do sol de novo.

O rei de Adarlan era mais poderoso do que Celaena podia imaginar, ou o homem mais tolo que já viveu, se achava que podia controlar aqueles príncipes demônios.

O sangue do nariz escorreu no manto de Celaena. O líder das criaturas falou, como que ronronando:

— Depois que me deixar entrar, garota, não haverá mais sangue nem dor.

Celaena disparou outra muralha de chamas para queimá-los.

— Brannon e os outros os baniram para o esquecimento uma vez — retrucou Celaena, embora os pulmões estivessem queimando. — Podemos fazer isso de novo.

Uma risada baixa.

— Não fomos derrotados. Apenas detidos. Até que um homem mortal foi tolo o bastante para nos convidar de volta, para usar esses corpos magníficos.

Será que os homens que um dia os haviam ocupado ainda estavam ali dentro? Se cortasse a cabeça deles, aquele colar de pedra de Wyrd, será que as criaturas sumiriam, ou seriam libertadas em outra forma?

Aquilo era muito, muito pior do que Celaena esperava.

— Sim — disse o líder, dando um passo na direção dela e farejando. — Deve nos temer. E nos receber.

— Receba isto — grunhiu ela, e atirou uma adaga oculta no braçal contra a cabeça dele.

Ele foi tão ágil que a arma arranhou a bochecha em vez de se enterrar entre os olhos. Sangue escuro surgiu e escorreu; o monstro levantou a mão branca como a lua para examiná-lo.

— Vou gostar de devorar você de dentro para fora — falou o líder, e a escuridão atacou de novo.

~

A batalha ainda era travada na fortaleza, o que era bom, pois significava que ainda não haviam todos morrido. E Celaena ainda empunhava Goldryn contra os três príncipes valg — embora a espada ficasse pesada a cada segundo, e o escudo estivesse começando a falhar. Ela não tivera tempo de concentrar o poder, ou de considerar racioná-lo.

A escuridão que os valg levaram com eles continuava golpeando a muralha, então Celaena atirou escudo após escudo, o fogo ardendo no sangue, na respiração, na mente. Deu ao seu poder liberdade total, pedindo apenas que mantivesse viva a proteção por trás. E a magia o fez, entornando o estoque.

Rowan não tinha voltado para ajudar, mas Celaena disse a si mesma que ele voltaria, e que ajudaria, porque não era uma fraqueza admitir que precisava dele, que precisava da ajuda do guerreiro e...

A lombar se contraiu, o que era tudo que a assassina podia fazer para manter a espada lendária na mão quando o líder dos príncipes valg desceu um golpe contra o pescoço dela. *Não.*

Um músculo pinçou próximo à coluna, torcendo-se até que precisou conter um grito enquanto se defendia de um golpe. Não podia ser o esgotamento. Não tão cedo, não depois de praticar tanto, não...

Um buraco se abriu no escudo, e a escuridão se chocou contra a barreira, fazendo a magia estremecer e gritar. Ela lançou um pensamento na direção da proteção, e conforme a chama a remendou, seu sangue começou a latejar.

Os príncipes começavam a cercá-la de novo. Celaena grunhiu, lançando uma parede de chamas incandescentes contra eles, afastando-os mais e mais enquanto ela respirava fundo.

Mas sangue foi expirado em vez de ar.

Se corresse para dentro dos portões, quanto tempo o escudo duraria antes que sucumbisse aos príncipes e à escuridão antiga? Quanto tempo aqueles que estavam do lado de dentro durariam? Celaena não ousou se virar para ver quem estava vencendo. Não parecia bom. Não havia gritos de vitória, apenas dor e medo.

Os joelhos fraquejaram, mas a jovem engoliu o sangue e tomou fôlego de novo.

Não havia imaginado que terminaria daquela forma. E talvez fosse o que merecia, depois de dar as costas ao próprio reino.

Um dos príncipes valg atravessou a mão pela parede de chamas que os separava, a escuridão protegendo a pele para não derreter. Celaena estava prestes a lançar outra chama contra ele quando um movimento nas árvores chamou sua atenção.

No alto da colina, como se tivessem descido as montanhas correndo, sem parar para comer ou beber água ou dormir, estavam um homem gigante, um enorme pássaro e três dos maiores predadores que a assassina já vira.

Cinco no total.

Em resposta ao chamado desesperado do amigo por ajuda.

Dispararam entre as árvores e as pedras: dois lobos, um preto e um branco como a lua; o macho de compleição poderosa; o pássaro planando baixo acima deles; e um felino selvagem familiar correndo na retaguarda. Seguindo para a escuridão que pairava entre eles e a fortaleza.

O lobo preto parou subitamente ao se aproximarem da escuridão, como se sentisse o que ela podia fazer. Os gritos na fortaleza aumentaram. Se os recém-chegados pudessem destruir os soldados, os sobreviventes poderiam pegar o túnel e fugir antes que a escuridão consumisse tudo.

Os olhos ardiam com o suor, e a dor a dilacerava tão profundamente que Celaena se perguntava se seria permanente. No entanto, não mentira para Rowan quanto a salvar vidas.

Então, não parou para ponderar ou reconsiderar quando atirou o restante do poder na direção dos cinco amigos de Rowan, uma ponte de chamas atravessando escuridão, partindo-a ao meio.

Uma trilha para os portões atrás dela.

Para dar crédito a eles, os companheiros de Rowan não hesitaram em disparar por ela, os lobos liderando, o pássaro — uma águia-pescadora — logo atrás. Celaena despejou o poder na ponte, trincando os dentes contra a dor enquanto os cinco corriam por ela, sem olhar uma vez para a jovem. Contudo, o felino dourado diminuiu o passo ao atravessar os portões, quando o peito da assassina estremeceu, fazendo-a tossir, o sangue reluzente na grama.

— Ele está lá dentro — disse ela engasgando. — Ajude Rowan.

O grande felino se deteve, avaliando Celaena e a muralha e os príncipes lutando contra as chamas.

— *Vá* — pediu ela, chiando. A ponte através da escuridão se desfez, e Celaena cambaleou para trás quando aquele poder sombrio se chocou contra ela, o escudo, o mundo.

O sangue rugia tão alto nos ouvidos que mal conseguiu ouvir conforme o felino selvagem correu para a fortaleza. Os amigos de Rowan tinham aparecido. Que bom. Que bom que ele não estaria sozinho, que tinha pessoas no mundo.

Celaena tossiu sangue de novo, derramando-o no chão — nas pernas do príncipe valg.

Mal se moveu antes de o príncipe a atirar contra as próprias chamas, fazendo-a bater na parede mágica atrás, tão forte e cruelmente quanto se fosse feita de pedra. O único modo de entrar na fortaleza era pelos portões do feitiço. A assassina atacou com Goldryn, mas o golpe foi fraco. Contra os valg, contra aquele poder terrível que o rei de Adarlan possuía, o exército à disposição dele... tudo era inútil. Tão inútil quanto o juramento que Celaena tinha feito no túmulo de Nehemia. Tão inútil quanto uma herdeira de um trono partido, um nome partido.

A magia fervia seu sangue. A escuridão — seria um alívio em comparação com o inferno que ardia nas veias. O príncipe valg avançou, e parte de Celaena estava gritando; gritando consigo mesma para levantar, para continuar lutando, para se revoltar e rugir contra aquele fim terrível. No entanto, mover os braços e as pernas, até mesmo respirar, tinha se tornado um esforço monumental.

Ela estava tão cansada.

~

A fortaleza era um inferno de gritos e sangue, mas Rowan continuava golpeando com as lâminas, mantendo a posição na abertura do túnel conforme soldado após soldado entrava. O líder da equipe de reconhecimento, Bas, os deixara entrar, contara Luca a Rowan. Os outros semifeéricos que tinham conspirado com ele queriam o poder que as criaturas ofereciam — queriam um lugar no mundo. Pela devastação nos olhos do garoto ensanguentado, Rowan percebeu que Bas já encontrara seu fim. Ele esperava que não tivesse sido Luca quem o derrotara.

Os soldados seguiam entrando, homens altamente treinados que não tinham medo dos semifeéricos ou da pouca magia que possuíam. Estavam armados com ferro e não diferenciavam entre os jovens e os idosos, entre machos e fêmeas enquanto cortavam e matavam.

Rowan não estava exausto, nem um pouco. Lutara por mais tempo e em condições piores. Contudo, os outros estavam enfraquecidos, principalmente conforme soldados continuavam a inundar a fortaleza. O guerreiro arrancou a espada da barriga de um soldado morto, a adaga já cortando o pescoço de outro, quando rugidos sacudiram as pedras da fortaleza. Alguns dos semifeéricos congelaram, mas Rowan quase estremeceu de alívio ao ver lobos gêmeos saltarem escada abaixo e fecharem a mandíbula no pescoço de dois soldados de Adarlan.

Enormes asas bateram, então um homem de olhos pretos e expressão irritada estava diante de Rowan, empunhando uma espada mais antiga que os ocupantes de Defesa Nebulosa. Vaughan apenas acenou antes de tomar posição, não era um guerreiro de muitas palavras.

Além dele, os lobos eram nada menos que letais, e não se incomodaram em mudar para a forma feérica ao abaterem soldado após soldado, deixando aqueles que passavam para o guerreiro esperando atrás. Foi tudo o que Rowan precisou ver antes de subir as escadas, desviando dos semifeéricos desnorteados e ensanguentados.

A escuridão não tinha caído, o que significava que ela ainda devia estar respirando, ainda tinha que estar segurando a barreira, mas...

Um felino selvagem parou subitamente na plataforma das escadas, então mudou de forma. Rowan fitou brevemente seus olhos amarelos e perguntou:

— Onde ela está?

Gavriel estendeu o braço. Como se para impedi-lo.

— Ela está mal, Rowan. Acho...

Rowan correu, afastando o amigo mais antigo, passando pelo outro macho imenso que agora surgia — Lorcan. Até mesmo *Lorcan* atendera ao chamado. O tempo de gratidão viria depois, e o semifeérico de cabelos pretos não disse nada quando Rowan correu para os portões da muralha. O que viu além deles quase o fez cair de joelhos.

A parede de chamas estava em ruínas, mas ainda protegia a barreira. Mas as três criaturas...

Aelin estava de pé diante delas, curvada e ofegante, a espada inerte na mão. As criaturas avançaram, e uma chama azul fraca surgiu. Elas afastaram a chama com um gesto das mãos. Outra surgiu, e os joelhos de Celaena falharam.

O escudo de fogo apareceu e retrocedeu, pulsando como luz ao redor do corpo dela. Estava quase em esgotamento. Por que não tinha recuado?

Mais um passo à frente e os monstros disseram algo que a fizeram erguer a cabeça. Rowan sabia que não poderia chegar até ela, nem mesmo tinha fôlego para gritar quando Aelin encarou a criatura diante de si.

A assassina mentira para ele. Queria salvar vidas, sim, porém tinha ido até lá sem qualquer intenção de salvar a própria.

O guerreiro inspirou — para correr, para rugir, para conjurar o próprio poder, mas uma muralha de músculos se chocou contra ele por trás, derrubando-o na grama. Embora empurrasse e se contorcesse contra Gavriel, não podia fazer nada contra os quatro séculos de treinamento e instinto felino que o seguravam, evitando que corresse por aqueles portões para a escuridão que destruía mundos.

A criatura segurou o rosto de Aelin nas mãos, e a espada dela caiu no chão com um ruído, esquecida.

Rowan gritou quando o monstro pegou Aelin nos braços. Quando ela parou de lutar. Quando as chamas se apagaram e a escuridão a engoliu por inteiro.

53

Havia sangue por toda parte.

Como antes, Celaena estava entre duas camas ensanguentadas, com um hálito fétido acariciando a orelha, o pescoço, a coluna. Conseguia sentir os príncipes valg se movendo ao redor, circulando com o ritmo de predadores, devorando sua tristeza e dor pouco a pouco, degustando e saboreando.

Não havia como escapar, e a assassina não podia se mover enquanto olhava de uma cama para a outra.

O cadáver de Nehemia, destruído e mutilado. Porque tinha chegado tarde demais e porque tinha sido covarde.

E os pais dela, garganta cortada de orelha a orelha, cinzentos e sem vida. Mortos em um ataque que deveriam ter pressentido. Um ataque que *ela* deveria ter pressentido. Talvez *tivesse* pressentido e, por isso, entrara de fininho naquela noite. Mas também chegara tarde demais.

Duas camas. Duas fraturas na alma de Celaena, fraturas pelas quais o abismo escorrera muito antes de os príncipes valg sequer a pegarem. Uma garra a arranhou no pescoço, e ela recuou para longe, tropeçando na direção dos cadáveres dos pais.

Assim que aquela escuridão a envolveu, extinguindo a chama exausta, aquilo começou a ingerir a raiva inconsequente que a impulsionara a sair da barreira. Ali, no escuro, o silêncio era completo, eterno. Celaena conseguia sentir os valg deslizando ao redor, famintos e ansiosos, e cheios de malícia antiga e fria. Ela esperava que a vida fosse sugada instantaneamente, mas eles apenas ficaram por perto no escuro, roçando contra ela como gatos, até que uma luz fraca tivesse se formado e Celaena se encontrasse entre aquelas duas camas. Não conseguia virar o rosto, não conseguia fazer nada a não ser sentir náusea e pânico subindo aos poucos. E agora... agora...

Embora o corpo permanecesse imóvel na cama, a voz de Nehemia sussurrava: *Covarde.*

Celaena vomitou. Uma risada fraca e rouca soou atrás.

Ela recuou, mais e mais longe da cama na qual jazia Nehemia. Então estava parada em um mar de vermelho — vermelho e branco e cinza, e...

Estava agora parada como uma aparição na cama dos pais, onde havia se deitado dez anos antes, acordando entre os corpos devido aos gritos da criada. Eram aqueles gritos que ouvia agora, altos e intermináveis, e... *Covarde.*

Celaena caiu contra a cabeceira da cama, tão real, lisa e fria quanto se lembrava. Não havia outro lugar para ir. Era uma lembrança; aquelas coisas não eram reais.

Ela pressionou a palma das mãos contra a madeira, lutando contra o grito que surgia. *Covarde.* A voz de Nehemia, de novo, preencheu o quarto. Celaena fechou os olhos com força e disse para a parede:

— Eu sei. Eu sei.

A assassina não lutou quando dedos frios, com garras, acariciaram suas bochechas, a testa, os ombros. Uma das garras fez um corte reto na trança ao virar Celaena. Não lutou quando a escuridão a engoliu por inteiro e a arrastou para as profundezas.

~

A escuridão não tinha fim nem início.

Era o abismo que assombrava seus passos havia dez anos, e ela desceu em queda livre, recebendo-o.

Não havia som, apenas a vaga noção de seguir na direção de um fundo que poderia não existir, ou que poderia significar o verdadeiro fim. Talvez os príncipes valg a tivessem devorado, transformando-a em uma casca. Talvez a alma de Celaena estivesse presa ali para sempre, naquela escuridão descendente.

Talvez aquilo fosse o inferno.

A escuridão estremecia agora, mudando com som e cor pelos quais a assassina passava. Ela vivenciou cada imagem, cada memória era pior que a seguinte. O rosto de Chaol ao ver quem Celaena realmente era; o corpo mutilado de Nehemia; a última conversa com a amiga, as coisas desgraçadas que dissera. *Quando seu povo estiver caído, morto, ao seu redor, não venha chorando para mim.*

Aquilo se tornara verdade; agora milhares de escravizados de Eyllwe tinham sido mortos pela própria coragem.

Celaena tropeçou pelo caos dos momentos em que comprovara que a amiga estava certa. Ela era um desperdício de espaço e de fôlego, uma mancha no mundo. Indigna do próprio direito de nascença.

Isso era o inferno; e parecia o inferno, quando a assassina viu o banho de sangue que criou no dia em que se revoltou em Endovier. Os gritos dos que morriam — os homens que havia cortado — a dilaceravam como mãos fantasmas.

Era o que ela merecia.

Celaena enlouqueceu naquele primeiro dia em Endovier.

Enlouquecia conforme a velocidade da descida diminuía e a despiram, depois a amarraram entre dois mastros cobertos de sangue. O ar frio açoitava os seios nus, mas isso não era nada comparado ao terror e à dor quando um chicote estalou e...

Celaena fez força contra as cordas que a atavam. Mal tivera tempo de respirar antes que o estalo soasse de novo, partindo o mundo como relâmpago, partindo a pele.

— Covarde — disse Nehemia atrás dela, e o chicote estalou. — Covarde. — A dor ofuscava a visão. — Olhe para mim. — Ela não conseguia erguer a cabeça, no entanto. Não conseguia se virar. — *Olhe para mim.*

Celaena estava enfraquecida contra as cordas, mas conseguiu olhar por cima do ombro.

Nehemia estava inteira, bela e intocada, os olhos cheios de um ódio reprovador. Então, de trás, surgiu Sam, lindo e alto. A morte dele fora tão semelhante à de Nehemia, mas muito pior, arrastada durante horas. Celaena não o salvara também. Ao olhar para o chicote com ponta de ferro nas mãos dele, ao ver Sam passar por Nehemia, deixando que o chicote se desenrolasse na terra rochosa, a assassina soltou uma risada grave e baixa.

Ela recebeu a dor de braços abertos quando Sam respirou fundo, as roupas se agitando com o movimento conforme estalava o chicote. A ponta de ferro; ah, pelos deuses, aquilo a dilacerou em um corte reto, fazendo com que as pernas fraquejassem.

— De novo — pediu Celaena a Sam; as palavras eram pouco mais que um sussurro. — *De novo.*

Ele obedeceu. Havia apenas o ruído do couro sobre pele úmida conforme Sam e Nehemia se revezavam, e uma fileira de pessoas se formava atrás deles, esperando o merecido pagamento pelo que Celaena fracassara em fazer.

Uma fila tão longa de pessoas. Tantas vidas que ela havia tirado ou que fracassara em proteger.

De novo.

De novo.

De novo.

~

Celaena não atravessara a barreira esperando derrotar os príncipes valg.

Fora para lá pelo mesmo motivo que enlouquecera naquele dia em Endovier.

Mas os príncipes valg ainda não a haviam matado.

A assassina sentira o prazer deles ao implorar pelas chicotadas. Aquilo os alimentava. A carne mortal não era nada para eles — o prêmio era a dor interna. Prolongariam aquilo para sempre, manteriam Celaena como um bicho de estimação.

Não havia ninguém para salvá-la, ninguém que pudesse entrar na escuridão e sobreviver.

Um a um, os príncipes tatearam as memórias dela. A jovem os alimentou, deu tudo o que queriam e mais. Mais, e mais em retrospecto, percorrendo os anos conforme mergulhavam na escuridão, se entrelaçando. Celaena não se importava.

Não olhara nos olhos do príncipe valg esperando ver a luz do sol de novo.

Celaena não soube por quanto tempo caiu com eles.

Mas então havia uma corredeira, um rugido abaixo: um rio congelado. Sussurros e luz embaçada se erguiam para encontrá-los. Não, não se erguiam; aquele era o fundo.

Um fim para o abismo. Um fim para ela, talvez.

Celaena não sabia se os príncipes valg sibilavam de raiva ou de prazer quando se chocaram contra aquele rio congelado no fundo de sua alma.

54

Trombetas anunciaram sua chegada. Trombetas e silêncio conforme o povo de Orynth enchia as ruas íngremes, serpenteantes, até o palácio branco que observava todos. Era o primeiro dia de sol em semanas; a neve nas ruas de paralelepípedo derretia rapidamente, embora o vento ainda tivesse um toque final de inverno, o bastante para que o rei de Adarlan e toda a enorme comitiva estivessem enrolados em peles que cobriam a majestade.

As bandeiras douradas e carmesins, no entanto, oscilavam ao vento gelado, os mastros dourados brilhavam tanto quanto a armadura daqueles que os empunhavam, que cavalgavam à frente da comitiva. Ela os observou se aproximando de uma das varandas da sala do trono, com Aedion ao lado fazendo comentários constantes sobre o estado dos cavalos, das armaduras, das armas — sobre o próprio rei de Adarlan, que cavalgava próximo à frente, em um enorme cavalo preto. Havia um pônei ao lado dele, levando uma figura menor.

— O filho chorão — disse Aedion.

O castelo todo estava em um silêncio angustiante. Todos perambulavam, mas quietos, tensos. O pai dela estava nervoso no café da manhã, e a mãe, distraída; a corte inteira estava agressiva e usando muito mais armas que o comum. Apenas o tio parecia igual — apenas Orlon sorrira para ela naquele dia, dissera que estava muito bonita com o vestido azul e a coroa dourada, e puxara um dos cachos recém-feitos. Ninguém comentara nada sobre aquela visita, mas ela sabia que era importante, porque até mesmo seu primo vestia roupas limpas, uma coroa *e* uma adaga nova, que ele passara a atirar no ar.

— Aedion, Aelin — sussurrou alguém de dentro da sala do trono, Lady Marion, a amiga mais próxima e criada da mãe dela. — Na plataforma, *agora*. — Atrás da linda dama, uma cabeça de cabelos pretos como a noite e olhos ônix espreitava. Era Elide, sua filha. A garota era quieta e sensível demais para que Aelin se importasse com ela. E Lady Marion, criada *de Aelin*, paparicava a própria filha interminavelmente.

— Porcaria — xingou Aedion, e Marion ficou vermelha de raiva, mas não o repreendeu. Prova o suficiente de que aquele dia era diferente, até perigoso.

O estômago dela revirou, mas Aelin seguiu Lady Marion para dentro, com Aedion atrás, como sempre, e se sentou no pequeno trono ao lado do trono do pai. Aedion tomou a posição ao lado, os ombros para trás e a cabeça erguida, já seu protetor e guerreiro.

Orynth inteira estava em silêncio quando o rei de Adarlan entrou no lar deles na montanha.

~

Ela odiou o rei de Adarlan.

Ele não sorriu — não sorriu ao caminhar para o interior da sala do trono a fim de cumprimentar o tio e os pais dela, nem ao apresentar o filho mais velho, o príncipe herdeiro Dorian Havilliard, tampouco ao chegar ao salão para o maior banquete que Aelin já vira. O rei só olhara para a menina duas vezes até então: uma durante aquela reunião inicial, na qual a encarou por tanto tempo e tão concentrado que o pai dela exigiu saber o que o soberano achava tão interessante a respeito da filha dele, e a corte inteira ficou tensa. Mas Aelin não desviara os olhos daquele olhar sombrio. Ela odiou o rosto cheio de cicatrizes e bruto, assim como as peles que vestia. Odiou o modo como o rei ignorava o filho de cabelos pretos, que estava de pé como uma bonequinha ao lado, com modos tão elegantes e graciosos, as mãos pálidas como passarinhos ao se moverem.

A segunda vez que o monarca olhou para Aelin foi àquela mesa, onde agora estava sentada a alguns assentos de distância, acompanhada por Lady

Marion, do lado mais próximo do rei, e por Aedion, do outro. Havia adagas nas pernas da criada sob o vestido; a menina sabia porque ficava esbarrando nelas. Lorde Cal, marido de Marion, estava sentado ao lado, a arma que carregava reluzindo.

Elide, com as outras crianças, tinha sido enviada para o andar de cima. Apenas Aelin e Aedion — e o príncipe Dorian — podiam ficar ali. Aedion estufou o peito de orgulho e mal conteve o temperamento quando o rei de Adarlan olhou Aelin uma segunda vez, como se pudesse ver através de seus ossos. O soberano foi puxado para a conversa com os pais e o tio dela e todos os lordes e as damas da corte que haviam se colocado ao redor da família real.

Aelin sempre soubera que sua corte não arriscava, nem com ela nem com os pais ou o tio. Mesmo agora, a garota reparou que os olhos dos amigos mais próximos do pai desviavam para as janelas e para as portas conforme conversavam com aqueles ao redor.

O restante do salão estava cheio com a comitiva de Adarlan e os círculos mais externos da corte de Orlon, além dos importantes mercadores da cidade, que queriam se aproximar de Adarlan. Ou algo assim. Mas a atenção de Aelin estava no príncipe diante dela, que parecia completamente ignorado pelo pai e pela própria corte, empurrado para o final com ela e Aedion.

Ele comia de modo tão bonito, pensou Aelin, observando-o cortar o frango assado. Nenhuma gota saía do lugar, nenhuma migalha caía na mesa. A menina tinha modos decentes, enquanto Aedion era um caso perdido: o prato dele estava cheio de ossos, e migalhas se espalhavam por toda parte, algumas até no vestido de Aelin. Ela o chutou por causa disso, mas a atenção do garoto estava concentrada demais na realeza no fim da mesa.

Então tanto ela quanto o príncipe herdeiro deveriam ser ignorados. Aelin olhou para ele de novo e imaginou que deviam ter a mesma idade. Tinha a pele do inverno, os cabelos preto-azulados perfeitamente aparados; os olhos cor de safira se ergueram do prato e encontraram os dela.

— Você come como uma dama refinada — disse a menina.

Os lábios do príncipe se contraíram, e a vermelhidão manchou as bochechas marfim. Sentado em frente, Quinn, o capitão da Guarda do tio de Aelin, engasgou com a água.

O príncipe olhou para o pai — ainda ocupado com o tio de Aelin — antes de responder. Não buscando aprovação, mas com medo.

— Como do jeito de um príncipe — retrucou Dorian, baixinho.

— Não precisa cortar o pão com garfo e faca — comentou ela. Um leve latejar começou na cabeça, seguido por um calor tremulante, mas ela o ignorou. O salão estava quente, pois tinham fechado todas as janelas por algum motivo.

— Aqui no norte — continuou a menina, quando a faca e o garfo do príncipe permaneceram onde estavam no pão — não precisa ser tão formal. Não fazemos pompa.

Hen, um dos homens de Quinn, tossiu de modo chamativo alguns assentos adiante. Aelin quase podia ouvi-lo falar: *Diz a daminha de cabelo com cachos cuidadosamente feitos e usando o vestido novo, pelo qual ameaçou nos esfolar vivos caso o sujássemos.*

Ela deu a Hen um olhar igualmente chamativo, em seguida voltou a atenção para o príncipe estrangeiro, que já abaixara o rosto para a comida de novo, como se esperasse ser esquecido pelo resto da noite. Parecia tão solitário que a garota disse:

— Se quiser, pode ser meu amigo. — Nenhum dos homens ao redor disse qualquer coisa nem tossiu.

Dorian ergueu o queixo.

— Tenho um amigo. Ele vai ser o Lorde de Anielle algum dia e o guerreiro mais destemido do território.

Aelin duvidou que Aedion fosse gostar daquela alegação, mas o primo permanecia concentrado na mesa. Ela desejou ter ficado de boca fechada. Mesmo aquele príncipe estrangeiro inútil tinha amigos. O latejar na cabeça aumentara, fazendo-a tomar um gole de água. Água — sempre água para acalmar o interior.

Ao estender a mão para o copo, no entanto, sentiu uma dor lancinante na cabeça, então se encolheu.

— Princesa? — falou Quinn, sempre o primeiro a notar.

Ela piscou, pontos pretos se formavam na visão, mas a dor parou.

Não, não parou, só pausou. Uma pausa, depois...

Bem entre os olhos, a sensação pressionou a cabeça, tentando entrar. Ela esfregou a testa. A garganta se fechou, e Aelin estendeu a mão para a água, pensando em frescor, em calma e frio, exatamente como os tutores e a corte tinham ensinado. Contudo, a magia se revirava internamente; queimando. Cada pulso de dor na cabeça a fazia piorar.

— Princesa — disse Quinn de novo. Ela se levantou, as pernas fraquejando. A escuridão na visão crescia a cada golpe da dor, deixando-a zonza. Distante, como se estivesse debaixo d'água, Aelin ouviu Lady Marion pronunciar seu nome, tentar alcançá-la, mas a menina queria o toque frio da mãe.

Evalin se virou no assento, o rosto sério, os brincos de ouro refletindo a luz, e estendeu um braço, chamando.

— O que foi, Coração de Fogo?

— Não me sinto bem — disse ela, mal conseguindo pronunciar as palavras. Aelin segurou o braço envolto em veludo da mãe, em busca de conforto e para evitar que os joelhos cedessem.

— Qual o problema? — perguntou a mãe, mesmo ao levar a mão à testa da filha. Um lampejo de preocupação, então um olhar para o marido, que observava ao lado do rei de Adarlan. — Ela está queimando — falou a mulher, baixinho. Lady Marion apareceu subitamente atrás, e Evalin ergueu o rosto para dizer: — Peça que o curandeiro vá ao quarto dela. — A criada se foi em um segundo, correndo para uma porta lateral.

Aelin não precisava de um curandeiro, e ela segurou o braço da mãe para dizer isso. Contudo, nenhuma palavra saía conforme a magia subiu, queimando. A mãe dela chiou, em seguida deu um salto para trás: fumaça saiu do vestido onde a filha a segurara.

— Aelin.

A cabeça da princesa latejou; um estouro de dor, então...

Algo se contorcia e girava dentro de sua cabeça.

Um verme de escuridão, abrindo caminho. A magia se agitou, debatendo-se, tentando tirar aquilo dali, queimar aquela coisa, salvar as duas, mas...

— *Aelin.*

— Tire isso daqui — gritou a menina, apertando as têmporas conforme recuava da mesa. Dois dos lordes estrangeiros tiraram Dorian da mesa e o levaram para fora da sala.

A magia de Aelin dava pinotes como um cavalo garanhão conforme o verme se contorcia mais para dentro.

— *Tire isso daqui.*

— Aelin. — O pai se levantara, a mão na espada. Metade dos demais também o fizera, mas ela estendeu a mão, para mantê-los afastados, para avisá-los.

Chamas azuis foram disparadas. Duas pessoas se abaixaram a tempo de evitá-las, mas todos ficaram de pé quando os assentos livres pegaram fogo.

O verme se agarraria à mente dela e jamais a soltaria.

Aelin segurou a cabeça, a magia gritando, tão alto que poderia destruir o mundo. Então estava queimando, uma coluna viva de chama turquesa, chorando conforme o verme sombrio continuava seu trabalho e as paredes da mente começavam a ceder.

Acima da própria voz, acima dos gritos no corredor, Aelin ouviu o berro do pai — um comando para a esposa, que estava de joelhos, as mãos estendidas para a filha em súplica.

— *Faça-o, Evalin!*

A pilastra de chamas ficou mais quente, o bastante para que as pessoas saíssem correndo.

Os olhos da mãe encontraram os da filha, cheios de súplica e dor.

Então água; uma muralha de água descendo sobre ela, atirando-a contra as pedras, correndo pela garganta de Aelin, para os olhos, fazendo-a engasgar.

Afogando-a. Até que não houvesse ar para as chamas, apenas água e seu abraço congelante.

O rei de Adarlan olhou para Aelin uma terceira vez... e sorriu.

~

Os príncipes valg gostaram daquela memória, do terror e da dor. E, quando pararam para saboreá-la, Celaena entendeu. O rei de Adarlan tinha usado seu poder nela aquela noite. Os pais não tinham como saber que a pessoa responsável por aquele verme sombrio, que tinha sumido assim que a menina perdeu a consciência, era o homem sentado ao lado deles.

Havia outro homem agora; um quarto príncipe, morando dentro de Narrok, que falou:

— Os soldados quase tomaram o túnel. Estejam prontos para se mover em breve. — Celaena podia senti-lo pairando sobre ela, observando. — Vocês encontraram um prêmio que vai interessar nosso soberano. Não a desperdicem. Tomem apenas goles.

A assassina tentou conjurar o terror — tentou sentir qualquer coisa ao pensar no lugar para onde a levariam, o que fariam com ela. Contudo, não podia sentir nada enquanto os príncipes murmuravam em compreensão, e a memória seguia em frente.

~

A mãe dela achou que fosse um ataque de Maeve, um lembrete cruel da dívida que tinha, para fazer com que parecessem vulneráveis. Nas horas seguintes, enquanto estava deitada na banheira gelada ao lado do quarto, Aelin usou os ouvidos feéricos para escutar os pais e a corte debatendo o evento na sala de estar da suíte.

Só podia ser Maeve. Ninguém mais poderia fazer algo como aquilo, ou saber que tal demonstração — diante do rei de Adarlan, que já odiava magia — seria maléfica.

Ela não queria falar, mesmo voltando a ser capaz de andar e falar e agir como uma princesa. Insistindo que a normalidade poderia ajudar, sua mãe a fez tomar um chá na tarde seguinte com o príncipe Dorian, cautelosamente vigiada e monitorada, com Aedion sentado entre os dois. E, quando os modos impecáveis de Dorian falharam, levando-o a derrubar a chaleira e molhar o vestido novo de Aelin, ela fez questão de fazer com que o primo ameaçasse socá-lo.

No entanto, a menina não se importava com o príncipe, ou com o chá, ou com o vestido. Mal conseguiu andar de volta para o quarto, e, naquela noite, sonhou com o verme que invadia sua mente, acordando com gritos e chamas na boca.

Ao amanhecer, seus pais a tiraram do castelo e seguiram para a mansão a dois dias de distância. Os visitantes estrangeiros poderiam ter causado muito estresse, disse o curandeiro. A criança sugeriu que Lady Marion a levasse, mas os pais insistiram em ir. O tio aprovou, pois parecia que o rei de Adarlan também não ficaria no castelo com a magia da princesa descontrolada.

Aedion permaneceu em Orynth, os pais de Aelin prometeram que o buscariam quando ela se acalmasse de novo. Contudo, a garota sabia que era pela segurança do primo. Lady Marion foi com eles, deixando o marido e Elide no palácio... pela segurança da família também.

Um monstro, era o que Aelin era. Um monstro que precisava ser contido e monitorado.

Os pais dela discutiram nas duas primeiras noites na mansão, e Lady Marion fez companhia à princesa, lendo, escovando seus cabelos, contando histórias do próprio lar, em Perranth. A moça era lavadeira no palácio desde a infância. Mas, quando Evalin chegou, as duas se tornaram amigas — em grande parte porque a princesa manchou a camisa preferida do novo marido com tinta e queria limpar antes que ele reparasse.

Evalin logo tornou Marion sua dama de companhia, então Lorde Lochan voltou de um turno na fronteira sul. O lindo Cal Lochan, que de alguma forma se tornou o homem mais sujo do castelo e precisava do conselho de Marion sobre como remover diversas manchas. Que um dia pediu que uma criada bastarda fosse sua esposa — e não apenas esposa, mas Lady de Perranth, o segundo maior território de Terrasen. Dois anos depois, Marion dera a ele Elide, a herdeira de Perranth.

Aelin amava as histórias da criada e agarrou-se nelas durante o silêncio e a tensão dos dias seguintes, quando o inverno ainda tomava o mundo e fazia a mansão gemer.

A casa rangia devido aos ventos fortes na noite em que Evalin entrou no quarto da filha — muito menor que o do palácio, mas ainda lindo. Só passavam o verão ali, pois a casa tinha correntes de vento demais no inverno, e as estradas eram muito perigosas. O fato de que tinham ido...

— Ainda não está dormindo? — perguntou a mãe. Lady Marion se levantou da lateral da cama. Depois de algumas palavras calorosas, ela saiu, sorrindo para as duas.

Evalin se aconchegou no colchão, puxando a filha para perto.

— Desculpe — sussurrou ela. Porque também tivera pesadelos com afogamentos, com água gelada sobre sua cabeça. — Sinto muito mesmo, Coração de Fogo.

A menina enterrou a cabeça no peito da mãe, aproveitando o calor.

— Ainda está com medo de dormir?

Aelin assentiu, abraçando com mais força.

— Então, tenho um presente. — Quando a criança não se moveu, Evalin disse: — Não quer vê-lo?

Aelin fez que não com a cabeça. Não queria um presente.

— Mas isto a protegerá do perigo, isto a manterá segura sempre.

Aelin ergueu a cabeça e viu a mãe sorrindo ao remover a corrente de ouro e o pesado medalhão que estavam sob a camisola, então os estendeu para a filha.

A garota fitou o amuleto, em seguida a mãe, de olhos arregalados.

O Amuleto de Orynth. A herança honrada acima de todas as outras na casa. O disco redondo era do tamanho da palma da mão de Aelin, e na frente cerúlea, um cervo branco fora entalhado em marfim — marfim presenteado pelo Senhor da Floresta. No meio da galhada retorcida, havia uma coroa incandescente de ouro, a estrela imortal que cuidava deles e apontava o caminho para casa, para Terrasen. Ela conhecia cada centímetro do amuleto, percorrera os dedos por ele inúmeras vezes e memorizara o formato dos símbolos gravados no verso; palavras em uma língua estranha da qual ninguém se lembrava.

— Papai te deu isso quando você estava em Wendlyn. Para protegê-la.

O sorriso permanecia.

— E antes disso, o tio dele deu a seu pai quando atingiu a maioridade. É um presente que deve ser dado às pessoas de nossa família, para aqueles que precisam de orientação.

Aelin estava chocada demais para recusar o objeto conforme a mãe passou a corrente por sua cabeça, ajustando-o na frente do corpo da filha. O amuleto pendia quase até o umbigo, um peso caloroso.

— Nunca o tire. Nunca o perca. — A mãe a beijou na testa. — Use-o e saiba que é amada, Coração de Fogo, que está segura, e é a força aqui — ela levou a mão ao coração da princesa — que importa. Aonde quer que vá, Aelin — sussurrou Evalin —, não importa a distância, isto a levará para casa.

~

Aelin perdera o Amuleto de Orynth. Perdera naquela mesma noite.

Ela não podia suportar. Tentou implorar aos príncipes valg que acabassem com o sofrimento e que a drenassem até que virasse nada, mas não tinha voz ali.

Horas depois de a mãe a presentear com o Amuleto de Orynth, uma tempestade caiu.

Era uma tempestade de escuridão sobrenatural, e, com a chuva, a princesa sentiu aquela *coisa* terrível se contorcendo, forçando sua mente de novo. Os pais permaneciam inconscientes, como todos na mansão, embora um cheiro estranho cobrisse o ar.

Aelin segurou o amuleto no peito quando acordou na escuridão total e ao som de trovões — segurou o objeto e rezou para todos os deuses que conhecia. Contudo, o amuleto não lhe dera força ou coragem, então ela foi até o quarto dos pais, tão escuro quanto o dela, exceto pela janela batendo ao vento forte e à chuva.

O temporal tinha ensopado tudo, mas... mas eles deviam estar exaustos de lidar com a filha e com a ansiedade que tentavam esconder. Assim, Aelin fechou a janela para os pais, entrando cuidadosamente na cama ensopada, para não acordá-los. Eles não a tocaram, não perguntaram qual era o problema, e a cama estava tão fria — mais fria que a dela, e fedia a cobre e ferro e àquele cheiro que não caía bem a Aelin.

Foi com esse cheiro que acordou quando a criada gritou.

Lady Marion entrou às pressas, os olhos arregalados, mas atentos. Ela não olhou para os amigos mortos, foi direto para a cama e se inclinou sobre o cadáver de Evalin. A dama de companhia era pequena e tinha ossos delicados, mas, de alguma forma, tirou Aelin dos pais, segurando-a com força conforme saiu apressada do cômodo. Os poucos criados na mansão estavam em pânico, alguns corriam para buscar ajuda, que estava no mínimo a um dia de distância; alguns fugiam.

Lady Marion ficou.

Marion ficou e preparou um banho, ajudando a menina a tirar a camisola fria e ensanguentada. Elas não falaram, não tentaram. A criada a banhou, e, quando a princesa estava limpa e seca, carregou-a para a cozinha fria. Marion sentou a menina à longa mesa, enrolada em um cobertor, e começou a acender a lareira.

Ela não falara naquele dia. Não restavam sons ou palavras, de toda forma.

Um dos poucos criados restantes irrompeu na mansão, gritando para a casa vazia que o rei Orlon também estava morto. Assassinado na cama, exatamente como...

Lady Marion saiu da cozinha com os dentes expostos antes que o homem pudesse entrar. Aelin não ouviu a bondosa Marion bater no homem, ordenando que ele saísse e buscasse ajuda — buscasse ajuda *de verdade*, e não notícias inúteis.

Assassinada. A família dela estava... morta. Não havia retorno da morte, e os pais de Aelin... O que os criados tinham feito com os... os...

Os tremores a atingiram com tanta força que o cobertor caiu. Aelin não conseguia impedir que os dentes batessem. Foi um milagre permanecer na cadeira.

Não podia ser verdade. Aquilo era outro pesadelo, e ela acordaria com o pai acariciando seu cabelo, a mãe sorrindo, despertaria em Orynth, e...

O peso quente do cobertor a envolveu de novo, e Lady Marion a colocou no colo, balançando-se.

— Eu sei. Não vou embora... vou ficar com você até a ajuda chegar. Estarão aqui amanhã. Lorde Lochan, o capitão Quinn, seu Aedion, todos estarão aqui amanhã. Talvez até o amanhecer. — Mas a mulher também tremia. — Eu sei — repetia ela, chorando baixinho. — Eu sei.

O fogo se apagou, junto ao choro de Marion. Elas se abraçaram, presas àquela cadeira da cozinha. Esperaram o amanhecer e os outros que ajudariam, de alguma forma.

Um galopar ecoou do lado de fora — leve, mas o mundo estava tão silencioso que elas ouviram o cavalo solitário. Ainda estava escuro. Lady Marion olhou para a janela da cozinha, ouvindo o cavalo diminuir a velocidade, circulando, até que...

As duas estavam debaixo da mesa em um segundo, a criada segurando Aelin contra o chão gelado, cobrindo-a com o corpo delicado. O cavalo seguiu para a frente escura da casa.

A frente, porque... porque a luz na cozinha podia sugerir a quem quer que fosse que havia alguém lá dentro. A frente seria melhor para entrar às escondidas... para terminar o que havia começado na noite anterior.

— Aelin — sussurrou Marion, conforme mãos pequenas e fortes encontravam o rosto dela, obrigando a princesa a olhar para as feições brancas como neve, os lábios vermelhos como sangue. — Aelin, ouça. — Embora Marion estivesse respirando rapidamente, a voz se mantinha calma. — Você vai correr para o rio. Lembra-se do caminho para a ponte?

A estreita ponte de corda e madeira do outro lado da ravina, o forte rio Florine abaixo. A menina assentiu.

— Boa garota. Siga para a ponte e atravesse-a. Lembra-se da fazenda vazia no fim da estrada? Encontre um lugar para se esconder ali, e não saia, não se deixe ser vista por *ninguém*, exceto alguém que você reconheça. Nem mesmo se a pessoa disser que é amiga. Espere pela corte, ela encontrará você.

A princesa tremia de novo, mas Marion a segurou pelos ombros.

— Vou ganhar o tempo que conseguir para você, Aelin. Não importa o que ouça, não importa o que veja, não olhe para trás, e não pare até encontrar um lugar para se esconder.

Ela sacudiu a cabeça, lágrimas silenciosas caíram, por fim. A porta da frente rangeu — um movimento rápido.

Lady Marion pegou a adaga na bota, que reluziu à luz fraca.

— Quando eu disser corra, você corre, Aelin. Entendeu?

A menina não queria entender, não mesmo, mas assentiu.

Lady Marion deu um beijo na testa dela.

— Diga a minha Elide... — A voz da criada falhou. — Diga a minha Elide que eu a amo muito.

Passos silenciosos se aproximando vieram da frente da casa. Lady Marion puxou a menina de baixo da mesa e abriu a porta da cozinha com cuidado, apenas o bastante para que ela se espremesse para fora.

— Corra *agora* — ordenou Lady Marion, empurrando-a para a noite.

A porta se fechou atrás de Aelin, e restou somente o ar frio e escuro e as árvores que davam para a trilha até a ponte. Aelin correu aos tropeços. As pernas eram como chumbo, os pés descalços se arranhando no chão. A menina chegou às árvores; no mesmo momento, um estrondo ecoou da casa.

Aelin se agarrou a um tronco, os joelhos fraquejando. Pela janela aberta, pôde ver Lady Marion de pé diante de um homem encapuzado e alto, as adagas dela para fora, trêmulas.

— Você não a encontrará.

O homem disse algo que fez com que a mulher recuasse até a porta, não para correr, mas para bloqueá-la.

Ela era tão pequena, a criada. Tão pequena contra o sujeito.

— Ela é uma *criança* — gritou Marion. Aelin jamais a ouvira gritar daquela forma, com raiva, nojo e desespero. A moça ergueu as adagas, exatamente como o marido mostrara diversas vezes.

Aelin deveria ajudar, não se acovardar atrás das árvores. Ela aprendera a segurar uma faca e uma espada pequena. Deveria ajudar.

O homem disparou contra Marion, que desviou, depois saltou sobre ele, cortando, rasgando e mordendo.

Então algo se partiu — algo se partiu tão profundamente que Aelin soube que não havia retorno, para ela ou para Lady Marion — quando o homem pegou a mulher e a jogou contra a beirada da mesa. Um estalar de osso, em seguida o arco da lâmina desceu para o corpo inerte... para a cabeça da criada. Um espirrar vermelho.

Aelin sabia o suficiente sobre a morte para entender que uma vez que a cabeça fosse cortada era o fim. Sabia que Lady Marion, que amara tanto o marido e a filha, se fora. Sabia que aquilo... aquilo se chamava sacrifício.

A menina correu. Correu pelas árvores sem folhas, a vegetação rasgava suas roupas, os cabelos, despedaçando e ferindo. O homem não se incomodou em fazer silêncio ao escancarar a porta da cozinha, montar o cavalo e galopar atrás dela. Os cascos do animal eram tão poderosos que pareciam ecoar pela floresta — o cavalo deveria ser um monstro.

Aelin tropeçou em uma raiz e caiu na terra. Ao longe, o rio, derretendo, rugia. Tão próximo, mas... o tornozelo irradiou um lampejo de dor. Presa, estava presa na lama e nas raízes. Aelin puxou as raízes que a seguravam, madeira quebrando suas unhas, e, quando isso não adiantou, a menina raspou o chão enlameado. Os dedos queimavam.

Uma espada tiniu ao ser desembainhada, e o chão reverberou com as batidas dos cascos do cavalo. Mais e mais perto.

Um sacrifício... tinha sido um sacrifício e, agora, seria em vão.

Mais que a morte, aquilo era o que mais odiava — o sacrifício desperdiçado de Lady Marion. Aelin raspou o chão e puxou as raízes, então...

Minúsculos olhos na escuridão, pequenos dedos nas raízes, puxando-as mais e mais para cima. O pé de Aelin deslizou, ficando livre, e ela levantou-se de novo, incapaz de agradecer ao Povo Pequenino, que já havia sumido, incapaz de fazer qualquer coisa, a não ser *correr* com certa dificuldade. O homem estava tão próximo, a vegetação estalando atrás, mas a menina conhecia o caminho. Passara por ali tantas vezes que a escuridão não era um obstáculo.

Aelin só precisava atravessar a ponte. O cavalo não poderia passar, e ela era rápida o bastante para correr mais que ele. O Povo Pequenino poderia ajudá-la de novo. A princesa só precisava chegar à ponte.

Um estalo nas árvores, e o rugido do rio se tornou sobrepujante. Aelin estava tão perto agora. Sentiu e ouviu, mais que viu, o cavalo do sujeito irrompendo pelo limite das árvores, o zunido da espada sendo erguida, preparando-se para partir a cabeça de Aelin bem ali.

Lá estavam os mastros gêmeos, pouco visíveis à noite sem lua. A ponte. A menina tinha conseguido, e agora só alguns metros, então alguns centímetros...

A respiração do cavalo do homem pareceu quente no pescoço de Aelin conforme ela se atirou para o meio dos dois mastros da ponte, saltando para as tábuas de madeira.

Saltando para o ar.

Aelin não tinha errado — não, aqueles eram os mastros e...

Ele havia cortado a ponte.

Foi a única coisa que pensou ao cair, tão rápido que não teve tempo de gritar antes de atingir a água gelada e ser puxada para baixo.

~

Ali.

Naquele momento, Lady Marion tinha escolhido uma esperança desesperada por seu reino em vez de escolher a si mesma, ao marido e à filha, que esperariam e esperariam por um retorno que jamais viria.

Aquele fora o momento que partira tudo o que Aelin Galathynius era e prometera ser.

Celaena estava caída no chão, no fundo do mundo, no fundo do inferno.

Aquele era o momento que ela não conseguia encarar, não encarara.

Pois, mesmo então, reconhecera a grandeza daquele sacrifício.

Havia mais, depois do momento em que atingira a água. Mas aquelas memórias eram embaçadas, uma mistura de gelo e água escura e uma luz estranha, então não sabia de mais nada até encontrar Arobynn, agachado sobre ela na margem gramada do rio, em algum lugar bem longe. A menina acordou em uma cama estranha, em uma fortaleza fria, o Amuleto de Orynth perdido no rio. Qualquer magia que tivesse, qualquer proteção, tinha sido esgotada naquela noite.

Então o processo de pegar o medo, a culpa, o desespero e transformá-los em algo novo. Depois o ódio — o ódio que a havia reconstruído, a raiva que a alimentara, sufocando as memórias que Celaena enterrara em um túmulo, junto ao coração, e jamais deixava saírem.

Ela aceitara o sacrifício de Lady Marion e se tornara um monstro, quase tão ruim quanto aquele que assassinara a mulher e sua própria família.

Era por isso que não podia, que não ia, para casa.

Celaena jamais procurara o número de mortes, não naquelas semanas iniciais de massacre nem nos anos seguintes. Mas sabia que Lorde Lochan tinha sido executado. Quinn e os homens dele. E tantas daquelas crianças... tantas luzes brilhantes, que devia proteger. E havia fracassado.

Ela se agarrou ao chão.

Era o que não conseguira dizer a Chaol, ou a Dorian, ou a Elena: que quando Nehemia planejou a própria morte para que a colocasse em ação, aquele sacrifício... aquele sacrifício inútil...

Celaena não conseguia soltar o chão. Não havia nada sob ele, lugar nenhum para ir, lugar nenhum para fugir daquela verdade.

Ela não sabia por quanto tempo tinha ficado deitada no fundo do que quer que fosse aquilo, mas, por fim, os príncipes valg começaram de novo, pouco mais que sombras de pensamentos e malícia conforme seguiam de memória em memória, como se provando pratos em um banquete. Pequenas porções — goles. Nem olharam para onde Celaena estava, pois tinham vencido. E ela estava feliz por isso. Que fizessem o que queriam, que Narrok a carregasse de volta a Adarlan e a atirasse aos pés do rei.

Um arranhar e esmagar de sapatos soou, então a mão pequena e macia de alguém deslizou para ela. Mas não era Chaol ou Sam ou Nehemia diante da assassina, observando-a com aqueles olhos turquesa.

Com a bochecha contra o musgo, a jovem princesa que Celaena fora — Aelin Galathynius — estendeu a mão para ela.

— Levante — disse a menina, baixinho.

Celaena sacudiu a cabeça.

Aelin a puxou, uma ponte naquele vale nas profundezas do mundo.

— Levante. — Uma promessa, a promessa de uma vida melhor, um mundo melhor.

Os príncipes valg pararam.

Havia desperdiçado a vida, desperdiçado o sacrifício de Marion. Aqueles escravizados tinham sido massacrados porque ela fracassara; porque não chegara a tempo.

— Levante — disse alguém além da jovem princesa. Sam. Sam, de pé logo além de onde Celaena enxergava, com um leve sorriso.

— Levante — disse outra voz, de mulher. Nehemia.

— Levante. — Duas vozes juntas, a mãe e o pai dela, os rostos severos, mas os olhos brilhando. O tio estava ao lado, a coroa de Terrasen nos cabelos prateados.

— Levante — disse o tio, com carinho.

Um a um, como sombras emergindo da névoa, eles surgiram. O rosto das pessoas que ela amara com o coração de fogo.

E então ali estava Lady Marion, sorrindo ao lado do marido.

— Levante — sussurrou ela, a voz cheia daquela esperança pelo mundo e pela filha que jamais veria de novo.

Um tremor na escuridão.

Aelin ainda estava deitada diante de Celaena, a mão ainda esticada. Os príncipes valg se viraram.

Quando os príncipes demônios se moveram, a mãe dela se aproximou, o rosto e os cabelos e o corpo tão parecidos.

— Você é uma decepção — sibilou Evalin.

O pai cruzou os braços musculosos.

— Você é tudo o que eu odiava no mundo.

O tio dela, ainda vestindo a coroa com a galhada havia muito queimada até virar cinzas, falou:

— Seria melhor que tivesse morrido conosco a nos envergonhar, degradar nossa memória, trair nosso povo.

As vozes se uniam em uma espiral.

— Traidora. Assassina. Mentirosa. Ladra. Covarde. — De novo e de novo, arrastando-se para dentro, como o poder do rei de Adarlan tinha se contorcido para o interior da mente dela como um verme.

O rei não tinha feito aquilo apenas para causar confusão e feri-la. Também o fizera para separar a família de Celaena, para tirá-los do castelo; para afastar a culpa de Adarlan e fazer parecer um ataque externo.

A jovem se culpara por tê-los arrastado até a mansão para serem assassinados. No entanto, o rei planejara tudo, cada mínimo detalhe. Exceto pelo erro de deixá-la viva, talvez porque o poder do amuleto a tivesse mesmo salvado.

— Venha conosco — sussurrou a família dela. — Venha conosco para a escuridão eterna.

Eles estenderam o braço para Celaena, os rostos sombrios e distorcidos. Mas... mas mesmo aqueles rostos, tão deturpados pelo ódio... ela ainda os amava, mesmo que a odiassem, mesmo que doesse; ela os amou até que os sussurros sumissem, até que eles sumissem como fumaça, deixando apenas Aelin ao lado de Celaena, como sempre estivera.

A assassina olhou para o rosto de Aelin — o rosto que um dia tivera — e para a mão ainda estendida, tão pequena e sem cicatrizes. A escuridão dos príncipes valg vacilou.

Havia chão firme sob ela. Musgo e grama. Não o inferno... a terra. A terra onde o reino dela estava, verde e montanhosa, e tão destemida quanto o povo que a habitava. O povo *de Celaena*.

Seu povo, esperando por dez anos, mas não mais.

Ela conseguia ver as montanhas Galhada do Cervo cobertas de neve, o emaranhado selvagem da floresta de Carvalhal aos pés delas e... e Orynth, aquela cidade de luz e aprendizado, um dia um pilar de força... e o lar de Celaena.

A cidade seria as duas coisas de novo.

A assassina não deixaria que aquela luz se apagasse.

Encheria o mundo com aquela luz, com a luz dela — o dom dela. A jovem acenderia a escuridão com tanta força que todos aqueles que estavam perdidos ou feridos ou partidos encontrariam o caminho até lá, um farol para aqueles que ainda viviam no abismo. Não seria preciso um monstro para destruir outro monstro, mas luz, luz para guiá-la e afastar a escuridão.

Celaena não tinha medo.

Refaria o mundo; refaria para eles, aqueles que amara com o magnífico coração incandescente; um mundo tão brilhante e próspero que, quando os visse de novo no Além-mundo, não teria vergonha. Ela o construiria para seu povo, que tinha sobrevivido tanto tempo, e que Celaena não abandonaria. Construiria para eles um reino como jamais existira, mesmo que aquilo tomasse até seu último suspiro.

Ela era sua rainha e não poderia oferecer menos que aquilo.

Aelin Galathynius sorriu com a mão ainda estendida.

— Levante — falou a princesa.

Celaena estendeu a mão pela terra entre as duas e tocou os dedos de Aelin.

Então se ergueu.

55

A barreira caiu.

Mas a escuridão não avançou sobre as pedras de proteção, e Rowan, que fora contido por Gavriel e Lorcan na grama do lado de fora da fortaleza, entendeu por quê.

As criaturas e Narrok tinham capturado um prêmio muito melhor que os semifeéricos. A alegria de se alimentarem dela era algo que planejavam aproveitar por muito, muito tempo. Todo o resto era secundário — como se tivessem se esquecido de continuar avançando, tomados pelo frenesi do banquete.

Atrás deles, a luta prosseguia, como nos últimos vinte minutos. Vento e gelo não eram úteis contra a escuridão, embora Rowan tivesse conjurado os dois assim que a barreira caiu. Diversas vezes, qualquer coisa para perfurar aquela escuridão eterna e ver o que havia restado da princesa. Mesmo ao começar a ouvir uma voz feminina baixa e aconchegante chamando-o da escuridão — aquela voz que o guerreiro passara séculos tentando esquecer, que agora o despedaçava.

— Rowan — murmurou Gavriel, segurando mais forte o braço do amigo. Chuva começou a cair. — Precisam de nós do lado de dentro.

— Não — grunhiu ele. Rowan sabia que Aelin estava viva porque, durante todas aquelas semanas respirando o cheiro um do outro, eles tinham formado um laço. Estava viva, mas poderia estar em qualquer nível de tormento ou destruição. Era por isso que Gavriel e Lorcan o detinham. Se não o fizessem, o guerreiro correria para a escuridão, onde Lyria o chamava.

Mas, por Aelin, ele tentara se desvencilhar.

— Rowan, os outros...

— *Não.*

Lorcan xingou por cima do rugido da chuva torrencial.

— Ela está *morta*, seu tolo, ou perto disso. Ainda pode salvar outras vidas.

Eles começaram a levantar o guerreiro, puxá-lo para longe de Aelin.

— Se não me soltar, vou arrancar sua cabeça — grunhiu Rowan para Lorcan, o comandante que oferecera a ele uma companhia de guerreiros quando Rowan não tinha nada, mais ninguém.

Gavriel virou os olhos para Lorcan em alguma conversa silenciosa. Rowan ficou tenso, preparando-se para atirá-los longe. Eles o deixariam inconsciente antes de permitir que entrasse naquela escuridão, na qual o chamado de Lyria tinha agora se tornado um grito por piedade. Não era real. Não era real.

Contudo, Aelin *era* real, e sua vida era drenada a cada momento que os dois o seguravam ali. Para deixar os outros dois guerreiros inconscientes, Rowan só precisava que Gavriel soltasse o escudo mágico — o qual havia erguido contra o poder do amigo assim que o prendeu ao chão. Rowan precisava entrar naquela escuridão, precisava encontrá-la.

— *Me solte* — grunhiu ele de novo.

Um tremor balançou a terra, e os três congelaram. Sob eles, algum poder imenso se erguia: um beemote se erguendo das profundezas.

Voltaram-se para a escuridão. E Rowan podia ter jurado que uma luz dourada arqueou dentro dela, então sumiu.

— Isso é impossível — sussurrou Gavriel. — Ela se esgotou.

Rowan não ousou piscar. As exaustões de Celaena sempre foram autoimpostas, alguma barreira interior composta de medo e um desejo constante por normalidade que a impedia de aceitar a verdadeira intensidade do próprio poder.

As criaturas se alimentavam de desespero e dor e terror. Mas e se... e se a vítima se livrasse desses medos? E se a vítima caminhasse por eles, se os aceitasse?

Como em resposta, chamas irromperam pela parede escura.

O fogo se desenvolveu, preenchendo a noite chuvosa, vibrante como opala vermelha. Lorcan xingou, e Gavriel ergueu escudos adicionais da própria magia. Rowan não se incomodou.

Eles não o impediram quando o guerreiro se desvencilhou, colocando--se de pé. A chama não queimou um fio de seu cabelo. Fluiu por cima e além, gloriosa e imortal e inquebrável.

E ali, além das pedras, de pé entre duas daquelas criaturas, estava Aelin, com uma marca estranha brilhando na testa. Os cabelos esvoaçavam ao redor, mais curtos agora e brilhantes como o próprio fogo. E os olhos dela — embora avermelhados, o dourado nos olhos era uma chama acesa.

As duas criaturas dispararam na direção de Aelin, a escuridão cobrindo o entorno.

Rowan deu apenas um passo antes que a princesa estendesse os braços, agarrando as criaturas pelos rostos impecáveis, as mãos sobre as bocas abertas conforme a princesa exalava forte.

Como se tivesse soprado fogo para dentro dos monstros, chamas dispararam de seus olhos, orelhas, dedos. As duas criaturas não tiveram chance de gritar quando Aelin as queimou até virarem cinzas.

Ela baixou os braços. A magia corria tão destemida que a chuva virava vapor antes de acertá-la. Uma arma incandescente saída da forja.

Rowan se esqueceu de Gavriel e de Lorcan ao disparar até ela — as chamas douradas, vermelhas e azuis totalmente dela, daquela herdeira do fogo. Ao vê-lo, por fim, Aelin deu um leve sorriso. O sorriso de uma rainha.

Contudo, havia esgotamento naquele sorriso, e a magia forte faiscou. Atrás dela, Narrok e a criatura restante — aquele que haviam enfrentado no bosque — estavam reunindo a escuridão internamente, como se estivesse se preparando para o ataque. Aelin se virou para eles, deslizando devagar, com a pele mortalmente pálida. Eles haviam se alimentado dela, e a jovem estava drenada depois de ter destruído os irmãos deles. Um esgotamento muito real e muito derradeiro se aproximava.

A muralha inchou, uma última martelada para esmagá-la, mas a princesa permaneceu, uma luz na escuridão. Foi tudo o que Rowan precisou ver antes de saber o que precisava fazer. Vento e gelo não tinham utilidade ali, mas havia outros modos.

O guerreiro sacou a adaga e cortou a palma da mão conforme disparou pelas pedras do portão.

A escuridão se acumulou mais e mais, e Aelin sabia que doeria, sabia que provavelmente mataria ela e Rowan quando descesse. Mas não fugiria.

Ele a alcançou, ofegante e ensanguentado. A jovem não o desonrou pedindo que o guerreiro escapasse conforme estendia a palma da mão com sangue, oferecendo o poder puro para ser recolhido agora que ela estava realmente esgotada. Aelin sabia que funcionaria. Suspeitava daquilo havia um tempo agora. Eles eram *carranam*.

Rowan fora atrás dela. A assassina o encarou ao pegar a própria adaga e cortar a palma da mão, logo acima da cicatriz que infligira a si mesma no túmulo de Nehemia.

— Para qualquer fim?

O guerreiro assentiu, e eles deram as mãos, sangue com sangue e alma com alma, o outro braço de Rowan se aproximou para segurá-la com força. Com as mãos dadas, ele sussurrou a seu ouvido:

— Reivindico você também, Aelin Galathynius.

A onda de escuridão impenetrável desceu, rugindo conforme seguiu para devorá-los.

No entanto, aquele não era o fim — aquele não era o fim *dela*. Tinha sobrevivido à perda, à dor e à tortura; tinha sobrevivido à escravidão e ao ódio e ao desespero; sobreviveria àquilo também. Porque sua história não era de escuridão. Então, não teve medo daquela sombra esmagadora, não com o guerreiro a segurando, não com a coragem que ter um amigo de verdade oferecia — um amigo que tornava a vida menos difícil no fim das contas, ao menos se estivesse com ele.

A magia de Rowan a invadiu, antiga e estranha e tão ampla que os joelhos da jovem falharam. O guerreiro a segurou com força irrefreável, e ela recolheu aquele poder selvagem conforme Rowan abriu as barreiras mais profundas, deixando-o fluir.

A onda escura não tinha caído até a metade quando os dois a destruíram com luz, deixando Narrok e o príncipe restante boquiabertos.

Aelin não deu a eles um momento para reunir a escuridão de volta. Puxando poder do poço infinito dentro de Rowan, ela conjurou fogo e luz, brasas e calor, o brilho de mil alvoradas e poentes. Se os valg desejavam a luz do sol de Erilea, então a daria a eles.

Narrok e o príncipe gritavam. Os valg não queriam voltar; não queriam ser derrotados, não depois de tanto tempo esperando para retornar ao mundo dela. Mas a jovem enfiou a luz pela garganta deles, queimando aquele sangue.

Ela se agarrou a Rowan, trincando os dentes contra os ruídos. Houve um silêncio súbito, e Aelin olhou para Narrok, tão imóvel, observando, esperando. Uma lança sombria penetrou a mente dela — oferecendo mais uma visão em um segundo. Não uma memória, mas um lampejo do futuro. Os sons e o cheiro e a aparência eram tão reais que apenas o toque de Rowan a manteve ancorada ao mundo. Então a imagem sumiu, e a luz continuou aumentando, envolvendo todos.

O clarão se tornou insuportável quando foi empurrado para os dois valg que agora tinham caído de joelhos, sendo despejado por cada dobra sombria que possuíam. E ela podia jurar que a escuridão nos olhos de Narrok sumiu. Podia jurar que os olhos dele adquiriam um castanho mortal, e que gratidão lampejou ali por apenas um segundo. Apenas por um segundo; então a jovem queimou o demônio e Narrok até virarem cinzas.

O príncipe valg restante rastejou apenas dois passos antes de seguir o mesmo caminho, um grito silencioso no rosto perfeito conforme era incinerado. Quando a luz e as chamas retrocederam, tudo o que restava de Narrok e dos valg eram quatro colares de pedras de Wyrd, fumegando na grama molhada.

56

Alguns dias depois do massacre imperdoável e cruel dos escravizados, Sorscha terminava uma carta para um amigo quando ouviu uma batida à porta da sala de trabalho. A curandeira deu um salto, rabiscando uma linha de nanquim no meio da página.

Dorian colocou a cabeça para dentro, sorrindo, mas o sorriso hesitou ao ver a carta.

— Espero não estar interrompendo — falou o príncipe ao entrar e fechar a porta. Quando ele se virou, Sorscha amassou o papel arruinado e o jogou na lata de lixo.

— De jeito nenhum — respondeu ela, sentindo arrepios conforme Dorian roçou o nariz no pescoço dela e passou os braços em volta de sua cintura. — Alguém pode entrar — reclamou a curandeira, encolhendo-se para se desvencilhar do toque. Ele a soltou, mas seus olhos brilharam, como se dissesse que, quando estivessem sozinhos de novo naquela noite, talvez não se convencesse com tanta facilidade. Sorscha sorriu.

— Faça isso de novo — sussurrou Dorian.

Então ela sorriu de novo e gargalhou. E o príncipe pareceu tão espantado que a curandeira perguntou:

— O quê?

— É a coisa mais linda que já vi — disse Dorian.

Sorscha precisou virar o rosto para encontrar o que fazer com as mãos. Eles trabalharam juntos em silêncio, como de costume, agora que o rapaz sabia o que fazer na sala de trabalho. Ele gostava de ajudar a curandeira com os tônicos para outros pacientes.

Alguém tossiu à porta, e eles empertigaram-se, o coração de Sorscha disparando para a garganta. A curandeira nem notara a porta se abrindo, ou o capitão da Guarda parado ali.

O capitão entrou, e Dorian enrijeceu o corpo ao lado da curandeira.

— Capitão — falou ela —, precisa de minha assistência?

O príncipe não disse nada, o rosto estava incomumente sombrio, aqueles lindos olhos assombrados e pesarosos. Dorian passou a mão quente pela cintura de Sorscha, apoiando-a às costas dela. Chaol fechou a porta em silêncio e pareceu prestar atenção ao corredor do lado de fora por um momento antes de falar.

Ele parecia ainda mais sério que o príncipe; os ombros largos vergados sob um fardo invisível. Mas os olhos castanho-dourados estavam lúcidos ao encararem Dorian.

— Você estava certo.

~

Chaol imaginou que fosse um milagre Dorian ter concordado em fazer aquilo. O luto no rosto do príncipe naquela manhã dissera ao capitão que ele poderia pedir. E que o amigo aceitaria.

Dorian o fez explicar tudo — aos dois. Aquele era seu preço: a verdade devida a ele e à mulher que merecia saber pelo que estaria se arriscando.

Chaol explicou tudo rápida e silenciosamente: a magia, as chaves de Wyrd, as três torres... tudo. Para crédito dela, Sorscha não se desesperou ou duvidou do capitão. Ele se perguntou se ela estava desnorteada, se estava chateada com Dorian por não ter contado antes. A jovem não revelou nada, não com aquele treinamento e o autocontrole de curandeira, mas o príncipe a observou como se pudesse ler aquela máscara impenetrável e ver o que existia por baixo.

O príncipe tinha que ir, então beijou Sorscha antes de partir, murmurando algo no ouvido da curandeira que a fez sorrir. Chaol não achou que encontraria Dorian tão... feliz com a moça. Sorscha. Era uma vergonha jamais ter sabido o nome dela até aquele dia. E pelo modo como o príncipe a olhava, e ela para ele... o capitão estava feliz porque o amigo a havia encontrado.

Quando Dorian se foi, Sorscha ainda estava sorrindo, apesar do que descobrira. Aquilo a deixava realmente linda; fazia com que o rosto inteiro se abrisse.

— Acho... — falou Chaol, e Sorscha se virou, as sobrancelhas erguidas, pronta para trabalhar. — Acho — disse ele de novo, com um leve sorriso — que este reino se beneficiaria de uma curandeira como rainha.

Ela não sorriu de volta, como ele gostaria. Em vez disso, pareceu profundamente infeliz quando voltou ao trabalho. Chaol saiu sem dizer mais nada a fim de se preparar para o experimento com Dorian; a única pessoa naquele castelo, talvez no mundo, que poderia ajudá-lo. Ajudar todos eles.

O príncipe tinha poder puro, dissera Celaena, poder para ser modelado como quisesse. Era a única coisa semelhante o suficiente ao poder das chaves de Wyrd, nem bom nem ruim. E cristais, Chaol tinha lido uma vez nos livros de magia da assassina, eram bons condutores de magia. Não fora difícil comprar vários no mercado — cada um tão longo quanto um dedo, brancos como a neve fresca.

Tudo estava quase pronto quando Dorian finalmente chegou em um dos túneis secretos e se sentou no chão. Velas queimavam ao redor, e Chaol explicou o plano quando terminou de despejar a última linha de areia vermelha — do deserto Vermelho, alegara o mercador — entre os três cristais. Equidistantes um do outro, eles formavam a figura que Murtaugh tinha desenhado no mapa do continente. No centro do triângulo, estava uma pequena vasilha de água.

O príncipe encarou o amigo atentamente.

— Não me culpe se eles se estilhaçarem.

— Tenho substitutos. — E o capitão tinha mesmo. Havia comprado uma dezena deles.

Dorian encarou o primeiro cristal.

— Você só quer que eu... concentre o poder nele?

— Então desenhe uma linha de poder para o cristal seguinte, depois o próximo, imaginando que seu objetivo é congelar a água na tigela. Só isso.

Uma sobrancelha erguida.

— Isso nem é um feitiço.

— Apenas tente — falou Chaol. — Eu não teria pedido se não fosse o único jeito. — O capitão mergulhou o dedo na tigela de água, provocando ondulações. Ele tinha a impressão de que talvez o feitiço não exigisse mais do que poder e mera força de vontade.

O suspiro do príncipe preencheu o corredor, ecoando pelas pedras e pelo teto arqueado. Ele olhou para o primeiro cristal, representando, de forma improvisada, Forte da Fenda. Durante minutos, não houve nada. Mas, então, Dorian começou a suar, engolir em seco repetidas vezes.

— Você está...

— Estou bem — arquejou o príncipe, e o primeiro cristal começou a brilhar branco.

A luz ficou mais forte enquanto Dorian suava e resmungava como se estivesse com dor. Chaol estava prestes a pedir que parasse quando uma linha se projetou para o cristal seguinte, tão rápido que foi quase indetectável, exceto pelo leve oscilar da areia. O cristal brilhou forte, então outra linha foi disparada, seguindo para o sul. De novo, fazendo a areia mexer.

A água permanecia fluida. O terceiro cristal brilhou, e a linha final completou o triângulo, fazendo com que todos os três cristais acendessem por um momento. Então... devagar, estalando baixinho, a água congelou. Chaol conteve o horror, o horror e o espanto diante de quanto o controle de Dorian tinha aumentado.

A pele do príncipe estava pálida e brilhava com suor.

— Foi assim que ele fez, não foi?

O capitão assentiu.

— Dez anos atrás, com aquelas três torres. Todas foram construídas antes para que isso pudesse acontecer exatamente quando as forças invasoras estivessem prontas, assim ninguém poderia contra-atacar. O feitiço de seu pai deve ser bem mais complexo, por ter congelado a magia por inteiro, mas, em um nível mais básico, isto é provavelmente semelhante ao que ocorreu.

— Quero ver onde estão, as torres. — Chaol fez que não com a cabeça, mas o amigo falou: — Você já me contou todo o resto. Mostre a droga do mapa.

Com um gesto da mão, um deus destruindo um mundo, Dorian derrubou um cristal, liberando o poder. O gelo derreteu, a água ondulou e se agitou na tigela. Simples assim. Chaol piscou.

Se pudessem derrubar uma torre... Era um risco tão grande. Precisavam ter certeza antes de agir. O capitão pegou o mapa que Murtaugh tinha marcado, o mapa que não ousava deixar em lugar algum.

— Aqui, aqui e aqui — disse ele, apontando para Forte da Fenda, Amaroth e Noll. — É onde sabemos que torres foram construídas. Torres de vigilância, mas todas as três têm as mesmas características: pedra preta, gárgulas...

— Quer dizer que a torre do relógio no jardim é uma delas? — Chaol assentiu, ignorando a risada de incredulidade.

— É o que achamos.

O príncipe se debruçou sobre o mapa, apoiando a mão no chão e traçando uma linha de Forte da Fenda para Amaroth, então de Forte da Fenda para Noll.

— A linha norte corta o desfiladeiro Ferian; a sul corta Morath diretamente. Você disse a Aedion que achava que meu pai tinha mandado Roland e Kaltain para Morath, com qualquer outro nobre com magia no sangue. Quais são as chances de isso ser mera coincidência?

— E o desfiladeiro Ferian... — Chaol engoliu em seco. — Celaena disse que ouvira falar de asas no desfiladeiro. Nehemia disse que seus batedores não haviam voltado, que alguma coisa estava sendo criada ali.

— Dois locais para criar qualquer que seja o exército que está reunindo, talvez usando esse poder conforme estabelece uma corrente pelos locais.

— Três. — Chaol apontou para as ilhas Mortas. — Recebemos relatos de que algo estranho estava sendo criado ali... e que foi enviado para Wendlyn.

— Mas meu pai mandou Celaena para lá. — O príncipe xingou. — Não tem como avisá-los?

— Já tentamos.

Dorian limpou o suor da testa.

— Então está trabalhando com eles... está do lado deles.

— Não. Eu não sei. Nós só compartilhamos informações. Mas tudo isso é informação que nos ajuda. Ajuda você.

Os olhos do amigo ficaram mais severos, e Chaol encolheu o corpo quando uma brisa fria passou.

— Então, o que vai fazer? — perguntou Dorian. — Apenas... derrubar a torre do relógio?

Destruir a torre do relógio era um ato de guerra; um ato que poderia colocar em perigo a vida de muitas pessoas. Não teria volta. Ele nem mesmo queria contar a Aedion ou Ren, por medo do que fariam. Não pensariam duas vezes antes de incinerá-la, talvez matando todos naquele castelo no processo.

— Não sei. Não sei o que fazer. Você estava certo quanto a isso.

Chaol queria ter mais alguma coisa a dizer, mas mesmo conversa fiada era um esforço agora. Ele estava reduzindo o número de candidatos que poderiam substituí-lo como capitão da Guarda, mandando mais baús para Anielle toda semana e mal conseguia encarar os próprios homens. Quanto a Dorian... havia tanto ainda entre os dois.

— Agora não é a hora — argumentou o príncipe, baixinho, como se pudesse ler a mente de Chaol.

O capitão engoliu em seco.

— Quero agradecer você. Sei que o que está arriscando é...

— Estamos todos arriscando alguma coisa. — Havia tão pouco do amigo com quem Chaol crescera. O príncipe olhou para o relógio de bolso. — Preciso ir. — Dorian caminhou até as escadas, e não havia medo no rosto dele, nenhuma dúvida, ao dizer: — Você me contou a verdade hoje, então vou compartilhar a minha: mesmo que nos fizesse ser amigos de novo, não acho que eu queira voltar a como era antes, a quem *eu* era antes. E isto... — Dorian indicou com o queixo os cristais caídos e a tigela d'água. — Acho que é uma boa mudança também. Não tenha medo.

O rapaz foi embora; Chaol abriu a boca, mas nenhuma palavra saiu. Ele estava chocado demais. Quando Dorian falou, não foi um príncipe quem olhou para ele.

Foi um rei.

57

Celaena dormiu por dois dias.

Mal se lembrava do que tinha acontecido depois de incinerar Narrok e o príncipe valg, embora tivesse uma vaga noção de os homens de Rowan e os demais terem controlado a fortaleza. Haviam perdido apenas quinze pessoas no total, pois os soldados não queriam matar os semifeéricos, mas capturá-los para que os príncipes valg os levassem de volta a Adarlan. Após subjugarem os soldados inimigos sobreviventes, trancafiando-os no calabouço, voltaram horas depois e encontraram todos mortos. Tinham levado veneno; parecia que não queriam ser interrogados.

Celaena subiu os degraus ensopados de sangue aos tropeços e foi até a cama, parando rapidamente a fim de olhar com raiva para os cabelos, que agora estavam um pouco abaixo dos ombros graças às unhas afiadas como lâminas dos príncipes valg, e caiu em um sono profundo. Quando acordou, o sangue tinha sido limpo, os soldados estavam enterrados e Rowan escondera os quatro colares de pedra de Wyrd em algum lugar do bosque. Teria voado com eles para o mar e os atirado lá, mas Celaena sabia que o guerreiro ficara para cuidar dela; e não confiava nos amigos para fazerem outra coisa que não entregar os colares a Maeve.

A equipe de Rowan estava indo embora quando Celaena finalmente acordou, depois de terem ficado para ajudar com os reparos e os curativos, mas apenas Gavriel se incomodou em reconhecer a presença dela. Celaena e Rowan partiam para uma caminhada no bosque (ela precisou atormentá--lo para que a deixasse sair da cama), então passaram pelo macho de cabelos dourados que estava perto do portão dos fundos.

Rowan enrijeceu o corpo. Ele perguntara diretamente a Celaena o que acontecera quando os amigos dele chegaram... se algum tentara ajudar. Ela tentara evitar, mas o guerreiro estava determinado, fazendo-a finalmente contar que apenas Gavriel tinha mostrado disposição. Ela não os culpava. Não a conheciam, não deviam nada a ela, e Rowan estava do lado de dentro, em perigo. Celaena não sabia por que importava tanto para o guerreiro, e ele disse que não era de sua conta.

Mas ali estava Gavriel, esperando por eles no portão dos fundos. Porque Rowan estava impassível, Celaena sorriu pelos dois ao se aproximarem.

— Achei que teria ido embora a esta altura — falou Rowan.

Os olhos amarelos de Gavriel se moveram.

— Os gêmeos e Vaughan saíram há uma hora, e Lorcan partiu ao amanhecer. Ele pediu para me despedir de você.

Rowan assentiu de uma forma que deixou bem explícito que ele sabia que Lorcan não fizera nada daquilo.

— O que você quer?

Celaena não tinha muita certeza se os dois tinham a mesma definição de *amizade* que ela. Gavriel a olhou da cabeça aos pés, então subiu o olhar de novo, depois olhou para Rowan e falou:

— Cuidado quando estiver diante de Maeve. Já teremos feito nossos relatos.

A expressão tempestuosa de Rowan não melhorou.

— Viaje com agilidade — disse ele, e continuou andando.

Celaena se deteve, avaliando o guerreiro feérico, o brilho de tristeza nos olhos dourados. Como Rowan, ele estava escravizado por Maeve — mas, mesmo assim, resolveu avisar os dois. Com o juramento de sangue, a rainha poderia ordenar que Gavriel desse cada detalhe, incluindo aquele momento. E puni-lo por isso. Mas pelo amigo...

— Obrigada — falou a assassina para o guerreiro de cabelos dourados. Ele piscou, e Rowan congelou. Os braços doíam de dentro para fora, e a mão cortada estava enfaixada e ainda sensível, mas Celaena a estendeu para Gavriel. — Pelo aviso. E por hesitar naquele dia.

Gavriel olhou para a mão dela por um momento antes de apertá-la com um carinho surpreendente.

— Quantos anos tem? — perguntou ele.

— Dezenove — respondeu Celaena, e o feérico expirou de um modo que podia significar tristeza ou alívio, ou talvez os dois, e disse que aquilo tornava a magia dela ainda mais impressionante. Ela pensou em dizer que o guerreiro ficaria menos impressionado se descobrisse o apelido que dera a ele, mas apenas piscou o olho.

Rowan estava franzindo a testa quando Celaena o alcançou, mas não disse nada. Conforme os dois caminhavam, Gavriel murmurou:

— Boa sorte, Rowan.

~

Rowan a levou para um lago na floresta que ela jamais vira, a água transparente era alimentada por uma linda cachoeira que parecia dançar à luz do sol. Ele se sentou em uma rocha ampla, lisa e aquecida pelo sol, tirando as botas e enrolando a calça para mergulhar os pés na água. A assassina se encolheu ao sentar, cada músculo e osso dolorido. Rowan fez uma cara feia, mas Celaena olhou para ele de um modo que o desafiava a ordenar que voltasse para a cama.

Quando os pés dela estavam no lago e eles deixaram que a música da floresta os envolvesse, o guerreiro falou:

— Não há como desfazer o que aconteceu com Narrok. Depois que o mundo souber que Aelin Galathynius lutou contra Adarlan, saberão que você está viva. *Ele* saberá que você está viva, e onde está, e que não planeja se acovardar. Vai caçar você pelo resto da vida.

— Aceitei esse destino quando coloquei os pés para fora da barreira — respondeu Celaena, baixinho, chutando a água e espalhando ondas pelo lago. O movimento fez o corpo dela, fustigado pela magia, estremecer, então ela gemeu.

Rowan entregou à jovem o cantil de água que tinha levado, mas não havia tocado. Ela tomou um gole e viu que continha o tônico analgésico que estava tomando desde que acordara naquela manhã.

Boa sorte, Rowan, dissera Gavriel para o amigo. O dia viria, muito em breve, no qual Celaena também precisaria se despedir. Quais seriam suas palavras de adeus? Será que poderia oferecer apenas uma bênção de sorte? Ela desejou ter algo para dar ao guerreiro, algum tipo de proteção contra a rainha que segurava a coleira de Rowan. O Olho de Elena estava com Chaol. O Amuleto de Orynth... teria oferecido aquilo se não o tivesse perdido. Herança ou não, Celaena descansaria mais tranquila se soubesse que a joia o protegia.

O amuleto, decorado com o cervo sagrado de um lado... e marcas de Wyrd do outro.

Celaena parou de respirar. Parou de ver o príncipe ao lado dela, de ouvir a floresta murmurando ao redor. Terrasen fora a maior corte do mundo. Jamais invadidos, jamais conquistados; tinham prosperado e se tornado tão poderosos que todos os reinos sabiam que provocá-los seria tolice. Uma linhagem de governantes incorruptíveis, que tinha reunido todo o conhecimento de Erilea na grande biblioteca. Tinham sido um farol que atraía os mais espertos e os mais corajosos.

Celaena sabia onde estava — a terceira e última chave de Wyrd.

Estivera em seu pescoço na noite em que caiu no rio.

E ao redor do pescoço de cada um de seus ancestrais, desde o próprio Brannon, quando foi no templo da Deusa do Sol para pegar um medalhão com a Alta Sacerdotisa de Mala; e então destruiu o local para evitar que alguém refizesse seus passos.

O medalhão azul cerúleo, com o cervo do sol dourado coroado com a chama imortal — o cervo de Mala, Portadora do Fogo. Ao deixar o litoral de Wendlyn, Brannon roubara os mesmos cervos para Terrasen e os acomodara na floresta de Carvalhal. Ele colocara a terceira lasca da chave de Wyrd dentro do amuleto e jamais contara isso a ninguém.

As chaves de Wyrd não eram inerentemente boas ou más. Dependia de como os portadores as utilizavam. Ao redor do pescoço de reis e rainhas de Terrasen, uma delas tinha sido usada para o bem sem que soubessem e protegera seus portadores durante milênios.

Tinha protegido Celaena naquela noite em que caiu no rio. Pois foram marcas de Wyrd que ela vira brilhando nas profundezas congeladas, como se as tivesse conjurado ao chorar por ajuda. No entanto, perdera o amuleto de Orynth. Tinha caído no rio e... não.

Não. Não podia ser, porque não teria conseguido chegar à margem do rio, muito menos sobreviver durante as horas que ficara ali. O frio a teria levado. O que significava que Celaena estava com o amuleto quando... quando... Arobynn Hamel o tirou dela e guardou durante todos aqueles anos, um prêmio cuja intensidade do poder ele jamais adivinhara.

A assassina precisava recuperá-lo. Precisava tirar o amuleto do assassino e se certificar de que ninguém soubesse o que havia dentro. E se o tivesse... Celaena não se deixou pensar tão longe.

Precisava correr até Maeve, obter a informação de que precisava e ir para casa. Não para Terrasen, mas para Forte da Fenda. Precisava enfrentar o homem que a transformara em uma arma, que havia destruído outra parte da vida dela e podia se comprovar a maior ameaça.

Rowan falou:

— O que foi?

— A terceira chave de Wyrd. — Celaena xingou. Não podia contar a ninguém, porque se alguém soubesse... seguiria direto para Forte da Fenda. Direto para a Fortaleza dos Assassinos.

— Aelin. — Seria medo, dor ou ambos nos olhos dele? — Conte o que descobriu.

— Não enquanto estiver preso a ela.

— Estarei preso a ela para *sempre.*

— Eu sei. — Rowan era o escravizado de Maeve, pior que um escravizado. Tinha que obedecer a todas as ordens dela, não importava quão terríveis.

O guerreiro se debruçou sobre os joelhos, mergulhando a enorme mão na água.

— Está certa. Não quero que me conte. Nada.

— Odeio isso — sussurrou Celaena. — Eu a odeio.

Rowan virou o rosto, na direção de Goldryn, jogada atrás deles na rocha. Celaena contara a ele a história da espada naquela manhã enquanto engolia comida o bastante para três guerreiros feéricos adultos. Ele não parecera muito impressionado e, quando a jovem mostrou o anel que havia encontrado na bainha, apenas respondeu:

— Espero que faça bom uso. — De fato.

Mas o silêncio que aumentava entre eles era inaceitável. Celaena pigarreou. Talvez não pudesse contar a verdade sobre a terceira chave de Wyrd, mas poderia oferecer outra verdade.

A verdade. A verdade sobre ela, pura e completa. E depois de tudo o que tinham passado, tudo o que Celaena ainda queria fazer...

Então ela tomou coragem.

— Jamais contei esta história a ninguém. Ninguém no mundo sabe. Mas é minha — disse a assassina, piscando para afastar o ardor nos olhos — e está na hora de contá-la.

Rowan se recostou na pedra, apoiando as mãos atrás do corpo.

— Era uma vez — disse Celaena para ele, para o mundo, para si mesma —, em uma terra há muito queimada até virar cinzas, uma jovem princesa que amava seu reino... demais.

Então ela contou sobre a princesa cujo coração queimava com fogo incontrolável, do reino magnífico no norte, de sua queda e do sacrifício de Lady Marion. Foi uma história longa, e, às vezes, ela ficava em silêncio e chorava; durante esses momentos, Rowan se aproximava para limpar as lágrimas.

Quando terminou, o guerreiro apenas entregou a ela mais do tônico. Celaena sorriu, e Rowan olhou para ela por um tempo antes de sorrir de volta, um sorriso diferente de todos os outros que dera antes.

Os dois ficaram em silêncio por algum tempo, e Celaena não soube por que fez aquilo, mas estendeu a mão, a palma voltada para o lago abaixo.

E devagar, hesitante, uma gota d'água do tamanho de uma bola de gude subiu da superfície até a palma fechada em concha.

— Não é de espantar que seu senso de autopreservação seja tão patético se essa é toda a água que consegue conjurar. — Mas Rowan levantou o queixo de Celaena e ela soube que ele entendia o que aquilo queria dizer, ter conjurado sequer uma gota até a mão. Sentiu a mãe sorrindo, a mundos de distância.

Celaena sorriu para Rowan entre lágrimas e lançou a gota no rosto dele.

O guerreiro a atirou no lago. Um segundo depois, rindo, pulou também.

~

Depois de uma semana recobrando as forças, Celaena e os demais semifeéricos feridos tinham se recuperado o suficiente para participar de uma comemoração organizada por Emrys e Luca. Antes que ela e Rowan descessem para se juntar à festa, a jovem se olhou no espelho — e parou subitamente.

O cabelo mais curto era a menor das mudanças.

Agora estava com a cor rosada, os olhos estavam brilhando e lúcidos, e, embora tivesse recuperado o peso que perdera no inverno, o rosto estava mais magro. Uma mulher — uma mulher sorria de volta para Celaena, linda com cada cicatriz e imperfeição e marca de sobrevivência, linda devido ao fato de que o sorriso era real, e que ela o sentiu acender a alegria havia muito dormente no coração.

Celaena dançou naquela noite. Na manhã seguinte, sabia que chegara a hora.

Quando Celaena e Rowan terminaram de se despedir dos outros, ela parou próxima à vegetação para olhar a fortaleza de pedras em ruínas. Emrys e Lucas esperavam pelos dois no limite das árvores, o rosto pálido ao sol da manhã. O idoso já enchera as sacolas deles de comida e suprimentos, mas, mesmo assim, colocou um pão quente nas mãos de Celaena ao se olharem.

Ela falou:

— Pode levar um tempo, mas se... *quando* eu reivindicar meu reino, os semifeéricos sempre terão um lar nele. E vocês dois, e Malakai, terão um lugar em minha casa se quiserem. Como meus amigos.

Os olhos de Emrys brilhavam conforme ele assentia, segurando a mão de Luca. O rapaz, que escolhera manter no rosto um arranhão longo e feio, infligido na batalha, apenas a encarou, de olhos arregalados. Parte do coração dela doeu pelas sombras que agora cobriam o rosto de Luca. A traição de Bas o assombraria, ela sabia disso. Mas Celaena sorriu para ele, bagunçou seu cabelo, e fez menção de se virar.

— Sua mãe ficaria orgulhosa — afirmou Emrys.

A assassina levou a mão ao coração e fez uma reverência em agradecimento.

Rowan pigarreou, e Celaena deu a eles um último sorriso de despedida antes de seguir o príncipe para as árvores — para Doranelle e para Maeve, por fim.

58

— Partirão para Suria em dois dias. Apenas estejam prontos — ordenou Aedion a Ren, quando os três se reuniram à meia-noite no apartamento onde o jovem e o avô tinham ficado, ainda sem saber a quem pertencia. — Peguem o portão sul, será o menos monitorado àquela hora.

Fazia semanas desde que tinham se reunido pela última vez, e três dias desde que uma carta obscura chegara para Murtaugh de Sol, da Suria, um convite amigável para que um amigo havia muito afastado fosse visitá-lo. As palavras eram simples o bastante para que todos entendessem que o jovem lorde os estava testando, indicando interesse na "oportunidade" que Murtaugh mencionara em uma carta anterior. Desde então, Aedion tinha varrido cada trilha para o norte, calculando os movimentos e a localização de cada legião e posto pelo caminho. Mais dois dias; então talvez aquela corte pudesse começar a se reconstruir.

— Por que parece que estamos fugindo, então? — Ren parou a habitual caminhada de um lado para outro. O jovem lorde de Allsbrook se curara muito bem, embora agora tivesse transformado parte da sala em seu espaço de treinamento particular para recuperar a força. Aedion se perguntou o quanto a rainha deles ficaria feliz ao saber *disso*.

— Vocês *estão* fugindo — respondeu Aedion, a voz arrastada, mordendo uma das maçãs que comprara no mercado para Ren e o idoso. — Quanto mais ficarem aqui — continuou ele —, maior o risco de serem descobertos e de todos os nossos planos falharem. São conhecidos demais agora e são mais úteis para mim em Terrasen. Não há negociação, então nem tente.

— E quanto a você? — perguntou Ren ao capitão, que estava sentado na cadeira habitual.

Chaol franziu a testa e falou, baixinho:

— Vou para Anielle em alguns dias. — Para cumprir o acordo que fizera quando vendera a liberdade a fim de mandar Aelin até Wendlyn. Se Aedion se permitisse pensar a respeito daquilo, sabia que poderia se sentir mal, talvez até mesmo tentasse convencer o capitão a ficar. Não que gostasse do homem ou sequer o respeitasse. Na verdade, desejava que Chaol jamais o tivesse surpreendido naquela escada, em luto pelo massacre do próprio povo nos campos de trabalhos forçados. Mas ali estavam, e não havia retorno.

Ren parou de caminhar para encarar o capitão.

— Como nosso espião?

— Precisarão de alguém do lado de dentro, não importa se estou em Forte da Fenda ou em Anielle.

— Tenho pessoas do lado de dentro — falou Ren.

Aedion gesticulou com a mão.

— Não me importo com suas pessoas lá dentro, Ren. Apenas esteja pronto para partir e pare de ser um pé no meu saco com as perguntas intermináveis. — O general acorrentaria o rapaz a um cavalo se precisasse.

Aedion estava prestes a se virar para sair quando um estrondo de passos soou na escada. Todos empunharam as espadas conforme a porta se escancarou e Murtaugh surgiu, ofegante e segurando o batente. Os olhos dele estavam selvagens, a boca se abria e se fechava. Atrás dele, a escada não revelava sinais de uma ameaça, nenhuma perseguição. Contudo, Aedion manteve a espada em punho e se ajustou em uma posição melhor.

Ren correu para o avô, colocando o braço sob os ombros dele, mas o idoso fixou os pés no tapete.

— Ela está viva — disse ele para Ren, para Aedion, para si mesmo. — Ela... ela está realmente viva.

O coração de Aedion parou. Parou, então recomeçou, depois parou de novo. Devagar, embainhou a espada, tranquilizando a mente acelerada antes de dizer:

— Desembuche logo, velho.

Murtaugh piscou e soltou uma risada engasgada.

— Ela está em Wendlyn e está viva.

O capitão saiu caminhando pelo cômodo. Aedion teria se juntado a ele caso as pernas não tivessem parado de funcionar. Para que Murtaugh tivesse ouvido falar dela... Chaol disse:

— Conte tudo.

Murtaugh balançou a cabeça.

— A cidade está em polvorosa com notícias. As pessoas estão nas ruas.

— Vá ao ponto — disparou Aedion.

— A legião do general Narrok foi mesmo para Wendlyn — explicou o homem. — E ninguém sabe como ou por quê, mas Aelin... Aelin estava lá, nas montanhas Cambrian, e fez parte das forças que os enfrentaram em batalha. Estão dizendo que ela estava escondida em Doranelle esse tempo todo.

Viva, Aedion precisou dizer a si mesmo — viva, não morta depois da batalha, mesmo que a informação sobre o paradeiro dela estivesse errada.

Murtaugh estava sorrindo.

— Eles massacraram Narrok e os homens dele, e ela salvou muita gente... com magia. Fogo, pelo que dizem, poder como o mundo não vê desde o próprio Brannon.

O peito de Aedion se apertou a ponto de doer. O capitão apenas encarava o senhor.

Era uma mensagem para o mundo. Aelin era uma guerreira, capaz de lutar com lâmina ou magia. E bastava de se esconder.

— Vou para o norte hoje. Não pode esperar como planejamos — falou Murtaugh, virando para a porta. — Antes que o rei tente evitar que a notícia se espalhe, preciso avisar Terrasen. — Eles o seguiram escada abaixo para o armazém. Mesmo de dentro, a audição feérica de Aedion captou a comoção crescente nas ruas. Assim que entrasse no palácio, precisaria considerar cada passo, cada fôlego. Olhos demais estariam sobre ele agora.

Aelin. Sua rainha. Aedion sorriu devagar. O rei jamais suspeitaria, nem em mil anos, quem enviara de fato para Wendlyn; que a própria campeã tinha destruído Narrok. Poucos jamais souberam da desconfiança profunda dos Galathynius em Maeve — então Doranelle *seria* um lugar crível para esconder e criar uma jovem rainha por tantos anos.

— Depois que eu sair da cidade — falou Murtaugh, seguindo para o cavalo que tinha apeado dentro do armazém —, vou mandar cavaleiros para cada contato, para Charco Lavrado e Melisande. Ren, fique aqui. Vou cuidar de Suria.

Aedion segurou o ombro do homem.

— Leve a notícia para minha Devastação, diga que fiquem escondidos até meu retorno, mas que mantenham as redes de abastecimento com os rebeldes a qualquer custo. — O general não soltou até que Murtaugh acenasse com a cabeça.

— Avô — disse Ren, ajudando-o a subir na sela. — Deixe que eu vá em seu lugar.

— Você fica aqui — ordenou Aedion, e Ren fechou a cara.

Murtaugh murmurou em concordância.

— Reúna o máximo de informação que puder, então venha até mim quando eu estiver pronto.

Ao escancarar a porta do armazém para Murtaugh, Aedion não deu tempo a Ren para recusar. O ar frio da noite entrou, levando consigo o tumulto da cidade. Aelin — Aelin tinha feito aquilo, causado aquele clamor de sons. O garanhão trotou, bufando, e o idoso teria galopado para longe se o capitão não tivesse corrido para segurar as rédeas.

— Eyllwe — sussurrou Chaol. — Mande notícias a Eyllwe. Diga que aguentem firme, diga que se preparem. — Talvez fosse a luz, talvez fosse o frio, mas Aedion podia jurar que havia lágrimas nos olhos do capitão quando falou: — Diga a eles que está na hora de revidar.

Murtaugh Allsbrook e seus cavaleiros espalharam a notícia como fogo selvagem. Por cada rua, cada rio, para o norte, o sul e o oeste, por neve e chuva e névoa, os cascos dos cavalos reviraram a terra de cada reino.

E em cada cidade que contavam, em cada taberna e reunião secreta, mais cavaleiros saíam.

Mais e mais, até que não restasse uma estrada que não tivessem percorrido, até que não restasse uma alma que não soubesse que Aelin Galathynius estava viva — e disposta a lutar contra Adarlan.

Do outro lado das montanhas Canino Branco e das Ruhnn, até os desertos do oeste e a rainha de cabelos vermelhos que governava de um castelo em ruínas. À península Desértica e ao oásis-fortaleza dos Assassinos

Silenciosos. Cascos, cascos, cascos ecoando pelo continente, faiscando contra paralelepípedo, até Banjali e o palácio diante do rio do rei e da rainha de Eyllwe, ainda vestindo luto.

Aguente firme, diziam os cavaleiros ao mundo.

Aguente firme.

~

O pai de Dorian estava em fúria como o príncipe jamais vira antes. Dois ministros haviam sido executados naquela manhã, por nenhum crime além de tentarem acalmar o rei.

Um dia depois de chegarem as notícias do que Aelin tinha feito em Wendlyn, o pai dele ainda estava lívido, ainda exigia respostas.

O príncipe podia ter achado engraçado — tão típico de Celaena fazer um retorno tão chamativo — se não tivesse ficado totalmente petrificado. Ela havia traçado um limite na areia. Pior que isso, tinha derrotado um dos generais mais mortais do rei.

Ninguém fizera isso e sobrevivera. Nunca.

Em algum lugar de Wendlyn, a amiga de Dorian estava mudando o mundo. Estava cumprindo a promessa que fizera ao rapaz. Não se esquecera dele, ou de qualquer um ainda ali.

E talvez quando descobrissem um modo de destruir aquela torre e libertar a magia do jugo do rei, Celaena saberia que os amigos não a tinham esquecido também. Que *ele* não a esquecera.

Então Dorian deixou que o pai se enfurecesse. Ele se sentou naquelas reuniões e escondeu a repulsa e o horror quando o rei mandou um terceiro ministro para o abatedouro. Por Sorscha, pela promessa de mantê-la em segurança, de algum dia, talvez, não precisar esconder o que e quem ele era, Dorian manteve aquela máscara bem desgastada, ofereceu sugestões banais sobre o que fazer quanto a Aelin e fingiu. Uma última vez.

Quando Celaena voltasse, quando retornasse como jurara que faria...

Então começariam a mudar o mundo juntos.

59

Levou uma semana para que Celaena e Rowan chegassem a Doranelle. Viajaram pelas montanhas ásperas e terríveis nas quais os lobos selvagens de Maeve os monitoravam dia e noite, então pelo exuberante vale através de florestas e campos, o ar pesado com temperos e magia.

A temperatura ficava mais alta quanto mais ao sul, porém as brisas evitavam que ficasse desagradável. Depois de um tempo, os dois começaram a ver lindas cidades de pedra ao longe, mas Rowan os manteve afastados, escondidos, até subirem uma colina rochosa e Doranelle se estender adiante.

Aquilo tirou o fôlego de Celaena. Nem mesmo Orynth se comparava.

Eles a chamavam de Cidade dos Rios por um motivo. A cidade de pedras pálidas tinha sido construída em uma enorme ilha bem no centro de diversos córregos, as águas revoltosas conforme os afluentes das colinas ao redor e das montanhas se misturavam. Na ponta norte da ilha, os rios se debruçavam sobre a boca de uma enorme cachoeira, a bacia era tão imensa que névoa flutuava para o dia claro, fazendo com que as construções adornadas, a ponta nacarada das torres e os telhados azuis brilhassem. Não havia barcos ancorados nos limites da cidade, embora houvesse duas pontes elegantes de pedra percorrendo o rio; altamente vigiadas. Feéricos se moviam pelas pontes, além de barracas cheias de tudo, desde vegetais a feno e vinho. Em algum lugar, devia haver campos e fazendas e cidades que os fornecessem. Embora Celaena apostasse que Maeve tivesse uma fortaleza de bens estocados.

— Presumo que você costume voar para dentro sem nem usar as pontes — disse ela a Rowan, que franzia a testa para a cidade, não se parecendo muito com um guerreiro prestes a voltar para casa. Ele assentiu distraidamente. Rowan tinha ficado silencioso no último dia; não grosseiro, mas quieto e vago, como se estivesse reconstruindo a muralha entre os dois. Naquela manhã, Celaena acordou no acampamento no alto da colina e o encontrou encarando a alvorada, como se realmente estivesse conversando com o sol. Ela não tivera coragem de perguntar se ele estava rezando para Mala, Portadora do Fogo, ou o que sequer pediria à Deusa do Sol. Mas havia um calor estranhamente familiar ao redor do acampamento, e Celaena podia jurar que sentiu a própria magia saltar alegre em resposta. Ela não se permitiu pensar nisso.

Porque durante o último dia, Celaena também andava perdida nos próprios pensamentos, ocupada recuperando a força e a lucidez. Não conseguira falar muito, e mesmo agora, concentrar-se no presente exigia um esforço imenso.

— Bem — disse Celaena, inspirando exageradamente e dando tapinhas no cabo de Goldryn —, vamos ver nossa amada tia. Odiaria deixá-la esperando.

~

Eles levaram até o anoitecer para chegar à ponte, e Celaena ficou feliz: havia menos feéricos para testemunhar sua chegada, embora as ruas sinuosas e elegantes estivessem agora cheias de músicos e dançarinos e comerciantes vendendo comida quente e bebidas. Tinha bastante disso em Adarlan, mas em Doranelle não havia o império pesando sobre eles, nenhuma escuridão ou frio ou desespero. Maeve não enviara ajuda dez anos antes — e, enquanto os feéricos dançavam e bebiam cidra quente temperada, o povo de Celaena era massacrado e queimado. Ela sabia que não era culpa deles, mas conforme seguia pela cidade, na direção do limite norte, perto da cachoeira, não conseguia sorrir para a alegria.

Lembrou-se a si mesma de que *ela* dançara e bebera e fizera o que quisera enquanto seu povo sofria durante dez anos também. Não estava em posição de ressentir os feéricos, ou qualquer um, exceto a rainha que comandava aquela cidade.

Nenhum dos guardas os impediu, mas Celaena reparou que sombras os seguiram do alto de telhados e becos, algumas aves de rapina circulando acima. Rowan os ignorou, embora Celaena tivesse visto os dentes dele reluzirem à luz dourada dos postes. Aparentemente, a escolta também não deixava o príncipe muito feliz. Quantos deles Rowan conhecia pessoalmente? Ao lado de quantos havia lutado ou se aventurado em terras ainda não mapeadas?

Os dois não viram sinais dos amigos de Rowan, e ele não comentou se esperava vê-los. Embora o olhar do príncipe estivesse concentrado à frente, Celaena sabia que ele estava ciente de cada sentinela que os observava, cada fôlego exalado perto deles.

A jovem não tinha mais lugar dentro de si para dúvida ou medo. Conforme caminhavam, ela brincava com o anel enfiado no bolso, girando-o enquanto se lembrava do plano e do que precisava realizar antes de sair daquela cidade. Celaena era tão rainha quanto Maeve. Era a soberana de um povo forte e de um reino poderoso.

Era a herdeira das cinzas e do fogo, e não se curvaria para ninguém.

~

Eles foram escoltados por um palácio reluzente de pedras pálidas e cortinas de tecido translúcido da cor do céu; os pisos eram um mosaico de ladrilhos delicados que retratavam diversas cenas, de donzelas dançando até imagens pastorais e o céu noturno. Pelo prédio, o próprio rio seguia em minúsculos córregos, às vezes se acumulando em poças salpicadas de lírios noturnos. Jasmim entremeava as enormes colunas, e lanternas com vidro colorido pendiam dos tetos arqueados. O suficiente do palácio era aberto aos elementos para sugerir que o tempo ali era sempre ameno. Música soava de quartos distantes, mas era baixa e calma comparada com a explosão de sons e cores na cidade do lado de fora das imensas paredes de mármore do palácio.

Sentinelas estavam por toda parte. Espreitavam fora do campo visual, mas na forma feérica, Celaena conseguia sentir o cheiro delas, o aço e o odor forte de qualquer que fosse o sabão que deviam usar nos quartéis. Não muito diferente do castelo de vidro. A fortaleza de Maeve, no entanto, tinha sido construída de pedra — tanta pedra, por todo canto, todas pálidas e entalhadas e polidas e reluzentes. Celaena sabia que Rowan tinha aposentos particulares naquele palácio e que a família Whitethorn tinha várias residências em Doranelle, mas os dois não viram os parentes dele. O guerreiro contou a ela no caminho que havia diversos outros príncipes na família, governados pelo irmão de seu pai. Felizmente para Rowan, o tio tinha três filhos, o que o livrava de responsabilidade, embora eles certamente tentassem usar a posição de Rowan com Maeve em vantagem própria. Tão ardilosos e bajuladores quanto qualquer família real em Adarlan, supôs Celaena.

Depois de uma eternidade caminhando em silêncio, Rowan levou Celaena até uma varanda ampla que dava para o rio. Ele estava bastante tenso, o que sugeria que sentia cheiros e ouvia coisas que Celaena não conseguia, mas Rowan não deu qualquer aviso. A cachoeira além do palácio rugia, embora não alto o bastante para abafar as conversas.

Do outro lado da varanda estava Maeve, no trono de pedra.

Deitados de cada lado do trono estavam os lobos gêmeos, um preto e um branco, monitorando a chegada dos dois com atentos olhos dourados. Não havia mais ninguém — nenhum cheiro dos outros amigos de Rowan espreitando enquanto atravessavam o piso de azulejos. Celaena queria que Rowan a tivesse deixado se limpar na suíte dele, mas... sabia que aquela reunião não era sobre isso, na realidade.

Rowan acompanhou o ritmo da assassina ao caminharem para o pequeno palanque diante do parapeito entalhado. Quando pararam, Rowan se ajoelhou e fez uma reverência.

— Majestade — murmurou ele.

A tia de Celaena sequer olhou para ele ou permitiu que se levantasse. Maeve deixou o sobrinho ajoelhado e voltou os olhos violeta, que brilhavam como estrelas, para a jovem, dando aquele sorriso de aranha.

— Parece que cumpriu sua tarefa, Aelin Galathynius.

Outro teste — usar o nome dela para incitar uma reação.

Celaena sorriu de volta para a rainha.

— De fato.

Rowan manteve a cabeça abaixada, os olhos no chão. Maeve podia fazer com que ele se ajoelhasse ali por cem anos se desejasse. Os lobos ao lado do trono não se moveram um centímetro.

Maeve se dignou a olhar para Rowan, então deu aquele sorrisinho para Celaena de novo.

— Admito que estou surpresa por ter conseguido conquistar a aprovação dele tão agilmente. Então — falou ela, recostando-se no trono —, mostre. Uma demonstração do que aprendeu nesses meses.

A assassina apertou o anel no bolso, sem abaixar o queixo um milímetro.

— Eu preferiria primeiro recuperar o conhecimento que guarda consigo.

Um estalo feminino da língua.

— Não confia em minha palavra?

— Não pode acreditar que eu daria a você tudo o que quer sem provas de que pode cumprir seu lado do acordo.

Os ombros de Rowan ficaram tensos, mas a cabeça permaneceu baixa.

Os olhos da rainha se semicerraram levemente.

— As chaves de Wyrd.

— Como podem ser destruídas, onde estão e o que mais sabe sobre elas.

— Não podem ser destruídas. Só podem ser colocadas de volta no portão.

O estômago de Celaena revirou. Ela já sabia daquilo, mas ouvir a confirmação era difícil, de alguma forma.

— Como podem ser colocadas de volta no portão?

— Não acha que já teriam sido devolvidas ao lar se alguém soubesse?

— Você disse que sabia sobre elas.

Um sorriso de víbora.

— Eu *sei* sobre elas. Sei que podem ser usadas para criar, para destruir, para abrir portais. Mas não sei como colocá-las de volta. Jamais descobri, então elas foram levadas por Brannon para o outro lado do mar, e não as vi mais.

— Qual era a aparência delas? Qual era a *sensação* delas?

Maeve fechou a palma da mão em concha e olhou, como se pudesse ver as chaves ali.

— Pretas e reluzentes, não mais que lascas de pedra. Mas não eram pedra, eram como nada nesta terra, em qualquer mundo. Era como segurar a carne viva de um deus, como conter a respiração de todos os seres vivos de todos os mundos de uma só vez. Era surreal e alegria e terror e desespero e eternidade.

A ideia de Maeve possuir todas as três chaves, mesmo que por um breve momento, era apavorante o suficiente para que Celaena não se permitisse pensar nela. Assim, apenas disse:

— E o que mais pode dizer sobre elas?

— É só do que me lembro, creio. — A rainha se recostou de volta no trono.

Não... não, devia haver *algum* jeito. Ela não podia ter desperdiçado todos aqueles meses em um acordo tolo, não podia ter sido *tão* enganada assim. No entanto, se Maeve não soubesse, então havia outras pequenas informações para extrair; não sairia dali de mãos vazias.

— Os príncipes valg... o que pode me dizer a respeito deles?

Por alguns segundos, Maeve permaneceu em silêncio, como se contemplasse os méritos de responder mais do que originalmente prometera. Celaena não tinha total certeza se queria saber por que a rainha decidira em favor dela quando falou:

— Ah... sim. Meus homens me informaram da presença deles. — Sua tia parou de novo, sem dúvida puxando a informação de algum canto antigo da memória. — Há muitas raças diferentes de valg, criaturas das quais até mesmo seus piores pesadelos fugiriam. São governadas pelos príncipes, que são, eles mesmos, feitos de sombra, desespero e ódio, e não têm corpos para ocupar, exceto por aqueles nos quais se infiltram. Não há muitos príncipes... mas, certa vez, testemunhei uma legião inteira de guerreiros feéricos ser devorada por seis deles em horas.

Um calafrio percorreu a espinha de Celaena, e até a pelagem dos lobos se arrepiou.

— Mas eu os matei com meu fogo e minha luz...

— Como acha que Brannon conquistou para si tanta glória e um reino? Ele era um filho abandonado de ninguém, nenhum dos pais o reivindicou. Mas Mala o amava intensamente, então as chamas de Brannon eram, às vezes, tudo o que segurava os príncipes valg até que pudéssemos conjurar uma força para afastá-los.

A jovem abriu a boca para fazer a próxima pergunta, mas parou. Maeve não era do tipo que jogava fragmentos aleatórios de informação. Então Celaena perguntou, devagar:

— Brannon não era de família real?

A rainha inclinou a cabeça.

— Ninguém jamais lhe contou o que significa a marca em sua testa?

— Me disseram que é uma marca sagrada.

Os olhos de Maeve dançavam com divertimento.

— Sagrada apenas por causa do portador dela, que estabeleceu seu reino. Mas, antes disso, não era nada. Brannon nasceu com a marca do bastardo, a marca que toda criança não reivindicada, não querida, possuía, identificando-a como sem nome, como ninguém. Cada um dos herdeiros de Brannon, apesar da linhagem nobre, foi, desde então, agraciado com ela... a marca dos sem nome.

E tinha queimado naquele dia em que Celaena lutou com Cain. Queimou diante do rei de Adarlan. Um calafrio lhe percorreu a espinha.

— Por que brilhou quando lutei com Cain e quando enfrentei os príncipes valg? — Ela sabia que Maeve estava bem informada sobre a criatura das sombras que vivera dentro de Cain. Talvez não um príncipe valg, mas algo pequeno o bastante para ser contido pelo anel de pedra de Wyrd que ele usava no lugar de um colar. Aquilo reconhecera Elena, e dissera para as duas: *Você foi trazida aqui, todos vocês foram. Todos os jogadores do jogo inacabado.*

— Talvez seu sangue tivesse apenas reconhecido a presença dos valg e estivesse tentando dizer alguma coisa. Talvez não significasse nada.

Celaena achava que não. Principalmente quando o fedor dos valg estivera no quarto dos pais dela na manhã depois de terem sido assassinados. Ou o assassino estivera possuído ou soubera usar o poder deles para manter os pais inconscientes enquanto os massacrava. Tudo isso eram fragmentos de informação que deveriam ser montados depois, quando Celaena estivesse longe de Maeve. Se a rainha a deixasse sair dali.

— O fogo e a luz são a única forma de matar os príncipes valg?

— São difíceis de matar, mas não invencíveis — admitiu Maeve. — Com o modo como o rei de Adarlan os subjuga, cortar a cabeça para separar o colar pode funcionar. Se você voltar a Adarlan, esse será o único modo, suspeito.

Porque lá a magia ainda estava trancafiada pelo rei. Se Celaena enfrentasse um dos príncipes valg de novo, teria que matá-lo com lâmina e inteligência.

— Se o rei estiver mesmo conjurando os valg para os exércitos, o que pode ser feito para impedi-los?

— Parece que o rei de Adarlan está fazendo o que eu nunca tive coragem de fazer enquanto as chaves estiveram brevemente em minha posse. Sem todas as três chaves, ele está limitado. Só pode abrir o portal entre nossos mundos por períodos curtos, tempo o suficiente para deixar entrar, talvez, um príncipe para se infiltrar em um corpo que ele preparou. Mas com todas as três chaves, poderia abrir o portal quando quisesse, poderia conjurar todos os exércitos valg, para serem liderados pelos príncipes nos corpos mortais, e... — Maeve pareceu mais intrigada que horrorizada. — E com todas as três chaves, pode não depender de hospedeiros dotados de magia. Há inúmeros espíritos inferiores entre os valg, famintos para entrar neste mundo.

— Ele precisaria fazer inúmeros colares, então.

— Não precisaria, não com todas as três chaves. O controle seria absoluto. E não precisaria de hospedeiros vivos... apenas corpos.

O coração de Celaena se acelerou, e Rowan ficou tenso no canto dele, no chão.

— Ele poderia ter um exército de mortos, habitados pelos valg.

— Um exército que não precisa comer ou dormir ou respirar, um exército que vai varrer como uma praga seu continente e outros. Talvez outros mundos também.

Contudo, o rei precisaria de todas as três chaves para aquilo. O peito dela se apertou, e, embora estivessem a céu aberto, o palácio, o rio, as estrelas pareciam sufocá-la. Não haveria exército que ela pudesse levantar para impedi-los, e sem magia... estavam condenados. Celaena estava condenada. Ela estava...

Um calor tranquilizante a envolveu, como se alguém a tivesse abraçado. Um abraço feminino, alegre, infinitamente poderoso. *Esse destino ainda não aconteceu*, aquilo parecia dizer a ela. *Ainda há tempo. Não sucumba ao medo ainda.*

Maeve a observava com um interesse felino, e Celaena se perguntou o que a rainha sombria via — se também conseguia sentir aquela presença antiga e reconfortante. Mas a jovem estava aquecida de novo, o pânico se fora, e, embora a sensação do abraço tivesse desaparecido, ainda podia jurar que a presença estava próxima. *Havia* tempo, o rei ainda não tinha a terceira chave.

Brannon — ele possuíra todas as três, mas escolhera escondê-las, em vez de devolvê-las. E, de alguma forma, subitamente, aquela se tornou a pergunta mais importante de todas: por quê?

— Quanto à localização das três chaves — disse Maeve —, não sei onde estão. Foram trazidas pelo mar, e não ouvi falar delas de novo até os últimos dez anos. Parece que o rei tem pelo menos uma, talvez duas. Já a terceira... — Maeve a olhou de cima a baixo, mas Celaena se recusou a desviar o olhar. — Você tem alguma ideia do paradeiro dela, não tem?

A assassina abriu a boca, mas os dedos de Maeve se agarraram ao braço do trono, apenas o bastante para fazer com que a jovem olhasse para a pedra. Tanta pedra ali, naquele palácio e na cidade. E aquela palavra que a rainha tinha usado mais cedo, *levadas*...

— Não tem? — insistiu Maeve.

Pedra... e nenhum sinal de madeira, exceto por plantas e mobília...

— Não, não tenho — retrucou Celaena.

A rainha inclinou a cabeça.

— Rowan, fique de pé e conte a verdade.

As mãos dele se fecharam com força, mas ele ficou de pé, os olhos na soberana conforme engolia em seco. Duas vezes.

— Ela encontrou uma charada e sabe que o rei de Adarlan tem ao menos a primeira chave, mas não sabe onde está guardada. Também descobriu o que Brannon fez com a terceira, e onde está. Ela se recusou a me contar. — Havia um brilho de horror nos olhos de Rowan, e os punhos estavam trêmulos, como se alguma força invisível o tivesse obrigado a dizer aquilo. Os lobos apenas assistiam.

Maeve fez um som de reprovação.

— Guardando segredos, Aelin? De sua tia?

— Nem pelo mundo todo eu contaria a você onde está a terceira chave.

— Ah, eu sei — disse Maeve, ronronando. Ela estalou os dedos e os lobos ficaram de pé, mudando de forma com clarões de luz, se tornando os homens mais lindos que Celaena já vira. Guerreiros, pela estatura, pela graça letal com que se moviam; um claro e um escuro, deslumbrantes... perfeitos.

A assassina levou a mão a Goldryn, mas os gêmeos foram para cima de Rowan, que não fez nada, nem mesmo se debateu quando o seguraram pelos braços, obrigando-o a se ajoelhar de novo. Dois outros surgiram das sombras atrás deles. Gavriel, os olhos amarelos cuidadosamente vazios, e Lorcan, o rosto frio como pedra. E nas mãos deles...

Ao ver o chicote com ponta de ferro que cada um segurava, a jovem se esqueceu de respirar. Lorcan não hesitou, arrancando o casaco, a túnica e a camisa de Rowan.

— Até que ela me responda — falou Maeve, como se tivesse acabado de pedir uma xícara de chá.

Lorcan desenrolou o chicote, a ponta de ferro estalando contra as pedras, e angulou o braço. Não havia nada piedoso naquele rosto marcado, nenhum brilho de sentimento pelo amigo de joelhos.

— Por favor — sussurrou Celaena.

Um estalo soou, e o mundo se partiu quando Rowan se curvou no momento em que o chicote lhe cortou as costas. O guerreiro trincou os dentes, sibilando, mas não gritou.

— *Por favor* — repetiu Celaena.

Gavriel estalou o chicote tão rápido que Rowan só teve tempo de inspirar uma vez para se recuperar. Não havia remorso naquele rosto lindo, nenhum sinal do macho que ela agradecera semanas antes.

Do outro lado da varanda, Maeve falou:

— A duração disto depende totalmente de você, sobrinha.

Celaena não ousou tirar os olhos de Rowan, que aceitava as chicotadas como se tivesse passado por aquilo antes, como se soubesse como se segurar e quanta dor esperar. Os olhos dos amigos estavam mortos, como se eles também tivessem dado e recebido aquele tipo de punição.

Maeve *tinha* ferido o guerreiro antes. Quantas das cicatrizes foram causadas por ela?

— Pare — grunhiu a jovem.

— Nem pelo mundo todo, Aelin? Mas e por seu príncipe Rowan?

Outro golpe, e sangue caiu nas pedras. E o som — aquele som do chicote... o som que ecoava em seus pesadelos, o som que fazia o sangue de Celaena esfriar...

— Diga onde está a terceira chave de Wyrd, Aelin.

Craque. Rowan se contorceu contra as mãos de ferro dos gêmeos. Seria por isso que rezava para Mala naquela manhã? Porque sabia o que esperar de Maeve?

Celaena abriu a boca, mas o guerreiro ergueu a cabeça, os dentes expostos, o rosto selvagem com dor e raiva. Ele sabia que a jovem conseguia ler as palavras nos olhos dele, mas disse assim mesmo:

— *Não fale*.

Foi essa frase de desafio que partiu o controle que a assassina mantivera sobre si mesma durante o último dia, o abafador que pusera sobre o poder conforme secretamente descia em espiral até o núcleo da magia, reunindo o máximo possível dela.

O calor irradiou dela, aquecendo as pedras tão rapidamente que o sangue de Rowan se tornou vapor vermelho. Os companheiros xingaram, e escudos quase invisíveis irromperam ao redor deles e da soberana.

A jovem sabia que o dourado em seus olhos tinha se tornado chama, porque, quando olhou para Maeve, o rosto da rainha tinha ficado branco como osso.

E então Celaena incendiou o mundo.

60

Maeve não estava queimando, nem Rowan ou os amigos dele, cujos escudos Celaena atravessou com meio pensamento. Contudo, o rio fumegava ao redor, e gritos surgiram do palácio, da cidade, conforme chamas que não queimavam nem doíam envolveram tudo. A ilha inteira estava coberta por fogo.

A rainha estava de pé agora e descia da plataforma. Celaena deixou que um pouco mais de calor escapasse pelas chamas, aquecendo a pele de Maeve conforme se aproximava da tia. De olhos arregalados, Rowan pendia dos braços dos amigos, o sangue fumegando sobre as pedras.

— Você queria uma demonstração — falou a assassina, em voz baixa. Suor escorreu pelas costas dela, mas a jovem se agarrou à magia com tudo o que tinha. — Com um pensamento meu, sua cidade vai queimar.

— É de pedra — disparou a soberana.

Celaena sorriu.

— Seu povo, não.

As narinas de Maeve se dilataram devagar.

— Assassinaria inocentes, Aelin? Talvez. Fez isso durante anos, não foi?

O sorriso da assassina não hesitou.

— Tente. Apenas tente me pressionar, *tia*, e veja o que acontece. Era isso o que queria, não? Não que eu dominasse minha magia, mas que você descobrisse quanto sou poderosa. Não quanto do sangue de sua irmã flui em minhas veias; não, você sabia desde o início que tenho muito pouco do poder de Mab. Queria saber quanto recebi de Brannon.

As chamas aumentaram, e os gritos — de medo, não de dor — aumentaram também. O fogo não machucaria ninguém, a não ser que Celaena desejasse. Ela podia sentir a magia dos demais lutando contra a dela, abrindo buracos em seu poder, mas a conflagração que cercava a varanda queimava com força.

— Você jamais deu as chaves para Brannon. E não viajou com ele e Athril para recuperar as chaves dos valg — continuou a jovem, uma coroa de fogo envolvendo sua cabeça. — Foi para roubá-las para si mesma. Queria ficar com as chaves. Depois que Brannon e Athril perceberam isso, lutaram contra você. E Athril... — Celaena sacou Goldryn, o cabo agora brilhava vermelho como sangue. — Seu amado Athril, querido amigo de Brannon... ao lutarem, você o matou. Você, não os valg. E, no luto e na vergonha, ficou fraca o bastante para que Brannon tomasse as chaves. Não foi uma força inimiga que saqueou o templo da Deusa do Sol. Foi Brannon. Ele queimou até o último rastro de si mesmo, qualquer pista de aonde iria, para que *você* não o encontrasse. Deixou apenas a espada do amigo para honrá-lo, na caverna em que Athril arrancou o olho daquela pobre criatura do lago, e jamais contou a você. Depois que Brannon deixou esta terra, você não ousou segui-lo, não quando ele tinha as chaves, não quando a magia dele, *minha* magia, estava tão forte.

Fora Brannon quem escondera a chave de Wyrd na herança da própria casa, para dar a eles aquele peso a mais de poder. Não contra inimigos comuns, mas para o caso de Maeve atacá-los. Talvez não tivesse devolvido as chaves ao portão porque queria ser capaz de usar o poder delas caso Maeve decidisse se declarar senhora de todas as terras.

— Foi por isso que você abandonou sua terra ao pé da colina, deixando-a apodrecer. Por isso construiu uma cidade de pedra cercada de água: para que os herdeiros de Brannon não pudessem voltar para queimar você viva. Era por isso que queria me ver, por essa razão que negociou com minha mãe. Queria saber que tipo de ameaça eu poderia representar. O que aconteceria quando o sangue de Brannon se misturasse com a linhagem de Mab. — Celaena abriu os braços, Goldryn queimando forte em uma das mãos. — Veja meu poder, Maeve. Veja o que combato nas profundezas, o que espreita sob minha pele.

A jovem exalou e apagou cada chama da cidade.

O poder não estava na força ou na habilidade. Estava no controle — o poder consistia em *autocontrole*. Ela sempre soubera o quanto seu fogo era extenso e mortal, e, alguns meses antes, teria matado e sacrificado e massacrado qualquer um ou qualquer coisa para cumprir o juramento. Mas isso não tinha sido força — tinha sido raiva e luto de uma pessoa partida, aos pedaços. Celaena entendia agora o que a mãe quisera dizer quando tocou seu coração naquela noite em que dera o amuleto à filha.

Conforme cada luz se apagou em Doranelle, mergulhando o mundo na escuridão, Celaena caminhou até Rowan. Um olhar e o lampejo dos dentes fez os gêmeos o soltarem. Com os chicotes ensanguentados ainda nas mãos, Gavriel e Lorcan não fizeram menção de se aproximar quando Rowan se jogou nela, murmurando seu nome.

Luzes se acenderam. Maeve permaneceu onde estava, o vestido manchado de fuligem, o rosto brilhando com suor.

— Rowan, venha cá. — Ele enrijeceu o corpo, resmungando de dor, mas cambaleou até a plataforma, o sangue escorria dos ferimentos horríveis nas costas. Bile ardeu na garganta de Celaena, mas ela manteve os olhos na rainha. Maeve mal a fitou quando disse, irritada: — Me dê essa espada e *saia daqui*. — Sua tia estendeu a mão para Goldryn.

A jovem fez que não com a cabeça.

— Acho que não. Brannon a deixou naquela caverna para que qualquer um *menos* você a encontrasse. Então, é minha, por sangue e fogo e escuridão. — Celaena embainhou Goldryn na lateral do corpo. — Não é muito agradável quando alguém não dá a você o que quer, não é?

Rowan estava apenas parado ali, o rosto era uma máscara de tranquilidade apesar dos ferimentos, mas os olhos... seria tristeza? Os amigos dele estavam em silêncio, observando, prontos para atacar caso a rainha desse o comando. Que tentassem.

Os lábios de Maeve se contraíram.

— Vai pagar por isso.

Mas Celaena caminhou até a tia de novo, pegou a mão dela e falou:

— Ah, acho que não. — Então abriu a mente para a rainha.

Bem, parte da mente — a visão que Narrok lhe dera enquanto o queimava. Ele soubera. De alguma forma, vira o potencial, como se o tivesse descoberto enquanto os príncipes valg passavam por suas memórias. Não era um futuro gravado em pedra, mas não deixou que a tia visse aquilo. Celaena apresentou a memória como se fosse verdade, como se fosse um plano.

~

A multidão estrondosa ressoava pelos corredores de pedra do castelo real de Orynth. Estavam cantando o nome dela, quase chorando. Aelin. *Um pulso de duas notas que ecoava a cada passo que dava ao subir a escada escurecida. Goldryn pesava às costas dela, o rubi incandescente à luz do sol que escorria da plataforma acima. Vestia uma túnica linda, mas simples, embora os punhos de ferro, armados com lâminas ocultas, fossem tão ornamentados quanto mortais.*

Ela chegou à plataforma e a atravessou, passando pelos guerreiros altos e musculosos que espreitavam às sombras, logo além da abertura arqueada. Não apenas guerreiros — os guerreiros dela. *A corte dela. Aedion estava lá, e alguns outros, cujos rostos estavam obscurecidos pelas sombras, mas os dentes brilharam levemente quando deram a ela sorrisos selvagens. Uma corte para mudar o mundo.*

A cantoria aumentou, e o amuleto quicava entre seus seios a cada passo. Ela manteve os olhos adiante, um meio sorriso no rosto quando surgiu, por fim, na varanda, e os gritos ficaram desesperados, tão sobrepujantes quanto a multidão em frenesi do lado de fora do palácio, nas ruas, milhares reunidos e entoando seu nome. No pátio, jovens sacerdotisas de Mala dançavam a cada pulsar do nome, adorando-a, fanáticas.

Com aquele poder — com as chaves que tinha obtido —, o que criara para eles, os exércitos que construíra para afastar os inimigos, as plantações que cultivara, as sombras que havia afugentado... aquelas coisas não passavam de um milagre. Ela era mais que humana, mais que rainha.

Aelin.

Amada. Imortal. Abençoada.

Aelin.

Aelin do Fogo Selvagem. Aelin Coração de Fogo. Aelin Portadora da Luz.

Aelin.

Ela ergueu os braços, inclinando a cabeça para o sol, e os gritos fizeram todo o palácio branco tremer. Na testa dela, uma marca — a marca sagrada da linhagem de Brannon — brilhava azul. Ela sorriu para a multidão, para o povo, para o mundo, pronto para ser colhido.

Celaena se afastou de Maeve, cujo rosto estava pálido.

A rainha engolira a mentira. Não entendeu que a visão tinha sido dada a Celaena não para provocá-la, mas como um aviso — do que poderia se tornar se, de fato, encontrasse as chaves e ficasse com elas. Um presente do homem que Narrok um dia fora.

— Sugiro — disse a jovem para a rainha feérica — que pense com muito, muito cuidado antes de me ameaçar, ou a meu povo, ou de ferir Rowan de novo.

— Rowan pertence a mim — sibilou Maeve. — Posso fazer o que quiser com ele.

Celaena olhou para o príncipe, que estava de pé tão bravamente, os olhos inertes pela dor. Não dos ferimentos nas costas, mas da despedida que estivera se aproximando a cada passo em direção a Doranelle.

Devagar, com cuidado, Celaena tirou o anel do bolso.

Não era o anel de Chaol que Celaena estivera segurando durante os últimos dias.

Era o anel simples de ouro que tinha sido deixado na bainha de Goldryn. Ela o guardara durante todas aquelas semanas, pedindo que Emrys contasse história após história sobre Maeve conforme, com cuidado, juntava as peças da verdade sobre a tia, exatamente para aquele momento, para aquela tarefa.

A rainha ficou imóvel como a morte enquanto Celaena erguia o anel entre os dois dedos.

— Acho que está procurando isto há muito tempo — falou a jovem.

— Isso não pertence a você.

— Não? Eu o encontrei, afinal de contas. Na bainha de Goldryn, onde Brannon o deixou depois de pegar do cadáver de Athril, o anel de família que ele teria dado a você um dia. E nos milhares de anos desde então, você jamais o encontrou, então... Acredito que seja meu pelo acaso. — Celaena fechou o punho ao redor do anel. — Mas quem diria que você é tão sentimental?

Os lábios de Maeve se contraíram.

— Me dê.

A assassina soltou uma gargalhada.

— Não preciso dar droga nenhuma a você. — O sorriso sumiu. Ao lado do trono de Maeve, o rosto de Rowan estava indecifrável ao se virar para a cachoeira.

Tudo aquilo... tudo aquilo por ele. Por Rowan, que soubera exatamente que espada estava pegando naquele dia na caverna da montanha, que jogara a espada para ela sobre o gelo como um objeto de barganha futura: a única proteção que podia oferecer contra Maeve se Celaena fosse esperta o bastante para entender.

Ela só percebeu o que Rowan tinha feito — que ele soubera o tempo todo — quando mencionou o anel para ele semanas antes e o guerreiro disse que esperava que Celaena encontrasse alguma utilidade para o objeto. Rowan ainda não entendia que ela não tinha interesse em barganhar poder ou segurança ou uma aliança.

Então a jovem disse:

— Mas podemos fazer um acordo. — As sobrancelhas de Maeve se franziram. Celaena ergueu o queixo. — O anel de seu amado pela liberdade de Rowan do juramento de sangue.

O corpo de Rowan enrijeceu. Os amigos dele viraram o rosto para a assassina.

— Um juramento de sangue é eterno — retorquiu a rainha, contendo-se. Celaena achava que os amigos do guerreiro não estavam respirando.

— Não importa. Liberte-o. — Celaena estendeu o anel de novo. — Sua escolha. Liberte Rowan, ou derreto este anel aqui mesmo.

Que aposta; tantas semanas tramando e planejando e torcendo secretamente. Mesmo agora, Rowan não se virou.

Os olhos de Maeve permaneceram no anel. E Celaena entendia por quê — era por isso que ela ousara tentar aquilo. Depois de um longo silêncio, o vestido de Maeve farfalhou quando esticou as costas, o rosto pálido e contraído.

— Muito bem. Fiquei mesmo bastante entediada com a companhia dele durante as últimas décadas.

O guerreiro a encarou — devagar, como se não acreditasse muito bem no que ouvia. Foi o olhar de Celaena, não o de Maeve, que Rowan encontrou, os olhos dele brilhavam.

— Por meu sangue que flui em você — disse a rainha. — Sem desonra, sem qualquer ato de traição, eu o liberto, Rowan Whitethorn, de seu juramento de sangue a mim.

Ele apenas a encarou, sem parar, e Celaena mal ouviu o restante, as palavras que Maeve disse no velho idioma. Mas Rowan puxou uma adaga e derramou o próprio sangue nas pedras, o que quer que aquilo significasse. A assassina jamais tinha ouvido falar de um juramento de sangue ter sido quebrado antes, porém arriscara mesmo assim. Talvez, em toda a história do mundo, nenhum tivesse sido desfeito de forma honrosa. Os amigos de Rowan estavam silenciosos e com os olhos arregalados.

Maeve falou:

— Você está livre de mim, príncipe Rowan Whitethorn.

Foi tudo o que Celaena precisou ouvir antes de atirar o anel para a rainha, antes de Rowan correr até ela, as mãos em suas bochechas, a testa contra a dela.

— Aelin — murmurou ele, e não foi uma reprimenda, ou um agradecimento, mas... uma oração. — Aelin — sussurrou o feérico de novo, sorrindo, e beijou a testa dela antes de se ajoelhar diante de Celaena.

Contudo, quando levou a mão para o pulso dela, a jovem recuou.

— Você está livre. Está livre agora.

Atrás deles, Maeve observava, as sobrancelhas erguidas. No entanto, Celaena não podia aceitar aquilo, não podia concordar com aquilo.

Submissão total e completa, era o que significava um juramento de sangue. Rowan entregaria tudo a ela — a vida, qualquer propriedade, qualquer livre-arbítrio.

Mas o rosto de Rowan estava calmo, tranquilo, seguro. *Confie em mim.*

Não quero que seja meu escravizado. Não serei esse tipo de rainha.

Você não tem corte — está indefesa, sem terras e sem aliados. Ela pode deixar que saia daqui hoje, mas pode ir atrás de você amanhã. Ela sabe o quanto sou poderoso — o quanto somos poderosos juntos. Isso vai fazer com que hesite.

Por favor, não faça isso. Darei qualquer outra coisa que pedir, mas não isso.

Eu reivindico você, Aelin. Para qualquer fim.

Celaena poderia ter continuado a discussão silenciosa, porém aquele calor estranho e feminino que sentiu no acampamento naquela manhã a envolveu, como se para assegurá-la de que não tinha problema querer tanto aquilo a ponto de doer, para dizer que podia confiar no príncipe, e mais que isso — mais que qualquer coisa, confiar em si mesma. Então, quando Rowan pegou o pulso de Celaena de novo, ela não protestou.

— Juntos, Coração de Fogo — falou Rowan, afastando a manga da túnica dela. — Vamos encontrar um modo juntos. — O guerreiro ergueu o olhar do pulso exposto de Celaena. — Uma corte que vai mudar o mundo — prometeu ele.

E então ela assentia. Assentia e sorria também conforme Rowan puxou a adaga da bota e a ofereceu a Celaena.

— Diga, Aelin.

Sem ousar permitir que as mãos tremessem diante de Maeve ou dos amigos chocados de Rowan, ela pegou a adaga e a segurou sobre o pulso exposto.

— Promete servir em minha corte, Rowan Whitethorn, de agora até o dia em que morrer? — Celaena não sabia as palavras certas nem conhecia o velho idioma, mas um juramento de sangue não se tratava de frases bonitas.

— Prometo. Até meu último suspiro, e no mundo além. Para qualquer fim.

A jovem teria parado ali, perguntado novamente se ele queria mesmo fazer aquilo, mas Maeve ainda estava lá, uma sombra espreitando atrás dos dois. Fora por isso que Rowan fizera aquilo naquele momento, ali... para que Celaena não protestasse, não tentasse dissuadi-lo.

Era tão típico de Rowan, tão teimoso, que ela só conseguiu sorrir ao passar a adaga sobre o pulso, deixando um rastro de sangue. A jovem ofereceu o braço a ele.

Com delicadeza surpreendente, o guerreiro pegou o pulso de Celaena e abaixou a boca até a pele dela.

Por um segundo, algo brilhante como um relâmpago percorreu o corpo de Celaena, então se acalmou — um fio que os unia, mais e mais forte a cada gole que Rowan tomava do sangue. Três goles — os caninos pressionando a pele —, então o guerreiro ergueu a cabeça, os lábios brilhando com o sangue, os olhos reluzindo e vivos e cheios de aço.

Não havia palavras que fizessem jus ao que se passou entre os dois naquele momento.

Maeve os salvou de tentarem se lembrar como falar ao sibilar:

— Agora que me insultaram mais ainda, saiam. Todos vocês. — Os amigos de Rowan se foram em um segundo, caminhando para as sombras, levando aqueles chicotes horríveis com eles.

Celaena ajudou o guerreiro a se levantar, permitindo que ele curasse o ferimento no pulso dela quando as costas do príncipe cicatrizavam. Ombro a ombro, os dois olharam uma última vez para a rainha feérica.

Mas havia apenas uma coruja branca batendo as asas para a noite de luar.

~

Os dois saíram correndo de Doranelle, sem parar até que encontrassem uma pousada reservada em uma cidade pequena e esquecida, a quilômetros de distância. Rowan nem mesmo ousou passar pelos próprios aposentos para pegar os pertences, e alegou que não tinha nada de valor para levar mesmo. Os amigos do guerreiro não foram atrás deles, não tentaram dizer adeus quando Celaena e Rowan atravessaram a ponte em direção às terras cobertas pela noite. Depois de horas correndo, Celaena caiu na cama e dormiu como os mortos. Contudo, ao alvorecer, implorou que Rowan tirasse as agulhas e a tinta da sacola.

Ela tomou banho, esfregando o corpo com sal grosso no minúsculo banheiro da pousada até que a pele brilhasse, enquanto o guerreiro preparava o que precisava. Ele não disse nada quando Celaena voltou para o quarto, mal dando mais que um olhar de relance quando ela tirou o roupão, nua até a cintura, e deitou de barriga para baixo na mesa de trabalho que Rowan pedira que levassem para o quarto. As agulhas e a tinta já estavam na mesa, as mangas tinham sido enroladas até os cotovelos e os cabelos estavam presos, fazendo com que as linhas elegantes e brutais da tatuagem ficassem mais visíveis.

— Respire fundo — disse Rowan. Celaena obedeceu, apoiando as mãos sob o queixo enquanto brincava com a lareira, agitando as chamas entre as brasas. — Bebeu água e comeu o suficiente?

Ela assentiu. Devorara um café da manhã inteiro antes de entrar na banheira.

— Avise quando precisar levantar — falou Rowan, dando a Celaena a honra de não duvidar da decisão dela nem de avisá-la da dor iminente. Em vez disso, passou a mão firme pelas costas cheias de cicatrizes, um artista avaliando a tela. Rowan percorreu os dedos fortes e calejados por cada cicatriz, testando, e a jovem sentiu cócegas.

Então o guerreiro começou o processo de desenhar as marcas, o esboço que seguiria nas horas seguintes. No café da manhã, Rowan já fizera o rascunho de alguns desenhos para sua aprovação. Eram tão perfeitos que foi como se tivesse entrado na alma da jovem para encontrá-los. Aquilo não a surpreendeu de forma alguma.

Rowan deixou que ela usasse o banheiro quando terminou o rascunho, e logo Celaena estava, de novo, com o rosto contra a mesa, as mãos sob o queixo.

— Não se mova de agora em diante. Vou começar.

Ela resmungou em aceitação e manteve o olhar no fogo, nas brasas, conforme o calor do corpo de Rowan pairava sobre o dela. Celaena o ouviu inspirar de leve, então...

A primeira agulhada doeu — pelos deuses, com o sal e o ferro, doeu. Celaena trincou os dentes, dominou a dor, recebeu-a. Era para isso que servia o sal naquele tipo de tatuagem, dissera Rowan. Para lembrar o tatuado da perda. Que bom — que bom, foi tudo em que ela conseguiu pensar quando a dor irradiou pelas costas. Que bom.

E quando o guerreiro fez a marca seguinte, a assassina abriu a boca e começou a rezar.

Eram orações que devia ter feito dez anos antes: uma corrente tranquila de palavras no velho idioma, contando aos deuses da morte dos pais, da morte do tio, da morte de Marion — quatro vidas ceifadas naqueles dois dias. A cada agulhada, Celaena suplicava aos imortais sem rosto que levassem as almas dos entes queridos para o paraíso destes e que os mantivessem em segurança. Contou aos deuses sobre o valor das pessoas; contou das boas ações e das palavras de amor e dos atos de bravura que tinham realizado. Sem parar para tomar mais que um fôlego, Celaena entoou as orações que devia a eles como filha e amiga e herdeira.

Durante as horas que Rowan trabalhou, os movimentos dele tomando o ritmo das palavras de Celaena, ela entoou e cantou. O guerreiro não falou, o martelo e as agulhas eram o tambor para o cântico, entremeando o trabalho dos dois. Ele não a desonrou oferecendo água quando a voz de Celaena ficou rouca, a garganta tão arranhada que precisou sussurrar. Em

Terrasen, teria cantado do alvorecer ao pôr do sol, de joelhos no cascalho, sem comida, bebida ou descanso. Ali, cantaria até que as marcas estivessem prontas, a dor nas costas era a oferenda aos deuses.

Ao terminar, as costas estavam feridas e latejando, assim ela precisou de algumas tentativas para se levantar da mesa. Rowan a seguiu para o campo próximo, escuro como a noite, ajoelhando com ela na grama enquanto Celaena erguia o rosto para cima, para a lua, e cantava a canção final, a canção sagrada de sua casa, o lamento feérico que devia a eles havia dez anos.

Rowan não emitiu uma palavra enquanto Celaena cantava, a voz falhando e rouca. Ele ficou no campo com a jovem até o alvorecer, tão permanente quanto as marcas em suas costas. Três linhas de texto se estendiam por cima das três maiores cicatrizes, a história de amor e perda agora escrita no corpo: uma linha para os pais e o tio; uma linha para Lady Marion; e uma linha para sua corte e povo.

Nas cicatrizes menores, mais curtas, estavam as histórias de Nehemia e de Sam. Os amados mortos.

Eles não estariam mais trancafiados em seu coração. Celaena não teria mais vergonha.

61

Os Jogos de Guerra haviam chegado.

Todos os clãs Dentes de Ferro contaram com tempo para descanso no dia anterior, mas nenhum descansou. Em vez disso, fizeram treinos de última hora ou repassaram planos e estratégias.

Oficiais e conselheiros de Adarlan chegavam havia dias, a fim de monitorar os Jogos do alto do pico Canino do Norte. Relatariam para o rei de Adarlan como eram as bruxas e as montarias — e quem fora a vencedora.

Semanas antes, depois de Abraxos fazer a Travessia, Manon voltou para a Ômega em meio a sorrisos e aplausos. A avó não estava em lugar algum, mas isso era esperado. A jovem bruxa não realizara nada; simplesmente fizera o que lhe fora confiado.

Ela não viu ou ouviu falar da prisioneira Crochan no coração da Ômega, e ninguém mais parecia saber de qualquer coisa sobre aquilo. Manon ficou tentada a perguntar à avó, mas a Matriarca não a convocou, e a bruxa não estava com vontade de ser espancada de novo.

Ultimamente o temperamento da própria Manon estava instável conforme os clãs se fechavam, se mantinham nos próprios salões e mal se falavam. Qualquer união que tivessem mostrado na noite da travessia de Abraxos tinha acabado havia muito tempo ao chegarem os Jogos de Guerra, substituída por séculos de competição e disputas de sangue.

Os Jogos deveriam acontecer em, ao redor e entre os dois picos, inclusive no cânion mais próximo, visível do Canino do Norte. Cada um dos três clãs teria o próprio ninho no alto de um pico de montanha próximo, um ninho literalmente, com gravetos e galhos. No centro de cada ninho estaria um ovo de vidro.

Os ovos seriam a fonte da vitória e da queda. Cada clã deveria capturá-los das duas equipes inimigas, mas também deixariam para trás um grupo para proteger o próprio ovo. O clã vencedor seria aquele a conquistar a posse dos dois outros ovos ao roubá-los dos ninhos — onde não poderiam ser tocados pelas guardiãs — ou de qualquer força inimiga que os carregasse. Se um ovo se quebrasse, significava desqualificação automática para quem o carregasse.

Manon vestia a armadura leve e o equipamento de couro para voar. Usava metal nos ombros, nos pulsos e nas coxas — qualquer lugar que pudesse ser atingido por uma flecha ou cortado por serpentes aladas ou lâminas inimigas. Estava acostumada com o peso e o movimento limitados, assim como Abraxos, graças ao treinamento que obrigara as Bico Negro a fazerem nas últimas semanas.

Embora estivessem sob ordens expressas de não ferir ou matar, podiam carregar duas armas cada, então Manon pegou Ceifadora do Vento e a melhor adaga. As Sombras, Asterin, Lin e as gêmeas-demônio levariam os arcos. Eram capazes de disparar tiros letais montadas nas criaturas agora; tinham realizado diversos treinamentos ao alvo nos cânions e acertavam em cheio todas as vezes. Asterin caminhou com atitude para o salão de refeições naquela manhã, bastante ciente de que era letal como o inferno.

Cada clã usava tiras de couro trançadas ao redor da testa — pretas, azuis, amarelas —, e as serpentes aladas estavam pintadas com faixas semelhantes na cauda, no pescoço e nas laterais. Quando todas as alianças estavam no ar, elas se reuniram no céu, apresentando todo o exército para os pequenos homens mortais nas montanhas abaixo. As Treze montavam diante das alianças das Bico Negro, mantendo formação perfeita.

— Tolos, por não saberem o que libertaram — murmurou Asterin, as palavras carregadas até Manon ao vento. — Tolos, mortais burros.

A líder sibilou em concordância.

Elas voaram em formação: Manon adiante, Asterin e Vesta flanqueando mais atrás, então três fileiras de três: Imogen ladeada pelas gêmeas-demônio, Ghislaine acompanhada de Kaya e Thea, as duas Sombras e Lin, então

Sorrel, sozinha na retaguarda. Um aríete, equilibrado e perfeito, capaz de socar as linhas inimigas.

Se Manon não as derrubasse, então as espadas cruéis de Asterin e de Vesta as derrubariam. Se isso não as impedisse, as seis no meio eram uma armadilha mortal garantida. A maioria sequer chegaria às Sombras e Lin, que estariam de olhos fixos nos arredores. Ou até Sorrel, protegendo a retaguarda.

Elas destruiriam as forças inimigas uma a uma, com mãos e pés e cotovelos, onde armas normalmente realizariam o serviço. O objetivo era recuperar os ovos, não matar as outras, lembrou Manon a si e às Treze de novo. E de novo.

Os Jogos começaram com o soar de um enorme sino em algum lugar na Ômega. Os céus irromperam com asas e garras e gritos um segundo depois.

Elas foram atrás do ovo das Sangue Azul primeiro, porque Manon sabia que as Pernas Amarelas iriam atrás do ninho das Bico Negro, o que fizeram imediatamente. A herdeira sinalizou para suas bruxas, e um terço da força deu meia-volta, passando para trás das linhas aliadas, montando uma sólida muralha de dentes e de asas contra a qual as Pernas Amarelas quebraram.

As Sangue Azul, que provavelmente tinham feito o mínimo de planejamento para não deixar de lado todos os rituais e as orações, enviaram as forças para as Bico Negro também, para ver se asas a mais poderiam quebrar aquela muralha de ferro. Outro erro.

Em dez minutos, Manon e as Treze cercaram o ninho das Sangue Azul — e a guarda a postos entregou o tesouro.

Houve torcidas e vivas — não das Treze, que estavam com o rosto petrificado, os olhos brilhando, mas das outras Bico Negro, cujo terço final se destacou das forças e deu a volta para se juntar a Manon e a força dela, que retornava para destruir as Sangue Azul, assim como as Pernas Amarelas entre elas.

As bruxas e as serpentes aladas mergulhavam alto e baixo, mas aquilo era mais para se exibirem que para vencer, e Manon não hesitou um segundo conforme as bruxas faziam pressão da frente e de trás, uma barreira aérea que fez as criaturas quase atirarem as montadoras para fora, em pânico.

Aquilo — fora treinada para *aquilo*. Mesmo batalhas que tinha travado em uma vassoura não tinham sido tão rápidas, geniais e mortais. E, depois que enfrentassem os inimigos, depois que acrescentassem um arsenal de armas... Manon sorria ao colocar o ovo das Sangue Azul no ninho das Bico Negro no planalto da montanha.

Momentos depois, Manon e Abraxos planavam sobre o combate, as Treze vindo por trás para se reagrupar. Asterin, a única que se manteve próxima o tempo todo, exibia um sorriso diabólico — e, quando a prima e a montaria passaram pelo Canino do Norte e pelos observadores reunidos ali, a bruxa de cabelos dourados se levantou na sela, correu e saltou da asa.

A bruxa Pernas Amarelas na serpente alada abaixo não viu Asterin até que tivesse aterrissado nela, a mão na garganta da inimiga, onde deveria estar a adaga. Até mesmo Manon arquejou de prazer quando a bruxa Pernas Amarelas ergueu as mãos em rendição.

Asterin saltou, erguendo os braços para ser recolhida pelas garras da própria criatura. Depois de um pulo e uma queda perigosa, a bruxa voltou para a própria sela, planando até que estivesse, de novo, ao lado de Manon e Abraxos. Ele voou na direção da serpente alada azul de Asterin, passando a asa por ela — um gesto brincalhão, quase um flerte, que fez a montaria fêmea soltar um grito de alegria.

Manon ergueu as sobrancelhas para a imediata.

— Você andou praticando, pelo que parece — gritou ela.

Asterin sorriu.

— Não cheguei ao lugar de imediata à toa.

Então Asterin voltou a planar baixo, mas ainda dentro da formação, a uma batida de asas de distância. Abraxos rugiu enquanto as Treze entravam em formação ao redor da líder, quatro alianças flanqueando-as. Só precisavam capturar o ovo das Pernas Amarelas, levá-lo de volta ao ninho das Bico Negro, e estaria acabado.

Elas desviaram para voar por cima de alianças em batalha e, quando chegaram à linha de defesa das Pernas Amarelas, as Treze pararam — e recuaram, mandando as outras quatro alianças atrás delas em disparada, como flechas, abrindo uma fileira pela barreira, através da qual as Treze planaram.

Mais perto do Canino do Norte, o ninho das Pernas Amarelas era circundado não por três, mas quatro alianças, uma boa parte do exército para manter atrás das linhas de defesa. Elas levantaram voo do ninho — não unidades individuais, mas como uma —, e Manon sorriu consigo mesma.

As Treze dispararam atrás delas, e as Pernas Amarelas esperaram, esperaram...

Manon assobiou. Ela e Sorrel subiram e desceram, respectivamente, e a aliança se dividiu em três, exatamente como haviam praticado. Como os membros de uma só criatura, as bruxas atacaram as linhas de defesa das

Pernas Amarelas — linhas nas quais todas as alianças se misturavam, agora próximas de estranhas e de serpentes aladas com as quais jamais haviam voado tão de perto. A confusão ficou pior quando as Treze dispersaram as Pernas Amarelas e as afastaram. Ordens foram berradas, nomes foram gritados, mas o caos estava completo.

Elas se aproximavam do ninho quando quatro alianças Sangue Azul surgiram do nada, lideradas pela própria Petrah, montada em Keelie. Ela estava quase em queda livre rumo ao ninho, o qual tinha sido deixado desprotegido enquanto as Bico Negro e as Pernas Amarelas lutavam. Petrah estivera esperando por aquilo, como uma raposa no buraco.

A herdeira das Sangue Azul desceu, e Manon mergulhou atrás dela, xingando cruelmente. Um clarão amarelo e um grito de fúria, então a bruxa e Abraxos recuavam conforme Iskra passava em disparada pelo ninho — chocando-se diretamente contra Petrah.

As duas herdeiras com suas montarias se entremearam e saíram girando, debatendo-se pelo ar, arranhando e mordendo. Gritos surgiram da montanha, assim como das bruxas que voavam.

Manon estava ofegante, ajustando a cabeça que girava conforme Abraxos se nivelava acima do ninho, atacando novamente para selar a vitória. A líder estava prestes a impulsionar o animal para que mergulhasse quando Petrah gritou. Não de fúria, mas de dor.

Dor agoniante, de dilacerar a alma, do tipo que Manon jamais ouvira, quando a serpente alada de Iskra fechou as presas no pescoço de Keelie.

A Pernas Amarelas soltou um uivo de triunfo, e o reprodutor dela sacudiu Keelie — Petrah estava agarrada à sela.

Agora. Agora era a hora de pegar o ovo. Manon cutucou Abraxos.

— *Vá* — sibilou ela, inclinando-se para a frente, preparando-se para o mergulho.

Abraxos não se moveu, mas pairou, observando Keelie lutar inutilmente, as asas mal batendo conforme Petrah gritou de novo. Implorando... implorando a Iskra que parasse.

— *Agora*, Abraxos! — Manon chutou a criatura com as esporas, mas ele se recusou a mergulhar de novo.

Então Iskra latiu algum comando para a própria montaria... e a besta soltou Keelie.

~

Um segundo grito soou então, vindo da montanha. Da Matriarca das Sangue Azul, gritando pela filha conforme Petrah despencava em direção às rochas abaixo. As outras Sangue Azul se viraram, mas estavam longe demais, suas serpentes aladas eram lentas demais para impedir aquele mergulho fatal.

Mas Abraxos não era.

E Manon não sabia se dera o comando ou se pensara nele, mas aquele grito, aquele grito de mãe que ela jamais ouvira antes, a fez se inclinar. O animal mergulhou, uma estrela cadente com as asas reluzentes.

Eles mergulharam e mergulharam, atrás da serpente alada quebrada e da bruxa ainda viva sobre ela.

Keelie ainda respirava, percebeu Manon, conforme se aproximaram, com o vento açoitando o rosto e as roupas. A criatura ainda estava respirando e lutando como nunca para se manter equilibrada. Não para sobreviver. Keelie sabia que morreria a qualquer momento. Lutava pela bruxa em suas costas.

Petrah tinha desmaiado pelo mergulho ou pela falta de ar e estava retorcida na sela. A bruxa pendia precariamente, mesmo enquanto Keelie lutava com as últimas batidas do coração para manter a queda suave e lenta. As asas dobraram, levando-a a gritar de dor.

Abraxos disparou, as asas abertas ao fazer uma travessia, então a segunda, o cânion surgindo rápido demais abaixo. Quando ele terminou o segundo mergulho, quase perto o bastante para tocar aquela pele encouraçada manchada de sangue, Manon entendeu.

Não havia como parar Keelie, pois ela era muito pesada e ele era muito pequeno. Contudo, poderiam salvar Petrah. Abraxos tinha visto Asterin fazer aquele salto também. Manon precisava tirar a bruxa inconsciente da sela.

O animal rugiu para Keelie, e Manon podia ter jurado que ele falava alguma língua estrangeira, berrando algum comando, quando Keelie fez um último esforço pela montadora e se nivelou. Uma plataforma de pouso.

Minha Keelie, dissera Petrah. Ela sorrira ao dizer aquilo.

Manon disse a si mesma que era para uma aliança. Disse a si mesma que era exibição.

Mas ao soltar o equipamento, ficar de pé na sela e saltar de Abraxos, tudo o que a bruxa conseguia ver era o amor incondicional nos olhos daquela serpente alada que morria.

62

Manon atingiu Keelie, e a besta gritou, mas se segurou quando a bruxa se atirou contra o vento para a sela da qual Petrah pendia. As mãos dela estavam rígidas, as luvas a deixaram ainda mais atrapalhada ao cortar com uma faca os couros, um após o outro. Abraxos rugiu em aviso. A abertura do cânion se aproximava.

Que a Escuridão tivesse piedade dela.

Então Manon libertou a herdeira das Sangue Azul, que era um peso morto em seus braços, os cabelos de Petrah açoitavam o rosto de Manon como milhares de facas minúsculas. Ela amarrou uma extensão do couro ao redor de ambas. Uma vez. Duas vezes. A Bico Negro deu um nó, entrelaçando os braços nos de Petrah. Keelie se manteve equilibrada. As faces do cânion se fechavam ao redor, sombras por toda parte. Manon gritou devido ao peso quando puxou a bruxa para cima, tirando-a dos estribos e da sela.

Rochas passavam em disparada, mas uma sombra bloqueou o sol, e lá estava Abraxos, mergulhando para pegá-las, descendo, pequeno e brilhante. Era a única serpente alada que vira descer naquela velocidade no cânion.

— Obrigada — falou Manon para Keelie, ao se jogar com Petrah no ar.

As duas caíram por um segundo, girando e descendo rápido demais, mas então Abraxos estava ali, de garras estendidas. A criatura as agarrou, inclinando o corpo para a lateral do cânion e para cima das beiradas, subindo para a segurança do ar.

Keelie atingiu o chão do cânion com uma batida que pôde ser ouvida do outro lado das montanhas.

Ela não subiu de novo.

~

As Bico Negro venceram os Jogos de Guerra, e Manon foi coroada Líder Alada diante de todos aqueles homens pomposos e suados de Adarlan. Eles a chamaram de heroína e de verdadeira guerreira, e mais besteiras como essas. Contudo, ao apoiar Petrah na plataforma de observação, Manon vira o rosto da avó. Vira o desprezo.

A herdeira ignorou a Matriarca das Sangue Azul, que ficou de joelhos para agradecê-la. Nem mesmo viu Petrah quando foi carregada.

No dia seguinte, diziam os boatos que a líder das Sangue Azul não se levantaria da cama. Diziam que ficara com a alma partida quando Keelie morreu.

Um acidente infeliz provocado por serpentes aladas incontroláveis, clamara a Matriarca das Pernas Amarelas, e Iskra repetiu. Mas Manon ouvira o comando da bruxa inimiga para matar.

Poderia ter denunciado Iskra, poderia tê-la desafiado, se Petrah não tivesse ouvido o comando também. A vingança tinha que ser reivindicada pela Sangue Azul.

Manon deveria ter deixado a bruxa morrer, gritara a avó naquela noite ao golpear a neta diversas vezes pela falta de obediência. Falta de brutalidade. Falta de disciplina.

A herdeira não pediu desculpas. Não conseguia parar de ouvir o som feito por Keelie quando atingiu o chão. E parte dela, talvez uma parte fraca e indisciplinada, não se arrependia de ter garantido que o sacrifício do animal não fosse em vão.

De todos os outros, Manon aguentou os louvores direcionados a ela e aceitou as reverências de cada droga de aliança, independentemente da linhagem.

Líder Alada. Disse para si mesma, em silêncio, conforme ela e Asterin, com metade das Treze as seguindo, aproximavam-se do salão de refeições no qual a comemoração ocorreria.

A outra metade já estava ali, avaliando o local com antecedência, em busca de qualquer potencial ameaça ou armadilha. Agora que era Líder Alada, agora que tinha humilhado Iskra, as outras seriam ainda mais cruéis — para depreciar Manon e lhe reivindicar a posição.

A multidão estava alegre, dentes de ferro reluzindo por todo canto, e cerveja — cerveja de verdade e fresca, levada por aqueles homens horríveis de Adarlan — se agitava nas canecas. Uma caneca foi empurrada para a mão de Manon, mas Asterin a puxou para si, tomou uma golada e esperou antes de devolver.

— Envenenar você não está fora dos planos delas — falou a imediata, piscando um olho conforme as duas seguiam para a frente do salão, onde as três Matriarcas esperavam. Aqueles homens nos Jogos tinham feito uma pequena cerimônia, mas aquela era para as bruxas; aquela era para Manon.

Ela escondeu o sorriso quando a multidão se abriu, deixando que passasse.

As três Grã-Bruxas estavam sentadas em tronos improvisados, pouco mais que cadeiras ornamentadas que haviam encontrado. A Matriarca das Sangue Azul sorriu quando Manon levou dois dedos à testa. A Matriarca das Pernas Amarelas, por outro lado, não fez nada. Contudo, a avó de Manon, sentada no centro, deu um leve sorriso.

Um sorriso de víbora.

— Bem-vinda, Líder Alada — disse sua avó, e um grito irrompeu entre as bruxas, exceto pelas Treze, que ficaram calmas e quietas. Não precisavam torcer, pois eram imortais e infinitas, e gloriosa e maravilhosamente letais.

— Que presente podemos dar, que coroa podemos entregar, para honrar o que você fará por nós? — ponderou a avó de Manon. — Você tem uma bela espada, uma aliança destemida — todas as Treze se permitiram o indício de um sorriso —, o que mais poderíamos dar que não possui?

A neta fez uma reverência com a cabeça.

— Não há nada que eu deseje, exceto pela honra que já me concedeu.

A Matriarca das Bico Negro riu.

— Que tal um novo manto?

Manon enrijeceu o corpo. Não podia recusar, mas... aquele era seu manto, sempre fora.

— Esse daí parece um pouco surrado — continuou a Grã-Bruxa, gesticulando com a mão para alguém na multidão. — Então, eis nosso presente para você, Líder Alada: um substituto.

Resmungos e xingamentos foram ouvidos, mas a multidão arquejou — faminta em antecipação — quando uma bruxa de cabelos castanhos, acorrentada, foi empurrada para a frente por um grupo de três Pernas Amarelas e forçada a ficar de joelhos diante de Manon.

Se o rosto destruído, os dedos quebrados, as lacerações e as queimaduras não denunciassem quem era a bruxa, então o manto vermelho-sangue o faria.

A bruxa Crochan, com os olhos da cor sólida de terra recém-arada, ergueu o rosto para Manon. Como aqueles olhos estavam tão brilhantes apesar dos horrores estampados em seu corpo, como a bruxa não desabou bem ali ou começou a implorar, a líder não sabia.

— Um presente — falou a avó, estendendo a mão com pontas de ferro para a Crochan. — Digno de minha neta. Acabe com a vida dela e pegue o novo manto.

Manon reconheceu o desafio. Mesmo assim, sacou a adaga, e Asterin se aproximou, observando a Crochan.

Por um momento, a herdeira Bico Negro encarou a bruxa com raiva, sua inimiga mortal. As Crochan as haviam amaldiçoado, as tornaram eternas exiladas. Mereciam morrer, cada uma delas.

No entanto, não foi a própria voz que disse essas coisas na cabeça dela. Não, por algum motivo, foi a voz de sua avó.

— Quando quiser, Manon — cantarolou a Matriarca.

Soluçando, com os lábios rachados e sangrando, a bruxa Crochan olhou para Manon e riu.

— Manon Bico Negro — sussurrou ela, no que poderia ser um sotaque cantarolado se os dentes não estivessem quebrados, a garganta coberta de arranhões. — Conheço você.

— Mate a vadia! — gritou uma bruxa nos fundos do salão.

A líder encarou o rosto da inimiga e ergueu as sobrancelhas.

— Sabe como chamamos você? — Sangue escorreu pelos lábios da Crochan, retraídos em um sorriso. Ela fechou os olhos, como se o saboreasse. — Nós a chamamos de Demônio Branco. Está em nossa lista, uma lista com todas vocês, monstros que devem ser mortos imediatamente se algum dia nos encontrarmos. E você... — A bruxa abriu os olhos e sorriu, desafiadora, furiosa. — Você está no *topo* da lista. Por tudo o que fez.

— É uma honra — retrucou Manon, sorrindo o suficiente para mostrar os dentes.

— Corte a língua dela! — gritou outra pessoa.

— Acabe com ela — chiou Asterin.

A Bico Negro virou a adaga, inclinando-a para enterrar a arma no coração da Crochan.

A bruxa gargalhou, mas o som se tornou uma tosse que a fez ofegar até que sangue azul se esparramasse no chão, até que lágrimas escorressem dos olhos e Manon tivesse um lampejo dos ferimentos profundos e infeccionados no peito dela. Quando ergueu a cabeça, o sangue manchando os cantos da boca, ela sorriu de novo.

— Olhe o quanto quiser. Olhe o que fizeram comigo, suas irmãs. Como deve ser doloroso para elas saberem que não puderam me fazer ceder no fim.

Manon encarou a bruxa, aquele corpo destruído.

— Sabe o que é isso, Manon Bico Negro? — indagou a Crochan. — Porque eu sei. Ouvi dizer o que você fez durante os Jogos.

Manon não tinha certeza de por que a deixava falar, mas não poderia ter se movido se quisesse.

— Isso — disse a inimiga para que todos ouvissem — é um lembrete. Minha morte, meu *assassinato* pelas suas mãos, é um lembrete. Não para elas. — A bruxa respirou, encarando Manon com aquele olhar marrom-terra. — Mas para você. Um lembrete do que fizeram você se tornar. Elas a *fizeram* dessa forma.

"Quer saber qual é o grande segredo das Crochan?", continuou a bruxa. "Nossa grande verdade que escondemos de vocês, que guardamos com nossa vida? Não é onde nos escondemos ou como quebrar sua maldição. Vocês sabiam esse tempo todo como quebrá-la, sabem há quinhentos anos que a salvação está em suas mãos, apenas. Não, nosso grande segredo é que sentimos pena de vocês."

Ninguém falava agora.

Mas a Crochan não deixou de encarar Manon, que não abaixou a adaga.

— Sentimos pena de vocês, cada uma de vocês. Pelo que fazem com suas crianças. Elas não nascem más, mas vocês as obrigam a matar e ferir e odiar até que não reste mais nada dentro delas, de vocês. É por isso que está aqui esta noite, Manon. Por causa da ameaça que representa ao monstro que você chama de avó. A ameaça que representou quando escolheu ter piedade e salvar a vida de sua rival. — A bruxa tomou fôlego, lágrimas fluíam livremente ao exibir os dentes. — Elas transformaram vocês em monstros. *Transformaram*, Manon. *E nós sentimos pena de vocês.*

— Basta — disse a Matriarca atrás dela. Mas o salão inteiro estava silencioso, e a jovem ergueu os olhos devagar para a avó.

Neles, viu a promessa de violência e dor que viria se desobedecesse. Afora isso, não havia nada além de satisfação ali. Como se a Crochan tivesse dito a verdade, mas apenas a Matriarca das Bico Negro soubesse disso.

Os olhos da prisioneira ainda brilhavam com uma coragem que Manon não compreendia.

— Faça — sussurrou a Crochan. A herdeira das Bico Negro se perguntou se mais alguém entendia que aquilo não era um desafio, mas uma súplica.

A líder inclinou a adaga de novo, girando-a na palma da mão. Não olhou para a Crochan, ou para a avó, ou para mais ninguém quando segurou os cabelos da bruxa, puxando a cabeça para trás.

Então abriu sua garganta no chão.

Com as pernas pendendo na beira do abismo, Manon estava sentada em um planalto sobre um pico nas montanhas Ruhnn, Abraxos esparramado ao lado, sentindo o cheiro das flores que se abriam à noite no campo de primavera.

Manon não teve escolha a não ser tomar o manto da Crochan e jogar o idoso sobre o corpo que caiu, assim que as bruxas se reuniram para despedaçar a prisioneira.

Elas transformaram vocês em monstros.

Manon olhou para a serpente alada, a ponta da cauda se agitava como a de um gato. Ninguém tinha reparado quando a bruxa deixou a comemoração. Até Asterin estava bêbada com o sangue da Crochan e a tinha perdido de vista conforme a líder deslizou entre a multidão. A líder avisou a Sorrel, no entanto, que iria ver Abraxos, e a terceira na hierarquia, por algum motivo, deixou que fosse sozinha.

Os dois voaram até que a lua estivesse alta e Manon não pudesse mais ouvir os gritos e as risadas das bruxas na Ômega. Juntos, sentaram-se no último pico das Ruhnn, e a bruxa olhou pela extensão plana infinita entre os picos e o mar ao oeste. Em algum lugar lá fora, além do horizonte, havia um lar que ela jamais conhecera.

As Crochan eram mentirosas e insuportavelmente tagarelas. A bruxa provavelmente gostara de dar o pequeno discurso — fazendo alguma última resistência grandiosa. *Nós sentimos pena de vocês.*

Manon esfregou os olhos e apoiou os cotovelos nos joelhos, olhando para a queda abaixo.

Teria ignorado a inimiga, não teria pensado duas vezes sobre aquilo, não fosse o olhar de Keelie ao cair, lutando com cada última gota de força para salvar sua Petrah. Ou pela asa de Abraxos, protegendo Manon contra a chuva gelada.

As serpentes aladas foram feitas para matar e ferir e causar terror no coração dos inimigos. No entanto...

No entanto. A bruxa olhou para o horizonte salpicado de estrelas, inclinando o rosto para uma brisa quente de primavera, feliz pelo companheiro constante, sólido que estava deitado atrás dela. Uma sensação estranha, aquela gratidão por aquela existência.

Então havia uma outra sensação estranha que a puxava e empurrava, fazendo com que ela revivesse a cena no salão de refeições diversas e diversas vezes.

Jamais conhecera arrependimento; não o arrependimento verdadeiro, de toda forma.

Contudo, arrependia-se de não saber o nome da Crochan. Manon se arrependia de não saber a quem pertencera o novo manto nos ombros, de onde viera a bruxa, como vivera.

De alguma forma, embora a longa vida de Manon tivesse se perdido havia dez anos...

De alguma forma, aquele arrependimento a fez se sentir incrível e pesadamente mortal.

63

Aedion soltou um assobio baixo e ofereceu a Chaol a garrafa de vinho apoiada entre os dois, no telhado do apartamento de Celaena. O capitão, não sentindo vontade alguma de beber, fez que não com a cabeça.

— Eu queria ter estado lá para ver. — Ele deu a Chaol um sorriso lupino. — Fico surpreso por você não me condenar por dizer isso.

— Quaisquer que tenham sido as criaturas que o rei enviou com Narrok, não acho que fossem homens inocentes — falou o capitão. — Ou sequer que ainda fossem homens.

Ela conseguira; fizera uma demonstração tal que, mesmo dias depois, Aedion ainda comemorava. Em silêncio, é claro.

Chaol fora até lá naquela noite planejando contar a Aedion e a Ren o que sabia sobre o feitiço que o rei tinha usado, e como poderiam destruí-lo. Mas ainda não o dissera. Ainda imaginava o que Aedion faria com aquele conhecimento. Principalmente depois que partisse para Anielle em três dias.

— Quando ela chegar em casa, você vai precisar ser discreto em Anielle — comentou Aedion, bebendo da garrafa. — Depois que for descoberto quem ela era todos esses anos.

E seria descoberto, Chaol sabia. Ele já se preparava para tirar Dorian e Sorscha do castelo. Mesmo que não tivessem feito nada errado, tinham sido amigos dela. Se o rei soubesse que Celaena era Aelin, poderia ser tão letal quanto se descobrisse que Dorian tinha magia. Quando ela voltasse, tudo mudaria.

Sim, Aelin voltaria para casa. No entanto, não para Chaol. Voltaria para casa em Terrasen, para Aedion e Ren e para a corte que estava se reunindo em seu nome. Voltaria para encontrar guerra e sangue e responsabilidades. Parte de Chaol ainda não conseguia aceitar o que ela fizera com Narrok, o grito de guerra que dera do outro lado do mar. O capitão não conseguia aceitar aquela parte dela, tão sedenta por sangue e implacável. Mesmo como Celaena, fora difícil às vezes, e ele tentara enxergar além daquilo, mas como Aelin... Soubera, desde que descobrira quem ela era, que embora Celaena sempre fosse escolher Chaol, Aelin não escolheria.

E não seria Celaena Sardothien quem voltaria para aquele continente. Levaria tempo, o capitão sabia — para que parasse de doer, para esquecer. Contudo, a dor não seria eterna.

— Há... — Aedion trincou o maxilar, como se debatendo se diria o resto. — Há alguma coisa que queira que eu diga a ela, ou que dê a ela? — A qualquer momento, qualquer hora, o general poderia precisar correr para Terrasen, para a rainha dele.

O Olho de Elena estava quente no pescoço, e ele quase o pegou. Mas não conseguia mandar aquela mensagem, ou deixá-la por completo, ainda não. Assim como não conseguia contar a Aedion sobre a torre do relógio.

— Diga a ela — pediu Chaol, baixinho — que eu não tive nada a ver com você. Diga que mal falou comigo. Ou com Dorian. Diga que estou bem em Anielle, e que estamos todos em segurança.

Aedion ficou calado por tanto tempo que o capitão se levantou para ir embora. Mas então o general falou:

— O que você daria... apenas para vê-la de novo?

Chaol não conseguiu se virar ao dizer:

— Não importa mais.

Sorscha apoiou a cabeça no ponto macio entre o ombro e o peito de Dorian, inspirando-lhe o cheiro. O príncipe já estava dormindo profundamente. Quase — eles tinham quase ultrapassado os limites naquela noite, mas ela de novo hesitara, de novo deixara que aquela dúvida idiota surgisse quando Dorian perguntou se estava pronta, e, embora quisesse dizer sim, respondeu que não.

Sorscha ficou deitada, acordada, o estômago apertado e a mente acelerada. Havia tanto que queria fazer e ver com ele. No entanto, conseguia sentir o mundo girando, o vento mudando. Aelin Galathynius estava viva. E, mesmo que a curandeira desse tudo a Dorian, as semanas e os meses seguintes seriam provações o suficiente para ele sem precisar se preocupar com ela.

Se o capitão e o príncipe decidissem agir de acordo com o que sabiam, se a magia fosse libertada... seria o caos. As pessoas poderiam enlouquecer com o retorno súbito, como fizeram quando se foi. Sorscha não queria pensar no que o rei faria.

Mesmo assim, não importava o que acontecesse no dia seguinte, ou na semana seguinte, ou no ano seguinte, estava grata. Grata aos deuses, ao destino, a si mesma por ter sido corajosa o bastante para beijar Dorian naquela noite. Grata por aquele pouco de tempo que recebera com ele.

A curandeira ainda pensava no que o capitão tinha dito tantas semanas antes — sobre ser rainha.

Mas o príncipe precisava de uma rainha de verdade se fosse sobreviver àquilo. Algum dia, talvez, Sorscha precisasse enfrentar a escolha de deixá-lo pelo bem maior. Ela ainda era calada e se sentia pequena. Se mal conseguia enfrentar Amithy, como poderiam esperar que lutasse pelo próprio país?

Não, não podia ser rainha, pois havia limites à coragem dela e ao que poderia oferecer.

Mas por enquanto... por enquanto, poderia ser egoísta por mais um tempo.

Durante dois dias, Chaol continuou a planejar uma fuga para Dorian e Sorscha, Aedion trabalhava com ele. O casal não tinha protestado conforme o capitão explicou — e havia até um toque de alívio nos olhos do príncipe. Todos iriam no dia seguinte, quando Chaol partisse para Anielle. Era a desculpa perfeita para que saíssem do castelo: queriam acompanhar o amigo durante um ou dois dias antes de se despedirem. Chaol sabia que Dorian tentaria voltar para Forte da Fenda, que precisaria brigar com o príncipe por isso, mas pelo menos os dois concordavam que Sorscha deveria sair dali. Alguns dos pertences do próprio Aedion já estavam no apartamento, no qual Ren continuava reunindo recursos para todos.

Apenas caso precisassem. Chaol entregara as sugestões formais de substituto ao rei, e o anúncio seria feito na manhã seguinte. Depois de tantos anos, de todo o planejamento, da esperança e do trabalho, ele partiria. Não conseguira deixar a espada para o substituto, como deveria ter feito. O dia seguinte; só precisaria enfrentar o dia seguinte.

Contudo, de maneira alguma o capitão poderia ter se preparado para a convocação que recebeu do rei de Adarlan para que o encontrasse na câmara particular do conselho. Quando chegou, Aedion já estava lá, cercado por quinze guardas que Chaol não reconhecia, todos vestindo aquelas túnicas com a serpente alada real bordada em linha preta.

O rei de Adarlan sorria.

~

Dorian ouviu em minutos que Aedion e Chaol tinham sido convocados para a sala particular do conselho do pai. Assim que soube, correu; não atrás de Chaol, mas de Sorscha.

O príncipe quase desabou de alívio ao encontrá-la na sala de trabalho. Mas Dorian encontrou forças para caminhar alguns passos pela sala, então segurou a mão da curandeira.

— Vamos sair. Agora. Você vai sair deste castelo agora mesmo, Sorscha.

Ela recuou.

— O que aconteceu? Conte o que...

— Vamos *agora* — disse Dorian, ofegante.

— Ah, acho que não — ronronou alguém da porta, que estava aberta.

Dorian se virou e viu Amithy — a curandeira mais velha — parada ali, os braços cruzados e um leve sorriso. Ele não conseguiu fazer nada quando meia dúzia de guardas desconhecidos surgiu logo atrás e a mulher falou:

— O rei quer ver os dois na câmara dele. Imediatamente.

64

Na sala do conselho, no alto do castelo de vidro, Aedion já identificara as saídas e considerara que mobília poderia usar como defesa ou como arma. Haviam tirado a espada dele quando foram buscá-lo nos aposentos, embora não o tivessem acorrentado. Um erro letal. O capitão não estava acorrentado também, e, na verdade, os tolos o haviam deixado armado. Chaol tentava ao máximo parecer levemente confuso conforme o rei os observava do trono de vidro.

— Que noite interessante esta. Que informação interessante meus espiões me trouxeram — falou o soberano, olhando de Aedion para Chaol, Dorian e a mulher dele. — Meu general mais talentoso é descoberto saindo de fininho por Forte da Fenda na calada da noite, depois de gastar tanto de meu ouro em festas das quais ele sequer se incomoda em participar. E, de alguma forma, apesar de anos de hostilidades, se tornou amigo próximo de meu capitão da Guarda. Enquanto meu filho — Aedion não invejou o sorriso que o rei deu ao príncipe herdeiro — aparentemente está envolvido com a criadagem. De novo.

Para crédito dele, Dorian grunhiu e retorquiu:

— Considere suas palavras com cuidado, pai.

— Ah? — O rei ergueu uma sobrancelha espessa e coberta de cicatrizes. — Soube por uma fonte segura que estava planejando fugir com essa curandeira. Por que sequer faria tal coisa?

O príncipe engoliu em seco, mas a cabeça erguida continuou assim.

— Porque não suporto a ideia de ela passar mais um minuto neste buraco pútrido que você chama de corte. — Aedion não pôde deixar de admirar o rapaz por aquilo, por não entregar nada até que o rei mostrasse o que tinha. Um homem inteligente, um homem corajoso. Mas talvez não bastasse para tirá-los daquilo com vida.

— Que bom — respondeu o soberano. — Nem eu.

Seu pai gesticulou com a mão, e, antes que Aedion pudesse dar um aviso, os guardas separaram o príncipe e a garota. Quatro deles seguraram Dorian, e dois obrigaram Sorscha a se ajoelhar com um chute atrás dos joelhos.

Ela gritou ao atingir o piso de mármore, mas ficou em silêncio — a sala inteira ficou em silêncio — quando um terceiro guarda puxou uma espada e a colocou de leve em sua nuca fina.

— *Não ouse* — grunhiu Dorian.

Aedion olhou para Chaol, mas o capitão estava congelado. Aqueles não eram os guardas dele. O uniforme era dos homens que tinham caçado Ren. Tinham os mesmos olhos mortos, a mesma crueldade, que fizera com que ele não se arrependesse de ter matado seus colegas no beco. Matara seis naquela noite com danos mínimos — quantos poderia cortar agora? O olhar de Aedion encontrou o do capitão, que virou os olhos para o guarda segurando a espada do general. Aquela seria uma das primeiras ações: pegar a espada para que pudessem lutar.

Porque eles lutariam. Lutariam para sair daquilo, ou até a morte.

O rei falou para Dorian:

— Se fosse você, escolheria as palavras seguintes com cuidado, príncipe.

~

Chaol não poderia começar a luta, não com aquela espada apoiada na nuca de Sorscha. Aquela era a primeira meta: tirar a garota dali com vida. Então Aedion. Dorian, o rei não mataria — não ali, não daquela forma. Contudo, Aedion e Sorscha precisavam fugir. E isso não poderia acontecer até que o rei mandasse a guarda recuar. Então o príncipe falou:

— Solte-a e contarei qualquer coisa. — Dorian deu um passo na direção do pai, as palmas das mãos estendidas. — Ela não tem nada a ver com... com o que quer que seja isto. O que quer que pense que aconteceu.

— Mas você tem? — O rei ainda estava sorrindo. Havia um pedaço entalhado, redondo e familiar de pedra preta sobre a pequena mesa ao lado dele. De longe, Chaol não conseguia ver o que era, mas seu estômago revirou mesmo assim. — Diga, *filho*: por que o general Ashryver e o capitão Westfall se encontravam durante esses meses?

— Não sei.

O rei estalou a língua, e o guarda ergueu a espada para golpear. Chaol inclinou o corpo para a frente quando Sorscha inspirou.

— Não... pare! — Dorian estendeu a mão.

— Então responda à pergunta.

— Estou respondendo! Seu desgraçado, estou *respondendo*! Não sei por que estavam se encontrando!

A espada do guarda ainda estava levantada, pronta para descer antes que o capitão pudesse se mover um centímetro.

— Sabe que há um espião em meu castelo há vários meses, príncipe? Alguém dando informações para meus inimigos e tramando contra mim com um conhecido líder rebelde?

Merda. *Merda*. Só podia estar falando de Ren — o rei sabia quem era Ren, mandara aqueles homens atrás dele.

— Apenas me diga quem, Dorian, e pode fazer o que quiser com sua amiga.

O rei não sabia, então, se era ele ou Aedion ou os dois que estavam se encontrando com Ren. Não sabia o quanto tinham aprendido com relação aos planos, com relação ao controle dele sobre a magia. O general, por algum motivo, ainda estava de boca fechada, por algum motivo ainda parecia pronto para a batalha.

Aedion, que sobrevivera durante tanto tempo sem esperança, mantendo o próprio reino unido o melhor que podia... que jamais veria a rainha que amava tão intensamente. Ele merecia se encontrar com ela, e ela merecia que Aedion servisse em sua corte.

Chaol respirou fundo, preparando-se para as palavras que o condenariam. Mas foi Aedion quem falou.

— Você quer um espião? Quer um traidor? — indagou o general, com a voz arrastada, e atirou a réplica do anel preto no chão. — Então aqui estou. Quer saber por que o capitão e eu estávamos nos encontrando? Foi porque o burro desgraçado de seu capitão moleque descobriu que eu estava trabalhando com um dos rebeldes. Ele está me chantageando para obter informações há meses para dar ao pai dele, para que as ofereça a *você* quando o Lorde de Anielle precisar de um favor. E quer saber? — Aedion sorriu para todos, o Lobo do Norte encarnado. Se o rei ficou chocado por causa do anel, não demonstrou. — Todos vocês, monstros, podem queimar no inferno. Porque minha rainha está chegando, e vai empalar todos nas paredes desta droga de castelo. E mal posso esperar para ajudá-la a estripar vocês como os porcos que são. — O general cuspiu aos pés do rei, sobre o anel falso que tinha parado de quicar.

Era impecável — a raiva e a arrogância e o triunfo. Contudo, enquanto encarava cada um deles, o coração de Chaol se partiu.

Porque, por um lampejo, quando aqueles olhos turquesa encontraram os dele, não havia nada daquela raiva ou do triunfo. Apenas uma mensagem para a rainha que Aedion jamais veria. E não havia palavras para explicar — o amor e a esperança e o orgulho. A tristeza de não conhecê-la como a mulher que havia se tornado. O presente que o general achou que dava a ela ao poupar a vida de Chaol.

O capitão assentiu de leve, porque entendia que não podia ajudar, não àquela altura — não até que a espada fosse removida do pescoço de Sorscha. Então poderia lutar, e talvez ainda conseguisse tirá-los dali com vida.

Aedion não lutou quando os guardas prenderam grilhões ao redor dos punhos e dos tornozelos dele.

— Sempre pensei a respeito desse anel — comentou o rei. — Foi a distância ou alguma verdadeira força de vontade que o tornou tão imune a sugestões? Mas, independentemente disso, fico tão feliz por ter confessado a traição, Aedion. — O rei falava com uma felicidade arrastada, deliberada. — Tão feliz que o tenha feito diante de todas estas testemunhas também. Vai tornar sua execução muito mais fácil. Mas eu acho... — O homem sorriu e olhou para o anel preto falso. — Acho que vou esperar. Talvez um ou dois meses. Apenas para o caso de algum convidado de última hora precisar viajar um longo, longo caminho até a execução. Apenas para o caso de certa mulher colocar na cabeça que pode salvar você.

O general grunhiu. Chaol conteve a própria reação. Talvez o monarca não tivesse nada contra eles; talvez aquilo tivesse sido apenas um truque para fazer com que Aedion confessasse alguma coisa, porque o rei sabia que o general ofereceria a própria vida no lugar da de um inocente. O soberano queria saborear aquilo e saborear a armadilha que tinha montado para Aelin, mesmo que custasse a ele o bom general. Porque, quando soubesse que Aedion tinha sido capturado, quando soubesse a data de execução, ela voltaria correndo para Forte da Fenda.

— Depois que ela vier atrás de você — prometeu Aedion ao rei —, será preciso raspar o que sobrar de você das paredes.

O rei apenas sorriu. Então olhou para Dorian e Sorscha, que pareciam mal conseguir respirar. A curandeira ainda estava no chão e não ergueu a cabeça quando o homem apoiou os enormes antebraços nos joelhos e falou:

— E o que você tem a dizer por si mesma, garota?

Sorscha tremeu, sacudindo a cabeça.

— *Basta* — disparou Dorian, o suor reluzindo na testa. O príncipe se encolheu de dor quando a magia foi contida pelo ferro no sangue. — Aedion confessou; agora a deixe ir.

— Por que eu deveria soltar a verdadeira traidora neste castelo?

A curandeira não conseguia parar de tremer ao ouvir aquilo.

Todos os anos em que permaneceu invisível, todo o treinamento, primeiro daqueles rebeldes em Charco Lavrado, depois os contatos para os quais enviaram a família dela em Forte da Fenda... tudo arruinado.

— Cartas tão interessantes que manda para seu amigo. Ora, talvez eu jamais as tivesse lido — explicou o rei — se não tivesse deixado no lixo para que sua superior encontrasse. Veja bem, vocês rebeldes têm seus espiões, e eu tenho os meus. E assim que decidiu começar a usar meu filho... — Sorscha conseguia sentir o rei sorrindo para ela. — Quantas das ações dele relatou para seus amigos rebeldes? Que segredos meus entregou ao longo dos anos?

— Deixe-a em paz — grunhiu Dorian. Foi o suficiente para fazer a jovem começar a chorar. O príncipe ainda achava que ela era inocente.

E talvez, talvez, pudesse se livrar daquilo, caso ficasse surpreso o suficiente com a verdade, se o soberano visse o choque e o desprezo do filho.

Então Sorscha ergueu a cabeça, mesmo com a boca tremendo, mesmo com os olhos queimando, e encarou o rei de Adarlan.

— Você destruiu tudo o que eu tinha e merece tudo o que virá — disse ela. Então olhou para Dorian, cujos olhos estavam, de fato, arregalados, o rosto branco como osso. — Eu não deveria amar você. Mas amei. Amo. E há tanto que eu desejo... que desejo que pudéssemos ter feito juntos, visto juntos.

O príncipe apenas a encarou, então caminhou até o pé da plataforma e caiu de joelhos.

— Diga seu preço — disse ele ao pai. — Peça o que quiser de mim, mas deixe que ela vá. Faça com que seja exilada. Banida. Qualquer coisa, diga, e será feito.

Sorscha começou a balançar a cabeça, tentando encontrar as palavras para dizer a Dorian que não o havia traído, não seu príncipe. O rei, sim. Tinha relatado os movimentos dele durante anos, em cada carta cuidadosamente escrita para o "amigo". Mas jamais Dorian.

O rei olhou para o filho por um bom tempo. Olhou para o capitão e para Aedion, tão silenciosos, tão altos... faróis de esperança pelo futuro.

Então olhou de volta para o filho, que estava de joelhos diante do trono, de joelhos por ela, e respondeu:

— Não.

~

— Não.

Chaol achou que não tivesse ouvido, a palavra que partiu o ar antes que a espada do guarda o fizesse.

Um golpe daquela poderosa espada.

Tudo que foi preciso para cortar a cabeça de Sorscha.

O grito que irrompeu de Dorian foi o pior som que o capitão jamais ouviu.

Pior ainda que o estampido úmido e pesado da cabeça atingindo o mármore vermelho.

Aedion começou a rugir — rugir e xingar o rei, se debatendo contra as correntes, mas os guardas o levaram, e Chaol ficou espantado demais para fazer qualquer coisa a não ser observar o restante do corpo de Sorscha cair no chão. Então Dorian, ainda gritando, se arrastava pelo sangue na direção dele — na direção da cabeça de Sorscha, como se pudesse encaixá-la de volta.

Como se pudesse remendar a curandeira.

65

Chaol não conseguira mover um músculo desde o momento em que o guarda cortou a cabeça de Sorscha até o momento em que Dorian, ainda ajoelhado na poça de sangue, parou de gritar.

— É isso que aguarda os traidores — falou o rei para a sala silenciosa.

E Chaol olhou para o rei, para o amigo arrasado, e sacou a espada.

O rei revirou os olhos.

— Guarde sua espada, capitão. Não tenho interesse em seus chiliques nobres. Você vai para casa com seu pai amanhã. Não deixe o castelo em desgraça.

Chaol manteve a espada em punho.

— Não vou para Anielle — grunhiu ele. — E não vou servi-lo mais um segundo. Há um rei verdadeiro nesta sala, sempre houve. E ele não está sentado nesse trono.

O corpo de Dorian se enrijeceu.

Mas o capitão continuou:

— Há uma rainha no norte, que já o derrotou uma vez. E vai derrotá-lo de novo. E de novo. Porque o que ela representa, o que seu filho representa, é o que você mais teme: esperança. Isso é algo que você não pode roubar, não importa quantos arranque dos lares e escravize. E nem pode destruir, não importa quantos assassine.

O rei deu de ombros.

— Talvez. Mas talvez eu possa começar com você. — Ele gesticulou com os dedos para os guardas. — Matem-no também.

Chaol girou para os guardas atrás dele e se agachou, pronto para lutar e abrir caminho para si e para Dorian.

Então um arco disparou, fazendo-o perceber que havia outros na sala, escondidos atrás de sombras impossivelmente escuras.

O capitão só teve tempo de se virar... de ver a flecha disparar com precisão mortal.

Apenas tempo o bastante para ver os olhos de Dorian se arregalarem, e a sala inteira ser coberta de gelo.

~

A flecha congelou no ar e caiu no chão, se espatifando em centenas de pedaços.

Chaol encarou Dorian com horror silencioso ao ver os olhos do amigo brilharem com um azul profundo e intenso, então o príncipe falou para o rei, grunhindo:

— *Não toque nele.*

Gelo se espalhou pela sala, subiu pelas pernas dos guardas chocados, congelando o sangue de Sorscha, e Dorian se levantou. Ele ergueu as mãos, e luz tremeluziu pelos dedos, uma brisa fria fez os cabelos esvoaçarem.

— Eu sabia, garoto... — começou o rei, ficando de pé, mas o rapaz estendeu uma das mãos e o pai foi atirado na cadeira por uma lufada de vento congelado, estilhaçando a janela atrás. Uma ventania soprou forte dentro da sala, abafando qualquer som.

Qualquer som, exceto as palavras de Dorian ao se virar para Chaol, as mãos e as roupas ensopadas com o sangue de Sorscha.

— Corra. E quando voltar... — O soberano se colocava de pé, mas outra onda de magia o atingiu, derrubando-o. Havia lágrimas manchando as bochechas ensanguentadas do príncipe agora. — Quando voltar — repetiu ele —, *queime este lugar até o chão.*

Uma muralha escura crepitando disparou na direção deles de trás do trono.

— *Vá* — ordenou Dorian, virando-se para a violência do poder do pai.

Luz explodiu do jovem, bloqueando a onda, e o castelo inteiro chacoalhou.

Pessoas gritaram, e os joelhos de Chaol cederam. Por um momento, ele pensou em ficar ao lado do amigo, bem ali.

Contudo, o capitão sabia que aquilo tinha sido outra armadilha. Uma para Aedion e Aelin, uma para Sorscha. E aquela... aquela para atrair o poder de Dorian.

O príncipe também soubera. Soubera e caminhara para a armadilha mesmo assim, para que Chaol pudesse escapar — para encontrar Aelin e dizer a ela o que tinha acontecido ali naquele dia. Alguém precisava sair. Alguém precisava sobreviver.

O capitão olhou para o amigo, talvez pela última vez, e disse o que sempre soubera, desde que se conheceram, quando entendeu que o príncipe era seu irmão de alma.

— Amo você.

Dorian apenas assentiu, os olhos ainda brilhando, e ergueu as mãos de novo na direção do pai. Irmão. Amigo. Rei.

Quando outra onda do poder do rei encheu a sala, o capitão abriu caminho entre os guardas ainda congelados e fugiu.

~

Aedion soube que tudo tinha ido para o inferno quando o castelo estremeceu. No entanto, já estava a caminho dos calabouços, acorrentado da cabeça aos pés.

Fora uma escolha tão fácil de fazer. Quando o capitão estava prestes a levar a culpa pelos dois, Aedion pensou em Aelin, em como seria afetada se o amigo morresse. Mesmo que o general jamais conseguisse vê-la, ainda era melhor que precisar encará-la quando explicasse a morte do capitão.

Pelo barulho, parecia que o príncipe estava fornecendo uma distração para que Chaol fugisse — e porque, de maneira alguma, o príncipe deixaria o pai sair impune pela morte daquela mulher. Então Aedion Ashryver se deixou levar para a escuridão.

Não se incomodou com orações, para si ou para o capitão. Os deuses não o haviam ajudado nos últimos dez anos e não o salvariam agora.

Aedion não se importava em morrer.

Embora ainda desejasse ter tido a chance de vê-la — apenas uma vez.

~

Dorian se chocou contra o piso de mármore, no qual a poça do sangue de Sorscha agora derretia.

Mesmo quando o pai lançou uma onda do poder sombrio ofuscante e incandescente contra o príncipe, preenchendo a boca e as veias; mesmo ao gritar, tudo o que conseguiu ver foi aquele momento — quando a espada cortou pele e tendão e osso. Ele ainda via os olhos arregalados de Sorscha, os cabelos reluzindo conforme os fios também foram cortados.

Dorian deveria ter salvado a curandeira. Fora tão repentino.

No entanto, quando a flecha foi disparada contra Chaol... aquela era a morte que não poderia suportar. O capitão tinha demarcado seu lado, e Dorian estava nele. Chaol o chamara de rei.

Então, revelar os poderes ao pai não o assustou.

Não, para salvar o amigo, morrer não o assustava nem um pouco.

Aquela explosão de poder recuou, e Dorian foi deixado ofegante nas pedras. Não restava mais nada a ele.

Chaol tinha fugido. Bastava.

Dorian esticou o braço até onde estava o corpo de Sorscha. O braço queimava — talvez estivesse quebrado ou talvez o poder do pai ainda estivesse nele —, mas o príncipe estendeu o braço para Sorscha mesmo assim.

Quando o pai parou ao lado do filho, ele conseguira mover a mão alguns centímetros.

— Faça — disse Dorian, com a voz rouca. Estava engasgando, com sangue e sabiam os deuses o que mais.

— Ah, acho que não — respondeu ele, apertando o joelho contra o peito do rapaz. — Não será a morte para você, meu talentoso filho.

Havia algo escuro e brilhando nas mãos do homem.

Dorian lutou como nunca contra os guardas que agora o prendiam pelos braços, tentando puxar mais uma gota de poder enquanto o pai levava o colar de pedra de Wyrd para o pescoço dele.

Um colar, como aqueles usados pelas *coisas* que Chaol dissera que estavam nas ilhas Mortas.

Não... não.

Ele estava gritando, gritando porque vira aquela criatura nas catacumbas, assim como ouvira o que estava sendo feito com Roland e Kaltain. Dorian vira o que um simples anel podia fazer. Aquele era um colar inteiriço, sem fechadura visível...

— Segure-o — disparou o rei, apertando mais o joelho.

Ao perder o fôlego, as costelas resmungaram de dor. Mas não havia nada que Dorian pudesse fazer para impedir aquilo.

Ele puxou o braço da mão de um dos guardas — o libertou e estendeu, berrando.

Dorian acabara de tocar a mão inerte de Sorscha quando a pedra fria tocou sua garganta, houve um leve clique e um chiado, e a escuridão entrou para destruí-lo.

~

Chaol correu. Não teve tempo de levar nada, exceto o que já carregava, conforme disparou como nunca para os aposentos de Dorian. Ligeirinha estava esperando, como estivera a noite toda, e o capitão a pegou por cima do ombro e correu com a cadela para o quarto de Celaena, então cruzou a passagem secreta. Desceu mais e mais, o animal incomumente obediente.

Três explosões sacudiram o castelo, agitando poeira das pedras acima. Chaol continuou correndo, sabendo que cada explosão significava que Dorian estava vivo por mais um tempo, e ele temia o silêncio que viria.

Esperança — era o que levava consigo. A esperança de um mundo melhor, pelo qual Aedion, Sorscha e Dorian tinham se sacrificado.

Chaol fez uma parada, com Ligeirinha ainda presa ao ombro.

Com uma oração silenciosa aos deuses pedindo perdão, o capitão irrompeu na tumba para pegar Damaris, enfiando a espada sagrada no cinto e colocando alguns punhados de ouro nos bolsos do manto. E, embora a aldraba em formato de caveira não tivesse se movido, ele contou a Mort exatamente onde estaria.

— Só para o caso de ela voltar. Para o caso... o caso de ela não saber.

Mort permaneceu parado, mas Chaol teve a sensação de que a aldraba estava ouvindo conforme ele pegou a sacola que continha os livros de magia de Dorian e de Celaena, e disparou para a passagem que o levaria ao túnel do esgoto. Alguns minutos depois, Chaol erguia a grade pesada de ferro por cima do córrego do esgoto. O exterior além estava completamente escuro e silencioso.

Ao colocar Ligeirinha de volta nos braços para passarem para o outro lado da parede e a margem além, o castelo ficou silencioso. Havia gritos, sim, mas silêncio espreitava sob eles. Chaol não queria saber se Dorian estava vivo ou morto.

Não podia decidir qual era pior.

~

Quando Chaol chegou ao apartamento escondido, Ren caminhava de um lado para outro.

— Onde...

Havia sangue nele mesmo, Chaol percebeu. O jorro do pescoço de Sorscha. O capitão não soube como encontrou as palavras, mas contou ao jovem o que tinha acontecido.

— Então somos apenas nós? — perguntou Ren, baixinho.

Chaol assentiu. Ligeirinha estava farejando o apartamento, tendo inspecionado e decidido que não valia a pena comer Ren, mesmo depois de ele reclamar que um cachorro chamaria atenção demais. Ela ficaria; aquilo não era negociável.

Um músculo se contraiu no maxilar do lorde.

— Então vamos encontrar uma forma de libertar Aedion. O mais rápido possível. Você e eu. Com seu conhecimento do castelo e meus contatos, podemos encontrar uma forma. — Em seguida, ele sussurrou: — Você disse que a mulher de Dorian era... era uma curandeira? — Quando Chaol assentiu, Ren pareceu prestes a vomitar, mas perguntou: — O nome dela era Sorscha?

— Era você o amigo para quem ela mandava as cartas — murmurou Chaol.

— Fiquei insistindo por informações, fiquei... — Ele cobriu o rosto e tomou fôlego, estremecendo. Quando seus olhos, por fim, encontraram os do capitão, estavam brilhando. Devagar, ele estendeu a mão. — Você e eu, vamos encontrar um modo de libertar Aedion. Aedion e seu príncipe.

Chaol não hesitou em apertar a mão estendida do rebelde.

66

— Morath — disse Manon, imaginando se havia ouvido direito. — Para a batalha?

A avó se virou da mesa, os olhos brilhando.

— Para servir ao duque, exatamente como o rei ordenou. Ele quer a Líder Alada com metade do exército prontos para voar a qualquer momento. Os outros devem ficar aqui sob o comando de Iskra, monitorando o norte.

— E você... onde você vai estar?

A avó de Manon sibilou e ficou de pé.

— Tantas perguntas agora que é Líder Alada.

A neta fez uma reverência com a cabeça. Elas não tinham mencionado a Crochan. A jovem bruxa recebera a mensagem: da próxima vez, seria uma das Treze aos joelhos dela. Então manteve a cabeça baixa ao dizer:

— Só pergunto porque não gostaria de ficar longe de você, avó.

— Mentirosa. E péssima ainda por cima. — A Matriarca se voltou para a mesa. — Vou ficar aqui, mas irei até você em Morath durante o verão. Temos trabalho a terminar aqui.

Manon ergueu o queixo, o novo manto vermelho estendido ao redor do corpo, e perguntou:

— E quando voaremos para Morath?

A avó dela sorriu, os dentes de ferro brilhando.

— Amanhã.

~

Mesmo sob o véu da escuridão, a brisa quente da primavera estava cheia de grama nova e rios de neve derretida, apenas interrompida pelo ressoar de asas conforme Manon levava o exército pelas montanhas Canino Branco.

Elas se mantinham às sombras da cordilheira, trocando os postos de lugar e descendo fora do campo de visão, evitando que alguém fizesse uma contagem precisa de quantas eram. Manon suspirou pelo nariz, e o vento levou o som embora, bem no momento em que fez o longo manto vermelho esvoaçar.

Asterin e Sorrel estavam ao seu lado, silenciosas como o restante das alianças durante as longas horas que tinham sobrevoado as montanhas. Elas cruzariam a floresta de Carvalhal no ponto em que as montanhas de Morath estivessem mais próximas, então subiriam além da cobertura das nuvens durante o restante da jornada. Ocultas e o mais silenciosamente possível; era assim que o rei queria que chegassem à fortaleza do duque na montanha. As bruxas voaram a noite toda pelas montanhas Canino Branco, ágeis e suaves, a terra abaixo estremecendo com sua passagem.

Sorrel estava com o rosto impassível, monitorando os céus ao redor, mas Asterin sorria levemente. Não era um sorriso selvagem, ou um que prometia morte, mas um sorriso calmo. Por estar no céu e percorrendo as nuvens. Aonde todas as Bico Negro pertenciam. Aonde Manon pertencia.

Asterin viu o olhar da líder e deu um sorriso mais largo, como se não houvesse um exército de bruxas voando atrás e Morath adiante. A prima se virou para o vento, inspirando-o, exultante.

A herdeira não se permitiu saborear aquela brisa linda ou se abrir para aquela alegria. Tinha trabalho a fazer; todas tinham. Apesar do que a Crochan tinha dito, ela não nascera com um coração, ou com uma alma. Não precisava deles.

Depois que lutassem na guerra do rei, quando os inimigos dele estivessem sangrando ao redor delas... apenas então as bruxas seguiriam para reclamar o reino destruído.

E Manon iria para casa, enfim.

67

O sol nascente manchava o rio Avery de dourado enquanto o homem encapuzado caminhava para um cais aos pedaços, próximo aos cortiços da cidade. Pescadores zarpavam, festejadores cambaleavam, voltando da noitada, e Forte da Fenda ainda dormia — ignorante ao que acontecera na noite anterior.

O homem sacou uma linda espada, o punho de águia reluzindo à primeira luz da manhã. Por um longo momento, encarou a arma, pensando em tudo o que ela um dia representara. Contudo, havia uma nova espada ao lado dele; a espada de um antigo rei, de uma época em que homens bons tinham servido governantes nobres, e o mundo prosperara por isso.

Ele veria esse mundo renascer, mesmo em seu último suspiro. Mesmo que não tivesse nome agora, não tivesse posição ou título além de Quebrador de Juramento, Traidor, Mentiroso.

Ninguém reparou quando a espada foi atirada ao rio, o punho refletindo a luz do sol e queimando como fogo dourado, um clarão de luz antes de a arma ser engolida pela água escura, para nunca mais ser vista.

68

No fim das contas, a parte do juramento de sangue sobre "submissão" era algo que Rowan gostava de interpretar como melhor servisse a ele. Durante a caminhada de duas semanas para o porto mais próximo em Wendlyn, o guerreiro deu ainda mais ordens a Celaena — parecendo acreditar que agora que era parte da corte dela, tinha alguns direitos não negociáveis com relação a sua segurança, suas ações e seus planos.

Conforme se aproximavam do cais no fim da rua de paralelepípedo, a jovem começava a questionar se não tinha cometido um pequeno erro ao unir Rowan a si para sempre. Os dois estavam discutindo durante os últimos três dias sobre sua próxima ação — sobre o navio que havia contratado para levá-la de volta a Adarlan.

— Esse plano é absurdo — argumentou Rowan, pela centésima vez, parando às sombras de uma taberna ao lado do cais. A maresia estava leve e gelada. — Voltar sozinha parece suicídio.

— Um, vou voltar como Celaena, não como Aelin...

— Celaena, que não cumpriu a missão do rei e que eles agora vão caçar.

— O rei e a rainha de Eyllwe já devem ter recebido o aviso. — Celaena o mandara da primeira vez que foram à cidade, enquanto investigavam o assassinato daquelas pobres pessoas. Embora cartas fossem quase impossíveis de enviar para o império, Wendlyn tinha algumas formas de contornar isso.

E quanto a Chaol... bem, esse era outro motivo pelo qual estava ali, naquele cais, prestes a entrar naquele navio. Ela acordara de manhã e tirara o anel de ametista do dedo. Parecera uma liberdade abençoada, uma última sombra erguida do coração. No entanto, ainda havia palavras não ditas entre eles, e Celaena precisava se certificar de que Chaol estava a salvo e que permaneceria assim.

— Então, vai pegar a chave de seu antigo mestre, encontrar o capitão e depois o quê?

Total submissão a ela, até parece.

— Depois vou para o norte.

— E eu devo ficar aqui parado durante os próximos sabem os deuses quantos meses?

Celaena revirou os olhos.

— Você não é exatamente discreto, Rowan. Se suas tatuagens não atraírem atenção, então o cabelo, as orelhas, os *dentes*...

— Tenho outra forma, sabia.

— E, *exatamente como eu disse*, magia não funciona mais lá. Você ficaria preso naquela forma. Embora eu tenha ouvido falar que os ratos de Forte da Fenda são especialmente deliciosos se quiser comê-los durante meses.

Rowan a olhou com raiva, então avaliou o navio, embora a jovem soubesse que ele já saíra do quarto na pousada durante a noite anterior para inspecionar a embarcação.

— Somos mais fortes juntos que separados.

— Se eu soubesse que seria tão chato, jamais teria deixado você fazer o juramento.

— Aelin. — Pelo menos não a estava chamando de "Majestade" ou "minha senhora". — Como Aelin ou como Celaena, tentarão encontrar e matar você. Já devem estar procurando. Poderíamos ir para Varese agora mesmo e falar com os parentes mortais de sua mãe, os Ashryver. Eles podem ter um plano.

— Minha chance de retirar com sucesso a chave de Wyrd de Forte da Fenda está na discrição como Celaena.

— Por favor — pediu Rowan.

Mas ela mal ergueu o queixo.

— Eu vou, Rowan. Vou reunir o resto de minha corte, *nossa* corte, e então vamos levantar o maior exército que o mundo já viu. Vou cobrar cada favor, cada dívida devida a Celaena Sardothien, a meus pais, a minha linhagem. Então... — A jovem olhou para o mar, para casa. — E então vou sacudir as estrelas. — Celaena colocou os braços ao redor de Rowan, uma promessa. — Em breve. Vou mandar buscar você em breve, quando chegar a hora. Até lá, tente ser útil. — Ele balançou a cabeça, mas segurou-a em um abraço de quebrar os ossos.

O guerreiro se afastou apenas o bastante para fitá-la.

— Talvez eu ajude a consertar Defesa Nebulosa.

Celaena assentiu.

— Você jamais me contou — disse ela — pelo que rezava a Mala naquela manhã antes de entrarmos em Doranelle.

Por um momento, parecia que Rowan não iria contar, mas então disse, baixinho:

— Rezei por duas coisas. Pedi que ela garantisse que você sobreviveria ao encontro com Maeve, que a guiasse e desse a força de que precisava.

Aquele calor estranho e reconfortante, aquela presença que a deixara segura... o sol poente beijou as bochechas de Celaena como se confirmasse, e um calafrio percorreu sua espinha.

— E a segunda?

— Foi um pedido egoísta, e a esperança de um tolo. — Ela leu o resto nos olhos de Rowan. *Mas que se realizou.*

— Perigoso que um príncipe de gelo e vento reze para a Portadora do Fogo — Celaena conseguiu dizer.

Ele deu de ombros, um sorriso secreto no rosto ao limpar a lágrima que escapou pela bochecha da jovem.

— Por algum motivo, Mala gosta de mim e concorda que você e eu formamos um par incrível.

Mas ela não queria saber; não queria pensar na Deusa do Sol e nos planos dela quando se atirou em Rowan, inspirando seu cheiro, memorizando a sensação. O primeiro membro da corte, da corte que *mudaria* o mundo. A corte que o reconstruiria. Unida.

Celaena embarcou conforme a noite caiu, levada para a cozinha do navio com os demais passageiros para evitar que aprendessem o caminho pelo recife. Com pouca confusão, o navio zarpou, e, quando por fim permitiram que saíssem da cozinha, a jovem foi para o deque encontrar o mar aberto e escuro ao redor. Um falcão de rabo branco ainda sobrevoava e desceu para roçar a asa prateada como uma estrela contra a bochecha dela em despedida antes de voltar com um grito agudo.

À luz sem lua, Celaena traçou a cicatriz na palma da mão, o juramento a Nehemia.

Ela recuperaria a primeira chave de Wyrd com Arobynn e encontraria as demais, então acharia um modo de colocá-las de volta no portão. Celaena libertaria a magia e destruiria o rei e salvaria seu povo. Não importavam as dificuldades, não importava quanto tempo levasse, não importava o quão longe precisasse ir.

Ela ergueu o rosto para as estrelas. Era Aelin Ashryver Galathynius, herdeira de duas linhagens poderosas, protetora de um povo um dia glorioso e rainha de Terrasen.

Ela era Aelin Ashryver Galathynius — e não teria medo.

AGRADECIMENTOS

Este livro não poderia existir sem meus amigos. Principalmente minha melhor amiga, copiloto do Jaeger e *anam cara*, Susan Dennard.

É com ela que tenho a maior dívida, pelos dias inteiros passados tendo ideias e entendendo a melhor maneira de contar a história, por segurar minha mão conforme eu seguia pelos caminhos sombrios deste livro, por ser a voz em minha cabeça me dizendo para continuar, continuar, continuar. Não há mais ninguém a quem este livro possa ser dedicado; ninguém que me desafie e anime e inspire tanto. Então, obrigada, Soozyface, por ser o tipo de amiga que eu tinha tanta certeza de que não existia no mundo. Amo você, cara.

Também tenho uma enorme dívida com minha brilhante e incrivelmente talentosa amiga Alex Bracken, pelo feedback genial, pelos e-mails de zilhões de páginas e por me apoiar tão incrivelmente. Não consigo dizer o quanto sou agradecida por nossos caminhos terem se cruzado tantos anos atrás — que jornada frenética tem sido.

E nada disso jamais teria acontecido sem minha querida e corajosa agente, Tamar Rydzinski, que está comigo desde o início e cujo trabalho incansável tornou esta série realidade. Eu me sinto tão honrada por chamar você de minha agente, mas ainda mais por chamá-la de minha amiga.

Para a incrível equipe mundial da Bloomsbury — como poderei explicar a alegria de trabalhar com todos vocês? Obrigada, obrigada, obrigada por tudo o que fazem por mim e por Trono de Vidro. Para minha editora, Margareth Miller — este livro seria uma confusão sem você. Para Cat Onder, Cindy Loh e Rebecca McNally, vocês são as melhores. Para Erica Barmash, Hali Baumstein, Emma Bradshaw, Kathleen Farrar, Cristina Gilbert, Courtney Griffin, Alice Grigg, Natalie Hamilton, Bridget Hartzler, Charli Haynes, Emma Hopkin, Linette Kim, Lizzy Mason, Jenna Pocius, Emily Ritter, Amanda Shipp, Grace Whooley e Brett Wright: obrigada do fundo do coração por todo o trabalho, o entusiasmo e a dedicação.

Para a equipe da Audible e para a narradora dos audiolivros de Trono de Vidro, Elizabeth Evans, obrigada por fazer o mundo de Celaena ganhar vida de um jeito todo novo e por dar a ela uma voz. E obrigada a Janet Cadsawan, cuja linda linha de joias de Trono de Vidro continua me surpreendendo.

Para a linda Erin "Ders" Bowman, pela torcida e pelo encorajamento constante, pelas conversas por vídeo e pelos retiros épicos (não literários). Esquadrão de Heróis para Sempre.

Para Mandy Hubbard, Dan Krokos, Biljana Likic, Kat Zhang e o grupo da Publishing Crawl — muito obrigada por serem algumas das luzes brilhantes.

Para meus pais — meus fãs número um —, pelas muitas aventuras que tão frequentemente servem de inspiração para esses livros. Para minha família, pelo amor e pelo apoio e por forçarem essa série aos amigos e aos clubes do livro. Amo todos vocês. Para minha maravilhosa avó, Connie — sinto sua falta e queria que estivesse aqui para ler isto.

Aos leitores que se apaixonaram e apoiaram a série — palavras não podem expressar minha gratidão. Sou muito abençoada por ter todos vocês como fãs. Vocês fazem o trabalho árduo valer a pena.

Para minha cadela, Annie: você não pode ler (embora não fosse me surpreender se secretamente pudesse), mas quero que fique escrito aqui — pela eternidade — que você é a melhor companheira canina que eu poderia esperar. Obrigada pelos carinhos, por se sentar no meu colo enquanto tento escrever e por me dar alguém com quem conversar o dia todo. Desculpe se toco a música alto demais quando você está tentando tirar uma soneca. Amo você, amo você, amo você para todo, todo o sempre.

E para meu marido, Josh: você ganhou as últimas linhas aqui, mas é porque é o primeiro em meu coração. Jamais deixarei de ser grata por poder compartilhar esta jornada surreal com você.

Este livro foi composto na tipologia Adobe Caslon Pro,
em corpo 11/14,9, e impresso em papel off-white,
no Sistema Cameron da Divisão Gráfica
da Distribuidora Record.